U0915986

/梦三生系列/

[霜宸/著]

图书在版编目（CIP）数据

一寸相思一寸殇 / 霜宸著. — 北京：北京燕山出版社，2013.5

ISBN 978-7-5402-3159-0

Ⅰ. ①一… Ⅱ. ①霜… Ⅲ. ①长篇小说–中国–当代 Ⅳ. ①I247.5

中国版本图书馆CIP数据核字（2013）第052095号

一寸相思一寸殇

著　　者：霜　宸
责任编辑：李瑞芳　夏　艳
封面设计：心研视觉M.Vision
出版发行：北京燕山出版社有限公司
社　　址：北京市西城区陶然亭路53号
邮　　编：100054
电话传真：010-65240430
印　　刷：三河市文通印刷包装有限公司
开　　本：700mm×980mm　1/16
字　　数：621千字
印　　张：38
版　　别：2013年8月北京第1版
印　　次：2013年8月北京第1次印刷
书　　号：ISBN 978-7-5402-3159-0
定　　价：52.80元（全两册）

目录

目录

第一卷

独葬流沙怜碎梦
怀璧锦瑟无人知

楔子

天佑二十年早春　魏州晋王府

前日刚刚立春，还没有转暖，到了晚上仍是与冬日无二。

魏州虽是安定的地方，但坚固的城墙仍无法抵挡万里之外纷飞的战火所带来的萧瑟。不过，这一晚不同，整个魏州府的人，无论是华衣锦服还是布衣褴褛，都在为了他们的主人晋王——他日的君王而庆贺。

晋王李存勖少年英主，多年征战立下赫赫战功，魏州城的百姓都相信，只有他才能最终救天下于战火。

这日正是李存勖迎娶大将军韩元之女韩蕊仪为侧妃的日子。酒宴开始不多时，府中便传出了晋王即将自立登基的消息，家家户户无不欢欣。即使外面仍是天寒地冻，前来道贺的人群依然挤满了流水席。

府内西院被装饰一新，触目之处尽是喜红，只那一条蜿蜒至喜房门前的红毯略显暗淡。因婚事筹备得仓促，只能捡了迎娶刘妃时用过的拿来。喜房的门开了一道宽缝，一个高挑的宫女闪身而入，她对着榻上正襟危坐的蕊仪福了福身，立在那儿默不作声，不敢在这精明的人面前放肆半句。

视线穿过面前红色的珊瑚面帘，蕊仪挑起的嘴角带着几丝凉薄，面前的宫女是正妃蕊宁也是她长姐的贴身侍婢碧云。打从她知道这桩婚事，就再也没见过这位长姐一面，这回可算是派人过来了。

“姐姐身子还好吗？”蕊仪问道。果然，再多的怨也不能阻拦她对姐姐蕊宁的关切。

碧云轻道：“比前些日子好些了。”她顿了下，直入正题，“韩妃娘娘请蕊妃娘娘好生服侍王爷，不要辜负了她和老爷、夫人的心愿。”

“知道了。”蕊仪冷冷道。蕊宁到底舍不得她的位置，既然府中的正妃称韩妃，那她就只能称蕊妃了。

门口传来一阵粗野的咒骂声，来人酒气极重，不必开门也闻得清楚。碧云皱眉，低声呵斥：“还不拦住三少爷？”

现在谁都可以到她面前撒野了是不是？想不到韩府的掌家小姐竟会落到如此田地。蕊仪一拍桌子，面帘上的珠子相互碰了几下，“让那个不成器的东西滚进来！”

“来看看……看看，多威风的韩家二小姐。”韩靖烈一手拎着酒壶，摇摇晃晃地走了进来，刚一开口就熏得碧云掩面离去，“我早就说过，姑娘家掌什么家，连爷们儿的事也管，牝鸡司晨，对，牝鸡司晨！我说，我的宅子明日破土，等建好了还请蕊妃娘娘赏脸……”说罢，放肆地大笑起来。

“哪天三哥用军功换了宅子，我自然会去。”蕊仪对着同父异母的兄长不屑地哼了一声，微微侧头，向身边的满月使了个眼色。

“时候不早了，还请三少爷回去，莫要让晋王殿下怪罪了。”满月学过些功夫，不消两下就把韩靖烈推到门外的丫鬟身上，再重重地关上门，“娘娘要不要先躺会儿？”

“好。”折腾了一天也确实累了，蕊仪任她扶着歪躺下，尽量不压着头上的金簪银钿。

她望着帐顶绣着的胖娃娃和鼓鼓的莲蓬不由得失笑，心里一酸，无声地蹙眉，眼角滑下一滴泪来。这一切到底是怎么了？十日前，她女扮男装与嗣源骑行军中，约定待天下大定便携手江湖；五日前，得知身为晋王正妃的长姐病重，一道接到的还有将她配与晋王为妃的恩旨；三日前与嗣源约定双双离开魏州，却在寒风中站了整整一夜，于是她有了今天……

她忽然笑了，笑得很厉害，笑得失去了力气。她不怪别人，只怪自己。她肩不能挑，手不能提，出了韩家便无以为生。她无法背弃长姐和生她养她的韩家。蕊宁为了身后不让即将到手的后位落到别人手里，才把自家妹子接进府来，只是原本以为躺在这张榻上的人会是三妹蕊瑶。

门再次被推开了，绒毯湮没了足音。蕊仪一惊，慌忙坐起来，奈何躺下时压着了袖子，自己把自己重重地扯了一下，头上的珠冠歪到一边，有些狼狈。

李存勖放下手中的秤杆，不怒反笑，面前花一般的美人是他亲自选的妃子，早闻她才名远播，将韩家偌大的产业打理得井井有条，想必这份才情定能与他琴瑟和鸣。他欹身上前，将她接了个正着，那仿若无骨的身体在怀，顿觉满室温香。

“臣妾失礼了。”腮上燃起两朵彤云，蕊仪低下头去。他依旧如初见那般邪魅狷狂，仿若能掌握世间的一切。虽然她还不爱他，但也许他会是一位好夫君，她也许会是一位贤妃。

趁着酒劲儿抛开礼教，李存勖正欲吻上她嫣红的唇，目光不经意地停在她耳后三颗菱形的红痣上，在对上她那小鹿般盈盈似水的美眸，双瞳霎时收紧。虽然那只是三颗小米粒大小的红痣，在这赛雪的肌肤上却显得格外刺眼。那是他的梦魇，永远不愿触碰的梦魇。

下一刻他猛地推开了蕊仪，奔出新房。外面星星点点地飘着雪花，冰冷的倒春寒仍不能让他冷静。他拎起井边的木桶，冰冷的井水从头浇下。他回望着灯影下那抹柔和的身影，双目圆睁如见鬼魅。

那胎痣，那清灵透彻的目光……不可能是她，不可能！她和那些人一起，早在十年前就化为齑粉，绝对不可能……

第一章 · 蕊妃

晨间温软的光透过窗纸照在铜镜上，朦朦胧胧，让人不愿醒来，直直映到人眼中却有些刺目。

一双如星般明亮的眼眸正望着铜镜中的自己出神。新婚燕尔，又是功臣之女、正妃之妹，本来人人都在猜想新进门的蕊妃会误了请安的时辰，没想到一大早她已立于门外。

蕊仪站在门口，等待着姐姐的召唤。

韩家的男人忙着在外建功立业，她十五岁那年便替母亲掌管了韩家上下，一手算盘打得噼啪响，短短几年便让韩家的财力增了两倍。本以为已掌控了所能触及的一切，没想到这份持重与笃定却在昨夜化为乌有。

“王妃叫蕊妃娘娘进去。”碧云轻唤，淡淡地看了她一眼，有些尴尬。

房中充斥着汤药的气味，浓得无法忽视。蕊仪皱了皱眉，抬眼看见蕊宁斜倚在榻上，连忙下拜：“蕊仪见过姐姐。”

良久没有回音，蕊仪愣住了。打从进了王府她就发现，周围的一切越来越无法掌控了。正当她欲再次开口时，蕊宁“嗯”了一声，语气微冷：“昨晚王爷没在你那儿过夜？”

蕊仪仍跪着，只是直起了身子。新婚之夜却没有与丈夫洞房花烛，对任何一个女人来说都是一件难堪的事，更不妙的是还不知道为什么。她看了碧云一眼，老半天才憋出两个字：“没有。”

“为什么？”一阵急促的咳嗽后，蕊宁怒道，一手扫落了碧云手上的茶盅。那本是要给蕊仪，再由蕊仪敬给她的。

茶盅在面前碎裂，温热的茶水溅了蕊仪一头一脸。她抬起头，不明就里地看着蕊宁。如果这不是从小疼她的姐姐，此刻她目中射出的就会是两把利刃。她声音颤抖地道：“怕是王爷不喜欢我，姐姐，我……”

“别叫我姐姐！”蕊宁厉声道，话一出口，自己也意识到了这不同寻常的冷厉，是她太心急了吗？“你是王爷亲点的侧妃，他如何会不喜欢你？怕是你做了什么，没把王爷伺候好。”

语毕，蕊宁又重重地咳了起来。碧云轻拍着她的背，向蕊仪使了个眼色，道：“二小姐，赶紧跟王妃认个错，看把王妃气的。”

袖下的玉手攥成了拳，蕊仪刚想忍住这口气，却听蕊宁又喝道：“来人，传家法来。”

“姐……王妃，臣妾的确不知何处开罪了王爷。”蕊仪讶异地看着两个娘子真就捧了家法上来，才知道不是吓唬她的。

蕊宁看看她，眸中掠过一抹淡淡的心痛，“不知道？那就打到你知道为止！”

家法是一条用药浸过的乌竹，有经验的施刑者打在皮肉上虽疼却不会留下明显的痕迹。蕊仪咬着下唇，腰臀上的疼痛接踵而来，每一下都能让她心惊一下。自幼所受的教养让她明白，即使受罚也要保持体面，这让她不自觉地挺直了腰，强忍着痛。

“王妃，难道责打臣妾，你就不疼吗？”蕊仪含泪喃喃地道，不敢相信地望着神情近乎漠然的蕊宁。

她知道自己承载了蕊宁太多的希望，可此刻榻上的人真是她的姐姐吗？将握紧的拳松开来撑住地，这是晋王府，这些人就是她以后要相伴一生的人，她记住了，真的记住了。

“王妃，一会儿还要去见王爷……”碧云也看不下去了，面有难色地劝道。

“算了，让她们下去。”蕊宁叹了口气，起身来到蕊仪面前，轻捏起她的下巴，逼她看向自己，“可知道错哪儿了？”

“都是臣妾不好，惹得王爷心烦，臣妾知错。”硬把委屈吞了回去，蕊仪谦卑地看着她，这时候说些无用的软话倒显得矫情了。蕊宁是长姐，是晋王的正妃，她有权这样对她，如果他日她身处这样的位置，她也可以这样对别人。

蕊宁笑了笑，有些凄楚，但无论如何到底满意了，“这也是为你好。这是晋王府，容不得你在家里的那些脾性和架子。没有王爷的宠爱，没有子嗣，就什么都不是。”

这也是在说她自己吧？蕊仪心里平顺了一些，都说人总是会对最亲近的人撒气，蕊宁也许只是把气撒在了她身上。她点点头，挤出一抹笑容，道：“臣妾谢王妃教诲。”

门外有丫鬟低声传过话来。蕊宁皱了皱眉，道：“王爷快醒了，跟我一同去伺候王爷洗漱，别再丢了体统。”碧云上前扶起蕊仪。蕊宁随意地扫了她一眼，“回头让碧云给你拿些药过去。瞧你这个不争气的，我还得拖着病帮你周旋，被后院那两个知道了还不知道要怎么想呢。”

蕊仪不再搭话，只低着头跟在她身后一步远的地方，身上的伤一动就疼。任凭她性子再硬，从小也没受过这般委屈，真想大哭一场。可当她看到蕊宁瘦削的侧脸，却怎么也哭不出来，大家都是为了韩家，何必呢？还是笑吧。

到了聚雁斋，蕊宁跟门口的太监低语了几句便领了她进去。守在房内的太监王顺为难地看了她们一眼，小声道：“王爷好像发了噩梦。”

帐内传出有一句没一句的梦话。蕊宁挑开帐子。李存勖一手紧抓着褥子，嘴里时低时高地喊着：“父王，为什么不是我？为什么不选……”有一句没一句地，声音模糊地盘旋在殿内。

蕊宁瞪了王顺一眼，上前握住李存勖的手，柔声唤道：“王爷醒醒，是做梦了。”苍白的手捏着帕子拭了拭他的额头。

蕊仪眼明手快地接过太监手中温热的帕子递上去，拟了个笑看向榻上的男人。这就是她的夫君。记得上一次见他是在大营里，他正在和宋可卿纠缠。那时，他眼中尽管满是痛，却如何也掩不住眼底的柔情。她静静地凝视着他，回想着昨夜发生的事，越发找不出头绪。

“是王妃啊，本王刚才说什么了？”李存勖醒转，看着蕊宁。

“王爷一直叫着先王。”蕊宁笑了笑，接过另一条帕子。

“王爷还问为什么来着。”蕊仪也笑了笑，觉得得说点儿什么才能让他注意到她的存在。

李存勖顺着话音看过去，面色一变，指着她道：“你怎么在这儿？出……

出去！”

蕊宁愣愣地看着他颤抖的手指，又看看同样愣住了的蕊仪，也开始糊涂了。她的夫君战场杀敌尚且不惧，怎么面对貌美如花的妹妹却变了脸色。说变了脸色只是轻的，这分明是惊惧，刻骨的惊惧。

“还不下去！”来不及琢磨，蕊宁向她使了个眼色。

“是。”蕊仪行了礼，丝毫不敢停留。她只觉得浑身上下没有一处舒坦，她得好好想想，自己什么时候这么招人厌了。

强忍住皱眉的冲动，蕊宁轻抚着李存勖的背，柔声道：“是不是妹妹得罪了王爷？她就是这个脾气，臣妾已替王爷教训过了，保证她再也不敢了。”

李存勖缓过气来，眸色渐渐转深，神色凝重地问道：“她是你的亲妹妹？”

“是……是臣妾的亲妹妹。”被他劈头盖脸地一问，蕊宁顿时冷汗直流，虽然这是个秘密，可与眼下发生的事似乎并没有关系。

“你也回去歇着吧。”李存勖只看了她一眼，便将她的失常尽收眼底。于沙场中他可一眼辨出敌军首领，何况是妻房的小动作？待蕊宁离开，他淡淡地看向王顺，声音平缓地道，“去查查韩蕊仪的身世，不要让人知道。”

一连几日，李存勖都未再踏入蕊仪的芳菲苑一步。外面的人看着李存勖厚赐韩元，自然不明真情，而府里的人心里却跟明镜似的，人人都道蕊妃触了晋王的霉头，晋王宁愿住在军帐中，也不愿再入美人榻。后来更有不堪的传闻，说蕊妃身染怪疾，是瞒着嫁进来的，若不是碍着韩元和韩妃的面子，一早就被赶出王府了。

这日，雪化了，正是冷的时候，蕊仪遣开满月，披了件月白色的薄氅，独自在后园中慢慢走着。她望着渐渐落下的日头微微苦笑，天这么冷，那些囚在笼里的鸟儿应该不会飞出来了。这些日来，终于清静了这一回。

脚下的雪正在消融，雪下刚刚冒头的几棵嫩草被残雪压着，兀自支撑。那时也是这样的一天，嗣源将她抱下了马背，紧握着她的手，一向不苟言笑的他目光灼灼地看着她，那般笃定地道——执子之手，与子偕老。他的手布满厚茧，握得她的手很疼，却分外温暖。

蕊仪禁不住仰起头，忍住眼中那即将汹涌的湿意。就是这样的一个人，最终抛下了她，至今杳无音信。是因为权力吗？他最终还是向这个唤作大哥的人屈服了吗？

不远处一抹大红身影向她走来，人未至，软软的声音卷着笑意已传来：“我道是谁这么好兴致，原来是蕊妃妹妹。”

“梓娇姐姐还不是一样？”蕊仪转过身来，微微一笑。刘妃梓娇打从生下了王府中唯一的男嗣，心气便不同一般了，蕊宁就是瞧着她才坐不住的。

梓娇上前挽了她的手，轻拍了下她的手背，道：“正要去看茂儿，不如随我一起？”

“我房里还有些事。”弄不清她葫芦里卖的什么药，蕊仪笑着推脱。大冷天去看人家的孩子，要是让人觉得她伤了这棵独苗可就不好了。

“妹妹这是推托了。”梓娇笑了笑，丝毫没有撒手的意思，似笑非笑地道，“近来王爷政务繁忙，无暇陪伴妹妹，妹妹别闷出病来才好，随了你姐姐可就不好了。”

是来挑刺的。蕊仪也笑了笑，让她碰了个不软不硬的钉子，“姐姐这个人心太细，不像我天大的事发生了也见不着。说白了，人活在世上不过几十年，计较多了怪累的。”

“你倒是个难得的明白人。”梓娇假意轻叹一声，想想蕊仪几日不得见李存勖一面，这要搁在别人身上，早就使出浑身解数闹翻了天，而她却只是眼角眉梢略带了些忧愁，还是一副平静的样子，也许她与蕊宁的性子的确不同。

“可怜姐姐命薄。”蕊仪幽幽地叹了一句，在梓娇面前生生将平日的锋芒掩了下来。

叹得这般凉薄是犯忌讳的，可梓娇听了却分外受用，一双杏眼顿时睁大了三分，强自压低着声音道：“可不是？要说王妃这些年也没几日身子舒爽的，要不早就该有小世子了。也就是王爷重情，依着老王妃的意思，她这个位子早就易主了。”

“姐姐，这话传出去就不好了。”蕊仪适时制止，丝毫没有动气。

她一直觉得很多实话虽然很残忍，听了却完全没必要气恼，要不就算把自己活活气死，实话也仍是实话，有那闲工夫，想想怎么才能把实话变成假话，甚至是笑话，岂不更好？不过梓娇实在是太聒噪了。

梓娇拍了拍胸口，道：“我这张破嘴，又说脱了，一时忘了她是你亲姐姐了。”顿了顿，小心翼翼地看向蕊仪，“妹妹该不会告诉王妃吧？”

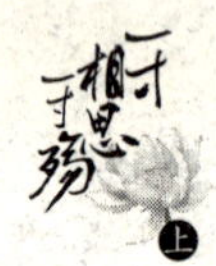

蕊仪摇摇头，反拉了她的手过来，笑得无奈，“姐姐这个人刀子嘴豆腐心，要是开罪了你，可别太在意。梓娇姐姐不知道，她对我也……”眼角的泪光隐隐晃动。

“瞧瞧，定是连亲妹妹也下得去手了。”梓娇松了口气，再看着她时放松了一些。

“小姐，李大将军来了，王爷让女眷们到前头去。”满月气喘吁吁地跑过来，看见梓娇匆匆施礼，“刘妃娘娘在就刚好了，不如和小姐一起过去？”

“我去把茂儿带来，你们先去。”梓娇笑了笑，回头又朝着满月笑斥了一句，“这丫头生得俏，嘴巴却笨得很，进了府就该唤一声娘娘，平白唤小姐，倒是辱没了妹妹的身份。”

满月点头哈腰地赔笑，待送走梓娇，贴在蕊仪边上道：“没想到刘妃私底下是这般模样，难怪有人背后说她没读过书，从老王妃金身上刮了二两黄泥，就敢装九天玄女了，就这么个人也能入了大小姐的眼？奴婢瞧她不过是丫头里最能钻营的。”

“你倒是随我读过书，话忒多！”蕊仪一句话堵得她满面通红。不过，梓娇原本确实是老王妃曹氏生前从人市买回来的，后来得了李存勖喜欢，才做了侧妃。

“听说当年她深得老王妃喜爱。”

“奴婢知错了，以后再不多嘴。”满月低着头道。

“不过，一个人即使再会装，也有原形毕露的一天。泥菩萨就是泥菩萨，得不了金身。”蕊仪笑了笑，轻声问，“前些日子是不是有人闹到王府门口，说要认亲？”

“听说是个老汉，自称是刘妃的亲爹，可是刘妃一口咬定当年亲眼看见她爹逃荒的时候被人踩死了。”满月低声回道。

“晚上你回韩府一趟，让二哥把这个人找回来养着。”蕊仪讳莫如深地道。

满月恍然大悟地张大了嘴，“小姐是想让他咬死是刘妃的亲爹，这样她出身低贱就做不了皇后了？小姐，奴婢就知道你心肠软，虽然怨着大小姐，心底里却还是帮她的。”

“我只是想试试刘妃的心到底有多狠。”蕊仪瞥了她一眼，满月想得太多了，“称呼上是要改一改了，尤其是对姐姐，要唤上一声王妃。”

"奴婢记住了。"满月受教地道。

浮着残冰的湖水上架着一座弯弯的月桥，穿过这座月桥便是前厅。满月扶着蕊仪行来，远远地瞧见一抹熟悉的身影跃动着朝她们走来。待看清来人，满月惊呼了一声："三小姐，你怎么来了？"

"满月，你到旁边的阁子里等着，我陪姐姐就成了。"蕊瑶笑了笑，挽过蕊仪。

蕊仪点点头，让满月退下。她看看蕊瑶，方才还平静的心一下子忐忑起来。她如今的位子和夫君本来都应该是蕊瑶的，蕊瑶打从十二岁那年见过李存勖一面便情根深种，她又生得娇艳，性子比自己招人喜欢，原本一家人也都是打算让她入府的，可谁知李存勖竟钦点了自己为侧妃，活活拆散了她与嗣源，也让蕊瑶再不肯和她多说一句话。

被蕊瑶挽着的手不觉有些僵硬，她不明白蕊瑶怎么就一下子对自己又热络起来了。被她挽了好一阵，行到桥中都没有放开她，她皱皱眉，依着蕊瑶的性子，满月一走，不一把将她甩开才怪。

眼看着到了月桥的尽头，蕊瑶依然没有放手，面上还带着甜甜的笑。蕊仪的眉头舒展开来，这回也许是她想多了，姐妹间绵长的亲情怎会说断就断？她自嘲地笑笑，蕊瑶想通了，倒是她又想不通了。

"大姐说我这次进了府，就在府里住下好了。"蕊瑶的声音甜腻腻的，看着蕊仪时目中闪着莫名的光，似是带了一丝嘲讽，"反正王爷的心也不在你身上，你应该不会恼我吧？"

蕊仪愣住了，她没想到蕊宁如此心急，她这个卒子还没施展拳脚就沦为弃子了，此时又面对蕊瑶的讥讽，心里一阵发凉。她淡然地笑了笑，道："你是我们的妹妹，进来住着也没什么。不过没有名分前，还是要把持好了，要不传出去不好听。"

蕊瑶点点头，不以为意地继续笑道："你就是这个性子，我早就说过你不适合晋王。你呀，成天管家里那些事，精明惯了，也只有李嗣源那样的木头才瞧得上你。"抬头看一眼蕊仪，眼里多了些许尴尬，"你还不知道吧，就是那木头如今也不要你了。"

"什么？"蕊仪警觉地看着她，目光犀利。

蕊瑶还是那副样子，只是刻意把声音压低了几分：“他如今有福了，娶了王爷的表妹、曹侯爷的义女平都郡主。平都郡主的美貌贤淑，可是连宋可卿都赞过的。”

身子一晃，蕊仪扶住桥栏，面色苍白地看着她，眼中惊诧、了然接连着一闪而过，最后只剩下难以言喻的痛。原来他失约并不是因为战事突起、军务繁忙，也不是被什么人阻挠了，只是见到了更适合他的人。先不说曹平都的样貌人品，单说她是曹侯爷的义女便可使他如虎添翼。

什么策马沙场为她闯出一片天下，什么终老江湖与她一起寻一片新天地，都是鬼话。当他说她是这世上最好的珍宝时，只是因为还没有遇到更好的，没有遇到真正的稀世珍宝。从前在戏文里听到哪位状元郎抛弃糟糠而迎娶公主，虽感念糟糠可怜可叹，却也能一笑置之，说那公主貌美位尊，倒也会是良配。

报应，真是报应！等一切终落到自己头上，她又如何说服自己？蕊仪眼中酸涩，暗暗深吸了口气，强忍住了，一只指甲抓在桥栏上断了，指尖钻心地疼，可即便如此也比不过她心中的痛。在她莫名其妙地受冷落的夜里，在她被蕊宁责打的时候，在她挣扎着想谋一条活路的时候，他却在与平都郡主洞房花烛、耳鬓厮磨……原来，这就是他所谓的最爱。

“说起来姐姐还没见过平都郡主，巧了，大将军正携了夫人来谢恩，就在前边。”蕊瑶咬了咬下唇，略微收敛了一些。

将受伤的手敛入袖中，蕊仪挺直了脊背，尽量让自己看起来一切如常。她笑了笑，尽管自己都觉得做作，“是巧了，不过像平都郡主这那样的美人儿，蕊瑶你也该见见，不如一起？”

蕊瑶哼了一声，被她故作坚强的样子弄得心里一堵，默不作声地跟在她身后半步远的地方。她就是看不惯蕊仪这副识大体的样子，偏偏她一双父母都把她夸得天上地下绝无仅有。

有人说前面日子过得太顺了，后面就容易走背字，如今蕊仪走了背字，是不是也意味着她韩蕊瑶要开始走顺字了？想着想着就开始偷着乐，险些撞到蕊仪身上。她提了提裙裾，发现蕊仪立在阶下停住了。

望着前厅里那道熟悉而又陌生的身影，蕊仪不由得愣住了。他好像瘦了，但仍能给人一种安稳的感觉。他身旁坐着一位身着鹅黄宫装的女子，远远望去体态纤秾中度，端起茶盏时甚是优雅，举手投足间不着痕迹地透着贵气。

李嗣源含笑看了眼平都，凑在她耳边不知道说了什么。蕊仪握紧了拳，受伤的指甲生疼，却也没能分了她心中的痛。这样的女子谁遇上了都会欢喜，与他更是天作之合。可他怎么能在她正在莫名的痛苦中挣扎的时候，当作什么事都没发生一样地迎娶了这位美娇娘？她冷冷地掀唇一笑，心尖仿若被百蚁啃噬。

“王爷，蕊仪妹妹和蕊瑶来了。”侧妃伊敏舒先看见了她们，因着平日和蕊宁交好，特意出来迎了她们进去。她暗暗向蕊仪使了个眼色，低声道：“这是个机会，别误了王妃的一番心意。”

这样的场合想必李存勖不会一见面就把她赶出门了吧？蕊仪勉强笑了笑，上前向李存勖见了礼，在一旁坐了，朝这对新人笑道：“李大将军，李夫人。”

蕊瑶见了礼，看着平都，呵呵笑道：“郡主果然好品貌，蕊瑶唤大将军一声大哥，以后便唤郡主嫂子吧。”

平都点点头，拉着蕊瑶话了几句家常，目光似是不经意地落在蕊仪身上。蕊仪感到有人在看她，也转过头去朝她们笑笑。平都整个人看起来静静的，说起话来温文尔雅，颇有才女的风流态度，只是这淡淡的一瞥里透出的坚毅让人觉得她是个有主心骨儿的人，也许还有些执拗。

蕊仪不着痕迹地看向李嗣源，不巧他正朝她投来复杂的一瞥，目光中思绪翻涌，短短的一瞬，仿若一团烈火在燃烧正旺时熄灭。蕊仪一惊，连忙敛眸。她与嗣源的事韩家是大略知道的，可是不知李存勖晓得几分。

她恨死了自己的失态，挤出一个自认完美的笑，道：“王爷，大将军和夫人远道而归，不如让臣妾下厨张罗几个菜，好为他们洗尘。”

蕊仪烧得一手好菜，韩家每每招待贵客时都会让她露两手。李存勖笑了笑，目光不似从前冰冷，“大哥和嫂嫂确实要尝尝蕊仪的手艺。敏舒，你也去看看。”

蕊仪向他们福了福。这一回李嗣源没有再看她，似是刻意回避。蕊仪转身时瞧见他耳根子通红，从前他如此这般必是羞了、愧了，不过，如今他已将她陷入了泥淖，这羞、这愧又是出自哪门子？

背后两道灼灼的目光袭来，蕊仪微微回过头去，却是李存勖。他的目光也甚是复杂，有些疑惑，似还有一丝几不可察的惧怕，竟跟那日早上他初醒时一模一样。她愣住了，直到今日她也一直没弄明白自己到底为什么会令他如此惧怕。杀敌破城无数的李亚子，人称当世霍去病的晋王竟会怕一个手无缚鸡之力的妇人，

这真是一件百思不得其解的事。

“不如让我和弟妹一起去吧。”平都起身笑道。

“你好生坐着，不是说想你表哥了吗？”李嗣源阻止，手肘上的伤处碰到椅子上，目光却牢牢地锁住平都。

李存勖笑了，一脸揶揄地指着他道：“别在弟弟我面前摆这副如胶似漆的模样，也不嫌羞人，才几天就离不开平都了？”

李嗣源这人，以一敌十时能镇定自若，却偏偏不能应对这种场面。一时间厅里的人都笑着看他，他也不好再说什么，只沉眸道：“你且去看看，别给弟妹添乱。”

蕊仪大大方方地领了平都往后院走去，远远地听见前厅里传出二人的谈笑声。近来晋军势如破竹连克几座城池，确实值得他们如此欢喜。嗣源和李存勖打小在军营里一起长大，嗣源只是老晋王的义子，但二人的关系比亲兄弟还要好。那时候她虽没见过他们这般谈笑，却也听嗣源说过一些。

“嗣源总跟我说那些战场上的事，我不懂，听得烦，只觉得他这人像根木头，没想到，他和表哥的关系这么好，倒不像是客套。”平都朝她笑了笑。

蕊仪也不觉一笑，“男人啊，都这个样子，他们心里只有战场，只想着建功立业、争名逐利。”也许嗣源就是意识到平都可以帮他更多，才会如此吧。

“我听嗣源提起过你。”平都笑得依旧和善，只是眼中多了些光彩，“其实事在人为，你们没能在一起，可惜了。”

“夫人说笑了。”蕊仪细细品味着她的话，听不出有一丝怨嫉，再看她的神色，更是看不出想要找她麻烦的痕迹，难不成曹家养出的女儿都是这般识大体？

平都自顾自地笑道：“不过，以后也不是不可能。”她压低了声音，话里带着些许劝说的意味，“只要你想，凭着嗣源的本事，终有一天你们还可以……”

“夫人。”蕊仪低唤，打断了她。这个平都也忒是奇怪，竟主动让别的女人跟她争夫君。蕊仪一时只觉得敌我未辨，也许她是想诱着自己冒天下之大不韪，再将自己一手铲除。

“刚才的话，你回去好好想想。”平都叹了一声，看着她的眸道，“方才厅里那幅画，这王府里少说挂了十几幅，说也巧了，那眉眼倒是与你有几分相似，看来表兄还是不能忘了可卿。”

“王爷与宋军师真真是一对璧人，他们也可惜了。”蕊仪由衷地叹道。宋可卿出身书香世家，自幼爱读兵书，十来岁的时候便女扮男装投了军，被李存勖一眼识破后却留了下来。多年相随征战，李存勖对她的感情自是不一般，还打算将正妃的位子给她。可惜郎有情妾无意，宋可卿早将一颗心落在了梁将王彦章身上，在蕊仪嫁进来的前几天，便骑着一匹枣红马投大梁去了。

蕊仪本就佩服宋可卿的才学胆识，这么一来更是对她佩服得五体投地，因为宋可卿做了她韩蕊仪永生不敢为的事。不过话又说回来了，说不定当初李存勖钦点她为侧妃的时候，也正是因为她与宋可卿有那么点神似。冥冥中，她所敬仰的人才是害了她的人。

“一个女人做了另一个女人的替身，这滋味并不好受。不过，也许你根本不在乎，是不是？毕竟那是多少女人求之不得的位置。”平都耐人寻味地拿眼角看着她。

蕊仪越发觉得平都来者不善，虽然真正的因由她还不大清楚，她微微一笑，道：“夫人何必为蕊仪忧心？夫人应该担心自己才对。”

她看着平都与她有些神似的五官，略微显出些得意之色。不过她心里从来亮堂，嗣源是不会这么做的，她与平都神似，大体是母亲说的那句话对，样貌好的女子总是有那么几分相似的。

“夫人是个明白人，你我如今都各有归宿，追究前尘过往没什么意思，不如把握眼下来得实际。”蕊仪笑了笑，搭上她的手背，“走吧，别误了午膳。”

平都轻叹了一声，不再说话。她与蕊仪所说的分明就是两回事，什么李嗣源，什么夫人和侧妃的位置，她丝毫不放在心上，她心心念念所求的只是让那个人付出代价。天不作为她作为，可是她又不能点破，只能日后再等机会了。

精心烹制的晚膳上了桌，宾主尽欢，敏舒挨着李存勖坐了，蕊仪则被指到李嗣源夫妇旁边照顾他们二人。蕊仪望着主位上谈笑风生的李存勖。他望向李嗣源时目中含笑，连带着一旁的她也受了恩惠。她不由得叹赏蕊宁的高明，即使不是他心尖尖上的人，却也能做他肚里的蛔虫。

蕊仪起身为李嗣源添酒，目光只落在清澈飘香的酒汁上，落座时又看向李存勖。她笑了笑，这才是一个侧妃该有的举动，她不会再失态了。只是她这厢消停了，李嗣源的目光却从来都没有离开她。她微微侧过头去警告地看了他一眼。平都似笑非笑地低下头去。

蕊仪顿时火冒三丈，这两夫妻都疯了不成？

“大将军不日又将出征，这杯酒祝大将军早日攻破郓州。”

“大哥，我也敬你。”李存勖爽朗地大笑，随后一饮而尽，又见李嗣源接了蕊仪手中的酒后久久未饮，便微微勾起嘴角。

李存勖神色微微一变，蕊瑶便明白了，她笑了笑，岔开话：“蕊瑶一直佩服大哥的马上功夫，不知哪日有机会向大哥讨教一二？”

“这个你比你姐姐强。”李嗣源淡淡道，又不自觉地看了蕊仪一眼。

好在身后的宫女正递上菜肴，蕊仪借机别过头。蕊瑶的马上功夫在女子里是极好的，以前她总闹着李嗣源要他教她，好不在蕊瑶面前落了下风，他却总是推托，说等成亲以后有的是机会，可谁也没想到他们会有相对不能言的一天。

蕊仪暗暗冷笑，心中原本的痛和怨渐渐凝结，竟生出一些恨。他重提旧情，并非冷漠以对，可正是这种藏着怀念的语气让她浑身不舒服，倒像是她对不起他似的。

“蕊仪，再给大哥满上，今日我要和大哥不醉不归。”李存勖面色一沉，下一刻又恢复如初。他初识蕊仪是因为李嗣源，迎娶蕊仪也是因为李嗣源。他心里自嘲地笑了，本来就是一场预想之中的游戏，他置的这是哪门子的气？

“是。”蕊仪笑靥如花，端端正正地又敬了一杯，“那这一杯便敬大将军与夫人琴瑟和鸣，早生贵子。”

“谢王妃。”饮尽后李嗣源低着头，左手紧攥住膝上的衣袍。终归是天命，以后他只能默默地看顾她了。

蕊仪落座时，平都撞了她一下，半壶酒就这么洒在了蕊仪的牡丹罗裙上。平都抚着额头，有些迷糊地道：“怎么喝一点就醉了？一定是表哥府里的酒好，冲撞了嫂子，对不住了。天这么凉，嫂子快去换衣裳。”

蕊仪抬眼看向李存勖，李存勖只略微瞥了她一眼便笑着看向平都道：“你倒是会替人着想，嫁了人，以后可要把心都放在夫君身上。”

平都笑答了几句“一定”。蕊仪福了福，仪态万方，丝毫不见失礼，“那臣妾就先告退了。”

李嗣源既然可以花好月圆，她也得端出些宠妃的架子，不能被他比下去。她再回头看时，平都朝她笑了笑，望向后园的方向。她也回以一笑，寻思了一下，想是这位郡主还有话要说，便往后园的忘春亭去了。忘春亭周围假山掩映，是个摊牌的好地方。

正是一年里最萧瑟的时候，蕊仪背对着入口站了一会儿，期待中的脚步声被更熟悉的取代。她深吸了一口气，等待着他先开口。他们之间一向是他主动，也许是因她以他为天，这一回她也不想例外。

“他对你好吗？”李嗣源艰难地开口。

蕊仪背对着他苦笑，语气上却很自得：“当然。”她顿了顿，自觉有些赌气，“比你好。”

“那便好。”李嗣源颔首，棋错一着便是万劫不复，时至今日，他能恨的只是自己。

“以后我们还是不要见面了。”蕊仪长长地叹了一声，侧身绕过他，始终把孤绝的背影留给他。

李嗣源望着她的背影，隔着那么远，依然能清楚地感受到她的冷意，心底有个声音告诉他，她过得并不好。他用力一拳砸到了石柱上，血顺着指缝流下。

平都从亭后绕了出来，目睹了这一幕后，冷笑着看着她的夫君，“既然明知道她过得不好，为什么还要放手？”

“平都，你虽是我的夫人，可我与她的事还轮不到你插手。”李嗣源斜睨着她，深知他这位夫人远不同外人所想。

平都笑了笑，为他系了系大氅，“平白被人横刀夺爱，却无动于衷，夫君原来是这么大度的人。其实他抢你的何止这一样，夫君，这些你都该抢回来。”

“你到底意欲何为？”李嗣源看着她的目光高深莫测，半晌方道，“他是你的表哥，是我的义弟。”

“如果夫君愿意与他一较高下，夫君得到韩蕊仪之时，我必将夫人之位相让。”平都像是丝毫没有听到他的话，目中仿若含了两团烈火。

第二章 · 赌局

“子良，快来，放风筝去……”

淡青色的绣帐中，蕊仪闭着眼皱紧了眉，汗水流了满脸满枕，十指用力抠入锦被，恨不能将丝缎抓破。子良、子良，是在唤她吗？她什么时候有了这个名字？

“子良，娘说他来了。”

“谁来了？”蕊仪喃喃低语，说话的女孩和梦中的子良差不多大，都穿着湖绿色的裙衫。

“李存勖哥哥呀……”

蕊仪缓缓睁开眼，揉了揉胀得发疼的额头。怪了，梦里她不但被改了名字，还打小就识得如今的夫君。荒唐！若是这样，他们岂不是青梅竹马？他又怎会视她如鬼魅？莫不是她太迫不及待地想要改变眼下的困境而着了魔？

“谁？”门口的珠帘动了动，她只看见一片衣角在门槛上一晃而过。她疑惑地蹙眉，是她那见面便冷言冷语的夫君吗？

满月听到响声进来，面露喜色地道：“娘娘，王爷方才来看娘娘了。”

还真是他。蕊仪揉了揉额角，越发头痛了，“满月，你说他为何如此？”

“男女情爱，奴婢不懂。”满月脸一红，摇摇头，“不过娘娘，人都说柔能克刚，如今娘娘和大将军已经没有可能了，不如把心思放在王爷身上，不然以后三小姐嫁进来就更不好了。奴婢嘴笨，总之，奴婢是盼着娘娘好的。”

“日子总要过下去，这些道理我晓得。”吩咐了她为自己更衣，蕊仪望着帐顶笑了笑。他们是兄弟，总该有像的地方，何况那是她的夫君。

存放着军机要务文书的义竹斋大门紧闭，但仍掩不住里面四溢的墨香。平日这里守卫森严，门前窗下均有侍卫把守，今日却有些不同，侍卫都退到了院外，斋里只剩下李存勖和王顺。

李存勖拿起桌上的折子看了看，都是些恭贺他称帝的溢美之词，他应景地看了几份，随手放在一边，眼前不觉浮现出早上看到的情景。显然她也一夜没有睡好，正如他一般。

其实初见蕊仪时，他只觉得她与可卿眉眼上有些许相似，并没有多加留意，倒是后来有一次在酒楼撞见她与人起了争执，那双沉稳机敏的美眸下隐隐有两团焰火绽放，只淡淡的一笑便让对方熄了气焰，让他忍不住驻足。等到那次她女扮男装冒雨为李嗣源押送军粮，滂沱大雨中嘶哑地喊着号子，和军士们一起推粮车，他便决定此生此世一定要拥有这个女人。

他一直观察了她三年，他总是好生奇怪，为何这个叫韩蕊仪的女人既能像可卿一样随性洒脱，又像极了另一个极其世故冷静的女子。后者，他曾经是那么熟悉，却在那一夜将她毁灭，那时她还是一个孩子。他本以为再也不会遇到那般执拗的人了。

“都查清楚了？”李存勖望向一旁低头垂目而立的王顺。

这究竟是巧合还是天意？

王顺拱手道：“末将前往扬州查探，寻到蕊妃娘娘的乳娘秦氏，秦氏说当年韩夫人生下娘娘便随韩将军离了扬州，娘娘长到九岁才随王妃回到如今的韩府，秦氏自此便没有见过二位娘娘。王爷会不会多虑了？若蕊妃娘娘不是韩将军的亲生女儿，他又如何会越过几个儿子以全部家产相授？”

“送他们回韩府的人可有查问过？”李存勖丝毫不为所动。

“当年二位娘娘的一个粗使丫头正巧嫁了末将手下一个校尉，她说当年蕊妃娘娘在路上大病了一场，醒来时便把从前的事都忘了。”王顺恭顺地答道。

都忘了？李存勖笑了，韩元与女儿分别近十年，即将相聚，女儿却陡然病得什么都不记得了？同样的胎记，同样的年纪，听了王顺的话，他已肯定蕊仪便是她了。只是不知中间究竟因何缘故，发生了这般李代桃僵的事。

“传韩元来王府见我。”李存勖虎眸半眯。若蕊仪真的什么都不记得了便好，若韩元真的不知情便好，如若不然……他望着供在佛龛前的三支白羽箭，硬生生折断了手中的羊毫。那个秘密，他不会再让人掀将出来。

宜兴阁里弥漫着浓浓的汤药味，侍女们习惯地放轻了脚步忙进忙出。蕊宁卧在榻上，乌发间只别了一支玉簪，面色惨白，唇色发灰，甚是憔悴。一阵剧烈的咳嗽后，碧云连忙拿帕子去接，赫然一抹嫣红弄花了绣帕。

蕊宁摆摆手，让她退下，又朝蕊仪苦笑了一下，“听说你最近和梓娇走得很近。”

蕊仪坐了过去，也不解释，只淡淡地一笑，“过几日姐姐便明白了。”

她自来是有主意的，蕊宁轻叹了一声，“若是能把这些心思都放在王爷身上就好了。一个女人得不到夫君的宠爱，旁的再多也无用。”

“我第一天送去的茶点分毫未动，如今每次王爷都能用上半盘了。”蕊仪为她掖了掖被角。别人都道她没有动静，其实她早已有了打算。

蕊宁一惊，又咳了几声，“不让王爷知道？”

“他早晚会知道的。”蕊仪轻拍着她的背，不让她再说话。她当然会让他知道，只是这个时机越是无意越好。

“也好，我时日无多，日后你和蕊瑶要相互扶持。蕊瑶这孩子小时候被娇宠坏了，遇事只知道一门心思往上撞，以后你要多提点她，多帮她。”蕊宁不顾她的劝阻，不停地说着蕊瑶入府后受到的冷遇。

蕊仪听着有些不自在。蕊瑶入府的第二天李存勖忽然忙了起来，夜夜宿于义竹斋，这本不是她的错，却要让她来解开这个结。更难受的是，这些天她为他做茶点汤羹、新衣新鞋，这些以往鲜少做的事竟让她生出些微妙的感觉，让她听到蕊瑶的名字便有些不舒坦。

“我明白。”蕊仪笑了笑。她这是怎么了？自古天家皆如是，何况那是她的亲妹妹，更何况她还没有把心放在他身上就如此了，以后又当如何是好？想着想着，她忽然又想到嗣源。就是因为失去了嗣源，她才变得患得患失，所以她再也不想尝那失去和得不到的痛。

蕊宁握了握她的手，慢慢侧身，额头上的汗珠滚落，“前些日子王爷见你如见鬼魅，想是你不经意带了不干净的东西进来，得空的时候去佛堂拜拜，那些琐事就让蕊瑶去做。”

陡然间一记闷棍敲落，一阵不甘袭上心头，同样是亲姐妹，蕊仪不明白蕊宁近来为何总是厚此薄彼，但见蕊宁满面病容却兀自支撑，也不好当面驳了她，只颔首道：“姐姐好生休息，我这就去和蕊瑶交代一下。”

“去吧。”蕊宁翻了个身，背对她而卧。她心里也不好受，可是她到底不能像信任蕊瑶那样相信蕊仪。想起十年前的那一幕，她究竟是做对了，还是做错了？

冬的寒意退去，春的丝丝暖意便渐渐袭来。即使如此，韩元害了风湿的双腿也丝毫没有好转的迹象。他本是文官，随着晋军多年征战实属不易，若不是晋王时常关照，这条老命怕是早已丧了。

韩元弯腰揉了揉酸疼的腿，抬头皱眉望着义竹斋的门，王顺已退了出去，此间便只有他们二人。怕是又要说起那件事，韩元心里一叹。晋王战功卓著、英武盖世，可就是有那么一件事穷其一生不得放开。可怜他这个做老师的当年与他一同铸成大错，如今只能再与他一道做出这些个事情，早知如此，不如当年引颈自戮。

“王爷。”韩元捶了捶腰，在李存勖指的位子上坐下。

“派去的人都处置干净了？”眼中掠过一丝寒意，李存勖又如往常一般看着他。若韩元背着他做了不该做的事，这件事自然也会出纰漏。

“谨遵王爷旨意，一个不留。”韩元眼中神色老态毕露，人老了，到底心软了。

李存勖不觉勾起嘴角，心放下来一些，他也不想从韩元口中得到否定的答案，“那他可有起疑？”

“大将军迎娶郡主时未见异常，郡主的侍婢也说，大将军一切如常。”韩元垂首，就为了那么一件不为人知的事，还不知道要害多少人命。李存勖大笑道：“我将平都嫁给他，他又岂会再心生疑窦？”他阴晴不定地看着韩元，想要得到他的认同，“本王何尝不想忘了那件事？兄友弟恭，于国于家都是好事，可是他身边偏有那些个不省心的人，成日无事生非。”他话中含冰。

“老臣自当留意。”韩元赶忙道。他留意总好过别人，他对不起老王爷和挚友，若再让这两兄弟兵戎相见，便是对不起天下苍生。

李存勖满意地点头，扶起韩元，搀着他未拄拐杖的左手，“蕊仪入府多日，甚是想念老师，不如到她院里用午膳，也好让老师父女团聚。”

“这……如何是好？”韩元心里突地一下，右手紧握住了拐杖，背后冷汗直流，战战兢兢地作势要跪。

“老师。”李存勖拉住他，试探道，“难道老师不想见到蕊仪？”

“王爷即将称帝，蕊仪便将是后宫妃嫔，非节庆之日，外臣与后宫妃嫔见面不合规矩。如要探望，老臣也应当回府请其母来。”韩元一生在官场摸爬滚打，转瞬间便找了这个中规中矩的说法掩饰自己的失态。

“那不如在亭中摆宴，本王再遣些歌舞姬作陪便是。”李存勖假意沉吟了一下。韩元如此应答倒是符合他平日的做派。

韩元捂着胸口咳得上气不接下气，因病痛弯曲的双腿随着咳嗽一颤一颤的。李存勖心中一揪，韩元已不是那个沉稳干练的老师了，如今已是垂垂老矣。当年为了他，连那般事情都做了，他又能怀疑他什么呢？他宁愿相信这是造化弄人下的巧合。

从义竹斋通往后园的路上修了九曲回廊，一来为了夏时小憩；二来若有人通过，远远便能瞧得真切。这一回一转本是添了意趣，可对韩元来说却平添了苦楚。他扶着李存勖的手，走得颇为吃力，想起自己年轻时他还是一介幼童，不禁有些不好意思起来。

后园里忽然传来一阵笑声，继而又有几声夫子不满的沉吟，然后又是一阵哄闹声。韩元停步，诧异地往前望了望，道：“王爷还请了夫子为女眷讲书？”

李存勖颔首，笑道：“本王的子嗣总不能成日由那些无知妇人照料，不过平日也只是让丫鬟、仆妇听听。”

“就不怕她们日后撺掇了小世子？”韩元笑问。

“本王自有分寸。”李存勖笃定地道。府中一切自有成规，他又岂是会容妇人胡为的人？若非刘妃是个没甚大主意的人，他也不会让茂儿和她这么亲近。

二人慢慢移步，只听那夫子忽而问道：“既然几位都觉得老朽所言荒谬，那敢问几位，何为天下之安宁？”

“让我家里几个孩子和那口子吃穿不愁。”奶娘胡氏咂咂嘴。那些个天下太平的大道理她不懂，让他们一家不愁吃穿，就是阎罗王一统了天下她也不管。

一个丫鬟呵呵傻笑了两声，忸怩道：“将来能配个好小子便行了。”

“要我说还是多攒些银钱给家里的爹娘送去，不能让他们再把我妹妹卖了。”又有人叹了一声，众人都附和着称是。听得夫子直摇头，给这些无知妇人讲书真真是对牛弹琴。

“天下之太平，于家为一慈父，于国为一圣君，一忠王，一诤臣。得慈父家可宁，得圣君则能用忠王、诤臣，忠王守卫疆土，诤臣匡复君王之失。天下无奸人作乱，百姓才不会被无辜殃及。圣君行德政，百姓方能安居乐业，如此朝廷也才能强大，而朝廷强大了，百姓说话腰杆才能挺起来。不知夫子觉得我说的这些可对？”一道清亮的女声响起。众人举目看去，见蕊仪从荷塘那边绕了过来。此时荷塘中花叶尚未萌发，她一袭藕荷色宫装从旁经过，成了这园中最惹眼的景致。

“好！不知这位是？”夫子显然还没见过这位刚入府的侧妃。

“那是蕊妃娘娘。”有人小声道。夫子连忙跟着众人见礼。

韩元望着女儿，目中湿润，月余不见仿若隔世，他本以为出嫁的是蕊瑶，谁知路上耽搁了几日，回到家中发现蕊瑶还在，蕊仪却进了府——他最不愿看到的事居然成了真。

蕊仪略微闪避了一下才看向李存勖，眼角微微一动，一抹拘谨不安掠过。韩元暗暗一叹，天命难违，不该发生的都发生了，只能将错就错，再寻补救之法。他又看看自己的学生，目光一沉，若是他们一辈子都不知道倒不失为一对璧人。

“老师和蕊仪多日不见，不妨一起说说体己话，本王稍晚些过来。”说话时，李存勖一直看着蕊仪，不知不觉中竟移不开眼，可卿也说过类似的话。

他一直知道蕊仪和可卿只是眉眼上有些相似，骨子里，可卿是一朵静静绽放的青荷，而蕊仪却是怒放的桃花，面上再是端庄恭谨，心头的烈火燃烧起来也足以烧毁世间任何一座宫殿。

宋可卿走了，连一幅小像、一条丝绢都没有留下……哪怕她们只有那么一星半点的相似，哪怕他并不喜欢这种过于精明冷静的女人，他还是决定娶她。原想着将她当幅画像看着，没想到她却是那个总跟在他身后跑的孩子，令他望而生怯。可是，刚才老天又跟他开了一个玩笑，她竟与当年可卿所言相差无几。

李存勖回头复杂地看了他们一眼。如果韩元明知道蕊仪真正的身世还装聋作哑，那他便背叛了自己；如果蕊仪并没有忘记过去，一切只是假装的，那他便是将一把锋利的匕首悬在了床头。他想了想，终究没有问出来，只让王顺给蕊仪送两个知根知底的家养丫鬟过去。

夫子知趣地告退，众女也都散去，走在最后面的丫鬟还为他们传了茶点。亭中石凳上铺了软垫，也围上了绸帐，不过想是匆忙收拾出来的，图样花色都不是很应和时节。

蕊仪扶着韩元坐下，体贴地道："天凉，父亲腿脚不好，还是多留在府里休息的好，有事让人跟王爷说一声就行了。您是他的老师，他不会在意的。"

"王爷即将为君，不好怠慢，而且爹爹也想见见你。你出嫁的时候爹爹不在你身边，爹爹对不起你……"韩元低下头，不敢面对女儿。

韩元这辈子极重体面，从未如此失态，蕊仪乍一见有些慌了，连忙半跪在他面前道："父亲没有对不起女儿。"她释然地笑了笑，"如果不是女儿，也会是蕊瑶，女儿生在韩家，理应尽这份责任。"

"你不懂，我倒宁愿嫁进来的是蕊瑶。都怪我没早些把你的婚事定下来，耽误了你。"韩元长叹。他不想让蕊仪和任何一个姓李的有瓜葛，所以当初一直反对她和李嗣源的婚事。可他忘了，这些李姓王公里，李存勖才是最不能和蕊仪扯上关系的人。

"罢了罢了，你跟着他也不会有好下场。"韩元意有所指地道。

"父亲，别说他了。"蕊仪仍然笑着，眼底的痛却掩不住。

韩元扶起她，让她在身边坐下，"我都听说了，王爷对你不好，你姐姐也是的，对你没有好脸色，还把蕊瑶也接了进来。"他不敢告诉她，蕊瑶不肯回去。

"这个位置本来就该是她的。"蕊仪苦笑，她凭什么争呢？可是她又必须去争。

韩元暗暗摇头，低声道："你们是姐妹，应当守望相助，可有些时候你得把握好分寸，姐妹共侍一夫不易，你与蕊瑶相处，比与刘氏、伊氏相处更难。"

"她是我妹妹呀。"蕊仪宽他的心。疼爱她的蕊宁对她尚且动辄得咎，又如何指望任性的蕊瑶？伤害有时并非故意为之，只是怕有意弥补时为时已晚。

这就是蕊仪的好，对人有内有外，外人对她再好，也放在家人之后，家人对她再不妥当，她也不会多加计较。

韩元慈爱地笑了，借着喝茶别开眼，下次相见还不知是何年月、在何情景，他这个年纪见一面少一面了，"本来想给你找一个妥帖的文士招婿入赘，平平安安地过一辈子。如今你既然已经做了王妃，他日还要成为妃嫔，木已成舟，你且把以前的事忘了，只管抓住王爷的心。"

蕊仪点头称是，有件事踌躇着不知该不该说，"有件事我和大姐想的有些不同。"

"你是说她一直想保住的那个位置？"韩元了然，后位不同于正妃之位，不是只有宠爱和家世就能坐得稳的。

"是。"蕊仪不知韩元到底有多想做国丈，只不把话说破。

他们韩家终于还有一个看得明白的人，韩元颇为释然，笑道：“那个位置不好坐，没有诞下麟儿之功，又岂能飞升成凤？蕊宁的心太急了，你且做你自己觉得对的，不必担心，到时的形势由不得她不低头。”

“蕊仪谨遵父命。”蕊仪道，总算真正绽开了这些天第一抹笑。她看着父亲的侧影，都说女肖父，他们虽形容上不像，心里想的可是一模一样。

这日午后，下了春日里的第一场雨，淅淅沥沥的雨后，有些嫩草冒出头来，凉凉的风卷着清香吹进屋里，令人舒坦不少。

李存勖没有去义竹斋，只让人把几案搬到了房里，他听完王顺的奏报，得知李嗣源已距郓州两百里，微微颔首，问道：“他手下那些人可又滋生事端？”

“大将军三日前处斩了赵铭远，并下令再有敢妄议者，如同此人。”王顺答道。

“洛阳的宫室修整得如何了？”李存勖抬眸。

“回王爷，一切按照王爷的吩咐，再过半月，王爷便可携家眷迁往洛阳，账册也按实际用了的和明面上的分了两份，明日王大人便会交给王爷。”王顺心里一叹，前方的将士还在浴血奋战，城里的百姓仍在饥一顿饱一顿地度日，可他们却要耗费大量财力物力修缮宫室，一切只为了天家威严。

把玩着手里的白玉镇纸，李存勖面色缓和了些，有了些兴味，“将督办召回来，本王要亲自问问他。”想到修缮一新的洛阳宫，忽然又来了别的兴致，“你说把魏州赐给大将军可好？”

“王爷思虑甚妥。”王顺拱手。不让李嗣源进洛阳，也不让他戍守荒凉之地，只让他留在不上不下的魏州，相信那些老臣也说不出话来。

“王爷，蕊妃娘娘送了汤羹过来。”门外的仆从禀报道。

“让她进来。”李存勖点点头。

王顺一愣，讶异于他难得的好脸色，知礼地退下。

蕊仪将汤羹放在桌上，向他行了礼，将盖子略微错开了些，当归浓浓的香气从缝隙中溢了出来，“上回王爷说汤里枣子放多了，甜味重，今日只放了两个，王爷再尝尝。”

“嗯。”微微侧眸看了她一眼，映入眼帘的是一张紧张兮兮的小脸，李存勖尝了一口，笑了笑，“你成日做这些，倒便宜了你院子里的丫鬟。”

这是入府以来第一次看他对自己笑，蕊仪心中一震，就像是一个祈雨多时的农人绝望之时遇到了一场及时雨，连说话时都有些脸红，“妾身在家里便是常做的，只要王爷喜欢就好。”

“韩大人在你的嫁妆里添了几间铺子，闲下来的时候让人打理一下。”李存勖笑道，说上几句话之后，并不如想象中的艰难。

蕊仪又是一愣，面露喜色，“王爷真的允许妾身……”

李存勖默许，静静地凝视了她一瞬，铺好宣纸，寥寥画了几笔。蕊仪往前移了移，见他没有出声阻止，连忙凑到案前为他研磨，“咦，这可是妾身？”

“像吗？”李存勖玩味地看着她。

“像。”蕊仪点头，鼻子里竟有些酸。过去她总闹着嗣源为她画像，可是嗣源每次都推说不通文墨，画得不好，怕画了讨她嫌，她想着以后总有机会手把手地教他画，便不强求。后来进了府，李存勖对她如斯，想着这辈子是不会有人为她画像了，没想到，没想到……

云鬓青丝间的幽香似有似无地钻入鼻中，李存勖把手中的笔往笔架上一搁，想往旁撤一步，却不能动，“你小时候只知道跟在本王后面跑，不把风筝给你，你就坐在假山上哭，没想到长大了，反倒能静下心来了。”

“我小时候和王爷见过？”蕊仪睁大了眼睛，那个梦居然是真的，她遗憾地道，“原来妾身小时候和王爷认识，可惜妾身十岁那年生了一场大病，之前的事都不记得了。”

“真的什么都不记得了？”李存勖试探地问，仔细看着她面上的变化。

蕊仪摇头，疑惑地道：“那王爷见了妾身，怎么那么……那么……”她琢磨着该怎么说，“那么生疏呢？”

李存勖垂眸，敛住多变的思绪，道：“有位高僧说，本王若是遇见一个耳后有三颗胎痣的人，就会有血光之灾。”

这……这事可大可小，蕊仪脸色煞白，楚楚可怜地回望着他，不知该怎么解释，“那不是胎痣，是那年生病以后发出来的。真的，你若不信，可以去问我父亲。”

蕊仪一慌，什么规矩体统都抛开了，口不择言地把称呼都忘了。看着不像装的，李存勖微微一笑，道：“本王哪会信那妖僧所言，你刚嫁进来，大将军就凯旋了，王府里也和从前没有两样。”

“王爷说得是。”蕊仪眼波一颤，借着给他递手巾的当儿看向别处。她还没缓过劲儿来，尤其他又提到了嗣源。

她低着头，一双剪羽盈盈微微颤动着，腮上淡淡地扫了些胭脂，把一张鹅蛋脸衬得颇有生气，红唇不自觉地翕动着。李存勖闻着她身上若有若无的芙蕖香，不觉心猿意马，伸手将要触到她的发时，又迟疑了，“蕊仪啊，你若是……”

“若是什么？”蕊仪回头，等待着他的下文。

“没什么。”李存勖及时缩回手，有些暗悔失了分寸。

“王爷，府外来了个老汉，大吵大闹地非要见刘妃娘娘。”王顺进门来禀报。

蕊仪眼波一转，乖顺地望着他道：“是不是姐姐出府的时候被人讹上了？”

“他自称姓刘，说是刘妃娘娘的亲爹。管家看他衣衫褴褛，言语粗俗，就没放他进来。”王顺尴尬地道。

李存勖皱眉想了想道：“梓娇当年是被母妃收养，和亲爹失散也未尝不可。”他眉头越锁越紧，如果是真的，那茂儿的外公不就是一个……

“无论是真是假，王爷都应当去看看。若是真的，自然要好好安置；若是假的，更要立威，不能让人觉得随便什么人都能讹上咱们王府。”蕊仪回过神来，正色道，一副为王府声誉考量的样子。

“你也来。”李存勖在前，二人在后，一道匆匆往府门行去，“王顺，把他带到前院去，让外面的人都散了。”

梓娇、敏舒闻讯赶来。梓娇只看了那刘老汉一眼，就拉着李存勖，目中含泪道：“王爷，妾身的亲爹当年逃荒的时候就死了，这人不知拿了谁的好处，三番两次来闹事，这是存心让妾身和茂儿没脸面立足啊。”

之前就听闻有人来闹过，但李存勖还是第一次见到刘老汉，他仔细地打量着来人的面容身形。奈何刘老汉面黄肌瘦、蓬头垢面，这样的人城外一找一大帮，压根儿看不出个所以然。

“你说你是刘妃的亲爹，可有何凭证？”

“小人没有凭证，可小人找到了当年买女儿的人牙子，他说当年把小人的女儿卖给了老王妃做梳头丫鬟。”刘老汉跪着，眼巴巴地瞅着梓娇，“闺女，都是爹对不起你，可当年要不是吃不上饭，不把你卖了，大家就得一起饿死，也不会把你卖给人牙子。”

“你胡说！你说把女儿卖了人牙子，那卖身契呢？”刘妃玉指一指，质问道。

“卖身契？兵荒马乱的，丢……早就丢了。”刘老汉慌了手脚。这卖儿卖女的事，卖了便当没生过，哪能想到这么多年了还能认回来，还飞上枝头做了王妃？

“王爷……”刘妃哭喊着抓住李存勖的手臂，红着眼睛看着刘老汉，“妾身的亲爹虽不是什么大富大贵的人，但也是个书生，万不是这样一个人，王爷要为妾身和茂儿做主。”

蕊仪在一旁静看这场闹剧。她之前已让人查过，这刘老汉十有八九就是梓娇的亲爹，所以当下也不急，半晌才出言帮腔：“王爷，妾身瞧着刘老汉也许真把女儿卖到了王府。”梓娇惊恐地看着她，她笑了笑，道，“可是王府里姓刘的女人多了去了，他怎么就能咬定了是姐姐呢？”

“是啊，你怎么就一口咬定了刘妃是你闺女？”李存勖问。

他是个佃户，一直都是，从来没读过书，听到亲生女儿否定他，刘老汉一把鼻涕一把泪地道：“当年我闺女本来没有名字，在家里都叫她二丫头，人牙子说这名字写不了卖身契，就在街摊上找了个写信的取了个名字叫梓娇。小人不认得字，可一直记着这个名字。”

“王爷明察，当年是老王妃在庙门口救了妾身，根本没有什么人牙子。”梓娇低着头，目光往刘老汉身上瞟了几回。

“王爷，既然他一口咬定自己的闺女是人牙子卖进来的，不妨让管家查一查当年存下的卖身契。”蕊仪低声道，瞅向梓娇，眼中没有一丝不信任。

“对，让他们查卖身契。”梓娇一愣，抬起头，目光坚定，成竹在胸。老王妃从来没有把卖身契交给管家，一直是自己收着，直到她成婚前一天才还给了她。

回头吩咐了几句，李存勖让人搬了把椅子坐下，一会儿看看梓娇，一会儿看看刘老汉，哼哼了一句：“梓娇，本王也希望有机会孝敬岳父大人。”

一句话说得梓娇心惊肉跳，说得蕊仪心里暗笑。这是在暗示梓娇，若是真的就早些承认，大家都好下台，别等到查出来了再哭天抢地，弄得大家脸上无光。

“回王爷，府内没有刘妃娘娘的卖身契。”管家回禀后退到一边。

“听见了吗？刘妃并非由人牙子卖身进府的，自然也不是你的女儿。”李存勖暗暗松了口气，看向刘老汉时目光冷了冷。

“还不把这个骗吃骗喝的老东西赶出去？！”不等李存勖发话，梓娇目光一横，冷冽地瞪了刘老汉一眼，有些生硬，但确实冷得厉害。

“慢着！”蕊仪轻轻开口，可这个时候只是轻轻的一声便犹如千钧落地。

李存勖看了她一眼，暗自琢磨他只是一个眼神便让她明白了，心里一阵赞赏。蕊仪的聪慧远超过他别的女人，甚至可卿与她也有力所不逮的地方。

见李存勖老神在在地坐在那儿不说话，梓娇紧张地看着蕊仪，蕊仪朝她笑了笑，道：“刚才外面聚了一圈人，此刻怕也还等着，若就这么把人赶出去，外人还当有什么猫腻呢。依妾身之见，对这种人一定要严惩，以正视听。”

“王爷饶命，王妃饶命，小人的女儿确实叫梓娇，可能是字不同，小人错认了刘妃娘娘，小人该死。”刘老汉磕头告饶，早些天有人拿了银子给他，让他留在魏州继续找闺女，他感激涕零，早知是这个结果，他就应该拿着银子回乡买间草屋遮雨。

“他年纪大了，我看算了……”梓娇嘴角微微抽搐，踌躇道。

“本王看就由梓娇你处置，让外人都看个明白。”李存勖冷笑道，也是让他看个明白。

肩膀微微一抖，梓娇回头对门口的侍卫道：“来人！将这疯子拉到外面重打二十大板。”

“是。”侍卫应道。

“王爷和妹妹也一同去瞧瞧？”梓娇看向他们，声音有些许颤抖，“妾身怕瞧这种场面。”

妇道人家怜悯老弱是常情，这倒是把方才的失态都遮掩过去了。蕊仪探寻地看向李存勖，“王爷？”

“你陪梓娇去，本王还要出府。”李存勖的眼睛一直没有离开梓娇，将她的小动作一个不差地收入眼中，可是为了茂儿，他没有揭穿，他相信蕊仪也是明白的，不然不会放过这么好的机会。

“回头把今日送来的汤羹给蕊宁也送些去。”李存勖面无表情，朝着刘老汉叹了一声，领了王顺去马厩了。

“你们还愣着干什么？”蕊仪回头道。

“二位王妃饶命，小人不敢了，再也不敢了。”刘老汉被人抓紧了，拼命挣扎着。

梓娇跟着她往大门走，目光如铁，没有再看刘老汉一眼。大门大开着，外面的人见了议论纷纷。蕊仪偏过头去，压低声音对梓娇道：“姐姐，你是不是该说些什么？”

梓娇点点头，看着蕊仪，想恨又恨不起来，到底是她不认自己的亲爹在先，“这个人几次冒认本妃的父亲，以下犯上，罪不可恕，本妃念他年老糊涂，只令人责打二十大板，日后若再犯，定不饶恕。”

一旁传来刘老汉的哀号和板子落在皮肉上的声音。梓娇立在门口，宛如一尊泥塑，脊背挺得直直的，不见一丝颤抖。

“早知道就是个冒认的，也不看看自己就这模样，还能成了王妃的爹？”

“八成是想钱想疯了，听说王妃没爹，就想占这便宜。”

“人家王妃的爹是个秀才，也不看看他自己，大字也不识几个。”

目光扫过下面围观的人，蕊仪朝梓娇笑了笑，伸出手，“姐姐，咱们进去吧。”

梓娇握住她的手，喃喃道：“妹妹，我亲爹死得早……”

“老人家也怪可怜的，享不上姐姐的福。”蕊仪说话时回头看着外面哀号不止的刘老汉，惋惜地一笑。

“妹妹在说什么，我怎么听不懂。”梓娇紧张地摸摸鬓发。

“老人家有了伤病，又没人照顾，实在是可怜，要是能送些汤药、银钱，也算是尽了心。”蕊仪淡淡地笑道，见梓娇神色一变，又连忙道，“妹妹瞧着他可怜，打算差人送些东西给他。”

“妹妹，他跟我没有任何关系。”梓娇硬起心肠，铁青着脸道。

“我知道，是我见他可怜，跟姐姐没有关系。”蕊仪既明白又不明白地看着她，直看得她渐渐明了。

大门在她们身后关上，梓娇嘴角动了两下，看看左右，低笑道：“你都知道些什么？”

“我知道……”蕊仪反握住她的手，笑得诚恳至极，“我知道姐姐有儿子，以后妹妹要仰仗姐姐照拂才有活路。”

没错，她有儿子，她有李存勖唯一的子嗣，知道她有个叫花子爹有什么用？茂儿才是最要紧的。梓娇稍稍松了口气，但面上却不露声色，“那你姐姐那儿……”

“以后你就是我的亲姐姐了。”蕊仪笑道。

她们一路回了后院，要分开的时候蕊仪又故作难为情地道：“我最近接手了家里几间铺子，想运些茶叶来卖，可这战火纷飞的，什么好东西也运不进来，听说姐姐有路子，不知道能不能请姐姐帮个忙？”

“有是有，可你也知道这担着多大的风险。不过，既然妹妹开口，我自然要勉为其难。”梓娇笑了笑，这蕊仪进了府就像进了冷宫，既然没有子嗣，想必就想多握些银子，才能帮她遮羞。想到这儿，梓娇放心了不少，笑起来也比原先更真心实意了。

“事成之后自然少不了姐姐的。”蕊仪一句话说得梓娇心花怒放。梓娇本就有心找路子挣些家底，奈何势单力薄，这回她主动送上门来，当然不会拒绝。

这件事明面上是她借了梓娇的路，实际上却是梓娇得了她的便宜。隐瞒生父、送上财路，一前一后两个大恩，她们是牵扯上了，以后梓娇想甩都甩不掉。

“娘娘，奴婢找了您好一会儿了，韩妃娘娘叫您过去。”满月迎上来道。

“妹妹，姐姐还要靠你美言几句。”梓娇又紧张起来，目光在她们主仆二人之间游移。

蕊仪留给她一记让她放心的目光，转身款款离去。她直视着前方，问满月：“她都听说了？”

“是，娘娘刚听说的时候很高兴，可后来却气得咯血了。”满月小声道，担心地看着她。

“她即便不听说这件事，过几天也得咯血。”蕊仪惋惜地道，她最了解这个姐姐的心气了。

“娘娘，奴婢是怕您又吃亏，上回您挨了家法，这回就怕又会不好。”满月紧跟着她，加快了脚步。

“我有分寸。”蕊仪向她使了个眼色，跨入房门，在蕊宁榻前行了礼。

蕊宁睁开眼睛，慢慢看清了蕊仪的脸，怒道：“你干的好事！这么好的机会，你为什么没把贱人……”

蕊宁抚着胸口，趴在枕上，一手推开蕊仪。蕊仪向后让了让，柔声开口：“姐姐错怪我了。”

“错怪你什么了？让你抓住王爷的心，你至今还是完璧；让你帮蕊瑶上位，她如今连王爷的衣角都摸不上。你真不是我的亲妹妹啊。”蕊宁瞪着她，眼中满满的失望。

“刘氏有儿子，咱们没有。再过一个月就是登基大典，就算蕊瑶如今坐在姐姐的位置上，一个月下来也生不出儿子。姐姐，咱们得服这个软，暂时认这个命。”蕊仪轻声道。

蕊宁丝毫没有缓和下来，忍着一阵又一阵的眩晕道：“让她认了那个刘老汉，起码把皇后的位子悬起来，你们日后也好拿回来。”

蕊宁是把皇后的位子看成是韩家的了，殊不知这么尊贵的位子实在是失之我命，得之我幸，一切都是君王给的，没有天生就是哪一家的。

“王爷今天并没有阻止我这么做，还跟我多说了好些话。”蕊仪轻叹了一声，蕊宁心里一定很想把后位给蕊瑶，虽然她没有那个大志。可蕊瑶、蕊瑶，什么都是蕊瑶，难道她就不是韩家的女儿吗？“如果姐姐当初争气一点，我和蕊瑶也就用不着削尖了脑袋钻营了。”

“你……你是存心要气……”蕊宁气得说不出话来，不过，她此刻气的不光是蕊仪，她气的是她的夫君，患难与共的夫妻情分终归抵不过一个婢女生的儿子。

“姐姐，木秀于林则摧，从古至今，有几个女人能一辈子坐在那个位子上？”蕊仪凑到她耳边，有些后悔把她逼得太急了，“我向姐姐保证，日后不管是我还是蕊瑶有了儿子，那个位子一定都是我们韩家的。”

蕊宁目光依旧不善，只是强忍了下来，她后悔当初的决定了，“蕊瑶的事你抓紧了，别自己不争气，还挡着她的路。”

“姐姐，王爷对我好多了，过不了多久就可以……”蕊仪看向她又别开眼，“蕊瑶的事能不能先缓缓？”

“不成。”蕊宁定了定神，决定还是先稳住她，“我也是为了你好，他不会立一个活不过三个月的女人为后，她嫁进来，你们也好互相扶持着。蕊仪，我多希望在走之前可以看见你们过上安生日子。”

“姐姐的意思是？”蕊仪忍住泪，为什么她打从嫁进来就什么都不明白了？

“王爷登基之前，无论你们谁有了身孕，无论是男是女，我都能让她坐上去。”蕊宁深吸了口气，脏腑中的疼痛不能再折磨她。李存勖的确不爱她，他只爱那个叫宋可卿的女人，可他对她有愧，对他们韩家有愧，她一定要他用后位作为补偿。

第三章 · 侧妃

郓州城外一百里，晋军大营戒备森严，军士们在场上操练，喊着号子，震天动地。晋军军纪一向严明，尤其是李嗣源领的这支，所到之处都有百姓担着扁担来劳军。李嗣源下了严令，除了几个沿路大户人家送来的东西，其他一概婉拒。

这日寨门开时，一小队人马围着一辆马车直奔中军大帐。平都掀开纱帽，交给身后的侍女，又拎起个包袱进去。李嗣源从堆积如小山的军报中抬起头，温和地笑道："来了？一路可还顺当？"

"挺好的。"平都笑了笑，在一旁的小案后坐下，摊开包袱，一件件打开里面的衣裳，"想着也就半个月了，没多做，就三套。"

"嗯。"那一针一线都出自平都之手，李嗣源自觉当不起，又多了一份愧疚，"崇城，为夫人备饭，把我的酒菜也给夫人。"

平都笑了笑。他们在一起时总是几句话便相对无言，其实她的确不该有奢望，她选了他，是因为他最有可能帮她，即使同果不同因，他也最有理由完成她想要完成的事。至于其他，她对他是仰慕的，可也仅仅是她不选李存渥而选他的原因。

他愧疚于她，是因为不能如对蕊仪那般对她，而她对他有愧，是因为她不能全心全意地爱自己的丈夫。

"来之前去了趟晋王府，听说蕊妃跟表哥还没圆房呢。"平都目光平和，甩开纷乱的思绪，"这种事本轮不到我说，可你不知道王府里登高踩低的一点儿也不比后宫里逊色，过些日子表哥登基册封，你说，她的日子该怎么过？”

没有嫉妒，更没有恨，那眼神干净得很，李嗣源一直是个直肠子的人，又没有蕊仪在身边提点，一连琢磨了几个月也没摸透平都的心思。他不动声色地道：“她是王爷的妃子，我的弟媳，你的表嫂。”

“就知道说也是白说，你为了讨表哥欢心，居然要在他登基前强攻郓州，把郓州当礼物送给他，你是为了蕊仪才这么做的吗？你为了她而讨好她的夫君，你能耐，你真有能耐。”平都叹了口气，这就是她仰慕的人，还好她没有爱上他。

“别瞎说。”李嗣源低吼，警告地看着她。

把包袱重新包好，平都冷笑着看着他，道：“是我失言了，可我怎么就选了你这么一个懦夫，我宁愿你什么都不要，带着你的人……”

“平都，你累了。”李嗣源向外招呼魏崇城进来。

“我今日就走，给我准备些干粮就行了。”平都冷着脸，吩咐完即掀帐而去。

“你在曹侯爷府上待过，夫人和蕊妃可有交情？”李嗣源把包袱拿到里面放好，又回到案前。

“应该没有。”魏崇城想了想，又压低声音道，“大将军，末将的妹妹已经进了王府。”

“叫鱼凤是吗？崇城，我得谢谢你和鱼凤。”李嗣源郑重地向他一揖。他不能在她身边照应她，能做的只有这些了。

“现在叫小鱼了。”魏崇城笑道，躬身扶起他，目中如铁如石。

再过十日便要启程前往洛阳，晋王府中的仆从都紧锣密鼓地收拾起来，因着此次去洛阳他们就要入宫，从家奴变为宫奴，自然比从前警醒了许多，干起活儿来手脚也比从前利落。

竹方阁是王府中存放书册典籍的地方，里里外外两进院子，收拾起来颇费了些功夫，最里面的两间里放的都是长年不曾翻动的，一搬出就闻到了里面散发出的霉味。

李存勖携了蕊仪到后园看刚植的花木，走着走着就到了竹方阁。李存勖让众人不必停下，径自领着她往最里面的屋子走去。他这日心情大好，笑得写意，“里面的架子下面我藏了东西。”

“那不知妾身是否有幸看看。”蕊仪笑道。这些天他一得空就让她侍奉笔墨、陪着游园散步，虽然全王府的人都知道她还不是名副其实的王妃，面上对她倒也好了几分。

最里面的架子还没有收拾，李存勖猫着身子往后看了看，蹲下来用力拽了几下，拽出一只狭长的盒子来，解开上面的红丝绳，里面一上一下放着两卷画轴。

“看看，这画的是本王的母妃。”

宣纸上赫然一位眉眼温和的少妇侧身回首而立，身形柔美，贤淑而贵气。蕊仪由衷赞叹道：“母妃好气度，世间难得。”

李存勖叹了一声，三分敬佩七分惋惜地道：“母妃在的时候不会说半分硬话，可她就是能让父王的十几个妾侍都言听计从。父王子嗣众多，母妃对每一个都很好，就是父亲的养子、义子也都是一样的。不过，母妃这一辈子最得意的还是她有一副好嗓子、一身好舞技，可惜她说父王的心都在战场上，直到过世也没让父王知道。”

“那母妃给王爷唱过歌吗？”蕊仪听他与自己说往事，心中喜悦之情难掩，忍不住追问。

李存勖苦笑道：“没有，我自幼跟着父王在军营长大，见到母妃的日子屈指可数。她只对一个人唱过，只在她面前舞过。”

“谁？”蕊仪抿嘴，也许是位翩翩佳公子吧。

“梓娇。母妃把一身本事都教给了梓娇。说来也怪，梓娇不通文墨，却将母妃的本事学了八分，母妃待她如亲女，时常倍感欣慰。”李存勖合上画卷，眼中的幽暗转明，“那天谢谢你。”

看来押对宝了，蕊仪一愣，不过她只想到了子嗣，没想到还有这层人情世故。

“茂儿是王爷唯一的儿子，以后就是太子，太子的母亲该是什么样妾身明白，妾身不想让王爷伤神。”

“本来认回来也没什么，只是这个时候……”李存勖欲言又止，目光探向她，想要捕获一些体谅。

他既然没有否认茂儿会是太子，那就是说已然决定了立刘氏为后，蕊仪自然识这个时务，也看出了他的愧疚。

“王爷放心，妾身已从私己银子里拿了一千两出来给他置了个小院子，买了两个机灵的小厮。”

李存勖一愣，不管蕊仪这么做是为了他，还是为自己的地位，他多少都有些

感动，尤其是在他待她如此冷淡之后。如果她也有儿子，如果她能够一辈子不记起那些事，他甚至会考虑将后位给她。

李存勖轻揽她入怀，右手摩挲着她的脸颊，笑了笑道：“以后刘老汉那儿你多费心。”

蕊仪点头，头顶在他下巴上摩了摩，他相信她了，是吗？把刘老汉放在她手里，一来尽了孝道；二来用梓娇的把柄还了她的人情；三来日后挟制梓娇，一箭三雕啊。

她不知道自己对李存勖到底怀了什么心思，有时候她竟然觉得与他有些真感情，说话时怕他不高兴，做了点心怕他吃不顺口，裁了衣裳怕他穿着不合身……以前她总觉得嗣源是块榆木疙瘩，说句话半天不知回应，李存勖不同，就算是出于试探，他也会让她觉得自己不是一个人在唱独角戏。

可是她又无法肯定她对李存勖怀的是否和当初对李嗣源一样的心思。一个女子小小年纪掌了家，动辄希望得到兄长和几位堂兄弟的认可，可天下哪有这么便宜的好事？她得到的多是白眼和讥讽，只要有人稍给她些好颜色，她便会欢喜得半个晚上睡不着。冷淡之后突现的第一缕亮光，会比晌午的艳阳更刺目吧，她不知她对李存勖是不是也是如此。再或者，这也许仅仅是因为他是和李嗣源穿一条裤子长大的弟弟，他们之间的相似让她有了这种错觉。

李存勖爬满细茧的手滑过她的脸颊，她微微一颤，竟有一种莫名的熟悉感一闪而过，心里忽然乱作一团，乱得不明所以，好像心底有些东西被慢慢翻了出来，可她一时间又不知道那到底是什么。他们之间应该有过去，尽管很遥远，尽管她已完全不记得了。

她微微离开他，转过身又靠在他怀里，看向另一支卷轴，“这画的又是谁？”

“她是……”李存勖没有回答，把盒子合上，目光飘向很远的地方。

是宋可卿吧，蕊仪暗暗叹息，在他心里，这辈子应是没有人能取代宋可卿了。

“瞧着还能放进一卷，不知以后妾身有没有这个福分……”鬼使神差地闪过这么个念想，连她自己都害怕。

“你也回去收拾收拾，早些歇息。”李存勖脸上一僵，眼中多了一丝犹疑，心房不知不觉中打开，却是打开得太快了。

亮堂堂的屋子仿佛一下子暗了下来，蕊仪黯然告退，这种莫名其妙的场面又来了。

她出了竹方阁，路上碰上蕊瑶。这些天眼瞅着就要启程了，蕊瑶连个名分都没落下，自然没有好声气，见着她不自在地撇撇嘴道：“二姐近来过得不错啊，我都听说了。”

“东西都收拾好了吗？兵荒马乱的，洛阳宫里东西不齐备，咱们原本的都得带上。”蕊仪顾左右而言他。自从她入了府，她和蕊瑶就越发疏远了。

蕊瑶点点头，算是接受了她的好意。

“二姐，你不会就这么不明不白地让我进宫吧？”她低了低头，带了些讨好，“王爷在里面吗？”

“在，就要去洛阳了，王爷心里高兴。”蕊仪轻声道。真想抽自己一个嘴巴子，她竟然让亲妹妹往火上撞。

“那我进去看看。”蕊瑶笑了，那笑比牡丹还艳。她手里甩着一根刚抽芽的柳条，进了院子仍能听到她的笑声。

瞧着她们说完话，满月快步迎了上来，“娘娘怎么让三小姐进去了？依三小姐的性子，还不得把您往死了挤对？”

“她是我妹妹啊。”蕊仪笑得无奈。

满月看看她，道：“可娘娘这不是在往自己心头压石头吗？”

“我拦不住她的。”蕊仪在路旁的大柳树下站定，也学蕊瑶的样子扯了一条，“满月，别为我担心，她这几天成不了。等进了宫，我们先受了封，再封她的时候，我们又要晋位。只要我不行差踏错，她高不过我去。”

“那她以后还是会跟您争的。”满月没好气地嘟囔。

“那时候有的是人跟她争，她顾不上我。”蕊仪背对着她自嘲地一笑。这些本来就该是蕊瑶的，没了那些想也想不起来的因由，加上蕊瑶炙热如火的性子，眼下应是最得宠的时候。

她不怕那些净想着将她拉下掌家位子的人，不怕王府里的刘氏、伊氏和以后那些妃嫔，她只怕像现在这样茫然，茫然得不知道究竟为什么会发生这一切。眼角有泪滑落，风一吹便掉落下去，丹蔻指尖划破了细嫩的手掌，她心里暗道：“嗣源，如果从来没有遇见你，我大概早就嫁到了哪个大宅子里，平平安安地相夫教子。如果不是你，我又怎会落到今日这步田地？”

这日离启程去洛阳还有三日，一向病弱的蕊宁竟然有了大好的迹象，弄得

各院心思各异。自晌午之后，蕊仪这儿就来了一拨又一拨的人，碧云、蕊瑶、刘氏、伊氏，都走马灯似的走了一遭。

蕊仪只一一打哈哈混过去，到了晚间，自领了满月到后面的小佛堂去了。满月拎着一篮香烛，打了个哈欠，“都忙了一天了，娘娘还要为大小姐祷祝，也不知有没有用。”

“心诚则灵。”蕊仪瞪了她一眼，低声教诲道，“要是姐姐就这么好了最好，凭着多年情分跟王爷争个体面，索性坐了那位子，也省得我和蕊瑶去争了。”

“那三小姐和您就能和以前一样了？”满月喜道，推开小佛堂的门，勤快地收拾起来，“那可得小心在意，这可关系着咱下半辈子的安生。”

“你呀，把对长姐敬畏的那一点点心思放在三妹身上就成了，她又没得罪过你，咱们几个和和睦睦地过日子多好。要是这回姐姐真能大好就再好不过了，阿弥陀佛，保佑姐姐病愈，让我们姐妹三人好好相处。”蕊仪盈盈下拜，拜后仍跪在蒲团上默默诵经。

“嘎吱”一声，外面正殿传来一声门响，在夜里听来有些刺耳。女眷拜佛向来只在偏殿里，正殿里供着李家先祖的牌位，平日里除了蕊宁，其他女眷都不能参拜。满月轻唤了蕊仪一声，打开门望了望，道：“娘娘，这时候怎么会有人来正殿，不会是遭贼了吧？”

这几日府中忙乱，难免出一两个顺手牵羊的，别的就算了，正殿里的丢了怕是成了凶兆。蕊仪赶忙起身，大着胆子蹑手蹑脚地拉着满月过去。正殿里隐隐亮着一盏油灯，没听见别的响动，她暗暗退了一步，“不会是出鬼了吧？”

“娘娘，咱们走。”满月一听就打起哆嗦来，拉着她就往后拽。

“父王，伐刘守光，克幽州；征契丹，定北境；灭世敌朱全忠，您的三个愿望如今都要实现了。父王，儿子这些年南征北讨，终于要登基为帝了，那可是您一辈子想却没能坐上去的位子。”李存勖低沉的语声在正殿中响起，短短几句话胸中沟壑豪情自现。

蕊仪在殿外听了，直向满月使眼色，二人一步一停地往外面移。李存勖望着面前父亲的牌位静了一刻，心中起伏，仿佛一棵被压制已久的弱苗在那一刻破土而出，然后长成了直蹿云霄的苍天巨木，可声音却忽然低沉了下去：“父王，我完成了您的愿望，他不比我强，您错了。”

“哎呀！”满月只顾着回头拉蕊仪，一不小心撞在了柱子上。

“谁？”

刚巧这是最后一根柱子，蕊仪一个机灵拉着她一转，弄成好像她们是来时撞上的。蕊仪装出一副惊惧的样子，怯怯地对满月道：“原来真有贼人，快去叫人！”

门霍然而开，李存勖阴沉不定地看着她们，不知方才的话她们有否听到。他瞧着那双战战兢兢的剪剪水瞳，半晌方道：“这么晚了，你们来这儿做什么？”

蕊仪一慌，竟发现手上还捏着半截香，心下一喜，道：“早先见姐姐的病有了起色，就想着带满月来拜拜，为姐姐祈福。”她看向还亮着的佛堂，微微一笑。

李存勖应了一声，听她这么一说又想起另一件事，便看了满月一眼，打发她先回去。眼前光影一动，蕊仪见他并未关门，也跟了进去。她一抬眼，只见供桌上摆着三支羽箭，箭杆光滑油亮，一定是有人经常抚摸所致。

这应该就是老王爷留下的三支箭吧，她心下清楚，但因不想让他知道刚才自己偷听了他的话，就笑了笑，轻声问道：“这三支箭是老王爷留下来的吧？妾身驽钝，不知可是有什么含义？”

望着高台上的金字牌位，李存勖略说了个大概，深深地看着她问：“父王在时，说我不如嗣源大哥，你说要让他知道如今完成这大功的是我，他又会如何说？”

这话不好说，蕊仪到案前拜了拜，借机想了想，道：“一支箭能不能射得远、射得准，弓的好坏很重要，可是这射箭的人更重要，大将军就好像那张弓，而王爷则是这挽弓的人，居功至伟。”

“净会说些好听的。”李存勖鲜少与女子说这些，听她说得一板一眼的，便笑了，紧张的思绪去了一半。

“我还没说完呢。”蕊仪被他打断，说到感兴趣的事，禁不住抢白，“不过，王爷和大将军是兄弟，分得这么清楚有什么意思。”

“若定要分得清楚又怎么说？”李存勖挑眉，正是和这些半懂不懂的人说话才更有意趣。

“大哥哥是将，王爷是君，他越不过王爷，王爷也离不开他，这便清楚了。”蕊仪把话说得甚是小心，不过这倒是实话，嗣源那块榆木疙瘩是动不了越过他的心思的。

她与李嗣源有那么一段，这一段还不短，李存勖不动声色地冷笑，眸光一沉，淡淡的，似是不经意地问：“以前你常去军营找他？”

“那都是随兄长送粮草，不过，王爷只见我去见大哥，怎么就没见我去见父亲大人？”蕊仪半真半假地道，转念一想，他既然明着问了，大概知道得不少，既然二人做了夫妻，还是不要全瞒着，“也不瞒王爷，我与大哥是议过婚的，只是爹爹没有同意。”

“你心里可还有他？”李存勖并不动怒。一时间四下里静了下来，只飘了些香燃过后的灰烬。

世间男儿不过如此，就算嫁了嗣源，她也未必能事事如意，倒不如忘记得不到的，珍惜能够得到的。蕊仪怅然，她只是想明白了这个道理。

“自从妾身同意嫁入王府便没有了。想来王爷也听过妾身的脾性，若是妾身不愿意，就是一头碰死了，也不会上轿子。”

良久，李存勖只看着她，从她光洁的额头，到半含愁绪的眼角眉梢，再到微微上翘的下颚，“你确有这傲骨。”他忽然嗤笑了一声，颇为自信地道，“他那呆板性子，就是入了你的心，也入不深。”

蕊仪暗暗舒了口气，他没生气就好，顺手将羽箭重新收回锦盒，恭敬地捧到他面前，“天晚了，王爷把羽箭放好，就去伊姐姐那儿吧。”

“幼时的事你还记得些什么？”李存勖若有所思地道，手指在腿上轻轻地敲着。

“都忘了，只记得十几岁上的了。”蕊仪不无遗憾，爹娘那么疼她，忘了那十年，不知忘了多少能让她日后时常回想的事，“大病了一场，觉着自己好像重新活了一次。”

蕊仪发间沾了一点香灰，李存勖伸手为她拂下，“忘了也就罢了，懒得跟你计较。”

嘴上越不计较，心里就越要计较，这是他们这些身居高位者的通病，蕊仪又担上了心，不觉忸怩了些，顿时小女儿态毕露，“原来之前王爷不理妾身真是因为这件事，听爹爹说，不过是三四岁时见过两面，王爷也忒小气了。”

“你既把本王忘了个干净，还理你作甚？”李存勖说得有板有眼，说到最后自己也笑了，心里忽地一下松了下来。他亲自问了，看了脉案，问了韩元，蕊仪是真的什么都不记得了，这便好，这便好！她说她心里已无李嗣源，他不信，可是这不信却有极大的妙处。她心里有别人又如何？左右是他的妃妾，他哪一个妃妾不是满心满眼都是他？他想看看，要多少时日能把李嗣源从她心底抹去。

他与李嗣源争了这么久，争人马，争地位，争父王、争母妃的心……他们已数次交锋，如今，他们又要争一个女人的心，这是头一遭，有趣！有趣！若能让蕊仪彻彻底底地属于他，又何惧那段过往？

“今晚宿你那儿。”李存勖一手拿了锦盒，一手递向她。

“王爷说什么？”蕊仪愣在那儿，怀疑自己听错了。

“回芳菲苑。”李存勖道，慵懒如黑豹，困乏中含着随时会醒的钢骨。他一手轻挑起她垂下的发，轻轻一闻，黑眸一直盯着她的眼，直看得那双眼中的目光比水还柔。

夜色朦胧，星月的光华洒在他身上，让他看起来也有些朦胧。两朵彤云悄然浮上两颊，蕊仪眼中熠熠有光华流动，她鬼使神差地把柔荑放在他温热的大掌中。当李存勖的大掌收紧包住她柔软的手时，一种从未有过的感觉占据了她的心，宛如两股温热的泉水交融在了一起。她不再是一个人了，不再是孤孤单单的一个人了。

装设雅致的庭院里上一刻寂静无声，下一刻即传来阵阵哀号，嫣红的液体喷洒出来，庭院里开出朵朵诡谲的泣血牡丹。这些只发生在一刻，有几个人还没来得及哀号就被推入了井中。

一个娇小的身影立在檐下柱后惊恐地看着这一幕，她睁大了眼睛，似是不敢相信。一个军士向她走来，手中的长刀犹自淌血，一点点滴在尚未沾染的石子路上。另有一位老嬷嬷从后而来，使出全身的力气拖了少女往后急跑。待那军士追至，她用尽最后一丝力气将少女推入假山后的暗门，一刀砍至，她倒下时触动机关，暗门关上。

少女只看到老嬷嬷未能合上的嘴和饱含不舍的眼，下一刻便是伸手不见五指的黑暗。外面的哀号声渐渐止了，她坐在地上，泪，却怎么也流不出来……

“娘娘，娘娘，你怎么了？”满月掀开帐子，轻轻摇着她。

蕊仪一惊，梦里竟用力一推，将满月推得堪堪摔下去，自己倒坐了起来，恍惚睁开眼睛，一身的汗，身下素白绢子上染了暗红，身上酸疼得厉害。她抚着额头，原来是自己见了红才做了这种梦，看来她是当真不能见血光的，果然不祥。

“磕着了吗？”蕊仪这才留意到满月，忙过去扶她。

“没有磕着，娘娘这是怎么了？刚才还哭了。”满月起身替她收拾，端水给

她漱口净面，“娘娘昨夜和王爷在一块儿，是喜事，怎么反做了噩梦？”

“王爷什么时辰走的？”蕊仪忐忑地不答反问，侧身时看见铜镜里那含春吐蕊的容颜，不禁抬手抚上那再熟悉不过的脸颊。白皙的手指顺着脸庞滑向锁骨，上面点点殷红，她一羞，直从脸红到脖子根上。

“天刚亮就被王顺叫走了，走的时候嘱咐了不要叫醒娘娘。”满月笑了笑，不忍她担心，“王爷走的时候，娘娘睡得齐整着呢。”

蕊仪放了心，指指那绢子，道：“拿去给姐姐报喜。”说罢不觉满脸娇红，想了想又叮嘱道，“若是撞见蕊瑶只笑笑便好，她若要来，就说我累了，还要收拾东西。”

“这么说是怕三小姐生气？”满月为难地道。

“不过躲她几日，等入了宫，册封过了，再给她寻机会。”蕊仪勉强牵动嘴角。难道只因有了一夜的肌肤之亲，心里的感觉就不同了？韩靖烈有句话骂得对，她不过是一个女人。

满月看看她，还是没动地方，“娘娘既不愿意，昨夜又何苦劝王爷去伊氏那儿？”

“先不说她是姐姐的人，刘氏有子独大，我又没把握立刻有了，那就再要个人和她争又如何？”蕊仪坐到镜前自己绾发。之前的绾发丫头嫁了人，她便想着自己来了。

满月忽然想起一件事来，凑近了低声道：“娘娘可还想着大将军？”

蕊仪目光顿冷，想到宛如依兰的曹平都，心内刀割一样地疼，不禁冷了声气：“满月，你跟了我这么多年，你知道我什么时候最难受吗？家里那群老的小的不成器的折腾我，我没叫过苦；族里的姐妹笑我只懂往钱眼儿里钻，将来要老死闺中，我可曾气过？就是雨夜里送军粮，大雨滂沱，一夜又冻又饿，第二天换衣裳，两条腿都泡得起了皮，我曾喊过一句疼？我最怕的便是什么也不知道，什么也做不了，恰恰就是他把我陷入了这种境地。”她叹了一声，“那天我下定了决心，放下一切，连女儿家的名节都不要了，只要跟着他走，可是他呢？我在雪地里等了他一夜，吹破了两把油纸伞，可是他在哪儿呢？他在和平都郡主洞房花烛！”

“娘娘别生气，都是奴婢不好，奴婢这就去把她打发走。”蕊仪并未落泪，可话落在满月耳朵里却全是心酸血泪，她从没见蕊仪这样，一时慌了手脚。

蕊仪一警，看看窗外。好在满月机灵，只让来人在二进门的地方候着。她低声问：“你要打发谁？”

 “前日来了个丫头，奴婢瞧着像在魏将军府里见过，奴婢问了，是魏将军的庶出妹妹鱼凤。她虽不承认，但奴婢觉得她定是大将军遣来的。”满月道。

“难道他还指望我什么？”蕊仪冷笑，他原不动这心思，难道现在动了？想了想，又道，“不管是不是，都不留。不过，进来的人不好打发出去，你只让她去做那些最苦最累的差事，寻个错，再打发走。”

“是。”满月行礼退去，唤了人进来伺候早饭。

这些天虽暖了很多，但到底还是早春时节，早晚有些凉，人们都知道避着，可一向阖窗闭户的正妃屋里居然开了两扇小窗，蕊宁精神正好，倚在榻上，让人开了小窗兀自看着窗外甫抽芽的柳枝。

满月呈上盛着素锦的漆盒，打开来。蕊宁愣愣地看着，心内不知是何滋味。她这个心高气傲的二妹居然走到了这个地步，也不知是怎么说服了自己，这都是为了她和韩家吧？可是她是必定对不起这个妹妹的，她不想这么做，可不得不这么做，谁让蕊瑶是她的亲妹妹，而蕊仪却不知……

正想着，蕊仪竟来了，还把今早得的赏赐拿了一半过来。看看两扇小窗，蕊仪心中一喜，道：“姐姐是不是好些了？看来我昨日焚香祷告，佛祖受用了。”

“又没规矩。”蕊宁瞥了她一眼，指指身边的位子，倒未见怒色，“你长进了，瞧瞧那些东西，刘氏、伊氏当初都没得过这么好的。”

蕊仪面皮一紧，到底笑了笑，“姐姐让我长进，我如何敢不。”她顿了顿，细细打量起她的气色，“姐姐这回一定要大好，最好到洛阳的时候再调养得丰盈些，让父亲来说说，那位子还不是姐姐的？”

“若是这样自然好，即便是好了也难再生养。”蕊宁心下明白，这病哪是一两日就能好转的。

蕊宁原怀过一个，不到三个月的时候掉了。蕊仪怕她伤心，想了想安慰道：“姐姐好了只管劝王爷，就说蕊仪日后有了男嗣，就过到姐姐房里。王爷念着与姐姐多年的夫妻情意和爹爹的功劳，兴许能压压刘妃。”

“蕊瑶的事你张罗得怎样了？”蕊宁不应她的话，只抬眼问道。

偶尔有一股小风吹入，徐徐的，吹在面皮上甚是爽利，蕊仪却仿佛被一盆冷水兜头浇下，只觉一阵凄凉。不知什么时候，她的姐姐心中已不再有她。她一时不想回答，站起来想把窗子关上些，奈何手上无力，弄得窗框连碰了几下。

“风大，姐姐不能着风。”

“你还是不上心。”蕊宁闭了闭眼，有些不耐烦，“你是怕她日后夺了你的宠？蕊瑶的心思你不会不知道，你挡得住吗？真是糊涂。”

“我……还没寻到机会。”蕊仪攥紧了袖子，觉得整个人都烦躁起来。

蕊宁轻咳了两声，用帕子沾了沾嘴角，道：“早和你说过，蕊瑶有了名分，你们日后就有了照应。没了她，就没别人吗？你啊，管些庄子、铺子倒是好手，在这些事上却这么糊涂！”

“我知道了，院子里还有事，姐姐好生休息。”蕊仪一时无言以对，心里堵得厉害，邪火横生。帮蕊瑶要名分，她可以怪蕊宁心狠，一点不为她着想，可这最后一句却说在了她心根上，她在如何做一个能抓住男人心的女人上的确有缺。

在后园的桥栏旁倚着，蕊仪拿着根柳枝，把柳叶一片片地用力扯下，丢入河中，扯得一双玉手生疼。满月在一旁伺候着，大气也不敢出，见伊氏走近，松了口气，“伊妃娘娘来了。”

“姐姐都收拾好了？”蕊仪笑了笑，把柳枝扔到一边。

“再有两日便起程了，如今大体上不差，也就是想着补几个漏。”敏舒笑道。她自来善解人意，又是过来人，看了她几眼就明白了大概，“生你姐姐的气了？”

“没有，只是忽然要离开魏州，总觉得有些不舍。”蕊仪不知她亲疏，随便说两句敷衍她。

敏舒笑笑，拉了她的手道：“别怪你姐姐，她也是心疼你三妹。”话一出口，她自己也愣了一下，“我不是说她不在乎你，家里姐妹兄弟多，最小的总是偏疼些。你们姐妹一处，也好照应。”

蕊仪凝视了她良久，想想她的出身和素日名声，又想到入府后她对自己一向和善，无奈叹道：“姐姐饱读诗书，怎会不知昔日汉时飞燕与合德的旧故？今日姐妹非来日姐妹，白白毁了姐妹情谊，还没个好下场。”

谁知敏舒听了竟呵呵笑了两声，“妹妹不是魅主的赵飞燕，又怎知蕊瑶小姐就是赵合德了？若是存着这样的心思，那你和你姐姐又怎能共处？”

“姐姐不同。”蕊仪也说不出缘由。

“你只闻有飞燕、合德，怎就不闻娥皇、女英了？你啊，看开一点就好了，别说咱们即将入宫，就说哪个大宅子里不是三妻四妾的？我是过来人，你的心思我都明白，你心底里最怕的恐怕不是日后不能和你妹子相处，而是不想让王爷这么快就有了别人。”

蕊仪愣在那儿，半天说不出话，此刻若是在房中，那眼泪是如何也忍不住的。她阻拦着蕊瑶，是因为嗣源伤她太深，跟她分开几日便眼巴巴地娶了平都，她如今是防着李存勖了。

“姐姐，我不是个糊涂人，谢谢姐姐开解。”蕊仪福了福，安定了许多。想想蕊瑶也怪可怜的，若是放在她身上，她也会想尽办法遂了心愿的。

“不过，既然是姐妹，也该有先有后，你放心，我瞧着你亲，自然是帮着你的。”敏舒笑道，拍着她的手背，拉她去品茶。

二人先去品茶，聊得甚是投契。敏舒出身书香世家，谈吐间蕊仪颇是欣赏，二人直到用完午膳才分开。蕊仪从敏舒院里出来，一眼就瞧见蕊瑶在对面亭中向她举箸而笑。她有些尴尬，想避又不好意思。

“最近可好？”蕊仪吓了一跳，她对蕊瑶竟如此生疏了。

“你说呢？”蕊瑶撇撇嘴。她性子活泼，什么心事都挂在脸上，但因容貌俏丽，倒不显得她浅薄，只觉得她眉眼活泛，有掩不住的勃勃生气，“我要给姐姐道喜呢。”

“蕊瑶，咱们能不这么说话吗？走到这一步都是造化弄人，你以为我就想这样吗？”蕊仪叹了一声，自己灌了一杯酒下去。

蕊瑶想了想，神色缓和了些，但嘴上还应着：“可我瞧你正乐着呢。”

“这不是还在魏州嘛，到洛阳还有些日子，会有机会的。”蕊仪劝道，对她笑了笑。等到了洛阳，一切都会好的。

“你真的肯？”蕊瑶疑道。母亲周夫人说她小孩子心性，一连让奶娘说了她几日，再加上毕竟是一起长大的姐妹，此刻见蕊仪对她愧疚的样子，也不好意思起来。

“嗯。”蕊仪点点头。

“那我记住了，不怪你了。”蕊瑶把筷子一抛，一溜烟地跑了，上了拱桥回头朝她一笑，明媚如朝霞，灿烂若桃李。

蕊仪看着呆了。母亲曾说她的容貌如温润的泉水，细品之下自有化骨的妩媚风流、雍容高贵，但蕊瑶却生得娇艳扎眼，最美在于回眸的那一瞬，只那一瞬便能摄魂夺魄，只可惜自幼娇养纵容惯了，有时艳得过了头，怕是留不得长久……蕊仪瞧着，心里有了不好的预感。

第四章·风去

迁去洛阳前一日，王府中已收拾停当，车马早在附近的庄子里停好，行李细软挑子一担担地收在房中。晌午王顺回报了状况之后，李存勖就来瞧蕊仪。他没了疑虑之后，就常到蕊仪处歇息，两个人倒是越来越合得来。

“王爷。”蕊仪福了福，轻声道，“方才去看了姐姐，东西都收拾好了。姐姐这些天身子好了许多，说明日与咱们一同起程。”

李存勖微微点了点头，欣慰地道：“她这回若能全好了就好了。本王瞧着你那妹妹也不甚细心，这一路上少不得你照应。”他顿了顿，笑道，“方才传来军报，郓州就快打下来了。”

“那王爷岂不是要双喜临门？”蕊仪笑了笑，盘算着的话没说出口，让她的笑有些僵。

“大哥前些天还受了伤，把平都叫去服侍了。等他们回来，得好好谢谢他们夫妇。”李存勖看着她的眼，目中是志得意满的笑意。

蕊仪有些尴尬，对李嗣源的消息她还做不到冷然以待，只能勉力做出弟妹该有的样子，“没想到平都郡主这么文弱的人也去了军里，想必是夫唱妇随。王爷好眼力，撮合了一对儿佳偶。”

“你真这么想？”李存勖笑了，眼中更为幽深，还略多了些自己都未察觉的期待。

“大将军和郡主一刚一柔，正是天作之合。大将军这样木讷、不解风情的人，就该找这么个温柔解语的配着。要不王爷倒说说，若不配郡主这样的，难不成要配妾身这种只会拨算筹的？”最后一句说得颇为大胆，话没说完蕊仪倒自己先笑了。

“你只配本王这样的。”轻弹了她额头一下，李存勖大笑道，十分畅快。

“大将军回来之后，王爷打算怎么安置他？”蕊仪随口问道。一想起“嗣源”二字就闹心，若是同在洛阳，他定会时常进宫，见多了，她不敢保证能容得下他和平都的柔情蜜意。

“存渥随本王进洛阳，大哥便留在魏州吧，所幸不远，以后节庆上召他来便是。”李存勖道。

“也省得尾大不掉。”蕊仪在他面前向来能拿主意，李存勖也由着她，总拿些事情跟她商量。

“为的也是兄弟和睦。”李存勖全然没料到她会这么说，更舒坦了些。

二人进了房，丫鬟捧上香茶，低头退出。蕊仪想了想，跪在他面前，“妾身有个不情之请，请王爷不要废弃姐姐。姐姐一辈子要强，她如今什么都没有了，只剩下这个位子。”她看着他，眼中隐隐泛着泪光，“妾身知道姐姐没有子嗣，若妾身日后有了子嗣，情愿过于姐姐名下。”

李存勖目光如海，深沉而暗流汹涌，他半晌无言，面上流露出犹疑之色。他与蕊宁若不是因为当年之事也不会结为秦晋，多年夫妻，虽然也颇为爱重，但蕊宁知道些那事的根底，有时难免影影绰绰，倒不如梓娇贴心，更何况梓娇有了他唯一的男嗣，母凭子贵，实属应当。

“王爷就当念在与姐姐多年的夫妻情分上，给她留些颜面。”蕊仪深吸了口气，掩面而泣，“不然她这病好了，也是白好。”

“你且起来。”李存勖叹了一声，扶起她，“本王也不是不念夫妻之情的人，等她养好了再看。”

“妾身谢王爷。”一听之下竟有转机，蕊仪擦擦泪，不敢多说惹他厌烦，小心翼翼地道，“王爷晚膳用在哪儿？我让他们备下。”

见她懂事，李存勖笑了笑，也觉得没必要为这没准儿的事闹僵了，便道：“晚上就在你院中的亭子里摆桌小酒，过几日就到洛阳了，今夜就当再赏赏魏州的月亮吧。”

“妾身这就让人准备。”蕊仪还念着蕊宁，却仍强颜欢笑道。

王顺过来叫了李存勖回去，蕊仪送他出去，正欲和几个丫鬟一起准备晚上的酒菜，碧云却亲自来请了。蕊仪问了问，眼泪大滴大滴地往下落。方才蕊宁让人扶着在屋里走了几步，谁知就忽然不好了。她刚刚才求得李存勖松口，怎么一会儿工夫就不好了？

碧云和满月一左一右地扶着她，蕊仪跌跌撞撞地到了蕊宁房里。蕊宁唇如灰土，视线落在对面墙上。她们叫她，她老半天才微微移动视线。

“郎中怎么说？”蕊仪低声问。

碧云问了进来，贴在她耳边已有了哭腔，“说是不好了，方才是回光返照。”

“都精神几天了，难道都是回光返照不成？”蕊仪浑身颤抖，死抓着碧云的手就是不松开。

“这都是命。”碧云哭道，跪到她脚边，重重地磕了个头，“二小姐，如今娘娘不中用了，奴婢们的性命就都指望着二小姐了。以前奴婢们有对不住二小姐的地方，还请二小姐不要跟奴婢们计较，日后二小姐就是奴婢们的主子。”

“你们……你们这些……”蕊仪气得说不出话，这都是些什么样的人，主子还没咽气，就来投新主子了，“满月，拉她出去，叫那些侍奉汤药的警醒些。”

“蕊仪……”蕊宁看向她，示意她过去。

“姐姐别生她们的气，好生歇息，王爷已经答应我了，让姐姐做皇后。”蕊仪凑在她身前，哽咽道。

“做皇后，做皇后……傻孩子，他怎么会让我做皇后呢？咱们韩家的后位是落在你和蕊瑶身上的，我一直都明白，一直都明白的。”蕊宁笑了笑，没有泪，也没有怨，眉目间清明了然。

蕊仪拭泪，朝门外道：“去找王爷和三小姐过来。”

蕊宁让丫鬟们都下去，只留下蕊仪。她看着蕊仪，目光飘忽不定，有几次都欲言又止。蕊仪入府以来，她们之间的姐妹之情莫名地淡薄起来。此刻蕊仪知她有话要说，却拿不准该如何开口，只能一边垂泪一边伺候着。

满月回来，垂首立在一旁，踌躇着道：“王爷在和几位将军商讨军务，过不来。三小姐……她……不知到哪里去了。”

“让人到王爷那儿守着，你再去找三小姐。”蕊仪低声斥道，轻声安慰蕊宁，“姐姐再等等，他们一会儿就到。”

蕊宁摇摇头，嘴角带了一丝若有若无的笑，不像是伤心，也不像是无奈，“趁他们没来，我有话要对你说。”她让蕊仪扶着，勉强半靠在美人靠上，“你一定在怪我，为什么小时候对你那么好，一进了府就只想着蕊瑶，总不把你当妹妹看。其实，我从没想过让你进府。”

“我知道。”蕊仪黯然，蕊瑶的确比她更适合这个位子，可这难道就意味着她注定要被忽视？

枯槁的手抚过她的脸庞，蕊宁轻叹了一声，带出几声咳嗽，“我本是对你好的，可是在这件事上我不能不为蕊瑶想，为韩家想，不是你不好，只是……”她默然，良久，眼中竟有了泪光，一颗滚烫的泪滴在了蕊仪手背上，“你很好，可谁让你不是我的亲妹妹，谁让你和我隔着一层血脉呢？”

“姐姐，你在……我……”药碗跌在脚榻上，咕噜噜地滚到角落里，蕊仪整个人仿佛被一下子抽干了一样，她很想问一句这怎么可能，可是她问不出来，蕊宁道出了她多年来刻意粉饰的疑问。

自小她就觉得自己和爹娘、兄弟姐妹长得不像，脾性也不像。她一直身体康健，丝毫不像生过一场足以让她失了十年记忆的大病；她刚到韩家时，蕊宁看着她那副小心翼翼的样子；爹娘待她最好，可她却总觉得不那么亲近；还有……

她从前做过很多假设，想着自己可能是韩家的养女，可一直没有人跟她说起，她也下意识地不愿触碰这件事，都只当作无聊时的笑谈，此刻，那些假设连并着数不清的蛛丝马迹纷至沓来，但都比不上蕊宁一句话来得真实。

蕊宁没有必要骗她，可是这怎么可能呢？韩家虽不是皇亲贵胄，但也是名门望族，怎么能容得她这么多年？更重要的是，她的一双父母对她那么好，怎么可能不是她的亲生爹娘？她不是没有猜测过，只是这些疑问压得她想不明白。

蕊仪尽力维持着冷静，不知如何克制着才说完了这短短的一句：“爹和娘一直都知道？”

“不，他们一直不知道。”蕊宁哭了，泪水无声无息地顺着脸颊流下。如果蕊仪没有进府，她会像以前那样待她，会将这件事永远烂在肚子里，“你刚出生那年，不，是蕊仪刚出生那年，爹和娘来了魏州，把我和蕊仪留在祖母家里，这么一晃就是十年，十年里虽与爹娘有书信往来，可他们从没回过扬州祖宅，也就自然没有见过蕊仪。那一年，蕊仪十岁，爹来信要接我和她来魏州。爹和娘因从未看顾过她，对她一直都很歉疚，信里直叮嘱我要好好照顾她，我一直尽心尽力，可没想还是出了岔子。”

“路上我们遇见了山贼，家丁里除了一个跑出去报信的，其他的都死了，只剩下一个老嬷嬷跟我和蕊仪躲在一个山洞里。蕊仪病了，第二天夜里发着烧自己走了出去，跌下了山崖，我拼着性命把她拖上来的时候，已经凉了。”这些年，这段过往不知有多少次在蕊宁心中盘旋，如今再说起已没了初时的悲戚。

蕊仪听着，眼泪不知不觉地下来了，她可就是在那时鸠占鹊巢的？她不知该不该感谢那个真正的蕊仪，如果不是这位韩家千金早夭，她也许只是一个乞丐、一个弃儿。

“老嬷嬷见蕊仪死了，吓得连话都不敢说。我也害怕，一来，毕竟爹娘把蕊仪托付给了我；二来，爹爹有了二娘之后，对娘就总是不冷不热的。娘私下来信说过，她盼着蕊仪回去后，能借着爹对蕊仪的歉疚挽回他的心。我不知该怎么告诉他们蕊仪已经不在了，我不敢，也不能，我不能让久病在床的娘承受这样的打击。老天见怜，让我遇到了你。”蕊宁叹道。

“我的亲生爹娘……”蕊仪哽咽着。那老嬷嬷就是她的奶娘，以前她不懂老嬷嬷为何面对爹娘的询问时总是战战兢兢，现在她懂了。

“我也不知道你的亲生爹娘是谁。那天我们觉得山贼走远了，就摸着黑到与那逃出去的家丁约好的地方会合，路过一个村子，听说有个老汉捡了一个孩子，十岁上下，样子生得极好，只可惜不记得以前的事了，而且一个老汉收养这么大的姑娘也确实不便，就想着找个好心的人家送了去。我知道后立刻去看，见你身量和蕊仪相仿，除了不记得以前的事，言语倒很是得体，就跟老嬷嬷说好，谁也不许说出这个秘密，从此你就是蕊仪。”蕊宁声音干涩，知道这些话要耗尽她的力气，还是要说下去。

“可是，娘怎么会不知道？”蕊仪下意识地抚上耳后的胎记。她不信一个母亲会不知道亲生女儿身上有没有胎记，即使一出生就分别。

蕊宁无奈地长出了口气，道：“我和老嬷嬷一口咬定，是你六岁那年出疹子之后发出来的，又买通了当时府里的郎中，让他说确有人有过类似的情形，娘也就信了。”她顿了一下，定定地道，“蕊仪啊，老嬷嬷没了，现在只有我知道这个秘密了。”

蕊仪脸色煞白，陡然知道自己的身世，心中那些荒唐的猜测虽然落到了实处，但她并不觉得有什么可以怨怼的。她不记得幼时之事，自然不知道她的亲生爹娘是不是抛弃了她，无从怨；这些年韩家二老对她很好，大体不知她的底细，自然也就跟待亲生女儿无二，无须怨。她所哭的不是自己，而只是那段心酸的往事。

可眼下蕊宁说只有她一人知道这个秘密了又是什么意思？难不成她要将这个秘密说破？韩家那几个如狼似虎的兄弟，若是知道她并不姓韩，日后断然不会再让她依靠韩家。还有一向疼爱她的韩元和周氏，若是知道了她只是一个不知父母是谁的弃儿，又会怎么做？

“爹娘都很疼爱你，是不是？”蕊宁淡淡地问。

“是。”蕊仪点头，不知她心绪。

“我虽更疼蕊瑶，可也把你当亲妹妹看过，是不是？”蕊宁继续问。

“是。”蕊仪心中一痛，谁说不是？若不是入府后与蕊瑶有了云泥之别，她也不会无数次地质问自己。

蕊宁微微一笑，道：“那你继续做韩家人可好？”

“好。”蕊仪愣了一下，她不知自己怎么就这样一口应承了。她攥紧了手中的绣帕，极力抑制心中那卑劣的想法。她一向自诩清高，可事到临头，为了活命，她可以不认自己那不知何名何姓的亲生爹娘，可以继续欺瞒疼她怜她的韩元和周氏。

原来，她与棒打老父的刘梓娇并无甚区别，她心中隐隐支撑着她的巨擘骤然崩塌，那些碎石灰土弄得她灰头土脸、无地自容。

“你是个聪明人，不枉我们姐妹一场，你只消记住，这辈子都要为了咱们韩家而活，他日韩家煊赫之时，我在冥府里谢谢你。”蕊宁眼神复杂，若不是隔着那层血脉，她们一定会是这世间最好的姐妹。

门外传来一阵响动，满月低着头，在珠帘外站着向蕊仪使了个眼色，为难地不敢开口。蕊仪垂着手向她摆了摆，示意她出去说，却听蕊宁吩咐道：“让她说，就在这儿说。”

“这？”满月绞着手，不敢看她。

蕊仪猜了个大概，料想蕊宁也想到了，便朝满月点点头，道：“没听见王妃的话吗？”

“王爷正在刘妃娘娘那儿宴请几位将军，刘妃娘娘说不能……”满月觉得自己整张脸都抽了起来，她不敢看，闭着眼睛往下说，“刘妃娘娘说不能扫了诸位将军的兴，一会儿宴罢再让王爷过来。”

“好一个刘氏，我还没咽气……”蕊宁气得趴在枕上大口大口地喘着粗气，握着蕊仪的手，整个身子都在颤抖，“你看看她，要是我死了，她哪儿还容得下你们？”

“姐姐息怒。”蕊仪连忙扶她躺下，转开话头，“三小姐呢？”

满月吓得更加不敢说话，四下里只有蕊宁粗重的喘息声，过了一会儿她觉得再不说话就不成样子了，才哆哆嗦嗦地道：“三小姐也在，奴婢在外面听见她的笑声了。”

这个丫头到底怎么回事？蕊仪心中怒道，长姐病重她不知道就罢了，一个姑娘家跟一群大老爷们儿混在一块儿，还成日地找机会往上贴，成什么体统！

一阵大笑从蕊宁胸中溢出，和着血，她边笑边咳，吓得蕊仪和满月连喊着唤人进来。蕊宁止住她们，笑看着蕊仪，道：“瞧见了吗？这才像我韩蕊宁的妹妹。蕊仪，我有个好妹妹，我可以放心地走了。”

蕊仪心中又急又凉，只觉得胸口发闷，眼前发黑。以前蕊宁偏心蕊瑶，她只觉得长姐偏心幼妹，加上自己委实不争气，怪不得别人，现如今知晓了自己的身世，再听到这样的话自有了另一番感受。果然是隔着一层血脉，不是她的，终是无法得到。

她没有幼时的记忆，只把蕊宁当作骨肉相连的长姐，长姐如母，可蕊宁从来都知道真相，从没把她当成过至亲手足。蕊宁说这些话不会心疼，她听着却如受刀斧，若她这一生都是那乡间的弃儿，也不必尝这痛楚。

“你别小看了她，日后她必将宠冠后宫。”蕊宁眼角含泪，嘴角却带着抹不去的笑意，眼中的欣慰更是想忽视都不成。

心中疼痛难忍，蕊仪朝她点点头，想要离开，哪怕只是一刻。

“姐姐，我再去看看她们，也许就快过来了。”

“不必。”蕊宁目光一沉，拉住她的手，死死地握着，“我的话还没说完。蕊仪，你能再答应我一个要求吗？”

“姐姐请讲。”蕊仪忍不住想把手抽回来，却使不上力气。

蕊宁看着她，似要把这些话铸到她心里，“他日入宫，你要时时照顾蕊瑶，无论何时何事，都不可与她相争。若有一日，我韩家的女人能坐上后位，你要发誓，那个人一定是蕊瑶。”

“当”的一声脆响，玉镯重重地磕在了榻边上，蕊仪颓然坐在蕊宁身边，仰起头，脸颊滚过两股发烫的热流。她不想答应，也不能答应，可她不得不答应，蕊宁不当她是妹妹，可她从来都把蕊宁当作自己的亲姐姐，哪怕她知道了真相，哪怕她被逼得无处可退。

“好，我答应。”蕊仪伏在她身上放声大哭，她不知自己是怎么答应的，只知道心里的那道裂痕再也无法愈合，“姐姐，你放心，我答应你。”

蕊宁也不好受，泪水汹涌，颤抖着抱住她。二人紧紧地依偎着，泪光中四目相对，想说的话尚未出口，喉中又起哽咽之气。她们从未挨得这样紧，然而这种亲近却再也无法当作亲密看待，这是第一次，也是最后一次。

不知过了多久，门外传来一阵急促的脚步声，钗环碰在珠帘上一阵响，蕊瑶已到了榻前。她焦急地唤了声姐姐，泪在眼中打转。

蕊仪哭累了，她没有多说，只无奈地看着蕊瑶道：“再跟大姐说说话吧。”说完，出去把郎中叫了进来。

“该为王妃准备了。”老郎中沉着脸摇头。

一手挥开珠帘，她几步冲到门边，凝神细听，隐隐听到一阵丝竹之声，她无力地跌坐在门槛上，周围的宫女惊呼着上来扶她，她摇摇头，看向碧云道：“还没有来，是吗？”

碧云点头，难过地咬着下唇，道：“二小姐，其实大小姐她总是这样的，十天半个月见不着王爷，她不和你们说，一直熬着……”

“去帮姐姐收拾一下，最后尽一次主仆之情吧。”蕊仪看向老郎中，静静地吩咐，“我嫁妆里有一株七叶的老参，你拿去熬了参汤送来，能多挺一时是一时。”

她复转身入屋。蕊瑶抽噎着缩坐在蕊宁身边，像一个受了惊吓的孩子。蕊瑶本来就是一个长不大的孩子，可就是这么一个孩子总做下那些伤人心的事。这情景仿佛又回到了那些个三姐妹缩在亭子里赏月的时候。那时候她们一边吃点心，一边为娘亲抱不平，小声嘀咕着二姨娘的坏话……

“王爷来了吗？”蕊瑶抬头，两眼红红地看着她。

“没有。你不是应该比我更清楚吗？”蕊仪到底还是带了些气。

“我……”蕊瑶说不出话来，一双粉拳用力地砸在榻上，她也不想这样。

“别等了。”蕊宁气若游丝地道，看向蕊仪，费力地伸出手，“你们两个……送我……挺好。”

“大姐！”蕊仪和蕊瑶跪在榻前，忍着眼泪一齐唤道，等着蕊宁最后的话。

蕊宁强撑着半坐起身，一手一个拉住她们，让她们的手交叠在一起，“以后就剩你们两个了，你们要互相扶持。蕊瑶，蕊仪会照顾你的。”她含笑看向蕊仪，“蕊仪，我答应你的做到了。”

蕊仪愣愣地点头。蕊宁实现了她的承诺，她的身世秘密在今日被掀了出来，却也在今日湮没。蕊宁目中有着淡淡的愧疚与不安，嘴唇嚅动了几下没有开口，她在等着蕊仪回答。

蕊仪起身，整了整衣裙，郑重地跪在一步远的地方，“我答应姐姐的，答应王妃的，也一定……一定做到。”

蕊宁笑了，那细弱的声音早已不复当年那般透着傲气，她又看了看蕊仪，最后把目光落在蕊瑶身上。

“不行，我一定找他来。”蕊仪擦干脸上的泪，起身直冲了出去。不管蕊宁如何对她，是不是她的亲姐姐，她都不能看着一个女人日薄西山的时候还在苦等着正躺在别的女人怀里的丈夫。蕊宁这一生孜孜不倦地追求那个位子，可她爱的不仅仅是那个位子，她也爱自己的丈夫！

一路疾走到刘氏的院子，才知道李存勖宴罢回了自己的寝殿，刘氏也跟过去了。蕊仪咬了咬牙，一甩袖子，豁出去了，直闯过去。满月在她后面急急地唤她，她只当作什么也没有听到。

门口的侍卫拉住了她，她挣也不挣一下，只冷冷地看着他们，声音里听不出波澜，“我现在要从这儿过去，你们若敢拉扯我一下，就该知道有什么下场。”

侍卫们左右顾盼着，既不敢退也不敢进。王顺听见响动出来相迎：“娘娘，不知出了什么事？”

王顺跟韩元有些交情，待她们姐妹一向恭顺。蕊仪见到他，神色终于和缓了些，尽量平心静气地道：“王妃快要不行了，想让王爷去见见。”

“王妃不行了？怎么没人来通报？”王顺惊道。

“可能是底下的人忘了。”蕊仪心里有个声音不停地告诉自己：要忍耐。刘梓娇啊刘梓娇，你欺人太甚！

王顺对身后的侍卫交代了几句，引她进去，“这样的事娘娘还是亲自告诉王爷为好，娘娘随末将来。”蕊仪一句话不说，径自跟在他身后。他不回头，用仅她能听得见的声音道：“娘娘切勿动气，王爷和刘妃娘娘都喝了酒，大概刚要歇息。”

“我自有分寸。”蕊仪轻道。王顺已在门前通报了，里面传来梓娇不耐烦的声音，还有李存勖迷迷糊糊的问话声。

梓娇亲自出来，打了个哈欠，把门只开了道小缝，散乱的衣裙遮不住丰满诱人的春色，“是妹妹啊，王爷醉了，有事明日再说，妹妹也回去歇了吧。”说着就要把门关上。蕊仪面无表情，眼明手快地一推，将门卡住，“王妃是王爷的结发妻子，王妃病危，王爷既在府中，怎能不去见上一面？姐姐做得是不是太无情了？”

“什么事？”李存勖抚着胀痛的额头支起身子，幔帐微微动了动。

隐约望见他慵懒的身影在帐幕中微微一动，明明可以让天下女子迷醉，此时在蕊仪眼里却很是心凉。她刚对这个男人有了些夫妻之情，老天却又让她目睹了如此凉薄的一幕。她用力一推，梓娇跌撞着退了两步，她趁势进了屋，往床前奔去。

“妹妹，王爷睡了，你这么做不合规矩……”梓娇怒意上扬，想拉住她。

“不合规矩？姐姐是想回禀了王妃，给我请家法吗？王妃都快不在了，还说什么规矩！”蕊仪声音里带着哭腔，瞪了她一眼。

李存勖掀开帐子，坐在那儿目光迷蒙地看着她。他衣襟大敞，精实的胸膛昭示着他长年军马经受的历练，让人忍不住想要倚靠。

“蕊宁出什么事了？”

“姐姐病危，怕是过不了今夜，王爷赶快去吧，再晚就迟了。”蕊仪拉着他的衣袖，从旁取了他的外衣要给他披上。

“蕊宁不行了？”方才喝多了些，李存勖耳中嗡嗡作响，闭着眼想要醒神。

蕊仪心里更凉，那边病榻上发妻气若游丝，这边却是高床暖酒秀色佳人，更让人难受的是，这做夫君的还迷迷蒙蒙地不知发生了什么事。韩元说过，嗣源做不了帝王，难道真要这般冷情的人才能坐上龙座？

“王爷不能去。”梓娇上前阻止了她，跪在李存勖跟前，“后日就要起程，再过五日就是登基大典，王爷怎可沾染了晦气？相信王妃知道了也会体谅的。”

一时气血上涌，那纤纤玉手险些挥了出去，蕊仪强忍着才将那一掌换成了一推。做那些泼辣女人的举动只会惹人厌弃，她要用的是情。

“王妃一向待姐姐不薄，姐姐也一向敬重王妃，怎么能说出这样的话？王妃方才连话都说不清的时候，还在叮嘱我日后要视姐姐为尊，不得违背姐姐半分，没想到姐姐竟是这般绝情的人！”

李存勖斜睨了梓娇一眼，微沉了脸，有些怒意，但却也没有发作，“今早还好好的，怎么就不好了？本王这就去。”

梓娇急了，她是未来的皇后，争的就是这一口气。从前蕊宁明里暗里地贬损她的出身，她一直忍着，但她有了茂儿，李存勖的独子，谁还会忍那个下不出蛋的女人？

“王爷不能去。王爷要是把动静闹大了，一定会耽误起行，误了登基的黄道吉日可如何是好？”

李存勖没有点头，也没有斥责梓娇，手上的动作却缓了下来。蕊仪心惊，他今日如此对蕊宁，他日就会这样对她，梓娇要争一口气，她更要争这口气。

“是怕误了王爷登基的黄道吉日，还是怕误了姐姐做皇后的吉时？”蕊仪流着泪道，她只看了梓娇一眼，就扑在了李存勖膝上，哭得楚楚可怜。在李存勖面前，她只是一个柔弱的女人，有的只是柔情和眼泪。

“都起来。”李存勖揉揉额角，一手一个想把她们扶起来，二人却都跪着不动。

“晚上几日又如何？在魏州也是一样的。晋王府一直在魏州，魏州的百姓多年敬护王爷，王爷一旦称帝就要离开魏州，是让他们寒心啊。”蕊仪这话说得有些撒泼耍赖的味道，却也有些道理。

一双凤目直横着蕊仪，梓娇心里堵得慌，她这是在上演姐妹亲情的戏码了，“妹妹好生糊涂，登基大典岂能轻易更改？今天是王妃姐姐，就算明天是妾身，妾身也还是这句话。”

蕊宁还没死，梓娇就已把自己抬到了蕊宁一样甚至更高的位子上，蕊仪紧紧攥着李存勖的衣襟，她若是不能争上这口气，以后迟早被这个俗气却大胆的女人挤得毫无立足之地。

“若是姐姐今日去了，王爷推迟了行程在魏州称帝，魏州的将士百姓一定感念王爷没有忘记他们。王爷全了与姐姐的夫妻之情，也当传为美谈。”全了这份情，就是全了同韩府和韩府身后势力的情。

“都住嘴，本王这就去。梓娇，蕊仪入府时日尚浅，你也去帮着料理一下。”李存勖招呼了王顺进来，二人先她们一步奔蕊宁屋里去了。

李存勖一走，梓娇就懒得闹了。她气得推了蕊仪一把，恼恨地道：“她都对你那样了，你还帮着她。”

“她是我姐姐。”蕊仪静静地回视她，起身擦了眼泪，出门时瞥了她一眼，“梓娇姐姐也该去张罗一下了，这才有未来皇后的样子。”

“我还以为你都忘了。”梓娇勾起嘴角，带了些笑。

“蕊仪从不敢忘。”蕊仪顿了顿，苍凉地道，“不过也请梓娇姐姐不要忘了，姐姐是王爷的正妃，该有的礼数不能少，这样也能显示你皇后的胸襟，不是吗？”

十几个宫女、嬷嬷忙忙碌碌地进进出出，收拾了蕊宁的行头，又给宫女们分了孝衣，院中一派愁云惨雾。蕊瑶在房门口呜呜地哭着，房内只有蕊宁和李存勖。

“二姐，我错了，我不该那样对你。”蕊瑶一见蕊仪就扑到她怀里大哭起来。

蕊仪心酸，搂紧了她，“好妹妹，以后咱们姐俩相依为命，咱们永远都是好姐妹。”

失去至亲的痛让她们暂时忘却了那些恩怨纠葛。蕊瑶一直怨她抢了自己的夫婿，可在府中多日，亲眼目睹了她所受的冷遇，心里再不甘也原谅了。蕊宁说得对，她们是姐妹，要相互扶持才能存活。以后她们之间会有争斗，可无论如何，她们都是姐妹。

两人互相搀扶着来到珠帘后面，从那流光溢彩的光影间看到李存勖坐在蕊宁身旁，一手将她抱在怀里。蕊宁已经说不出话了，只是静静地看着李存勖，一双枯槁的手搭在他的胳膊上，那眼神已经迷离，仿佛包含着千言万语，当中有遗憾、有不舍，还有一种莫名的情愫。

蕊瑶不懂，一味地埋头哭泣，蕊仪却懂了，那是一种天人都无法改变的无奈。若是蕊宁不生在韩家，凭她的心性，如何会嫁一个如此冷情的丈夫？若她不是嫁过来之后就要受那般冷遇，表面风光，内心里却耐着冰冷的孤寂，她也不会变成后来的样子。一个女人，心里没有了情，只有谋算，那她就不再是一个女人，如此的她又如何能留住丈夫的心？

这样的轮回注定了一个悲剧，就像现在，她不爱他，却做了她的妻，做了七年，七年后，就是她人生的尽头，她的转折在于成为他的正妃，她的尽头就在她这位夫婿的怀里。

蕊仪不想做这样的女人，这样的女人活得太孤高、太苦，她要爱自己的丈夫，也要让她的丈夫爱她，她不要重蹈蕊宁的覆辙。

“你放心，本王会厚封你的父亲、兄弟，还有你的两个妹妹。”李存勖低沉的声音里带着悲痛。他不是不爱蕊宁，他是不敢爱，他看见她就会想到为何娶她，就会想到她也有可能知道那段过往，何况那时他的心里只有可卿。

蕊宁似乎笑了笑，双手无力地垂了下来。李存勖没有松手，下巴埋在她的颈窝，无声地恸哭。蕊仪、蕊瑶领着一众宫女进来，跪在他们面前叩首，哭声呜呜咽咽地响起，汇成一片。

“姐姐可以走得安心了，王爷节哀。”蕊仪哭道。

目光一点一点地移向她，李存勖眼角湿润，恍若有所思。蕊仪才真正意味着那段往事，可惜她已经什么都不记得了……不过，也正因为她什么都不记得了，他们才能重新开始。那件事该过去了，应该永远过去。

“王妃的后事，你和刘妃商量着办。你们姐妹一场，也不要太伤心了。”李存勖扶起她和蕊瑶，转而拥着她到外间休息。蕊仪为蕊瑶争辩的样子犹在眼前，二女共侍一夫，纵然是亲姐妹，能做到这样的确不多见，他的几个兄弟若能做到这样，该有多好。

蕊仪倚在他怀里，头靠在他肩上，望着院中的白石凉亭感慨道：“姐姐身子好的时候最爱在这儿赏月，她说，赏月的时候，也许就可以看着王爷进她的院子了。王爷会不会也让妾身像姐姐一样，只能经常望着你的背影伤神？”

像是要向她保证什么，大掌紧紧地包裹住她的一双玉手，李存勖眼中泛起些许柔情，“不会，永远不会。”

晋王正妃韩氏大丧，推后十日迁往洛阳，李存勖于魏州称帝，国号唐，建元同光，史称后唐，李存勖即后唐庄宗。

同月，蕃汉内外马步军总管李嗣源攻克郓州，不日赴洛阳朝贺。

第二卷

连理逐残过无痕

斑驳破碎难尽意

第五章·洛阳宫

离洛阳只有大半日的路程，道路平整，两旁柳枝迎风摇曳，别有一番韵味。军士们护着车队，浩浩荡荡地向洛阳宫行去。

“报——”一人飞马而来，在马上向李存勖拱手道，“皇上，李大将军已距车队二十里，大将军听闻皇上在前面，便领了两骑，奔车队而来。”

“好，让车队停下，在旁边歇歇。”李存勖笑道，下了马车，派人去找蕊仪。

蕊仪行了礼，跟在他身边。她戴着孝，虽然刻意减淡了悲伤，却还无法故作欢颜。她想了想，轻声道：“快到洛阳了，臣妾还没有到过洛阳。”

李存勖凝眸，眼底现出一丝笑意，执起袖中柔荑，一托一握之间，蕊仪掌中已多了一朵夭夭的粉艳桃花。

“你姐姐的灵柩已安放妥当，朕会差人在那里修建皇陵，等朕百年之后也在那里长眠，你可放心了？”

“谢皇上恩典。”蕊仪感激道，花瓣在掌中微颤。她笑了笑，抬眼时竟无意多了几分媚态。

“一切都过去了，知道你的新宫殿叫作什么吗？”侍卫已在道旁摆了小案和香茶，李存勖和她坐了，附在她耳边轻道，“丽春台。朕问过了，那儿花木茂盛，时时都可暗香盈袖。”

“名好，香也好。臣妾可以和妹妹住在一起吗？”蕊仪倒了茶，亲手捧上。

李存勖就着她的手啜了一口，唇在她手背上轻滑了一下。她脸上一热，又顺势喂了他一口，最后一点自己饮下。

“你们一起也有个照应，日后她出嫁就按郡主的礼来。”李存勖也倒了一杯，依样画葫芦喂蕊仪喝下。

蕊仪被他逗得耳根发烫，正想转过身避开，蕊瑶端着一盒糕点过来了，“姐姐和皇上好兴致，别人都还被晾在马车上，你们倒品起茶来了。”

娇憨俏丽的脸上闪过一丝薄怒，蕊仪一丝不落地看在眼里，知道她听到了方才的话，“妹妹快坐，皇上刚说起你。”

后面又一骑飞马来报，说是李嗣源已经近了，又递上几份奏折。李存勖打开一份，看毕重重地摔在案上，下一份又是如此，接着几份落下时，将杯盏撞得滚到了路边的荒草里。

蕊瑶吓了一跳，拉了拉蕊仪的袖子，蕊仪向她使了个眼色。姐妹俩多年的默契已让她明白，少安毋躁。

“册谁为皇后是朕的家事，关他们什么事！是朕前些年对他们太宽恤了。”李存勖怒道，目光扫过蕊仪、蕊瑶，落在后面一驾马车上。

蕊瑶心中一喜，面上险些露出来，被蕊仪狠狠地拽了一把，连忙把即将冲口而出的话咽了下去。蕊仪把折子一本一本地拾起来，看着他打开一本，上面都是些反对立梓娇为后的言辞，一旦确认了，她也不敢说话。

蕊瑶看他们脸色不对，也试探着打开一份，看后，她松了口气，目光也落在那辆马车上。蕊仪明了后，唤了人重新布茶，轻声道：“梓娇姐姐诞下了茂儿，理应立为皇后，实不知他们怎么还会有非议。”

“你真这么想？”李存勖沉吟，按住她停在案上的手。

“姐姐当然这么想。不过，蕊瑶倒是觉得伊妃娘娘温婉体贴，日后也可能会诞下皇嗣，也是不错的人选。”蕊瑶想把事端引到敏舒身上，笑得跟银铃似的。

“啪”蕊仪甩手给了她一个耳光，出手不重，响声却颇大，“胡说什么！”严厉地瞪了蕊瑶一眼，转而谦卑地看着李存勖，“梓娇姐姐服侍皇上多年，自然是皇后的不二人选，臣妾相信敏舒姐姐也是这么想的。若梓娇姐姐为后，臣妾甘愿做一个梳头宫女侍奉左右。”

“朕没有别的意思。他们不喜梓娇，你入府时日短，自然推举敏舒，朕只是觉得他们太不懂事。”李存勖冷笑，看着她们二人，冷冽未去，“最好别让朕知道谁还动这个心思。”

二人噤若寒蝉，蕊瑶明白过来，捂着脸不敢喊疼。又一骑快马到，报大将军已到队尾。李存勖忽然一扫阴霾，大笑道：“是皇兄来了，朕当亲自出迎。”说罢接过马缰，翻身上马。

“疼吗？”蕊仪把帕子给她，让她按上，“事出紧急，别怪我。”

“刚才吓死我了，差点儿就把脏水泼自己身上。不过，姐姐为咱们韩家解释就成了，为何还要为伊氏说话？除了她不是更好？”蕊瑶跟在她身后，往梓娇的马车行去。

“傻呀你，伊氏家里是有财还是有势？她哪有能耐煽动那帮老骨头，弄不好皇上就会怀疑是咱们韩家在背后干的好事。”蕊仪叹了口气，微微低着头，“我不瞒你，我和大姐想的不一样，后位是要从长计议的。”

蕊瑶点点头，道：“你说是爹让他们这么做的吗？我瞧着犯不着费这么大的劲对付这个伊敏舒，她从前也不过是大姐身边的喽啰。”

蕊仪摇摇头，挑眉看着她，“也许是，也许不是。若是，那从前就真是小看了她。你记住了，这些人没一个可以小觑的。”

“你还会帮我找机会吗？就要进宫了。”蕊瑶忸怩了一下低着头，眼角弯起一个暖暖的弧度。

“再等些日子吧。”蕊仪笑笑，快走了几步，径自站在梓娇的马车外唤了一声。

梓娇掀开帘子，笑了笑，“王妃的丧仪我都按礼数规矩办了，妹妹该不会怨我了吧？”

“妹妹不敢，只是有些话要告诉姐姐。”蕊仪倾身过去，把事情说了个大概。

梓娇一挑眉，笑得有些阴沉，“是她对吗？连个小公主都养不下来，还跟我争？”

“姐姐怎么不说是我？”蕊仪低声问。

“你是个聪明人，那么好的机会都放过了，除非有更好的机会……”梓娇欲言又止，想了想，眼中闪闪有灵光，“我知道我暂时坐不上后位了，最近想了个来钱的路子，不知能不能在妹妹手上的铺子里卖卖。”

“姐姐开口了，我还能说不好？”蕊仪笑道。她和梓娇的关系不能仅仅依赖于这种虚无的支持，得再抓些东西作保。

远处两骑一前一后飞奔而来，那龙纹绣服背后的身影令蕊仪心中一颤，多日不见，他略消瘦了些……怎么又想到这儿了？蕊仪想到她听到的那些有关李嗣源与平都郡主夫唱妇随的传闻，心里骤然冷了。她福了福身，淡淡地看了李嗣源一眼，目光立刻回到李存勖身上，“大将军凯旋，臣妾给皇上贺喜。”

“臣拜见几位皇嫂。”李嗣源目中一动，恭恭敬敬地行礼，目不斜视，半分没有看向几个女人。

“你们这样拜来拜去的，怕是要误了入洛阳宫的吉时。皇兄不必拘礼，你永远都是朕的大哥，一切如常才好。”李存勖笑道，向旁一指，“朕欲与大哥同车而行，可好？”

“臣不敢，几位娘娘都在，臣还是骑马，为皇上保驾。”李嗣源坚持不让，半分不敢越矩。

李存勖暗暗松了口气。梓娇在一旁笑道：“臣妾疲懒，今日陪不了皇上，还得便宜了妹妹。”说罢看向蕊仪，满是笑意。

蕊仪看向李存勖，等着他的回应，目光掠过李嗣源丝毫没有停留。李存勖不着痕迹地看了他们一眼，挽了蕊仪，“也好，蕊仪没来过洛阳，朕正好跟她说说。”

二人行在前面，身形偎依，蕊仪一袭月白色宫装罗裙在李存勖身边一衬，甚是飘逸，周围的侍卫宫眷见了无不羡慕。

李嗣源愣了一瞬，下一刻才举步跟上。蕊瑶被晾在一边，半天插不上话，又不见蕊仪邀她同往，一阵烦闷。见李嗣源失神，她冷不防地轻哼了一声，水汪汪的眼睛凌厉起来，把李嗣源从头到脚扫了个透彻，一跺脚回了原先的马车，重重地摔下帘子。

几骑快马先于车队到洛阳城下通报，百官众将整理了袍服战甲，正襟而候。不多时便见开道的龙旗幡帜，李存勖换上战甲，端坐于与他多次出生入死的战马上，目光所至百官山呼万岁。

甫一过城门，只见城中百姓早已在道旁下拜，万岁之声又起。洛阳原就被称为东都，百姓们从来晓得礼仪规矩，道旁挤满了人，御驾行过时，却鲜少有人抬头，直到李存勖的座驾过去，才站起来一窥龙颜，一边踮着脚，一边也不忘喊万岁。

一些女眷跪在较远的地方，听见前面传来的话，忍不住抬眼看去，脸上一红又赶忙垂下，一会儿又忍不住望过去，这一望就再移不开眼。

蕊仪微微拨开帘子看了一眼，恰巧对上这样一双眼，忍不住扑哧一笑，“以后皇上不必愁选妃了。”

韩靖远骑马跟在马车外，离窗户近，他耳力又好，蕊仪在车内说了什么听得一清二楚。

“才听说你过得不好，怎么现在又雨过天晴了？”

“这不好吗？难道大哥哥听了不高兴？”蕊仪笑了笑。韩靖远是韩元的长子，她真正意义上的长兄，只因从前管嗣源叫大哥，就管他叫大哥哥了。韩靖远是韩家第二辈里难得对她和善的一个，也是唯一有军功的一个。

“知道你有办法，原也不该为你担心，来年等着你给我添个皇外甥。”韩靖远笑道。后面有人来通报，他打马离去。

他一走，蕊仪就觉得气闷。这是她第一次来洛阳，却无缘一睹街上的景物人风，直接就被送进洛阳宫里，以后也难再有这缘分了。外面万岁声不绝于耳，她在里面只觉得燥热。和蕊瑶在一起虽时常拌嘴，可两个年纪相仿的年轻女子一块儿，拌嘴也十分有意趣，如今蕊瑶没有名分，只能跟其他亲眷坐在后面的马车里。此时耳边的喧闹与她全无关系，一个人坐着，只觉得身子底下要长草似的。

蕊瑶的名分已不能不面对，原想着等自己册封之后就给她安排，左右多一个姐妹，多一个帮手，可现在她和李存勖刚刚开始，她忽然不想让蕊瑶插进来。蕊瑶性烈善妒，又娇憨美丽，若是夹在她和李存勖中间，她岂不是难全了心意？

蕊仪平白打了个喷嚏，之前面对李嗣源那两个妾室的时候，她也不曾这么想过，她这是怎么了，患得患失成这样？她怎么就知道自己一定比不过蕊瑶呢？难不成嗣源那两个妾室就是丑八怪了？

“娘娘，到了。”外面传来太监的禀报声，然后是摆上脚凳的声音。

蕊瑶下了马车，总算见了天日。阳光刺眼，她环视四周的宫墙，像染了层金边，壮美得耀目。洛阳宫曾遭战火兵祸，武则天时修得好些殿宇如今早已付诸一炬，此次来不及重建，只在那些还有基底的原址上复修，没想到就是这样，还能折腾出这般景况。

“皇上口谕，赐刘妃居仪鸾殿，伊妃居集仙殿，蕊妃居丽春台，请各位娘娘先去安置。”传旨的是赵公公，全名赵喜义，前日才跟在李存勖身边。

三人谢了恩，各自有车轿来接。蕊瑶赶上来跟在蕊仪身后，二人刚要上轿，却听得梓娇唤了一声，笑道："妹妹有空要去瑶光殿看看，听说九洲池景色如仙境，万不能错过。"

蕊瑶正觉得新鲜，听她一说忙道："二姐，要不先让他们把东西送过去，咱们先去看看？"

蕊仪笑了笑，"还不累吗？改日吧。"又向梓娇福了福，"还是改日与姐姐一同去。"说罢拉着蕊瑶上了轿。

"瑶光殿是不是有什么新讲究？早听说当年则天皇帝甚喜那里，时常游览小住。"蕊瑶坐在她身边，刚问完又猛然想起另一件事，"陛下住哪儿？"

"听说是在贞观殿。"蕊仪看向她，若有所思地道，"如今的瑶光殿定是给新后的，可皇后未立，只能空着。刘氏是定要做皇后的，住进去是迟早的事，她只是在试探咱们罢了。"

"也不一定就是她，难道只有她会生儿子，二姐和我就不成了？"蕊瑶不服气地嘟嘴，她偏不喜欢梓娇，才色歌舞、温言软语，谁不会了？就她会显摆，"等二姐帮我，哪儿还由得她折腾！"

"说什么呢，也不害臊。"蕊仪笑斥。蕊宁临终把蕊瑶托付给她，她纵然不愿，于情于理都不能不管。但转念一想又多了个期冀，若是李存勖自己不要，那她也没办法。

丽春台是个颇为明丽雅致的地方，正殿和偏殿都不大，格局却难得精巧，里面的陈设雅致又不失灵动，比如那根雕做的小凳，那绘着昭君出塞的翘头案，那绣着孔雀起舞的屏风床……

院中花木虽然茂盛，但犹有一大片空地，只是绿草茵茵，上面坐一白石亭，春夏之日可以摆宴。蕊仪和一众宫女收拾停当，发现箱子里还有两盏陪嫁的琥珀灯，就让人挂在了亭子里，给亭子题了个名字叫"琥珀"。

入夜，李存勖没有来，听说歇在了敏舒那里。蕊仪换了新地方睡不着，索性让满月陪她。满月一手撑着脑袋，一手帮她掖被角，"娘娘想皇上了？也不见从前这么在乎……"

"大姐走的时候，我觉得天都要塌下来了，还好有他。"蕊仪打断她，微微叹了一声，眼角有笑意，"而他，是个木头疙瘩，现在想想大概我从不明白他在想些什么。”

自蕊仪到魏州韩府，满月就一直跟着她，这前后两个“他”指的是谁，她再明白不过。她想了想，抓住被子边，“从前觉得娘娘与他在一起不像年轻男女，倒像是老成夫妻，这回与皇上一起，终于显出些年轻女子的气性，奴婢觉得娘娘这才是心动了。”说罢，赶忙用被子把头蒙住。

预期的推打挠掐没有降临，半晌无声，满月从被子里钻出来，“娘娘？”

“小心隔墙有耳，这样的话以后别再说了，睡吧。”蕊仪背过身去，看着眼前的屏风出神，待耳畔传来满月均匀的呼吸声，她轻叹了一声，“好在他要回魏州去，若是留在洛阳，我也不知自己会做出什么。”

这一夜满月睡得香甜，口水流到了香枕上。蕊仪则似睡似醒地过了一夜，辗转反侧，只觉得院中有响动，可偏就疲懒，想着多了好些人服侍，若真有什么，早有人料理，便料定了是在做梦。

“娘娘，该起了，传旨的公公就要到了。”萱娘在门外禀道。

蕊仪应了一声，推了满月起来，让萱娘和丽娘伺候梳洗。鹅黄色的裙子绣着清荷，湛蓝的外衫，再称上一条杏黄披帛，饶是清丽，又有一番淡淡的妩媚韵致。她知道宋可卿甚爱荷花，时常让人绣在衣衫绣袋上，她便让人找了那绣荷花的老师傅给自己绣了几套宫装。

“什么味儿？”蕊仪深吸了口气，四周弥漫着一股花木的气息，不像是昨日所见。

“妆好了，娘娘自己去看吧。”萱娘怯怯地瞅她，主动退了一步，还让满月上来伺候。

往常身边的人伺候得紧，推门端茶的事都用不着娘娘小姐们动手，这回却没一个人上前，满月刚想上去，就被萱娘拦住了。蕊仪笑了笑，料想院子里有了新玩意儿，亲手推开门。

那香味儿没了阻挡，扑鼻而来，定睛一看，原本的花木没了大半，放眼看去，竟换成了一片桃林，虽然已过了最好的时候，但经过精心养护，看起来仍是一派灼灼，美不胜收。蕊仪把眼睛闭上又睁开，来来回回地几次，才相信这是真的。

“这是怎么回事？”蕊仪轻问，眼睛眨也不眨地望着，大约有二十来棵，栽在一处，虽比不上魏州家里的桃林，看起来却着实是一景。

“圣旨到——蕊妃娘娘接旨。”门外有公公来报，一袭暗色青衣，捧着明晃晃的圣旨快步而来，后面跟着十几个宫女太监捧着盘子，抬着箱笼。

蕊仪领着众人下拜，眼前明明是一片青砖地，却恁地一片桃红，如何也挥之不去。

“韩氏蕊仪，晋王妃韩氏之妹，贤淑端庄，恭谨和善，册为昭仪，为九嫔之首，钦此。”传旨的公公未等蕊仪谢恩，又拿出另一道圣旨，“赐韩昭仪钗环六十件，玉如意两柄，红珊瑚两座，蜀锦、府绸、云锦各二十匹，金、银各一千两，钦此。”

“蕊仪接旨，谢皇上隆恩。”蕊仪接了旨，站起来拿了两个金锞子塞在那公公手里。她抬眼望去，风一过落英缤纷，这些个鱼贯而入的人仿若行走在画里一般。这是梦吗？如果是，一世就这么梦着又何妨？

萱娘见那些钗环首饰精巧华丽，正欲上前唤蕊仪去看，被满月从身后拦住。满月满脸欣慰，拉着她小声道：“娘娘正高兴着，让她一个人待会儿。你不知道，娘娘有今天不容易。”她的娘娘，她的主子，终于被人如珠似宝地捧在手心里了。

满月说完就后悔了，怕蕊仪听到吃心。萱娘一见，虽不知前尘过往，也大略知道曾有过些伤心事，连忙大声打圆场：“咱们娘娘生得美，又端庄大方，就该被放在心尖尖上。”

二人相携回殿里收拾。蕊仪立在那儿出神，她们的话竟一句也没听进去，她笑着笑着竟忍不住流下泪。她是个拘谨的人，原以为嫁了人之后就守着男人过日子，相夫教子，踏踏实实地做个贤内助就好，从不敢想有一天能有这般经历。

一双铁臂从身后揽住她，下一刻她已跌入来人怀中。李存勖抱着她，知道她一害羞耳朵就会红起来，刻意在她耳边吹着气，“想什么呢？朕来了也不知道。”

“皇上……没去上早朝？”蕊仪惊道，回过神来，忙看周围有没有人看着。

李存勖低笑，将她转过来，手开始不老实，往她衣裳里钻，“征战了二十几年，得了天下，也该歇上几天。”一时忍不住，又从她脸颊直吻到唇上，“该添上几个子嗣了。”

“皇上，别，这还在外面……”蕊仪轻推了推，身子里有股热劲儿忍不住蹿升，可这是早上，又是在外面，他不是刚从敏舒的集仙殿里来吗？

李存勖不以为意，打横抱起她就往里走，袖子一挥，里面的人忙不迭地低头退了出去，末了一个机灵把门关上。蕊仪羞得一直把头埋在他怀里，脸上火烧似的，就是不敢抬起头来。李存勖吻上她的发，密密麻麻地一路吻上她光洁的额头、微颤的眼、挺秀的鼻，最后停在她的唇上，吃了她的胭脂膏子，重重地堵上来，像是要让她透不过气来。

一时间蕊仪只觉一阵窒息，这是白天，他该去早朝，外面一群人还都看着……推拒他的理由有千般万种，可是她竟不想。宫装滑落，随意地抛在地上，唇边不自觉地溢出一阵娇笑，她笑了，她竟笑了！大白天的，竟干起这种事，还笑成这般模样。

烧红的两颊灼热欲裂，她努力回想着从前那些倒背如流的礼教规矩，却怎么也想不起来，也不知哪儿来的勇气，她鬼使神差地用力一揽，二人紧紧地纠缠在一起。

耳边传来李存勖放肆的笑声，她顿了一下，竟没有放手，反而笑出泪花来。她是一个女人，是一个男人的女人，不是那个凡事思量周全、步步为营的韩蕊仪，她也会柔情似水，也会放纵自己去爱一个人。她不再是那个成日板着脸、守着厚厚的账册、只会等待的可怜人。

“皇上可为宋军师种过桃树？”蕊仪喘息着抬手，阻住他欲再次落下的薄唇。不是不知道这可能让他不悦，可就是想计较，她忍着躁动，尽管燥热难耐，仍坚持着等待他的答案。

李存勖没有说话，低笑了一声，眼中混沌，有一些他自己也不明白的情愫。他忽然使尽全身力气抱住她，似是要将她揉进身体里。

蕊仪呼吸急促，面前仿佛有万丈深渊，她管不住自己，要往里面跳，“桃花就快谢了，不知明年还能不能看到这般胜景……”

“朕与你一起浇水施肥，做一对田间翁妇，来年共赏。”李存勖笑道。那感觉来得快如闪电惊雷，却在瞬间清楚明了地抓住了。下一刻，他们共同坠入了深渊。

春绯将尽夏将来，天气渐渐热起来，花苞长到了最鼓的时候，等着竞相绽放。将近晌午，骄阳下雾气上腾，九洲池上泛着缥缈的云雾，宛如瑶池仙境。仙鹤啼鸣，沾着水面飞过，爪堪堪划过水面。锦鲤机灵地游来游去，时不时冒出来吐上一两串泡泡，又忙不迭地沉下去，像是怕成了哪只仙鹤的腹中餐。

这九洲池屈曲蜿蜒，居地十顷，仿东海之九洲，水深丈余，水波清澈荡漾，细看竟能看见池底的石块绿枝。那些石块并不是寻常土石，而是修建宫殿时剩下的蓝田玉石，成色算不上好，摆在水底下倒是晶莹剔透。

周围花卉罗植，国色牡丹各类品种齐全，虽未盛开，却香气袭人。池中有洲，洲中有瑶光殿，远远望去大气精巧又不失柔美之态，在雾气中仿佛凌空而起，令人神往。

“贵妃娘娘真有福气，以后住在这里，早上起来有仙鹤报晓，晚上有花香伴眠，那日子过得还不得跟神仙似的？”满月跟在蕊仪身后，她已来过三四次，可还是左顾右盼的，像个没见过世面的乡下丫头。

萱娘是个明理懂事的，跟蕊仪日子不长，却很知蕊仪心思，听了笑道：“咱们娘娘也是好福气的，瞧瞧皇上的赏赐，跟贵妃、贤妃一般模样。”

蕊仪笑而不语，她与敏舒同日受封，第二日再到仪鸾殿观梓娇受封，而这瑶光殿却是又过了几日才来的，由梓娇相邀，三人一同过来，之后没了顾忌才敢常来散步。不过瑶光殿里也只是那一日进去过，没的哪日触了人家的霉头，只在外面看看景色就好了。

“那个叫鱼凤的丫头怎么样了？”眼见她们笑闹，蕊仪忽然想起那个丫头。

满月迎上去道：“打发着扫院子去了。”她笑了笑，讨好卖乖的样子，“也不光扫院子，咱们丽春台里的累活都给她做了。她倒也懂事，知道娘娘不待见她，一句抱怨都不敢说，前天洗衣服洗到三更天。”

这倒是没想到，蕊仪愣了一下，不是心软，只是这样别人看了不好。

“以后就只让她扫院子，别让她到殿里来就成了。回头跟尚宫局说说，给她换个地方。”

满月应了，抬眼竟看见不远处的林间山石后面有两抹青灰色的身影。她看看蕊仪，转身吩咐萱娘、丽娘去取点心，支开她们，又把其他人都留在后面，这才跟蕊仪指了指。

李嗣源和赵功生？他们怎么进内宫来了？李嗣源也看见了她，跟赵功生低声吩咐了几句，独自迎上来，恭敬地一躬身，“见过韩昭仪。”

蕊仪笑了笑，似是丝毫不在意，“大将军新立军功，想必要加官晋爵，不知何日回魏州？”

“臣尚未接到旨意。”李嗣源沉声道。

蕊仪绕过他向前走去，他无声地跟上，忍了又忍还是开了口：“娘娘近来可好？我……臣是说，前日见到韩大人，韩大人让臣代为问起。”

那日才和韩靖远说过话，韩元哪里又会来问？难不成他也学起了旁人，吃着碗里瞧着锅里？蕊仪心里更气，权当没听懂他的话，“既然是父亲大人问起，本宫自当修书一封，就不劳大将军了。”她转过身，朝他笑道，“不过，如果是大将军问起，本宫还是要直言相告的——本宫过得很好，从来没有这般好过。”

蕊仪从来内敛，就算真过得好也不会说，如今这么说必是气话，李嗣源想劝，但有些事他一辈子都不想让她知道，又奈何口讷，只能道：“皇上是个性情中人，脾性大，眼睛里容不得沙子，娘娘定要小心谨慎，好生保重。”

“这就不劳大将军费心了，大将军还是应该先想想自己。”蕊仪冷笑，挑眉看着他，“大将军要是真为本宫好，不如早些回魏州府。本宫一样是眼睛里揉不得沙子的人，要是走晚了，再让本宫看见些不该看的，本宫也不知道自己会做出什么事，到时伤了天家威仪和睦就不好了。”

几月不见，仿若隔世，李嗣源看着她的背影忍不住伸出手，想像以前那样扯住她的衣袖，手抬到一半，猛然醒觉，他已对不起她，又如何能再害她？

蕊仪向满月的方向走去，犹豫着想回头，但一想到二人已无瓜葛，牵扯下去倒成了她没脸没皮，就索性死死地看着前方，不自觉地颈上都有些僵硬。行出三步，心里又在等他唤她，她顿时恨自己恨得牙根发痒，觉得自己真真是个没出息的。

“妾身拜见昭仪娘娘。”远远地，平都和赵功生赶了过来，平都乖顺地行礼，身姿似水。

“夫人免礼，大将军想是一刻也离不开夫人，开口闭口都离不开夫人。”蕊仪笑脸相迎。李嗣源军中归来不见加封，倒是平都昨日得了一品诰命夫人的封号。

平都腼腆地一低头，别有深意地看了李嗣源一眼，她知道前尘过往，心里自然不舒服，可是比起那番释然，不舒服就微不足道了，那复杂的目光渐渐沉淀为一汪清泉。

“娘娘说笑了，他一个千年万年的石头人，哪里会把人挂在嘴边，倒是娘娘怎么不多留一会儿？娘娘和夫君是旧识，想必寻常叙旧，皇上也不会在乎。”

又来了，蕊仪不禁想要皱眉，自己差人打听过，平都确如她生得那般婉约贤淑，平日里处事虽然八面玲珑，却的确是个心善心软、体贴入微的，一个丫鬟挨了打她都能哭上一天一夜，家里父兄姐妹的衣衫、荷包，竟有不少出自她手，侯府里的人都赶着对她这个养女好。

这样一个心善又行事谨慎的人，如何到了她面前就变得莽撞了？就算恨她曾是嗣源的心上人，如今这口气也该平了，难不成这平都内里竟是个善妒的，想用这种方式让她不好受？

这种刺探情敌的事她没兴趣，让她闹去好了，蕊仪呵呵笑了笑，道："夫人和大将军进宫，恐怕是来见皇上的吧？不如一起去贞观殿。"

"就约在这九洲池上，倒是娘娘赶巧到了，不妨由我相邀。"平都笑道，看着李嗣源，眼中多了两分挑衅。

周围的宫人笑看着他们，蕊仪不好回绝，亲昵地拉了平都的手，一路说笑。他李嗣源会演戏，难道她就不会？

"听说娘娘和夫君情同兄妹，怎么见了面一句话都不说了？不会是碍着我在吧？"平都笑问，明眸一转，不好意思起来。

蕊仪朝李嗣源瞟了一眼，四两拨千斤地道："夫人都说大将军是个石头人了，本宫又岂会自讨无趣？大将军是拿刀剑的，本宫是拿针线的，从前也说不上话，说上话也不知道在说什么。"

瑶光殿南有一亭名琉璃，这日为宴请李嗣源夫妇装点一新，内置香茶、点心，左右有七八个宫人侍候，见他们来了又摆上几个小菜。不多时李存勖来了，身边跟着梓娇。

蕊仪一见，心下明了，这是做弟弟的让做哥哥的正式见弟媳了，深觉自己不该出现。可是李嗣源在，她又不能退，那样太刻意了，反倒惹人怀疑。

"蕊仪也在？"李存勖看见蕊仪也是一愣，暗暗看向李嗣源，见平都立于一旁才放心。

"拜见皇上、贵妃姐姐。"蕊仪迎上去。李存勖道了"免礼"后，她立刻站到了梓娇身后。

黑眸最深处隐隐一丝满意之色，李存勖又受了李嗣源和平都的礼，让众人依次坐下。蕊仪正要在梓娇身边坐下，他指了指平都身边的位子，笑道："表妹说她最愿意和你说话，你们一处，朕与皇兄一处。"

"臣不敢。"李嗣源再三推脱，就是不肯与天子并排而坐。李存勖再三劝他，硬按着他坐下了。

梓娇落了单，也不见生气，“妹妹怎么也来了？”

“刚巧在散步，碰上了，姐姐该不会怪我叨扰了吧？”蕊仪笑道。她与李嗣源的交情不是秘密，不过她问心无愧。

“不会不会，妹妹正好帮我照顾皇嫂，我这人粗枝大叶惯了，招呼不了皇嫂这样的玉人儿。赵公公，传膳吧。”梓娇吩咐道，俨然已有了后宫女主人的样子。

李存勖正在问李嗣源魏州府里的事，原来的晋王府给了李嗣源，日前已派人去安顿整理。李存勖打算另拨一笔银子给他扩建后园，又打算赏几个庄子，于是就多问了几句，看他喜欢哪些。听梓娇发话，李存勖停了下来，笑道：“再等等，存渥还没到。”

琉璃亭中的石桌是方形的，李存勖、李嗣源居首座，梓娇、蕊仪和平都分坐两边，众人这时才注意下首的位子空着。梓娇一愣，有些尴尬，干巴巴地道：“是我忘了，还有皇弟。”

“存渥回来了？”李嗣源一惊，李存渥这时候应该留守在郓州才对。

平都微微皱眉，捻了一小块山楂饼小口嚼着，若有所思地看着李存勖。他是该有动作的，但究竟意欲何为，她想不透。

“皇弟回来正好和皇兄做个伴，怎么，皇兄不愿意？”蕊仪眼望着李嗣源，却为平都递上一盏香茶，黄绿的茶水在琉璃盏里轻轻荡漾。

李存勖手一颤，几滴香茶晃了出来，赞赏之色顿生，这算不算心有灵犀？他也看向李嗣源，等着他的答案。

“臣不知皇上已派人替换了存渥。”李嗣源想了想，问道，“不知皇上派了何人？”

“朕下旨让魏将军暂代其职，皇兄大可放心。”李存勖面色稍缓。

嫁鸡随鸡，嫁狗随狗，她既然已做了他的昭仪，就该为他分忧解难，有些话他不好说，少不得要她这个无知的女人开口。蕊仪笑开了，全然一派天真烂漫，“皇上既然为皇兄新安置了府邸，也该为皇弟安排一下。虽然皇弟的战功不如皇兄，可怎么说也是皇上的亲弟弟，皇上可不能厚此薄彼。”

李家子孙大多善战，多年征战下来所剩不多，于情于理都该好好安排。这话说得不软不硬，刚刚好，可这当中的味道连不明就里的曹平都都闻得一清二楚。

蕊仪向梓娇使了个眼色，示意她敲敲边鼓。梓娇肩上一颤，竟低下头研究起面前的菜肴来。

梓娇平素最爱在这种事上插上一脚，今日却成了闷嘴葫芦，蕊仪只道她是要做皇后了，刻意注意举止，也就不以为意，笑了笑道："倒是臣妾多嘴了。"

李存勖听了大笑，"朕怎会不心疼皇弟？皇弟也安置在魏州，跟皇兄做个邻居，互相也能照应。梓娇，你为存渥准备一下，他身边没个人，你这做嫂子的就多担待些。"他忽然看向平都，又是一阵大笑，"你们多留意，该给存渥选几位夫人了。"

"皇上说得是，倒是我们大家疏忽了。"平都笑道，柔柔地看了一眼李嗣源，羞低了头。

众人都笑了，蕊仪笑得开怀，心里却一咯噔。原本李存渥是要留在洛阳的，李存勖最终还是改变了主意。她不经意地看了一眼对面的梓娇，梓娇虽也笑了，但不知怎么就是看起来干巴巴的，有些奇怪。蕊仪不解，方才以为她拿起了母仪天下的端庄架子，现在看来不像，难道她和李存渥也有过节？

正说笑着，赵喜义躬身进来禀报："陛下，申王到了。"说着遥指向远处正穿过花茵的男子。

遥遥望去，男子身形矫健，昂首阔步，犹如一头随时待发的黑豹。蕊仪原本跟他见过几面，可都是点头的交情，自然不知他和梓娇之间的恩怨。她闲闲地摇了两下团扇，半遮住面，不动声色地看向梓娇，想从她脸上看出些端倪。果然，众人都望了过去，唯独她动也未动。

"臣弟拜见皇兄、两位皇嫂。"李存渥英气勃发，行礼后又向李嗣源和平都问安，目光环视一圈，最后竟停在了梓娇身上，"嫂嫂没带茂儿来？茂儿要做太子，我这个做叔叔的也要向他行礼了。"

"小孩子家，哪里要做太子了？"梓娇有些尴尬，看着李存勖，只淡淡地看了李存渥一眼。

淡淡地宛若风过无痕，又仿佛含着难言的意味，这目光是何等的熟悉。蕊仪暗暗倒抽了口凉气，难不成梓娇也如同自己一般？这种感觉似是相同，又似是不同，她与李嗣源已经恩断义绝，那目光要更冷一些，而梓娇太刻意了，倒像是引而未发、欲迎还拒的样子。

李存勖以为梓娇是因为自己没有立茂儿为太子而生气，带着些许安慰解释道："茂儿还小，朕打算过几年再立他为太子。早早立他为太子，把他的心气养高了不好。"

"陛下说得是。"众人应和着。这种时候聪明人都不会随便说话，再也没有人会有第二个答案。

平都笑了笑，"皇上也不必心急，皇上年轻体健，以后一定会有更多的皇嗣。"她说话时只看着蕊仪，连余光都没有沾上梓娇半点儿。

一小块鲜笋掉在了桌上，有宫女匆忙过来收拾。梓娇拿筷子的手颤了一下，嘴角有些抽搐。蕊仪暗叫不好，梓娇能装上这半天已经不简单了，被平都一刺，焉有不发作的道理？她适时一笑，"还是应该先帮皇弟迎娶一位正妃才是，不，再多添几位侧妃才好。"

梓娇刚伸出的触角被蕊仪一刺，又缩了回去，她尽量让自己看起来大度一些，道："妹妹不必担心我吃味，妹妹和贤妃本就该多加努力侍奉皇上，为皇上诞育更多的子嗣。"

"皇嫂来年也一定会再为皇兄添一位皇子。"李存渥端起酒，敬了梓娇一盏。

蕊仪别有深意地望着他们。李存渥并不知道，梓娇生茂儿的时候难产，之后就很难再生养了。见蕊仪有些出神，还以为蕊仪嫌存渥冷落了她，李存勖不由得笑道："梓娇对他如姐如母，他们自然亲厚些。存渥，你也别忽略了昭仪，这儿还有你一位嫂子呢。"

李存渥笑着打哈哈，赶忙为自己又斟上一盏，"都是我的不是，这回敬这位嫂子。"

蕊仪受了。她背后是那繁茂的绿叶枝丫，她笑起来犹如提前绽放的牡丹，雍容华丽。眼前这三个男人绝对能演上一出戏，李嗣源半句反对的话都没说就接受了与李存渥同驻魏州，而李存渥来了之后李存勖再没提起过这件事，显然他们二人已经商量过此事。

义兄弟到底比不过亲兄弟，韩元说得对，跟着李嗣源不会有好结果。可是他们并不是被这些外力拆散的，是不是很可悲？蕊仪神色一滞，目光在对面和下首的位子暗暗游移了几次。不过，有些人比她更可悲，没开始就要结束了。

第六章 随军

这日早朝后，李存勖草草批阅了几份奏折，就匆忙来丽春台看蕊仪。蕊仪刚从仪鸾殿请安回来，看到他多少有些惊讶，不过，这些惊讶下一刻通通化作了一连串的吩咐，一会儿工夫就张罗了一桌点心水果。

“臣妾以为皇上要批阅奏折，无暇过来，故而没有准备，请皇上责罚。”蕊仪歉意地笑道，心里有些犯嘀咕。李存勖登基之后像是终于找到喘息的机会，对政事不像从前那样关心，把战事交给几个兄弟、重臣，他自己得空要么去和梓娇弹琴弄舞，要么就是来陪她。

而且这还仅仅是个开始，以后战事越来越少，天下越来越太平，蕊仪不敢想下去。李存勖抬手拂去她发间沾着的一片花瓣，目光柔和。蕊仪不觉展颜一笑，这样一个人就算有些荒唐，也该不会重蹈商纣之祸吧？

“不告诉你，就是觉得无论什么时候来，你都不会让朕失望。”李存勖一坐下就揽她坐在膝上，亲手喂了她一口芙蓉糕，惹得一旁的宫女羞红了脸，闷声偷笑。

身下一滑，蕊仪险些滑下膝头，另一幅似曾相识的情景在她心中一闪而逝。那一瞬她用力地回想，妄图抓住些什么，可只记得那是一群人，旁边站着两个孩子。

“啊——”蕊仪一声惊呼，已被李存勖横抱起来向床榻走去。

……

“身子不好，就该叫太医来看看，总是不爱惜自己。”李存勖低斥，严厉地看着她，拉起丝被盖在她身上，眼中难掩淡淡的疑惑。

思绪纷杂，不知从何说起，蕊仪有些心虚，“也许是日头太大了。”

李存勖看着她，神情越来越严肃，直到这种严肃变成了凝重，“你会不会……有了？”

蕊仪一愣，笑出声来，“臣妾的月事……刚刚过。”等待着他失望的目光，却没有像预期的那样落下来。

“朕希望我们能生养几个孩子，最好有一个皇嗣。”李存勖略带沧桑地道，回头还是吩咐唤太医过来。

蕊仪小心翼翼地看着他的侧脸，“皇上，臣妾从不敢有那种奢望。”

轻抚着她的背，隔着薄薄的锦缎，她柔滑的肌肤从他手下滑过，李存勖若有所思地看着她，试图让她明白，“朕迟迟不立梓娇为后，不立茂儿为太子，朕以为你明白。”

“是因为臣妾……皇上，这样不好。”不是因为那些老臣的劝谏吗？蕊仪心中一暖，皇嗣难求，可即使他最终仍是立梓娇为后，有他今日这句话便够了。

李存勖叹了一声道：“以梓娇的出身，做了皇后也难免有微词，这也会连累太子，无论是朕在生时，还是百年龙御之后，都会有人生出事端。”

蕊仪身子一僵，刚刚得来的暖意不觉慢慢淡去，天下没有哪个女人不希望丈夫最爱的人是自己，可是当她听到自己的丈夫如此说另一个女人的时候，又难以接受。

她一直以为蕊宁与李存勖有结发夫妻之名，而真正与他有结发夫妻之情的却是梓娇。往他怀里钻了钻，她轻声劝道：“可茂儿是长子，又天资聪颖，皇上不能偏废了他，也不能让贵妃姐姐伤心。”

“让我们的儿子做太子不好吗？”将她的发绕在指上，李存勖倾身封住她的唇，一点点地摩挲着，酥酥麻麻的感觉渐渐爬满心底。女人都在乎名分，他要把最好的给她，他不信她会一点也不动心。

蕊仪闭上眼，享受着这份宠溺。皇后、太子，说不动心是假的，她可以不在乎这些，但如果这一切意味着他与自己的长相厮守，意味着谁也不能轻易将这份温暖从她手中抽走，她会比任何人都在意。

她知道自己还没能把全部心思放在他身上，可是她已如一只刚刚射出的马球，虽未行远，却难以轻易停下来了。

如今朝里反对梓娇为后的呼声不小，如果能赶在梓娇立后之前生下皇子，她就有了登上后位的机会。论出身、论人脉，再论自身的德行，她的把握都会更大些。夺位难于登位，日后梓娇站稳了脚跟，再想把她赶下后位谈何容易，以前是没有这个机会，眼下有了，倒不如就此抓住，虽然有没有皇嗣要看天意，但只要有一分可能，她都要争取。

“陛下，王将军有军报呈送。”赵喜义在门外禀报。

“送进来。”李存勖微闭的黑眸一睁，坐起身整理衣冠。蕊仪起身，知礼地避开，到里面沏茶。

“王彦章、段凝进犯杨刘……”李存勖冷笑，王彦章，这三个字让他目如烈火，凝视良久后又犹如腊月寒冰。奏折猛然甩在赵喜义脸上，赵喜义吓得跪地求饶，口中直唤“陛下饶命”。

“都出去。”蕊仪低喝道，然后放下茶盘，捡起奏折递给他，一双玉手不觉微微颤抖，“王彦章”三个字如夏日里平地一道闷雷，方才惊得她险些坐到地上。王彦章进犯，宋可卿也要来了，这对新婚伉俪一直形影不离。

抬手一捻，将折子拉开，蕊仪看清了上面的字，慢慢抬眼看向他。此时，他眼中波澜翻滚，眼看着就再忍耐不住，蕊仪忙道：“皇上是不是打算亲征？”

“朕是该亲征。”李存勖冷冽地瞪着那份奏折，恨不得让它瞬时千疮百孔，“朕定要生擒王彦章！”

“皇上玉体尊贵，怎可轻易犯险？区区一个王彦章，朱友贞已经不信任他了，不然也不会让段凝为副将。再不成，让皇兄或者皇弟去……”蕊仪慌了，她在说什么，她在怕什么，她是在怕李存勖和宋可卿重逢吗？

“朕会让皇兄先去，但朕也一定会去。”李存勖说罢抛下蕊仪，大步流星而过。迎面而来的太监、宫女全然成了摆设，直到出了丽春台他都没有道一句平身，他胸中仿佛烧起了一团火，眼前只有一个字——战！

仿佛一阵风，除了屏上凌乱的丝被，什么也没有改变，蕊仪跌坐在地上。亲征，要离开洛阳宫！李存勖一旦离开，梓娇一人独大，况她素来又性情不定，说风就是雨，万一让她想到了李存勖的那层心思，哪儿还容得自己！一个连亲爹都可以不认的人，什么事做不出来？

蕊仪爬起身，扶着桌椅摸到窗边，茶盏翻倒，绣线落地，她来不及理会，痴痴地望着瑶光殿的方向。她要想办法，她要和李存勖一同去，她还要彻底得到他的心，怀上他的子嗣……瑶光殿不是最美最好的殿宇，却是她唯一能够安身立命、与他长相厮守的地方。

次日，李存勖于宣政殿拜李嗣源为将，择日出征。当晚大宴群臣，为诸位出征将领饯行。宴罢，众臣散去。李嗣源素来谦恭谨慎，逢人敬酒必饮，终不胜酒力，步出武成殿时已是脚步虚浮、踉踉跄跄。

“大哥，等等。”蕊瑶小跑了几步追上，顺势推开搀扶的太监，“听闻大哥又将挂帅出征，蕊瑶晌午出宫为大哥求了只平安符，可惜落在丽春台了，不如大哥在前面等我一会儿，我去去就回。”

李嗣源半眯着眸看了她一眼，他从来将蕊瑶当自家妹妹，当下不疑有他，含含糊糊地道了声好，由她扶着绕到后面的会宁殿。他在云归亭里坐下，实在觉得气闷，就把随侍的太监也打发了，让他去叫王顺来接。

酒气借着凉风发散出来，他揉了揉发胀的额角，面色通红，眼前的景色在夜色中成了一个个黑影，不太辨得出颜色。树枝在风中微微晃动，映在宫墙上影影绰绰，像是在演皮影戏。他忽而呵呵一笑，从前想着皇上登基时必是天下已定，他可毫无牵挂地抛下一切终老山林，哪里会想到有这一天。

眼前浮现出那抹记忆中的倩影，他又笑出来。他从来呆笨，不解风情，对于那些琴艺书画更是一窍不通。她弹琴、作画，他只在一旁笑看着。她竭尽所能地讲当中缘故，说到口干舌燥，他心中明了，奈何口讷，只能附和着说几句“你说什么都好”，惹得她那一阵子总给他软钉子碰。

她爱生气，可生得总是没有道理。她曾为他弄坏了她的花笺，半个月不理他，直到他思来想去拿了自己一年的俸禄为她开了间茶肆，她才又跟他说话。可当她为了送军粮，弄得满身满脸都是黄泥站在他面前，他心疼地四处给她找衣服、弄热水时，她又不动声色一个脏字不带地把他骂了一顿，说什么这不是他该想的……他一直弄不懂她的想法，一直不懂，等到他懂的时候，一切都晚了。

身后传来轻微的脚步声，定是蕊瑶回来了，李嗣源回头看去，一道模糊的身影渐渐清晰。来人从头到脚披着黑色的斗篷，斗篷虽用轻纱制成，却半分光彩不透，实实地遮住里面衣衫的颜色。

这身影和记忆深处的人渐渐重合，李嗣源顿时酒醒了一半，握紧了拳，难不成有人故意约他们至此？

“别猜了，是我要见你，外面有人守着。”蕊仪轻叹道，她在离他三步远的阶下停下来，没有再走近。

此处昏暗，李嗣源看不清她的面容，知她也定看不清他，略微放心，这样一来她应是看不出破绽了。

“这么晚了，你……”

“有件事想请你帮忙。”蕊仪顿了顿，借着远处的宫灯望向他，“你帮也得帮，不帮也得帮，这是你欠我的。”

李嗣源颔首，没有说话，只看着她，静静地等待着。

“此次代御驾出征，皇上定已密令你生擒王彦章，我想让你在合适的时机——放了他。”蕊仪低声道，目光急切而灼热。

“不成。”李嗣源像被烫了爪的老虎，另一半酒也醒了，怒目圆睁，想了想，话里有了劝说的意味，“皇上誓要平梁，王彦章始终是心腹大患，断不能留。我知你素来敬重他，我保证决不让他受辱便是。”

“呵。”蕊仪冷笑，明眸一蹙，“以王彦章今时今日的处境，没有皇上和你，朱友贞也容不下他。你口中的心腹大患究竟为哪般，我清楚，你心里也明白，在皇上心里，王彦章究竟是朱友贞的一员猛将，还是宋可卿的丈夫，你不会不明白。”

若是擒了王彦章，宋可卿必然来救，而依李存勖的秉性，定会想尽办法把宋可卿留在身边。

“宋军师和王彦章在一起？”李嗣源惊道。

“千真万确。”蕊仪自嘲地一笑，侧身对着他，“还记得晋王府里的荷花池吗？一共一百零九朵，每一年一朵不多，一朵不少，那是皇上划着小船亲手为她种的。为了种这一池荷花，皇上把几个花匠带在身边月余，早晚请教。皇上为了她，甚至曾想过废黜我的姐姐，虽然最终宋可卿拒绝了，可我的姐姐也就此守起了活寡，一病不起。外人都以为皇上专宠刘妃，谁又知道皇上喜欢的不过是刘妃弹的那些曲子，那些从宋宅偷抄出来的曲子？”

李嗣源皱眉，缓缓地闭上眼睛，手指死死地扣住石栏，恨不得那是蕊仪的玉臂，“皇上是性情中人，你既然明白宋军师在他心中的地位，就不该犯他的忌讳。”他长叹了一声，想要拉住她的衣袖，却被她一挥甩开，“你不要再陷进去了，为了他们不值得。如果你变得和那些后宫里的女人一样，你就不再是你了。”

“难道我就该和姐姐一样吗？”蕊仪轻笑，目光淡然地看着他，眼底有一丝泪光，“李嗣源，这都是你欠我的！”

黑暗中二人对视，谁也不肯让谁半分，李嗣源让她放手，而蕊仪要他偿债……

蕊仪知道他在想什么。在见识了蕊宁痴狂于后位之后，她当然不能让自己步其后尘，为了一个男人变得歇斯底里，可这个男人是她的夫君，是她在深宫中唯一的依靠，是第一个会陪她说话、陪她笑，会把她仅仅当作一个女人的人——这就不同了，一切都不同了。

“别这样看着我，让他们平平安安地离开，不好吗？既然你心里也觉得宋可卿是个值得敬重的好女人，那你也一定不想让她被锁在深宫里，过着生不如死、不见天日的日子。若是不想帮我，就当成是在帮她好了。”蕊仪笑道，夜色掩盖了她的沉重。

李嗣源一向视兄弟之情与道义为天，若此次真能帮她，她便彻底了断了他们之间的恩怨，日后只将他当作皇兄。

“好，我答应你。”李嗣源起身，从她身边经过时，停下来深深地看了她一眼，“我先出去把人引开，以后不要这样，会被人利用。”

蕊仪干干地笑了笑，望着远处摇曳的宫灯，只有余光落在他身上，见他良久未动，这才点了点头，怒视着他离去的背影恼恨起来。男女情爱果然会掩盖很多东西，以前就没发现他爱教训人。也许那时她并没把这些当作教训，还当成千年榆木疙瘩天可怜见地开了窍，终于说起甜言蜜语了。

“姐姐真打算就这么算了？要是我，这辈子都不会原谅他。”蕊瑶从不远处的林中走出来，李嗣源醉酒，没有留意到她根本未曾离开。

蕊仪扶着她的手下了石阶，低垂着眼，看着脚下的路，“不是放过他，是放过我自己。宫里的日子已经够难熬的了，犯不着因为他白白惹麻烦，何况让他有愧于我不是更好？后宫里风云诡谲，多个帮手也不错。如果你连这个道理都想不通，还是趁早另找位夫婿的好。”

“我看他不会帮你，在他心里，皇上比什么都重要，他不就是因为不敢得罪皇上，才抛弃你的吗？”蕊瑶嗤笑，一副巴不得看好戏的样子。

“真如你所言，他日我定让他身败名裂。”蕊仪目光一沉，内有刀兵之气。临近丽春台的时候，她忽然又问，“今晚皇上宿哪儿？”

“集仙殿，那个贤妃软得像一摊泥，也不知皇上喜欢她哪儿。”蕊瑶冷哼道。

应该说温柔得像一汪水才对，蕊仪对她的话不置可否，忽然想起些事，淡淡地问：“王爷、皇上，你似乎从未叫过他姐夫。”

蕊瑶目光一滞，眼皮慢慢地一起一落，偏头看着她，“二姐不会忘了对我的承诺吧？”

“我若随军，就让你以女官的身份随侍，一言既出，驷马难追。”蕊仪嘴角微扬。她仍把蕊瑶当作亲妹妹，而对这个妹妹她无可奈何，她从人事，其余的就听天命吧。

夜间一阵细雨，淅淅沥沥地浇灌了院中的花木，清早阵阵泥土清香随着微风飘入殿内。床榻上的人猛然用力翻了个身，双眸微睁，屏风上的雕刻仿若动了起来，模糊地卷作一团，形同鬼魅。

梦里，有一片花海，似是大片的牡丹和美人蕉。蕊仪从没见过如此美丽的花圃，不由得在睡梦中深吸了口气。

“我不要跟他玩。”小女孩任性地推开要来伺候她的人。又是那个叫子良的孩子，蕊仪难受地皱眉。

旁边一个大一些的女孩皱眉道：“为什么？李存勖哥哥带了糖人给我们呢。”

“爹爹疼他，不疼我们。”小女孩跺脚。

“可他是爹爹唯一的学生，跟儿子也差不多吧……”

“就是不要！”小女孩用力一挣。

“啊——”蕊仪低声惊呼，坐起身。门外传来脚步声，隐隐传来丽娘的声音，想必是打算进来伺候。她深吸了几口气，平复了呼吸，轻道：“没事，躺一阵再起。”

“是。”丽娘轻应，四周又恢复了平静。蕊仪半坐起身，冷静地回想，这些梦境断断续续的，却又像是有着某种联系。她总是梦见那个叫子良的女孩，难道这是她以前的名字？

可是……蕊宁是在一个小村寨里找到她的。她无父无母、衣衫褴褛，而她梦境中的家虽不是华丽的大富之家，却也是装点精致的书香门第。假如她真是这样一户人家的小姐，又怎会流落出去，还多年无人找寻？

还有另一个女孩说李存勖是她们父亲的学生，可是李存勖的老师只有一个，那就是韩元。而她并不是韩元的亲生女儿，韩元的其他女儿中也没有叫子良的。

蕊仪心里很乱，一时理不清头绪。那一瞬，她有一丝疑惑，在还来不及抓住的时候，她懵懵懂懂地作了决断，“满月。”

门吱呀一声，满月匆匆来到榻前，“娘娘睡得不好？”

蕊仪摇摇头，“昨晚我梦见了祖母，她怪我没有把郑夫人照顾好。郑夫人今年也应有五十多岁了，她照顾过我和大姐。如今祖母不在了，把她一个人孤零零地留在扬州祖宅总不是个办法，你派个人把她接来洛阳吧。”

“娘娘说得是，奴婢这就去办。不过，这事怪不得娘娘，老爷也疏忽了。”满月笑道。她家娘娘就是孝顺，不像三小姐成日没心没肺的。

蕊仪指了指柜子最下面一格，“要用的银钱我来出，别跟家里提起，等把人接来了，再让爹爹欢喜一场。”

满月满口称是，欢喜地拿了银子出去了。蕊仪拧眉，也许蕊宁在某些事上欺骗了她，也许她原本就和韩家有着某种关系也未可知。

“娘娘起了吗？”门外一阵响动，萱娘语中带着些许焦急，得到肯定的答复后，急三忙四地跑进来，“娘娘，出事了。”

“是不是杨刘……”蕊仪紧张地道。难不成她晚了一步，王彦章已经被擒住了？

萱娘摇头，附在她耳边低声道：“皇上宠幸了贤妃宫里的蓝坠儿，刚才封了采女。”

“这是早晚的事。”蕊仪脸色一白，心中隐隐作痛。不过，她还不是他最在乎的人，现在还不是奢求这些的时候，“贤妃就没有生气？”

“蓝采女的名分是贤妃娘娘求来的，还把集仙殿的西殿给她住了。奴婢瞧着，这多半就是贤妃自己的主意。”萱娘轻道。

这丫头机灵，是个可用之人，蕊仪不着痕迹地露出赞赏之色，“她自己身子不中用，就想收一个在宫里。这种手段都使上了，欺我丽春台无人不成？”微微抬眼，仍带着些许睡意，“你觉着丽娘如何？抑或是你愿意？”

“娘娘，这岂不是饮鸩止渴？”萱娘惊道。她与丽娘是同父异母的姐妹，父母早亡，她们确实没有出宫的打算。可是做宫女是一回事，做妃嫔又是另外一回事，她们无依无靠，必须依附一方，若不然便是与人为敌。

蕊仪看着她，试探地笑道：“是你，还是丽娘？不管是谁，我可以保证，日后绝不亏待。”她顿了顿，“何况你不是已经选了本宫吗？”

“娘娘……”萱娘冷汗直冒，腿一软跪在榻前。

“本宫问过掌事的宫人，那日她让你们自己选去处，别人都抢着去仪鸾殿，只有你们来晚了，最后不得不来了丽春台。你是故意的，对不对？聪明的你一定知道，有韩家的势力在，谁才能成为洛阳宫真正的女主人。”蕊仪继续道，对这个不一般的宫女她早已留心。

萱娘挺直了脊背，不敢抬头，半晌憋出两个字：“丽娘。”

“好，本宫一会儿就去奏请皇上。”蕊仪暗暗舒了口气。

“请娘娘善待丽娘，奴婢一定尽心伺候娘娘，为娘娘肝脑涂地。”萱娘叩头。

“别说得好像本宫逼你们一样。去，把丽娘叫进来。”蕊仪朝门口唤道。没一会儿丽娘也跪到了榻前，“丽娘，你把你姐瞒得好苦。”

萱娘疑惑地看着丽娘，丽娘把头偏过去，半点不敢看她。蕊仪笑了笑，道：“你跟丽娘分开过几年，那几年她在伺候老王妃。”她转过头，看向丽娘，“那时候你是不是很羡慕刘贵妃，也就是当时的刘妃？可惜你当时年纪太小了，老王妃都为此叹息了半天。不过，老天也算疼惜你，萱娘奔着韩家的势力来丽春台，也给了你机会。”

“娘娘饶命，饶命啊。”丽娘瘫软在地，磕头如捣蒜。

“你……这个糊涂的！娘娘，她年纪小，不懂事，她不敢有非分之想的。”萱娘脸色煞白，看着丽娘疼也不是，恨也不是。

“行了。”蕊仪止住她们，又道，“本宫没怪她，撇去身份不说，皇上值得任何一个女人动心。本宫并不贪心，只要皇上心里有本宫就好，本宫能容得下你。不过，你也要记住了，凭你那点小花花肠子，还是安分一些的好。”

“奴婢记住了。你……快说话啊！”萱娘狠狠地掐了丽娘一下。

“奴婢记住了，奴婢都听娘娘的，绝不敢有二心。”丽娘连忙道，一把鼻涕一把泪地磕头。

“好了，你们都下去梳洗一下，本宫也该梳洗了，等皇上下朝。”蕊仪唤了梳洗的人进来。众人见二人如此，都不明就里，奈何蕊仪一张脸平静无波，看不出喜怒，又不发一言，只能暗自揣测。

蕊仪对镜抿唇，这红是那般娇艳，众人的神态动作映在铜镜里又是那般清晰。她再也不会迷茫无助，这种感觉真好。

这日也正是李嗣源、李存渥出征的日子。李存勖早朝后率众文武于应天门为诸人送行，之后去了仪鸾殿与梓娇共膳。依礼，册封妃嫔他都要告知梓娇，他知道梓娇脾气大，一早刻意嘱咐了赵喜义，不要让消息传到仪鸾殿里，也好让他亲口告知，省了旁人添油加醋。

谁知梓娇一早就大发脾气，摔碟子摔碗的，还抱着茂儿一个劲儿地哭。本来梓娇就对迟迟未能封后一事早有微词，得知李存勖宠幸了伊敏舒宫里的宫女，哪里肯依？若说是采选上来的妃嫔倒也罢了，偏偏只是一个摆碗筷的宫女，这不是存心让她难堪吗？

宫里其他女人哭闹起来是梨花带雨，梓娇一闹起来绝对是天崩地裂。不消一会儿工夫，宫里都传遍了。皇帝宠幸个宫女不算稀罕事，稀罕的是贵妃为此闹得如此不成体统。人们都说贵妃也是侍女出身，怕是想到蓝采女就想到了自己，怕哪一天这蓝采女也上了高位。

也有一些人说，这皇上就是喜欢这些出身低微但又温柔体贴的女子，要不怎么韩家的千金小姐是当年晋王正妃的亲妹妹，也才封了昭仪，而出身较为低微的刘氏和伊氏却位居妃位？不过也难怪，听说韩昭仪打了一手好算盘，当年打理家产的时候把一众大老爷们儿都支得靠边站，又怎么能温柔体贴呢？

蕊仪闻讯，赶来了仪鸾殿，一进门就瞧见梓娇抱着茂儿一起哭，李存勖在一边怒容满面却又无可奈何。蕊仪上前接过茂儿，小小的人儿眼看着就要哭岔气了，她将茂儿交给奶娘，又亲手洗了帕子给梓娇，“姐姐做什么生这么大的气？左右多了一个妹妹，多子多孙、天家和乐才好，别让那些不成体统的看了笑话。”

一说这不成体统的，梓娇立刻想到敏舒，她凤目一横，带着浓浓的不屑道：“果然有什么样的主子就有什么样的奴婢。妹妹你不知道，当年伊敏舒就是行猎的时候勾引了皇上，先有了身孕，半点礼数没有就进了府，过了三个月，掉了个女胎才老实了，真是报应……”

“够了！别以为你生了茂儿，朕就不能拿你怎么样了。看看你现在的样子，哪里像贵妃？你再胡闹，朕就把茂儿送到集仙殿去。”李存勖哪里是软柿子？他对梓娇有情，但也不会让她随便拿捏。

“苍天啊，我到底做错了什么？茂儿，你父皇要废了你母妃……”此时茂儿已不在殿内，梓娇对着门槛哭天抢地起来。

“你……简直不可理喻！”李存勖指着她道。

“皇上和姐姐都别生气，请先听蕊仪一言。”蕊仪闪身挡在他们中间，她本想先跟李存勖说，现在梓娇也在倒好了，“皇上登基也有些日子了，宫里只有姐姐、贤妃和我，终究不好，是时候为皇上再选些妃嫔了。”

“你怎么……”梓娇怒看着蕊仪，对上她示意少安毋躁的目光后，略微明白些，赌气道，“选妃可以，可不能留这些上不了台面的人。”

李存勖不语。他欣慰于蕊仪的识大体，但梓娇同意选妃已是退让，他又不可完全不顾她的面子，可是早上刚下的诏命，又怎可朝令夕改？

“可是选妃需要和钦天监、礼部商量，前前后后少说也要几个月，咱们这些明事理的知道这是必须的，可外面那些百姓不知道，见迟迟没有选妃，还以为是姐姐不贤惠，倒不如先在宫里挑几个顺眼的，封在六品以下，以充盈后宫。”蕊仪左右看看二人。李存勖面色缓了下来，梓娇半是怒容半是不解。

李存勖朝着梓娇一声冷哼，别开眼道：“你们商量着办，切不可不顾天家体面。”说罢唤了赵喜义，扬长而去。

“恭送皇上。”蕊仪见他走远了，立刻来安慰梓娇，“区区一个采女，姐姐是一国之母，何必跟她一般见识。若是瞧着不顺眼，就让她跟底下几个位分低的斗去，将来出了什么事，姐姐再秉公处理不就成了？”

这倒是个理，梓娇点头。皇帝的宠爱固然重要，可如今她有了茂儿，将来坐上后位，给茂儿一个太子之位才是正经，没的因为一个前途未卜的采女坏了自己的名声，便道：“那你觉得该选谁？”

“姐姐觉得好就成，何必问妹妹的意思。”蕊仪抿嘴一笑。

梓娇寻思了一下，抹着眼泪叹了口气道：“我可不敢从仪鸾殿里选，没的让人嚼舌根子，说我装大度，把自己宫里的人推上去。”

“妹妹倒是有个人选，只是是我丽春台的人，就怕姐姐说我有私心了。”蕊仪扶起桌上倾倒的玉壶，小心翼翼地道。

该不会要把自己的妹妹推上去吧？真是姐妹，手段都一模一样，梓娇目光一冷，摔了绣帕，“说来听听。”

“我的贴身宫女丽娘。她爹在的时候家里有几亩薄田，虽然比蓝采女出身好不了多少，可是乖顺、懂事，最重要的是她知道谁对她好。”蕊仪笑道。

梓娇一阵尴尬，靠向她道：“那就有劳妹妹了，其他几个就从尚宫局里选吧，干干净净的，不比那些狐媚子。”她眸子一转，忽然冷笑了一声，“丽娘虽然也是宫女，可本宫瞧着比蓝采女好上许多，就封为宝林。还有蓝采女，她住在集仙殿总会打扰贤妃妹妹，就让她和丽娘同住好了。”

“那妹妹就先替王宝林谢谢姐姐了。”蕊仪福身，半点礼数不少，接过梓娇递上来的手，和她一道到榻上坐了，“姐姐放在铺子里的土产卖得很好，我想问问姐姐，赚的银子是这几日给姐姐送来，还是先投在别的地方，年下再拿进来？”

“先投到别处，妹妹比我会经营，就交给妹妹了。”梓娇终于破涕为笑。她那些土产哪能赚得了几个钱，不如交由蕊仪打理着，让银子生银子去。

蕊仪笑了笑，轻声道：“姐姐托在庄子上的人，我让人查问过了，他早先受了丧女之痛，神志不清才会错认了姐姐，现在清醒过来好生后悔。不过，他一个上了年纪的人，孤零零的怪可怜的，我就让他留下帮帮管家的忙。”

“你……有心了。”梓娇微愣，想从她眼中看出些要挟之意，竟一丁点儿也没有发现。

“姐姐的苦，我懂。”蕊仪笑道，相视之间二人有了些默契，淡淡的，还看不出多少痕迹。

梓娇笑了笑，眼角泪光未尽，“皇上大概是要亲征了，我要看顾茂儿去不了，贤妃身子也不好，我看还是你跟去伺候。”

“姐姐信得过我？”蕊仪不敢相信自己的耳朵，她没想到梓娇会主动提出让自己随驾，她本来还准备了一肚子的话。也许真的是时来运转了，也许是她对梓娇的体谅打动了梓娇，总之她要好好把握，才能不辜负这番歪打正着的天意。

自蓝采女之事过后，仪鸾殿、丽春台都得了不少赏赐。梓娇面子上一缓过来就催着蕊仪办那件事。于是，除了册封丽娘为宝林，又草草选了司乐司的掌乐赵瑜茵为才人，司言司女史郑娴巧为御女，连同蓝采女，四人同住袭芳苑。

蓝坠儿虽然先承了宠，可后册封的几个都比她的位分高，人们的话风转向了另外三人，这段风波就这样云淡风轻地被掀了过去。

这日午间小睡后，蕊仪歪在榻上，拿一面绣扇半遮住脸，寻思着如何能让随驾的事万无一失。梓娇嘴上虽然答应了，可依她的性子，突然要跟去也无不可。至于敏舒，她既已花了心思，就算自己不去，也会想法让蓝坠儿去。

“娘娘，皇上有请。”满月进来掩嘴笑道，眼睛一个劲儿地往外面瞅。

蕊仪心不在焉，没有留意，整了整钗环首饰，对镜簪上一朵新做的宫花，道：“在贞观殿？”

“娘娘去了就知道了。”满月低着头在前面带路，眼中笑意盎然。

李存勖这些天像是在赌气，一步未踏入仪鸾殿和丽春台。蕊仪去过贞观殿两次，都被挡了回来，一时气闷也懒得再往上贴。本来二人正是如胶似漆的时候，出了蓝坠儿这档子事，蕊仪心里自然堵得厉害。至于李存勖，虽然宠幸蓝坠儿在先，可当蕊仪做主又封了几人之时，心里也开始堵得慌。

这回一准儿又准备了什么赏赐给她，蕊仪暗暗摇头，这人赌起气来忒有意思，赏赐不断，就是不露一面。算了，她还在打随驾的主意，心里的气再大也得平了，“多带几个人去，说不定又要多几箱子东西。”

正是百花刚刚开放的时候，花木间蝴蝶翩翩起舞，蜜蜂嗡嗡地忙碌着。日前几名工匠在桃林与花木之间挖了一条浅浅的水道，引了水流，上面架了一座三步就可跨过的小石桥，看上去自有一番小桥流水人家的情趣。

虫鸣流水、风动枝藤，各种声响汇在一起，别有一番热闹。一出殿门，蕊仪就屏住气，享受着这难得的舒畅。忽然一阵不同寻常的水声传到耳中，她下意识地看过去。这时候花匠不该在的。

是他！蕊仪愕然，李存勖将袍子一角掖在腰间玉带上，袖管高高挽起，肩上挑着一根扁担，上面两只装了水的木桶。他学着花匠的样子，尽力维持着两只木桶的平衡，怎奈他对这些粗活一窍不通，刚走了几步就晃洒了半桶，放下时又是一晃，只剩下浅浅的两个水底了。

站直了腰，李存勖急躁地擦着汗，一抬眼正好看见蕊仪，竟有些不好意思，“该浇水了，朕……我……”

顾不上仪态，蕊仪小跑着来到他身边，禁不住想帮他一把，却不知从何下手，手忙脚乱地为他拭汗，“皇上怎么能做这些粗活？瞧这一头汗，让那几个花匠做不就行了……”

手指捻住帕子一抽，再顺势揣入袖中，李存勖轻点佳人朱唇，凑在她耳边像在呼气，“朕想亲自料理这片桃林，就是不知朕是不是一位好花匠，明年春暖花开时会有多少桃花盛开。”

难道他要一直这样下去直到明年春天？除去出征在外，难不成他天天都会来丽春台？蕊仪不敢想象，即使只是探望也是一种奢望与殊荣。但更重要的是，他曾亲手为宋可卿栽下一池青荷，如今为她亲手浇灌一林桃花，是不是也意味着她走进了他的心里？她又一次不确定了，她还什么都没有做，还没有让他走进自己心里。

“看傻了？来，帮朕一把。”李存勖笑着将一只长柄水瓢递给她。蕊仪盛了水浇在旁边的树下，想再盛时发现水已经见了底。他惭愧地挠挠头，担起扁担，“这回不会洒很多了。”

四周很静，只余风声、鸟语，原本伺候的人早已识趣地退下。看着李存勖摇摇晃晃地挑着扁担，努力保持平衡的样子，蕊仪的笑由浅入深，最后忍不住呵呵一笑，“这一回剩得多些，再多挑几次，皇上的挑水功夫就到家了。”

蕊仪话一出口，忽然想到是不是有些过了。李存勖已拿起另一只水瓢，盛了水，“王府里的青荷是朕亲手栽下的，你可知是为了谁？”

水瓢晃了一下，小半瓢水泼到了树干上，蕊仪哪里会不知道？早在她为嗣源送军粮的时候就撞见过了，那日宋可卿坚持着一定要离开。

“是宋军师，对吗？能得到皇上的爱，是天下女子的荣幸，她……为什么……不肯？”她不敢看他。

水声哗哗地传来，李存勖又挑了一担回来，低着头把这两桶也浇了。

“朕也不知道。她总是看着朕，在朕没有注意的时候。那天，她问朕在想什么，朕没有回答她，三个月后，她就走了，去和那个人……”

蕊仪垂手低头，他有话要说，而且今天的一切都是为了这句话。

“那个人……来了，对吗？皇上是要亲征了？”

一声闷响，水瓢跌入桶底，李存勖转了个身，他面对的是魏州的方向，“等朕亲手结束了这一切，等朕回来，那些事就都不存在了。”

“皇上要迎回宋军师？”蕊仪喃喃地道，不敢看他，她听到了自己清晰的心跳声，还有他的呼吸，“后位虚悬，皇上是在等她吗？宋军师这样的女子的确值得。”

又是一阵静默，李存勖轻笑了一声，转身拥她入怀，食指轻抚着她的眼角，“吃醋了？”

蕊仪摇摇头，她早就知道，为何还要奢望？“其实不管她坐不坐上后位，皇上心里的皇后一定都是她，也一直会是她。”

眼中泛着淡淡的水雾，虽不是泪，却隐隐有种悬而未泣的样子。李存勖的神色渐渐凝重，白皙的肌肤、精巧的五官……在这张美丽的脸上，他看不出丝毫嫉色，那眼波流转间流露的也并非忧伤，那是一种无助，立于无望的孤绝中的无助。

熟悉的感觉在他心中升起，这一刻，那曾经破裂的玉玦仿佛找到了失散的另一半，在青涩的木香中慢慢契合。李存勖蓦然收紧手臂，让那玉面贴在他怀中，“朕怎会娶他人之妻？朕要的不过是她后悔。蕊仪，若你能诞下皇子，朕定将后位予你。”

“那陛下，能否允许……”蕊仪微微牵动嘴角，想挤出一抹笑容，可怎么也办不到。他最在乎的还是宋可卿，眼下他们还没有见面，若是见了，说不定连这句承诺也没了。

不过，他对宋可卿似乎有一些犹疑，会是因为自己吗？蕊仪微微扬起下巴望着他，不能让他们见面，她好不容易又得到了幸福的机会，怎能轻言放弃？

“皇上，皇上，不好了……”赵喜义跌跌撞撞地跑过来，见二人紧抱着，慌忙背过身去。

李存勖轻推开蕊仪，一脸的不高兴，轻咳了声道：“是杨刘还是郓州？”

“不……不是，是贵妃娘娘新为陛下练了首曲子，想请陛下去仪鸾殿，可是听闻贤妃娘娘恰巧新得了几幅字画，今日也想请陛下前去，一气之下就闹到了集仙殿，现在正……”赵喜义脸上红一阵白一阵的，那般不成体统，让他如何说得出口。

“皇上快去看看吧，二位姐姐伤了感情就不好了。”蕊仪打断他，体贴地没有要求跟去。李存勖对梓娇一向包容，不会想让她看到那难堪的一幕，还是给彼此都留些余地吧。

“朕明日再来。”无奈的长叹从胸中溢出，李存勖匆忙离去。

不知是无意还是想发泄心中的怒气，两只木桶在他身后“咚”的一响，撞在一起后倒在地上，所剩不多的泉水缓缓流淌出来，湿了下面那一小块儿土地。蕊仪抿着嘴，贝齿一遍又一遍地默默划过下唇，一言不发地走进了内殿。

第七章 连环

正是日头好的时节，阳光从敞开的门窗间一泻而下。蕊仪一向喜欢宽敞明亮，这时却怎么看怎么闹心，一回来就令人紧闭门窗。

她坐在矮凳上，两眼直直地望着面前昨日韩府送来的牡丹，淡淡地道："你们都出去，本宫想一个人静一静。"

满月和萱娘互看一眼，领着众人退下。蕊仪松了口气，身子一软滑了下去，跌坐在地毯上。她心里空得厉害，有种说不出的感觉在心中乱跳，索性就这么坐在地上，手臂环膝，用额头抵着膝盖。

半晌，她不安地抬起头，又把身子团得更紧，用指甲抠着地毯上的花鸟。本来一切都要好起来了，怎么一下子又变了样呢？老天总在她满怀希冀的时候给她最重的打击。

宋可卿可能要回来了，她害怕，可是她更害怕的是，比起那时等待了嗣源一夜，最终无望地看着天边泛起了鱼肚白，她对眼下的情景更觉恐惧。

她与嗣源相识的时候尚未及笄，发乎情，止乎礼，相处时谈得要么是天下义礼，要么是畅想他们退隐后如何经营男耕女织的日子。他们几乎每一次见面都要筹划，而那些偷来的时光又是那般短暂。而她与李存勖才是实实在在相处的夫妻。眼角酸酸的，有些湿润，蕊仪半仰着头。李存勖改变了她，有时候她甚至觉得自己不再是以前的韩蕊仪了。尤其是蕊宁去世，她知道了自己的身世之后，只有他在她身旁。

女人是不是一旦有了夫妻之梦、肌肤之亲，就会对这个男人有了依恋？蕊仪红着眼，恨不得把指甲抠秃了。她从来不觉得自己会如此容易地喜欢什么人，可是盲目的事就这样发生了。

她知道不该对一位帝王托付真心，虽然她谨慎地守着壁垒，至今未将心意全然托付。她的风筝已经离开了她，线还在她手里，风筝却已经收不回来了。也许宋可卿的归来能把她踏出悬崖的一只脚拽回来。可是她心里时时刻刻有个声音在喊，不要，不要！她宁愿让风筝断线，宁愿坠落深渊。

失去了李嗣源已经够了，她不能再失去李存勖。失去了他，她将被无数孤寂的夜晚啃噬，在无望中与那些无休止的争执纠缠，一次次的面和心狠，一次次的性命相搏。如果没有了他，赢了不过是面上风光，输了不过是一场荒唐的结束，还有什么意义？

“满月。”蕊仪猛然向窗外唤道。关闭了门窗后，殿内清凉了许多，地上也渐渐升起些凉气。方才她兀自出神没有察觉，这时候察觉了，腿却有些麻了。

其实自蕊仪把自己关在殿内，原本退下去的人就一直在外面候着。萱娘听到唤声也想进来，可刚一抬脚就被满月挡住了。满月闪身进了殿，脚一落地就立刻转身将门严严实实地关上。依她对蕊仪的了解，这时候一定有什么特别的吩咐。

“娘娘！”满月低声惊呼，怎么才一会儿工夫，蕊仪就憔悴了这么多，“娘娘，咱们先到榻上靠靠。”

蕊仪也不推托，任由她整理。

“能不能给杨刘捎封信？”

“是和大将……要不借着老爷的商铺？”满月见她微微摇头，咬了咬牙，“要不找那个鱼凤？”

“她？我怕……”蕊仪沉吟，鱼凤虽然是魏崇城的妹妹，可她们相互间并不了解，尤其是她一直摸不透曹平都的心思，万一鱼凤是平都的人，事情就很难说了。可是眼下的情形不兵行险招又更待何时？“她在哪儿？”

满月偷偷抬眼看她，一脸惭愧，“原本弄到尚服局管那些陈年料子去了，本来在那儿出入的一年就那几个人，可不知怎么回事，日前被贤妃娘娘弄到集仙殿做针线去了。”

“贤妃知道了？”蕊仪惊道。绝不可能，她与嗣源的事知道的五个手指头都数得过来，而他们都不会与敏舒有关系，“可有别人和鱼凤一起过去？”

“有，还不少呢，说是要把集仙殿里跟针线布帛有关的都换了。奴婢正奇怪，贤妃娘娘一向简朴持重，怎么一下子就挥霍起来了？”满月说完，等着她示下。

“去打听一下，看她宫中的赏赐少了没有，有没有人拿出宫置换。”抚着腕上玉镯，蕊仪陷入了沉思。如果没有明显减少，那只能说敏舒并不像表面所看到的那样平和无争，她背后一定还有人。可是梓娇与她行同仇雠，几个新晋位的又都没有这个根基，这个人会是谁呢？

蕊仪起身，从妆奁里挑了支步摇，百灵鸟嘴上衔着三朵垂坠的牡丹，牡丹雕琢得小巧精细，中间各镶着一颗小小的南珠，粗看下并不扎眼，细看之下却是千金难求。

她浅浅地一笑，心思莫测，“我要去集仙殿里坐坐，你想个法子，我想单独和鱼凤说几句话。”

“是。”满月大眼珠子一转，转身从柜子底层取出一件尚未缝绣好的宫装，指了指，与蕊仪会心一笑。

若说丽春台遍植四季花木，取四季如春之意，那集仙殿便多为水景，早晚间殿外烟雾缭绕，宛如仙境。蕊仪一行来时刚过了晌午，雾气不大，向水中望去，但见锦鲤相伴而游，甚是有趣。

不过集仙殿的人却没能有这欣赏的雅兴，午间贵妃又带了人来闹了一场，殿内一片狼藉，珠帘被扯得散落下来，各色器皿更是被砸了个稀烂。来人进入殿中须微微拽起裙摆，以便看清脚下的路。

萱娘紧张兮兮地扶着蕊仪，生怕她脚下一滑，弄伤了自己。行了几步，听见内间里隐隐传来啜泣声，蕊仪把萱娘留在外间，自己进去了。内间倒还清静，陈设尚且完好，只有敏舒一人披头散发地伏在榻上低泣。

听见脚步声，敏舒撑起身子，以扇掩面道：“妹妹可都听说了？我、我、我活着还有什么意思……”一语未尽，便伏榻大哭。

“姐姐先洗把脸，换件衣裳，我让她们帮姐姐收拾一下，这样让人瞧见了多不成体统。”蕊仪转身到外面交代了萱娘几句，又回来照顾敏舒。那日梓娇哭闹是闻讯赶去，这回轮到敏舒头上，是真的赶巧了。

一向文静只知诗书礼乐的敏舒弄成这个样子，想必受了极大的委屈。不过，看她只一人在内殿，也许并不想把事情闹出去。蕊仪命人把水送到门口，亲自接了过来，“不管受了多大的委屈，也不能自己折腾自己。贵妃姐姐脾气躁了些，等这阵气过了就好了。”

“你啊，两面不得罪人。你不知道，她隔三岔五地来我宫里闹，连皇上都不管了，我还有什么活头。”敏舒推开她递来的手巾，掩面哭泣不止。

“不就是因为一个蓝采女嘛，听说她言语常不检点，不如姐姐亲手将她发落了，也好平了贵妃这口气。”之前的疑惑尚在，蕊仪试探着建议。

敏舒哭得更厉害了，用那双通红的眼睛看着她，说话难得地歇斯底里，“这种事我做不来，要做，让那些能做得来的人做去。没错，坠儿是我宫里的人，可那是皇上看上的，我还能拦着不成？我又不是那些会做面上功夫的人，我也不过是想随驾亲征，可这宫里又有哪个女人不想？太医说我难再生育，皇上出征又只带一位妃子，这样的机会我能不抓住吗？”

“姐姐消消气，别哭坏了身子。”蕊仪硬拉住她，给她擦脸，心里暗暗寻思着。敏舒的话都对，可是这件事又确确实实地透着古怪。

梓娇就是一个又酸又辣的炮筒，一点就着，这是人人皆知的事。而敏舒为人一向谨慎，这也是当年蕊宁会将她纳入羽下的原因，她不会在这种时候傻傻地往刀口上撞才对。不过，只有一人随驾，又确实是难得的受孕机会，她急昏了头也不无可能。蕊仪疑心略消，但那说不出的古怪依然萦绕在心头。

“我是不敢了，再闹下去，连命都没了，还奢望什么孩子。”敏舒由着她擦拭。蕊仪动作刚一停，她忽然紧紧握住她的手，“妹妹，我是不敢奢望了，不如你跟皇上说说，皇上对你好，又念着王妃的情分，说不定就允了。”

蕊仪缓缓地抽出手，借着洗手巾的空当，带了些歉意地道：“还有贵妃呢，说不定她还打算带上皇长子，毕竟皇长子也开始懂事了，他的父皇、叔伯又都能征善战，贵妃想让他多见识一下，也是应该的。”

“一个不到五岁的孩子能懂什么，妹妹，该是你去才对。”敏舒抹了把泪，哆哆嗦嗦地站起来，跌跌撞撞地到柜子前取出一只锁着的小铜箱子。她看了眼蕊仪，又啜泣了一声，也不避讳了，将胸前金链子上的吊坠一转，竟露出一把小巧的钥匙，只有一个指甲盖大小。

待敏舒将整把钥匙按到锁上的凹陷处时，“吧嗒”清脆的一声响，锁应声而开。她取出一只小瓷瓶塞到蕊仪手里，道："这是按楼兰的古方配的，服了容易受孕，我也只有两份，如今匀你一份，你这几日便开始服用，每日取一勺混着藕粉煮成羹，等到随驾的时候正好。"

蕊仪看了一眼，连忙推托："这事我可不能答应，一来，能不能去还说不准，不能让姐姐白寄望；二来，这样的好东西千金难求，我不能占姐姐的便宜，姐姐还是自己留着，以后总会派上用场。"

"你要是还肯叫我一声姐姐，就拿好了，也不枉我报答王妃的一场恩情。当年我小产的时候若是没有王妃，哪儿还有命在。你只管收着，要是你执意不收，我就连另一份也砸了，左右谁也落不下。"敏舒态度坚决，把瓷瓶硬塞在她手里，转身就唤了宫人送客，容不得蕊仪半点拒绝。

"那做妹妹的就只好恭敬不如从命了，姐姐好生休养，我就不打扰姐姐了。"蕊仪脸上挂着感激的笑，尽管那古怪的感觉更浓了，面上却丝毫不露。

要跨过门槛时蕊仪忽然回头，像是陡然想起什么似的，歉然地开口："我手笨，连带着丽春台的人也笨。这几日想做些针线，本想从宫里抽调些人手，不巧那些能织会绣的都到了姐姐这里，不知姐姐可否让我借几个回去？"

"你尽管挑了用，随意留两个给我就是了。"敏舒不以为意地道。

"那我就谢谢姐姐了，过几天就给姐姐送回来。"蕊仪笑道。无论敏舒的真正心意如何，都不会在小事上和她计较，这正是意料之中的答案，所以她还没进殿的时候，就交代了满月去挑人。

偏殿门前，满月已领了三个宫女等候，见她们出来，她先一步迎了上去，"娘娘，一共挑了三位，贤妃娘娘宫里还有六位。"说着斜了鱼凤一眼。

"你们都是宫里针线上的好手，这几日且随本宫去丽春台。她叫什么？瞧着挺体面的，让她过来，和本宫好好说说她们这些人都会绣什么。"蕊仪指了指鱼凤，以前远远地看过几眼，倒不会认错。

"她叫鱼凤。鱼凤，还不过来？"满月故作不满地瞪了鱼凤一眼，还上前拉了她一把。

剩下二人见状，赶紧低下头，心道，这名唤满月的女官平日定不是好惹的，一看见她家娘娘青睐别人，就醋性大发。这二人等一行人到了前面，才在最后面跟上。

鱼凤跟在蕊仪身后半步远的地方，满月和萱娘则又往后了五六步，又让其他宫人退得更远，以免有人听到她们的谈话。鱼凤回头看了眼，恭谨地低声问道：“娘娘来找奴婢，是不是打算让奴婢回丽春台伺候了？”

“你出宫去，为本宫送一个口信给你的主子，然后就不必回宫了。”蕊仪摇摇头，微微一笑，“还犹豫什么？你说你想跟着我是为了帮我，那眼下就是机会。”

鱼凤低着头，目光渐渐坚定，走了两步，吐出几个字：“不，奴婢不能去。”

“为什么？”蕊仪目光一颤，她怎么会拒绝？又怎么敢拒绝？

“奴婢现在还不能去。”鱼凤望了望远处另外两位绣娘，知进退，毫不失礼地道，“她们是最好的绣娘，手指头上的功夫都比奴婢强，奴婢还是留在集仙殿吧。”

鱼凤说罢，微微一福身，转身就走。大庭广众之下，蕊仪没有阻拦，满月自然不敢擅作主张，只恨不得将银牙咬碎，来到蕊仪面前还是一脸不平之色，“娘娘，她怎么敢？”

“有那么点儿意思。”蕊仪轻叹了一声，转而和她一道迤逦而行，“其实你去传这个口信也是一样的。”

“若奴婢去了，贴身的就只剩下萱娘伺候娘娘，可有些事情又不能让她知道。”满月犯愁。

这里离瑶光殿只隔着一座宫殿和一座石桥，百鸟啼鸣的声音萦绕耳间，蕊仪笑了笑，“我晓得，你只管去，宫里的事要想料理清楚还要几日。”

“贵妃娘娘要照顾皇长子，贤妃又怕再得罪贵妃不敢出头，娘娘随驾不是已经板上钉钉了吗？”满月疑道。

蕊仪望向瑶光殿的方向，有些失望又有些无奈，“换了萱娘一定不会问。满月，以后我给你找个合适的人家嫁了吧。”

“娘娘不要奴婢了？奴婢以后不再问了。”满月大惊失色，腿一抖就要跪下去。

蕊仪眼明手快地扶住她，让她站好，“想在宫里待下去，就多和萱娘学学。你别不服气，说不定那个鱼凤都比你强。”

白瓷光滑剔透，上面绘着一枝寒梅，瓶颈细长，瓶口塞着一个红布包着的木塞，瓶身上没有一丝刮痕，不像常被敏舒那只戴着金丝镂空戒指的手抚摸把玩的样子。

蕊仪拿着这只瓷瓶左看右看了半个时辰，之后交给了萱娘。萱娘姐妹几乎一直在洛阳，人脉上比她熟络得多。果然，第二日晌午一过萱娘就回来了，她先在宫里问了相熟的太医，又出宫找了位专门配制秘药的老郎中。

这关键的是后者，老郎中姓梁，本是西域人，这个梁姓是他自己取的。他平日深居简出，就是邻居一年里也难得见他一面。因萱娘的母亲曾服侍过他的中原妻子，萱娘才有缘每半年见他一面。

萱娘把屋里伺候的几个人通通支到外面去，然后把瓷瓶轻放到蕊仪面前，“娘娘，照林太医一开始的说法，像是楼兰的一种助孕的秘药，可是他挑出来一些，烧了之后又说不像，奴婢一听，就又出宫找了位熟识此道的长辈，他说……”

“这药不仅不能帮助我有孕，反而有可能让我一辈子都无儿无女，是不是？”蕊仪轻轻一笑，漫不经心地看了瓶口上的木塞子一眼。

萱娘噤了声，倒不见惊慌，一切如常地走到窗边看了看，才回来继续道：“他说，此药若是每日在藕粉里加绿豆大的一点，喝上半年，便是像娘娘所说的结果。若是每日放黄豆大那么一点，不出三日，便会高烧不退。”

原来还有这种效用，真没看出来，伊敏舒还是个长钩短钓一起放的人。蕊仪越想越觉得有意思，心中一股潜流奇异地蠢蠢欲动，“她还有一瓶，不知道是不是一样的。”

“奴婢的那位长辈说了，奴婢拿去的这种药烧过之后呈褐色，还有一种表面上看来和这种一样，但烧过之后呈黑色。呈黑色的这种倒真对身孕有益。”萱娘想了想，以手比了比那只瓷瓶，“想必贤妃手上的才是呈黑色的，要不想办法换过来？”

“不仅要换过来，她给我吃的，我得还给她才不算失礼。你把这个交给鱼凤，把你刚才说的再跟她说一遍，一个字不能少，但也一个字不能多。”蕊仪笑笑，又拿起绣花绷子，照着花样子一针一线都小心翼翼的。她刚开始学，丝毫容不得马虎。

萱娘了然，跟了蕊仪总算没有错，“这样也能试试那丫头。”

一连下了三日的大雨，久旱缓解，洛阳边上的州县纷纷上了折子，感谢天恩庇佑。

李存勖忙于御驾亲征的准备事宜，三日来在贞观殿召集了十几位文武议事。这些忠臣良将在他登上帝位前就是他的股肱，入洛阳后得了高官厚爵，自他们半个月前得到亲征的消息，各种心思就渐渐浮上台面。

多年征战，好容易有了能够安享富贵的机会，有些人自然不愿再舍生忘死地重蹈沙场。但也有更多的人热血未凉，尤其是那些做了文职的武将，一得圣谕便着战甲入宫。虽未配刀兵，但请战的目光、言辞何等炙热，足以让听者见者热血沸腾。

李存勖一改入洛阳后的慵懒懈怠，与众人等闭殿商议，仿佛又是那驰骋沙场的李亚子，仿佛他天生便应当由战场养育，而不是那高高在上的九重帝阙。

蕊仪穿过丽春台的桃林，望着无花的桃树，这几日没有见到李存勖，桃树也不用浇水，不出所料地觉得寂寞了。

“都打听清楚了？”

萱娘颔首道：“雨一停，皇长子就闹着要出来，正在花园里耍木剑呢。”

“跟你说的话可都记住了？你受的委屈，我会记住的。”似已成竹在胸，蕊仪平静地道。她与萱娘说话很少用“我”，她尚不能将萱娘与满月等同看待，即使这件事成了之后也不能，可是眼下她必须表现出一些亲近之意。

萱娘身子微微一晃，眼中露出一丝喜色，“能为娘娘做事，是奴婢的福分。只是这么做，皇上会不会对娘娘有别的想法？”

“怎么也比被留在宫里强。贤妃那儿还没有动静？她可是差人送了几趟参汤了。”蕊仪摇着团扇，语气仍然淡淡的。

萱娘笑了笑，轻声道：“要是皇上有带贤妃去的意思，贤妃娘娘的参汤早就喝到皇上肚子里去了。不过鱼凤那儿确实没有动静。”

“也许。”蕊仪的心反而定了下来。花园里，李茂正煞有介事地舞着一把木剑，小小年纪，虎头虎脑的，甚是有趣。蕊仪停住脚步，目光一指，“快去。”

萱娘低下头，脚步加快，一副急匆匆的样子向李茂走去。李茂不想宫人约束，一早把伺候的人支到远处去了，而他舞剑舞得正起劲，完全没有注意到有人过来。萱娘脚下又快了些，从他身边经过时，意料中地撞偏了他的木剑。

李茂一个踉跄，一下子扑倒在草地上。刚下过雨，地上很滑，他刚挣了两下，就弄了一身。小小的人儿倒是坚强，虽然摔疼了，眼泪在眼眶中打转，就是吸着鼻子不肯落下来。

“小殿下恕罪，都是奴婢的错，奴婢该死。”萱娘没有扶他，直接跪下朝他磕头。

李茂脚下滑了好几下才勉强爬起来。他是独子，从小被悉心呵护，没人敢怠慢他，自然也就没见识过这样的场面。此刻，他揉着膝盖，不知所措地看着萱娘，“你起来，我不……不疼……”

萱娘一个劲儿地磕头，根本不理会他的手忙脚乱，更不会为他擦拭整理。远处伺候的人看见了，赶着跑过来。领头的宫人胡氏跑过来抱过李茂查看，刚要厉声斥责，又认出面前灰头土脸的女人是萱娘，便有些怯怯的，“是萱娘啊，快起来帮皇长子整理整理，让人看见就不好了。”

“是奴婢没长眼睛，冲撞了皇长子，奴婢给皇长子擦擦。”萱娘一手的泥，伸手就去拉李茂的衣服，把李茂原本就脏了的衣服弄得更加脏兮兮的。

胡氏一惊，连忙打开她的手，尴尬地呵斥：“你干什么？！皇长子岂是你能随便拉扯的？”萱娘非但没有住手，一双泥手反而更死乞白赖地往李茂身上招呼。

“大胆！小小一个奴婢，竟敢欺辱皇长子！”蕊仪严厉的声音响起。众人纷纷看向她，只见她收了绣扇，匆忙向李茂走来。她紧张地拉着李茂看了一圈，见他手腕上有些擦伤后，狠狠地瞪了萱娘一眼，“不过让你去取个东西，就弄伤了皇长子，非但如此，还让皇长子失了体面，皇长子何等金贵，岂容你欺辱？！”

“奴婢不是存心的，奴婢走得急，皇长子身边又没有人伺候。”萱娘似是乱了章法，慌慌张张地乱说一通。

萱娘一向持重冷静，从没失过体面，胡氏虽然恼她撞伤了李茂，但见萱娘已经把自己的体面都糟蹋了，也有些看不下去了，“想必萱娘也不是有意的，娘娘就饶恕她这一回，回头娘娘跟贵妃娘娘说说就成了。”

“说说？萱娘伤了皇长子，伤了贵妃姐姐的心头肉，岂是说说就能算了的？本宫不惩处这个贱婢，本宫就不配做丽春台的主人！”蕊仪看了胡氏一眼，恨恨地道。

蕊仪一向大度，今日却不依不饶起来。几个宫人见了，本还有的怨怼之心一下子变成了为难惊惧。他们半低着头，一会儿看看萱娘，一会儿又偷偷看看蕊仪。李茂怯怯地看着蕊仪，小拳头攥得紧紧的，“韩母妃不要生气，茂儿不疼，真的不疼。”

蕊仪摇摇头，蹲下身，目光柔和地看着他，用帕子轻轻擦拭着他擦伤的手腕，“茂儿是皇长子，要知道自己的身份尊贵。茂儿不要怕，韩母妃绝不会偏私，一定为你做主，好好惩处这个贱婢。你们给皇长子搬张椅子来。”蕊仪一转过眼，就变了一副神情。

胡氏一哆嗦，也没问她要做什么，赶紧着人去取。没一会儿工夫就有太监搬了两张椅子过来。韩昭仪破天荒地发了脾气，他们要是不按着她的话做，岂不是自讨苦吃？

把李茂抱到椅子上坐好，蕊仪在他身旁坐下，目光一寒，射向萱娘，“胡氏对吗？萱娘欺辱了皇长子，你又是贵妃姐姐和皇长子身边的老人，本宫就把萱娘交给你处置了。宫里有宫里的规矩，你不必看本宫的面子，该掌嘴还是打板子，你看着办，当着本宫和皇长子的面，都料理清楚。”

“娘娘饶命，奴婢不敢了，再也不敢了。”萱娘的告饶一声接一声地传来。

“娘娘，奴婢觉得还是算了吧。娘娘既然这么说了，想必贵妃娘娘也不会介意的。”胡氏僵着脸苦笑，谁知道蕊仪心里究竟想干什么。

蕊仪一手拉着李茂，回头冷笑着看着胡氏，“你能替贵妃姐姐做主吗？事情一码归一码，你先惩治了萱娘的不敬之罪，本宫治下不严，之后自会向贵妃请罪。胡氏，依照宫规，萱娘该如何处置？”

“该……该……重责五十大板。”胡氏咬牙道。她被弄糊涂了，要说蕊仪不想惹祸上身，想借着她的手立刻平了这件事，也说得过去，若说蕊仪在试探他们这些在仪鸾殿伺候的人也成，要是后者，来个秋后算账，她这把骨头虽还不老，可也一定吃不消啊，“不过，萱娘此举实属无心，皇长子有大量，也不和她计较，不如就打二十大板。”

“就依你。”蕊仪嘴角微微一勾，对李茂笑了笑，“皇长子只管看着，也让这些奴婢看看，看谁以后还有这个胆子。”

李茂吓得小小的身子一颤，往后缩了缩，犹豫了半天，见太监抬了刑凳过来，大着胆子道：“韩母妃，能不能不打萱娘？萱娘给茂儿做过衣服，还给茂儿糖吃。”

“每个人都有各自的职责，萱娘为皇长子做衣服和吃食，那是她分内的事。皇长子将来要守江山，坐天下，岂能因为一点小恩小惠就罔顾宫规国法？皇长子还小，要多跟你的父皇和母妃学学。”

板子打在皮肉上的声音传来，萱娘咬着袖子惨叫，一旁的太监想要堵她的嘴，被她一甩头挣开了。她叫得凄厉异常，不像是在挨板子，倒像是在受千刀万剐。

帕子轻轻地沾着嘴角，蕊仪不忍去看，却又忍不住去看。这要是事先给足了银子，断不会真的下狠手。萱娘装得如此好，也不知琢磨了几个时辰，以前还给茂儿送吃送穿，倒是想得远。更难得的是萱娘做得不动声色、有条不紊，是自己小看了她。

不过这也提醒了她，一定要想办法留住萱娘，不然后果不堪设想。唱数的太监唱满了，蕊仪长叹了一声，道：“胡氏，萱娘毕竟是本宫的人，还是要请你在贵妃姐姐面前多美言几句。”蕊仪放开李茂，李茂早已吓得手心里全是冷汗。

“奴婢不敢。”胡氏一张脸早就没了血色，宫里心狠的女人不少，可是能看着自己的近身侍婢挨板子还面不改色、谈笑风生的却不多。萱娘伺候她一场，没有功劳也有苦劳，何况李茂根本没打算计较，更何况就算蕊仪的心肠再硬、再狠，她为了博个体恤下人的美名，装也得装一回啊。

可见韩昭仪的心肠不是一般的狠，亏得他们贵妃娘娘还打算在随驾的时候把李茂托付给她。胡氏脖子后面的寒毛都竖起来了，抱起哆哆嗦嗦的李茂连忙告退：“昭仪娘娘，皇长子出来久了，奴婢得带他回去了。天热，下雨了，越来越凉了，奴婢得……”

胡氏生怕蕊仪不放他们走，连宫内小厨房里还炖着汤的借口都搬出来了。蕊仪心里暗笑，还嫌不够火候，掩嘴悠闲地打了个哈欠，道：“回去赶紧给皇长子换身衣裳，别着凉了，晚一点本宫亲自去给贵妃姐姐赔罪。”

“娘娘大可不……奴婢一定如实回禀贵妃。”胡氏不再敢质疑她，抱着李茂招呼着其他人匆忙离去，活像后面有老虎赶着她似的。

丽春台的人早已闻讯赶来，在远处低头候着。蕊仪无奈地望了他们一眼，不知她该盼着丽春台的聪明人多一点好，还是少一点好，“还不快来抬人，也想挨板子不成？”

众人急忙跑过来看萱娘。几个仆妇平日里连从井台上抬半桶水都喊人帮忙，这回只略微商量了两句，把萱娘扶上藤椅后，竟亲自抬起了藤椅，生怕那些小太监毛手毛脚地颠着了萱娘。蕊仪心里不是滋味，难不成她以后要时常当毒妇、恶妇才行？

早有人跑回丽春台报信。萱娘平日为人和善，上上下下都得过她不少照顾。众人一听说此事，就算不打算嘘寒问暖，也没几个打算落井下石的。可是在听闻是蕊仪执意要打萱娘之后，众人又踌躇起来。蕊仪待满月确实要亲厚许多，可是她也一向待萱娘不错，起码脸面上的赏赐从来没少过。众人脸色各异。冰冻三尺，非一日之寒，也不知萱娘究竟做过什么，说不定蕊仪早就对她不满，才借着皇长子的事发作了。

众人选了几个老实巴交又上不了台面的老宫人去看萱娘，留下伤药、吃食，问候几句便匆匆离去。不到半个时辰，萱娘房里就空了。

蕊仪换了身宫装，轻推开门，闪身而入，将门插上，转身道："你受委屈了，这是宫里最好的伤药白玉殇，敷上五六日就能下床了。"

"谢娘娘关心，奴婢伤得不重，娘娘的银子使得好，没真打。"萱娘趴在枕头上咬牙笑了笑。

蕊仪在她身边坐下，小心翼翼地查看她的伤势，还以为银子没使到点子上，"你方才的样子不仅吓坏了茂儿，也吓着我了。"

"要是依着奴婢的性子，就是死了，也会咬着牙不叫一声。可是既然娘娘吩咐了，奴婢也就把脸面全豁出去了。"萱娘无奈地道，两颊红红的，现在想起来都羞得慌。

体贴地为她盖好被子，尽管只是一层薄被，但还是尽量轻柔地覆在她身上，蕊仪看看天色，不想再耽搁，"我要去仪鸾殿瞧瞧贵妃姐姐，现在满月不在，你也要休养几日，我暂时把福儿提上来用着好了。"

二人又寒暄了几句，蕊仪正要离开，外面有人急声禀报，正是福儿。她本来是花厅里伺候的宫人。

"娘娘，贤妃娘娘忽然昏了过去，醒来之后高热不退。赵才人带着袭芳苑里的几位娘娘去侍疾了，娘娘是不是也该去瞧瞧？"

虽然蕊仪的位分是昭仪，可敏舒位列四妃，除了梓娇，其他妃子都在她之下，照理蕊仪也是要做些场面功夫的。她想了想，道："贵妃娘娘可派了人去？"

"奴婢特意打听了，贵妃娘娘听了这个消息，只说'知道了'。"福儿摇头道。

"那还是先去仪鸾殿，本宫不坐轿、不乘辇，走着去。"蕊仪叹道，唱戏要唱全套，她不能让梓娇察觉她的有意为之，她也不想和梓娇敌对起来，她只是需要这个机会。

晚风徐徐，吹散了白日里的燥热。仪鸾殿里花木不多，倒是假山亭景十分精巧。到了日头西沉的时候，假山的影子映在石子路上，斑驳陆离中并非毫无章法，细看之下竟还能凭这些影子寻出些典故。

仪鸾殿里陈设考究，处处彰显着仪鸾殿主人的不同——贵妃刘梓娇，宫中唯一诞育了皇嗣的女人。镶嵌了珠玉宝石的琉璃桌上摆着两盆大红白边牡丹，是李存勖早上差人送来的。乌黑的剪刀柄上缠着红线，梓娇悉心地亲自修剪花枝，神情甚是愉悦。

“娘娘，韩昭仪来了。”仪鸾殿尚宫蕴溪轻声禀告。

梓娇讪讪地抬了下眼皮，意兴阑珊地道：“芝麻绿豆大点的事，她一来，倒变得比天大了，算了，让她进来。你让人把这边的枝子撑起来，花太重了。”

等蕊仪进来的时候梓娇正在拨弄琴弦，因是新寻的曲子还不熟练，断断续续、反反复复的。蕊仪轻瞥了她一眼，见她面上微露愠色，心里不由得打起了鼓，“拜见贵妃姐姐，给姐姐问安。”

梓娇像是没有听见，只专注于指尖的琴弦。蕊仪饱含歉意地笑道：“其实我是来给姐姐请罪的。”

梓娇轻应了一声，抬头看了她一眼，起身到榻上坐下，指指旁边的位子道：“我又没有怪你，这么紧张做什么，谁没个磕磕碰碰的，小孩子摔一跤也没什么大不了的。萱娘伺候你一直用心，你打了人家二十大板，岂不让阖宫上下心寒？”

“皇长子的事再小也比天大，何况萱娘伤了皇长子贵体，不责罚她，我心不安。”蕊仪低着头暗笑，若是不重重责罚萱娘，梓娇又哪里会善罢甘休？说这些，不过是应应场面。

“倒是一双能弹琴的好手。”梓娇拉过蕊仪的手，笑着看了看，“那我现在不恼你，你是不是也可以不再战战兢兢的了？”

“姐姐是直心肠的人，既然姐姐发话了，我又怎敢不从？”蕊仪腼腆地笑道，望着桌上怒放的牡丹，“皇上是真心疼姐姐，想必这次定会带姐姐和皇长子同往。”

身子微微一顿，梓娇有些尴尬，“皇上和郭大人都不让茂儿同去，他大概要留在宫里了。好在昨日皇上给他请了太傅，胡氏伺候得也尽心，就是不知妹妹可否答应为我照应茂儿一二。”

皇帝出征，唯一的皇嗣自然不能再涉险，蕊仪了然，面上仍然不动声色，“这可要恭喜姐姐了，姐姐随驾可是头一份的恩典，想必过上一两日皇上就要下旨了。至于皇长子，只要姐姐不嫌弃，妹妹一定帮姐姐照顾好。他要是受了一点委屈，姐姐回来只管打罚我就是。”

蕊仪笑里非但毫无嫉色，还有一些大树底下好乘凉的意味。要说梓娇敢把李茂一个人留在宫里，也并非她胆大无谋。李茂身边的人都是她和李存勖的心腹，一向防得紧，要不蕊宁当年也不会暗恨没有动手的机会。这些都不得不让蕊仪顾忌，皇长子之母的根基决不可小觑。

但蕊仪心里也隐隐有些不悦，前几日听李存勖的意思是带自己去的，怎么一转眼就全变了样？

“皇上还没有明谕，妹妹暂时还不要外传，免得那几个狐媚子得了消息使坏。妹妹放心，我不会忘了妹妹的好的。等我回宫，就跟皇上说你照料皇长子有功，好晋你的位分。”梓娇压低了声音，刻意亲昵了许多。

“那就先谢谢姐姐了。最近拿姐姐放在我庄子里的银子进了批丝缎，赚了不少，明日就给姐姐送来，备着路上用。”蕊仪也低声道，随意地笑笑。梓娇那点银子能赚得了多少，不过是自己找个借口送她一些使罢了。

这回梓娇没有推辞，笑应了，很满意的样子，转身让人带李茂过来，“一会儿当着茂儿的面，咱们把话说透了。今日他见你如此维护他，一定愿意跟着你。”

“有胡氏在，我不过是从旁提点几句罢了。”蕊仪客气地道。

眼中满意之色更浓，一听到门口传来胡氏的声音，梓娇立刻起身迎过去，蹲下身将李茂抱了个满怀，宠溺地捏捏他的小脸，“母妃要陪父皇出宫，茂儿留在宫里，可会乖乖地读书习武？”

“母妃放心，茂儿一定听师傅和奶娘的话。”李茂在她怀里乖顺地点头，小小的人儿像要保证什么似的故作郑重。

蕊仪起身笑看着他们。李茂不知蕊仪在这里，看见她，纯稚的笑容一僵，别开眼往梓娇怀里钻了钻。蕊仪上前两步，顺手把梓娇坐过的团垫整了整，“瞧瞧皇长子多孝顺，姐姐只管放心好了。”

梓娇乐呵呵地点点头，抱着李茂坐下，“茂儿，母妃不在的时候，你韩母妃会常去看你。你韩母妃出身大家，你要多跟她学，别跟着那些个小门小户的。”说话间她警告地看了胡氏一眼。

一说起敏舒，梓娇就会忘了她自己也出身小门小户，甚至还不如敏舒呢。蕊仪垂着眼道：“姐姐过奖了，皇长子有什么事只管来找我，管保不让他受半点委屈。”

“母妃……”梓娇刚刚点头道谢，李茂就用力拽住了她的袖子，瞄了蕊仪一眼，害怕地哆嗦了一下，“母妃不要离开茂儿，茂儿不要和韩母妃在一起。”

“你这孩子怎么……”梓娇不好意思地看了蕊仪一眼，目光微愠。李茂噘着嘴注视着她。

“姐姐别急。”蕊仪往他们那边移了移，笑着贴近李茂，“茂儿为什么不愿和韩母妃在一起？韩母妃宫里有很多好吃的果子，还有个很会蹴鞠的小公公，再不然韩母妃还可以教你打马球。”

李茂怯怯地看向她，一听之下以为还要住到丽春台去，小眉头皱得紧紧的，小嘴瘪了又瘪，“韩母妃打人，打萱娘！”

梓娇凤眼圆睁，惊愕却无可奈何，“你这孩子怎么这么不知好歹？韩母妃是为了你好。”

“我不要，就是不要！”李茂使劲扭着身子，摇着头，眼看着眼眶就红了。

“我看还是把皇长子交给贤妃姐姐为好。茂儿乖，韩母妃问你，可愿跟着伊母妃？”蕊仪尴尬地道。

看看蕊仪，又看看梓娇，李茂权衡了一下，用力地点点头，“茂儿愿意跟着伊母妃，伊母妃宫里也有会蹴鞠的公公。”

“你这个不孝子！你……”看着唯一的儿子偏向自己的对头，梓娇又急又怒，奈何不忍用往日责骂宫女的法子招呼李茂，只想出了“不孝”二字，“你说，她给了你什么好处，是不是让你疏远我这个亲娘？”

李茂从她膝上滑下，吓得缩到胡氏怀里。梓娇气得上去就要揪他，被蕊仪堪堪拦下，“皇长子还小，姐姐慢慢教导就是，千万别气坏了身子。”顿了顿，寻思了一下，“要不让赵才人帮着看顾一下？”

鼻中轻微地溢出一声冷哼，梓娇恨铁不成钢地瞪了李茂一眼，“没得便宜了那几个狐媚子。”她手上有些发抖，随手抓起一只茶盏往地上砸去，“都是你！”

“哇——”李茂跟着一哆嗦，便扯着嗓子号啕大哭。胡氏在一旁听得明明白白，心疼地搂过李茂，深吸了口气，牙间嗒嗒作响，“皇长子累了，奴婢先带他回去休息。”说罢，抱起李茂落荒而逃。

梓娇颓然地坐在榻上，用力拍了几下桌子出气。她每拍一下，蕊仪肩膀就一抖。她看着蕊仪，心里又怨又气，可又无可奈何。她很想骂骂人发泄几句，可又不想露出原先的算计。以位压人成了，以利为饵成了，最终却坏在了亲生儿子身上。末了，千恨万怨只得化作一阵伏案痛哭。

第八章·情结

夜幕沉沉，清风卷着牡丹的浓浓香气徐徐吹来，宫灯上是浅藕色的纱罩，烛火映得宫室暖暖的。光洁的石砖地在烛火下仿佛荡起了柔波，让人不由得放轻了脚步。

福儿低着头，踏着小碎步向内室而来。路上，她闲闲地打了个哈欠，眉眼间有些喜色。今日她家娘娘说皇上不会来了，特意早早就寝，没想到皇上一议完事，就要摆驾丽春台。

“娘娘，皇上要过来，就要进门了。”福儿轻推了推蕊仪。

蕊仪侧过身，懒懒地伸了伸腰，衣襟划开，明紫色的兜衣露了出来，映得肌肤如玉赛雪。她迷迷糊糊地敛了敛衣裳，由福儿扶着坐起，眼中睡意未散，有些不耐，“说了不来的，就会半夜折腾人。”

“娘娘！”福儿小声惊呼。

被她这么一唤，蕊仪有些烦了，想想梓娇的事，不由得生起李存勖的闷气，便不管不顾地又躺了下去，翻身对着床榻内侧说：“领他进来，不过说我睡了。”

“娘娘，奴婢不敢。”福儿为难地道，脖颈上开始冒汗，给她吃上十个豹子胆她也不敢，可是无论她再怎么唤，蕊仪就是不应声，也不回身，无奈只能硬着头皮去了。

李存勖已到了院中小石桥上，福儿迎上去先赔了个笑脸，又接过赵喜义手中

的灯笼，低着头就往里走。李存勖正奇怪，福儿却轻声开口，藏藏掖掖的，还是没敢直接转述蕊仪的话，“皇上，娘娘晚间有些头疼，睡得早了些。奴婢方才去唤，娘娘说头还有些晕，所以就……还望皇上不要怪罪。”

“不会是……”李存勖沉吟，面上有些猜测，隐隐地露出些喜色，三步并作两步绕过她进了内殿，轻手轻脚地坐在榻边上，轻抚上玉臂。他倾过身去，看着那虽闭着却隐隐颤动的妙目，声音不觉低柔，“可睡了？”

蕊仪打定了主意不理他，可这一声落后，他竟良久未再开口，她等得不耐烦，粗声粗气地“嗯”了一声。

“可是身子不舒服？”李存勖又贴近了些，凑在她耳边轻问，“是不是有了？”

蕊仪猛地一翻身，额头撞上了他的鼻子。李存勖“哎哟”了一声，蕊仪伸手想替他揉，但一想起他瞒着自己要带梓娇去，手刚伸出去就又缩了回来，娇懒地枕在头下，“疼了？”

“疼了。”李存勖老实地道，眼底闪过一丝促狭，“哼”了一声，自己揉了揉。

谁知蕊仪依旧半点不动容，回应着轻哼了一声，“再疼也没我心里疼。不想带人家去就算了，还借着梓娇姐姐告诉我。姐姐都收拾箱笼了，就我跟傻子似的，憋在丽春台等皇上旨意。”

“朕没给过她旨意。”李存勖笑叹了一声，闹了半天是为了这点事，“郭大人不过说应该带茂儿长长见识，她就以为要带她去了。她这两年身子娇，受不了军营的苦，朕不会给自己找麻烦。”

“那陛下还是打算让臣妾去？”蕊仪心里和缓了些，微微有了些笑意，忽然又惋惜起来，“可是皇长子好像不太喜欢臣妾，既然皇长子随驾，那臣妾还是不去了。”

“他年纪小，还是留在洛阳。天下未定，再过上两年一样有机会。”李存勖低声道。他这个年纪早在战马上摸爬滚打了，但到了茂儿身上，他却舍不得。当年他的父王有诸亲子和义子，而他只有茂儿一根独苗。

可以收拾行装了，蕊仪放心了不少，又觉得有些对不住李茂，“皇长子虽然年幼，但已有乃父之风。不过宫里没有年龄相仿的孩子，他这个年纪难免闷了些，不如皇上为他找几个伴读，再或者干脆收位义子，将来也能多几个人帮他。”

“朕不会收义子。”李存勖斩钉截铁地道。像是不愿多说，他唤了人进来伺候洗漱，然后重重地躺在蕊仪身边，将她紧紧地拥入怀中，目光坚定有力，像发誓一般，“朕决不会收义子！”

李克用生前收的几个义子都是骁勇善战的大将，为李家挣得了累累功勋，更为可贵的是，众人之间虽有摩擦，但大体上一直守望相助，共襄江山。李存勖当然知道这其中的好处。蕊仪听他说得斩钉截铁，不觉有些纳闷。

是因为嗣源？不像，起码不单单是。难道这是他的决心？他想要自己的孩子继承他的江山，尤其是他们的孩子。尽管蕊仪知道李存勖想要他们的孩子，与她的家世有着莫大的关系，她还是不由得放纵了这种想法。

“皇上有茂儿，还会有更多的孩子。”蕊仪挪了挪身子，往他身上靠了靠，躺仰着头，调皮地用手指轻触着他刚刚长出的胡楂儿。

李存勖身子一僵，渐渐地揽着她腰肢的手发起烫来，声音暗哑下去，贴着她的耳垂轻吹了口气，“想让你多睡会儿都不成，小东西，这回怪不得我了。”

“睡了。”蕊仪脸一红，用力一挣，就势把丝被裹到身上，再一转身。她只是觉得好玩，没想到真把他的火给撩起来了。她面红心跳地紧闭着眼睛，抱住绣枕，忘了他没有称“朕”，而用了“我”。

拿手肘捅了捅她，她的身子柔柔的，像顶在了面团上，李存勖低笑一声，一手揪住被子边一扯，一手又将她揽入怀中。丝被被抛向床尾，淡紫色的丝锦上一对鸳鸯款款而游，落下时仿佛从天落入水中……

第二日蕊仪疲累，直睡到日上三竿才悠悠醒转。天气燥热，身上黏黏腻腻的，她一醒来便唤人准备香汤。福儿贴心地将几盘糕点、水果放在池边，低头退下。

蕊仪捧了些花瓣在光滑如玉的雪肤上轻轻推揉，闭着眼睛轻闻那淡淡的芍药香，渐渐和缓了心神。如今自己随驾几乎已成为定局，可若梓娇再指派个人跟她同往，或是敏舒又弄出些事端，又难免节外生枝。

若是梓娇指派，不过是在赵才人、郑御女或是她的几个宫人里挑。倒是敏舒更为麻烦，她既然动了这个心思，就断不会善罢甘休。

不远处传来轻巧的足音。福儿轻唤了她一声，在池边跪坐下，“鱼凤求见。”她压低了声音，带了些笑意，“听说贤妃娘娘病了，从昨晚就高热不下，现在几位太医都赶往集仙殿去了。”

“让她进来。”蕊仪目光一滞，带了些困惑。她虽想试试鱼凤，可并无半点把握，不过是想让鱼凤知难而退，自然而然地打消了嗣源的“好意”，没想到……蕊仪靠在池子边上，她确实没想到。

珠帘深垂，迎面有人走来，它微微动了动，发出些珠玉碰撞的清脆响声。鱼凤在帘后下拜，叩头不起，“奴婢拜见昭仪娘娘。”

珠串摇曳间柔柔的光影在地上荡漾，从蕊仪处看去本来清晰的东西变得有些模糊。蕊仪的视线透过那些忽明忽暗的缝隙望过，鱼凤单薄的身影伏跪在那里，丝毫不显瘦弱，倒是不卑不亢，比萱娘还多了几分淡定。

“平身。”蕊仪口气淡淡的，不多看她一眼，“来找本宫是不是打算离开洛阳宫了？若是，本宫立刻让福儿给你出宫的令牌。”

“奴婢是时候回去了，希望下次再见到娘娘时，娘娘已经梦龙有喜。”鱼凤微微一笑，地上轻轻一响，一只小瓷瓶已放在了珠帘下。

蕊仪目光一滞。那是另一瓶，鱼凤办事未免太尽心了。

“你把另一瓶……”嘴角隐隐有笑意，她换了个问法，“贤妃姐姐少了东西，难道没有追查？”

“这本就是送给娘娘的东西，贤妃娘娘拿错了，知道闯下祸事，日夜寝食难安，如今又病倒了，哪里还有工夫注意这些。”鱼凤半句也不提萱娘将秘药交到她手上的事，只话里有话地把事情说了个大概。

看来敏舒的病真是被鱼凤折腾出来的。未免敏舒追查下去，鱼凤确实不能再留在洛阳宫了。蕊仪微微颔首道：“你主人欠本宫的，由你还上了一些，剩下的本宫想由他自己还。再晚些时候，本宫让福儿送你出宫，不必担心路上的花费，本宫送你的银钱足够你过下半辈子了。”

“奴婢还会再见到娘娘的，奴婢不相信娘娘一辈子都不接受奴婢。”鱼凤笑着磕了个头，兀自退去。

蕊仪看不见她的笑，却清楚地感觉到她身上散发的淡淡暖意。蕊仪捧了花瓣闻了闻，往身后的池水中一抛。若鱼凤不是嗣源的人，恐怕会比萱娘更得用。她唤了福儿进来伺候更衣，她得去探敏舒的病，也不知那秘药起了多大作用。药是她示意下的，算是以牙还牙，可闹出人命或留下病患，她也难免有愧于心。

几日前集仙殿内内外外乱作一团，这日安定了许多。听说梓娇派了得力的宫女过来打理，这才齐整起来。蕊仪进来的时候暗暗把经过的地方打量了一遍，要紧的地方都换了人，看来梓娇已经把集仙殿握在了手里。

“姐姐可好些了？”蕊仪拨开纱幔，看向敏舒微黄的脸。

敏舒眼皮动了动，费力地睁开眼睛，“是你啊，我病成这个样子，不能起身迎你。”她轻舔了舔干涩的唇，疑惑地看向蕊仪，“你在我身边安了人？”

“谈不上，碰巧能使上银子。不过，姐姐也不必费心猜想是谁了，她一早就出宫了。”蕊仪把茶盏捧到她面前，又取了勺子喂到她唇边，“怎么，姐姐送我的药不合吃，还不让我送回来？那么珍贵的楼兰秘药，糟蹋了多可惜。”

目光陡然变得锐利，敏舒颤抖着推开她，重重地喘着粗气。蕊仪淡淡地看着她，不见得意之色，但也没有忧心，“原把姐姐比班姬，没想到姐姐只有才情似她，心思却完全不能相比。”

微微湿润了的唇轻轻一动，传出一声冷笑，敏舒的目光慢慢和缓下来，化作无奈和悲凉，看着蕊仪倒像是在可怜她。

“螳螂捕蝉，黄雀在后。除非你有本事永远做黄雀，否则又何必急着锋芒毕露？”

“难不成要像你一样？”蕊仪叹道。她不是不怕梓娇回过神来明白她的算计，只是比起宋可卿，她宁愿冒这个险。而且若她能将宋可卿入宫之事阻于无形，相信梓娇也不会怪她。

又是一声冷笑，敏舒轻轻闭上眼睛，“即使让梓娇随驾，以她的身子，别说短短几个月，就是一两年，也很难再有子嗣，让她遂了心愿又如何？倒是你，急着抓住这几个月，别说未必能怀上子嗣，就算真的有了，你得罪了她，就真能保证把孩子平平安安地生下来？”

“若是我生下来了呢？”蕊仪抿唇。她赌的不过是宋可卿和怀有身孕的机会，可这二者都太不确定了。

“生下来，一样还有皇长子，就算你没有争位之心，难保别人不会这么想。皇上不会许诺了你什么吧？只有你才会相信。”敏舒翻了个身，不再说话，呼吸渐渐均匀，像是睡着了。

蕊仪在床前又站了一会儿，转身离去，本来熟练的宫步慢慢变得有些踉跄。她恍恍惚惚地听到福儿跟她说了什么，只是随意地点了点头，没有在意。难道那只是李存勖随口说来的甜言蜜语？她知道那些话即使出自真心，将来也未必能够实现，可是她仍然渴求他的真心，哪怕只是那话说出口的一刻。

耀眼的阳光照在地上，返照到眼中，让人忍不住眯起眼睛。蕊仪一不留神被前面的琉璃宫灯罩子晃了眼。她闭上眼缓解了一下疼痛，望向身后的集仙殿，依然优美如画，仿佛众仙随时都会降临。她看向自己隐隐绣着水波云朵的裙摆在光下闪着光彩，拖在地上宛如流转起来。她这一行，若是能像云水流转般顺畅就好了。

三日后，李存勖御驾起行，应天门外百官分列送行。李存勖将李茂托付给李绍宏，披甲上马。郭崇韬紧随在后，后又有将领数名，军士列行两旁，御驾一过便依序跟上，浩浩荡荡，好不雄壮。

女眷只有两驾马车，都随行在最后，一辆是蕊仪的，另一辆则坐着几个丫鬟和粗使婆子。尚未轮到马车起行，蕊仪一行在二道隔城处拜别梓娇。梓娇一身端庄丽服，站得端端正正的，受了蕊仪三拜。她笑中似是不舍，又似有些懊恼，"妹妹此次随驾，定要用心伺候皇上，劝皇上保重龙体。妹妹虽然出了宫，但也定要牢记宫规，切不可学褒姒、妲己。"

"臣妾谨记教诲。"这番话说得重了些，蕊仪察觉到她的怒意，知道她还在为不能随驾懊恼，便又深深一拜。

要说萱娘是个谨慎的，怎么那么巧就冲撞了茂儿？梓娇直犯嘀咕，可毕竟只是猜测，找不出确实的迹象。见蕊仪在众人面前给足了自己面子，心里的气出了半口。

"萱娘身上有伤，福儿又小，恐怕无法伺候妹妹周全，但又不能多带服侍的人，就让你妹子多照应你些吧。"

"是。"蕊仪笑应了，回头看了蕊瑶一眼。本来已经借李存勖之口回了蕊瑶，不想昨日梓娇又令蕊瑶随行，想必梓娇对她的心思知道一些，只是不知梓娇和蕊瑶之间是否有了勾连。

又寒暄了几句，蕊仪上了马车。既然有蕊瑶随行，萱娘和福儿自然就要到后面的马车上去了。蕊仪想来不觉气闷，不知一路上蕊瑶又会如何聒噪。

"二姐不理我，可是生我的气了？谁让你总跟个醋坛子似的。"蕊瑶小声埋怨，把玩着手中的花鸟团扇。

蕊瑶从前那般厌恶梓娇，跟梓娇说句话都仿佛降低了她的身份似的，如今低了头，想必是抱定了决心。蕊仪心中凝重。她不是一定要阻拦蕊瑶，只是想让蕊瑶能多体谅自己一点。她也不是不许李存勖纳新妃，只是希望他能多想想她。她从来不是一个贪心的人，也不可能贪心。

“皇上发了话，我还能反驳不成？何况你一个姑娘家，不明不白地跟来，坏了名节，将来晋封便难得高位。”蕊仪无奈地道，看看她，也不知她这横冲直撞的胆气像谁，“说我是醋坛子，你去找的那位才是真正的醋坛子。你道她真心帮你？连一个蓝采女都容不下，还能容得下你？”

“我也没真信她，不过是多跟她说了几句话。谁让你明明答应为我寻机会，却一直没有动静。”蕊瑶隐含怒容的脸生气十足，双眸如星似月。她哪里不明白了？不过气蕊仪不帮她这个妹妹罢了。

蕊仪尴尬地笑了笑，抑制住隐隐的愧疚，“本想着皇上凯旋之后，大选妃嫔的时候为你求个封位，既名正言顺，又盛大隆重，难道不比随随便便的好？”

“我才不在乎这些。”蕊瑶微微撇嘴。蕊仪就是太看重这些虚无的东西，才把自己陷入两难的境地，“而且要是我先一步得了封位，说不定她们就不用进宫了。”

“那里面可是有郭大人的侄女，真不知你这天不怕地不怕的性子像谁。”蕊仪叹了一声，喃喃道，“有你也好，就像大姐说过的，守望相助。”

五日后，大军暂时安营扎寨，以便根据梁军动向作出新的部署。郭崇韬一夜无眠，看着布军图想出一道良策，一大早便来到中军大帐。侍卫将大帐掀开，郭崇韬刚探进半个身子，就看见李存勖正在沙盘上指点布局。

李存勖一抬头，示意他不必跪拜行礼，声音略有些疲惫，“今年收成不佳，军粮补给恐怕难以续接，必须速战速决。”

“臣已有一策。”郭崇韬上前，指着沙盘上的军马铁塑，“如今段凝领梁军精锐屯于我军南侧以卫梁都，王彦章率小部往郓州。可惜朱友贞将他二人放错了位置。段凝此人擅权谋，却不擅领兵，得到主帅的位置不过是挑起了朱友贞对王彦章的猜忌。此次他令王彦章往郓州，打着招降的旗号，是想挑起陛下对大将军的猜疑，再一举夺下郓州，乱了我军的部署。可是段凝又怕王彦章夺了头功，并不会让人驰援，所以臣想令申王李存渥把守魏州，应付段凝……”

“令魏崇城坚守杨刘，拖住他们。颁旨大将军李嗣源，尽述朕之信任，安定郓州军心。而朕则领一支中军，过汴州到大梁，生擒朱友贞！”李存勖颔首，不觉热血沸腾，恨不得立刻攻克汴州。

郭崇韬拱手笑道：“原来陛下早有此计，如此汴州的梁军少不得要倒戈投向陛下，半月之间天下可大定！”

“若非卿之策，朕也不能下定决心。”李存勖拊掌大笑道，目中寒芒逼人，“古来胜者王侯败者寇，如今胜了便可天下大定，败了不过一个俘虏，爱卿速去部署。”

“皇上，昭仪娘娘求见，给皇上送了些清粥点心。”赵喜义在帐外禀报道。

李存勖正欲拾笔而书，闻言顿住了。他奇袭汴州兵贵神速，就是人马也只能带少数精锐，女眷自是不能随行的。这样一来，他就必须先将蕊仪送走。他浓眉微锁，是李嗣源还是李存渥？

“见过皇上。”蕊仪端着漆盘，微微福了福，从郭崇韬身边走过，半眼也没看向他，“臣妾让人给皇上熬了些红薯粥，做了些金橘饼，皇上尝尝，可还顺口？”

李存勖颔首，看向赵喜义，“给郭大人一些。”

郭崇韬连忙谢恩。赵喜义命人拿了碗碟过来。中军大帐岂是女子久留之地？蕊仪笑笑正欲退出，却被李存勖叫住：“战场上刀剑无眼，你明日便起程去魏州。魏州尚算安定，又有存渥驻守，你一去，朕也可没有后顾之忧。”

不是商量，而是旨意，难不成他打算孤军深入？蕊仪不禁担心，可又知道这时候劝阻倒显得自己婆婆妈妈了。在政事上李存勖或许会听些劝解，可一到用兵，他所信的唯有他自己和一两人而已。

“臣妾遵旨。”蕊仪大方得体地道，只要他平平安安地凯旋，回程时仍然还有机会，“臣妾请皇上务必保重龙体，臣妾会日夜为皇上祈福，也会为皇上照顾好皇弟。”

单薄的背影在转身时更显萧索，李存勖心里忽然泛起一阵心疼，伸手想要捉住她的衣袖，想同她解释，郭崇韬的声音在身后适时响起。他缩回手，顺势抚上高几上的奏折，拿了起来，把抬手的意图掩了个干净。

“赵喜义，你现在就去安排，让……”李存勖犹豫了一下，李存渥为魏州主将，不可轻离，只能让他来迎了，“让李继岌出城一百里相迎。”

“吧嗒”一声脆响，筷子从手中滑落在白瓷盘上，郭崇韬匆忙拾箸，装作什么也没有听到。他终于又提起李继岌了，这个大家都以为被他驱逐的人，这整个皇室都不承认的皇子。

酷暑炎炎，焦灼着将士铁甲。因附近有一密林，蚊虫甚多，就是白日也有那些不知死活的蚊子大大咧咧地从守营的军士面前飞过。守营的军士直视着前方，豆大的汗珠从腕间滚落，也未移动分毫。

营内驶出两驾马车，前面一驾稍显郑重，驾车的人目光精睿，正是李存勖身边的周明易。蕊仪、蕊瑶身后跟着几个宫女仆妇从后面行出，回望中军大帐，面色都不太好。战火连天，此去一路上不知是吉是凶，她们这些妇孺也不知能否平安到达魏州。

蕊仪向李存勖行了叩拜之礼，微微一笑，充满不舍，“皇上什么都不肯告诉臣妾，臣妾也不便多问，只能日日企盼皇上平安凯旋，臣妾在魏州等皇上。”

听闻要将她送离之后，蕊仪没有半句怨言，加上此情此景，李存勖心头一热，唇角带了些温煦的笑，暖人心扉，“不过月余光景，不必弄得跟生离死别似的。魏州有存渥，他会替朕好好照顾你。你到了魏州，只管在府里听戏、赏花，过不了几日朕便来接你。”

“皇上一向用兵如神，臣妾本不该担心。”蕊仪脸一红，他的语气像是在哄一个怕被娘丢下的孩子。她方才是有点像这样的孩子。

拿过她的绣帕，替她轻轻拭了拭湿润的眼角，李存勖洒脱地笑了笑，“跟个孩子似的。”他猛地凑过去，贴在她耳边轻声呢喃，“朕不会让你没生皇子就做太妃的。”

“说什么呢，臣妾该走了。”蕊仪脸红心跳地轻轻一挣，低着头上了马车。身后的仆妇见了忍俊不禁，众人脸上终于有了些笑意。

“皇姐夫可要信守承诺，早日来魏州接我们。”蕊瑶闷闷地看着李存勖，又是委屈又是不甘，瘪着嘴上了马车。

车轱辘转了起来，马车缓缓起行。蕊仪掀开茶色幕帘，不顾仪态地探出头望着李存勖。李存勖朝她点点头，转身回中军大帐去了。她喉中哽咽，很想放开嗓子朝他喊一句告别，可一腔不舍最后只化作沉沉的一声“保重”。

重重地坐回位上，蕊仪茫然地看着随着马车颠簸而晃动的幕帘。就这么被送走了，她苦心谋划良久的事情就这么在她眼皮底下走了样。

“二姐，为何不在姐夫面前说说好话？咱们这个样子被遣走，别人看了还以为我们做了什么见不得人的事。”蕊瑶嘟囔着，很是不痛快。

蕊仪暗暗叹气，不动声色地收回目光，一派老成，“皇上用兵自有乾坤，轮

不到我们置喙。再说了，陛下此去是急行军，你不会以为跟了去就有机会吧？”嘴角浮现出淡淡的笑意，她看向蕊瑶，安抚道，“皇上最信任申王，凯旋后一定会来魏州，然后携她回洛阳，再作封赏。”

“姐夫不是让大哥和申王同在魏州吗？大哥什么时候去了郓州？”蕊瑶疑道。她虽然心急，可也不是不知轻重缓急。

蕊仪摇摇头，“本来是的，不过王彦章打到了郓州，之前郓州又是大将军攻下的，想必多有旧部。这王彦章也是员猛将，大将军去应对倒不算大材小用。好在咱们不去郓州，遇不上他们缠斗。”

蕊仪靠在窗边，若有所思地抓了本书来看，想借着光看得更清楚些，奈何满腹心思都扑在别的事上，一点也匀不到书本上。不必去郓州，她就暂时不必解释李存勖和宋可卿及王彦章之间的关系。蕊瑶对他们的事几乎一无所知，若是陡然听闻，依着性子，说不定会一骑快马跑到郓州去，到时要是有个三长两短或惹出什么祸事，都是她不愿看到的。

毕竟是姐妹，即使不愿让蕊瑶入宫，也不能因此害了她的性命。而到了魏州却不同，李存渥对她们礼遇有加，平平安安度日之余，说不定还能给蕊瑶谋个归宿。

蕊瑶也拿了一本随手翻着，看了几页觉着眼睛疼，便不耐烦地抛到一边，“姐夫居然让李继岌来迎咱们，你和咱们韩家在他心里不过尔尔！还有那个郭崇韬，正眼都不看咱们。等我做了娘娘，可不能这样！二姐，你原先掌家时的胆识都去哪儿了？”

鱼困浅滩的难处她哪里能明白，蕊仪深深地看了她一眼，语气一沉，不答反斥：“宫里不比府里，没有人非得让着你、宠着你，以后不许说这些。再不改改你这性子，韩家早晚断送在你手上。”

“这不只有咱们俩嘛。”蕊瑶被她看得不自在，想想也确实冲动了些，点点头，认了错。

蕊仪舒了口气，眉心微拧，“李继岌是谁？没听说李家有这么个人，而且皇上也好像不愿意提起他。”她昨晚试探着问过，得到的是李存勖不自在的冷笑。

“你……不知道？”蕊瑶惊讶地道，往蕊仪身边挪了挪。前面的幕帘迎风微微掀起，从缝隙中看到周明易正一心一意地驾车，丝毫没有留意车里。“说起来他也是姐夫的儿子，还是长子。”

“长子？”蕊仪惊叫出声，先把自己吓了一跳，看看周明易没有回头，不禁轻拍了拍胸口，“不是说茂儿是唯一的皇子吗？”

蕊瑶握住她的手，让她少安毋躁，“有一次我不小心听到爹和大伯说话，说姐夫曾经还有一个侍妾姓周，李继岌九岁的时候，本来要封侧妃，结果跟晋军里的一个军士跑了。那时候咱大姐刚掉了个孩子，当然不愿意让一个庶子得了体面，就和刘氏到老王妃面前说了些话。”

“定是说他生母做了见不得人的事，连带着不能给他正名。”蕊仪点头，明白了个大概。

蕊瑶坏笑了一下，有些不屑地道：“那你也太小瞧了大姐，大姐说得是，周氏早已与人暗通款曲，李继岌说不定不是姐夫的种，然后又找了几个周氏身边的人作证，姐夫和老王妃一气之下，就把李继岌送到府外养了。”

“原来如此。”蕊仪目光深邃，心里有了计较。

“他如今也有十六七岁了，正是建功立业的年纪。二姐你想想，他要是还留在姐夫身边，咱们就算生个金儿子出来也没用。”蕊瑶笑道。

蕊仪微微一笑，淡淡地道：“又口没遮拦了，到底是皇上的儿子，一天没有实证，他一天都姓着皇上的李姓。既然这次皇上让他来接咱们，就说明他在皇上心里还不是不相干的人。”

“二姐放心，我在他面前一定客客气气的。”蕊瑶微微一笑，她自然懂得什么时候该大胆放言，什么时候不该口无遮拦。

一连行了两日，虽然还隔着几座山，已能碰见些从魏州城出来的百姓。护送的军士大多曾在魏州驻扎，这时每向前行一里路都更感亲切一分，时常有人谈起在晋王府时的旧事。几个婆子、宫女也不甘冷落，趁着小憩的时候，主动说等回了王府要好生张罗些吃食犒劳他们。

刚在驿馆的茶棚里坐了一会儿，萱娘就低着头笑开了口：“记得府里还存了些料子没有带走，正合适给他们做些外袍，奴婢想向娘娘要了借花献佛，回头就说是娘娘和三小姐的恩典。”

“瞧这个会说话的小蹄子，衣料不过是些旧物，好的还不是你们的手艺？直接拿去做了，不用承我们的情。”蕊仪笑道，斜眼瞥了瞥那边的几个军士。

蕊瑶难得和萱娘亲近，笑着扬起手，轻轻落在她身上拍了一下，“要不要再做双鞋，把底子纳得厚一点？”

“三小姐真是的，奴婢以后可再不敢放肆了。”萱娘脸上一红，又去跟那些婆子一处了。

“你说她是不是看上什么人了，你可要多留心，犯了宫规可要连带着你受罪。”蕊瑶提醒道，目光追寻着萱娘，见她只跟婆子们一处才略微放心。

“她是个有分寸的。”蕊仪低头用蜜饯。宫女的名字多是入宫后一起取的，所以并没有人知道萱娘与丽娘的关系。她把丽娘握在手里，萱娘没有她的允许是不会另寻去处的。

不过蕊瑶的态度让她有些许感动，便笑了笑道：“蕊瑶，你会为我打算了。”

“咱们姓的是一个韩，以后你也要为我打算。”蕊瑶不好意思地笑笑，拿起个桃子擦了擦，闷头享用。

“末将参见娘娘。”周明易上前拱手行礼，转身接过军士递上来的糕点放在她们面前的小桌上，“不知娘娘和韩小姐可有吩咐？”

“周将军一路辛苦，本宫和三妹一切都好，就不必麻烦将军了。等皇上凯旋，我们姐妹二人一定为将军和将士们请功。”蕊仪笑道，场面话说得甚好。

“娘娘过誉、过誉了。”周明易低声应着，想要说的话都憋在肚子里，不知如何开口。

周明易说完话就低头站在那儿，丝毫没有要走的意思。蕊瑶打量了他一番也理不出头绪，向蕊仪使了个眼色，没有得到回应，只能自己开口：“周将军还有什么事？”

“周将军有话请讲，难道前面出了什么事？”蕊仪仍然是淡然的样子。事情若真紧急，他自己自然会说。

“不是不是。”周明易尴尬地笑笑，一向口齿伶俐的他竟结巴起来，“接应的人就在前面十里，能不能让一些人先回去寻陛下和郭将军？兄弟们如果进了魏州城就得听申王号令，再想出城赶上陛下就难了……”

“你要把昭仪娘娘和我扔在这荒郊野岭？”蕊瑶惊道，恼怒地瞪着他。虽然只有十里，可天知道会出什么事。

“臣只带二十人先行离开。”周明易又难堪又有些期待地道。

那是要带走他自己的人了？蕊仪算了算，带走二十人还有三十多人，倒也差不多。这些人是急着赶去建功立业的，她若是阻拦容易遭人怨怼，若是做个人情，说不定日后他们当中有谁对她感恩戴德，还有后用。

"到魏州，三十几位将士也够了，周将军安排好了就去吧。不过，要派人通知李少将军，让他再向前行五里。"蕊仪笑道，又朝蕊瑶使了个眼色。

蕊瑶应了一声，怒意未退，"那就有劳将军了，要是分身无暇，不如飞鸽传书。只是阿弥陀佛，千万别被人射了去，成了盘中餐。"

"末将一定派人亲自前往，请娘娘和韩小姐放心。"周明易一听能去追随李存勖，立刻喜形于色，一点也不在意蕊瑶话中的冷讽，笑了笑，心里的石头落了地，"末将这就去准备，还请娘娘和韩小姐回马车。"

蕊仪颔首，招来萱娘她们收拾。蕊瑶收了特意从韩府带来的瓷碗，闷闷不乐地看着蕊仪，"你说咱们能平安到达魏州吗？我这右眼皮子一早就开始乱跳。"

"若真有歹人、乱军，区区二十个人也挡不住，没了他们，也差不离。况且李继岌一定会出迎，咱们也就是再赶上半日的路。"蕊仪劝了她几遍，总算有些起色。李继岌若想得到李存勖的信任，这是他要做的第一步，他一定会想尽办法让她们感觉宾至如归，所以她并不担心。

二人相携上了马车，蕊仪跟蕊瑶说明了原委，蕊瑶难得好脾气地道了句："希望他们日后能记得今日。"二人车中无事，商量着到了魏州该如何应对李存渥和李继岌。这些话甚是无趣，车中熏了兰花香，久了竟让人生出些困意。

二人各自靠着绣垫小睡，小睡前互相提醒着注意外面的动静。她们睡得迷迷糊糊的，只听见车轮在石土间颠簸的声音。也不知过了多久，马车忽然停了下来，隐约听到外面有人大喝了一声，继而军士们一阵喧哗。

"怎么了？二姐，是不是遇上山贼了？"蕊瑶惊醒，警觉地扶住窗边，小心地掀开一角张望。

"都是自己人、自己人，弟兄们一定有什么误会，我们是护送昭仪娘娘到魏州的……"有军士扯着嗓子对来人叫喊。

蕊瑶松了口气，但声音中的警戒未消，"大概是李继岌的人不认识咱们，我出去看看。"她利落地半弯着腰站起身，在车壁上一借力就要下去。

"等等，可能不是。"蕊仪制止道。来者着唐军战甲，又不像是魏州城的人，那还会是谁？

第九章 征途

又是一阵喧哗过后，车外陷入了良久的沉寂。从车内听，三十几个军士像是被带到了别处。他们虽不是周明易手下的精锐，却也是为随驾出征而精挑细选出来的。外面很静，没有刀剑斧凿之声，能如此安静地将他们擒获，实属不易！

蕊仪、蕊瑶屏气对视，等待着外面的动静。没一会儿，外面传来马车驶来的声音，继而有人下车，有衣摆拖过石砾的声音。

“皇嫂大驾，平都等待多时，还请皇嫂一叙。”平都柔柔的嗓音响起，对着马车拜了一拜。

蕊瑶愣住了，她怎么会在这儿？“兵变”二字刹那间滑过心间。

“如果有什么万一，你自己回魏州，这条路你骑马走过。”蕊仪冷静地吩咐。她一直觉得她与平都之间有着莫名的恩怨，如果事有突变，她也许就是第一个牺牲品。

蕊仪说罢掀帘而去，步下马车时淡定从容，依然仪态万方。她看了平都一眼，平静地道：“舍妹未曾入宫，她仍然是韩家的人，跟此事无关，不知夫人可愿意高抬贵手，放她回魏州？”

“二姐，别听她的。曹平都，你曹家也是皇亲国戚，如何能行此……”蕊瑶的骂声传来。她下了马车，想冲到蕊仪面前，却被一旁的侍卫拦住。

“蕊瑶，本宫有话要跟夫人说。”蕊仪喝止了她，跟着曹平都往前面行去。

蕊瑶的叫喊声越来越小，想必是又被困在了马车里，渐渐冷静了下来。蕊仪略微放心，静静地等待平都开口。平都转过身面对着她，似水的眼波流转，丝毫不像能干出这种事的人。

“叫皇嫂不惯，还是叫你蕊仪吧。”

“你我不过差了一两岁，叫什么都无所谓。”蕊仪浅笑道，猜想着平都的来意。她不过是一个妃子，若平都想谋国，应当乘虚而入去洛阳，捉梓娇和李茂。

平都看向她所乘坐的马车，比平常的宽大许多。

“我特意准备了这辆马车，邀你一起回郓州。夫君已经围困了王彦章，用不了多久，王彦章要么死于乱军之中，要么被生擒。到时候，宋可卿一定会来，皇上也一定会来。”

“你想挟天子以令诸侯？”蕊仪脸色一白，指尖颤抖着指向她，“你与皇上虽没有真正的血脉相连，却也是他名义上的表妹。我不知你几次三番地，意欲何为？还有嗣源，他从来没有反意。没错，他的确负了我，可我也不想让他落得人头落地的下场！”

“人头落地？他确实常让人人头落地。”平都兀自低语了一句，目中刺痛，仿佛回到了很远的过往，“我不会让我的夫君人头落地，我想让他做的只是……罢了，你一颗心都扑在皇兄身上，知道了也不懂。”

“这么说，你不打算告诉我原因，就打算带我去郓州？你别忘了，李继岌见我没有按约定的时辰会合，不久就会带兵来追。”蕊仪冷笑。若是曹平都介意她与嗣源的过去，此时正是动手的时机，给她个一刀毙命，再说是被山匪劫杀，岂不痛快？

平都是曹老侯爷的义女，如果她还能活着，定要查查平都真正的身世。

“他啊，一个小辈，无论如何也得给我个面子。”平都笑笑。

蕊仪凝眉，警惕地看着她，“你把周明易也买通了？”她，或者说她和嗣源架空了李存勖，李存勖不是很危险？

“周明易？”平都摇头，轻柔地挽上她的臂弯，“我说怎么只有这些小鱼小虾护送你，原来是碰巧了。”

看她神色不像有假，蕊仪稍微放心，“夫人也并非无所不能。如果我全听你的，随你去郓州，你会不会放我三妹去魏州？”

“你……不想让她跟着你？”平都心思细腻，略微想了想已了然，“三小姐倒是比你有性情。”

“有性情就很好吗？就好比夫人你，人人都说平都郡主温柔婉约，天下再找不出第二个，可在我看来，这样的性情却有些古怪。不知在嗣源面前，夫人是柔情似水，还是像面对我一样。”

平都有些尴尬，腼腆地笑笑。她因只在那一事上执着，所以只在面对那些人时才会如此。她吩咐了几句，和蕊仪一起向马车走去，耳边传来由远及近的马蹄声，蹄音刚猛，似是有上百骑。

“想必是李少将军来了。”蕊仪停住脚步，静静地看着她。

“你还会跟我去郓州吗？”平都撒了手，面色微变，不确定地看着她。她没想到李继岌会来得这样快。

蕊仪但笑不语，眼看着马蹄扬起的烟尘越来越近。一位少年黑甲锃亮，一马当先地向她们飞奔而来。平都紧张的目光在蕊仪和来人之间徘徊。直到来人的面孔清晰起来，蕊仪才道：“我跟你走，夫人应该已经见过鱼凤和满月了吧？”

平都点点头，心情舒缓了些，眉目温柔地望着李继岌，对蕊仪道：“你跟他说吧，他好歹也是你的‘继子’。”说罢，退了两步。

“末将拜见娘娘，末将特来迎娘娘入魏州。”李继岌扫视四周，诧异地看了看平都带来的人马。他还年少，目光却已犀利，不同于李存勖如黑豹般慵懒而机警的黑眸，他这一双虎眸时刻露出精光。

一丝卑微与担心闪过，李继岌恭敬地单膝下跪，纹丝不动。蕊仪微微一笑，谦和有礼地道：“是李少将军啊，少将军不必多礼，本宫正要去和少将军会合，没想到在这儿遇见了大将军夫人，夫人正邀本宫去郓州，本宫打算答应她。”

“郓州？”李继岌起身，为难地看看二人。都是他的长辈，没有李存渥的授意，他不能轻易允诺。

“有夫人陪本宫，不会出什么问题，你只需如实禀告申王就是了。本宫的三妹受不了颠簸，也会和你一同回去。有她做旁证，相信申王不会为难你。”蕊仪继续笑道，看着他有些怜悯。从前她根本不知道他的存在，此刻也不知怎样面对他才合适。

“末将并非怕申王责难。”李继岌摇头，说话时有些迟疑，“末将只是觉得郓州战事吃紧，多有危险，怕伤了娘娘凤体。”

他一声“娘娘”让蕊仪略微舒了口气，这样的生疏干干脆脆，不让人为难。

“王彦章已被围，不会有事的。事后本宫自会同皇上解释，想来有将军夫人在，皇上也不会怪罪。”

平都上前，亲热地拉住蕊仪的手，呵呵一笑，“你只管回去，我们妯娌间聚聚，不必担心。”

李继岌仿若未闻，只有“王彦章”这个名字萦绕在耳边，他抬头试探地道：“一路危险，不如末将护送娘娘和夫人去郓州。”

“那谁来护送三小姐？”平都疑道。她见过蕊瑶几次，大约明白蕊仪的心思。她怕蕊瑶跟去了，蕊仪要反悔。

早听闻韩家三小姐马上功夫不输男子，并不是她们口中受不了颠簸的弱质女流。两姐妹本可以一起，她们却硬要把人送到魏州。李继岌察觉到当中的不对劲，可又不敢当面询问，只得道：“这里离魏州不远，末将可令人送三小姐去。”

难道他不放心嗣源的人？蕊仪不动声色地打量他，见他对不远处的兵士并无敌意，又转了念头，难不成是因为王彦章？是了，自古英雄惺惺相惜，李继岌虽没有嗣源当年老成稳重，也算是位少年英雄。

“王彦章是个英雄，你便去与你大……与大将军一道，历练历练。”蕊仪莞尔一笑，吩咐他立刻派人护送蕊瑶离开，又让平都去跟蕊瑶说。

蕊瑶一听就明白当中利害。李存勖听闻一定先到郓州，战事一了，说不定只派个不相干的人来接她。可是她面对的不是蕊仪，而是柔柔弱弱的平都，火气再大也不好发。何况她也有疑虑，不知蕊仪此行是不是受了平都的胁迫，当下只得作罢，听话地去了魏州，决定等时机到了，再赶到郓州。

马车上，平都拿起一旁的绣花绷子递给蕊仪，白绢上的牡丹眼看着就要绽放，细致的针脚让人不得不叹服。蕊仪一遍又一遍地摩挲着，比起平都，她是个失职的妻子。

“蕊瑶一定很不高兴吧？”

“看得出来，她对皇兄的心有几个人不知道？不过，你既然肯为他广纳妃嫔，怎么就不愿接受自己的亲妹妹呢？看来你也不是那么大度。”平都笑道。嗣源也有几个姬妾，她容得下，是因为她的心不全在他身上。她不知放了多少心下去，只是再多，也没有她想要做成的事重要。

蕊仪没有说话，半晌才低着头沉吟道：“你能狠下心来对付我，能狠下心对你的姐妹吗？跟你一样姓曹的那些个。”

灵巧的手指打开包着藕粉糕的纸包，平都手上一抖，顺着马车的颠簸，大半包滑落到淡黄色的裙摆上。她不姓曹，她有自己的姓，那些人虽然待她很好，却不是她的姐妹。她原本有家，有父母，有妹妹，可是后来……

“她们？也许不能吧。”平都笑了笑，用帕子扫落裙上的渣子，把剩下的捧到她面前，“你饿了吧？少用点，前面有驿站。”

蕊仪点点头，放在一边，心不在焉地望向窗外，“大将军和李继岌如何？”

“他待人有分寸，不冷不热吧，不过他一直相信，皇兄早晚还会认这个儿子。你对他好，没有错。”平都轻道。

马车颠得人晕晕乎乎的，蕊仪不大想和平都搭话，斜倚在绣枕上假寐。李继岌是李存勖的隐痛，这块疮疤既难以愈合，也难以拿刀剜了去。

平心而论，她愿意相信李继岌的生母。天下有哪位母亲不心疼自己的孩子，若李继岌并不姓李，他的母亲逃离时不会丢下他，让他有性命之忧。她得想个法子解开这个结，这样李存勖就不必再在提到他时眉头深锁，她也许也会多半个儿子。

五日后，郓州城下。

山路难行，因为人马不多，又要避开可能出没的山匪，本来两三日的路程一直行了五日。一路上三人算不上相谈甚欢，倒也相处和睦，遇事有商有量。

快到郓州城时，李继岌按捺不住，眼看着要催马上前查探。平都打算从把守最严的西城门进去，自己带的人够用，也就允了。没想到，她们的车驾还没到城门下，李继岌就一脸笑意地追了过来。

“两个时辰前，夏将军生擒了王彦章，现在已经带回大将军府了。”李继岌不无惋惜地道，少年轻狂，黝黑的脸庞上隐隐闪烁着兴奋的光彩。

蕊仪、平都礼貌地应对了几句，放下幕帘，双双露出惊愕之色。一切来得太快了，谁能想象赫赫有名的王铁枪，在令杨刘、郓州告急之后，居然被生擒了！

“皇上几年前便抓了王彦章的家人，都软禁在魏州。”蕊仪沉吟。王家在外的，只有王彦章和宋可卿了。

平都长叹了一声，一副了然的样子，“他要是不降，八成就要满门抄斩。不过，他怎么会降呢？”

王彦章不会降，李存勖、李嗣源知道，她们知道，宋可卿更加明白。蕊仪看着她，轻声请求：“夫人可见过宋军师？能否帮我留意她是否来了郓州？”

“她要是来了，也不知会怎样，好在她和皇兄有些交情，应该没有性命之忧。”平都苦笑。她以为蕊仪跟她一样悲天悯人，便轻拍了拍她的手背。

郓州大将军府在城东，战事刚刚结束，百姓们还避居在家，街巷甚是空旷。马车一路穿过，很是顺遂，一会儿便到了。守门的将士看到先下车的是蕊仪，都不觉一愣。

“刚搬进来的时候，东华正院正在修葺，我跟嗣源就住在西院了。现在娘娘来了，正好住东华。”平都笑道，眼底的愁绪还没有散去，又回头对几位将士道，“这是韩昭仪，大伙不能怠慢了。”

众人称是，声音整齐。蕊仪欣慰，治军如此才能保得疆土无忧。可嗣源有这样一位夫人，也该常常愁眉深锁吧？她迟疑了一下，道：“你接我来的事，大将军知道吗？”

“他见到你，应该不会不高兴吧。”平都淡淡地一笑。

蕊仪安置了一下，身边除了萱娘，再没有熟识的宫女仆妇，一下子落了单，她们所能依靠的只有征战在外的李存勖和此处的李嗣源。蕊仪带着萱娘到西院拜访，心里窝着一股火，为了眼下的处境，也为了他没有信守他们之间的承诺。

“不在？去北院了？”萱娘的声音也不觉高了几分。在她眼里，她们是被胁迫来的，万不能灭了自己的气势，要不有的是罪受。

管家唯唯诺诺地解释着，说北院现在有贵客住着，而这位贵客恰巧就是王彦章。蕊仪拉起萱娘就要过去，管家要拦，她轻轻一笑，“王将军不是一般的敌将，皇上一直让申王款待着他的家眷，本宫替皇上看看他有何不可？”

北院此时是真正的内松外紧，里面只有几个军士，其余的都是原本将军府的下人，而外面却早已围得比铁桶还严。蕊仪也不硬来，只在靠近主屋的廊子下听壁脚。她对王彦章没有兴趣，她要抓住的是嗣源和宋可卿。

房内传来摔打的声音，先是茶盏掷到雕花窗上，力道之大，让雕花上的雀鸟向外凸出一块。再是端砚落地的破碎声，墨一溅老高，在白色的窗纸上散开。之后传来几道高声叫骂，继而是李嗣源略显为难的声音：“王将军好生休息，皇

上听闻将军在此做客正拔军赶来，誓要与将军把酒共叙一场。来人，好生伺候将军，不能让将军受半点委屈。”

“李嗣源！老子一杆铁枪，在潘张寨把李存勖赶得抱头鼠窜。老子不怕他，不会寻短见。”王彦章声如洪钟，震得外面的人不由得向后歪身子，一座鲜艳的血红珊瑚摔到阶下，一下子摔成三块儿。“段凝，你这个王八羔子！张汉杰，你勾结赵岩，构陷忠良，你不得好死！”

李嗣源装作没听见，看见蕊仪，身子一颤，示意她到外面再谈。见蕊仪怒容满面，自然明白其中原委，只是此时他丝毫没有心情解释，只道：“段凝降了，若不是皇上飞鸽传书要封他官职，我早一刀宰了他。”

“他卖主求荣，该杀！你呢，背信弃义该怎么算？”蕊仪冷笑。这儿是一处花圃园子，空旷无人，她也不再避讳，“你惜才，为王彦章不平，你为何不放了他？过几天宋可卿来了，你不光害了王彦章，说不定还害了整个王氏一族。”

“我是皇上钦定的大将军，怎能私放敌将！夏将军刚刚立了战功，等着封妻荫子，他又如何坐看我放人？如今大敌未退，皇上远征大梁，你身为皇上的昭仪，九嫔之首，这个时候能不能不要总想着儿女情长？”李嗣源怒道，复杂地看着她，下一刻意识到自己失态了，慌忙别开脸。

“是谁让我变成这样的？是你！我曾经跟你一样，都是因为你！”蕊仪低声恨恨地道，冷静地看着他。这是他第一次当着她的面发火，是因为平都吗？平都私下里透着诡谲偏执，可她相信，平都面对他时比水更清透，比丝绸更柔软。

“对不起，但是我不能私放王彦章。”李嗣源痛苦地长叹，目光苦涩，想让她理解，“不过我会想办法说服皇上，还有宋军师，我保证在皇上见到她之前，先见到你。”

“我再相信你一次。可是你记住了，如果宋可卿最终回了洛阳宫，我不会放过你，也不会放过她。”蕊仪狠狠地瞪了他一眼，玉手紧握成拳，转身离开。

萱娘还在北院外等着她，见她眼角带泪，以为她受了委屈，但一想蕊仪从不愿在人前示弱，也不好问，只告诉自己日后要多留意。她跟在蕊仪身边，从袖中抽出一封信，“申王刚刚送来的，还带了个话，问皇上会不会来郓州。”

信是福儿托人捎来的，说是郑夫人从扬州过来了，问，要送到魏州找她，还是先留在宫里等着。蕊仪看信愣了一下，她已经有些日子没有做那个梦了，也早把郑夫人抛到了脑后。她想了想，决定亲自写信接郑夫人过来，毕竟是照顾过自己，来了也算多个帮手。

“皇上得了消息后只飞鸽传书过来，想必大军前行大计不会轻易改变。不过，如果她来了，就未必了。萱娘，你没有去过魏州府，不知道宋可卿，她是一个对皇上很重要的人……”蕊仪叹了口气，转开话头，“咱们去城南置办些衣裳首饰，什么都没带过来，别人再尽心也未必能办到点子上。”

“娘娘说得是。”萱娘颔首，找管家借了马车和车夫，二人又换了衣裳才出去。一路上，蕊仪跟萱娘说了很多宋可卿的事，什么青荷池，什么荷曲……萱娘听着，头越压越低，比起丽春台的桃林，这青荷池可是更有分量，难怪蕊仪越说面色越缥缈。

“她来了，瞒是瞒不住的，只是得想点办法，让她入不了宫。”蕊仪低声道。可是宋可卿聪明过人，一般的伎俩奈何不了她，只能见招拆招了。

照这么说，要是宋可卿入了宫，不光是蕊仪，宫里另外几个也得跟住进冷宫无二。不消再多说，萱娘已清楚地明白了利害，“要是她回了洛阳，贵妃也会怪娘娘，对吗？”

“不光是她，随驾是我硬争来的，如果最后发生了这样的事，她们都会把一切推到我头上。”蕊仪神色凝重，一脸心事地到铺子里挑东西。

不用奢华，够用就成，二人前后逗留了一个时辰，伙计殷勤地把东西搬到马车上。萱娘刚要扶蕊仪上车，却被蕊仪拉住。蕊仪看看天色，在石阶下竟和她说起话来：“皇上登基的时候，刚好攻下郓州，这是双喜中的一喜。”

“娘娘，站这儿说话不方便，要不到对面的茶楼，要个雅房？”这时候百姓已开始出门购置米粮，萱娘紧张地看着周围。

蕊仪微微一笑，道：“不必，从来没来过郓州，今天正好看个清楚。”

“奴婢怎么觉得娘娘是故意在这儿……”萱娘轻声道。

蕊仪看了她一眼，目光在人群中穿梭搜寻，“她要进府救人，就得找人带她进去。你去把车夫打发了，回时你来驾车。”

萱娘点头称是。她不放心蕊仪站在门口，想着赶紧把车夫打发走，给吃茶钱的时候给了一大块碎银子，弄得车夫受宠若惊地千恩万谢。

“走吧，差不多了，从小路走。”蕊仪紧张得两颊有些发紧，刚才有人在人堆里探头探脑，希望不是来劫财的，“你是不是会些拳脚功夫？”

“会一些，但只能对付一两个三脚猫功夫的蟊贼。”萱娘汗颜，擦了把冷汗，“娘娘以身涉险，不值得。”

“我学过剑，可惜也只是花架子。”蕊仪上了马车，吩咐她按自己说的做。

马车行了一段便绕进了巷子里，巷子里的石砖层层铺叠，马车上上下下地颠簸。人声渐远，只余下轮子和石砖碰撞的声音。眼看着就要到大将军府了，还是没有人跟来。

“娘娘，咱们就这么回去？”萱娘低声问，想从她口中得到肯定的答案。

蕊仪毫不犹豫地道：“再绕几圈，往远处走。”

“是。”萱娘应道，打起十二分精神。她目视前方，余光一刻也没有放过交叉的小巷和院墙。

怎么还没有？那几个人难道是她杯弓蛇影地看错了？正当蕊仪失望的时候，萱娘忽然惊慌地大叫起来：“这马……马怎么不听使唤了？停下！快停下！”边说边紧拉马缰。

“是迷香！”蕊仪心头一阵兴奋，这味道太熟悉了，嗣源曾教她辨别过。

马车在一道幽暗的巷子前停了下来，巷子极窄，只比一个人宽一点，两道墙的檐子几乎搭在了一起。仰头一看，光线几乎只有一线泻下，倒有一线天的意味。

一位女子从巷子深处走出，在巷口五步远的地方停下，她熄了手中的香，嘴角噙着一丝淡然的笑，清丽决然。这微微一笑，宛如一朵青荷绽放。巷子里光线暗淡，看不清她的容貌，只觉她身姿挺拔而不失秀丽，衣袂飘飘，风骨傲然。

“韩家二小姐，我见过你。”宋可卿笑了笑，她的笑依然温煦如阳光，眼角却透出些许愁绪与苍凉。

宋可卿没有叫她昭仪或娘娘，蕊仪有些惊讶，努力回想着她们可能见面的时候。只有那一次，她看见宋可卿在和李存勖争吵，她一直以为他们都没有看到她。蕊仪也回应着她笑了笑，“宋军师是皇上身边的老人，按理说我该给你行个礼才是。不过，你来找我必有所求，礼就省了，就当你给我的报酬。”

对“情敌”半点头都不肯低，有傲骨，这样子还有点像一个人，宋可卿眼前浮现出李存勖那熟悉的脸孔，他们是该做夫妻的。

“我要你帮的是个大忙，区区一个礼就抵偿了，你亏大了。”

还有一件事宋可卿也许帮得上忙，蕊仪轻轻一笑，“事成之后，你安知我无所求？”她停住了。适逢大变，宋可卿依然笑得清丽，这份淡定洒脱让她又羡又嫉。

“你知道皇上不会轻易放过王将军，除非他降，你又跟着我们一道回宫。你想保他的性命，可怜从此萧郎是路人。”

“我不会去洛阳。”宋可卿斩钉截铁地道。再聪明的女人也会犯小女人的毛病，她走近了一些，“我跟他之间，不是你们所想象的那样，昭仪娘娘。”

宋可卿上前一步，带着淡淡的刀兵之气，这气息仿佛已融进了她的血肉。蕊仪知道这不是对她，可还是下意识地退了半步，“我姐姐的前车之鉴历历在目，我怎能不小心？不过，我也不想做宋军师的敌人，当然也相信宋军师不愿做笼中鸟。”

炎夏的闷热笼罩着郓州城，厚厚的乌云叠在夜幕上，望不见星月。傍晚一过，几声闷雷，随后是一场瓢泼大雨，大雨中所有声响都变得朦胧、遥远，只有灯火在水雾中颜色依旧。

郓州将军府中的院落环绕假山湖泊而建，湖光山色相掩映，对面和相邻的院子互相看不清动静，只有在假山上才能看清各处的状况。

“娘娘，没想到雨下得这么大，奴婢怕今晚要被截在这里了，要是被那些伺候的人发现，就不好了。”破败的亭子里，萱娘为二人撑着油布伞，遮挡着滴落的雨水。

当日攻下郓州之后，并无将领常住这里，看守维护的人也只是尽力维持大面上的体面，这些僻静的地方自然忽略了。不过，若非如此，她们也不会不惊动别人就在这儿待了一个多时辰。

蕊仪摇摇头，只望着北院的方向。把守严密，即使大雨如注，兵士们也丝毫没有停下巡视的脚步。宋可卿武功平平，虽然带了几个忠心的家将，可要想带着王彦章神不知鬼不觉地离开郓州而不被追击堵截，是断然不可能的。

怎样让他们有足够的时间离开呢？除非能让王彦章有离开将军府的机会，这样才能拖延时间，哪怕只是短短的一刻。或者让嗣源离开将军府，把现在这些守卫的人换走，换上一些生疏且弄不清状况的人。

假如李存勖此刻来郓州，住进将军府，那这里的人就要换成从洛阳带来的捧圣左右军。可是……蕊仪迟疑了，这样一来，他与宋可卿也许就要再次相遇了。

“如果王彦章死了，宋可卿会不会就此消失不见？”蕊仪无所可想，说出了一个自己都觉得荒谬的想法。

萱娘一惊，眼珠子一转，道："奴婢怕她会闹得满城风雨。再说了，宋军师聪慧绝伦，要是知道是娘娘在背后推波助澜，一定会做出对娘娘不利的事。"

蕊仪颔首，雨声让她听不清自己的声音，"他们横竖都有可能见面，愁人。"

"娘娘，奴婢有句话不知当说不当说。"萱娘笑了笑，低垂着眼，"宫里的女人什么时候不是钩心斗角的？各有各的心思打算，可是又有谁能十成十地达成心愿？各退一步，求个合适的结果也就够了。眼下娘娘退一步，帮她救出王彦章，她也得退一步啊。"

"你是说，让她答应我，宁死也不去洛阳？倒是我当局者迷了。这一两天得再见一面，一会儿你就去找她，有人问起，就说我想吃外食了。"蕊仪略微定了心。她心高气傲，宋可卿也一样，一个承诺，换夫君的命，怎么看都值得。

"昭仪娘娘可在山上？"假山脚下传来魏崇城的声音。

蕊仪朝萱娘点点头，萱娘应了一声："在。魏将军来得正好，被雨堵住了，下不了山。"

说话时，她们也没等魏崇城派人上来，就不顾泥水溅湿宫裙、绣鞋，小心翼翼地往山下走。萱娘在前，看着脚下的路，侧身伸手扶着蕊仪，饶是如此，最后一步落地时二人还是轻轻滑了一下。斜刺里伸出一双手扶了她们一把，蕊仪和萱娘都以为是魏崇城，抬头正要相谢，出现在她们眼前的却是李嗣源的脸。

"夫人想见我，怎么劳烦大将军出马了？"蕊仪身子一颤，好在反应快把话接了下来。因为刚滑了一下，萱娘也没有察觉到异样。

李嗣源笑笑，了然地道："夫人邀娘娘茶叙，见娘娘不在东华院，就让臣来寻。"

"夫人和大将军好恩爱，奴婢都不知说什么好了。"萱娘掩饰地笑笑，看了一眼东华院的方向，半是玩笑地道，"既然将军夫人有约，那奴婢就把娘娘交给将军了。奴婢还要去问问针凿上的事，先告退了，过上一个多时辰，奴婢一定去要人。"

说者无意，听者有心，二人都一阵尴尬。李嗣源手中的伞只顾遮着蕊仪，自己已湿了半边身子。蕊仪察觉到，轻推了一下他握伞的手，道："那天我也有错，是我太心急了。可是你也得明白，我步步为营，不过是为了在偌大的洛阳宫里有一席之地。"

“你……现在就不急了？”李嗣源踌躇了一下，苦笑道，“蕊仪，你真的变了。”

被他问得心凉，回想起入宫后的几次相见，蕊仪自嘲地笑笑，每一次她都像吃了火药一样。她也不想，即使面对仇雠，她也不愿变得歇斯底里，可是每一次面对他，她就宛如脱了缰的野马，还是一匹疯了的野马，完全得不到控制。

“那天晚上你没有来，那时你答应娶曹平都，你就应该想到会有今天。你一向深思远虑，你想到的我会对你做的，应该比我已经做了的更多才对。”雨中，他们缓缓前行，蕊仪目不斜视，只看着前方的路。

“我不是……”李嗣源长叹一声，没有说下去，心中的沉重已一日胜过一日，“皇上不日将派人来郓州，王彦章不能放。不过皇上似乎没有杀他的意思，也没有让人把他的家眷接来，到时我求个情，看看能不能将他流配。到时无论宋军师要寻夫还是救夫，都由得她去了。”

李存勖不会放人，即使现在宋可卿在他眼中已是过去，即使他已能将她看作一个普通女子，即使他已经有了新的开始，得到了令人艳羡的如花美眷，他也不会放过他们。他要让宋可卿承认当初背弃他是这一世最错误的决定；他要让王彦章低头，让王彦章眼睁睁地失去自己的妻子。

蕊仪默不作声，她和李存勖真的很像，她如今对李嗣源做的和李存勖所为没什么区别，真被宋可卿说中了。她淡淡地一笑，轻道：“你虽伤我在先，可这次也是拿身家性命帮我，此事一过，咱们就真的互不相欠了。嗣源，这次你会尽心帮我吗？”

李嗣源颔首，他欠她的岂是这一次就能还清的？把伞塞在她手里，他转身离去，“尽快为皇上生个皇子，好生教养，以后我……”

他刚说了个头，蕊仪就猜到了他后面的话，没等他说完，她也转了身，拎起宫裙大步离去，不理会泥水灌进了绣鞋里。他想让她早日有个依靠，可是曾经他才是她的依靠。他如今这样说是因为内疚吗？男人本来就可以三妻四妾，背弃她并不比休离一个妾侍难，他会内疚，也是难得了。

第二日一早，蕊仪梳洗停当，用了早膳，起身时忽然觉得头晕，就又歪到了榻上。萱娘找府里的郎中拿了药，说蕊仪要静心休养，让其他人都退到了外面。

萱娘拿出准备好的衣裳，那是几天前她才穿过的，“娘娘快换上，从后角门

出去。”

蕊仪和萱娘互换了衣裳配饰。萱娘背对着门口卧在榻上，蕊仪把药碗倒空了，低着头，端着漆盘，轻手轻脚地离开。她绕到角门，四下看了看，一阵小跑绕到另一条街上，雇了马车。

车夫是个老实巴交的汉子，见她出手大方，也不多话，直接抄了近道送她过去。蕊仪微微撩开粗布幕帘，留意着马车后的动静。不见有异样，她反而有些不放心，过了一会儿冷静下来，又开始暗骂自己疑神疑鬼。

“过半个时辰，到那边找我。”蕊仪指了指对面的胭脂店，又塞了二十文钱给他。

车夫千恩万谢地走了。蕊仪推开虚掩着的木门，侧身闪入。庭院不大，甚是萧索，到处铺散着沙子。

“来了？进来。”宋可卿的声音响起。

蕊仪环视四周，只闻其声，不见其人。听到树上有声响，似是有人故意拨弄。她顺着声音抬头细看，原来参天古木掩映着一座小楼，阁楼正被树枝掩住。她深吸了口气，依言上去，“没想到短短几日，你就能找到这么隐秘的地方。”

“我小时候就住在这里。”宋可卿目光柔和，指了指屏风后的走马灯，“后面有个暗门，要是有人来了，就从那儿离开。说吧，你来，一定是有办法了。”

蕊仪把自己的想法说了一遍，最后道：“眼下将军府里的势力太过复杂，除了李嗣源的人，还有申王和夏将军的人，除非皇上的捧圣军接掌这里。捧圣军没来过郓州，趁着他们立足未稳，也许可以想些办法。”

“可是他不会来郓州。”宋可卿沉思道。她了解李存勖，此时他也许已经在前往大梁的路上了。她深深地看了蕊仪一眼，“没有攻破大梁，他不会回来。”

“如果他来郓州，就能见到你呢？”蕊仪苦涩地道，有了前车之鉴，她尽量就事论事，“没错，他做梦都想生擒朱友贞，可是看看如今的大梁，不光是李嗣源，就是郭崇韬也一样能替他办到。他如今是皇上了，自然明白臣子的功劳也是他的，而你只有一个，别人都代替不了，你说他会不会来？”

“你愿意让我见他？”宋可卿惊讶地看着她。

蕊仪笑了笑，继续压抑着心底的不愿，“如果你肯答应我一个要求，我甚至可以安排你们见面。”袖下，她一双小手不禁攥得紧紧的，“他如果要接你去洛阳，甚至以后位相许，你会怎么做？”她目光陡然一紧。

“抵死不从。”宋可卿淡定从容地道。世间的事大体如此，不是每个人都能等到柳暗花明。

想起她与李存勖的过往，蕊仪挑眉轻笑，“李存勖总是提起你，答得这么干脆，太伤他的心了。”

“他带我走的那天跟我说，如果被抓回去了，我就给他一刀，洗脱自己。而我们成亲的那一天我告诉他，如果他战死，我就为他守一辈子。现在，无论是李嗣源杀了他，还是李存勖杀了他，他都是宁死不降的梁将。”宋可卿笑道。她和李存勖不能相知相许，她和贤明（王彦章字贤明）相知相许，却未必能相守，大体这就是造化弄人吧。

“你最好能信守承诺。”蕊仪有些好奇，按理说宋可卿和王彦章相识的时候，还在李存勖身边。面对一个会亲手为她栽一池青荷的男人，她难道就没有过一丝迟疑？

“你当初……为什么要离开？王将军真有那么好？你们相识应该还不到一年。”

“李存勖，李存勖，晋王……他对我很好，我也曾对他……”宋可卿讳莫如深地笑笑，说话时脸上有些疑惑，似是久思不得其解，“可是他身上有太多的谜，他会整整一夜望着一个破败的宅院，他提到大……有些人的时候，会莫名其妙地生气，恨不得将牙根咬碎。还有一次，我发现他的随侍一夜之间都换了，后来才知道他们都死了，只因为他们可能听到了他前一晚说的梦话。这些我都问过他为什么，可是他从来都没有回答过。”

“宅子，魏州的宅子？那些人是谁？”蕊仪疑道。她不知道这些事，可是这些情景似曾相识。那天在宗祠，还有每一次提起李嗣源的时候，李存勖的神情、举动都与宋可卿所说有着某种相似，“也许是他肩上的担子太重了。”

“魏州的韩宅在城东，那座宅子是正对着城西的。至于那些人，有李嗣源，也有你姐姐。李嗣源是他的义兄，那么多年生死与共，早应当比亲兄弟还亲；你姐姐是他的结发妻子，端庄貌美，又是他恩师的爱女，可是他提到他们的时候只有恨。更可怕的是，他面对他们的时候竟是满心满眼的笑意。”宋可卿叹道，自嘲地勾起嘴角。他们看似知己，却也有着这么多的不能知。

蕊宁没有子嗣，稳坐正妃之位，还让府里维系着只有两位侧妃的局面，想必背后做了不少事。李存勖若是知道这些事，恨她倒也说得过去。可是她觉得他和

蕊宁虽不恩爱，却也很客气尊重。尤其是嗣源，蕊仪知道李存勖对李嗣源颇为忌惮，还有些猜疑，但远没有到宋可卿所说的地步。

蕊仪看着宋可卿，只见她神情真切，不像有假，不由得一阵沉思。如果李存勖真是这样的人，那么对她呢？丧姐后的安慰、让她早生皇子、为她浇灌桃林……他的每一个眼神、每一抹笑，点点滴滴从眼前闪过。是不是她太杞人忧天了？李存勖对她应该没有怨怼才是。何况她也曾在他不留意的时候，看他指挥若定、挥斥方遒，他不应是这样的人。

“你不要陷得太深才好。”宋可卿轻声打断了她连绵的思绪，一语道破她的心事，“他不是咱们想看透就能看透的，何况他坐了这世间最尊贵的位置，他做的事也许出于本心，也许只是为了旁的什么，看透与否并不重要。还有你，入了宫，封了昭仪，日后为妃为后，退无可退，难道只因为看不懂他，或是觉得他待你并非真心实意就不活了？”

“我只是……”蕊仪面如土灰。帝后、帝妃只是一群顶着夫妻、妻妾名分却利益纠葛的人，她既早已明白，却还把一颗心放了下去。

李存勖和蕊宁、李嗣源之间的事她们谁也说不清楚，可就算清楚了，证实了李存勖是个表里不一、狠辣歹毒的人又能如何？帝王御座上的人有谁是干干净净、清清白白的？她能让自己停下来，冷漠以对吗？

“宋军师之超脱不同于我们这些凡俗女子，可是你跟在他身边五年，要是想走早就走了，一直没有走，是也犹豫过吧？”蕊仪浅笑道。宋可卿与她年纪相仿，若说真正超脱了，她不信。

笑容略微僵了一下，宋可卿暗自叹了一声。这个问题她一直怕贤明问，贤明从来没有问，只偶尔故作不经意地看她一眼。她微微点头，赞赏地看了眼开始还击的蕊仪，道：“可是再如何犹豫，我最终还是选择了和贤明一起过平淡安稳的日子。其实贤明早有退隐之意，若不是张汉杰、赵岩把持朝政，他也不会一直苦撑着。”

一样的选择，宋可卿和王彦章差一点就要实现了，而她和李嗣源此生却再无可能。蕊仪百感交集，面前的女人先是得到了李存勖的心，再是拥有琴瑟和鸣、策马共驰骋的幸福，让她如何不嫉？她勉强一笑，尽力维持着该有的风度，“你们倒是一对璧人。”

“何必酸溜溜的，我和贤明同你和李嗣源不一样。别这么看着我。那次你和韩靖远送粮草过来，我去找韩靖远，刚好看见你和李嗣源在粮仓后说话。”宋可卿笑笑，没有嘲讽的意思，不过就事论事，“你们不可能像我和贤明一样，李嗣源可以为你放弃功名利禄，却不能抛下他一手带出来的人不管，也不能摆脱他们之间牵绊的兄弟情义。而你，也未必就能抛下韩家老小和好不容易到手的韩家五百八十一家铺子。即使这些你们都暂且抛下，也早晚会后悔。”

“别以为你什么都知道！”话冲口而出，蕊仪呆住了。她这是怎么了？她猛地转过身，扶住窗框，不想面对宋可卿。那些她都要抛下的，她想过，想了很久，都是她曾经已经决定了的……

“那一次在王府里为他做生日，你站在你姐姐身后，那时候你只有十二三岁，你的眼神告诉我，你在乎她、在乎韩家远胜于一切。”宋可卿道，决定话归正题，“其实你不必说已经找到我了，只说有了我的消息就好。也许，他根本不必见到我。”

蕊仪颔首，转过身看了她一眼，打算离去，“你会告诉别人吗？”

“不会。”宋可卿定定地道。给她留些念想也好，若是告诉她，李存勖和自己知道的差不多，她也许承受不了。

蕊仪失魂落魄地下了阁楼，在树后站了一会儿，平静下来才举步离开。门怎么开了？她抬起的手僵在半空，她来的这会儿工夫，没见有其他人出入。萱娘也告诉过她，宋可卿带来的人都住在别的地方。

她转身又往阁楼而去，宋可卿听到脚步声也迎了出来。她看看院子的方向，低声道：“好像有人来过，不知是不是你的人。”

宋可卿拉着她回到院中，蹲下身仔细查看地上铺散的细沙，的确多了足印。

“怕是跟着你过来的。这几日我先换个地方，你也要小心。”

她语气镇定，应对起来轻松自如，让蕊仪不禁定了心，之前的沮丧、矛盾也渐渐消散。临走时蕊仪忽然停下来，看了她一眼，有些矛盾、遗憾，又有些自嘲地轻笑道：“想同你深交，可是大概要等到你和王将军离开郓州之后了。不过，那时候也晚了，应该再也不会相见了。”

“你我都希望有这一天。”宋可卿笑道，为她推开门。比起与她有深交，蕊仪大概更希望她尽快离开郓州而永远不再见面吧，虽然一遇到李存勖的事就有些冲动，倒不失真性情，可是真要做朋友，大概要等下一世了。

第十章·情坚

清早有凉风轻轻吹入，卷着淡淡的水汽和泥土味轻轻地吹起纱帐一角，帐里的人连着翻了两次身，玉臂向空中猛地一挥，又重重地落在床上。她似乎撞疼了，又似乎不自知，皱着眉，贝齿在朱唇上滑过，轻哼了一声。过了一会儿，也不知怎么，她摊开的双手蓦然反扣，攥皱了身下的锦褥。

梦中是一处书斋，门口几株青竹，书斋里一张宽案，四壁皆是书籍画卷，案上的茶盏冒着热气。

“老爷的学生文韬武略都属上乘，又难得对老爷极是尊敬，难怪老爷对他比对自己的女儿们还亲。”一位端庄的中年妇人笑道。

中年男子含混地点点头，“嗯”了一声，没有回答。妇人见状微微一笑，轻叹道：“可惜你只有这一个学生，咱们却有两个女儿。”

“说什么呢，他岂是咱们能高攀的？子从和子良没有这样的福气……”中年男子苦笑道。

眼前情景一转，好像到了深秋，中年男子和妇人似乎年老了一些，妇人眉宇间透着无奈和不解，“老爷，他向子从求亲是好事，你怎么就不答应呢？”

“我从不指望有一天能攀一门贵亲，更没指望靠女儿飞黄腾达。无论是子从还是子良，我都希望她们一世平安喜乐，将来嫁入门当户对的书香门第就好。”

中年男子叹道。

“瞧你把他看得跟火坑似的，你若是不答应，倒便宜了别人。”妇人笑了笑，起身为男子更衣。

“别再说了，我这就去回了这门亲事。”男子正色道，等整理好了衣衫，忽然调侃道，“便宜什么，以后有他犯愁的。”

梦境渐渐过去，身子也放松下来，蕊仪揉了揉额角，试图缓解尚未挥去的眩晕。这个梦很平静，可她心里却仿佛被压了一块沉重的石头，久久不去。以前她的梦里有子良、子从，这一回又有了她们的爹娘，这一切到底是她失去的记忆，还是根本不相干的臆想？

“娘娘，赵公公到郓州了。”萱娘面有惊色，发髻上散落下一缕头发，显然是刚刚才梳洗的。

蕊仪撑起身子，匆匆下床，暗暗埋怨李存勖太沉不住气，“皇上什么时候到？”

“赵公公要传皇上口谕，大概是皇上被耽搁在路上了。”匆忙取出一件酱紫色宫装为蕊仪换上，萱娘犹豫着要不要提醒蕊仪如何解释她们此时不在魏州。

让人泡了一盏浓茶上来，蕊仪仰头灌了下去，到前厅唤了赵喜义进来。既然是传口谕，就该依礼相迎，蕊仪刚要起身，却听赵喜义笑道：“娘娘不必拘礼，皇上只是让咱家给娘娘递个话。”

“皇上不会是要责本宫抗旨，私自来郓州吧？”以赵喜义的架势不像是，蕊仪半开玩笑地道，让萱娘为他看座。

赵喜义故作受惊状，连忙笑着解释：“既然是大将军夫人邀请，皇上自然不会怪罪。只是皇上听闻娘娘见到了宋军师，特派咱家来问问，宋军师现在何处？可安置妥当了？”

蕊仪一惊，她信里只说有了宋可卿的消息，何曾说过见到了？当下稳住思绪，想先确定一下是不是李存勖错解了她的意思，“只远远地见过一面，点头应了一下，也没有深谈。”

“娘娘不是说已经知道宋军师的落脚之处了吗？”赵喜义疑道，转念一想，笑了笑，“娘娘不必忌讳，虽然宋军师已是敌将之妻，但皇上丝毫没有迁怒她的意思，就是对王将军，也特意嘱咐了咱家要礼遇有加。”

那天微微打开的门扉刹那间映入眼帘，蕊仪捏了把冷汗，她的信定是被调了包。不管这人是谁，他或她要么为了离间她与李存勖，要么就是存了更大的心思，要把李存勖引到郓州。

“公公既然这么说了，本宫也不好隐瞒。宋军师与本宫是见过一次，说了小半个时辰的话，可是宋军师并没有与我同归，大概是要等皇上有了准信儿，才再前来一会。”蕊仪面有难色。反正宋可卿自当年离开晋军后就行踪不定，她和萱娘两个弱女子怎么也不可能将人带回来。

赵喜义颔首，有些失望，“那就请娘娘多加留意，宋军师对皇上有大用。”

“大用？”蕊仪微微蹙眉，有些不自在。是想带回洛阳封后吗？行军打仗竟想着这些，他在战场上不是向来心无旁骛吗？看来她所料不差，就算他已经打到大梁城下也会折返。

“娘娘有所不知，”赵喜义起身来到蕊仪身旁，压低声音道，“皇上此时若是得熟知梁军的将领相助，则能如虎添翼，不日即可攻下大梁。皇上的意思是劝降王将军，然后……”

听闻，心中顿时平顺了许多，蕊仪暗自点头。李存勖并非因儿女私情而偏废朝政军务之人，即使他对宋可卿用情至深，也没有乱了该有的方寸。

“如果王将军不降呢？”蕊仪沉吟着。

赵喜义面色一变，见四周再无旁人，才小心地道：“这皇上倒是没说，不过，按律当斩。”他看了蕊仪一眼，声音压得更低，“王将军的家眷也许也要随他而去。”

“宋军师也在内？”蕊仪吓了一跳，转念一想，这只是赵喜义的猜测，毕竟赵喜义跟李存勖的日子不久，很多事都不清楚。

“这……咱家就不知道了。”赵喜义嘀咕道，觉着话说多了，连忙转回正题，“皇上已令申王与郭将军会合，两日后就到郓州，请娘娘早些准备接驾。咱家明日出城迎驾，不知娘娘可有话带给皇上？”

蕊仪摇摇头，轻道：“本宫会想法子再和宋军师见一面，若宋军师能亲自相迎，想必龙颜大悦。”

她一语双关，想从赵喜义脸上看出些痕迹，不想后者像是真不知情，笑着施礼告退。

赵喜义一走，蕊仪整个人霍然沉静下来。那日的足印小巧纤瘦，应是个女子，也许是主使本人，也许是主使身边得力的侍女，她不禁有了猜测。

萱娘一直等在廊子下，悄悄地拿眼角看赵喜义，见他笑呵呵的一副老好人的样子，脸上才又有了笑容，想起之前听人回报，郑夫人已经到了，这会儿正好探探蕊仪的口风，看该如何安置，毕竟是韩家的老人，照顾过蕊仪和蕊宁，不能太随便了。

“娘娘，郑夫人到了，是先安顿了，还是现在就让她来见娘娘？”萱娘笑问。

“是郑夫人啊。”蕊仪笑了笑，早上的梦境催促着她，不能再拖了，“你去，在你旁边收拾一间屋子，别人问起，只说是从洛阳带来的，不要提扬州。皇上过两日就到了，对皇上尤其不能说。”

“这……可是其他几个婆子都是从宫里跟来的，突然来了生人，一定觉得奇怪。”萱娘有些疑惑，不过是扬州韩府里接来个人，皇上应该不会介意才对。

怕那些婆子是假，对她存疑是真，蕊仪对她尚不能全然放心，当下搪塞道：“俗话说一人得道，鸡犬升天，我也是怕人说闲话，说我兵荒马乱的还不忘把老家的人接到身边享福。”

“娘娘说得是，奴婢这就去办。”萱娘应允退下，又让膳房给蕊仪和郑夫人送些茶点。

没一会儿郑夫人就被迎了进来。郑夫人这一年刚过五十五，虽已容颜老去，因平素养生装点得当，扑了一层薄粉，看上去倒也只有四十来岁的样子。她之前几乎从未出过扬州，要不是蕊仪盛情邀请，加之与满月沾亲带故，也许这一辈子都不会离开扬州。

到底年纪不饶人，一路颠簸，饶是要颜面，此刻走路也要扶着腰，缓解些酸痛。郑夫人规规矩矩地行了个礼，声如洪钟：“奴婢拜见娘娘，多年不见，不知娘娘、老爷、夫人和几位公子身体可好？”

对着她，却把一家子人都问候了，没有一点偏废，蕊仪暗暗点头，这倒不是一个一味攀龙附凤的人。

“郑夫人请起，怕夫人拘束，把人都打发了，夫人随意坐。”

郑夫人道了谢，在蕊仪右下手的位子上坐了，只坐了方凳的三分之一，身子微微向前倾，像是随时都要站起来。这时候她才抬头看向蕊仪，多年不见，自是好生端详了一番。

蕊仪浅笑着看着她，丝毫不以为意。郑夫人虽然抚养过真正的韩蕊仪，可毕竟过了七八年，女大十八变，想必她也吃不准。

果然，郑夫人呵呵一笑，爽朗地道：“娘娘比小时候更标致了，没想到魏州的水土也能这般养人，把咱们韩家的三位小姐都养得这般标致。”

“夫人这些年见过本宫的长姐和三妹？”蕊仪轻问，提起蕊宁不由得叹道，“夫人有所不知，本宫的长姐几个月前去了。”

“王妃是奴婢带大的，奴婢听闻此事伤心得不知说什么好，可是一来人死不能复生；二来谁没个生老病死，还请娘娘不要太过伤怀，以免伤了身子。”郑夫人也不无伤感，尤其面对的是蕊仪，如果蕊宁还在，坐在面前的就是自己奶大的孩子，说不定还做了皇后。

蕊仪随着她的话点头，默默地看着她。郑夫人忽然想到还没有回话，连忙道：“几位小姐虽然不在扬州，但老爷和夫人总让人捎来几位小姐的消息，这么多年，倒是没有断过。老宅子里的人都说，三位小姐各有千秋，都是女中之凤。”

“大伙儿都谬赞了。”蕊仪客气地道，略微停顿了一下，做沉思状，“夫人不知，那一年本宫刚离开扬州，就在路上生了一场大病，好了之后，幼年的事竟没有一星半点能够想起来。想想也真是可惜，那时候大家和和美美的，好不快活。”

郑夫人看着她，眼里起了心疼之意，“当年听闻娘娘病了，老夫人和奴婢都恨不得立刻赶到魏州。可是兵祸连绵，没几日，去魏州的路就断了。要说娘娘小时候最是乖巧，本来老夫人舍不得送娘娘走，但一想到老爷、夫人和三小姐都在魏州，最后还是抹着眼泪把娘娘送上了马车。”

“祖母最疼本宫，本宫也时常想念。”蕊仪有些伤感，以前韩老夫人总让人捎东西到魏州，每次都少不了她的，“说起在扬州的时候，应该有不少亲戚朋友，可惜都不大记得了。”

“娘娘不记得不要紧，奴婢天生爱走动，那些亲朋旧顾每年都要走动上四五趟，娘娘想知道，只管问奴婢就是了。”郑夫人以为蕊仪在为失去记忆难过，忙不迭地想要主动告知。

此时只能把话说得尽量婉转，蕊仪微微笑了笑，客气地请教：“亲戚们倒是多听娘说起，就是幼时的朋友不知如何了。本宫隐约记得那时候总有人来串门子，一起读书、摘花、斗草，好像还有几个男孩子，带着本宫和长姐一块儿疯，不知他们现今如何了？”

一提那些个顽皮事，郑夫人乐得眼睛眯成了缝，“女儿家们自然出嫁了，男孩子们有的考了功名，或到军中效力，有的做了生意，后者要多一些，倒是有几个很有出息。”

“是吗？”蕊仪紧张地道，她迫切地想要知道答案。那时在宗庙里，李存勖说冷落她是因为她不记得他，后来又说他曾在扬州的韩家与蕊宁和真正的韩蕊仪相处多时。事后她想了又想，总觉得有些不对劲，这才请了郑夫人过来。贝齿轻咬着下唇，她迫切地希望从郑夫人口中听到她们与李存勖的旧事。

“对面张家的小少爷，就是老给娘娘送果子的那个，现在可是扬州的首富，青年才俊！今年都娶第四房姨夫人了。”郑夫人不无羡慕地道。

一颗本来扑通乱跳的心仿佛一下子撞在了墙上，蕊仪轻咳了两声，看着她喜滋滋的样子觉得有些好笑，“那皇上呢？那时候还是晋王世子，他在扬州的时候也常来吗？他是不是那时候喜欢上长姐的？”

郑夫人正说在兴头上，听她这么一问忽然僵住了，左思右想地结巴起来。这要从何说起？也不知是谁在她面前乱嚼舌根子，这不是存心挑拨姐妹俩的感情吗？郑夫人想了想，一定要趁这个机会解释清楚，“那时候皇上已在军中效力，哪儿有闲心到扬州游赏？不过是娘娘八岁那年来过一次，奴婢记得也就待了两三日。要说跟王妃娘娘，更是不知从何说起。皇上早先要定下的正妃并不是大小姐，后来出了变故，才匆匆决定的。娘娘可是听了什么人的闲话？也不知是谁胆子这么大。”

“本宫不过是随便问问。”蕊仪干巴巴地道。真正的韩蕊仪和李存勖只在那两三日里有过交集，他不是因为被遗忘而冷落她，自然也不会在接受她的时候以此戏言。想起他那一刹那惊惧的眼神，她暗暗叫苦，当初怎么会相信这个拙劣的理由呢？

只是他为什么要骗她？任何一个理由都可以搪塞她，为什么独独用这个？蕊仪的思绪忽然一转，他一直在问她是否记得以前的事，他是在试探她！每一声全然忘记了之后，他都仿佛如释重负，他不想让她记得那一切。难道在那短短的两三日里发生了什么大事？心里浮现出数不清的疑问，这本都属于韩蕊仪，可如今都属于她。

“你说皇上曾差一点儿跟别人定了亲，不知是哪一家的千金？”蕊仪有些好奇，这也算是一桩大事，可从未有人提起。

“是有这么回事，不过，这种事说多了难免走了样，又跟皇上有关，老爷也就不敢说了。”郑夫人为难地道。这事儿老爷明言下过禁令，要是让老爷知道是她嚼的舌头可了不得。

“皇上那时虽没有登基称帝，但也是晋王世子，能与皇上定亲的定不是普通人家。本宫只是好奇，这样的人家如今也应位列公卿，为何从未听说过？夫人只管说，本宫不会向父亲提起。”蕊仪笑道。这桩婚事作罢，说不定就是韩家在背后使了手段，也许这也是李存勖当初厌恶她的原因。

娘娘都发话了，她也扛不住不是？郑夫人笑了笑，小声道：“听说当年跟咱们韩家一般，都是晋王府的亲信，当时皇上跟他们走得比跟咱们韩府还近。可是后来他们府上有个书童染了瘟疫，把整个府上都沾染了，没一个活命的，那位小姐自然也就没了。唉，一家子都死了，想想都害怕。”

“就没有一个活着的了？”蕊仪疑道。好一场瘟疫，一大家子里有人染了瘟疫，定会先将没有染上的人送走，何况一个书童怎能在整个府宅里走动呢？

“也许有，但后来听说宅子里闹鬼，有人活着也早走了。好像他们也是魏州的，娘娘以后去魏州可以打听一下，奴婢一直在扬州，知道的也不真切。”郑夫人不好意思地赔笑道。

“夫人还没用过早膳吧？本宫让萱娘为夫人收拾了住处，夫人先去歇歇，回头本宫让她们送膳食、衣裳过去，夫人只管把这里当作扬州老宅。”蕊仪客气地下了逐客令。

多年不见，说起话来自然生疏，郑夫人正想找个台阶下，一听之下立刻起身谢恩：“奴婢谢娘娘恩典，娘娘不必挂心奴婢，奴婢身子骨健壮，还能给娘娘捉鱼，做桂花鱼吃。”

“那本宫就等着尝夫人的手艺了。”蕊仪被她逗笑了。郑夫人是怕离开了扬州找不到自个儿的位置呢。她唤人送郑夫人回房，远远地听见郑夫人跟小宫女说扬州的小食零嘴儿，大概还把随身带的送了一些给她们。

这是个闲不住又爱热闹的人，让萱娘看着她是对的，蕊仪暗嘱。刚才的试探也太过明显，以后再想知道祖宅的事，得托萱娘或满月之口了。

蕊仪推开书案旁的小窗，那里是一片青竹，长得并不好，甚至有些枯黄。她不停地回想着郑夫人和李存勖的话，再三地两相比较后化作一声长叹。郑夫人没有理由撒谎，韩蕊仪和李存勖之间连熟识都算不上，骗了她的是李存勖，他口中的那些过往很可能都是编造的。

只是编造这些是为了她，还是旁的什么？他大可不必如此，他为王为帝，对一个女人的喜恶不需要任何理由，他这么做到底是为什么呢？

旧谜未解，新谜又生，那位差点儿与李存勖结成连理的姑娘在她心里激起层层涟漪。她仿佛站在大雾弥漫的湖旁，想要拨开迷雾，却无法在湖面上站立，在湖面的中心隐约还有另一样东西，那是宋可卿的话。

“他身上有太多的谜，他会整整一夜望着一个破败的宅院……”

“好像他们也是魏州的，娘娘以后去魏州可以打听一下……”郑夫人的话好像搭起了一座浮桥，直直地通向了那里。那真的是一场瘟疫吗？如果不是，是韩家所为，还是……

还有一事尚待解决，而且已经迫在眉睫。蕊仪努力摒除思绪，打起精神往平都的洛梨馆而去。洛梨馆遍植梨树，是之前这里的主人留下的。其他入住郓州府的人大体革旧置新，或是干脆按各自的喜好重新张罗，而平都向来平和简朴，梨园梨花又恰恰合了她的喜好，就硬是半点不变地保留了下来，加上匠人的精心照料，竟比原来更好了。

不过，蕊仪此刻并没有心情欣赏这些，冷着个脸。平都的贴身丫鬟韫杏见了，担忧地望着平都，不知如何是好。平都正坐在小桌旁缝一件男子的中衣，神情专注，娴熟、温柔的动作使一种独特的娇柔油然而生。她笑了笑，起身迎了过来，“娘娘有事只管唤我过去，亲自来倒是让她们不知如何是好了。韫杏，给娘娘煮一壶我亲自配的梨花茶来。”

“亲手缝制衣衫，亲自晾晒花茶，听说还洗衣做汤羹，既然夫人是如此贤惠的妙人，又怎会做出如此让人不齿的事？夫人跟踪本宫，还留了门，实在算不上聪明。也许，是夫人不常为此道。”蕊仪冷冷一笑，这儿只有她们二人，用不着再维持面上的体面。

平都微微一笑，轻点了头，“是我的人疏忽了，不过也算是歪打正着，无心之过就当作有意为之好了。”

“夫人见我找到这里来很高兴吗？先把本宫带到郓州，又偷换我的信，夫人不妨开门见山地告诉本宫，你到底意欲何为？”蕊仪眉宇间自有一股凛然之气。

一边嘴角微微上挑，她冷笑着猜测：“夫人若想以宋军师离间本宫与皇上，那大可不必。一来本宫入晋王府前就对宋军师的事有所耳闻，虽然不能泰然处

之，但也能心平气和；二来本宫可以诚心诚意地告诉夫人，大将军的心早已不在本宫身上，夫人不必为了一时畅快而大费周章。”

平都没有想到偷换书信的事已经露了底，有些惊讶，停住的笑有些尴尬，“我与皇兄几月不见，甚是想念，这么做也是为了能早些见到皇兄。何况皇兄孤军深入，以身犯险，只为了一个朱友贞，实在不值，不如早日班师回朝。”

这件事应该只有少数几人知道，蕊仪不禁生疑，嗣源不会跟平都说这些，难道平都在李存勖身边安了眼线？她的目标是李存勖？不可能！平都今日所拥有的一切都依仗着李存勖，她有什么理由这么做？

“夫人运筹帷幄好不机敏，大将军娶了位好夫人，想必夫人与大将军也如传言般琴瑟和鸣。”蕊仪笑了笑。平都流转的眼波让她微微一动，平都是在乎嗣源的。这就好，要不她的后招又该往哪里着落？

话来得太过突然，平都有些回不过神来，她抿唇一笑，客套地道：“谢娘娘吉言。还请娘娘放心，宋军师来了一定会得到最好的款待，一定不会失了礼数。”

“有劳夫人了。”蕊仪冷冰冰地道。真不知道嗣源平素是怎么应付他这位郡主夫人的。

事已至此，她只能给宋可卿去信了，来与不来都由宋可卿决定，她相信宋可卿会想到一个周全的办法，毕竟命悬一线的是宋可卿的丈夫，而不是她的。

两日后，郓州城内外一切如常，只在夜色刚退时响过一阵马蹄声。郓州府内外由捧圣军接管，李存勖悄然入府，大将军李嗣源及其家眷仍暂居府内西院。府中上下尽管已做足了接驾的准备，但真到了临头的时候，仍然颇显忙乱。等到了用午膳的时候，府外又来了一人一马。

宋可卿一袭蓝衣，仰头在马上打量着郓州府的匾额，略显沧桑地微微一笑，正要下马，已有人认出了她。她微微愣了一下。这人原先是军中的人，如今已进了捧圣军。她摆了摆手，不欲多言，如今与她扯上关系不一定是好事。

“替我通传昭仪娘娘。”

兵士显然不适应她过于简洁的言语，点点头，跑进去通报。没一会儿府门大开，他身后还跟着萱娘和韫杏。萱娘看了看她，客气地笑道：“是宋军师啊，娘娘和夫人久候了，请随奴婢来。娘娘和夫人昨日就命奴婢们收拾了南院，军师看看还缺什么，只管跟奴婢和韫杏说。”

韫杏在一旁附和着。宋可卿不置可否，道了谢，跟她们进去安置。她处之泰然，似是不知郓州府是牢笼，像是回家一般。萱娘和韫杏暗暗惊奇赞叹，尤其是萱娘，回想起蕊仪的话，面对宋可卿竟生出些敬意。

宋可卿一安置好就到东院求见李存勖和蕊仪。蕊仪打从得知宋可卿到来的消息就开始坐立不安。她借着看花看鸟在廊子里踱来踱去，不着痕迹地从窗缝门间注意着屋里的动静。李存勖早上更衣后就一直在批阅奏折。

刚才报信的人来了，她刻意让来人大声回话。话毕，他仍然在批阅奏折，连眼皮都没抬一下。她心知不好，他越是表现得不在乎，就越说明事情严重。

萱娘跟蕊仪耳语了几句。蕊仪侧倚在门边向里看了看，进屋时刻意让钗环弄出些响动。见他仍没有抬头，她只能主动开口：“皇上，宋军师求见。”他像是没听到她的话似的，她又故意絮絮叨叨地道，“臣妾将宋军师安置在了南院，一应陈设用度还有伺候的人也都吩咐了，不知皇上可还有……”

“不见。”李存勖看了她一眼，继续看手中的奏折，“她来了，你倒是一点不在乎，朕不信没有人在你面前说起过她。”

蕊仪僵在原地，一下子手都不知该往哪儿摆。她就是太在乎了才会如此小心翼翼。趁他不注意，她埋怨地看了他一眼。人是他让她找来的，现在说不见的又是他，这不是让她夹在他和宋可卿中间里外不是人吗？

“皇上既然知道，就不该让臣妾去回这句话。”蕊仪一开口才惊觉自己话里带了怒气。

李存勖嘴角闪过一丝笑意，口气淡淡的：“你且去与她说说话，说朕过些日子再见她。”

是欲擒故纵吗？蕊仪粲然一笑，霎时明白了他刻意别开的眼眸意味着什么。

“那宋军师可否在府中走动？要不要避开北院？她要见王将军怎么办？”她赌气抛出一连串的问题，连月的压抑终于得到了某种宣泄。

语气中暗藏的挑衅和嘲讽让李存勖不觉扬眉，可那近乡情怯的感觉让他来不及多想，道：“随她的意，不过暂时不要让她见王彦章，最多只让他们说几句话。她一向聪慧机敏，你多留心，别着了她的套。”

着了宋可卿的套？这话是赌气吗？他以前怕是着了套，宋可卿才得以和王彦章远走高飞。越是冷漠，越是孩子气，就越是在乎，蕊仪恨恨地咬唇，没有依礼

告退，赌气扭头就走。

把他心尖尖上的人交到她手上，是吃准了她不敢让宋可卿有丝毫闪失，还是想坐山观虎斗，让她这个昭仪使尽脸色，再让宋可卿卑躬屈膝地来求他？蕊仪心里像堵了一团乱麻，强自稳了稳心神，要是后者，她要让他失望了，她偏偏就是个大度的女人。

东华院外，宋可卿在阶下已等候多时，早已料到会受到冷遇，此时自然没有忐忑不安。见出来回话的是蕊仪，她微微掀唇而笑，好歹出来的不是无名之辈。

“宋军师久等了。”蕊仪笑了笑，等着看宋可卿的反应，“皇上还在批阅奏折，晚些时候又要召诸位将军议事，怕是这几日都无暇见宋军师，还请宋军师体谅。”

“没成为阶下囚已是万幸，我还敢有什么奢望？”宋可卿自嘲道，并不纠缠，跟着蕊仪朝园子走去。

“泰山崩于前而面不改色，宋军师不愧为女中豪杰，让我好生敬佩。若是易地而处，我必已慌作一团，断不能像军师这般冷静。”蕊仪并不是看不出她眉宇间淡淡的愁绪，只是觉得能做到这样已经很不容易了。她指了指前面的假山林，“过了这里就是北院，你的夫君就在那里。皇上虽没开口让你们见面，但在外面说上几句话，倒是允了。”

“他一定没让你们省心。”宋可卿苦笑，依贤明的牛脾气，一定闹得看守之人不得安宁。

蕊仪比她笑得更苦，摇了摇头，“砸坏了不少古玩陈设，偏偏陛下和大将军吩咐，不管什么都要给最好的，于是他砸一件就补一件，再这样下去，军饷都要被王将军砸光了。”

“他是不肯降的，还巴不得有人给他一刀，来个痛快。”宋可卿撇撇嘴，照此说贤明应无大碍，当下放心了不少。

蕊仪看向她，试探道：“为何不降？用人不疑，疑人不用，朱友贞早已不信任他，赵岩一党又处处掣肘，你们想要平定天下的宏图之志不可能再实现，为何不索性归顺了皇上？他一定会重用王将军的。”

“自古忠臣不事二主，何况你该知道我在顾虑什么。”宋可卿凝眉看她，轻问，“你真的希望我留下？”

是不想，可是若能因此为李存勖得一忠臣良将也值得。蕊仪别开眼，不否认接下来要说的话有些违心，“也许还有别的办法，皇上一直将王将军的家眷安置在魏州以礼相待，想来很尊重王将军。军师如今已是王将军明媒正娶的妻子，他还能用强的不成？”

“他的确想让贤明归降。”但也想要她，宋可卿没有说下去。即使他心里已完全没了她，就凭要赌一口气，也不会轻易放手。

蕊仪继续道：“若是不降，即使你们能侥幸逃脱，那王将军日后也难再征战沙场，他真的甘心埋没于市井田间？还有那些家眷，毕竟血脉相连，你们真能弃他们于不顾？”说她与嗣源不能放手，她原封不动地把问题还给了宋可卿。

“打仗不就是为了过上安生日子吗？”宋可卿微微一笑，陷入沉思，转眼又笑了，对着蕊仪有些俏皮的感觉，“全身而退的确不易，不过，不是还有昭仪娘娘你吗？只要昭仪娘娘帮了我们这个忙，我保证从此消失在皇上面前，任他掘地三尺也找不到。”

嘴角微微抽搐，蕊仪应景地点点头，一句“一言为定”硬是卡在了喉咙里，好在北院已在眼前，周围的守卫吸引了她们的目光。李嗣源的人还没有完全撤走，赵功生正在和捧圣军的人说话，大概是在交代接管后要注意的事情。

院中走出一人甚是眼熟，蕊仪皱眉，心里咯噔作响，千言万语化作一声轻唤：“二哥，你怎么在这儿？”

韩靖远何时进了捧圣军？糟了，要是王彦章不见了，韩靖远他们首当其冲，少不了受责罚，不知他们可否承受那雷霆一怒。

“昭仪娘娘。”韩靖远迎了上来，丝毫不见惊讶之色，显然他一早就知道蕊仪在此，“原以为娘娘去了魏州，那样就要再等上几个月才能与娘娘相见，没想到大将军夫人邀娘娘至此。”他眸光向旁一移，看清旁人面容则一惊，“宋军师？！”

“宋军师是皇上请来的客人，也是王将军的夫人。”蕊仪向他使了个眼色，示意他不必多问。宋可卿现在的身份不必隐瞒，尤其“夫人”二字，最好让整个郓州城的人都知道。

宋可卿居然嫁了敌将，韩靖远大为惊讶，但也没有多问，依礼问道：“宋军师可是要见王将军？”

“皇上只让说说话。”宋可卿无奈道。韩靖远若能行个方便当然好，可她不想这么早就连累蕊仪。

蕊仪笑了笑，打听道：“不知二哥如今身居何位？战火纷飞，做妹妹的竟不知兄长在做什么。”

“副统领。不过副统领共有三个，我敬陪末位。”韩靖远谦虚地道，不过他显然对眼下的位子颇为满意。

“二哥好前途。”蕊仪笑了笑，忽然压低了声音，“你可见过王将军？”说罢看了眼宋可卿。

韩靖远当然明白这是替宋可卿问的，他当初对宋可卿颇为欣赏，瞧着她一袭白衣男装在军营间出入，甚至有过那么一点爱慕之情。如今王彦章在押，想必宋可卿也处境堪怜，他自然想尽几分薄力，奈何他也不知里面的状况。

“大将军的人还在和冯统领商量，郓州情势复杂，北院的人大概还要过几天才走。”韩靖远歉疚地看着宋可卿。蕊仪轻推了他手臂一下，望着里面，“现在能进去吗？就隔着窗子说几句话。”

“有皇上口谕？”韩靖远回过神来，让蕊仪移步到旁，目光中多了些警惕，“宋军师足智多谋，要是出了事，怕会连累你。”

“想什么呢！”看着他一脸紧张的样子，蕊仪扑哧一笑，这是这几日来第一次发自内心的笑，她的二哥没有变，在韩家时尽心维护她，如今也为她着想，“真是皇上吩咐的。再说了，光天化日之下，有你们一院子人在，她也不能来硬的。你放心，我晓得分寸，要是晚上或是冯统领不在的时候，一定不会来。”

韩靖远领着她们进去。北院一共三进院子，一路进去捧圣军的人都不认识宋可卿，以为她是蕊仪宫里的人，只向蕊仪行礼问候，没有多作纠缠。倒是李嗣源的人中有些知道宋可卿的底细，见了她犹如方才韩靖远那般惊讶，好在一旁有统领冯地虎，他们才没有一一上来攀谈。

院内守卫森严，两派人各守要处，看得出平素里军纪严明。只是从他们互视的目光里，隐隐看出些相互忌惮的意味。

“大将军的郓州军已成一脉，想必朝堂之上也是如此。在大梁处处掣肘，在这里也一样，不过是把赵岩换成了李嗣源，把段凝之流换作了郭崇韬罢了。大局已定，到头来只是皇上和他们博弈的棋子，不如就此隐退。”宋可卿有感而发，顺势给了蕊仪答案，最后目光竟落在韩靖远的背影上，“不知你们韩家在这棋局里演的什么角色？”

“王将军的住处就在前面，宋军师还是担心自己的夫君好了。”蕊仪四两拨千斤地道，言多必失，尤其在尚不知宋可卿在她与李存勖之间究竟扮演什么角色的时候。

跋山涉水即使历经千里，也能咬牙忍下当中艰辛，可当真正面对的时候却又近乡情怯，痴立阶下，不敢抬步上前。正当宋可卿的目光灼热得要烧破窗纸的时候，有侍卫送茶饭进去，随即房内传出砸摔叫骂的声音。

碗碟摔砸在门窗上，将窗纸震出一条细缝。随着破碎声响起，宋可卿身子一震。蕊仪在一边揉揉再次疼痛的额角，王彦章的喊声又一次弄疼了她的耳膜，难得嗣源的忍耐性十足，衣食用度照旧，没有因此迁怒于他。

“虽然有皇上口谕，但也不能久留。”蕊仪淡淡地道，看了眼廊子下的位置，又看了看宋可卿，自己没有上前的意思，“别谢我，我只是想把自己择干净些。”

没想到还能有单独相处的机会，宋可卿笑笑，还是感激地看了蕊仪一眼。她立于窗外，试图从那缝隙窥视屋内朝思暮想的人，怎奈刚看到点衣服边，砚台就横空砸了过来。

“贤明，是我。”宋可卿声音不大，里面的动静已戛然而止。

“可卿？”王彦章不可置信地道。房内传来急促的脚步声，横冲直撞地来到窗边，将窗纸扒开一小块。

“咳咳”蕊仪轻咳了两声，这还得了，再这样下去还不得把门拆了？她警告地朝他们看去，目光所至正是王彦章的眼。那是一双眸光犀利的眼睛，不同于李存勖的英气机敏，也不同于嗣源的沉稳内敛，仿佛时刻酝酿着一团烈火，等待着喷发。

蕊仪平素最怕的就是那些面目平和而心似深潭的人，对王彦章这样的大体视作莽夫，而此刻仅仅是这短暂的一眼，就让她不禁起了胆寒之意。蕊仪曾听过王彦章的名号“王铁枪”，也知道些他的过往，不过，只有在此刻面对他时才真正地觉出，这样的人应当被世人敬慕。

王彦章目光不闪不避，狠狠地朝蕊仪看了一眼。蕊仪顿觉头皮发凉，他的目光仿佛卷着刀，带着血，丝毫没有遮掩，爱就是爱，恨就是恨，这样的人比李存勖坦白得多。可是这样的人有时又可怕得多。她看了看宋可卿，寻思着兴许宋可卿平日花在军务上的心思太多，才不想再费心应付枕边人吧。

不过，她从前要应付韩家上下老小，如今也要应对宫里那帮女人，也没有多余的心力，怎么就从没有过宋可卿的想法呢？她无奈地笑了笑，踱到一旁的藤架下。这里绿枝摇曳掩映，她能瞧见他们的动静，他们却看不清她。

“你怎么来了？他要什么，难道你不知道？快走，我王彦章祸不及妻儿家眷。”王彦章怒道，冰冷的语气里隐含着怒意和担忧。

宋可卿丝毫没有恼怒的意思，更没有退让，她轻轻一笑，既是了然也是调侃，“除了我，你的其他家眷都在魏州，多我一个也不算多。怎么，又不好好吃饭？当心一会儿心慌气短。”

王彦章重重地叹了口气，重得远处的人都可听到，“李存勖和李嗣源那厮阴险狡诈，若不是先捉了段凝那软脚的螃蟹，再用那阴险的伎俩擒我，我也不至于如此。你曾背弃他们，不知他们会如何对你。你快走，只要我不降他，那我们就都得死。我们这些姓王的，他爱杀就杀，爱剐便剐，都是痛快的！他若是将你带回洛阳……”

“我就不是王家人了？我不会去洛阳，事情也许还有转圜的余地。”宋可卿打断了他，轻易戳穿了他的担忧。

前廊尽头处有人探出头来窥探，宋可卿身子一僵，侧身淡淡地扫了一眼。王彦章目光一转，虽憋在屋子里看不见，却也明白是怎么回事。他冷笑一声，怒骂道：“什么晋王，什么唐，什么皇帝，不过是假托了李姓！李存勖！你个假仁假义、欺师灭祖的孬种，有本事就和我王铁枪战上一场……”

又来了！蕊仪忍住叫人来收拾他一顿的冲动，急匆匆地上前。真当她是死人了？当着她的面就敢如此说李存勖，将来逃出生天了还了得？李姓不是天生的不假，可又有哪个想要称雄天下的人不想把自己往那些地位尊贵的人身上靠呢？什么假仁假义，还欺师灭祖，不过是他自己被擒了才说出来的气话。

“王将军，皇上一向敬重将军高义，对将军的家眷礼遇有加，还请将军留些口德，别把自己的余地都毁了。”蕊仪冷冷地道。此人怨恨之心太重，若是无法消减，不如死了干净。只是，铲除王彦章易，宋可卿难。

“宋军师，时候不早了，该回去用午膳了。说不定皇上忙完了，要召见军师呢。”

话里带着挑衅，也传递了别的讯息，王彦章目中一凛，语中暗含的急切更甚，“可卿，快走！”

宋可卿没有回答，看着他，目光坚定，双脚宛如石塑一般钉在了地上。蕊仪拉了她一把，说话时看着王彦章。窗上的缝隙不大，无法看到他完整的面容，但此刻的对视已经足够了。

“本宫自会照顾好宋军师，至于将军，就请自己保重了。”

宋可卿跟在蕊仪身后，回头时无声地开口，那口形是在说“我会救你出去”。蕊仪对此不加理会。此时此刻无非做一些相救相守的承诺，至于能不能实现，只有老天爷知道。

蕊仪“训”完王彦章，嘴上舒服了，面对宋可卿却又有些不知如何是好。好在宋可卿先开了口：“他口没遮拦惯了，你别见怪。也是这脾气害了他，不然也不会弄到今天这步田地。”

“算了，人无完人。”蕊仪嘴角微动，想挤出些笑意，“今天这番话他要是当着皇上的面说了，等不到你救他，他就得血溅五步。”

“你不想帮我了？”宋可卿停下轻问，想从她隐怒的脸上看出些什么。

四目相对，目光纠缠、角斗，半晌，蕊仪笑了笑，道：“别想了，如今你只能相信我。不过，如果王将军不在了，你是不是也不会独活？那样倒也省得麻烦。”

“你……”宋可卿语结。

“娘娘。”萱娘从东院方向小跑着过来，语气焦急，没有察觉到她们之间的异样，“三小姐要来郓州，晚间就到。”

“怎么没早些得到消息？”蕊仪眸光一转，面色有些不自然。

“看来你的麻烦也来了，不知你会不会相信我。”宋可卿微微一笑。她见过蕊仪去军营，也见过蕊瑶，尽管她们找的人不同，但这已不是秘密。

短短相互一瞥间，一股默契油然而生，也许她们可以各取所需，然后皆大欢喜。

第十一章·盟誓

时值夏末，离秋天还有些日子，夜间的小风缓缓地吹着，仿佛一双温柔的手轻抚着沉睡中的人。床榻上的枕席被褥都已换了明黄色，软而细腻的丝绢带着淡淡的凉意，让人不由得在梦中生出些平和之意。

蕊仪翻了个身，白日的烦躁渐渐淡去，可还是无法入睡。她看看身旁的李存勖。他睡得正沉，黑发披散，有几丝带着些许汗水贴在额上，英挺的鼻梁上薄薄一层细密的汗珠。

轻手轻脚地起身下床，蕊仪看了看地上的冰壶，已经化得差不多了。郓州府服侍的人自然比不上洛阳宫中的贴心，不过，既然行军在外，也就不能讲究许多了，自己多提点、多动手才行。

她唤了宫女取冰来换，又叫人倒了盆温水，亲手洗了手巾给李存勖擦汗。

尽管已留心放轻动作，冰块落入冰壶时仍然发出轻微的声响，李存勖猛地睁开眼，抽出枕下的匕首，抬头正对上蕊仪低垂着的水眸，二人皆是一愣。李存勖收好匕首，迷迷糊糊地看着她，道："怎么醒了？睡得正熟呢。"

"没冰了，臣妾怕皇上热。"蕊仪笑笑。她这几日忧心忡忡的，看起来有些柔弱。

李存勖顺势一拉，让她躺在自己身边，道："你一有心事就睡不着，让朕猜猜，又做噩梦了，还是有心事？"

"宋军师白日里刚来，蕊瑶晚间就到了，她们同住南院。虽然隔着一进院子，可臣妾还是担心蕊瑶惹事，怠慢了宋军师。"蕊仪抿抿嘴，婉转地道。如今宋可卿和蕊瑶就是她忧惧的源头。

一阵低笑响起，李存勖揉揉蕊仪的发，将玉面贴到胸口，打趣道："前些日子还说要给申王册妃，朕看蕊瑶不错，过些日子朕探探申王的口风，成了就是亲上加亲、喜上加喜。"

"若是如此，蕊瑶便有福了。"蕊仪愣愣地仰头看着他，有些猜疑，有些欣喜，又有些害怕，像是打翻了五味瓶。她心中忐忑，不敢问，也不敢解释，又怕他觉得自己小心眼。

李存勖又笑了，比方才更甚，轻拍拍她的背，一双大手不安分地滑到她衣裳里，"这回能睡个好觉了？"

蕊仪轻推开他，意味深长地一笑，反将了他一军："皇上打算何时召见宋军师？难得臣妾与宋军师投契，受人之托，忠人之事。"她声音软软的，带了些倦意和调侃。

"不急，再等几日，朕还要先见过王彦章。"李存勖顿了顿，神色复杂。

"睡吧。"蕊仪无声地叹了一声，翻身将丝被一裹，背靠在他怀里，合上眼睛。

李存勖重重地叹了一声，一手捉住她的柔荑握了握，没有回应。他等了一会儿，仍是没有反应，半撑起身子探头看了看，只见娇颜平静，呼吸均匀平缓，应是睡着了。

他有些着恼，用力把她往身子里揉了揉，她顺势拱了拱，找了个最舒服的姿势，将半个身子压在他的臂上。他伸手想要推开她，可就在要触碰到时忽然觉得下不去手。

蕊仪后背抵住他渐渐发硬的胸膛，嘴角勾出一个浅浅的弧度。她翻了个身，面对他两眼笑成了花又转而缩到床边，"真的睡了，皇上明日还要专注军务，不能劳累了。"

"你……"李存勖无奈，背过身去，想想第二日还要去见王彦章，也就作罢。

蕊仪听着身边越来越均匀的呼吸声，慢慢地睁开眼，望见冰壶中冒出的白气有些出神。李存勖越是忍着，事情就越不妙。她原以为他要先劝服了宋可卿，再

以此劝降王彦章。可如今看来，说不定他是要先逼王彦章就范，再以此对付宋可卿。看来，他终究是放不下，只希望他不要一直执迷不悟。

第二日晨间，李存勖离开时特意吩咐萱娘不要叫醒蕊仪。他不知道蕊仪这一夜只是断断续续地寐着，屋内屋外稍有动静便清醒过来。蕊仪背对着床边假寐，听到他吩咐萱娘，嘴角不禁微微勾起，可一想到这日可能发生的事，又笑容全无。

她用了早膳，信手取了本《史记》，正好翻到《项羽本纪》。今日李存勖要见王彦章，这不是好兆头。王彦章一心只求速死，不用想她也知道二人见了面会是什么情形，拖不了多久，李存勖便会下决断。

她定要尽快安排，不然那对鸳鸯一死一离或是两个都死了，都会把事情弄得不可收拾。前者留下无穷后患，后者是李存勖甚至是她，都会留下恶名。

短短几页，翻过来调过去地不知看了多少遍，每看几句，思绪就飘到很远的地方，连自己都看不惯这般的心不在焉，随手把书抛在屋角的藤木箱上，寻思着是不是该张罗一场茶叙，让宋可卿、蕊瑶和平都都来坐坐。

与其一个人绞尽脑汁地冥思苦想，不如把另三个各怀鬼胎的人也拖下水，她们的招数都不比她少。

“娘娘，”萱娘看了看外面，将门虚掩上，轻声道，“皇上在北院待了不到半个时辰就出来了，外面的人说没听见吵闹声。皇上走时，还赐了伤药，让太医留下给王将军治伤。”

“真的？”蕊仪猛地站起身，不可置信地看着她。难道宋可卿又偷偷见了王彦章，把他劝服了？不像，宋可卿不会勉强他，而且就算劝得他在降与不降的事上心平气和，他也决不允许李存勖觊觎他的女人。

蕊仪缓缓地坐下，垂下的一只手攥紧了裙摆。要么，他们达成了某种共识，甚至作了约定；要么，这是李存勖彻底断了王彦章后路的计策，让大梁的人觉得王彦章已降，这样王彦章便危矣。

“后来皇上又让大将军去了，听韩副统领说，大将军进去一个字也没说就退了出去。”萱娘继续道。

蕊仪轻叹道：“王彦章是块硬骨头，就是大将军也啃不下来，他是知难而退了。”

萱娘摇摇头，不大明白的样子，“听说他只对大将军说了一句话，他问大将军是不是邈佶烈，大将军的脸立刻就沉了下去。”

“邈佶烈是大将军以前的名字。”蕊仪要她到门口迎李存勖，李存勖一到就立刻迎进来。

李嗣源在被老王爷收为义子之前名唤邈佶烈，王彦章提起这个名字是彻彻底底地不把他放在眼里。配和他王彦章说话的只有李存勖，可是就此看来，他也没有降李存勖。

“送药倒是个机会。”蕊仪喃喃地道。王彦章如此硬气，就算她们有把握将他救出去，他也未必会跟她们走。王彦章所要的是一死以全英名，他要为将亡的大梁殉葬。

宋可卿一颗心扑在他身上，可是他却未必。他被赵岩一党逼害至斯都没有降服之意，可见其对朱氏一族的忠心。

正想着，萱娘端着一双绣鞋进来了，忐忑不安地笑了笑，道：“娘娘，这是将军夫人特意给娘娘绣的，说那日下雨，娘娘的鞋脏了，想着娘娘带来的东西不多，就赶着给娘娘做了一双。”

“看来以后不能再和大将军单独见面了。”蕊仪笑中带着冷意，平都这是敲山震虎，也许还是投石问路。她看得出来，平都表面上与世无争，心气儿却一点不比她低。她一天到晚算来算去的，说不定心里巴不得她和嗣源弄出点事来，好让自己永无翻身之力。

不过到底沉不住气，又自小养尊处优少长了不少心眼，蕊仪觉着好笑。平都要是引而不发，找一个她与嗣源私下见面的时候，把她抓个正着，就算一圈又一圈地查下来，查不到实证，那她的名声也坏了，如此岂不更好？

“还有一件事。”萱娘低着头，尽量把声音压低，仿佛这样蕊仪就听不见了一样，“皇上去了宋军师那里，听说在与宋军师对弈。娘娘，万一……”

“不会有万一。”蕊仪坚定地道，下一刻意识到自己反应过了。可这不能怪她，她拿不准宋可卿，也一样拿不准李存勖。她不知宋可卿会不会为了救夫而屈服，也不清楚李存勖是不是要结束这场猫捉老鼠的游戏。

她微微一笑，略带了些苦涩，道：“去，把三小姐请上，到后园子坐坐。”

“娘娘，这是要……”萱娘沉吟，前一刻还心如死灰，下一刻怎么又有心情游那萧瑟的园子了？

萱娘的话是越来越多了，看来得赶紧把满月接回来，让她们相互之间有个比较，互相提个醒。但是现在她只能依仗萱娘，便莞尔一笑，道：“一个系着皇上的心，一个把一颗心都系在皇上身上，让蕊瑶自己看着办，不是更好吗？何况要是她真一心一意地想做皇上的妃子，早晚得知道这些事。”

蕊瑶在南院待得百无聊赖，这几日李存勖一直歇在东华院，一眼都没往南院瞧。而蕊仪也成日摸不到碰不着，只让人送些赏赐的首饰、点心过来，让她怨怼之心又起。

一听蕊仪要见她，她腾地从榻上坐起来，提起鞋就要走，忽然又停了下来，缓缓地坐回榻上，舒服地打了个哈欠，不咸不淡地吩咐宫女，说身子不舒服，请昭仪娘娘移一下贵步。

又是一个沉不住气的，蕊仪听了，毫不着恼，带着几个婆子，连带着唠唠叨叨的郑夫人，每人端着一大盘子水果、点心，有说有笑地过去了。

“瞧瞧，这是怎么了？身子不舒服，可请了郎中？皇上随行的太医在照顾王将军，只能请府里的过来了。不过他们粗手笨脚的，也不知能不能伺候好我这娇贵的妹妹。”蕊仪在她身边坐下，近身看她，摸了摸她的额头，了然一笑。

“不用。”蕊瑶扭过身，故意背对着她。

“不像是病了呀。”蕊仪笑了笑，坐直了身子，“那你是怪我一直躲着你了？小孩子脾气，府里大门大户住惯了的，从前各住各的屋，几天不见也不见你生气。”

“我没有。”蕊瑶干巴巴地吐出几个字，慢慢地转过身侧躺着，“早就说过，你的心思瞒不住我，你不就是不想让我进宫吗？你怕什么，怕我夺了你的宠是不是？怕我让你当不成皇后是不是？”

“小声一点。”蕊仪捂住她的嘴，望了望院子里的人。

蕊瑶恨恨地瞪了她一眼，没好气地随手一丢绣枕，砸在门上，不过声音倒是低了很多，“我不进宫，你就一定当得了皇后了？下一年大选妃，还不知要来几个何方神圣呢。我又不跟你争皇后的位子，我只要跟皇上在一起。二姐，你该得到的都得到了，也得想想我呀。”

“那你想过我吗？”蕊仪心里直犯嘀咕，轻抚着她的背，没有说话。

“我一心喜欢皇帝姐夫，你知道，家里的人知道，外面的人也知道，我若是不入宫，将来还能嫁给谁呢？二姐，你就帮帮我吧。”蕊瑶越说越委屈，眼中泪光闪动。她本来跟蕊仪处得不错，就是因为李存勖才闹了起来，她也不想，可每次事到临头，她就又不觉陷了进去。

“那申王呢？皇上日前还说要问你的意思，想给你们说亲。”蕊仪轻问。两姐妹，一个宫中，一个宫外，相互照应再好不过。退一万步讲，再不济也不至于反目成仇。

自古宫中妃嫔若能相安无事，大体是为了共同的目的，暂时扭成了一股绳。而这个目的绝不能是情爱，若她们的心全都扑在皇帝一人身上，这股绳早晚会散。当然也有长久的，例如，当她们中的一方已经退出了这场角逐，缩在一个角落里颐养天年。

蕊瑶一愣，申王李存渥虽不如李嗣源战功卓著，却也颇得李存勖器重，而且又是李存勖的亲弟弟，况且如今其正妃未立，嫁过去就是申王府的女主人，荣华富贵自是享用不尽。可是她总觉得李存渥没什么主意，为人唯唯诺诺的，一辈子只能被人支来支去，不是她想要的良人。

她想要的人既能驰骋沙场，又能笑醉宫闱，既能端方严明，又能潇洒自如，这样的人只有她的姐夫李存勖。早在他到韩府迎娶长姐蕊宁，跨下战马，身着喜服走来时，一切就已注定。那时她还小，做不了他的妻子，如今她已及笄，难道仍要让一切流于遗恨？

另外还有一则传闻，让她不得不对李存渥死心，她埋怨地瞥了蕊仪一眼，说出了她所知道的：“二姐有所不知，魏州府里的人都说申王之所以迟迟不立王妃，也不选姬妾，是因为有龙阳之癖，我可不能自己往火坑里跳。”

“啊？”蕊仪一惊，心里有个声音嗡嗡作响。她也有过这样的猜测，毕竟李存渥生得一表人才，也有些战功，单凭这两点，提亲的人早就把门槛挤破了，怎么可能让他妻亡后做鳏夫做到今日？退一万步讲，他即使没有龙阳之癖，心里头也可能有个极喜欢的人。

蕊瑶嫁过去说不定就得做谁的影子，她光想着自己如何不为难，却险些把蕊瑶推进了未知的险地。

“回头我再向皇上好好打听打听，你放心，不会误了你的终身的。”蕊仪安慰道。

蕊瑶拉着她的手，轻轻摇着，“如果我进了宫，我们两姐妹也能相互有个照应，我保证不跟姐姐争位子，事事以姐姐为先。二姐，我们女人能争的不过是位子和男人的心，位子我帮你争，至于姐夫的心，他的心大，你争也未必争得到，不如给我一个机会，也好过落在别人那里。”

话是这么说，蕊仪心中轻叹，真正身处其中，心境情境难保没有变化。她从前也不会想到会对李存勖动情，她总以为她再恨嗣源，心里也一直只会有他一个，可是如今一切都变了。

以蕊瑶对李存勖的心，早晚会容不下任何人，到时不仅是她，就是其他人恐怕也不得安宁。看着蕊瑶跃跃欲试的神情，蕊仪仿佛已经看到了这个丫头昂着头走在宫道上，傲视着那些明枪暗箭、冷笑暗讽。

不行，她不能轻易松这个口，她能够忍受其他人，却不能让自己人在她背后捅刀子。蕊仪思索了一下，继续她来之前的谋划，“你说得对，男人的心不是自己想争就能争到的，这既要看那个男人自己的意思，也要看别人是怎么争的，争到了什么。”

“二姐又话里有话了。”蕊瑶有些不满。也许蕊仪在故布迷雾，不过以蕊仪的聪慧，断不会单单地无中生有，因为这样她去打听打听就能试出真假，蕊仪说的八成是真假参半，那些真的她一定要留心。能让蕊仪注意的，一定非同小可。

“你以为我一直不想让你入宫，只是怕你争了我的宠？你也未免把我想得太小心眼了，也把皇上想得太没有主意了。皇上要是对你有心，我怎么拦也拦不住，他也不会想为你和申王做主。”

蕊瑶点点头，不禁感到气闷。她不是没有想过，蕊仪受封也好，得宠也罢，她尽管都看在眼里，可从来都不觉得蕊仪在李存勖心里有表现出来的那么重要。

“他心里有人，还是两个，其他人在他心里不过是锦上添花的装点，连我也是。”蕊仪悲凉地一笑，她已有了一个好的开始，可以后的路也许还很漫长，“一个你知道，是如今的刘贵妃，茂儿的母亲。你别净嫌她俗气，皇上对她的情分是别人不能比的，要不也容不得她借着蓝采女的事闹。还有一个，你不认识，不过远在天边，近在眼前。”

“谁？”蕊瑶顺着她的视线看去，是望向那边的院子，难道……

“宋军师。就是跟你共住南院的人。怎么，你这么爱热闹，都这么多天了，还没走动一下？”蕊仪故作惊讶，像是不大忍心告诉她实情。

蕊瑶眉心紧拧，拧出一个“川”字，“她不是敌将王彦章的妻子吗？我只听说皇上想让她劝王彦章降了朝廷，才把她软禁在这儿的。我还说呢，让我也住在这儿，难不成让我看着她？听别人宋军师宋军师地叫，我还以为她是梁军里的军师，怎么会这样？”

“她原来是皇上身边的军师，当年女扮男装……”蕊仪把事情的经过大概说了一遍，末了又道，“你想想，皇上心高气傲，这王彦章当年一杆铁枪杀到皇上面前，逼得皇上退军，皇上如何能饶了他？皇上早就抓了他一家老小软禁在魏州，迟迟没有处置，不过是想钓宋军师这条大鱼。如今皇上是想用王彦章为饵，带宋军师回洛阳，入宫。”这最后两字，说得既重且慢。

“她一个有夫之妇，入宫也没个名分。何况照这么说，这个王彦章也是个硬气的人，要是他的夫人被人抢了，他能善罢甘休？要是把他斩了，那宋军师还能愿意入宫？”蕊瑶恨恨地道，想起了办法。

“三妹可不要忘了武则天和杨玉环，有夫之妇怎么了？丈夫死了怎么了？没死又怎么了？只要有皇帝的权柄，得到一个女人算不得什么。再看看这位宋军师宋可卿，她指点千军万马尚且游刃有余，绝不是个省油的灯，再加上她在皇上心里的位置，后位是跑不了的。到时候皇上弱水三千只取一瓢饮，你入了宫又如何？你还不知道吧，就是为了她，当年皇上还打算废掉咱们的大姐呢。”

“你说什么？！”蕊瑶脸色苍白，仍然倔强地高昂着下巴。

“你去看看，皇上现在就在她屋里。不过你可以到门口望两眼，千万别进去，惹了皇上生气，别说是申王，连贩夫走卒恐怕都没了。”蕊仪长叹了一声，安抚的目光似是要她认命。

蕊瑶起身就往外冲，弄得外面的婆子面面相觑。她朝小角院望了一眼，刚好看见赵喜义在那儿探头探脑地张望。她回望了一眼门边追出来的蕊仪，蕊仪殷切的目光在劝她回去。她跺了跺脚，目光转而落在石桌上的水果糕点上，她广袖一扫，杯盘滚落，一地狼藉。

“来人，把茶摆上。二姐，咱们赏花品茶。”蕊瑶气得牙痒痒，不是品茶而是在灌茶，看着蕊仪轻哼道，“你倒是忍得了，既然你早知道了，可想到办法了？”

蕊仪摇摇头，道：“她与皇上是患难之交，沙场上相互扶持着走过来的，想动她不容易。”她故意看着远处的荷塘，季末的青荷静静地绽放，她没有回转视线，压低了声音，“从这儿看过去和晋王府真像。你还不知道吧，晋王府里的青荷池就是皇上亲手为她栽的。要说能忍，谁比得过咱们的大姐？她对着一池子青荷，春去秋来，多少个寒暑啊。”

“大姐总是郁郁寡欢的，都是因为她？”蕊瑶手里的茶盏不自觉地滚到青砖地上，碎成了几片。

“你小声一点，办法总是有的。”蕊仪瞥了她一眼。小角院里已经有了动静，想必李存勖听到这边的响动，待不住了。

“杨玉环也是做了几年的太真娘子才成了贵妃，纵然是皇上，也有不能摆在台面上的事。如果把这件事闹大了，人人都知道皇上要杀王彦章，要夺人之妻，你说他还会这么做吗？比起江山社稷，我相信宋可卿还是很轻的。”

“娘娘和三小姐说什么呢？大家和和气气的，别吵嘴。”郑夫人上前递帕子的时候小声劝道。蕊瑶是韩夫人在魏州生的，之前只打过几次照面，看着笑盈盈的，没想到脾气这么大，她只能期望着蕊仪能让着她点儿。

蕊瑶不解地看着她们，不明白怎么会有人在她们说话的时候打岔。蕊仪笑了笑，拉住郑夫人的手道：“三妹不记得了？这是扬州老宅子的郑夫人，当年照顾过我和大姐。我想着老宅子里也没什么人了，怕夫人闷着，就把她接来了。本来是到了洛阳，可正巧咱们出来了，我怕夫人初来乍到，被宫里那些势利眼欺负了，就索性让她来找我。”

“哦。”蕊瑶应了一声，向郑夫人笑了笑。她本来想更亲和有礼一些，可怒容未退，笑起来不免有些僵硬。

郑夫人见自己来了她们就不说话了，有些讪讪的，四下里胡乱看了看，东拉西扯地道：“那个小院子好僻静，景也精致，三小姐怎么不住那儿？奴婢看着那儿比这儿好。要不娘娘搬来也成啊，两姐妹住在一起多好。”

“那儿有人住，三妹不好去争这个，本宫更不好开这个口。”蕊仪讳莫如深地苦笑。

“谁呀，这么大面子？没听说还有别的娘娘来啊。”郑夫人嘀咕着，朝小角院瞪了一眼。

蕊仪不说话，默默地品着手里的雨前龙井。蕊瑶冷笑一声，冷声冷气地道：“有什么不好说的，她呀，就是那个王铁枪的妻子，原来皇上的军师，女中豪杰。我跟她同一天到的，皇上姐夫一面没见，她倒好，皇上姐夫一陪她就是几个时辰。郑夫人，您吃过的饭比我们吃过的盐还多，您说，男人是不是都喜欢这样的女人啊？”

“三小姐，这……皇上……”郑夫人知道事情不对，老大年纪了，眼珠子骨碌乱转，这种事还是别在内院里说为好。

够呛！够辣！蕊仪放心了一些。那边白底绣龙的衣衫一闪，李存勖已跨出了小角院，后面跟着赵喜义。蕊仪望去，隐约看见有人将门关上，还朝她看了一眼，目中带着饶有兴味的笑意。那正是宋可卿，应是亲自送李存勖出门的。

“你们都在这儿，日头这么毒，还在这儿摆东西，也不怕晒着。”李存勖笑道，显然对刚才的事即使听到了动静，也没听清楚。

众人见了礼。蕊仪笑了笑，看看蕊瑶又看看他，道：“皇上，蕊瑶都来了几天了，虽说皇上政务繁忙，没来得及见上一面，可这都见着了，怎么连句话都不说？”她目中含笑，看了蕊瑶一眼。

李存勖回头一看，蕊瑶眼角发红，像个受了气的小兔子，委委屈屈地憋着一肚子气，又不敢说。见她负气似的背过身，李存勖忍俊不禁，绕过去挡住她，道：“三妹这是怎么了？见到姐夫一句话也不说。”

“你不是我姐夫。”被他一问，蕊瑶的眼泪眼看就要下来了，她本来想说的是“我没把你当姐夫”，一急就走了样。

蕊仪一时也没想太多，只觉得她这气生得太大了，赶快打圆场：“皇上，三妹来了几天都没见到皇上，生气了。小孩子脾气，千万别和她计较。”

李存勖摆摆手，示意她不必担心，自己低着头，微微蹲下一些看着蕊瑶。别的女人见了他都是一派欣悦，就算是梓娇，一两个月见不着他，也就是撒娇做痴一阵子，再装着抹几滴眼泪，过后什么事没有。而他瞧着蕊瑶却是真生气了，没想到真为自己动气的，竟然是这么个小丫头。

“那姐夫给你赔个不是。这儿不比洛阳，赏不了你什么好东西，等回了宫，朕给你补上。”李存勖笑道，想看她破涕而笑。

蕊仪紧张地看着她，怕她陡然间做出些始料未及的事。若是李存勖心里对她有意，那就会迎合了他的心思；若是无意，则有可能激怒李存勖，让李存勖觉得韩家还打算靠着女儿往上爬，毕竟他当年对蕊宁的所作所为很是反感。

“还不快谢皇上？”蕊仪使了个眼色，只见蕊瑶不甘愿地看了她一眼。

蕊瑶也想找个台阶下，可又气李存勖不明白她的心意。她瞅了眼李存勖腰间的玉佩，不是在洛阳时的雕龙玉坠，是穿常服的时候用的，上面雕着一轮圆月，下面一头小梅花鹿仰头望着。

她赌气地撇撇嘴，道：“我要这个，姐夫给不给？”

蕊瑶下巴小巧圆润，高昂起来透着浓浓的傲气。她盯着那玉坠，眼中流动着别样的光，生机盎然。

李存勖不由得一怔，肩膀微微震了一下，忽然开怀大笑，看着蕊仪道：“给，当然给。蕊仪，你这个三妹可一点不像你，你成日像个闷葫芦，以后可要多向三妹学学。”

蕊瑶、蕊仪俱是一惊。蕊瑶小心翼翼地接了过来，见李存勖真的没生气，破涕而笑：“谢谢姐夫，不如让小厨房炒几个菜，一起用膳吧？”

“朕……”李存勖笑而不语，不打算应承。与宋可卿只下了一局棋，除了临走时的客套，再无其他言语。棋局间二人对视，宋可卿眼中有千言万语，却半句没有多说。他也沉得住气，王夫人来王夫人去地淡淡地说了几句话，勉强应对了过去，出了小角院才觉得一颗心被什么堵住了，郁郁难发，实在没有心情再与她们笑闹。

赵喜义看了出来，立刻上前赔笑道：“皇上，郭将军刚刚派人送来军报，还等着皇上回话呢。”

李存勖点点头，吩咐赵喜义给蕊瑶送些东西，就要离去。蕊瑶不免失望，她压根儿不相信有什么军报，反而怕他折回来再找宋可卿。但她又不能明目张胆地跟去，只能求助于蕊仪，“我听说二哥也来了，不如姐姐代我去看看他，正好跟姐夫一路。”

“那三妹好生休息。”蕊仪笑了笑，承了她的情，尽管她的小心思是那么明显。

李存勖本来已走到了院门口，听到她们的话，停下来等蕊仪。这个小动作落在蕊仪眼里让她不禁莞尔一笑，他们之间是不是也有些默契了？她赶忙跟上去，含笑尾随在后。她知道从早上到现在一定发生了很多事，她希望他能先开口，哪怕只告诉她只言片语。

李存勖憋闷得厉害，走上几步便悄悄看上她一眼。蕊仪觉得好笑，李存勖一向想做什么就做什么，好像天下没有他做不到的事，没想到也有如此畏首畏尾的时候。算了，让他先开口太难为他了，她声音轻柔，好像在自言自语，“听说大将军被王将军赶了出来，没想到王将军这么厉害。难道他们夫唱妇随，宋军师也很厉害，也把皇上赶出来了？”

白了她一眼，想动怒又动不起来，李存勖没好气地停下来看着她。她这一脚踩得极好，含沙射影又不失俏皮。他叹了口气，道：“不至于，但也差不多。王彦章倒没他们说得那么不可理喻，只是咬死了不降，只说忠臣不事二主。”

“预料之中。皇上可有探过宋军师的口风？”蕊仪轻问。其实看他的样子也能猜到如意算盘没有打成，只是她不想让他知道自己时刻留意着他们的举动。

李存勖摇摇头，苦笑道：“朕没问她，如果她想，自己会说，总不至于让朕开口问一个罪眷。”

以静制动，两个人都在等对方先动。蕊仪低着头装作看脚下的路。只是宋可卿在尽量拖延，而李存勖是想让对方先服软，好占尽优势。蕊仪略微沉思，大着胆子道：“皇上别怪臣妾多嘴，皇上的心思臣妾也知道一些，皇上可有想过此事不能两全？”

心事一下子被揭开，面子上多少有些过不去，李存勖默然了一阵儿，一想这些事也不是什么秘密，旧日军中知道的人也不少，她早晚要知道，况且蕊仪不是梓娇，能懂他，也不会无理取闹。

“王彦章是抵死不肯降的，而可卿，朕不知。”

眼下李存勖面前摆着一杆秤，秤砣和秤盘里放的东西不一样重。蕊仪心中明白，即使李存勖不打宋可卿的主意，对他们夫妇以礼相待，王彦章也一样不会降。那既然如此，她相信李存勖心里已经认定了宋可卿这一边了。

“人说缘分天定，皇上和宋军师相交多年，又曾生死相随，是有缘分的。臣妾觉着宋军师是性情中人，喜欢直来直往，皇上有话应该直接问她。无论皇上最终如何决断都应当尽快，以免夜长梦多。”蕊仪柔声劝道，她知道宋可卿是不会答应的。

如果宋可卿回旋得好，李存勖的反应就不会那么激烈，说不定能就个台阶下，起码从面上打消这个念头；如果不成，也能把事情挑明了，大不了就把事情闹大了，反正蕊瑶这条导火索也已经埋好了。

李存勖颔首，眼底有几分感激，这一天第一次由衷地笑了，“若是梓娇和敏舒能像你这般，朕就舒心了。”

“宋军师是巾帼须眉，又不是祸国之水，臣妾懂得这个道理。”蕊仪心里很慌，若不是事先得到宋可卿的承诺，她又怎能心安理得地说出这番话？她别开眼，余光带了些凉凉的笑，“不如今晚皇上再和宋军师见一面，臣妾让她们备些上好的酒菜，就当皇上给宋军师接风洗尘，大家坐在一块儿，把话说开了。”

冷月高悬，月华如霜，月光照在屋檐、荷塘上，成了薄薄的一层纱。小角院里新添了十几盏宫灯，都是这天傍晚临时添置的。李存勖、蕊仪一前一后到南院走了一趟，各种赏赐就源源不断地送了进来。不消半个时辰，整个郓州府都传遍了，王彦章要降了，皇上要厚待他的家眷。

小角院正堂里烛影绰绰，烛光映在窗纸上，柔和的浅红色光影晃动。宋可卿坐在一旁的椅子上，望着主位上摆放的菜肴。李存勖还没有来，那儿空落落的，尽管现在这间屋子是那么的拥挤，四处都堆满了赏赐的绸缎、摆设。

那些薄如蝉翼的云纱、滑如牛乳的丝缎、纤巧的金步摇与臂钏、精致的珊瑚盆景……郓州战事方平，难为他们匆忙间能倒腾了这么多好东西。可惜这儿不过是一个牢笼，一个比洛阳宫小得多的牢笼。

宋可卿拿起手边的字条，又看了看，就着烛火烧了个干净。这场戏终于要开场了，她利用蕊仪，蕊仪利用她，只是不知她们都能否如愿。从前蕊宁视她为仇雠，她从来没想过有一日会和韩家的人联手，做的还是性命的交易。

她也没想到蕊仪能放下她和蕊宁的恩怨，也就是六七年的工夫就跳出来这样一个人物，不知日后蕊仪会在洛阳宫中掀起多大的风浪。李存勖，韩蕊仪，宋可卿笑了笑，倒是合适，若是相处有道，不失为深宫中的依伴。

李存勖来时没有通传，更没有惊动蕊瑶，只留了赵喜义守在小角院门内。门扉虚掩，用手指轻轻地将门推开一线，他望了进去，视线左右徘徊了几下，没有看见想见的人，又轻将门推开了些。

“哗啦”一声，门猛然从里面拉开，李存勖虎目圆睁，下一瞬就被扯进了房内。宋可卿看着他，呼吸沉重，双手忽然猛地一推，将他向墙角推去。李存勖那饱经历练的胸膛宛如铁铸，刚才只是事出突然，现在反应过来便本能地一挣，宋可卿一个踉跄，整个身子不听使唤地向他撞去。

李存勖一声闷哼，背重重地撞在墙上。他堪堪扶住她，发现他们正紧紧地靠在一起。宋可卿神情一滞，用力推着他，撑开一条缝隙，“这就是你想要的吗？”

二人间的缝隙陡然拉大，李存勖将她扶稳，扶住她的手紧紧握着她的手臂，不想放开。他看着她的眼，短短两年的分别，她变了很多。从前她不会这样看着他，她甚至不会有这样的眼神，难道都是因为那个王彦章？

敌将王彦章，王铁枪，梁军大将，一个算得上他长辈的男人……他从来没想过宋可卿会跟他走，从来没有。李存勖颓然地垂下手，沉沉地叹了口气，坐在了边上的躺椅上，松散得像是失了所有力气……

“三妹，做什么呢？”蕊仪带了萱娘和郑夫人过来，探进头巧笑嫣然。

蕊瑶正在擦拭她的琵琶，被她吓了一跳，弦把手割破了皮，忙把手藏在袖子里，道：“二姐怎么来了？你不是应该在陪姐夫吗？难道姐夫赐宴叫你来带我过去？”蕊瑶猜测着，心里惦记着该有人给她补一场接风宴，又看蕊仪一脸笑，不像是又发生了什么烦心事，就把心里的念想暗合上了。

“瞧这丫头越大越不知羞了，你这不是逼着我为你张罗吗？”蕊仪打趣笑道，让萱娘给郑夫人搬了张小凳，“郑夫人手艺好，让她帮你量量脚，做双好鞋。要是满月在就更好了，别看她没心没肺的，刺绣的手艺可是一绝，可以在上面绣一些花花草草的，保证跟长出来的一样。”

“满月呢？”蕊瑶蹙眉，看了看门边的萱娘。

“原本让她去接郑夫人，结果兵荒马乱的，跟一起去的人走散了。她一个人不好回洛阳，就回了魏州，三哥还在那儿，左右有个照应。”蕊仪笑了笑。其实满月来郓州送信之后郓州就被围了，稍有空隙，又听说她要去魏州，就想了办法去魏州找她，结果她又阴差阳错地到了郓州，就这么二人错开了。

两人有一句没一句地拉家常，蕊瑶跟郑夫人也熟络了一些，听她讲了不少扬州的风土人情，最后都有些羡慕蕊仪幼时待在扬州了。可说着说着她又觉得奇怪，蕊仪做事从来都是干干脆脆的，从不拖泥带水，不像会花上一两个时辰跟她秉烛夜谈的人。

渐渐地，她觉得蕊仪笑得僵硬，还有那时不时垂下的嘴角，时不时黯淡的眼眸。她敛住笑，歪着头看着她，道：“姐夫真的在批阅奏折？刚才他们熬了些参汤，不如咱们给姐夫送去。”

“他……我刚刚送过了。”蕊仪掩饰着，又想东拉西扯。

“二姐就不必骗我了，你心慌的时候就是这个样子。”蕊瑶眨了眨眼，轻声问，“是不是姐夫又去那个什么军师那儿了？”说罢就要起身去看。

蕊仪作势要阻止，却被郑夫人抢了先。郑夫人在蕊瑶身后一个劲儿地使眼色，很为难地嘀咕着：“三小姐千万不要去，哪个大户人家没有三妻四妾，何况是皇上。撕破了脸，大家都没面子。”

“别人也就罢了，偏偏是这么一个人。”蕊瑶举步正欲跨过门槛，忽然埋怨地看了蕊仪一眼，“天晚了，二姐还是先送夫人回去。”

知道她嫌郑夫人聒噪，蕊仪微微一笑，道：“不必了，我再坐一会儿也该回去了。蕊瑶，夫人说得对，别看了，咱们拦不住。”

“二姐，宫里有个刘梓娇也就罢了，又来一个宋可卿，真不知道你怎么忍得了。”蕊瑶不屑地哼了一声，气冲冲地冲下石阶。

萱娘正提着裙子，轻手轻脚地上阶来，“三小姐这是去哪儿？”见蕊瑶不答还一味往前走，转身拦住她，目光看向屋内的蕊仪，“娘娘，皇上在里面，奴婢瞧见赵公公了。”

“你都瞧见了？”蕊瑶挑衅地看着蕊仪，像是在邀约，“你再不去，我就要去了。”

蕊仪讪讪地一笑，摇摇头，道：“有赵公公守着，你能进得去？你要是能把人弄出来，你的事一回宫我就同贵妃说。”

“你等着。”蕊瑶袖子一甩，绕过萱娘就去敲门。

蕊仪堵着耳朵，这声音现在听起来格外大。萱娘扶着她跟了上去，刚走了两步，朱漆小门“嘎吱”一声开了，出来的人不是赵喜义，而是李存勖。蕊仪猛地停住脚步，事情太过突然，她向前一栽，饶是有萱娘在，脚上也还是崴了一下。

李存勖面色不善，黑着脸看着蕊瑶。赵喜义跟在后面，嘴里“这个、那个”地不知该说什么好。蕊瑶险些撞到李存勖身上，向后退了一步，看着他面无表情的脸，一肚子气变成了慌，半肚子话一句也说不出来。

蕊仪向旁边移了移，假装刚从屋里出来，上前施了一礼，道：“皇上和宋军师商量得如何了？三妹准备了一些点心，正想给你们送些。”

“是啊，姐夫。”蕊瑶心有余悸地点点头，余光一瞥，宋可卿正站在小角院里看着她，一院子的人也都看着她。众目睽睽之下她的确越矩了，她轻声叫了声：“皇上。”

“嗯。”李存勖看看蕊仪，见她站得有些歪，像是脚上受了伤，“扭着了？走，随朕一道回去。”

没想到他一下子就看了出来，此时他目光如炬，当中暗流汹涌，猜测不透。

蕊仪不知他是否看透了自己的心思，看他和宋可卿都是一脸疲意，自是不敢往火头上撞，便道：“臣妾不小心扭伤了脚，天不早了，回去敷药折腾得晚了，难免扰了皇上休息，不如今晚就歇在三妹这儿，明早再回去。”

“我可以照顾姐姐。”蕊瑶小声道。怎么也不能把蕊仪往火坑里推，再者，眼下的情景她与蕊仪高下自现，有些事她是该和蕊仪多商量。

二人不约而同地看着他，等待着他应允。谁知李存勖淡淡地看了蕊仪一眼，转身吩咐赵喜义：“拿春凳抬昭仪回去。”说罢拂袖而去。

蕊仪脑中一片空白，回望着宋可卿，想要知道答案。宋可卿微微苦笑了一下，向她点点头。蕊仪不明就里，不知她这一点头是不是意味着事成了，难道她的一句话真的抵得过万言书，如此轻易地就成了？

眼下蕊瑶在身旁，她不能多问，只能兀自猜测，最起码王彦章的命是保住了。

蕊瑶目光如冰，冷冷地瞪着宋可卿。宋可卿看了看她，忽然微微一笑。这一笑看在蕊瑶眼里是挑衅，看在蕊仪眼里却颇有一番逗弄的兴味。蕊仪忍着笑，在门关上时，终于忍不住，不合时宜地扑哧一笑。

“有什么好笑的？”蕊瑶朝着小角院轻哼了一声，蕊仪一副事不关己的样子让她更加恼怒。

“我……”蕊仪犯愁，眼看着要出纰漏，幸好已望到春凳被抬了过来，“我是笑皇上，也不知怎么，非要抬我回去，倒好像堵着气要跟我算账似的，你说我又没欠他的，他找我算的哪门子账。”

“去去去，你们夫妻情深，都不理我的死活。”蕊瑶喃喃地道，瞥了她一眼就往屋里走。

“三妹。”蕊仪轻拉住她，小声道，“他准是在里面受了气，没地方撒。唉，这也算好的了，好歹跟出来的只有我一人，要是在宫里，连让他出气的机会都未必有。”

“娘娘，春凳来了。”抬春凳的小太监躬身轻道。

“改日再来看你，你可别再干出鲁莽的事来。”蕊仪特意往小角院看了一眼，叹了口气。小太监扶她坐好，脚上还真有些疼，她看了看面无波澜的萱娘，等会儿也不知有没有机会让萱娘帮她好好推拿一下。

第十二章·预谋

天刚刚透亮，远处打过更鼓，宫女太监端着盥洗用具立于阶下。无论里面的人是否醒来，他们都要从这时候开始在外面侍候。

蕊仪自从来到郓州就睡得极浅，只要外面稍有动静，她便醒了七分。她起身想喝些蜂蜜水，一转头看见李存勖满头是汗，薄唇干干的，应该是渴了，叫人进来难免吵醒他，便自己到外间泡茶。

外间的小炉上一直坐着一壶水，蕊仪垫了块手巾，小心翼翼地拎起来，刚要往茶盏中倒去，听到里面“咚”的一声响，继而是一阵器皿落地的声音。

“朕是皇帝，你们再也不能……他也不能！”李存勖梦中厉声道，听到声响，陡然惊醒。

蕊仪一惊，手上被烫了一下，把壶撂在桌上，顾不上溅出来的热水，匆忙回到里间。只见原本在榻上的枕头滚落到了地上，她顺着枕头滚落的方向看去，矮桌上的东西尽数被扫落，可见力道之大。与其说枕头是滚落的，倒不如说是被重重地扔下去的。

李存勖刚刚醒转，猛地坐起身看向身边蕊仪方才躺的方向，人呢？他心中生疑，往床外一望，见蕊仪正呆呆地站在矮桌前望着他。

“皇上做噩梦了？”蕊仪上前替他披上一件薄衫。

“你去哪儿了？”眼前已恢复了清明，李存勖探寻地看着她，握住她正替他拉拢衣衫的手。

“啊——”蕊仪低声痛叫了一声，缩回手，吹了吹手上的红痕，“臣妾见皇上唇上干涸，就去外间沏茶，没想到皇上做了噩梦，臣妾没在皇上身边伺候，是臣妾不好。”

“没事。”李存勖面色微缓，起身取了抽匣里的白玉膏子，轻柔地替她擦上。生着薄茧的手轻滑过那片红肿，感受到那弱小的战栗，李存勖心中一软。

蕊仪又惊又喜，让她又燃起了走进他心底的期望，“皇上梦见什么了？再或是白日里有人惹皇上生气了？”

手上一滞，被白玉膏子冰润了的手指停在一处，李存勖抬眼，神色莫名，“朕说什么了？”

“皇上，臣妾……”蕊仪一愣，她也许不该多问。

“你听到什么了？”李存勖隐怒问道。

“没……没听到什么。”一颗心咚咚乱颤，蕊仪几乎能听到自己的心跳声，难道他说了什么朝局上的事，而不想让旁人知道？她赶忙解释，挤出些笑，“皇上忘了，臣妾刚才在外面沏茶。”

“朕只是随便问问。”李存勖笑了笑，继续为她擦白玉膏子，看她紧张兮兮的样子，又看看玉手上的伤，“刚才烫的？也不小心些，叫他们进来就是，这些小事不必你动手。”

“皇上日夜为政事军务操劳，能多歇一刻是一刻，他们人多，臣妾怕吵了皇上安寝。不过有皇上这句话，臣妾再被烫上十次也高兴。”蕊仪轻抽回手，自己揉着，朝他笑了笑，甜甜的，满是小女儿气。

李存勖眼里渐渐有了笑意，想了想大概知道她方才想问什么，轻拢了她过来，让她背靠在他怀里，道：“她说她与王彦章同活一条命，望朕能成全他们，他们从此远离朝政，保证不回大梁，也不再出现在朕面前。”

“皇上不是早料到了吗？”蕊仪笑了笑，见他没有动气，又道，“其实无论如何，皇上都不能动王彦章的性命。皇上有所不知，王彦章除了行军打仗，这些年几乎散尽家财救助流民，在民间威望极高。皇上杀了他，只怕百姓心寒，说皇上待人苛责。”

“若是朕极尽礼贤下士，他仍是不降，也怪不得朕。”李存勖无奈地叹了口气。即使没有宋可卿，王彦章不降，也只有这一个结果。

他说得对，为君者大体都会如此。其实王彦章杀与不杀并不在宋可卿，宋可卿只是让这件事变得更加复杂了而已。

“凡事能做得好，但也许还能做得更好。王彦章不懂良禽择佳木而栖，该杀，可若皇上因其才德而不杀则是更好。皇上将他放归乡里，必将成天下美谈。”蕊仪静静地抚上他的手，轻轻地贴在脸颊上。

放归乡里，难保不为他人所用，李存勖心中明了，王彦章岂是甘于田间市井之辈？只怕真放回去了，也只是一时的妥协退让，稍有机会他便又会重操铁枪。

“朕只能让人善待他，至于其他，朕也无法预料。”李存勖神色凝重，忽然唤了外面的人进来，在他们进来前他又露了半句，“朕只是……”

他没有说下去，蕊仪也没有听下去，她径自起身去接帕子，要亲自伺候他梳洗。他只是咽不下那口气，还是忘不了宋可卿？无论是哪一个，这件事都不能再拖了。

心中之气久而不平，难免郁结成魔，何况乱中出乱，这乱来得太急，也许会引出大祸。

晌午时分，日头火辣辣地笼罩着郓州。郓州府中几个院落里各有荷塘小池，日头照下来升起些水汽，无风得以吹散，让人不由得想要绕着走。蕊仪本带了人，打算到北院请韩靖远一叙，可一出门便觉得烦躁不已，索性让人请韩靖远到东华院来共膳。

韩靖远来时，蕊仪已让郑夫人备了几个扬州菜，又配了薄酒，摆在厅堂正中。韩靖远在蕊仪对面落座，萱娘和郑夫人在外间伺候，她们偏过头就能看到厅堂里的情景。不过里面的人说话时只要稍微压低声音，外间的人就听不清了。

“都是郑夫人做的，听说都是二哥在扬州时最爱吃的。其实二哥在扬州也不过住了半年，夫人却记得一清二楚，等会儿一定得好生谢谢她。”蕊仪笑道，夹了一筷子蟹粉狮子头给他。

“是夫人有心了。我听说夫人上一年又得了个小孙子，之前我恰巧得了个长命锁，可以让夫人带回去。”韩靖远朗声笑道。郑夫人在外间听到了，立刻要跪下谢恩，被他用手势制止。

“那大概要等上一段时日了，我打算带夫人回洛阳小住。”蕊仪笑了笑，想起郑夫人带来的讯息，忍不住又想再验证一遍，“你长年在军中，可知道皇上是否常去扬州？可去过咱们老宅？”

“这倒是记不清了，不过老王爷在的时候对皇上督教甚严，除了出征打仗，从不让皇上私自离开军中。扬州是玩乐之地，老王爷应该不会让皇上常常涉足。怎么突然问起这个？”韩靖远纳闷。

迟疑了一下，蕊仪笑了笑道：“皇上说，在我和大姐小时候他常来老宅，与我们有数面之缘。你也知道，自那场大病之后，我将幼时的事忘得一干二净。为此他一直怪我，我怕自己把什么重要的事忘了。”

见妹妹一脸的患得患失，韩靖远笑叹了一声，道：“你别往心里去，皇上不过随便说说。你啊，以前在府里时常冷着脸，嫁过来怕是把这毛病也带过来了，不过是跟你套套近乎，你还当真了。”

他这个妹妹在家里时最亲的除了爹娘，就是算盘、账册。别的姑娘在闺房里学女红，跟侍女窃窃私语猜测未来夫君，她却还在想着白日里先生讲的书，是半点风月之事不懂。原想着跟了李存勖大半年能多少开些窍，没想到连一句玩笑话都想不明白，今后也不知道要吃多少苦头。

“是这样吗？”蕊仪不好意思地笑笑。也许是她太敏感了，也许她眼里也容不下沙子。她容不下一点点猜疑，也容不下蕊瑶。她说李存勖有心结，她也一样有，一样不能放过自己，“王将军的伤如何了？”

“好了一些，但听御医说王将军郁结在心，实难痊愈。”韩靖远露出惋惜之色，小声道，“没想到宋军师居然嫁给了王将军，我看王将军是不会降的，到时候两个人的性命都保不住。”

“王将军民望甚高，皇上未必会如此，毕竟江山未定，皇上也不愿失了民心。”蕊仪压低声音暗示道。

谁知韩靖远轻叹了一声，道：“你大门不出，二门不迈，不知道外面的事。王将军被擒，外面知道的并不多，有人还说王将军快马加鞭逃回汴梁了。皇上大概是要等事成定局，才会把他的消息放出去。”

“什么？”蕊仪万万没有料到，王铁枪被擒，外面即使只有一个人知道，也得弄得风声四起，怎么能把消息封得这么好？怪不得李存勖并不怎么紧张。

韩靖远自己斟满了酒，一饮而尽，道：“我敬王将军是条汉子，若不是要顾着爹娘和一家老小，拼着不要性命，我也要救他们夫妇。”

“二哥。”蕊仪轻声喝止他。韩靖远少年时跟一位侠士学艺，沾染了不少侠义之气，做起事不太懂得掩饰真性情，“我一个妇道人家不懂这些，只是觉得宋军师，不，应该是王夫人，太可怜，总想着帮帮她，就算对王将军的事无能为力，也让他们见上几面。”她顿了顿，看向他，“皇上这儿容不得我多话，只想问问二哥可有办法通融？”

低眉沉吟，韩靖远挠了挠头，见外面只有萱娘，郑夫人想是被支走了，才道：“后窗那儿是一片竹林，长得太密，落脚都难，捧圣军的人也只能在外面守着。不过，有一次你送给我的夜明珠滚了进去，就是我二十岁生辰时送我的那颗，我夜深时进去找，小心一些倒不是不可能。”

“难道就没有其他人知道？王将军毕竟是习武之人，怎么会将区区一片密林放在眼里？会不会暗中还有人，只是你没有发现？”蕊仪小心地问。

“王将军不是还病着吗？腰上的伤重，下了床也走不远。”韩靖远解释着，不免担心起来，“二妹，你可以帮她，可在人前一定要晓得避忌。如今宋军师毕竟是敌将之妻，跟她走得太近，难免招人闲话。”

“我知道分寸。二哥，再尝尝这个鲢鱼头，脸蛋子上的肉嫩得很。”蕊仪笑道，刻意提高了声调。

韩靖远微微向外一看，见郑夫人回来了，当下明了，唤了郑夫人进来闲话家常。郑夫人满脸堆笑，韩靖远告辞时跟着去取长命锁。蕊仪让萱娘去请宋可卿，特意吩咐一路上不必避讳，又命人去告知李存勖。

想到日前雨水多，竹林中的淤泥可能还没干，她从柜子里取出两只布套，暗暗藏于袖中。

宋可卿来后，蕊仪让她换了萱娘前两日穿过的衣裳，自己也换了宫女的服饰，带着她往北院后面的竹林走去。外人都以为宋可卿尚在东院，没有留意。竹林天生天养，确实长得太过茂密，试了几次都只能行上几步。

蕊仪在外面望风，把两个布套递给宋可卿，让她套在脚上，以免沾上泥，回去时引人疑窦。也许是有竹林作为天然屏障，这里很少有侍卫巡视，但偶尔也有一两个。蕊仪低着头，一副恭谨的样子道：“娘娘想吃鲜笋，让奴婢们来挖上一两棵。两位侍卫大哥请放心，就在边上找找，再往里也进不去，奴婢们也不想弄伤了手脚。”

“那你们快些。”侍卫多看了两眼，便离开了。

蕊仪回身望了望，宋可卿先在身边的几棵竹子上系了浅绿色的布条，又伸手往里面的几棵上系了，便出来了。蕊仪疑惑地看着她，她低声解释道：“晚上风声大的时候把它们锯断，沿着这条路下去，不出三日就能到窗边。”

“你可千万小心，三日不短，稍有疏忽便会被人怀疑，他们增派了人手就麻烦了，这条路说不定离开的时候还有大用。”蕊仪沉吟着，想着要不要让韩靖远多加关照。

宋可卿颔首，看她蛾眉微蹙，一脸愁容，忽然笑道：“我的事虽望你相助，可你也无须把心都放在我这里。你那个三妹，天天瞪着小角院，都快把院子烧着了。我早晚会走，你不会打算拿我做一辈子的挡箭牌吧？”

“蕊瑶好胜心强，凡事都想占全了，我不过是借你让她明白，即使他日她斗败了宫里所有妃嫔，皇上的心也不会只属于她一人。本来这也是实话，我只望她自己想明白了，能知难而退。”蕊仪语出便点明目的，若宋可卿体谅她的难处，自会多留心一些。

“好在当初我及时离开了魏州，看着你的样子，就知道我当初的决定是对的。你每天这么算计来算计去的，不累吗？”宋可卿挑眉，跟她逗几句嘴，心情不由得好了一些。

“你跟着王将军成天东征西讨，现在又要想着如何亡命天涯，你就不累了？”蕊仪哼了一声，不太想这些回答与否都无济于事的问题，“我没你想的那么小气。”

“哦？那我倒想听听你是怎么大度的。”宋可卿打趣道。其实她并不是笑蕊仪小气，要是不小气一些，如何能说把心放在李存勖身上呢？

蕊仪把她怕蕊瑶进宫后姐妹反目的想法说了出来，又道：“要是蕊瑶能看开些，我倒未必会如此费心拦着她了。不过说起来，我打心眼儿里羡慕你。听说王将军为你遣走了原来的两房妾室，连府里的歌姬都不留一个，得此如意郎君，难怪你愿意生死相随。你可知道，若是去洛阳，有朝一日你之位必在我与刘贵妃之上。”

往旁边走了两步，宋可卿从上到下打量着她，忽然正色道：“其实，小气的人是我。”

扑哧一声，蕊仪笑了，努力忍住，嘴角还是忍不住抽动。这倒是个奇人，可惜没有太多时日让她们深交。

不远处咔嚓一声轻响，隐约是树枝被踩断的声音，二人一看脚下皆无树枝，

下一刻同时喝道："什么人？"

二人四下查看，并不见人，商量了一下都觉得宁可信其有，不可信其无，当下立刻一起回到东院，换了衣裳当作无事。蕊仪特意让萱娘领人进来伺候，扮作刚刚午睡醒来，又让人摆了棋。

"我大概知道是谁。"

"不会是你三妹吧？"宋可卿捻了一颗白子。

"要是蕊瑶见你我乔装打扮，现在一准到了圣上面前了。我看像是大将军夫人，她呀，有事没事就爱跟着我。"蕊仪冷笑，不再说话，二人静默对弈。外人只道她们自午膳后都在屋中，并不觉她们曾经离去。

三日后，午间小憩之后，蕊仪亲自点了小炉煮茶，煮好了还让人给各房里都送了一盏。这几日人人都道昭仪娘娘好兴致，闲来便弹琴煮茶，还召了府里的厨子学做点心，乐得领了各种赐食。

品了一口自己煮的茶，蕊仪咂咂嘴，不禁问那些人是怎么咽下去的。三日了，她知道宋可卿已经在竹林中辟出了一条路，既已与王彦章见了面，那必已有了逃离的计策，起行之日已在眼前。

三日来，她刻意深居简出，就是为了不让人将她与宋可卿想到一处。就是李存勖让她去陪宋可卿，她也推说宋可卿脾气又臭又硬，不愿意多来往，只让萱娘去探望。

平都也曾上门拜望，蕊仪也推说身子不爽利，只让萱娘代为道谢。有了那日平都派人跟踪她去见宋可卿，她料定那日又是平都派人尾随。平都主动来见，必出试探要挟之语，她虽有把握从容应对遮掩，可平都心思细密，难保猜不出破绽，如此索性不见，落得干净。

"满月还有几日来？王将军的家眷又如何了？"蕊仪端着茶，装作陶醉的样子，看来这两年她是绝对不能为李存勖煮茶的。

萱娘低头替她看火，道："满月和王将军的家眷同行，九月二十五到郓州城外驿站，第二日进城。"

"九月二十五，还有七日。"蕊仪低声轻念，宋可卿找来的接应的人那时也该到了，正是动手的时机。

"娘娘，还有一事奴婢觉得更是当务之急。"萱娘从袖中取出一封信，红印蜡封，“今日一早，贵妃娘娘托人捎来的信。”

拿火折子烧开蜡封，蕊仪宁心而看，确是梓娇亲书，大体是得到了宋可卿的消息，让她留意其动向，并千叮万嘱千万不能让其回洛阳，言辞激烈，多有责骂之意，信末还提及李继岌，应是怕他影响茂儿的地位，让她阻止他与李存勖见面。

只要把宋可卿送走，前者可解，而李继岌，恕她不能如其所愿。将李继岌这匹刚出马圈的马驹子收服，未必比不上她自己生下一位皇子，而且即使他日她生下皇子，有李继岌这样的皇兄照应也是天大的福分。

“你把日子告诉宋军师，让她早作准备。”蕊仪将信焚毁，淡淡地吩咐。

“娘娘到时可否待在东院，让奴婢前去接应？”萱娘上前一步，蹲身跪下，低声道，“奴婢知道自己不比满月妹妹，但请娘娘相信奴婢一次。奴婢与丽娘的性命与富贵都系于娘娘一身，奴婢一定为娘娘尽心尽力。”

“你先起来。”蕊仪伸手扶她。

萱娘跪在她脚边纹丝未动，继续道：“若奴婢被捧圣军捉住，奴婢只说是贪图钱财被人收买，绝不会让娘娘与此事有任何牵扯。丽娘鲁莽无谋，不求得宠，只求娘娘能护她一生。”

蕊仪点点头，不知她何德何能，让萱娘觉得她能保住丽娘。不过，如果她能过了这一关，也许可以。

六日后。

秋风微凉，扫起街上的落叶，叶中有黄有绿，卷在一起并不显萧瑟。听人说往年郓州要到秋末才会尽显萧瑟之色，再过不了多久就会宛如坠入冬日，让人难以适应。

这日晌午，市集上正是行人来去纷纷的时候，一辆破旧的马车驶进了郓州城。马车上的女子似是颇为焦急，拉车的老马每走几步她便催促车夫一次。车夫是位老实巴交的农人，说着一口乡土话，他向那女子解释，那女子像是听不大懂，几欲争吵起来。

“哗啦”接着是一阵“轱辘轱辘”的声响，路人纷纷看去，只见马车后面的一只木轮滚了下来，自己转了几圈，躺在地上不动了。马车已然倾斜，女子重重地撞在马车后壁上，气冲冲地扯开帘子，把瘪了一半的钱袋整个塞到车夫手中，

自己跳下马车，向郓州府方向拔足狂奔。

不是别人，正是跑了冤枉路的满月，几个月的时光她比原来瘦了许多，原本满月似的脸庞成了鹅蛋状，不过看起来精神头不错，跑了一路也没觉着累。她亮了腰牌，府前的侍卫早听说近日韩昭仪的贴身宫女要来，原以为是萱娘似的人物，没想到竟是这么个人物。

到东华院的路上，满月引来重重注目，她丝毫不加理会，一心奔着蕊仪而来。远远地瞧见蕊仪在花厅抚琴，情不自禁地大声唤道："娘娘，满月回来了！满月到郓州了！"

"满月？"蕊仪惊讶地看着她，看看一旁同样错愕的萱娘，"你不是跟王家的家眷一起，后日才进城吗？"

"奴婢想念娘娘，哪里等得到后天？眼看着快到了，奴婢就拿了身上一半银子给侍卫大哥，另一半银子雇了马车，快马加鞭来见娘娘。不过地方太偏，马车太久，马太老，要不昨晚就能来见娘娘了。"满月嘴上半刻不停，接过萱娘递来的茶，喝了一大口，"娘娘，奴婢是不是比以前聪明了？"

苦笑，笑，再苦笑，蕊仪欲哭无泪，不知道她爹娘当初怎么选的人，大户人家给女儿选侍女，就算不选一个像萱娘这样八面玲珑的人，也得选一个谨言慎行的。

"你一路奔波劳顿，正好用午膳，先歇歇。"蕊仪让人布膳，指了指旁边的位子，"在外面，不必拘礼。"

膳食齐备，萱娘知道蕊仪有话要问，便领着一干婆子到后面用饭。满月万事只听蕊仪，但对萱娘也有些敬畏，此时见萱娘不在，再加上连着几日没吃上爽口的东西，吃得狼吞虎咽。

蕊仪略微动了几次筷子，便索性看着她吃，越看越羡慕，要是能如此心思单纯地过一辈子，也真是有福了。

"可知道你做错了什么？"

"奴婢做错了？"满月睁大了眼睛，一口饭塞在嘴里险些噎着了。

"你跟王将军的家眷同行，我本想向你问些事情，尤其是他们到郓州城外落脚后的情况。你要是明晚回来，多少能把驿站的事跟我说些，你倒好，人家没赶你，你自己倒跑了回来。我在这儿好好的，晚上一两日见也不会少上一斤半两。"蕊仪又气又无奈，笑得比哭还难看。

“奴婢……奴婢该死，奴婢愚钝，娘娘要是能让萱娘告诉奴婢一声就好了。”满月急得满脸通红，也顾不上吃了。

“坐下坐下。”蕊仪拉拉她的袖子，笑了笑，人是要敲打，但是太快、太过了反而会适得其反，“之前让你来郓州传信，你又不是不知道我要干什么。如今萱娘也知道这件事了，以后凡事你都要跟她有商有量，不能再自作主张。好了，我来问你，申王以往可有好生照顾王将军的家眷？这一路上他们可好？”

“申王对他们很好，虽然看管甚严，不过衣食上从来没有亏待过，一路上也很好。王家的太夫人一年前过世，其他两位长辈身子骨都还康健，三个小辈自然不必说，路上颠簸并不碍事。”满月这几个月在魏州和郓州之间来回应对，说起话比原先有条理了些。

一共五个人，身体康健，担子还不算重，到时让宋可卿分几个得力的人去救他们就是了，蕊仪颔首道：“是谁送你们来的？”

满月摇摇头，“以前没听过这个人，只知道姓司徒，一路上连句话都不说。不过听说他只送到驿站，驿站自然有魏崇城将军接应。”

魏崇城？蕊仪心思微转，忽然想到另一个奔郓州来的人，问：“你可见过鱼凤了？”

“听说前一阵子魏老爷子病重，魏将军无法在病榻前侍奉，鱼凤已经回了魏府。”满月摇了摇头。

如果嗣源是真有意助她，那魏将军和鱼凤就都是有利的助力。自鱼凤助她对付敏舒之后，她有些后悔自己心眼太小，看走了眼。嗣源急着跟她了断，如何会不尽心还她的债？

“魏府就在郓州，你今日便去见鱼凤，想办法让她带你去驿站。鱼凤去了，魏崇城必忙于问她魏老爷子的病况，你趁机摸清楚驿站守卫的状况。”蕊仪低声郑重地吩咐。

满月四下里看看，眸子不解地一转，道：“奴婢觉得大将军是真心补偿娘娘，而鱼凤一家既然受过大将军大恩，相信只要大将军开口，他们不会不答应。奴婢一向驽钝，这样的重任，奴婢只怕有心无力。”

“他肯让心腹在宫中助我，在这件事上却未必，你只管听我的就是。”蕊仪定定地道。如果将嗣源的心分为十份，那有八份都在社稷和李存勖的身上。李存勖对王彦章的态度他比谁都清楚，即使他念着对她的歉疚，他也说过只会尽力劝

李存勖将王彦章流配。

那日如果他亲自出战，手下稍微卖个破绽便能让王彦章脱逃，可是他偏偏让夏鲁奇出战，他不过是不想担放走敌将的罪责，想用夏鲁奇赌上一赌，没想到和王彦章有旧交的夏鲁奇竟背后一枪将其刺落。

“娘娘。”萱娘在门边轻敲了敲，顿了一下才道，“大将军夫人求见。娘娘，这些天夫人都来了好几趟了，总不能一直不见啊。”

“让她进来。”蕊仪起身吩咐人进来收拾，又看了看满月，“你跟夫人见了礼再去，毕竟原本郓州府里是她做主。”

入秋了，轻纱幔帐已换上了厚丝缎，秋风大，吹起珠帘叮咚乱响，太过吵人，所以珠帘也已取下。平都环视了一圈，满意地点了点头，道：“平都拜见娘娘。看来府里伺候的人还算懂规矩，没有怠慢了娘娘。”目光一偏，正好看见满月，“哟，是满月姑娘，怎么来了都没人告诉我？”

看了看蕊仪，一副让她自己应对的样子，满月抿了抿嘴，硬着头皮道：“奴婢见过夫人，奴婢一介宫婢，不值得娘娘挂心。”

“怎么说也是宫里的人，不能怠慢。穿的用的缺了，只管跟韫杏说。”平都笑了笑，让人抬进来一只木箱，“这是些秋天用的衣物，都是我和韫杏她们这几日赶出来的，娘娘要是不嫌弃，就留着用。”

先让满月下去，蕊仪让萱娘展开上面几件衣裳一件件地看起来。布料是上好的，绣线的颜色也染得自然，确实下了功夫，她心里也很是喜欢。但看看她们主仆二人穿着简朴，又有些不好意思。

“既然都是夫人的美意，那本宫就收下了。正好本宫有几件珠钗想送给夫人。萱娘，去给夫人拿来。”蕊仪回头给了萱娘一个眼色，一来还平都一个人情；二来她得和平都扮作一团和气，等到那天晚上，她还要借平都来遮掩。

“那我就谢娘娘赏赐。”平都没有推辞，在蕊仪身边坐下。她是李存勖最亲近的表妹，又早早封了郡主，平日虽然一切依礼行事，却比别人随意很多，“这几日我来了几趟，都说娘娘身子不爽利，可请太医看过了？”

蕊仪应了一声：“没什么大碍，就是有些偏头疼。”她顿了顿，问道，“夫人有工夫到本宫这儿来，想必大将军忙于军务了？”

“他啊，一向如此，没事他也要找事忙，娘娘不是应该很了解吗？”平都淡淡地一笑，毫不做作。

又开始了，蕊仪真要犯偏头疼了，心里等待着平都接下来的刺探，该是问她和宋可卿的事了吧？兀自寻思着该怎么应对，没想到她却一句没问。不过，平都细腻，又常常表里不一，难保不是故意让她放松下来。

“夫人，既然这儿没有别人，说话也就不必拐弯抹角的。本宫与大将军之间清清白白，还请夫人不要再说这些引人误会的话。”蕊仪啜了口茶，幽幽地道，“夫人出嫁前贵为曹老侯爷的义女，又是皇上御封的郡主。如今虽然郡主的名位仍在，但到底富贵系于大将军一身，夫人那些话让人听去了，可是要夺人性命的。”

“娘娘误会了，我怎么会害了自己，害了夫君，还有娘娘呢？难道娘娘没发现，我每次说这些话的时候都没有别人吗？我说这些都是出于好意，人生在世短短几十年，何必苦了自己。”平都闻了闻茶香，一口也没喝。

纳闷地看着她，蕊仪嘴角带了些冷笑，道：“夫人之与众不同，本宫平生所未见未闻，就是市井里流传的故事也没有这样的。若你如今不是将军夫人而是皇后，那宫里一定是一团和气，说不定还要竞相把夫人当作典范呢。”

喉处一动，平都干巴巴地一笑，面上有些僵，有一会儿没说话。就当她都以为自己不会再说什么的时候，她一手不觉暗暗攥住了宫裙，忽然道：“娘娘不必拿这些堂而皇之的场面话堵我，我压根儿不相信娘娘能放下得这样快。娘娘不必急着反驳，我永远都是一句话，事在人为，只要娘娘想，没有什么是完全不能的。”

她是昭仪，九嫔之首，是皇帝的女人，平都这番话行同谋逆。蕊仪目光渐渐凝重而锐利，道：“别说了，夫人今日的话，本宫就当从来没有听过。夫人既然享尽荣华富贵，就应该懂得惜福。”

“惜福？”平都冷笑，目如柔波静静地看着她，像在研究她这番话到底有几分真心。

蕊仪微微一叹，看向她，终于道出了正题：“来了也有些日子了，一直想谢谢夫人对本宫的照顾。如今满月也回来了，能帮着张罗，本宫想备些酒菜邀夫人赏月，就在明晚，夫人以为如何？”

“好。”平都应道，还在暗暗念着“惜福”二字，只是无论怎么念也不懂，因为她所想要的福，从来都没有得到。

第十三章·风满楼

“这盆摆这儿，狮子头摆那儿……”满月大声吩咐着，把府里的几个仆妇指使得团团转。宫里头说不定哪一个阿猫阿狗背后都有一座好靠山，跟他们说话都得客客气气的，这会儿到了郓州府，总算有了一个“颐指气使、仗势欺人“的机会。

一早李存勖去了书房议政，东华院就忙了起来，一直忙到了晚间。蕊仪意有所图，刻意让满月、萱娘大张旗鼓地准备赏月宴。一下子折腾得郓州府里无人不知，想到深入大梁的将士还在浴血奋战，不禁心寒。

为此李存勖也问过蕊仪，蕊仪只说为了答谢平都的照顾，也让人看看既然天家妃子与大将军夫人是这等和乐，天子与大将军也定然是兄弟情深。

“娘娘，这些酒都是从宫里带来的，之前赐了些给几位将军，剩得不多了，还要给宋军师送去吗？”萱娘点算了一下酒坛，晚上的筵席没有宴请宋可卿，但也要给她送些去。

蕊仪抬头看了看，随手指了指，道：“送一坛过去就好，她自然有别的办法。”

宋可卿也要请李存勖一叙，面上是花前月下低一下头，实际上却是要将他灌醉。不过李存勖酒量甚好，上一次李嗣源和李存渥轮着灌他都无济于事，蕊仪知道这些，也就压根儿没寄希望于酒。饮酒只是做个样子，要的是酒里加的东西。她加不合适，倒是宋可卿正好，等人离开之后，就当她早已谋划着脱身就是了。

“满月，”蕊仪唤道，轻声嘱咐着，“一会儿要是叫你进来，无论问你什么，都要顺着我的话说。”

“奴婢知道了。”满月不懂，但也知事态紧急，就算让她说月亮掉水里了，她也会说的。

“娘娘，大将军夫人到了。”郑夫人殷切地探进头来，笑呵呵地看着新找来的几盆菊花。

蕊仪点点头，起身去迎，“夫人来得正好，刚刚才说菜都好了。萱娘，让他们上菜。”她看了看萱娘，笑道，“今晚你就在灶房守着，免得他们忙中出错。”

“是，娘娘只管放心。”萱娘蹲膝行了一礼，笑着退去。

“让她们都下去，咱们也好说说话。”平都笑了笑，和蕊仪一起往亭中走去。

亭中摆了一圈菊花，红的黄的，在灯下灿烂耀目，阵阵馨香扑鼻而来。二人一左一右挨着坐了，蕊仪亲自为平都斟上酒，平都忙不迭地道谢，莞尔笑道：“能得娘娘斟酒，是我几辈子修来的福分。若我是名男子，如此月色，红颜知己在侧，再有美酒，不知要醉上多久了。”

“要是这样，怎么从来不见皇上醉呢？”蕊仪半真半假地笑了笑，先干为敬。

“皇上是天子。”平都轻叹了一声，望了眼远处探头探脑的满月，“你的侍女真是尽责，不放心你一个人留在这儿，怕我把你吃了。”

“夫人一向聪明，而本宫却要愚笨得多，满月担心也不无道理。”蕊仪有些心不在焉地答道。眼下她最关心的是宋可卿那边的进展可还顺利，城外驿站那边也应该要动手了。

昨晚李存勖问她为何要选在今日宴请平都，她说王彦章的家眷马上就要到了，人一到，又少不得平都忙碌操持。她一面让人把画着驿站守卫分布的丝绢送到了宋可卿手里，一面又装作什么事都不知道地安排了筵席。阿弥陀佛，佛祖保佑不要让李存勖知道，不然她也不知道他会把她想得如何不堪。

“不过就咱们俩也的确闷了一些，不如把满月和萱娘叫来。听说萱娘嗓子不错，正好让她唱唱小曲儿，解解闷。”平都看着她，眼中露出些狡黠。

面上是邀满月和萱娘二人，可里子指的却是萱娘，蕊仪心中大警，难道她都知道了？便不动声色地道：“还是让萱娘在灶房看着吧，这样本宫能放心一些。满月学过说书，不如让她给夫人来一段？”

“不必了。”平都露出一个浅浅的笑容，放下银筷子，“娘娘是故意支开萱娘的，对吗？她应该去北院接应宋可卿了吧？如果让皇上表哥知道了，他的确不会再醉了，说不定会清醒得……”

“够了！请夫人慎言，夫人的妄言猜测一样会让很多人断送了性命。”蕊仪厉声喝止。

“这是妄言吗？娘娘私下里多次和宋可卿见面，还不惜换上侍婢的服饰，说你们之间没有密谋，打死我也不相信。”平都掀唇而笑，看着蕊仪渐渐变了的脸色，“不过娘娘也不必担心，无论如何此事也不会危及娘娘的性命。虽然我也不大喜欢你们韩家，但娘娘你是个例外。”

平都不喜欢韩家，这又是唱的哪出？不过蕊仪眼下无法分心想这些，道：“本宫愿闻其详。”

“娘娘想救王彦章，既是想早些摆脱宋可卿，也是对王彦章的敬仰，其情可悯。可是娘娘有没有想过，万一事败，王彦章要么万箭穿心而死，要么被押到菜市口明正典刑。到时事情闹到了明面上，天子为霸其妻而逼杀之，以王彦章的名望，必定引起民怨。要是再有人来救他，那就更热闹了，皇上表哥想离开郓州也难了。”平都平静地道。

“你想谋反？”咬紧了牙根，蕊仪一字一句地道，“这也是李嗣源的意思？”

平都摇了摇头，惋惜地道：“他还不知道，不过他如果知道了也会同意的，因为有娘娘你。他如果不同意，娘娘就要面对皇上的责罚，也不知是赐死还是打入冷宫。无论如何，他都不愿看着娘娘受苦。”

“啪啪”蕊仪拍手赞道：“夫人好智谋，夫人想做的是第二个则天女皇！不过夫人怎么知道本宫不是为了引蛇出洞，才虚与委蛇地与宋可卿来往，好将她与王家的人一网打尽呢？”

话音未落，平都就面露疑惑地看着她，连她自己也兀自惊觉。这些是她编的假话，可它也可以成为真话。如果她这么做了，也许能够永除后患。

蕊仪犹豫了，让宋可卿她们彻彻底底地消失，这样便可干干净净，了无牵挂，可是她真要这么做吗？她不能，她不能沾他们的血，而且她也没有把握真能做到斩草除根。

“夫人看到的可以有千万种解释，不过夫人方才说的却有一种解释。满月，过来。”蕊仪转身唤道，待满月走来，她笑了笑看向平都，“满月，夫人刚才的话你可都听清楚了？”

“奴婢听清楚了。”满月低头应道，一切依照蕊仪之前的吩咐。

“你离得那么远，能听到什么？！”平都愣住了，焦躁起来。

“夫人别急，不管她听到了什么，也不管她听清楚没有，等闹到皇上面前的时候，她一定已经都清楚了。她伺候本宫多年，一直谨守本分，平日从来不多嘴饶舌，皇上对她也颇为信任。而夫人你呢？虽然出自曹老侯爷府里，但到底已经嫁给了功高震主的大将军，你觉得皇上会信你，还是信老实巴交的满月？”蕊仪冷冷一笑，趁着平都分神，手已暗暗伸向身后，摸起矮凳上一只原本准备插花的圆钵。

平都点点头，叹了口气道：“娘娘，那咱们就各退一步，我不告诉皇上表哥，而娘娘也要留在这里，一直到那边有了动静。到时候他们干了什么，都与你我二人无关。”

“也好。”蕊仪应道，随后应景地发出无奈的叹息，她一抬眼，忽然看着平都的身后，瞳孔陡然收紧，声音颤抖，“皇上！大将军？你们什么时候来的？”

事出突然，平都立马转身，向后匆匆一瞥，下一刻颈后传来一记闷闷的痛。她眼前一黑，柔弱的身子像一团棉花，栽在了地上。

“娘娘，这……”满月大惊失色，手忙脚乱地去试平都的鼻息，见她只是昏厥，不觉松了口气。但一瞥见她颈后的红痕，想到明日定当变为一块淤青，一张白白净净的脸顿时又抽作一团。

手上一扬，圆钵已咚的一声落入了不远处的池塘里，蕊仪整了整衣衫，冷静地吩咐道：“你留在这儿照顾她，我去北边看看。”

蕊仪虽没练过拳脚功夫，但当初也央求着李嗣源教她舞过几日剑，再加上往日里运送军粮，自然比平都这般养在闺中的千金小姐中用。她不再纠缠，从旁边取了个漆盘，又从桌上拿了碟水果。

这夜月明星稀，去往北院的路上幽静如常，蕊仪隐隐觉得不是好兆头，尽量加快脚步。萧瑟的秋风打在脸上，让她的脸不由得绷了起来。她看四下无人，脚下一拐，绕到了竹林那边，隐约瞧见竹林边有人边走边向后看，匆匆向她走来，正是萱娘。

“啊——”萱娘看见蕊仪，低声叫了出来，自己连忙捂住嘴，“娘娘，您怎么来了？咱们快回去吧，他们已经出来了。”

“人呢？都出府了？”蕊仪低声疑道，随着她往回去的方向走了几步，难道一切就这么顺利地过去了？

萱娘迟疑了一下，看向树木掩映下的高墙，道：“接应的人把王将军带出了屋，可是王将军腰上的伤还不大好，所以慢了些，人还在那儿……”

“过去看看。”蕊仪转身就走，语中透着毋庸置疑的坚定。她知道此时应该回去，可不知怎么，就是管不住脚下快速移动的步子。

高墙下，宋可卿向墙上伏着的人交代了几句，那人拽着绑在王彦章身上的绳索稳稳地向上拉，宋可卿用力托住他的腰，扶他向上攀爬。蕊仪险些愣住了，她没想到王彦章的伤还是这么重，连忙道：“还不快去帮忙？”

“是。”萱娘想劝她，却被她用眼神止住，她看了看，蹲在宋可卿旁边，“请王将军踩着奴婢的肩。”

回头一看，她们竟然回来了，宋可卿面有异色。蕊仪连忙上前帮她，低声道：“要快些，曹平都听到了风声，可能还派了人手。”

“她？”手上力道不经意地加重，宋可卿几乎用尽全力。她以为蕊仪会将跟踪的人处理好，没想到还是出了纰漏。

“可卿，你快走，不要管我。安置好我的家人，你便去过你想过的日子。”王彦章一把拽住了绳索，看向宋可卿，仿佛这一眼将成永诀，“六子，先把夫人接上去。”

“六子，别听他的。”宋可卿瞪视着王彦章，双眸中燃起团团怒火，“赶紧上去，你再停一下，我就撞死在这墙上！”

手上又恢复了动作，王彦章倾尽全力向上爬，眼看着就要碰到六子时，忽然道：“可卿，今日我们可能出不去了。”

“快，将军，不能停，方石他们都在外面等着。”六子焦急地低唤。

“六子，放手，快走！”王彦章厉声道，一双虎眸甚是威严，他用力反拽下去，身体随之下落。

下面的人为之一惊，宋可卿和萱娘向前一接堪堪扶住他，两人重重地撞到了墙上。宋可卿看看他，又看向上面同样惊呆了的六子，道：“你发什么疯？你知道我们……”

“嗖”一声，她话音未落，一支羽箭已射了过来，箭头没入了墙内。蕊仪脸色煞白，声带颤音：“你把他藏起来，我去看看。”

“奴婢跟娘娘一起去。”萱娘惊魂未定，站起来追上她。两人此时一身的灰土，好在是夜晚，不大看得清楚。

外面已然被人围住，放眼看去，满满登登地挤满了竹林和树木间的空地。不是将军府的人，是捧圣军！是李存勖吗？蕊仪只觉脚下虚浮，只能靠多年的教养强自镇定，“冯统领怎么来了，还带了这么多人？本宫不过是赏月迷了路，劳动冯统领和众位将士，实在是不应该。”

“昨日皇上接到密报，有人要劫敌将王彦章，特让末将把守。没想到王彦章不在屋中，而末将又在此见到了娘娘。来人，遵圣上旨意，送娘娘回东华院。”冯地虎冷笑着看了眼身后的韩靖远，“靖远，你这就送昭仪娘娘回去。”

平都昨日就告了密，今日才来发难，而李存勖昨日就知道了，却瞒得滴水不漏。完了，全完了，蕊仪身子一颤，尽量冷静地道：“皇上在哪儿？本宫要见皇上。”

“娘娘可以到东华院等皇上，末将这就……”冯地虎面上恭谨地道。

“韩昭仪太过啰唆，不过，有性命之忧，也难怪。”二人正僵持着，宋可卿竟端着一架精巧的胡弩走了出来，箭头直指蕊仪。

“来人！”冯地虎一声呼喝，后面的弓弩手已蹲身向前，“宋军师，一切还有回旋的余地。”

“冯统领，你应该叫我一声王夫人。”宋可卿冷笑着看向蕊仪，嘲讽地道，“都说韩元风骨超然，没想到韩昭仪却是毫无胆气，不过一支箭，就吓得半步也不敢离开了。怎么，昭仪娘娘，你的帮手都来了，为何还如此战战兢兢？”

想到李存勖，蕊仪早已乱了阵脚，此刻无论他们说什么都恍若未闻。她慌张的样子不经意地印证了宋可卿的话，她的视线只在那群军士中来回穿巡，落在旁人眼中很是狼狈。

“请宋军师高抬贵手，不要伤害娘娘。”韩靖远挣开抓着他手臂的兵士，焦急地看着蕊仪。他的视线暗暗寻找着王彦章，此时宋可卿手上有蕊仪，而他要有王彦章。

“不用找了，他在那儿。”宋可卿看向林子的方向，缓缓地放下弓弩，手臂上的酸痛略微舒缓了一些，“让他们都退下吧，皇上不会让你们这么做的。若是冯统领受了某些人的挑唆，做出令亲者痛仇者快的事，定免不了受你们皇帝的责罚。”

冯地虎一见蕊仪免于性命之忧，哪里还管这些，他虽没胆子射杀宋可卿和王彦章，但气势却拿定了半点都不能输。韩靖远刚要开口给宋可卿一个肯定的回答，冯地虎一挥手，弓弩手又向前了一些。

“放下！”宋可卿冷静地道，霍地一下再次抬起弓弩，突然使出的力气让她觉得手下生风，掌中微微发出些冷汗。李存勖向来不会放过背弃他的人，她也不能肯定这一次他是否打算原谅她的“背弃”。

“冯统领，毕竟皇上不在，要是伤了娘娘，皇上责罚下来，你我和这些弟兄都承受不了。”韩靖远劝阻道。他这个副统领在捧圣军里只是个摆设，一切都得冯地虎做主。

冯地虎心中同样没底，宫中诡谲多变，即使蕊仪真的私通宋可卿也未必会受到责罚，更何况韩元之势尚未倾颓。他示意手下放下弓箭，看向宋可卿，道：“王夫人觉得这样可好？末将可以请昭仪娘娘回东院了吗？”

“好。”宋可卿放下弓弩，淡淡地问道，“那我和我的夫君呢？”

“自然是各归各处。”冯地虎之前得了嘱咐，理所当然地道。

宋可卿冷笑，不是在商量，反像是命令：“我夫君腰伤未愈，需要照顾，我要和他一处。”

住在一处不是给了他们串谋的机会吗？冯地虎哪里肯答应，他刚要发作，后面有位兵士跑上来低声说了什么，他愣了一下，语声一变：“北院还有间厢房，送王夫人过去。”

宋可卿不置可否，转身去林中扶王彦章出来。王彦章余光扫向林子深处，把声音压得极低：“刚才你为什么不走？现在六子还在，还来得及。”

“其他的人呢？”宋可卿低声问，无奈于丈夫的不死心。

“都死了。”王彦章几乎要将牙根咬碎，低着头仍掩不住眸中迸发出的熊熊烈火。

蕊仪随着韩靖远回到了东院，仍然没有李存勖的影子。萱娘也被押了回来，只是下场比她惨得多，被关进了后院的暗室。一下子变得孤立无援，蕊仪呆坐在榻上。

她不能就这么等下去，李存勖一直没有出现，一定又发生了什么。难道是宋可卿的蒙汗药下得太多了？不会，事情既已败露，一定会有人请太医去看，不会到现在都醒不来。

门上传来轻轻的敲击声，蕊仪赶忙起身，料想是韩靖远打探消息回来了，没想到一开门竟是平都。平都一手抚着颈后的疼痛，一手端着一小碟核桃酥，笑着道："娘娘用的劲儿太大，我现在还疼着呢。不过看到娘娘被关了起来，心里多少好受了一些。"

"这个时候本宫还是劝你不要进来为好。"蕊仪假意推她，让她后退，想要借势把门关上。

平都微微一笑，手里的碟子向前一伸，堪堪卡在两扇门之间，"皇上还在西院，韩副统领进不去，娘娘真不想知道今晚究竟发生了什么？"

蕊仪撒了手，把她让了进来。如今平都还能进她的屋，说明她还不是罪无可恕，也许还有回旋的余地。她向厅中的矮凳走去，不觉背脊挺得越来越直，心中和身上都变得愈发敏感，仿佛能感受到四周小得无法看见的变化。

"你想要什么？"蕊仪冷冷地问。

"我也知道娘娘不会如我之前所说，娘娘也不在乎我许给你的位子，不如咱们各退一步。如果我能帮娘娘过这一关，只求娘娘能原谅我的夫君。"平都轻叹了一声，只要消了敌意，定会像她所期望的那样发展，久了，哪个女人会不喜欢一个一心一意为自己的男人？女人都是如此的。

就像她，李嗣源心里没有她，可为人温和敦厚，日子久了，她也喜欢上了。其实李嗣源有时虽然呆板，却是个做夫君的好人选。

"好。"蕊仪爽快地答应了。这本来就是她对嗣源的承诺，不料平都又提了出来，倒成了一桩无本买卖。她忽然又觉得答应得太过爽快，遂又无奈地笑道："恨一个人太累，本宫在洛阳宫中已经够累的了，本宫也希望早日甩开这个包袱。"

点点头，平都很赞成她的话，想了想问道："娘娘一向才思敏锐，不妨想想方才冯统领为什么如此轻易地答应了宋可卿，他就不怕这夫妻俩住得这么近，串谋着再次逃脱吗？"

记得是一个兵士说了什么之后冯地虎才改变了之前的决定，蕊仪早有怀疑，可是一直没有想透。

"难道西院发生了什么事，让她回不去了？"她神色大变，担忧之下猛地按住桌子想站起来。如果李存勖出了事，捧圣军定会将整个西院封起来，他也自然

不会出现。

“是不是皇上出事了？宋可卿对他做了什么？”

“不。”平都按住她的手，静静地一笑，“娘娘仔细想想，西院里除了宋可卿，还住着谁？”

眉头微微一蹙，蕊仪玉手一紧，暗暗捏了一下袖摆，道：“蕊瑶，她……”此语一出便说不下去了。

“跟娘娘相比，三小姐真是不简单，想要的就要得到，真性情。娘娘和宋可卿的苦心安排，不过是给三小姐做了嫁衣。今夜娘娘事败，宋可卿夫妇被擒，只有她成其好事。如此受上天眷顾，也不知三小姐平日拜的是哪儿的佛。”平都眉梢微垂，有些感慨。

一杯掺了蒙汗药的佳酿没有成全她和宋可卿，倒成全了她处心积虑防备的蕊瑶。蕊仪重重地靠在桌沿上，一个她视若亲妹，另一个是她的夫君。皇帝坐拥三宫六院，可他怎么可以一面做出对自己真心实意的样子，一面又和她的妹妹在一起呢？

她与蕊瑶终是成了飞燕合德，只是她比不上赵飞燕，起码赵合德是赵飞燕迎进宫来的，还能摆摆大度的样子。蕊仪苦笑，眼角不觉涌出些细小的泪花，她明白，日后无论与李存勖还是蕊瑶相处，都不易。

不过这中间还夹着一杯蒙汗药，她心里又渐渐升起了些许希望。她并不知道蕊瑶是怎么做到的，也许李存勖心里并不如她所想，一切都要看李存勖的态度，她还有机会。

蕊仪笑了笑，原本忧伤的泪花在眼中闪烁，烛光下仿若给双眸染上了一层朦胧的月光。她轻抚上小腹，又是一笑，“夫人说完了吗？本宫也有话说。”

眼看着那只戴着滴翠戒指的手移向小腹，尚未言明，但平都已凭着直觉明白了，顿时如遭五雷轰顶，她不敢置信地道：“刚出了这档子事，娘娘就有孕了，怎么会这么巧？娘娘在身孕上作假，可是瞒不了多久的。”

“本宫没有骗你，前些日子知道的。”蕊仪自嘲地笑笑，一下一下轻抚着尚且没有隆起的小腹，“这孩子本来就是本宫的保命符，就算他们夫妇能安然离去，本宫也从不奢望皇上会一点都不知情。要不是有了这个孩子，本宫最终也不会下定决心破釜沉舟与宋可卿合谋。”

“你连自己未出世的孩子都利用？！”平都没想到她会说出这样的话，不屑地嗤笑道。

蕊仪静静地看着她，看了许久，没想到这时候她的另一面竟然不合时宜地露了出来。曹平都，平都郡主，她到底是个怎样的人？

看着她无奈地颔首，蕊仪苦笑而叹："怪不得人家都说夫人是个良善的人，也说得不错。"她顿了顿，看着桌上一只镂空雕篆的玉瓶，"在宫里，没有本宫，又怎么会有他？就像这只玉瓶，如今摆在桌上，它就可以盛花盛露，等它摆到了地上，装的不过是雨水和尘埃，被人轻轻一脚踢倒，碎在泥泞里。当年则天舍弃亲女，也是为了日后的孩子平安喜乐。没想到夫人连这个道理都不明白，看来大将军的几个妾有福了。"

平都瞪了她一眼，刻意躲开她的目光，话中不觉多了几分怨毒，"可惜是棵事后的救命稻草，如今娘娘落到如斯境地，有了身孕又如何？说不定等生下孩子，就被打入冷宫或斟酒赐死。"

"如斯境地？夫人未免太为本宫担心了，本宫不是刚刚得了一位得力的帮手吗？"蕊仪挑衅道，强忍住心中的刺痛，一切都是为了不能再在平都面前退后。

"你是说韩蕊瑶？"平都不可置信地看着她，只觉她心思转得比风还快，越来越捉摸不透。

蕊仪点点头，神情尽量自然，"原想着她要是做了申王妃，毕竟不是内宫的人，说不上话，这回倒也算是歪打正着。蕊瑶是本宫的妹妹，血浓于水，本宫不会和她多计较。而她，先不说与本宫都姓着一个韩，就说她如今成了宫里人，与本宫祸福相依，本宫进了冷宫，她也脸上无光。她是个聪明人，绝不会和自己过不去。"

"不过是你运气好，老天肯帮你。"平都冷冷地道。

"本宫当然也想过，事败时若她是申王妃，或者仍然只是本宫的妹妹，"蕊仪叹了一声，她对蕊瑶到底是心软的，"那时她也许看清了宫里的起起伏伏，从此安分守己地过日子。也许觉着本宫这个障碍终于没了，削尖脑袋地进了宫，隔三岔五地照拂一下我这个姐姐。"

"娘娘能不能如愿，要看皇帝表哥的意思，多说无益，咱们还是等着。若是一切如娘娘所言，那这一切就都揭过不提了，以后不管娘娘想救他们夫妇，还是杀他们夫妇，都与我无关。"平都抚了抚衣袖上的绣边，上面凸起的花样是那么熟悉，都出自她的手。这是幼年时母亲手把手教她绣的，可惜此番绣得太小，只能在绣边上绽放。

忙乎了一个晚上，蕊仪有些饿了，一人吃两人食，果然不是虚言。也许是为了不再那么忐忑、难受，她刻意把心思往一些平日压根儿不会理会的琐事上放。转身取来棋盘摆上，她也不邀平都，兀自左手右手地对弈起来。

不知过了多久，只觉得夜更深了，深得仿佛黑暗要胀破夜幕，下一刻就能将黑暗撕出一个大口子，倾泻出灿烂的光芒。蕊仪趴在棋盘上不深不浅地眯了一会儿，当她发现平都正歪在榻上，一个晚上都没有离开时，她忽然有种复杂的感觉，不觉从架上取了件薄棉袍，盖在她身上。

院外传来一阵喧哗声，像是有人要硬闯进来，继而是一片拦阻的声音。不过来人似乎对此毫不在乎，毫不犹豫地冲过了捧圣军的守卫。

正巧坐在榻边，蕊仪望着平都柔和的五官，轻推了推她，“夫人不是想看戏吗？快起来。”

揉了揉眼睛坐了起来，平都捏了捏压疼了的肩，道：“听声音是三小姐，我看是找娘娘示威的。”

“不，她是来帮忙的，夫人不信自可看下去。可是夫人大概不会有机会看下去了。”蕊仪微微一笑，猛然间抓住平都的手臂，“夫人对不起了，本宫这几日都不想见到夫人。”

说罢，蕊仪用力将她一推，冲到门边一边拍打着门板，一边手忙脚乱地要打开门闩，带了哭腔大声喊着：“来人，来人……”

阶下的侍卫回头向门边奔来，蕊瑶闻声也提起裙摆跑了过来，一开门，只见蕊仪发髻微坠，有刚被拉扯过的迹象，而平都则摔坐在脚榻上，揉着磕疼了的膝盖。

一见蕊瑶，蕊仪立刻抓住她的手臂，向她身后躲了躲，指着平都道：“她说我与宋可卿勾结，害得大将军的地界上出了事，说不会放过我……”

“夫人，我二姐有没有跟什么人勾结似乎还由不得夫人定夺，更轮不到夫人处置，还请夫人自重。大将军，你是不是该把你这位不懂事的夫人带回去？”蕊瑶回头看了一眼，李嗣源正步上石阶，抬头看着她们。

平都、蕊仪俱是一呆，没料到本该离开郓州的李嗣源会在这时出现。平都很是尴尬，眼睛似有似无地看向别处，不敢与他四目相对。

“我为夫君担心，心急了，是我的不是。”

面对他，蕊仪有些心虚。依嗣源对她的了解，加上平都平日里在人前的样子，嗣源多半已看出了是她的伎俩。此刻她比平都更不知看哪儿好，不觉又往蕊瑶身后缩了缩。

李嗣源目光一移，只落在平都身上，“来人，送夫人回房。”又转身恭敬地对蕊仪和蕊瑶道，“娘娘受惊了，臣回去一定好生管教内子，臣先代内子给娘娘赔个不是。”

轻轻地哽咽了一声，蕊仪没有回答，暗暗看了平都一眼，现在起该是息事宁人的时候了。蕊瑶轻应了一声，好像不打算再为难，但在平都经过她们身边时，她趁着李嗣源转身，拦了平都一下。

“听说郡主最近好生威风，我说句不知深浅的话，郡主已嫁为人妻，那些郡主派头该收起来了。”蕊瑶冷不丁地冷笑一声，让人心里打了个激灵。平都和李嗣源尚来不及有任何反应，她已哐当一声侧身将门关上。

蕊仪托了托发髻，回榻上坐下，不再假装柔弱无助。蕊瑶知道她本来什么样子，何况如今蕊瑶既越过她擅作主张，又怎会相信她。

刚才几句话伤不了平都，她只是不想平都继续添乱，她也没想到会这么早见到嗣源。他不是还要两三日才回来吗？即使听到风声连夜赶回，也来不及。他此时出现，要么是提前受了李存勖的诏命，要么就是满月去驿站时走漏了风声。

若是前者，说明这一回她没有事先与他商量是对的；若是后者，也只能说他心思细密更甚于从前。之前他没有放走王彦章，一直让她耿耿于怀，所以这次她只是打了驿站的主意，望他知道后睁一只眼闭一只眼的，再替她遮掩一二，就算是全了当日的请托了。如今不知他事后才知情，还会不会帮她。

“二姐？”蕊瑶唤了一声，全道她此刻的失神是慌了，“北院的事我都听说了，你说实话，你是不是打算帮他们逃走？”

蕊仪摇摇头，道：“谈不上帮他们，只是敬王彦章是条汉子，准备了些伤药、吃食送过去，碰巧撞上了。”

“二姐，你当我是傻子啊。这么晚了，送什么东西过去，也不应由你亲自去。”蕊瑶冷哼一声，恨恨地在她对面坐下，“别以为没人知道你和宋可卿的那些勾当，你和她一起的时候，我就亲眼见过一次。虽然我听不清你们在说什么，可你八成让她来气我，是不是？我也是过了些日子才想明白的，她帮你打消我的念想，你助他们逃走，是也不是？”

“我不知道你在说什么。”蕊仪淡淡地一笑，这种事就算证据俱在，也打死都不能承认，而且谁知道她承认了，蕊瑶会不会以此为把柄，彻彻底底地扳倒她。

“你不愿意让我进宫，我一直都知道，从小你就不大喜欢我，只跟大姐亲。我怪你拦着我，可也从没真的怪过你，可是这回你却帮着宋可卿做下这种糊涂事，也太傻了。让她走就是放虎归山，给皇上心里留了念想，你怎么可以这么做？”蕊瑶埋怨道，说到最后心里有些激动，声音也颤抖起来。

“跟一个死人争，就争得过了？”蕊仪嘲弄地一笑，不只是对她，也是对自己，她不记得自己是否说过相似的话，“既然你已经这么想了，我说什么都是无益，只要告诉我，你打算怎么办？”

打从蕊瑶进来，就从未提过今晚在西院与李存勖发生的事，蕊仪暗暗拿眼角打量她，等待着她主动说出来。

“你是我的二姐，无论如何我都会帮你，不会让你有事的。”情急下，蕊瑶一手紧紧地拉住她，平素小打小闹也就罢了，真到了大事面前她也割舍不下。想起蕊仪对她大事小事的迁就，心里的怨怼又淡去了不少。

真的？蕊仪看向她，想要再得到些回应。到底一同在韩府生活了近十年，蕊瑶大了，有了心事，可根底上仍是与她站在一起的。她心底里顿觉热流翻涌，既然事情已失了挽回的余地，就期望着蕊瑶能永远保持着这份姐妹之情吧。她话锋一转，道：“你和皇上的事我都知道了，是平都告诉我的，皇上可说要给你什么名分？”

霎时脸上通红，蕊瑶难为情地别开眼，原以为可以理直气壮，到头来还是有些气短。她摇了摇头，道：“他醉得厉害，方才又犯了头疼，而我一听到北院的事就过来了。”

刚才事起匆忙，没有细看，还以为蕊瑶的头发只是照着做姑娘时梳着，还没来得及换过来，现在一细看才知道是散开着的，只在后面粗略地拿红绳绑了一下，再看她白皙的脸上还透着潮红。蕊仪心里不是滋味，只觉一股气在喉间上下起伏，别看眼方道：“妹妹才貌双全、风采无双，又是咱们韩家的女儿，封妃是迟早的事，就是在我之上也未可知，到时还要请妹妹多多照应。”

面上浮现出一抹醉红，蕊瑶微低了头，别有心思地把玩着绣着白猫戏蝶的手绢，嘟囔着：“我不在乎这些。”

她不要名位，只要李存勖的心，如此更是贪心，蕊仪不动声色地感叹。此刻她眼中溢满了温情，柔柔的，楚楚可怜，似是要乞求什么。

“既然是皇上的女人了，以后就不要叫我二姐了，依着规矩，叫我一声姐姐吧。”

“二姐。”蕊瑶忸怩了一下，不着痕迹地看看她，想看她是不是真的不生气。按蕊仪的脾性，不会这么快就松了口，可是适逢危局，她定想让自己帮她一把，想到这儿，蕊瑶笑了笑，轻唤了一声：“姐姐。”

“如今即使我与宋可卿毫无瓜葛，刚才正巧被他们撞见，瓜田李下的，也脱不了干系了。”蕊仪不觉鼻中酸涩，想到腹中的孩子，又动起情来。当初答应宋可卿的确是犯险之举，可是前有狼后有虎，这何尝不是没有退路的办法。

见她真是怕了，蕊瑶也不好再说她的不是，便道：“不如我给姐姐做个旁证，只说我邀姐姐赏月，结果失了约，让姐姐等了一阵，就遇上那件事了。”

这正是她想要的保证，蕊仪舒了口气，除了感到尘埃落定，又平添了些感动，心里默念了一遍她的“但愿”，道：“那就谢妹妹了，我欠妹妹的，一辈子都会记得。”

二人又说了几句，蕊仪便要安寝，蕊瑶不大好意思回北院，就在旁边的厢房里歇下了。这一夜思绪翻涌，蕊仪翻来覆去地堪堪睡了一个多时辰。她一会儿想着如何跟李存勖说，一会儿又想着如何对待蕊瑶承宠。

她接受了蕊瑶入宫，可要是一下子就欢天喜地地笑脸相迎，她是既咽不下这口气，又怕蕊瑶得志得太快，嚣张起来。而李存勖虽然宠她，但到底才短短几个月，根基未稳，她拿不准李存勖会如何看待蕊瑶。她最怕的是，御酒和蒙汗药都只是引子，想想那日李存勖眼中的赞赏之色，怕是心中早有了蕊瑶的影子。

平躺在床上，望着帐子顶，贝齿咬了咬樱唇，蕊仪思量着如何在转危为安之后，把这件事既变成拴马柱，也变成试金石，渐渐眼前模糊昏暗了起来，终于在天亮前又小睡了一会儿。

到底是心意难平，连梦里都寻思着该作何装扮，天蒙蒙亮时，她迷迷糊糊地醒转，待再翻身寐一会儿，满月却来推她。这些日子服侍她的都是萱娘，一下子换了人，多少有些不习惯。

“皇上那边起了吗？”蕊仪坐起身，想交代她拿哪些衣饰出来。

满月忧心忡忡地看着她，害怕而焦急地道：“皇上已经来了，在正厅，让娘娘立刻去见。娘娘，披件衣裳就去吧，晚了怕皇上怪罪。”语未毕，泪已淌了下来。

“别哭，没事的。”蕊仪抬手用袖子替她拭了拭，惊慌并没有像所想的那样袭来，经过一夜的辗转反侧，一切都平静了很多。其实辗转得越多，越表明事情越非她所能掌控，既然如此，就只能赌一次，赌李存勖对她有真情，赌他还会信她。

“再早上几年，不，是再早上一两年，谁也不会想到我会入府、入宫。还记得吗？那时候父亲最不想我入宫，还想为我招婿入赘。原以为可以安安静静地过一辈子，可是最后还是走上了韩家女儿的老路。满月，既然冥冥中自有天定，我入了府、进了宫，还什么都没有做，老天怎么会让我就这么……”蕊仪笑了笑，镇定地看着她。

“娘娘吉人自有天相，一定不会有事的。都怨那个宋可卿，要不是她鼓动娘娘，也不会闹成这样。”满月抽着鼻子道。

“也不怪她，昨晚我就问自己，如果王彦章的夫人是别人，我还会不会蹚这趟浑水，我想也是会的。”不由得想起那时在槐树下嗣源向她讲那些人物的故事，蕊仪接过水绿色的外裳，神思回转过来，忽然又想到她入府的缘由，“说起来我能跟了皇上，也是因为她。”

指甲不由得抠进了掌心，只因为眉宇间的那一丝相似，就决定了她的命运。她想恨宋可卿，可又常常觉得恨不着她，毕竟根儿在李存勖身上，而她又不够好，不够让他淡忘与宋可卿的回忆。

“如果我出了什么事，你就告诉父亲，不用为我着急。进了宫的女人，好有好的活法，歹也有歹的活法，怎么过也是一辈子。还有萱娘，让她把事情都推在我身上，她一个宫女，不会有人为难她，她以后只管和丽娘一块儿。”蕊仪交代了几句，抛下她跟着赵喜义走了。

平素赵喜义没得过她多少好处，但也知道她是几位娘娘里最好相与的一位，见她衣衫没有往日华丽，头发也没有挽成高髻，一副落簪待发的样子，不免叹息：“皇上知道娘娘的心，娘娘平心静气地跟皇上说，皇上是听得进去的。”

“谢公公。如果本宫过得了这一关，一定忘不了公公今日的吉言。”蕊仪点点头，推门而入。此刻还有这几个人为她说话，她应该庆幸，这比刚入府时强多了。

“来了？”李存勖一袭朱红色常服坐于太师椅上，雕龙玉玦下的明黄色丝穗缓缓垂下，划出一道优美的弧线。他抿了口茶，面色阴沉，上下打量着她委屈而坚强的样子，心中几不可察地揪了一下。

“皇上。”蕊仪行了一礼，又跪下磕了头，没有起来，“臣妾又给皇上惹祸了。”

“你打算放他们走？”李存勖轻叹了一声，声音微冷。

蕊仪摇摇头，道：“臣妾敬仰王将军高义，的确对他有些同情，连带着也觉得宋军师其情可悯，可是臣妾绝没有胆子放他们离开。臣妾自小出入军营，几位兄长也在军中走动，自然知道王将军离开即是虎入山林，臣妾万万不敢。”

“自朕让你多与她走动，你就经常与她出入北院。你说知道放虎归山的利害，可你会不会因为嫉妒她，又知道她没有王彦章不会独个离去，而故意放他们走？蕊仪，朕不知道还该不该信你。”李存勖沉声道，靠在椅背上，闭上黑眸，眼前一会儿出现宋可卿在军中时的样子，一会儿又是她为王彦章誓死力争的脸，下一刻又是蕊仪大度明理的笑颜。

蕊仪笑了笑，原不知该从何说起，可是他提了这个头，她喉咙里哽着的东西也该吐出来了，此时不说，以后也未必再有机会了。

“宋军师虽然和皇上没有做过一日夫妻，但皇上的一颗心都放在了她身上。别说臣妾一介平凡女子，就是留在宫里的贵妃姐姐怕也不能以平常心待之。可是嫉妒也好，怨恨也罢，臣妾都不会这么做，也不敢这么做。”

蕊仪神色郑重，大有表明心志的意思。李存勖神色微缓，伸手想要扶她，“起来说话。”

微微一侧身，从他指尖擦过，蕊仪如水的目光微凉，带着些忧与怨，“臣妾已经有了皇上的孩子，臣妾知道，一旦放走了宋军师，皇上必将震怒。跟孩子相比，那一点点嫉妒之心又算得了什么呢？”

“你有了身孕？”李存勖大惊，欣喜之色一点点流露出来，站起来要扶她，“快起来，地上凉。”

“跪也跪了，皇上该怀疑的也怀疑了，臣妾心中有个疑问，索性今日问个明白。”蕊仪挺直了背脊，一股莫名的血气上涌，一股脑地问了出来，“王将军铁骨铮铮，皇上定也早就知道他不会降，他必被处斩，皇上留他至今是不是只是想留住宋军师，等着她自己低头，等着她自己走进洛阳宫？”

“住口！”李存勖目如深潭之冰，尖锐凌厉地对上她的眼，“你想说朕是虐杀名将、夺人之妻的暴君？你好大的胆子！”

身子微微一颤，就此停住，蕊仪也没有想到自己竟会胆大至此，那股血气仍在翻涌，丝毫没有停歇的意思，“皇上如今还不是暴君，可以后是不是，臣妾不敢说。宋可卿不入宫，王彦章必死；宋可卿入宫，王彦章也必受辱而死，这本就是一个死局，皇上到底在等什么，还是在奢望什么？”

“你……”李存勖扬起手，蕊仪晶莹的眼眸望着他，眨也不眨。他这一掌堪堪停在半空，兀自颤抖。

“皇上，万事难两全，皇上要做明君，就要舍情，而且要舍得干干净净。王彦章可以杀，但是不能因为他是宋可卿的丈夫。要是他死了，宋可卿入了宫，皇上该如何面对天下悠悠之口？”蕊仪不禁声泪俱下，自保之心不会让她死谏，她如此，是因为她希望李存勖能够做明君。

在这乱世中，百姓举斧成兵，君王不顾民意，今日为王，明日便可能成为阶下囚，只有步步为营，才能保得帝位长久，才能让他们有机会长相厮守。

李存勖脸上青一阵白一阵的，在她面前来回踱步，每经过她一次就瞪她一眼，心里知道她说得颇有道理，瞪了几眼，气也消了些，道：“不起来是吗？”话音未落，硬是将她横抱了起来，“你懂得说天下的道理，自己可曾明白做娘的道理？”

想要挣开，奈何他一手扣住了她的手腕，蕊仪只觉眼泪簌簌地往下流，不是因为疼，她也不知为了什么，挣了几下，先没了力气，缩在他怀里无声地哭成了泪人。

坐在榻上，让她半躺在怀里，李存勖复杂地看着她微红的脸。许是一下子哭得厉害，她整张脸就像一朵烧起的彤云。他放不下宋可卿，可又不愿看到她这副样子，“女人家家的，洗衣、煮饭、生娃娃，别成天想着男人的事。你不用洗衣、煮饭，只管好好地把朕的皇子生下来。”

二人贴得极近，蕊仪只觉得她的呼吸打在李存勖身上又很快被弹了回来。闻着熟悉的气息，她慢慢冷静下来。刚才她一时头昏脑热话说过了，此刻不由得暗暗后悔，再硬气下去，也许她和孩子就都失去了李存勖。

“成日地担心，哪里能对孩子好。”蕊仪声音柔了下来，以退为进。

李存勖笑了笑，有些嘲弄地道：“你问朕是为了王彦章还是宋可卿，朕也想问问你，你这般心思是为了宋可卿还是朕的皇子？”

一下子被他问住了，蕊仪咬着下唇，沉吟了一下，道：“都有，成吗？皇上说的臣妾都认。臣妾只是一个女人，一点嫉妒之心都没有，那不是成仙成佛了？从前贵妃姐姐闹的时候，皇上一句话没有，怎么到了臣妾就不成了？”

她边说边拿指甲抠着他衣服上的绣纹，想要一点点抠下来似的。李存勖被她撒娇做痴的样子弄得心神荡漾，但一想到冯地虎的回报，打定了主意继续敲打她一番，“朕知道你是真心为朕，不然不会说这番话，朕相信你。可是昨夜你突然出现在北院，还被他们挟持，未免引人疑窦。你倒是说说为什么，别告诉朕你敬仰王彦章的人品战功。”

“臣妾是去赏月，不巧撞上了。”蕊仪低着头，把手放进他的掌心里，手指有些颤抖，“臣妾备了些水酒，想与陛下共饮，可是找不到陛下。大将军夫人来了，坐了好一阵，还是见不到陛下，臣妾坐着闷，就……”

她的害怕落在李存勖眼里成了委屈，想到蕊瑶，李存勖尴尬起来，对她也多了愧疚，“好了，朕信你。不过，以后夜里不许到处走动，磕了碰了，或是再遇上这样的事，平添了闪失就不好了。”

“臣妾遵旨。”蕊仪含泪而笑，很快又低下了头。她最终没有把蕊瑶牵扯进来，望蕊瑶能承她的情，知道她是为了她好。

“皇上要是不喜欢，臣妾以后不去见宋军师就是了。”蕊仪轻叹了口气。

“不必。”出人意料的答案出了口，李存勖笑了笑，眉峰上的阴霾淡去，“多代朕去看看她。”

冰冻三尺非一日之寒，蕊仪从未打算短短一个时辰就能说服他，这样便已很好了。

“皇上放心，宋军师平日用的东西，之前都按皇上写的赏赐下去了，想来够维持些时日。”

与宋可卿见面不多，李存勖没有留意这些琐事，一听更感蕊仪的体贴，当下吩咐赵喜义宣太医过来给蕊仪瞧脉，又吩咐厨房给她多送些酸甜可口的吃食，临去书房商议政务，又交代蕊仪多在房内休息。

太医、宫女和婆子忙进忙出，许是动静大了，没一会儿蕊瑶就揉着眼睛、披了件衣裳出来了。她看着众人小心翼翼又暗含喜色的样子，疑惑地随口问道：“一大早的，这是怎么了？”

“三小姐，娘娘有身孕了，太医说已经一个月了，是来郓州前有的。”答话的是郑夫人，一说完就到后面端汤水去了。

蕊瑶望着那扇虚掩的门，心中五味俱全。蕊仪应是早就知道自己有孕，戴着玉镯的左手紧握成拳，她可以为蕊仪担保，可到头来蕊仪却一直瞒着她。

第三卷

施一雪封伤怨月

掷一迷雾尾蝶飞

第十四章 冬月

冷入肌骨的寒风一阵阵地吹着，隔一会儿就发出飕飕的响声，卷起道旁堆积的落叶，打着旋儿卷进车轱辘里。马车越往宫门口行去落叶越少，道上渐渐干净下来，到最后竟是半片没有。

“咯吱”一声宫门大开，一行车马接连着进去后，又“咯吱”一声关上了。离宫时众宫妃在此处相送，此时却是冷冷清清，只有几个侍卫、太监伺候着。蕊仪由满月扶着下了马车，换了滑竿。她一向自认淡定，此情此景心里也不由得打起了鼓。

一入丽春台福儿就迎了上来，听说萱娘已经交了刘贵妃处置，眼眶红红的，担心之色溢于言表：“出宫时好端端的，怎么就卷到这种事里来了？”

“住口！娘娘有了身子，你不小心伺候着，还提这些让娘娘难受。”满月压低了声音严厉地道。一路上都是揣测的白眼，萱娘不在，带出来的人又不太得用，让她得了不少历练，稳重了不少。

福儿赶忙告罪，阖宫的人听闻她有了身孕，原本以为她失了宠的人又怀了些希冀，手上的活儿做得也快了些。

仿佛没看见这一切，蕊仪指了指身后的郑夫人道：“本宫幼时曾受郑夫人照顾，此次接夫人在宫里小住些时日，你们要对夫人尊重些。”

郑夫人千恩万谢地跟着福儿回房安置。蕊仪让其他人下去，身边只留了满月。满月朝着郑夫人的背影撇撇嘴道："娘娘为何不把她送回韩府？她嘴上缺个把门的，什么都敢说，奴婢怕她给娘娘惹祸。"

"她生养过，又伺候过月子，总比再找个不相干的人进来好，而且她也说不出什么，多留意些就是了。"蕊仪坐下揉了揉腰。再者她总对真正的韩蕊仪有些好奇，想要多知道些小时候的事。

满月为她加了件披风，又捧上刚送上来的热汤药，"方才福儿的话也对，要是不把萱娘弄出来，底下的人也不能安心。"

一路护送她们回来的是韩靖远，所以纵使人们诸多猜测，也只是猜测而已，并没有亏待她们。这也恰恰印证了李存勖的心思，他并没有完全厌弃了蕊仪，只要她们运筹得当，还有机会恢复往日的荣宠。

蕊仪望向院中不着一叶的桃林，树枝光秃秃地挺立于风中。

"我能保她没有性命之忧，可是还能不能留在宫里，就不好说了。"

"难道要把她赶出宫去？"满月大惊。有时候她的确嫉妒萱娘在蕊仪面前占足了脸面，可几日下来，她难免感到力有不逮，便想念起萱娘的好来。

萱娘一旦离宫，蕊仪预感到那少了一条臂膀的滋味，若是她能离宫避一阵子，等风头过了，再回来就好了。灵光一闪，蕊仪笑了笑道："上次还说要给你们找个好归宿，她比你大两岁，就先让她找吧，等完了婚，封个诰命，再让她进宫伺候。"

"娘娘想好人家了？"满月睁大了眼睛，脸上不经意地泛起些许红晕。

"是啊，该选什么人家好呢？"蕊仪摇摇头，自问道。

"娘娘，贵妃娘娘来了。"福儿在门边轻拍了拍，很是紧张。

"这……还不赶快给贵妃看座上茶？"蕊仪暗叫不好，本该是一会儿她去仪鸾殿拜见梓娇的，这时她亲自来了，怕是带着怒气。

随手整理了一下宫装便匆忙到厅中迎驾，蕊仪尚算气定神闲，倒是满月不住地额角冒汗。想梓娇的泼辣善妒性子，一听说蕊仪有了身孕，不知会如何发作。

"妹妹拜见贵妃姐姐，姐姐凤体安康。"蕊仪开口便卖了个嘴甜，不在乎这一两个字的得失，况且眼下她也心高气傲不起来。

"起来吧，承受不起。"梓娇闷闷地道，垂眼打量着她的腹部，"没想到皇上忙于军务，还和妹妹流连于床第之间，妹妹一出宫就怀上了，真是好福气。"

这是在指她狐媚吗？少一分是温柔贴心，多一分就成了狐媚，这种事从古至今都没个定论，不外乎得宠的时候就得个解语花的贤名，失了宠便成了魅惑君主的妖孽，是什么都是身处上位者的一句话，其他人总是无从辩驳。

“要是没有姐姐关照，妹妹哪儿来的福气。”蕊仪笑了笑，亲自接过满月手上的桂花糕碟子奉上。

梓娇瞥了她一眼，又是一阵冷嘲热讽：“妹妹放心，皇上不在宫里，本宫一定照顾妹妹周全。你看，怕你路上有个差池，本宫就亲自来看妹妹了。”她停了一下，不是滋味地笑了笑，“这要是生了皇子，说不定本宫就要向妹妹行大礼，叫妹妹一声姐姐了。”

“贵妃姐姐说笑了，尚不说还不知是男是女，姐姐的茂儿都要上学了，小孩子长得快，用不了几年就能像他的父皇、叔伯们一样上阵杀敌，到时立了战功，妹妹的孩子还在榻上玩儿呢。”蕊仪柔声细语地道。梓娇一门心思都放在争宠上，对李茂的教养却一直很不得法，这才是亏了自己的福气。

按道理说，她和蕊仪的孩子都不是嫡出。若是按子嗣立后，那一要看长幼，二要看战功、政绩，论前者茂儿是长子；论后者，多找些人帮着，怎么也比一个奶娃娃强。

算她尚有些自知之明，梓娇冷哼了一声，气微微消了一些，“别净拣好听的说，什么长子，你以为本宫留在宫里就什么都不知道了？你跟那位长子来往得才热乎呢。”

“话可不能这么说，这可是要坏了妹妹清誉的。”蕊仪神情一正，刻意扮作避李继岌如蛇蝎的样子，“他究竟是不是皇上的儿子还没个定论，他若不是皇上的儿子，便与外面的男子无异，妹妹怎会和皇上及父兄以外的男子纠葛不清？妹妹虽不是深明大义，尚懂得分轻重。”

“那你怎么还要带他来洛阳？”一句话冲口而出，梓娇丝毫没有意识到这等同于承认了往蕊仪身边安了人。

冯地虎果然是她的人，不过这脾气性子天生就是用来揭底的，蕊仪眼中流露出惊异之色，后又故作释然地道：“不过是做做样子，让大家面上都过得去。这也是王妃过世时交代下来的，她心里一直有愧啊。”

仔细回想了一下，当初蕊仪对蕊宁确是十分尊崇，纵使蕊宁有诸多不好，她也一味忍让。梓娇喝了口茶，随手将茶盏一放，桌上发出“哐”的一声轻响。

“不明不白的，犯不着放在心上，日后少跟他往来。”

“妹妹知道了。”蕊仪恭敬地赔笑着，站得久了，腰背有些酸痛。

梓娇丝毫没有留意到，仍不打算罢休，“要说你那妹妹也不是省心的，在你眼皮子底下被陛下宠幸了。别怪本宫不提醒你，你要是想以此固宠，算是打错了算盘。”

这些话字字带刺，让蕊仪心里的弦紧紧地绷了起来。怀疑蕊瑶受宠与她有关的人绝不止梓娇一人，她若全然撇清了关系，倒是说了实话，可把一切都推到蕊瑶头上，让蕊瑶成为众矢之的，她又不忍心。

“蕊瑶的事，事先妹妹的确不知，有哪个女人想看着自己的夫君成日跟自己的亲妹妹一处，而对自己置之不理的？可是她毕竟是我的妹妹，总不能真的老死不相往来，总得帮她求个名分，也算是全了姐妹之情了。”蕊仪婉转地道，悄悄观察着梓娇的神情变化。

也是个道理，蕊仪的性子是不能跟自己相比的，梓娇神色微缓，“好在皇上知道分寸，你也知道分寸，只封她为才人。”她冷哼了一声，有些不屑地看看蕊仪，咂咂嘴，“不是本宫挑拨，以后你可得防着点儿。飞燕、合德是姐妹吧？赵合德可没少折腾赵飞燕。还有，这话既然说到这儿了，本宫还得再提醒你一句，这姐妹俩入了宫的，难免有狐媚乱朝之嫌。”

“妹妹断断不敢。”蕊仪吓了一跳，惊呼出来。忽然琢磨出点味儿来，难不成是军中传来了什么消息？难道蕊瑶又惹祸了？

“本宫听说宋可卿和王彦章逃走的时候，皇上就跟她在一起，真是祸水。”梓娇剜了她一眼，像说的不是蕊瑶而是她，“还有你，本宫派去的人本有机会结果了他们，若不是你，早就一了百了了！”

“我这么做是不想皇上伤心，到时追究起来，姐姐以为真查不到吗？到时说不定还说我跟姐姐勾结好了害宋可卿，姐姐倒也罢了，家里无亲无故，还有茂儿可以依仗，我呢？腹中的孩子不知是男是女，难道还要韩氏一大家子陪葬？”蕊仪声音虽小，却字字珠玑，不打算再一味忍让下去。

梓娇“哼”了一声，过了一会儿，指指对面的位子道：“说了这么久的话，忘了让妹妹坐了。坐，别让人说本宫苛责你和你腹中的皇嗣。”她笑了笑，目光渐冷，在那冷冷的幽云当中，夹杂着些许幸灾乐祸，“也不能怪你，不过你倒是说说，过几日要怎么面对你那才人妹妹？”

“几日？蕊瑶随皇上亲征，少说也得一两个月。”蕊仪按兵不动，兀自沉吟着。难道大军已经攻破了汴梁？那应该有捷报传来才对啊？

“你啊，顾着胎，路上走得慢，这不，你前脚刚到，信就送来了。你那妹子忒不会伺候人，皇上隔天就受了风寒，是大将军奇袭攻破的汴梁，朱友贞自尽了。皇上到汴梁受了降，留了大将军在那儿安顿，就和郭将军一道班师回朝了。”梓娇叹了一声，几个月没有见到李存勖，甚是想念。风寒不过是小病，若不是有了这些个闹心的事，她真要高兴上几天了。

只是风寒？李存勖会因为小小的风寒而提前还朝？蕊仪深思着，并没有把话说出来，只是道：“蕊瑶那个毛丫头，回来我一定好好说说她，让她跟姐姐好好学学细心体贴。”

嘴角动了动，算是较为满意了，梓娇媚眼眼波一瞟，道：“你办砸了本宫的差事，知道本宫为何不追究吗？”

“姐姐的心思妹妹怎么猜得透？”蕊仪又玩起了客套，她可不觉得梓娇会不追究，不论嘴里说什么，梓娇都不会不想着她的肚子。

“听说你跟大将军的交情不错，他此次立了大功，回来就要封中书令，日后他若能多帮帮茂儿，我还要好好谢你。”梓娇软了口气，太过显而易见的邀约，显得颇为刻意。

若能相助，谁会不让他助自己的子女？蕊仪不觉扑哧一声笑出来，借势道：“原来姐姐要说的是这个，我心里头也喜欢茂儿，怎能不帮这个忙？只是大将军为人谨慎，未必肯听我的话。”

“有你这句话就够了。”梓娇轻握了握她的手，目光又落在她的小腹上，“妹妹的孩子将来也一定是极有出息的。”

“妹妹说过了，茂儿是长子，将来我一定教他的弟弟妹妹敬重兄长。”蕊仪笑道，看似情真意切，实则只是一时面上的妥协。孩子没有生下来，眼下又是这样的境况，不必和她争执，等知了龙凤，再争不迟。

“本宫先回了，你得空也去瞧瞧贤妃，皇上回来总想看到一派祥和。”梓娇起身，带了门外一众宫女走了。

看着那大红衣裳的背影拐出了回廊，蕊仪憋得险些出了内伤。出了这些事，梓娇就算不大耳刮子招呼着，也得摔盘子摔碗的，能只是冷言冷语几句，可见忍得有多辛苦。

这是想做皇后，想摆母仪天下的谱呢，蕊瑶回来想必不会消停，她且看看梓娇还能不能把这个谱摆下去，到时破了功，就又有好瞧的了。

提起敏舒，蕊仪有些不舒服。当初她以其人之道还治其人之身，她多少有些不忍，毕竟那药吃下去不知会有什么后果，她也不知鱼凤究竟给敏舒下了多少。梓娇如此说，想来敏舒身上已无甚大碍，只是心里还闹着别扭。

也许梓娇心里正后悔，若是敏舒跟去了，她也不会有了身孕。蕊仪笑了笑，叫满月煎服安胎药来，打算喝了药就去瞧敏舒。

梓娇一出丽春台，就绕了道要去瑶光殿走走。蕴溪劝说外面风凉不如回去，被她一口拒绝："瞧瞧她那丽春台，到了秋天也不过如此，真晦气。本宫这就到瑶光殿转转，散了这身晦气。"

蕴溪不知如何作答，默默地紧跟着她。梓娇喜怒无常，没一会儿又道："你说她怎么就有了呢？也太不是时候了，早知今日，当初还不如让贤妃跟去。"

"奴婢有句话不知当说不当说，说了，怕娘娘怪罪。"蕴溪眉头紧了紧。

"你说。"梓娇随口问道。

"昭仪娘娘迟早会有孩子，娘娘与其想着如何让韩昭仪没有孩子，不如想想孩子生下来了该怎么办。天家皇子皇女众多是常事，娘娘要想的应是如何让皇长子成为太子，到时娘娘再坐稳了后位，就算韩昭仪和其他几位娘娘再生上十个八个的，也翻不出娘娘的手掌心。"蕴溪一口气说了一大通话，因紧张而有些气短。

梓娇想了想，点点头，又有些疑虑："瞧你这话说的，她有了儿子，将来还不想着把茂儿从太子位上拉下来呀？"

"所以娘娘该想办法抓住韩昭仪的把柄，让她不敢妄动。再者皇长子渐渐长大了，得让皇上更加疼他，给他历练的机会，让皇上只瞧着皇长子好。"蕴溪也是当初曹老夫人身边的人，跟梓娇的时日较长，说话胆子自然大一些，"奴婢老家有句教婆娘的老话，先煮好自己锅里的饭，让丈夫没工夫去瞧别人锅里的。"

"道理倒是不错。"梓娇颔首，还是先做了皇后再让茂儿做太子要紧，等木已成舟，即使争斗不休，她也能在身份上占个上风。

何况得到了的东西，只要她不犯错，只要茂儿有出息，还是可以守住的。要是等那些个贵胄之女坐了后位，必定壁垒坚固，想再抢回来就难了。

早上的风冰冷冰冷的，夹杂着些许水汽。瑶光殿周围依旧水雾缭绕，这日天阴得紧，云霭厚厚地遮天蔽日，光只从云的缝隙间射下来。

耳边响起仙鹤的鸣叫，还有百鸟晨间的啼鸣，蕊仪感慨道："还是老样子，也不知集仙殿如今怎么样了。"

"福儿说比原先清冷了不少，不过刘贵妃一直照应着。"满月应着。她一直惦记着萱娘，也知此事全系在这几日的斡旋上，也就忍下了。

"就到了，咱自个儿去瞧瞧。"蕊仪笑了笑，她们正是要去集仙殿。听闻午间李存勖的御驾就要到洛阳了，得在他回来前和敏舒见上一见。

集仙殿里冷冷清清的，有几个值夜的宫女依着墙角的凳子睡着了，脑袋耷拉着，听到脚步声，睡眼惺忪地抬起头，看到蕊仪吓了一跳，纷纷告罪。

"都起来吧，本宫来看看贤妃姐姐。"蕊仪笑了笑，敏舒的贴身宫女棋画迎了她进去。

"你来了？"敏舒草草地梳洗了一下，在屏风后换了一身琥珀色的宫装，见着她微微笑了一下，"棋画，到宫门口等着，御驾到了就来告诉我跟妹妹。"

"满月，你跟棋画一起去。"蕊仪语气淡淡的，不管她和敏舒的关系如何，就是从前，她也喜欢和敏舒单独说话。

"妹妹这一路想必非常顺遂，还大喜了，我还没来得及说声恭喜。"敏舒平和地道，丝毫没有提起之前的恩怨，"听说三小姐封了才人，还一直跟在皇上身边。你别误会，我也没有别的意思，就是知道了，随便说说。"

蕊仪在绣墩上轻轻坐下，眉梢一挑审视着她，好像不是在嘲讽，"一会儿见着了不就知道了？看样子姐姐是不记恨我了。"

"是我先算计你的。"敏舒叹了一声，别有用意地道，"现在想想，要是你中了我的套，没有跟去，也未尝不是一件好事。这姐妹同在宫闱之中，相帮的少，相猜忌的多，处得融洽不容易。"

"可别说你这是在为我着想。"蕊仪凉薄地笑道。敏舒的书香之气一直是她所心向往之的，她曾把她比作班姬，可惜敏舒的心思太多了。她一向鄙视下药这种下三烂的手段，可敏舒偏偏选了这种手段。

敏舒想了想，轻轻地摇摇头，道："我想趁着随驾的机会怀个一男半女的，有什么错？难道你不是如此想的吗？只不过恰巧是你我相争罢了。刘贵妃想用皇长子拖住你，跟我也没什么差别。"

是啊，她只是斗不过这口气，谁害了谁，谁又骗了谁，在宫里早就是家常便饭了。敏舒不像曾经所想的那样可以做挚交好友，但也没必要赌气结成了死敌。敏舒不比蕊瑶，本来就非亲非故的，犯不着太过认真。

“话既然说开了，就算扯平了吧。”蕊仪莞尔一笑，扯平了就是谁也不欠谁的了，就可以平常对待了。

敏舒颔首，轻声道：“如今你有了身孕，皇上在立后的事上又要重新考量了。你要小心刘贵妃，保住一个孩子不容易，你腹中的这个可是要和她的儿子争的。”她顿了顿，目光里多了些遗憾，“这回不是套，我掉过一个孩子，知道那种苦。”

“是她？”蕊仪偏过头，声音极低。

“是我自己太不小心了。”敏舒避开了，不打算多说。

这么多年过去了，却是一字未提，突然谈起，蕊仪不觉得她只是提醒自己，或是在诉苦，便心中一震，嘴角勾起，兴味顿起：“你是想拉拢我？”

“是又如何？”敏舒一直站着，此时在她面前坐下。

“你是觉得韩家势大，比刘贵妃更有可能在这件事上占上风，所以就决定和我坐在一条船上？要知道，我虽然有韩家做依仗，可刘贵妃和皇上的情分也是不能比的。她平日最是肆意妄为，但这么多年了，硬是一点罪都没受过，想必也是有过人的本事。家父年迈体衰，我那两位兄长也不甚出息，你凭什么觉得我和韩家就一定赢得了她？”蕊仪说了一连串的话，想试试敏舒的心究竟坚定到了什么程度。

即使是利益之交，也要分有几成成色。敏舒跟在李存勖身边的时间长，与蕊宁和梓娇差不多，她也想从中刺探出什么，是为知己知彼，百战不殆。

要结盟总要有些信物，这是人之常情。敏舒看看她，又看看别处，目光飘忽不定，过了好一阵，才下定了决心：“因为皇上欠韩家一个人情，他一辈子都还不起这个情，只要日后韩家还有一个男丁在，皇上就不会背弃你们。”

蕊仪半是试探半是认真地道：“你不要信口雌黄，要是真有这样的事，家父如何会不告诉我？我是他最宠爱的女儿，又入了宫，就算是送个保命符，也不会瞒着我。”

“也许是牵扯到了不可告人之事。”敏舒也不大明了，只能把知道的一星半点说出来，“当年皇上想除掉一个人，不巧此人是韩大人的朋友，与韩大人交情不菲，官阶也相当，后来就……”

“是家父除掉了他？”蕊仪神色凝重，官场斗争风云诡谲，可她一直觉得父亲是个有真性情的人，对待政敌可以毫不留情，对待挚交友人却颇能顾全，没想到也做过这样的事，初时耳闻，确有些心惊。

“大概是吧，要知道皇上为了让韩大人下定决心，可是花了不少力气。”敏舒回忆起往事，很是迷茫。

对父亲的敬爱让蕊仪不愿再想他在这段恩怨中的是非，她此刻只莫名地想知道这段恩怨，除了韩元当年铲除了自己的挚友，她更想知道究竟是什么原因让他这么做。

心底忽然多了些跳动的东西，韩家这些年一直在魏州，那这位好友也应该在魏州，又是官位相当的。她的思绪忽然重合在了那栋闹鬼的老宅子上，郑夫人提过的老宅子，还有那位和李存勖定过亲的小姐。

“能让皇上欠下人情的，一定是件大事，到底是什么？”蕊仪低声问。

敏舒叹了一声，为难地道：“你以为皇上不想让人知道的我能知道吗？我可不想也被……”她没有说下去，露出一抹讳莫如深的笑。

“禀二位娘娘，皇上的御驾就快到了，郭将军已经派人来通传了。”蕴溪在幔帐外禀报，满月跟在她身后。

敏舒和蕊仪一齐出来，带了几个宫人去迎，路上碰见梓娇派来通传的人，一行人加快了脚步。远远地望见梓娇，她已是半副皇后的仪仗，敏舒低声道：“听说萱娘还关在她那儿，要不要我帮你求求情？”

“不必，这件事还是要皇上发话。”蕊仪轻声回道，立于道边，她隐约觉得气氛不对，梓娇面色也越来越不好。

宫门大开，远远地望见郭崇韬在马上行来，身后的车辇并非明黄装饰，而是再寻常不过的官家马车。郭崇韬快马而来，将梓娇请到一边，低声说了什么。梓娇面色更加不善，几步行到她们面前，道：“皇上得的不是风寒，而是伤寒。郭将军不敢声张，连御驾都没敢用，你们也都散了吧。”

想必这场伤寒来得不轻，也许还要装作皇上根本没有回宫，一切都要等病情平稳下来才将行藏公之于众。蕊仪和敏舒都明白这当中的利害，打算依言离去。蕊仪忽然想到蕊瑶，停下来问道：“那蕊瑶怎么样了？她有没有用心服侍皇上？”

“指望她？她没添乱就不错了。你在正好，在这儿等一会儿，把她带回去好生教导。一会儿我让太医去给你们瞧瞧，别也染上了。”梓娇没好气地道，只瞥了她一眼，就往贞观殿去安排了。

蕊瑶不会照顾人，这是意料之中的事，蕊仪没有惊慌，原本她想着李存勖得胜还朝，蕊瑶跟在身边一定趾高气扬，还不知如何面对那副不知收敛的样子，现在倒好，直接被梓娇压了下来。

不过另一层担心渐渐浮上心头，与李存勖分开不过是路上的半月，李存勖也许在此之前已染了病，她和蕊瑶也许都染上了，梓娇让太医给她们看看也是这个道理，蕊瑶如何不知？她应该是没事的，可就怕梓娇借此发挥，把她圈起来。

“姐姐。”蕊瑶从马车上下来，一身淡紫色宫装衬出丰腴的身形，神色中透着委屈，“皇上病了，他们不让我靠近……”

“回去再说。”蕊仪轻拽了她袖管一下，心道，“不让你靠近，你就不会自己硬凑过去？身边又没有比你位分高的。”不过这话没有说出口。

到了丽春台，蕊仪大概问了一下李存勖的状况，听到时而昏睡时而醒转时，一下子紧张起来：“都成这样了，你也不在身边伺候着，就算皇上不怪罪，你对留在宫里的这些人如何交代？”

“可是，我怕染上了。从前咱们家里有人得过伤寒，那情景你是知道的。”蕊瑶低低地道。她很想日夜守候，可一到了跟前就忍不住害怕。

蕊仪自然明白她的感受，可一想到她对李存勖的情意，又很是不解：“你不是一向说自己对皇上最是情真意切吗？我和宫里几个都比不上你，怎么一大群太医伺候着，一个小小的伤寒就把你吓住了？”

“我错了还不成吗？姐姐不会生我的气吧？是你先什么事都瞒着我的，而且我跟着皇上，总比被别人钻了空子好。”蕊瑶打从进了宫门声音就低低的，柔声细语，隐了往日的锋芒，不觉让人心疼。

蕊仪不打算再追究这些，神色缓了缓，道：“皇上回宫没有明发诏谕，你先住在我这儿，等皇上大好了，再找别的地方。”

“我想住飞香殿，那儿陈设虽少，但格局简单，以后想改也容易。”气氛稍微缓和，蕊瑶便又有了笑意。她本就是个天不怕地不怕的人，况且如今蕊仪有了身孕，看看气色，应该一切都好。

大家都是姓韩的，纵使偶尔闹闹，有姐妹之情在，也无伤大雅，该做彼此依仗的时候，都知道该如何做。

这都什么时候了，还想这些？蕊仪忽然觉得从前太高看了这个妹妹。

“把皇上照顾好了，想搬哪儿还不是随你？你去梳洗一下，等太医看过了，就跟我一起去看皇上。”

“我让棋书服侍着呢。”蕊瑶解释着。

“那你这个才人是不是也要给棋书了？”蕊仪气结，若不是怕动了胎气，恨不得再训上她一顿。

“她敢！”蕊瑶不觉声音尖了起来，又觉得自己过分了，为难了一阵子，“我跟你去就是了。”

二人各自更衣梳洗。皇上病了，她们总不好再穿这些鲜艳的颜色。蕊仪看看自己一身灰蓝色的宫装，自觉气韵平和，别有一番淡然之美，虽然平日最爱的是这些素净的颜色，可在宫里穿的时候少，也就只备了两身。蕊仪穿了一身，蕊瑶的东西还没有搬过来，就只能穿另一身了。

蕊瑶看着一身鼠灰，摇了摇头，道：“也太老气了。”

“二位娘娘，赵公公派人过来把才人的东西搬来了，还送来好多赏赐，说是皇上之前吩咐过的。”福儿进前道。

二人赶忙出迎，蕊瑶谢了恩，有些得意地看着那些赏赐，“没想到公公还记得，替我谢谢公公。”

“娘娘说笑了，皇上的话奴才怎么敢忘？”来人谄媚地笑了笑，退了下去。

刚巧蕴溪领着太医到了，见此情景，蕴溪停了步，止住身后跟随的人，“记住娘娘说的话了？只要说错一个字，就别在洛阳宫里待了。”

“是，臣明白。”几位太医唯唯道。

“几位是来给二位娘娘请脉的吧？娘娘已经等候多时了。”福儿讨巧地笑着，领了他们进去。

几位太医轮流请了脉，为首的老太医冯立仁目光有些闪烁，半低着头，含蓄地道：“昭仪娘娘虽没有染上伤寒，但身子还不满三个月，需要静养。如今宫中时疫流行，最好不要出丽春台。还有才人娘娘，一路颠簸，也是最容易染上疫症的时候，也应当留在室内休养。”

“什么？我们还要去伺候皇上，皇上正在病中，我们要去伺候皇上！”恍然间明白了这一切的用意，蕊瑶不顾仪态地争辩。

“其实冯太医还有话没说完，娘娘莫急。”一旁的太医崔敏正忽然上前。他三十岁上下的模样，目光微微向上一抬，随即落在一旁堆着的赏赐上。

“休得胡言！”冯立仁喝道，颇为威严地瞪着他。

顺着他的目光看下去，蕊仪心道此事有了转机，发了话：“让他说！”转而又问道，“敢问这位大人是？”

“臣崔敏正。”崔敏正深深地一揖，声音清朗有力，“才人娘娘脉象平和，面色红润，虽有车马劳顿，但歇上一两晚也就够了。至于昭仪娘娘，虽需静心养胎，但也应适时走动，尤其在入冬结冰以前，更应当多走动。”

“这才像话。”蕊瑶满意地笑了笑。

“崔大人有话便说，不必假托老臣之口！”冯立仁怒道，上前一步，有些急了，“娘娘，崔太医所言不实，娘娘切不可听信，臣还是觉得……”

“你们是想困住我们姐妹俩对不对？我们是皇上的妃子，谁给你们的胆子？是……”蕊瑶打断了他，目光停处，让人头皮发麻。

“蕊瑶。”蕊仪轻声叫住她，露出一抹不疾不徐的笑，看看冯、崔二人，“冯大人是从晋王府来的老人，本宫当然愿意相信冯太医的话。不过，崔大人年纪轻轻就入了太医院，又深得皇上器重，本宫也不得不信。不如二位回去议一议，议出个章程再来回本宫。”

灵动的双眸一转，蕊瑶回过神来应和道：“议了之后就写上来，要是真不能出去，我和姐姐也就安心歇着了。等皇上大好了，问起我们姐妹为何没去伺候，我们只需把你们写的递上去就是了。想必皇上看我们一个有孕在身，一个水土不服、车马劳顿，也不会怪罪我们。”

“依臣之见就不必了，冯太医年纪大了，说话心急，还望娘娘恕罪。”崔敏正恭谨地道，看向冯立仁时带了几丝不屑。东家给钱，触了西家的霉头，最后让西家收拾了，有了再多的银钱也没处花。

愤然冷哼一声，冯立仁哆哆嗦嗦抬起的手恨恨地放下，无奈地道：“臣等告退。”

一行人鱼贯而出，二人松了口气。蕊仪摆摆手，让蕊瑶过来，“你得空去查查这个崔敏正，瞧着是个有眼力、知进退的，一看见这些赏赐，就知道怎么做了。”

“你不觉得他唯利是图？你不是最不喜欢这种人吗？”蕊瑶看了眼那些赏

赐，看了心里头的确要掂量一下。

“若不是这种人，还能被你我利用？”蕊仪笑了笑，让满月进来扶她到后面躺一会儿，“你去皇上那儿看看，我总得给贵妃一个面子，在屋里歇上一两日。”

“我这就去。”蕊瑶听到让她去时，暗暗有些庆幸，这回学乖了，叫人端了参汤便走了。比起被刘梓娇关在丽春台，她宁愿去贞观殿，即使染上了，也比死在她刘梓娇手上好，而且经过了侍疾，她的封号也就不能与今日同语了。

“娘娘怎么自己不去，反让她去了？”满月不解，这不是让蕊瑶去抢功吗？

蕊仪躺平了身子，让她坐在一边给自己捏腿，道：“争功不在于这一时，肚子里的孩子要紧，我也的确要再歇上一两日。让她先去探探风声，她大大咧咧的，别人不会太留意。”她忽然压低了声音，语中透着希冀，又不免有着浓浓的小心，“希望皇上尽快大好了，不然这宫里可要乱了。”

“朗朗乾坤，有什么好乱的，娘娘还是用心养胎吧。”满月不以为意地道。

“什么事都赶到一起了。”蕊仪长叹一声，这当中也有她的原因，声音压得更低了，“皇上要是有个三长两短的，宫里头名正言顺的皇子就只有李茂了，到时贵妃一定不会放过我和腹中的孩子。”

“啊？那奴婢要不要出宫告诉老爷，还有二公子，让他们有个准备。”满月愁了起来，现在出宫也不是一件容易的事。

“二哥一路护送御驾，他要有机会出宫，一定会把消息带出去。”蕊仪抚了抚额，韩靖远为人耿直，不懂尔虞我诈，可并不代表他不懂随机应变，不懂危局已近，“还有更乱的，李茂还小，还没有按辈分取名字，百官未必臣服，外敌也必会借机来犯，到时百官各怀心思，也许还会拥立别人，就好比大将军和李继岌。”

“娘娘还是别跟奴婢说这些了，奴婢不懂。”满月不敢听下去。

“我只是想告诉你，一旦宫里出了事，你也不必回韩府了，便逃出宫去吧。要知道无论是大将军、李继岌还是李茂，都和我扯上了关系，一旦皇上出了事，我都难以自保。”蕊仪又想到萱娘，这一耽误也不知何时才能救出萱娘了，“你让福儿去瞧瞧萱娘，多给看守的人一些银子。”

满月点点头，知道蕊仪那个什么时候都顾着别人的毛病又犯了，可她又不能阻止，只能暗暗向菩萨祷祝，让她们都平平安安的。

第十五章·夺宠

这日难得日头很盛，风中也有了些暖意，可洛阳宫却没有半分喜色。内监宫女们都低着头疾步行走，脸上只有焦急之色，偶尔有些许笑意也是干巴巴的。李存勖秘密回宫已两日，贞观殿大门紧闭，出出入入的只有那些个太医和几个原本近身伺候的人，其他人半分消息也得不到，里里外外都是贵妃刘梓娇和郭崇韬主持大局。

刚用过午膳，妃嫔们即被召到了宫中的紫云观，大家各自在偏殿沐浴熏香，然后来到正殿。梓娇神色郑重，目光从众人脸上一一扫过，“各位妹妹，这儿没有外人，本宫有话也就直说了。皇上得了伤寒，如今仍然高热不退，太医正在勉力医治。今日叫各位妹妹来，是想让各位在此为皇上祈福，祈祷圣体早日康复。”

“姐姐说得是，不过与其在此祷祝，不如让我们大家轮流到贞观殿伺候。那些个奴婢粗手笨脚的，倒不如我们亲自服侍来得放心。”敏舒皱眉建议着。

蓝坠儿本就几个月没见着皇上，先一听还要留在道观祷祝就急了，此刻又听有人先发了话，觉着有人撑腰了，便挑眉道：“姐姐说得真好听，不外乎不想让我们见着皇上，想自己往御前凑也不是这么个办法。”

“蓝采女说话要小心些。”梓娇怒瞪了她一眼，不料竟没有继续发作于她，目光冷冷地落在蕊仪身上，“要说往御前凑那也是别人，人家早凑上去了。”

众人的目光先落在蕊仪身上，继而在她身边转了转。蕊仪知道梓娇想把祸水引到自己身上，正要说话，反而是赵才人赵瑜茵先开了口："怎么不见韩才人？"

无声地冷笑了一下，梓娇淡淡地道："韩才人在御前服侍，皇上醒时还发了话。"

"那……有人在皇上身边伺候也是好的。"丽娘劝解着。

梓娇瞥了她一眼，丝毫不将她放在眼里。丽娘脖子一缩，退到后面。郑御女郑娴巧上前，乖巧地道："只劳烦韩才人一人服侍皇上总不像话，不如贵妃娘娘发个话，臣妾几个轮着伺候皇上。"

娴巧是梓娇举荐的人，此话一出，大家纷纷揣测这是不是梓娇的意思。谁知梓娇笑了笑，看也没看她一眼，道："皇上那儿本不应有多余的人，不过既然皇上发了话，还是要多劳烦韩才人几日。至于几位妹妹，在皇上大好之前，除了紫云观，只能在自己宫里行走。宫里的事绝不能外传，要是传了出去，本宫定拿宫规办她。"

"姐姐消消气，没必要为了几句话伤了身子，妹妹们谨遵姐姐之意就是。"蕊仪打了个圆场，当着她的面服了软，总能维持上一阵子。

现在李存勖榻前的是蕊瑶，总好过是别人，不过这几日蕊瑶非但没有露面，连个消息都没有传出来，别人也许只道是没有机会，蕊仪却明白这是蕊瑶一人独大的心思在作祟。

蕊仪心里犯了嘀咕，很不舒服，连梓娇离开都没有察觉。她想象着李存勖大好之后，蕊瑶黏在他身边的样子，浑身上下像长了刺一样。

"娘娘快坐下，有身子的人不能老站着。"丽娘上前扶了蕊仪，又为敏舒搬了张椅子。

在座的两宫主位都没有说话，其他几个不免躁动起来。赵瑜茵白了一眼刚刚合上的大门，不屑地轻哼了一声："真有人把自己当皇后了。"

郑娴巧拉了拉她的衣袖，看了蕊仪一眼，道："正主都没发话，你多的什么嘴！"

"你们说够了没有？有工夫不如多为皇上祈福。上苍有灵，平日见不着皇上，要是皇上在病中听到了，也会感念咱们的。"蕊仪意有所指地道，不理会这一唱一和、上蹿下跳的两个人，她想的是如何能到贞观殿去。

几人各有所思，由道姑带着祈福后又被带到偏殿休息。蕊仪有孕，太医院日日派人来请脉，来人又是冯立仁和崔敏正。正巧满月和丽娘正扶了蕊仪到独间的偏殿里，蕊仪当下有了主意，她轻凑在丽娘耳边道："一会儿你就说头疼了几日了，也想请太医看看。”

“是。”丽娘不明就里，但之前听蕊仪的听惯了，也就没有问。从前她想着以她的温柔贤惠，多少能博得一些圣眷，日后也能不再依仗别人，可直到今日她还没受过一次宠幸，以后恐怕仍是要依靠蕊仪。

冯、崔二位请了安，正要取出随身的小枕，蕊仪轻叹了一声，看看丽娘，道：“王宝林日夜为皇上忧心，陈年的偏头疼犯了，连着两夜睡不好，两位太医不妨也为她瞧瞧。”转而又对丽娘道，“妹妹也去歇着，太医一会儿就到。”

冯立仁使了个眼色，意思是让崔敏正去瞧丽娘。蕊仪默不作声，等冯立仁将小枕放在面前，她忽然面色一正，满怀疑虑地道：“这几日用了太医院新开的养胎方子，不见舒坦，倒觉得浑身上下乏得紧。这方子还是冯大人主拟的，冯大人倒是说说这是怎么回事？”

“娘娘哪儿不舒服？”冯立仁眼皮一抬，完全没有料到。

“本宫说不清楚。”蕊仪扫了眼小枕，没把手腕放上去，一副要兴师问罪的样子。

上次的事回禀了刘贵妃之后，白惹了一顿骂，这让冯立仁明白了，刘贵妃是不会为他承担的。方子是中规中矩的安胎药，不会有错，他假意沉思了一下，看看崔敏正，道：“崔大人不是说要给娘娘换新方子吗？我去看看王宝林。”

他朝蕊仪一揖，诚惶诚恐地道：“臣年老疏忽，这位崔太医深谙养胎、保胎之道，不如让他给娘娘瞧瞧。”

好一个脚底抹油的，几句话就把祸患引到了别人头上。像是很勉强地颔首，蕊仪看了眼崔敏正，道：“那就有劳崔大人了。”

一得应允，冯立仁立刻收拾了随身的药箱到隔壁殿中去了。崔敏正取出自己的小枕，为她诊脉。他凝神探了又探，确定一切安好，便语气平缓地道：“娘娘将臣留下，不会只是请脉这么简单吧？娘娘有何吩咐，臣请赐教。”

“崔大人是想求财还是求官？”蕊仪一手抚着另一手染了丹蔻的指甲。

“官位不过是陛下手一挥挥下来的雨露，天下才俊辈出，得了也难守，臣求财。”崔敏正笑道，目光坦诚。

“巧得很，本宫掌管韩家家业多时，最不缺的就是银子。”蕊仪低垂着眼，两片剪羽像两把小扇子，“皇上的境况到底如何了？”

“皇上的高热间歇反复，依臣之见，除了染上伤寒，也是多年征战疲累所致。不过病症虽然凶险，却没有性命之忧，大好是早晚的事。”崔敏正微微皱眉，警醒地问，“娘娘想见皇上？”

蕊仪轻轻颔首道：“本宫想让你做两件事。这第一件，本宫想让你传出些风声，好让宫里人都觉得，皇上的病易染了近身的人，凡是近过身的人，要么隔绝在特定的居所，要么半步也不能踏出贞观殿。这其中的利害既要让贵妃娘娘知道，也要让韩才人知道。”她笑了笑，决定把话说得更明白些，“最好能让韩才人离开贞观殿，之后还请崔大人给她看看，保她无虞。”

“娘娘和韩才人是亲姐妹，娘娘怎知她没有给臣好处？”崔敏正苦笑着问道。

“别的本宫不敢夸下海口，但就钱财，她给的根本不会比本宫多。”蕊仪笑道。她除了有掌家时积攒的银钱，也在那时建了不少自己的商号，拥有的比韩家全副产业少不了几分，而蕊瑶有的不过是些嫁妆和家里隔三岔五贴给她的。

“臣明白了，臣不会跟钱财过不去。”崔敏正受教地点了点头。

“这第二件，还请崔太医告知贵妃娘娘，本宫需要静心养胎，不宜在此祈福跪拜，让本宫回丽春台休养。”蕊仪低声道。只有这样才能暂时摆脱梓娇的控制，她才有机会偷入贞观殿。等她进去了，又有谁能把她拉出来？

崔敏正皱眉看向她，“恕臣直言，皇上的病的确能让旁人染上，而娘娘此时毕竟怀有皇嗣。”

“你只管照做就是了。”蕊仪微微一笑，让他跪安。

不入虎穴，焉得虎子，到了李存勖身边她才能保住自己，决不能让梓娇占了先机。

那日晚间崔敏正便回了刘贵妃的话，自此蕊仪回丽春台养胎。又过了不到一日，李存勖伤寒易染的消息便传到了那些近身伺候的人耳中，晚间，蕊瑶便自个儿回了丽春台，一进门就被太医院的人拘到了偏殿。

蕊仪刚跟满月商量定了，半夜便摸到贞观殿去，听到偏殿里传来蕊瑶的说话声，就来到廊子下，隔着窗说几句话。刚走到窗下，就听见蕊瑶正拿棋书撒气：“你去问问他们，我姐姐是一宫主位，他们凭什么拘着我？”

“妹妹别动气。”蕊仪隔着窗纸，看着蕊瑶被灯光拉长了的身影，“太医说皇上的病正是容易染上别人的时候，凡是近过皇上身的，要么拘在贞观殿，要么回各自宫里拘着。”

“那我要去贞观殿！”蕊瑶不甘地哭闹着，又一想李存勖殿里是不能待了，补了一句，“就是待在偏殿也比这样好。”

“贵妃不是也回仪鸾殿了吗？你忍上几日，皇上大好了再去拜见。这几日你也累了，没想到你前些日子还怕得厉害，这几日就到榻前日夜服侍了。我问你，你觉着皇上的境况如何？”蕊仪让满月把守着的人支去用茶，说话时胆子放开了些。

谁知蕊瑶那边顿了顿，再开口时竟是全然不知所措，“我没见着皇上，都是在帐外的榻上坐着的，我只是帮赵喜义看看药炉子，试试洗帕子的水够不够热。”

“什么？你……”蕊仪被她的话惊得退了一步，蕊瑶还是没有褪去稚气，这要是胡闹起来，凭着一股蛮劲，没人能吃得消，“那你觉着呢？”

“应该好些了。”蕊瑶想了想，肯定地道。

“你歇着吧，我在殿里养胎，也不便出来。”蕊仪叹了一声，她们二人互不见面，等到李存勖大好，她从贞观殿回来，蕊瑶知道了也闹不起来了。

“姐姐，”蕊瑶唤住她，迟疑了一下，喃喃地问，“万一让刘贵妃钻了空子可怎么办？要不，你去试试？皇上榻前总得有咱们韩家的人。”

“还知道这个，那你干吗出来？安心待着，别想这些只能听天由命的事。”蕊仪讪笑了一下，转身回屋换衣裳去了。

蕊仪换了宫女的衣裳，对镜看了看，洗尽铅华，素面朝天，低垂眼眸时掩去了往日的端庄华贵，竟也有些清丽。这样子让她有些想起宋可卿，便将铜镜反扣，心情有些不悦。

“可要奴婢相随？”满月迟疑地看着她。虽然做了宫女装扮，可她并不觉得蕊仪会伺候人，要是换了那位贤惠的平都郡主还差不多。

蕊仪阻止了她，轻声吩咐道：“萱娘还没出来，丽春台这边还要你照应。要是蕊瑶有个风吹草动，你定要想法子告诉我，还有丽娘，也要多照应。”

“奴婢能行吗？”满月皱着眉，眼角跳了跳，不敢看她。

“进宫之前，我也不会这样成日算计着。不过，既然已经走到了这一步，覆水难收，只能勉为其难。满月，你也得多学着点，要不日后做了哪家的正室，如何料理后院里七长八短的家事？”蕊仪又劝了几句，从后面的小角门溜了出去。

贞观殿守卫森严，里里外外都是守护的人，寝殿外更是时不时地加派了巡视的人。若不是崔敏正安排了人，蕊仪根本进不了殿前十步。她低着头，眼角的余光扫视过众人，不免抱怨动静大了些，不像在守卫，倒像在看守。

远远地望见韩靖远，他站在角落里，没有注意到她。她不禁暗暗叹气，她这位二哥名为捧圣军的副统领，实则不过靠韩家面子占了个位子，韩家的将帅之才到了父亲韩元这一代果然要断了。

崔敏正将大门打开一条半人宽的缝，二人一前一后地进去。

榻上的李存勖额头冒汗、薄唇泛白，没有了往日的英气倜傥，像一头睡着了的狮子。这样的他不再让人担心会有时不时降临的雷霆之怒，反倒让人忍不住想上前去抚平他沉睡中拧起的眉头。

“娘娘，这边炉子上的是皇上的汤药，每两个时辰要用一次，到时臣和赵公公都会在。”崔敏正指了指右边窗下的小炉，又指了指往前几步墙角一个稍大些的炉子，“娘娘每个时辰要净两次手，会有人将净手的汤药送进来。不过熬药的地方离这儿远，到了贞观殿已经有些凉了，要在这儿再熬一下。”

认真地听了，蕊仪颔首道：“本宫都记下了，有劳大人了，日后本宫必有重谢。”

“可是娘娘既然进来了，外面的人就难免受责罚，尤其如今皇上未醒，就怕贵妃娘娘会拿他们出气。”崔敏正担忧地道。尤其是他自己，一旦发现人是他带进来的，他怕自己一手收了银子，却没命享用。

“捧圣军的人她不敢动，也不能动。外面守着的人到时见本宫扮成了宫女，一准地推说不知，追究起来最多受些皮肉之苦。他们受得住，本宫也补偿得起。至于崔大人你，又不是一直在这儿守着，等发现了，本宫已经在这儿了，你自然不必担什么罪责。”蕊仪低声道，从袖中取出一只方形檀木匣子，打开来，里面赫然是一块晶莹剔透的无瑕白璧。

眼前光影一闪，崔敏正眼中一亮，他是识货的，“就是担些罪责，臣也是愿意的。”

人都有贪欲，这块玉尚未雕琢，是蕊仪入府前从一位古董商人那儿用两万两黄金硬买过来的，也算是夺人所爱，现在就算再有两万两黄金也买不到了。

蕊仪满意于崔敏正的反应，其实她并不喜欢贪欲强的人，尤其是这种冒着杀头的危险还要贪的人，可是她竟发现自己对他没有半点厌恶，因为从他眼中看不出半点猥琐的贪念。也许他追金逐银，并不同于那些想要挥金如土、荫庇子孙的人，倒像是另有目的。

崔敏正又交代了几句便退了出去。蕊仪依言用长手绢子蒙住口鼻，坐在李存勖身旁。看着他一动不动地躺在那儿，嘴边偶尔溢出些喃喃自语，她全身的力气都仿佛被抽干了。殿内很静，这样看着他不免想起些以前的事，他为她浇灌桃林，同她调笑，为她开解……即使是对她冷言冷语、不断猜忌的时候，也比现在好得多。

她轻抚着小腹，那里暖暖的，孩子，你要保佑你的父王快些过了这一关，只要你父王能好起来，你母妃以后也不会计较那么多了。

“嘎吱”门边传来一声钝响，两道轻微的脚步声响起。蕊仪神色大警，闪身利落地躲到屏风后蹲下，那儿有张矮几，躲在下面几乎要俯卧。她怕压着肚子，索性蜷缩着仰躺起来。

“冯大人，当着本宫的面再给皇上诊一次脉。”听声音竟是本该在仪鸾殿的梓娇。

蕊仪躲在后面，从屏风透过的影子知道冯立仁已到了榻前，五六句话的工夫，又听见脚步声，应是去向梓娇回报。她不由得奇怪，难道是望而生畏，梓娇竟没有到榻前去？

“皇上如何了？不行，本宫得亲自看看。”梓娇说罢就往前走，被冯立仁挡住了。

情急中，冯立仁拽了梓娇一下，待他自己察觉到，尴尬地放开手，“皇上也许会就此康复，也许不能。恕臣直言，无论结果如何，如今都是最容易染上人的时候，要是有个万一，臣担待不起。”

梓娇犹豫了一下，溢出几声叹息：“也罢，本宫就把皇上托付给你，你得督促着手下的人尽心伺候着。行了，你先下去，本宫再在这儿陪陪皇上。”

“是。”门“嘎吱”一声轻响，冯立仁退了去，下一刻又多了一道脚步声。

“娘娘，咱们还是走吧，皇上睡着，也不知道咱们在这儿。”蕴溪小声道，扶着梓娇往门口移了移。

“这……”梓娇显然不愿，但还是动了动，又无可奈何地叹了一声，转而对着床榻的方向道，“皇上，臣妾不是不想服侍你，只是茂儿还小，皇上要是好不了了，臣妾再有个三长两短的……”

“娘娘，嘘——小心祸从口出！”蕴溪阻止了她继续口无遮拦。

“又没别人，就是皇上自己听到了，他也懂本宫的意思。”梓娇口气很急，语调也高了，不过末了还是走了，“皇上，臣妾告退了，明天再来看皇上。”

“娘娘，这时候郭大人应该已经到了……”蕴溪话未说完，门已经关上了。

屋内又恢复了平静，只听见李存勖略显粗重的呼吸声。蕊仪蹲着身挪了两步，探了探头，确定没有别人了才站起来。蹲了这一小会儿，腰腹上有些累，她在榻前的绣墩上坐下。

蕴溪口中的郭大人是郭崇韬无疑，如今李嗣源领兵在外未归，洛阳手握重兵的大将只有随驾归来的郭崇韬。梓娇这时候见他，不免让人浮想联翩。梓娇是想拉拢郭崇韬，一旦宫中有变，好助李茂继位。

若梓娇成了事，他们所有人的性命就都架到了刀口上。再往最坏的地步想想，梓娇根本驾驭不了郭崇韬这样的大将能臣，万一郭崇韬有了异心，登上皇位的也许就不是李茂，而是他自己了。更有甚者，即使李存勖得以痊愈，他也会趁乱做下大逆不道的谋反之事。

人人都道郭崇韬忠勇，蕊仪却一直觉得这人容易左右摇摆，且不善治家、约束下属。

目光移向沉睡的李存勖，蕊仪轻拭着他的额头，暗道：“如今你无法告诉我该怎么办，我只能自己想办法了，只望你能保佑我和腹中的孩子。”

“水……”李存勖干涩的唇微微翕动。

蕊仪连忙端了水过来，用银勺送到他口中。她又试着轻唤了两声，却再得不到回应。她不免失望，不知这样的情形还要持续多久。

“李存勖，你一定要好起来，不然我也不如就这么死了来得干净。”

门口传来崔敏正的声音，蕊仪躲在帐后，看他身边没有人才走出来。崔敏正面上有些为难，开口就想要劝她：“娘娘，方才贵妃娘娘吩咐冯大人多去丽春台走动。纸里包不住火，臣怕他们明日一早就会得知娘娘不在丽春台。娘娘现在要是后悔，臣立刻带娘娘出去，还来得及。”

“崔大人怕了？”蕊仪心不在焉地问。

崔敏正摇摇头，苦笑道：“臣不怕，臣有什么可怕的？大不了治臣一个监管不严。臣要是罢了官，娘娘给的银子一定不会少。”

“本宫忘了，你是求财的。”蕊仪淡淡地道，抬眼看向他，“本宫想见韩副统领，大人若再能通融一下，本宫保证大人很快就能再得一笔横财。”

略微筹谋了一下，崔敏正点点头，“臣这就去准备，最迟明日就让娘娘和副统领相见。娘娘且歇息一阵，皇上半夜要用汤药，怕娘娘睡不实。”

人一走，蕊仪又回到榻前。李存勖身上忽冷忽热，一会儿把被子踢开，一会儿又颤抖起来。因得的病容易染上别人，伺候的人自然远了，也不知这几日遭了多少罪。什么真龙天子，什么万乘之尊，此刻都是枉然。

入夜前赵喜义来过两次，想他早晚会知道，蕊仪也就没有避讳。谁知赵喜义非但没有叫嚷出去，见着她反而露出一副欣喜的样子，上前几步，感激地道："这么多天了，只有娘娘敢到陛下榻前，娘娘对陛下是真的好！"

知道蕊瑶如此，又见到梓娇如是，蕊仪也不觉得奇怪了。她示意赵喜义借一步说话，以免吵着了李存勖。二人到了外间。贞观殿连日不让人接近，她急切地想要知道这里发生了的事，"这几日贵妃姐姐可常来？其他人可有派人来问候？"

"贵妃娘娘每日都来，可就只站在这儿，半步没有上前了。其他几位娘娘倒是派人来请过安，可是一概被拦住了。可怜了陛下，一世英武，这病一来，人心立现。"赵喜义抹了抹通红的眼角。

"公公不必多言，本宫服侍皇上，只是为了皇上早日大好，并没有和别人争高下的心思。"蕊仪又劝了几句，将话头转到外面的事上，"近来都是郭大人主持朝政？"

只是一句平常的询问，却激得赵喜义目中泪光闪动了几下，"皇上醒着的时候让韩大人和郭大人共同主政，可韩大人突然卧病在家，所有的事都只能由郭大人拿主意了。娘娘一定得想想办法，再这样下去是要出大乱子的啊！"

父亲病了？蕊仪惊得倒退了一步，撞到桌脚，被赵喜义堪堪扶住。不对，不会这么巧，说不定是郭崇韬早有不臣之心，故意使其卧病，好让大权落于他一人之手，可是这样做也太明显了。

蕊仪稳住身子，定了定心神。还有一种可能，这是父亲故意为之，好让郭崇韬自露马脚，最终一举铲除。可是他为什么要这样做？他没有不臣之心，而且即使除掉了郭崇韬，他也得不到多大的好处，这究竟是为什么？

一时也想不明白，还是应该劝父亲以大局为重，要不郭崇韬没扳倒，自己的女儿和外孙倒先没命了。蕊仪有了决断，就更急于与韩靖远相见，"还是让本宫的兄长去劝劝父亲为好，不知公公能否代为安排？"

"副统领就在贞观殿，倒不是难事，只是刚下了禁令，近了榻前的一概不许与外面的人接触。娘娘有所不知，为了这个，药房那几个小的都不能送药进来，都得奴才亲自去取，弄得皇上身边总没个人。"赵喜义又难免诉苦。

难怪她待了这么久赵喜义才出现，蕊仪体谅他的不易，看了看临近廊子的一扇小窗，道："就在那儿说上几句话，公公意下如何？只劳烦公公把把风，别让不相干的人听到。"

"奴才这就去安排。"赵喜义答道，心里感激之情更盛，临走还特意从柜中取出被褥给蕊仪。

这样安排便比崔敏正早上小半日，明日一早要是梓娇来兴师问罪，也正好错开了，省得手忙脚乱。大概两盏茶的工夫，窗边传来几声轻敲。蕊仪打了个哈欠，看看那窗边。就这么站过去，要是有人经过，准能清楚地看见她的影子，索性把绣墩推过去，她坐下后向后微仰了仰，正好挡住了。

韩靖远在外面听见动静，轻声道："二妹，是你吗？父亲病了，让我给你传个话，不必担心，过不了多少日子定能痊愈。"

这病应是装的了，蕊仪沉吟着应了一声："我也正是为了此事。二哥，这时候你应该劝父亲不能意气用事，怎么还能跟着煽风点火？无论父亲和郭大人之间有何仇怨，都不应急于此时。"

"你听到什么了？"韩靖远疑道。

"我是怕父亲还没和郭大人分出个高下，宫里就生变了。刘贵妃不安分，到时她挟着皇长子，而我腹中又不巧有了孩子，她焉能放过我和韩家而给自己留下后患？"蕊仪提醒着，韩家的人未必了解这位贵妃娘娘的心性。

外面沉寂了一会儿，韩靖远轻叹了一声，为难地道："不是没劝过父亲，但不知为何父亲执意如此。明日我托人带信回去再劝劝，且再试一试。你可还有要交代的？你只身在此，万一染上了可该如何是好？此举太冒险了。"

"原本也觉得太过冒险，可如今才知道，若没人在陛下榻前看着，指不定要出什么大事呢。"蕊仪低低地冷笑了一声。梓娇的确有李茂，她腹中的孩子的确还不知男女，更没有落地，但她也有梓娇没有的——李继岌。

谁说一个孩子就一定抵不过一个已有战功的皇子？虽说李存勖对他一直不闻不问，但也没一棒子打死，李继岌起码在名义上仍是李家"继"字辈的子孙，他李茂还没按辈分取正名呢。事成之后，究竟谁是皇长子还说不定！

"给李继岌传个话，洛阳宫中生变，正是他保驾立功的时机，即使他手上无兵无将，一柄长枪在手，也能暂且护他父皇周全。"蕊仪定定地道。

"万一皇上以后怪罪怎么办？"韩靖远心存疑虑，李继岌毕竟是皇室心头的

一块疮疤，虽结了痂，但稍有不慎又会弄得血肉模糊。

怨他此刻仍是这般温温吞吞的，蕊仪有些急了：“相互掣肘制衡的道理皇上是懂的。李茂年后就要封王了，你再告诉李继岌，机会转瞬即逝，事成之后我保他能被人称一声‘王爷’。”

“好，都听你的。”韩靖远应承了，想再叮嘱几句，又怕蕊仪嫌他啰唆，但就这么离开又舍不得，正愁不知该多说些什么，忽然想起一件事，“听说申王上了道折子，请求回宫贺皇上大胜。”

“狼子野心。”蕊仪恨恨地道，如此一来脉络就更清楚了。以李存渥和梓娇的关系，她猜想他不是来夺位就是来拥立新主的。不过以李存渥那点能耐，有人治得了他，“想办法转告大将军，他是时候回朝了。”

“啊？这可是……”韩靖远讷讷地沉吟，权衡个中利害，这似乎是眼下唯一的办法了。父亲常恨蕊仪未生作男儿，如今看来，他与韩靖烈两个韩家男儿的确都不如她，“这……好，我答应你，拼着一死也把消息带出去。”

“二哥，各自保重，只望日后还有对面相见的时候。”蕊仪不觉郁结难耐，此时一别，不知还有没有这一日。

欲抬的脚步变得异常沉重，韩靖远感慨地道别：“保重。蕊仪，父亲常说恨你不为男儿，可也说过还好你是女儿身，能让他和母亲有机会疼爱你，对你补偿一二。”

父亲一直对将刚出世的她留在扬州一事耿耿于怀、心存亏欠。蕊仪苦笑了一下，转身走向榻前。这些陈年旧事她从没放在心上，何况她并不是真正的韩蕊仪，亏欠了韩元夫妇的是她才对。他们若知道了真相，不知又会发生什么事。

她坐在脚榻上，身子倚在榻边，看着李存勖病中的脸，如今她想的只是能让他好起来。若没有这场伤寒，也许她还不知道李存勖对她已是如此重要。在知道是自己误会了嗣源之后，她以为自己对李存勖的心也会淡去，可是在她听到他让她回洛阳，听到蕊瑶一直陪在他身边时，都觉察到了那不该有的失态。也许是因为他们已经做了夫妻，也许是因为腹中有了他的骨肉。她是一个容易满足的人，只要他对她好，就让他们继续走下去，做一对人人眼中艳羡的夫妻吧。什么欺骗、猜忌，什么话中的前后不一，都不重要了，她心里只剩下丽春台那一片桃林，她一直想要的桃林，任何人包括嗣源都给不了她的桃林。

世上大多数的秘密和绝大多数的阴谋，常常只被一张薄薄的窗纸阻隔着，明明只要指上那轻轻地一戳，就可以真相大白。可就在将要触碰的刹那收了力道，转儿伸向了华美的景致和陈设。

很多事情冥冥中自有天定，蕊仪不知，这句“补偿一二”绝不如她所想，而事情的真相已然超出了她心中早已被压得不能再低的那条线。

不过这都是后话。此时，蕊仪正渐渐陷入一阵绵长的沉睡，睡梦中她终于暂时平静下来。不知不觉天亮了，门开了，有人进来，在看清了床畔歪着的身影时，大叫道：“来人，快来人！昭仪娘娘在这儿！”

听到尖叫声蕊仪微微醒转，迷迷糊糊地揉了揉眼睛，看清了进屋的几个人，心道：不错，还有人敢进来，没忘了自己的主子。虽然一个个都只站在了外间，也算是有忠心的了。

赵喜义跟进来，一阵小声的呼喝把几人又赶了出去。蕊仪笑了笑，不疾不徐地管他要了盆水净面，又要了些糕点、稀饭，静静地等着梓娇过来发难。她看了眼安睡中的李存勖，但愿一会儿不会太吵。

等了又等，连赵喜义都等得着急了，梓娇才带着蕴溪过来，二人像往常一样只停在了外间。蕊仪来到里外间相接的地方，向梓娇施了一礼。

依着新定的规矩，只有近身伺候的几人能到里间，这些人只能往来于殿内和药房之间。而其他人要是进去了，要么跟近身的几个一样留下伺候，要么就被送回住处拘禁起来。

一看她站的地方，梓娇就窝了一肚子的火，让她上前也不是，退后也不是，深吸了几口气才忍住，她尽量平静地开口：“妹妹不在丽春台好生养胎，怎么跑到贞观殿来了？看来你是一点儿没把本宫的话放在眼里。”

“郓城一别，没想到才几天的工夫陛下就病成了这样，妹妹实在放心不下，想到陛下往日疼爱眷顾，实在忍不住就来了。”蕊仪委婉地道，能搪塞过去自然好，若不能她也会使梓娇那一套。

要搁以往，梓娇真恨不得打上几耳光才痛快，可是这几天到底被上下左右折腾累了，加之这辈子也没像眼下这样动这么多脑子，到底觉着力不从心，何况蕊仪不比蕊瑶，在蕊瑶面前她还能“倚老卖老”地教训一番，在蕊仪面前她毕竟要忌讳几分，谁让蕊仪肚子争气，又是原先晋王府跟过来的人，还掌着她的银箱子呢！

“忍不住也得忍，这是宫里，不是你们韩府！”梓娇不会说什么官话，只能尽力义正词严，“本宫看你就是想在皇上面前博个美名，要不，宫里这些几个月没见着皇上的人怎么都不来？偏偏就是你，你是冲着本宫来的，对不对？”

“妹妹从没想过冒犯姐姐，妹妹只是觉得虽然这些奴婢尽心服侍着，可皇上身边没个细心的人总是不行。姐姐执掌六宫，大事小事都堆在身上，还要照顾皇长子；贤妃身子又不好，偏就我闲懒着，妹妹只想帮着看看这些奴婢服侍得可有不周，为皇上、为姐姐尽份心，绝没有别的念想。”蕊仪一番话给足了梓娇面子，暗地里却不以为然。

不来不知道，一来才知道贞观殿里竟惨淡到了如此地步。近身的几个人根本不够用，这要真病重了，撂在那儿，哪天死了都不知道。

明面上找不出反驳她的由头，梓娇也知道说官话说不过她，索性来横的：“妹妹再心急也不能不顾着腹中的皇嗣，而且事关社稷安危，你韩家牵连甚广，说不定什么时候你就传了不该传的消息出去，本宫决不允许！蕴溪，昭仪娘娘身子弱，还不带她回去！”

“皇上不醒，我是不会走的。”蕊仪反而向后退了一步。

蕴溪对伤寒本就心存畏惧，看蕊仪的架势必是不肯退让，便缩手缩脚地拖延着不肯上前，“昭仪娘娘有身孕，娘娘，奴婢怕来硬的会伤了娘娘。”

瞪了她一眼，梓娇又用力瞪着蕊仪，道：“还不跟蕴溪回丽春台去？别敬酒不吃吃罚酒！”

今日梓娇的官话也说了一阵了，想必就要词穷了，蕊仪暗自铆足了力气，猛地向后几步扑倒在榻前，眼泪直流，不顾仪态地哭了起来，“陛下，你看看，你才病了几天，她们就这样欺负臣妾了，陛下要是不为臣妾做主，臣妾就没脸活着了。”

“昭仪娘娘，小心动了胎气。”蕴溪夹在中间，里外不是人，她为难地望着梓娇，“娘娘，万一闹出事来，宫里宫外都不好交代。”

“陛下，她们容不下臣妾和腹中的孩子，臣妾还不如死了，以我们娘儿俩的性命换陛下龙体安康……”蕊仪边哭边说，到了后来自己都不知道自己说了什么。她每说上两句，就幽怨地看上那主仆二人一眼。

初时是被吓住了，这一会儿多少看明白了些，瞧这梨花带雨、我见犹怜的样子，就是一出戏，蕴溪忍住笑，偷偷看了眼有气出不了、有火不敢发的梓娇。她这位主子比不得蕊仪，就算今日侥幸把人硬带出去，他日也免不了遭人报复。到时梓娇会如何她不敢妄言，而她这条动手的小鱼会有什么下场不用想也能明白。

她们这些宫婢，凡事都得给自己留条后路，蕴溪心里轻叹了一声，且随了梓娇，只能装作看不懂了，“娘娘，再闹下去怕扰了皇上休息，奴婢有话想跟娘娘说。”

没好气地一甩袖子，梓娇跟着蕴溪往旁站了站，道：“有话就说！说不出个道理，本宫连你一块儿收拾！”

“娘娘息怒。”蕴溪赔笑着，同是一起长大的王府侍婢，怪只怪她时运不济，“奴婢觉着韩昭仪想待在这儿就让她待在这儿好了，娘娘不必为难她。要是皇上醒了看见她，也是娘娘准的，娘娘只需趁势称赞韩昭仪一番，正好显显六宫之主的心胸。再说了，若是她真的染上了，不正好省得娘娘动手了吗？”

“若是皇上醒不来，正好让她到下面伺候皇上去。”梓娇狠狠地咬牙，话一出口自己也很是吃惊。她并不是心狠手辣的人，想必是气急了。她也想像蕊仪一样日日夜夜侍奉汤药，可是她还有旁的要顾及，何况这独掌六宫的荣显直到今日才享到，要放手也不是这个时候。

梓娇笑了笑，尽量和善地道：“那妹妹就安心伺候皇上吧，旁的不用担心，安胎的汤药他们会按时送来，韩才人那边本宫也会照应。”

“谢姐姐成全。”蕊仪擦了擦眼泪，还在榻前，不想起身送她们。直到二人离去，她才起身坐好。

沉睡中的李存勖只是微微皱了皱眉头，没有丝毫别的反应。蕊仪无可奈何地一笑，如今能在一起已是可贵。她让赵喜义取了李存勖平日最喜欢的书来，慢慢地翻着，隔三岔五地在他耳边柔声读上一段，看着他脸上细微的变化，一阵喜一阵忧，若是他能就此醒来该有多好。

“娘娘，一个叫鱼凤的说是娘娘从郓州带回来的贴身宫女，给娘娘带了封信。”赵喜义从袖中掏出用蜡封了的信笺放在榻边，放轻手脚退了出去。

展开信笺，一行行娟秀的字迹映入眼帘，应是鱼凤的笔迹，这回是更谨慎了。信上说李嗣源已在回洛阳的途中，还借了一支亲兵给李继岌。蕊仪心神大定，该来的总算要来了。

第十六章·乱局

过了三天，不，也许是四天——这几日天色混沌，连带着殿内也灰灰暗暗的，不留意天色，又时常忘了熄灯火，里面的人劳累了都分不清白天黑夜，也自然而然地分不清究竟到了哪一日。

昨儿夜里李存勖又发了一次热，折腾得蕊仪小半宿没睡，累得狠了想到外榻歪一会儿，但又放心不下他，索性让赵喜义搬了张贵妃椅到榻前，头一沾枕头就睡得不省人事了。

梦里不知谁在咳嗽，她上前去扶，那人咳了她一身血。待那人抬头时，她一看之下大惊失色，这不是之前梦里那个有两个女儿的男子吗？

一个晃神，她扶不住他，那人已倒在地上。奇怪的是，他竟含笑看着门口，那笑直到他咽气都一直挂在嘴角，她看不明白，只听周围阵阵哀号、惨叫之后，竟是一派森然的寂静，无论她怎么喊人，都没有回答。

梦中的脚步蹒跚而飘忽，却又好像实实在在地踩在青砖地上，脚步稍一挪动，地上便多了一个血脚印。她不知所措地向前走着，不知不觉中竟暗合了之前梦中的路。

绕过主屋仍是一路无人，进了后面的园子，前面是一座假山。是这儿了，没错，她曾梦见一个小女孩从这儿跑了进去。她上前想找出暗门却怎么也找不到，隐隐觉得身后有人，她猛然回头，却见那挡了一刀的老嬷嬷正在倒下。老嬷嬷伸直了手臂，一双眼睛含着血泪看着她，像是想要再推上一把。

她吓了一跳，想要大喊出声，就在喉间要发出声音的刹那，假山、老嬷嬷、身后的血脚印全都消失了，继而主屋、园子和整个府邸都渐渐淡去，只剩下一片虚无的惨白……

这边厢李存勖也并不平静，半夜里的高热似是让他清醒了一些，但辗转反侧间仍是不能醒转，反被身上厚重的明黄被子裹得甚是烦躁。

他仿佛又回到了魏州晋王府，那儿里外三圈都是人，有他父王老晋王的人，但更多的是他的。众人见了他纷纷让开，他昂首阔步走向大开的府门，门槛前躺着一个人，那人的头颅已和身子分了家，那是老晋王最信任的部将方毅。

他只淡淡地扫了一眼他的方伯伯，一步跨进了府门。里面原本的人已被拘到了偏院，直到被三步一隔的宫灯照得亮堂堂的，一直通向主屋。主屋的门大开着，正对着一张宽大的坐榻，雕龙栖凤，一派庄严华贵，上面坐着的人像是久病，一脸蜡黄，尽管体虚，他还是硬撑着坐直了身子，一双老目迸发出的怒焰远远赛过了那些绚烂的灯火。

老人看清了来人，苍老的手指用力指向他，身子像秋风里枝头的黄叶不停地颤抖，“孽子，孽子！我和你母妃造了什么孽，生出你这样的冤障！”

他看向自己的父亲，眼中伤痛刺骨，在对上那充满失望、痛心的老目时，陡然陷入决绝，仿佛要用那冷漠隔绝铺天盖地袭来的冷意，“父王，亚子到底做错了什么？”

不知是多少次的梦回，不知问了多少遍，他绝望地来到榻前，跪在了父亲面前。是自己比不上他？不，不可能，绝不可能！他不过是一个胡儿！

“人在做，天在看，孽子，你不会有好下场的！”老人声嘶力竭地喊道，一口鲜血劈头盖脸地喷出。

顿时，他的手上、目中一片迷离的血红，他伸出手想要扶住老人，却什么也碰触不到……

“父王！”多日憋在胸中的闷气喷涌而出，李存勖蓦然睁开了双眼，一眼触及的是熟悉的帐顶。他大口喘着气，想要平静下来。

“爹，爹！不要……”蕊仪梦中喃喃地念着，痛苦地皱紧了眉头，猛然听见身边的喊声，她悠悠地醒转，顺势一翻身，睁开眼时恰好与李存勖四目相对。

二人都是神色不定，眼中波澜翻滚，都是刚刚醒转，自是猜不到彼此究竟心在何处，尚以为仍在梦中。李存勖伸手轻碰了她一下，喉间干涸，张了嘴却只能发出一点“啊啊”的声音。

“皇上醒了？”蕊仪回过神，绽出一抹欣慰的笑，她撑着坐起身子，连忙去倒水。

扶他坐起来，水刚递到手上，赵喜义闻声推门而入，看见李存勖脸色虽不好，可已能坐起来，欣喜得竟哽咽起来：“陛下可算醒了！让奴才好盼，奴才这就请太医进来为陛下诊脉。”

“等等。”李存勖轻声吩咐，多年为王侯和驰骋沙场的直觉让他察觉了四周不同以往的气氛。他看看身旁披头散发的蕊仪，忽然想起她有身孕，一把拉过她在身边坐下，用被子轻轻地裹住她。

许是手上还使不上劲儿，弄了几次被子才堪堪地围住了。握住蕊仪想要推拒的手，他看了赵喜义一眼，状似不经意地问道：“怎么只有你们俩？你说说，昭仪有了身孕，怎么好让她一个人在这儿服侍着？”

“陛下，贵妃娘娘下了禁令，不让其他人来，除了几个近身的，都不许进内殿，就是在贞观殿里守着的侍卫，也不能踏出贞观殿一步。韩昭仪爱护陛下心切，是自己来的，这一来，也不让出去了。”赵喜义照实说了个大概。

李存勖一愣，这么说来他应是病得很重，只是蕊仪都在这儿了，梓娇为何不在？于情于理她都应该守在自己身边才对。

“朕得的究竟是什么病？几日了？”

赵喜义不敢作答，此话一旦出了口，必伤人甚重。蕊仪低着头，余光一扫，只觉赵喜义一张白净的脸都要皱成一块湿抹布了，只能自己开口。她掂量着语气，不能轻一分，也不敢重半分，“已经六七日了。”顿了顿，又为难地道，“皇上得的是伤寒，病势极重，阖宫上下都为皇上担着心呢。”

伤寒是能染上别人的，李存勖一阵感慨，一手不觉轻抚着蕊仪垂下的青丝，柔柔软软的，掌心生出些暖意。他尽量让声音柔了些，一点儿也不想让她觉得自己是在逼问什么，“你这双身子最不宜在此，怎么这么不小心？是梓娇让你来的吗？”

若这伤寒来得再凶猛一些，他就已经到了阎王殿，到时他留下的子嗣只有李茂和蕊仪腹中的孩子。李茂虽然年长，但生母梓娇的出身却万万比不得蕊仪，难保梓娇不会做别的打算。

“是臣妾自己要来的，其实姐姐每日都来看望陛下，只是姐姐主持六宫，又要照顾皇长子，难免不能侍奉榻前。”蕊仪微微一笑，眼角眉梢都透出一股温柔的意味，加上熬过了这些天，总算松了口气，锋芒收起了不少，多了些让人想要揽入怀中好生疼惜的感觉。

梓娇的事已运筹了些时日，那些痕迹不是想抹就能抹去的，根本用不着她多言，用不了多久，李存勖这样的聪明人一定会自己看明白的。

心里好受了不少，依梓娇那坐不住的性子，要想一直守着他也不靠谱，李存勖嘴角有了些笑意，但还是无法全然放心，他低声对赵喜义道：“先别把朕醒来的事传出去，你去弄点吃的，就说是给昭仪弄的。”

“奴才遵旨。”赵喜义如释重负，忙不迭地应了，笑看了他们一眼，掩门而去。

“方才听见你喊‘爹’，梦见韩大人了？”李存勖漫不经心地问。

她喊爹了吗？蕊仪回想着，她管韩元一直叫父亲，从来不用“爹”这个字。她尽力回想着梦里的事，可除了一堆交叠在一起的面孔，还有那熟悉而令人惊恐的血色，再也想不起更多。

她不好意思地看向他，一刹那，她的笑僵住了，梦中中年男子的脸忽然浮现在眼前，难道她口中的爹是那中年男子？她真是那两个女孩中的一个？她真正的家人都已经不在了？

“啊，是梦见臣妾的父亲了，听说他近来身子不好，臣妾又有几日没有见到兄长了，一直担着心。”蕊仪编了个借口，心不在焉地起身为他取日常穿的袍服。

李存勖眉心一紧，不解地看着她，“靖远不是也在贞观殿吗？叫他过来便是了。”

蕊仪很想把梓娇所谋丝毫不剩地说给他听，可是一来时候未到；二来若陡然间全告诉了他，怕他一时接受不了，恼怒起来。她假意找不到想要找的那一件，刻意翻找了几下，拖延不下去了才道：“捧圣军都在外院。那日若不是赵公公想了办法，连句话也带不进来。殿前这几日守得很严，那些人臣妾半个也不认识，自然无法通融。”

“他竟调开了朕的捧圣军！”一拳砸在榻上，李存勖敛住眸光。

“皇上，娘娘，不好了！”赵喜义推门一闪而入，回身赶忙把门关上，“郭大人要来上折子，申王也朝这儿来了！”

“存渥？朕没有旨意让他回来。”李存勖冷笑道，郭崇韬还不知道他已经醒了，目光移向紧闭着的殿门，他沉声道，“谁都别说话，朕倒要听听他要上什么折子！”

门外传来一阵整齐有素的脚步声，像是往殿侧分开了。殿内外一片寂静，只听见一道脚步声越来越近。郭崇韬步上玉阶，如入无人之境，在殿门前停下。

“臣郭崇韬有要事请奏。”郭崇韬朗声道，殿内外的人听得一清二楚，“皇上旧病不愈，臣请奏立皇长子为太子，皇上病重，由太子监国，臣与申王定与太子力保大唐社稷。”

郭崇韬此举等同兵变，要知道百足之虫死而不僵，他太心急了。蕊仪惊愕地望着殿门口，回头看向神色越来越凝重的李存勖。李存勖掀唇无声冷笑，手已不觉伸到褥子下握住剑柄。

“臣妾也有事请奏。”蕊仪起身跪在脚榻上，声音压得极低，“皇上病后久未清醒，臣妾担心宫中有变，传了话给护送臣妾回宫的少将军李继岌，若宫中有变，请他入宫护驾。”

未免旁生枝节，蕊仪没有提到李嗣源，毕竟他树大招风。而李继岌则不同，他势单力薄、地位低微，即使立下护驾的大功，也不过一顿封赏。她当初想到李继岌，除了抓住了他急于得到李存勖赏识的用心，也是想到了这一点。

“他现在何处？”此刻李存勖来不及思量谁带兵入宫更合适，听到李继岌这个名字，也暂时将他早已忽略了这个儿子多年抛之脑后。

“郭大人来得太过突然，他应该还在宫外。”蕊仪后悔着，是她慢了一步。

扶了她起来，李存勖下了床，让赵喜义为他更衣，“他手下也没几个人，不是郭崇韬的对手。”他看了看蕊仪，拿定了主意，“朕想让你去试试他。”

“皇上的意思是？”蕊仪为他系上玉带，她一出去便会深陷险境，可是留在这里也不见得可以安然无恙，倒不如争上一次，尤其因为宋可卿的事她和李存勖起了隔阂，这正是一个弥补的机会。

“他是个将才，朕想看看还留不留他。”低沉的声音极为冷静，李存勖冷笑着轻叹了一声。郭崇韬不能死，至少现在还不能，不然朝野中那些个新立战功的就该不安分了。

蕊仪点点头，起身往外行去，行到外间时被李存勖唤住。李存勖指指外间的角桌，示意她站在那儿即可。蕊仪向他微微一笑，恬淡而镇静。他是想着她的，那时在桃林中险些踏进凹地崴了脚，他也是这样唤住她的。

“郭大人，立嗣、监国都是大事，没有皇上的旨意，不可轻易决断。”蕊仪朗声质疑道，不觉声音有些颤抖。

门外传来衣料摩擦的声音，窸窸窣窣的一阵，郭崇韬站起身，义正词严地道：“皇长子李茂是皇上唯一的子嗣，天资聪颖，品行端方，理应立为太子。皇上病重，太子理应监国。”

“皇长子尚年幼，难道郭大人想让一个孩子监国？”蕊仪反问道，回头望着李存勖。让不到八岁的皇子监国，还不是他郭崇韬想坐在身后？

郭崇韬不屑地笑了笑，仿佛蕊仪是一介无知妇人，“皇上卧病在床，不省人事，若没有太子监国，难道要选哪一位王爷？再或是，昭仪娘娘寄望于腹中胎儿，想让未出世的皇嗣监国？昭仪娘娘既然入了贞观殿，不如修身养性，好生服侍皇上，旁的还是不要多想为好。”

“你……”蕊仪气结，不知想骂他糊涂还是昏了头好，让腹中胎儿监国，亏他说得出口。若是李继岌和李嗣源能及时赶到，这种莽撞的人就是秋后的蚂蚱，蹦跶不了几天。

非但没有偃旗息鼓，反而变本加厉，郭崇韬竟让人过来，欲破门而入，“臣看昭仪娘娘是在贞观殿待闷了，还请娘娘到别处安养，别再生出旁的不该有的念想。”

“郭贼休得无礼！”平地里一声大喝，李继岌已凭着一柄长剑闯进了内院，李嗣源借给他的那支亲兵还在长乐门缠斗，“这儿是皇上的寝殿，你私自撤换捧圣军，又在此矫诏逼宫，意欲何为？”

“是少将军啊。敢问少将军手执利刃在此又是意欲何为？据臣所知，皇上从不承认少将军是皇室中人，少将军未奉诏令入宫，才要问一句是何居心。”郭崇韬指着他，丝毫不将他放在眼里。正巧李存渥也到了，“少将军一直受申王辖制，是不是也该听听申王殿下如何说？”

殿内蕊仪已回到李存勖身边，听着李存渥也来了，不免一阵心惊，现在不是看谁占着理，而是谁占着势。

“不管是谁，今日都休想进殿！”李继岌冲到殿前，把剑一横，拦住二人。

“皇上这病也不是一天两天能大好的，朝堂上不能没人主持大局。不立太子，不设监国，几位大人想要襄助朝局也是名不正言不顺，久了难免惹人闲话。少将军先让开，大家都是为了大唐社稷着想，不可莽撞了。”李存渥摆出一副长辈的架势。

李继岌仍是半步不肯退让，挡在那儿动也不动，但面对李存渥，他实在不知该如何作答。蕊仪在里面越听越急，李存渥定是带了兵来的，而且李存渥还是李继岌的长辈，在魏州时又是他的统帅。

听李存渥的口气，他八成是打算把这些持仗都搬出来。这些个李家人真是奇怪，明明都不肯承认李继岌的身份，却又都想摆出一副长辈的样子。还有李存勖，每每一提到李继岌就黑了脸，现在知道他带兵入宫，反而又没什么表情了。

“这小子书读得不好。”李存勖低笑道，眼角一动，目光复杂。他想起周氏，想起那个军士，又想起蕊宁和梓娇，他有些迷糊了。这只身深入的勇气不是没有触动他，李继岌像他们李家的人。

何况即使他不是自己的儿子，凭着敢涉险救驾的忠心，只要不涉及储位也没什么关系，他的父王不是也收了好些个义子吗？

李存勖暗笑了一下，以前他还和蕊仪说过，自己不会收义子，眼下却动了这个念头。不过，不管李继岌究竟是不是他的亲生儿子，依眼下的局势看，都不重要了。

蕊仪诧异地看向他，这句话是认下李继岌了吗？若是，也算弥补了当年蕊宁造的孽。

“皇上和少将军之间也许有些误会，这么多年都过去了，皇上的心结是不是也该解开了？”

当年若是真认定了周氏私通，李继岌怕早已成了刀下亡魂，之所以一直好好地活到现在，也是因为没有实证。假使真的查实了，也是皇家不愿外传的丑事，李存勖也会脸上无光，他心底里也是不希望此事坐实的吧。

李存勖整好冠服，让蕊仪退到身后，自己向门口走去。大病初愈，此刻他还很是力不从心，只是勉力支撑，让外人看不出究竟。

“郭卿和皇弟好兴致，多日不见，一来就向朕禀奏此等大事。”李存勖笑道，声音虽不似从前响亮有力，却也是精神十足，门外的几人都为之一震。

郭崇韬愣在那儿，缓缓地回头看向窗纸后的人影，心里一慌，脚下一绊，刚好踩到石阶，连着向下退了几步。李存渥瞪大了眼睛看着慢慢打开的殿门，看见李存勖好好地站在那儿，脸上顿时僵得好像干裂的墙皮。

“当”的一声，长剑落地，李继岌这些年第一次见到他，陡然间多年的期盼都不知去了哪里，方才还握着剑的手一时不知该如何是好。他慌忙拾起剑，入了鞘，拜道：“臣李继岌拜见皇上，请皇上治臣擅闯禁宫之罪。”

李存勖看着他，这么多年了，第一次仔细打量这个儿子，试图在这棱角分明的脸上找出些什么。像，太像了！鼻子像他的父王，眼睛像他，他竟从没有发现，方才还存于心底的疑虑一点点地消逝，他暗暗叹了口气，也许是他亏欠了这个儿子太多。

郭崇韬打了个寒战，硬着头皮上前行了拜见之礼，“臣竟不知皇上大好了，是臣的疏忽。皇上可传了太医？”

“你的确不知，你是巴望着朕永远好不了吧？”李存勖冷笑着，没有叫平身。他看向另一边，李存渥也低着头跪下了，“还有你，你是巴不得朕龙驭归天了，好掌控年幼的皇子！继岌来洛阳是护送昭仪，你呢，可曾奉诏？”

“臣弟听闻皇兄龙体有恙，心急如焚，彻夜不眠赶来宫中探望，来不及请旨，还请皇兄恕罪。”李存渥硬挺着脊梁骨，殊不知他说出的这串话犹如蹦豆一般断断续续，不耐着性子听，险些连不成句。

“平身。”李存勖对着李存渥道。正当李存渥松了口气的时候，他又冷冷地命令道，“去，叫冯地虎和韩靖远进来。”

李存渥如盟大赦，赶忙出去喊人，许是想要表明心志，他每说一句话，声音就高上几分，像是刻意让人听清楚。捧圣军闻讯而入，李继岌带来的人也已进了贞观殿，两帮人马分列两边，看得出都是军纪严明。

“臣护驾来迟，请皇上恕罪。”冯地虎和韩靖远齐道，二人互看了一眼，有错同罚，这一回他们来迟了，平日再不和，此时也不得不站在一起。韩靖远看见门槛处立着的蕊仪，微微欣慰。

“皇上，臣妾和茂儿护驾来迟，请皇上恕罪。”梓娇一手拽着宫裙下摆，一手拉着李茂匆匆而来。她拜于玉阶上，抬头看向李存勖，目光焦急，“皇上可大好了？大好了就好，要不臣妾可要急死了。”说罢抹着眼泪，放声大哭。

梓娇哭得情真意切，吓得李茂也抹起了眼泪。李存勖皱了皱眉，不满儿子这副样子，“朕好好的，有什么好哭的！”

“皇上龙体无恙，臣妾就安心了。”梓娇安抚住了李茂，又望向蕊仪，“妹妹侍疾，劳苦功高，我……”

“住口！”李存勖不满地看了她一眼，又看向郭崇韬和李存渥，“想必朕的病把郭卿忙坏了，朕这就准郭卿回府中休养，宫中无事，郭卿可以安心养着，朕有诏旨再进宫不迟。还有你，去行辕好好待着，闭门思过！”

这句“闭门思过”是对着李存渥说的，可又何尝不是对着郭崇韬？郭崇韬听了，脚上像灌了铅，想退又不敢退，也觉得不能退。这一回府，说不定就得被拎到大狱里。他待在那儿，心知进是难了，只能琢磨着如何退才能消了眼前的危机。

龙纹广袖下的大掌慢慢收紧，精光在目中聚集，李存勖给冯、韩二人使了个眼色，捧圣军已按剑待命。申王已慢慢向后退去，郭崇韬却仍是纹丝未动。蕊仪也察觉了此时的危急，手上不觉用力扣住了门框。捧圣军这些人尽管忠心善战，可不知郭崇韬这局棋到底布了多少人，会不会寡不敌众？

梓娇肩上抖了一抖，目光想看向郭崇韬，却又不敢，暗暗拉着李茂往边上蹭了蹭。她怕李存勖万一就此一病不起，她没有娘家可以依仗，就此落入别人股掌之间，她才和这些人勾连。她当时没有多想，更不会想到她这么做等同盼着李存勖早死。她不该如此的，她怎么就犯了糊涂了？她真恨不得一头撞在柱上。

“昭仪娘娘。”远处有人唤了一声，声音清透，众人不由得看过去，只见一个青衣宫女快步行来。来人正是鱼凤，她向李存勖拜了拜，有些惊讶，但尚未忘了礼数地道：“看见皇上龙体痊愈，大将军就安心了。奴婢一路快马而来，一是代大将军看望皇上；二是夫人得了些安胎补气的药材，给昭仪娘娘送来。”

“嗯。”李存勖看看蕊仪，大概明白了，心头的石头放下了些，可蕊仪方才没对他说也给李嗣源传了话，让他有些不舒服，“不知大将军行到何处了？何日进洛阳城？”

说话时特意拔高了声音，这是问给所有人听的。鱼凤哪里不明白？说话时自然气清声朗，让里里外外的人都听得清楚，“大将军后日到洛阳，不过大将军的先军已到洛阳城外二十里。”

一阵大笑溢出，李存勖笑看向冯、韩二人，“朕后日要在洛阳城外亲迎大哥，你们要好生准备，不可怠慢了。”转而又看向郭崇韬，“郭卿还不回府？要不要让韩卿送上一程？”

“臣……不敢劳动韩大人。”郭崇韬干巴巴地应着，终于退了出去。

冯地虎狠狠地瞪了郭崇韬一眼，又诧异地看了看韩靖远，不明白李存勖一向器重自己，为何不将如此重任交给自己。梓娇听了越发不安，将韩靖远委以重任，应是已对蕊仪及韩家予以重望了吧？她悄悄望了望李存勖，下意识地搂紧了李茂，怕他治她一个谋逆之罪。

蕊仪笑了笑，倒是没把这话放在心上。李存勖这么说只是因为听见了郭崇韬威胁她的话，再用韩靖远警告他罢了。李存勖是不会仅仅因为她一直陪在他身边就更看重韩家的，因为此时此刻，任何在他身边的人都可能别有用心或另有所图。

梓娇会为茂儿勾连外臣，焉知她韩蕊仪不会想依仗韩家之势造出些浪头？她舍了命陪在他身边，到头来却还要受他猜忌，听起来很让人心寒，可她丝毫没想要怪他。坐在龙椅上的人，面临此等众叛亲离的局面，疑心也是必然。

“皇上，贵妃姐姐还在那儿跪着呢。”蕊仪跨出门槛，轻声道，“陛下这个样子会吓着皇长子和姐姐的。”

李存勖叹了一声，看向他们也没什么好脸色，“吓着他们？他们的主意大着呢。说，你是不是想着，朕龙驭归天了，你就可以做太后了？”

此时捧圣军已退到了外院，里面除了鱼凤、赵喜义，就是他们五人。都是自家人，李存勖不必再摆出息事宁人的样子，道：“说，你跟郭崇韬和存渥，有没有勾结？他们来逼宫，是不是你的意思？”

“皇上，臣妾没有，臣妾真的没有！他们说要拥立茂儿，也是因为他是皇上唯一的皇子，不是臣妾教的。”梓娇花容失色，猛地看向蕊仪，“是不是你对皇上说了什么？你觉着我碍了你的路，一定是你诬赖我和茂儿的！”

李存勖一声冷笑，来到她面前，“她没有诬赖你，反而为你说了好话。你统领六宫的确辛苦了，不过，朕倒是想问问，你是怎么知道他们要拥立茂儿，而不是自立为王，或是拥立朕的兄弟？”

“臣妾猜的，是猜的。父子王朝家天下，臣妾就是顺着这个理猜的。”梓娇手脚哆嗦起来，她身居内宫，的确不该知道这些事，一着急就说漏了嘴，真是搬起石头砸了自己的脚，“皇上明察，这都是那些逆臣自己的主意。茂儿是皇上唯一的皇子，他们一有主意，就想着利用茂儿。茂儿这么小，知道什么，臣妾一介无知妇人，又知道什么！”

“你是说茂儿是朕唯一的皇嗣，所以总被人利用？”李存勖轻问。

“是啊，他们一直都在利用茂儿。”梓娇回身拉李茂跪下，流着眼泪道，“茂儿，快告诉父皇，你什么都不知道，你一直盼着父皇寿与天齐。”

李茂委屈得小脸都皱了起来，害怕地道：“父皇，茂儿不懂事，惹父皇生气了，父皇别怪母妃，不关母妃的事。”

“哭什么哭，我怎么有你这么个软蛋！过几天就让你大伯把你带到军中去，刀剑劈上，沙子扬上，看你还哭！”李存勖怒目骂道。茂儿是被梓娇带偏了，没学到他半点，倒学足了那些贵胄公子的坏毛病。

“皇上别吓坏了皇长子。”蕊仪上前劝道，让李存勖对他们有了戒心就成了，事情做得太过了，事后后悔了，说她在推波助澜就前功尽弃了，“姐姐一向真性情，做不来这些虚与委蛇的事。”

她的真性情只会被绕到别人套里，只会做出些无法挽回的事。李存勖心里最怕的不是梓娇勾连外臣把茂儿推上龙椅，而是怕有些人用他们做幌子，到时两杯毒酒，坐上皇位的会是另有其人！

李存勖丝毫没理会蕊仪的话，怕动了气，不小心伤了她，反命鱼凤把她扶到一旁。他看向梓娇，冷冷一笑，道：“朕现在就告诉你，茂儿以后再也不是朕唯一的子嗣了，也不再是皇长子了，你日后是不是就不必担心了？”

“皇上，茂儿怎么不是皇长子了？”梓娇惊愕地看着他，目光又落在蕊仪身上，“就算妹妹再诞下皇子，茂儿也还是皇长子啊！”

蕊仪愣了一下，看了李继岌一眼，已然明了。没想到事情会这么顺利，果然是形势所迫，要是没有这场伤寒，没有这次逼宫，不知要用多久李存勖才会接纳他。这一闹倒是成全了李继岌，许是他多年的企盼感动了上苍，让他少受了不少苦。

李继岌尚不自知，打从他看见梓娇就像变了一个人，默默地站在一边，一句话也没说。他能面对蕊仪，因为他不是蕊宁，不是害了他和他母亲的人。可是梓娇不同，当年如何对待他的母亲，他记得一清二楚。

“朕还有一个皇子，你不会不记得。继岌，过来见过你刘母妃。”李存勖看向李继岌，向他点点头，目光充满着肯定。面对如此软弱的李茂，他不免对李继岌又高看了些。

李继岌看着他，这一天他不知盼了多久，如今近在咫尺，却又近乡情怯。他看向梓娇，这个他又要叫一声母妃的人，他不想叫这一声，可若不叫，他又如何能为他的母亲讨回公道？

“拜见刘母妃。”李继岌上前施了一礼，又退了回去。

许是觉着他知进退，李存勖嘴角露出一丝满意的笑，“等大哥回来，就给茂儿按辈分起名，再和继岌一起封王。”

没想到这么容易就得到封王的许诺，蕊仪看了眼跌坐在地的梓娇，以后二王互相掣肘，梓娇的威风定是大不如前。只是不知这后宫之中，李存勖会更偏向谁，或者说他更信任谁。

李存勖不管对一个人有多用心，也不会忘了掂量一下这个人和手中权柄的分量。蕊仪暗暗摇头，她对这样的人动了心，就注定了一生的纠缠，不知要付出多少心血。可是若非如此，岂不是太平常了？

“茂儿封了王之后，要么去军中历练，要么到宫外开府，这几日你还有什么要嘱咐的，就再跟他说说吧。”李存勖来到蕊仪身边，一手握住她的柔荑，向身后吩咐道，“赵喜义，带贵妃娘娘和二皇子回宫。”

转眼间皇长子已成了二皇子，明眼人都知道风势转向了哪边，赵喜义不再畏首畏尾，笑了笑道：“娘娘请，二皇子请。”

“皇上，茂儿是皇上的儿子，臣妾为茂儿想没有错，可是苍天可见，臣妾绝没有悖逆之心！”梓娇哭喊着跪着向前挪了几步，被赵喜义拦住了。

李存勖看了她一眼，转身和蕊仪往殿内走，“在里面憋了几天，一会儿得让太医瞧瞧，别染上了。”

“怎么会呢？有皇上龙气庇佑，臣妾一身清爽，一定不会有事的。”蕊仪笑道，跟李存勖一样像是都没听到梓娇说的话。殿门悠悠地合上了。其实有时候既然知道大局已定，就无须多言了。假如还有什么非说不可的，那还是等着东风再起的时候吧。

秋末的寒风中夹杂着淡淡的水汽，零星的雪花似有似无地飘落在官道两旁久候的人群中。这是这一年的第一场雪，还没入冬，不是很冷，倒平添了些意趣。远处传来一阵马蹄声和开道的铜锣声，众人翘首以盼，等待着大将军李嗣源凯旋。

远远地望见旌旗上龙飞凤舞的“李”字，城门上，李存勖低声对赵喜义说了什么，赵喜义朗声报道："大将军凯旋，圣上亲迎，百官随行！"

李存勖率先下了城门，身后跟着敏舒和蕊仪，之后是李继岌和李茂及几位重臣。几人穿过城下候着的大小官员，在城门口站定了。李存勖一身明黄的龙袍，敏舒、蕊仪也按品阶穿着宫装，远远看去像从画中行出一般。

李茂战战兢兢地看了眼他的父皇，又看向这位兄长，有些讨好地道："皇兄见过大伯吗？"

"见过。"李继岌尴尬地轻咳了两声，应付了过去，他实在不知该跟他说什么。

李存勖听见了，回过头瞪了李茂一眼，"一会儿见了你大伯，好好磕个头，以后跟在他身边历练。"

李茂哆嗦着往后一缩，害怕地答应了。蕊仪见状，朝他笑了笑，伸手想帮他整整袖口，"来，让韩母妃看看。"

又是一缩，蕊仪的手停在半空中，李存勖看了越发恨铁不成钢，索性不再理会他，往身后望了望，问蕊仪："怎么不见蕊瑶？"

"之前贵妃姐姐下了禁令，让她在丽春台休养。这几天贵妃姐姐也病了，禁令也就没有撤。"蕊仪浅笑着，话中带了点醋味，"皇上见不着妹妹就跟失了魂儿似的，臣妾都不知该怎么办了。"

"你啊。"李存勖笑了笑，大庭广众之下，也有些不好意思。

梓娇笑看着他们打情骂俏，蕊仪有孕必定加封，将来的位分必定在她之上。她往旁边靠了靠，给他们多挪出些地方。

李嗣源一人一马当先，在离城门百步的地方下了马。百姓们早已听说了他攻破汴梁，此时夹道欢呼，一时呼声震天。他虎步行来，捧还御赐宝剑，赵喜义接了。

李嗣源转身向李存勖行礼谢恩："托皇上洪福，臣幸不辱命。"又转身接过一只描金檀木盒，恭敬地奉上，"臣在梁宫的一口枯井里找到了梁国玉玺，献与皇上。"

"大将军请起，朕心甚慰。大将军和众将士一路辛苦，朕定论功行赏。"李存勖亲自扶他起身，握住他的手，朗声对道旁众臣道，"朕有天下，由公之血战，当与公共立！"

李嗣源明显愣了一下，这番话在汴梁时李存勖已当众说过一回，当时他就吓了一跳，没想到这回又在洛阳当众讲起。他诚惶诚恐地躬身道："这都是为人臣子的职责，臣不敢居功，皇上不要折杀了臣。"

"大将军不必过谦。"李存勖扶住他，笑道，"虽说自古出将入相，但朕还想让大将军掌兵，就兼封大将军为中书令吧。"

一句兼封让朝臣们脸色各异，没有收回兵权，还封了高位，这无异于登天的荣宠。可是没有封为太尉，又多少可惜了。

"谢皇上恩典。"李嗣源叩首谢恩，起身时又被李存勖握住了手，二人携手入城。众人簇拥着，面对这奇功伟业和突如其来的恩赏，纵使心思各异，面上也是一团喜气。那些平日跟李嗣源走得近的此刻正是春风得意，笑着颔首，受了那些恭贺。

皇上迎接的是功臣，皇妃要迎的自然是将军夫人。敏舒和蕊仪见平都下了马车，笑着迎了上去。敏舒热络地拉着平都的手，一阵嘘寒问暖。她原跟平都并不熟络，可几个月没见，又想打听些汴梁的新鲜事，一下子倒问了不少话，难得的是还丝毫不显生硬。

蕊仪跟平都一别不过月余，不过在去郓城之前，平都曾威胁过她，后来又发生了太多的事，她们一直没能有所交集，此刻见了平都，心里有些忐忑，不知平都还会不会折腾出些幺蛾子来，但一想自己已然回了宫，她再想做什么事来威胁自己，也不大可能了。

"夫人随大将军征战，真是巾帼不让须眉，让我们这些宫中妇人好生佩服。夫人什么时候跟我们讲讲，这战场上究竟是什么样？"敏舒笑问道。

"我一直在魏州等着大将军，并没上过战场。"平都笑了笑，让她碰了个软钉子。

"夫人累了，该多休息，姐姐就别拿这些话烦夫人了。"蕊仪摇了摇头，暗示敏舒不必急于一时。平都在宫里人缘不错，这些日子定是经常走动，不如等她打开话匣子的时候再问，也能给众人增添些茶余饭后的谈资。

其实敏舒问得太过刻意了，随便打听几句就能知道。平都即使随军，也只是出入大帐，是不会跟宋可卿一样驰骋沙场的。

一路上她们没说什么，只是朝两旁的百姓颔首示意，还和出迎的命妇们寒暄了几句。临到了宫门口，平都忽然问道："贵妃娘娘和韩才人呢？"

平都对梓娇一向不怎么上心，蕊仪觉着她是客套，可又觉着隐隐有些别有用心的意味，遂又一个软钉子抛了过去：“不巧，她们都病着呢。不如我帮夫人传个话，等她们好了再邀夫人茶叙。”

“那你可得小心了。”平都淡淡地一笑，看看她的腹部，还没有鼓起来，“小心过了病气，你腹中这个小的可经不起折腾。”

“多谢夫人关心，不过，夫人与其把心思放在我身上，还不如想想大将军。大将军刚刚才封了中书令，还能继续掌兵，夫人惜福才是。”蕊仪一语双关地道。

李存勖为李嗣源夫妇和几个功臣在洛阳赐了府邸，一行人进宫谢了恩，便各自回了府。蕊仪位分虽在敏舒之下，可敏舒如今事事以她为先，所以她行事已俨然有了后宫之主的味道，当下就招来几个管事的宫人，一通井井有条的吩咐，让几人到中书令府上效命。

赵喜义听了笑道：“娘娘可比贵妃晓事多了，要是贵妃，一准儿得弄出小半个后宫的宫婢才能把事办成。”

蕊仪笑了笑，挖苦道：“就怕公公在贵妃姐姐面前，也是这么说本宫的。”她丝毫没有生气的样子，倒是弄得赵喜义缩手缩脚的，“本宫有个不情之请，不知公公可否帮这个忙？”

“娘娘客气了，什么都还不是一句话的事？”赵喜义笑应着。

“那天贵妃到贞观殿来，本宫好像有些失态，本宫怕此事传出去吓着皇上，所以想请公公遮掩一二。”蕊仪小声道。

赵喜义心领神会：“那天奴才刚好去取汤药了，什么都没看见。”他笑了笑，拿眼角瞅瞅她，暗示道，“娘娘也劳累一天了，早些回丽春台吧。皇上让太医给韩才人诊脉去了，这时候也该出来了。”

“谢公公提点。”蕊仪轻声道，一提到蕊瑶，额角就有些紧绷。

“有事只管推到冯立仁和郭崇韬那两个老东西身上，娘娘不必心疼他们。”赵喜义嘴角一勾，白净的脸庞上带了些阴狠的笑。

心头忽然一阵恶寒，蕊仪微微颔首，不想再留，带着满月回去了。她知道赵喜义不喜郭崇韬，却不知冯立仁如何得罪了他。那笑仅仅发生在一瞬间，可太过阴狠，她以后对赵喜义要小心些，这样的人，又是天子内臣，万万得罪不得，何况她利用梓娇和冯立仁的事竟被他轻而易举地洞悉到，这让她不大舒服，仿若荆棘在背。

到了丽春台，鱼凤正倚门而望，还迎过来跟满月一左一右地跟在身后。蕊仪诧异地问她："魏将军择日即将封赏，你怎么不去他那儿，还留在这儿做什么？"

"奴婢要跟在娘娘身边，不回去了。"鱼凤回避道，半点儿不提自家兄长。

"在宫里不过是个宫婢，最好也不过封个女官，就是封了妃做了娘娘，也过得不顺心，还不如回去做个闲适的名门闺秀，以后找个好婆家，有什么抱负，等到了夫家再施展不迟。"自敏舒一事后，蕊仪对她颇为欣赏，只是一直忌惮她是嗣源送进来的人，才冷淡相待。那时还想着若她不是授命于嗣源，倒是可以为她所用。

可是如今她和嗣源的误会解开了，忽然不想让她留在宫里了，这么好的一朵花，不该在深宫内院里枯萎了，外面海阔天空，才是她能施展的地方。

"娘娘就不必劝了，奴婢是吃了秤砣铁了心，一定要留在宫里了。要是娘娘看着不顺眼，不如还让奴婢去洗衣裳、做女红。"鱼凤厚着脸皮耍了一次赖，知道蕊仪不会这么对她，自己也被自己逗笑了。

蕊仪点点头，想了个折中的法子："那以后就像满月、萱娘一样跟着我吧，不过要是日后后悔了，一定要告诉我，千万别不好意思开口。"

满月对鱼凤总有些望而生畏的感觉，客气着跟她说了几句话，就主动请命道："娘娘几日没有见到韩才人了，奴婢先去看看，要是方便说话，不如和娘娘一起用午膳？"

晚间宫里要为立了功的将士庆功，蕊瑶的禁令既然解了，想必是要列席的，有些话是得事先说了。蕊仪朝她点点头，又看看鱼凤，微微一笑。这丫头身边就得放个精明点儿的，哪怕这个精明的什么都不做，也能督促着她动些头脑。

满月一溜小跑进去寻蕊瑶，蕊仪进门行了还不到小半进宫院，就见她跑了出来。这急匆匆的一来一回之后，自然没有好面色，如今尤其不好，她白着一张脸道："娘娘，韩才人在娘娘屋里哭呢。"

第十七章·固宠

丽春台的正殿由一条廊子接连着蕊仪的寝殿，蕊瑶坐在里间的坐榻上，眼眶红红的，微微昂着下颚，望着蕊仪，眼中有些傲气，有些委屈，还有几分怨怼。她起身挪到一边坐下，语带哭腔道："你急着让我去侍疾，是不是料准了我一出来，就得被拘起来？"

接过洗好的手巾，亲手为她沾了沾眼角，蕊仪在她身边坐下，轻握住她的手道："我不也被拘在贞观殿了吗？那天你要是像我一样撑住了，不也留在那儿了吗？倒怪起我来了，我可是把大好的机会都给了你，要不是你自己出来了，我也不会去。"她低下头，看着自己的腹部微微一笑，"这时候什么都比不上肚子里的这个重要。"

"是我小心眼儿了。"蕊瑶迟疑着应道，心里并不十分相信。

"陛下醒来，总得看见一个咱们韩家的人。让你去，也是想着你位分低，得了机会能像我一样位列九嫔。唉，你这性子得改改。都说你对陛下一片痴心，可到了真正用得着你的时候，几句话就吓回去了，太不成样子。"蕊仪这番话既是让她相信自己，也是真心实意地给她提个醒。

蕊瑶脸上一红，越想越羞，一面觉得不该对蕊仪发脾气，一面暗嘱自己日后不能再冲动行事。回想着以前的种种，她想了想才知道如何开口："姐姐，从前觉着咱们三姐妹不可能都嫁给皇上，看你嫁了，就觉着你挡了我的路，所以跟你说句话都憋着口气，把往日的情谊都忘了。如今我想明白了，这宫里头还是咱们姐俩最好，我以后再也不会动不动就跟姐姐置气了，姐姐可否原谅我？”

吃一次亏，受了教训就好，也算是暂时降住了她，蕊仪颔首，蕊瑶难得的懂事让她有些欣慰：“姐妹间说这些做什么，以后咱们能彼此相信，互相扶持就好。咱们俩闹了别扭，倒是给了别人机会。”

蕊瑶点点头，没好气地道：“姐姐不知道，那天刘贵妃让人把我弄出去的时候说，让我进来的人是让我送死。后来姐姐进了贞观殿，又是她让人告诉我的，她这是存心不想咱们姐妹好，怕咱们联起手来对付她。”

让蕊瑶去侍疾的确很是冒险，当时也并不知李存勖的病究竟能不能染上别人，蕊仪不免有愧。她可以冒这个险，却不应让不知情的蕊瑶去。因为她去了是赌一回老天能否见怜，不去也可能一尸两命，而蕊瑶就是不去，将来宫中有变，凭着韩家的势力即使留不住荣华富贵，也能留住性命。

“不如咱们姐俩作个约定。”蕊仪淡淡地一笑，之所以要国有国法，家有家规，就是因为有些事纠缠太深，事后说不清道不明，凡事先说好了，也能有个章程。

她不怕争宠，因为那取决于李存勖；她不怕争后位，因为要不是为了韩氏一族，她压根儿不在乎这个位子，执掌后宫的皇后和掌握着韩家产业比起来，她宁愿要后者。她怕的一直都是姐妹相争，用冷箭利刃所伤的是自己相伴长大的姐妹，那要比一刀刺向自己还要痛。

蕊瑶有些警觉地看着她道：“只要是为了咱们韩家好，为了咱俩好，姐姐尽管说。”

“宫中诡谲多变，孰真孰假有时的确难以分辨，就是姐妹，受了挑拨又起了嫌隙的也不少，想必妹妹也知道汉朝飞燕、合德之事。”蕊仪感慨地笑了笑，看着她的眼，“我只是想，日后无论咱们哪一个听了彼此的闲话，都来问过彼此，都能坦诚相待。”

“好，都听姐姐的。”尽管并不相信她们能够一直坦诚下去，蕊瑶还是点了头，“总觉着姐姐凡事都闷在心里，到时说的一定比我少，姐姐可不能藏私啊。”

看似是玩笑话，实则并不全然是，蕊仪笑道：“我自然也有要改的，妹妹以后只管提点我。”

“妹妹也有话想跟姐姐说，也算是个约定。”蕊瑶轻叹了一声，神情认真，“日后无论谁有机会登上后位，另一个都得鼎力相助。等登上后位之后，都得照顾另一个和她的子嗣。”

蕊瑶的争雄之心还是这样重，不过她说的道理一点儿也没错，宫中求存，本就该如此。蕊仪不禁想起了蕊宁，她应承时多了几分怅然：“这也是对的，不过我只盼着你能做了皇后。”

“姐姐愿意让我做皇后？”蕊瑶疑道，哪个女人不想做皇后？这分明是在骗她。

“这也是大姐的希望。”蕊仪笑而不语，故意取了一旁的花撑子，装作看上面的花样子。

蕊瑶知道蕊仪对蕊宁一向尊重，又想起蕊宁临终对自己说的话，寻思着大概蕊宁也对她说了，疑虑略减。她见花样子是一个胖娃娃，不由得笑道：“等姐姐诞下了小皇子，就不会这么说了。”

“也许是位小公主，皇上没有女儿呢。”蕊仪含羞而笑，要是能平平静静地生活，做不做皇后，有没有皇子，并不重要。可是若没有皇子，若做不了皇后，在这宫中又怎能有安宁的日子？怕是这两样都占全了，也未必有。

其实，虽然有蕊宁的遗言在前，她也未全然放弃坐上后位的念想，之所以如此说，一来是为了安蕊瑶的心，免得她生出别的事端；二来，她的承诺哪有一斤一两的重量，一切都还是未知。假如是梓娇、敏舒或是别人做了皇后，到时她宁愿助蕊瑶一臂之力。

“说不定我这一胎是位小公主，妹妹过些日子怀上一个，就是小皇子了。”蕊仪巧笑道。很多事都会与所盼背道而驰，她如今一心盼着儿子，来的可能就是女儿了。

蕊瑶羞赧地一笑，低着头看看自己平坦的小腹，道：“承姐姐贵言了，咱们姐俩谁有了孩子还不是一样？”

两姐妹用了午膳，一起到床上躺了。蕊仪随口问了问蕊瑶自郓城到洛阳的事，知道她颇得李存勖喜欢，竟是夜夜同寝，心里复杂辗转难耐。而蕊瑶话一出口，也觉得这样有些炫耀，便闭口不言。

这日蕊仪为了迎李嗣源起了个大早，蕊瑶闹了小半天也累了，二人不觉中眯了长长的一觉。外面的人也不敢进来叫她们，由着她们睡，直到晚宴要开了才有人进来。

“二位娘娘，衣裳和头面都备好了。”满月乖巧地道，眼角满是喜色。

蕊仪抬头时刚好看见，猜测道：“外面又发生什么事了？”

满月看看她们，呵呵一笑，比吃了蜜还甜地道：“奴婢听说过年的时候，皇上要给各位娘娘加封呢。”

“还有几个月呢。”蕊瑶嘟着嘴，忽然闷闷不乐的，她如今只是才人，只能跟赵瑜茵她们一样跟别人住在一起。

“妹妹伴驾有功，皇上定会另行封赏。”蕊仪笑道，轻拍了拍她的手背，这事倒是可以帮她求上一求。说来韩家的千金只封了才人，也太寒碜了。

“还有一事。”满月乐开了花，往门外看了看，“萱娘回来了，没受什么苦，只是消瘦了些。”

回来了？蕊仪惊讶地睁大了眼睛，她还想找一位新立战功的将士求娶萱娘呢，没想到这么容易就被放回来了。

“是贵妃发的话，还是皇上？”

“是皇上。”满月干脆地道。

蕊瑶冷哼了一声：“你指望着刘梓娇，还不如指望过了世的老王妃呢。”

无奈地摇摇头，蕊仪所想的不是这些，她想的是，李存勖放了萱娘，那郓城放走宋可卿的一幕是不是就此揭过了？她微微一笑，心里亮堂了些。

二人重新净面上了胭脂，又宫装丽服、袅袅娜娜地往弘徽殿行去。经过水天桥时只见桥那边有一双人影，握着手一路背对着她们，也是往弘徽殿去的。

“是大将军和夫人。”蕊瑶轻轻拉住蕊仪。那次她拿这二人刺蕊仪，弄得蕊仪好一阵难受，心里自然有了内疚，此时再见他们，便怕再勾起蕊仪的伤心事。

蕊仪笑了笑，不觉有些苦涩地道：“都过去了，以后大家各走各的路，相安无事，各自惜福吧。”

“造化弄人，当初若不是大将军受了伤，在他身边的就应是你了。”蕊瑶叹了一声，举步向前，袖摆被她轻轻一拽。

“这些话不能再说了。”蕊仪眼波流霜，让人为之一颤。

“嗯。”蕊瑶敛了笑，郑重地颔首。

携手入席，蕊瑶的位子在赵瑜茵旁边。蕊仪问她要不要和自己一同坐，不料蕊瑶摇了摇头，爽快地坐到了安排的位子上，还朝赵瑜茵和蓝坠儿笑着点了点头。

宴上宾主尽欢，李存勖朝向他敬酒的李嗣源举起金玉玦，笑道：“朕再敬大哥，若没有大哥，朕的江山便缺了那一角。”

阶下都是此次随军的将领，都知道虽然最终攻入汴梁的是李嗣源，但奇袭之计却出自李存勖。大家听了面色各异，但都附和着向李嗣源敬酒。夜色中灯火阑珊，李存勖望着这一派祥和景象，想到父亲留下的三支箭，胸中溢出一阵大笑，听者只觉无限豪情、气壮山河。

“父王，你错了，我才是这天下的主人，他不过是我手中的棋子、摆设，过去是，现在是，将来也一定是！”李存勖回视着他，心中有个声音越来越大，“李嗣源，你永远只是父王的义子，我才是他的亲生儿子，最像他的儿子！”

一个月后。

早朝刚毕，李存勖就到了丽春台。蕊仪在正殿接了驾，刚想问要不要让蕊瑶也过来，就被李存勖搂入怀中。闻着淡淡的发香，李存勖在她耳根印上一吻，顺着她白瓷般的玉颈一路吻下去，食指轻挑，微微探入她的外裳。

“别闹。”蕊仪笑着推了他一下，侧身倚在他怀里，“还不到三个月，太医说要养着。”

李存勖无奈地轻叹了一声，握住她的手往里间的坐榻上坐了，让她靠在怀里，轻抚着她有了些许变化的肚子，道：“丽春台小了些，不如迁到别处。朕看过，琼华殿的偏殿很大，搬到那儿去，朕的小皇子能住得宽敞些。”

“琼华殿？臣妾哪有那福气，还是留给其他姐妹吧。”蕊仪推辞道。丽春台虽小，可这儿有桃林，琼华殿再大，有她和他的桃林吗？

李存勖想了想，笑道：“明日朕就晋封你为淑妃，这回有福气了吗？”

蕊仪呆了呆，不是说要等到过年吗？她早就知道自己要加封，不是德妃就是淑妃，所以乍听被封为淑妃也并不惊讶，只是觉得这个时候有些奇怪。她脸一红，想起身谢恩，被他轻轻按住。

“臣妾谢皇上恩典，臣妾不知还能用什么来报答皇上。”她微微一笑，促狭地看着他，“皇上既要加封臣妾，那不知其他姐妹可有这福分？”

“你是想为蕊瑶说话？”李存勖一语道破。蕊瑶的娇憨爽直为他所喜，蕊瑶和蕊仪一样，也都是韩府的嫡女，封为才人是委屈了。但他在行军途中纳了她也的确莽撞了，若不是着了别人的道，他也不会如此。

这当中轻重她如何不知？当初她拦着蕊瑶，也是怕有这一天。蕊仪叹了一声，面上有些哀伤，嘴角一垂，道："臣妾知道皇上为难，可她是臣妾的妹妹。"

"朕知道。"李存勖笑了笑，在她嘴角上按了按，又向上抚了抚，"不如先给她选了宫，你说，选哪儿好？是和你挨着，还是有别的更好的地方？"

"皇上，"蕊仪摇摇头，硬挣着往旁边坐了些，侧身对着他，"所谓姐妹一体，人们提到臣妾就想到她，提到她又想到臣妾。蕊瑶迟迟不能加封，宫里人难免说三道四。其实臣妾在乎的并不是妹妹的位分，相信妹妹对皇上一片真心，也不在乎这些。可皇上若此时加封了妹妹，不就把郓州的事都揭过去了吗？"

李存勖一直没有放开她的手，此刻正玩味地抚弄着。这么做也许能把事情揭过去，但也许又提醒了一些人。他登基不久，容不得太多的闲言闲语。

"要不，皇上就看在臣妾腹中的孩子分儿上？"蕊仪目光柔柔的，像在撒娇，被他握着的手轻轻摇了摇。

难得撇下皇妃端端正正的样子，李存勖被她摇得心痒痒，嘴上也软了："好，朕不会委屈了你的妹妹，明日就和你一同加封。"

欢喜地笑了笑，和她一同加封，不会吃亏，这回蕊瑶不会再埋怨她了，蕊仪顺着杆儿往上爬："不如把琼华殿赐给妹妹，妹妹喜欢弄些小玩意儿，地方大些，皇上以后的乐子也多些。"

"朕的淑妃不是该让朕专心朝政吗？"李存勖大笑道，没有作答，又要搂他入怀。

蕊仪轻轻一推，道："皇上，这是白天。"又觉得这话说重了，不好惹他不快，"还是去蕊瑶那儿吧。"

"醒得太早，就是想跟你歪一会儿，翻几页书。"李存勖闭口不提蕊瑶，这几日也没见她一面，不想听她一开口就委屈着说位分的事。

眸子灵动地一转，蕊仪笑道："那就去贤妃姐姐那儿吧，那儿书多，姐姐又博学多才。她要是给皇上讲个故事，再弹上一曲，岂不是趣味无穷？"

"你是第一个把朕往外推的。"李存勖无奈地笑道，被她推着出了门，却远远看见蕊瑶，脚下一转，绕到一边，从桃林中穿了过去。

蕊瑶边走边玩着手里新得的玉玲珑，一个白玉雕花圆球内套了九层小球，有绿玉、红玉、紫玉，各色都有，绝顶玲珑精巧，忽地眼波中一抹明黄的光一闪而过，抬头时已不见了踪影，便匆忙来到内殿，见蕊仪又在绣花。

“皇上呢？”

“刚走，去贤妃那儿了。”蕊仪淡淡地答道，叫满月再拿些紫色的绣线来。

“为何不留住他？”蕊瑶愣住了，担心地将她上上下下看了一圈，“都说女人有了身孕就留不住夫君，可这肚子还没显呢，皇上也太薄情了。”

“嘴上真该长个把门儿的。”蕊仪笑着白了她一眼，“这时候肚子里的孩子最重要，他毛手毛脚的，有个闪失，动了胎气可怎么办？”

蕊瑶无奈地微微一笑，在她身边坐了一会儿，忽然像受了惊吓一样，身子一颤，道：“是皇上自己要走的，还是你又惹了他？”

“这倒要问你了，你什么时候惹了他了？”蕊仪放下花撑子，眼中多了些责备的意思，“我几次让他去你那儿，他都不肯。你倒是说说，贤妃在他面前成日之乎者也的，他怎么宁愿去那儿，也不愿意稍稍移步到我的偏殿去看你？”

瘪着嘴把玉玲珑扔到一边，蕊瑶想了又想，想着最后几次见李存勖的点点滴滴，那些闪避的笑，那虎眸一眯间的薄怒，道：“不过多说了几句，难道我就活该做一辈子的才人吗？”

“怪天、怪地、怪刘贵妃、怪我，就是怪不着你自己。早就说过你想入宫就得走明路，路上不明不白的，父亲和我都不好帮你说话。”蕊仪责备了她几句。蕊瑶和蕊宁到底是一母同胞的亲姐妹，都削尖了脑袋往宫里钻，都恨不得手脚并用地往后位上爬。而她，若当时有一分可能，都不会踏上这条路。

蕊瑶着恼地打了自己一巴掌，是她太心急了，也许那样让他心烦了，也许让他觉着她和梓娇之流一样了吧。

“不过，他已经答应给你晋位了，就在明天，和我一起。你回去收拾一下，准备迁宫吧。”蕊仪面色一缓，笑了笑为她宽心。

“啊！”蕊瑶轻叫了一声，两颊渐渐染红，笑了出来，“一定是你帮我说了好话，你这次晋封定是位列四妃，那昭仪的位子也就腾出来了。姐姐你说，我会不会成为这九嫔之首？”

“也许吧，晋封的只有我们二人，总不能让九嫔的位子空着吧。”蕊仪笑了笑。就算不是昭仪，也应该是九嫔中的一个，但不管是哪一个，如今九嫔空虚，都是头一份儿了。

蕊瑶的笑越来越深，她看了眼一旁的花撑子，道：“你在绣凤凰？这可不像你，不怕别人知道了，说你其心可诛？”没有责难的意思，反倒兴味十足。

“若是我们中的一个，就留着用了；若不是，就权当是贺礼吧。咱们韩家女儿送出的礼，该有很多人想要才对。”蕊仪接过绣线，对了对颜色，穿过细小的针孔，“再过几个月，我也做不了这细活儿了，而这些东西都得在我生产前绣好。”

“生产？皇上会在那时立后？也对，等你诞下了小皇子，皇上就该立你为后了。”蕊瑶心里冒出股莫名的火气，是一把无名的妒火，要是她也有身孕该有多好。她偷偷看了蕊仪一眼，要是蕊仪诞下的是位公主，那她是不是就有机会了？

不过只要最终坐在后位上的是韩家的人，就比别人好，到时有了依仗，能活得更随心些也不错。

蕊仪看着她好一会儿沉默，有句话盘旋在心里已经很久了，之前没有说，这时却不知怎么，好像一定要说出口：“如果我生的不是皇子，而是公主，那刘贵妃就是刘皇后了。”

“她有二皇子不假，可皇上要立她为后的话早就立了，何必等这么久。”蕊瑶轻笑了一声，心里却有些不敢肯定了。

蕊仪抚了抚小腹，叹了一声：“这孩子是皇上给咱们韩家最后的机会了。”她说得慢了些，想让蕊瑶明白她的意思，“后位空虚已久，皇上能等到我生产之时已是难能可贵了。等孩子生下来，他就不会再等了，到时能坐上后位的，就只有刘贵妃了。除非……”

“除非她做了什么天理难容的事，连贵妃也做不成了。”蕊瑶唇角带着一丝冷笑，让她给刘梓娇行礼请安，恕难从命。

若蕊仪真猜中了李存勖的心思，没有了梓娇，她还有机会。蕊瑶笑了笑，推说回去收拾东西，从蕊仪这儿取了几个花样子回去了。

满月从外间探探头，凑了过来：“才人真的要迁出去了？那可好了，服侍她总得小心翼翼的，偏殿那几个都受不住了。”

蕊仪点点头，有些纳闷地问：“她又怎么了？也没人告诉我。”

“还不是半个月前皇上来的时候，多看了她屋里一个宫女几眼，回过头她就罚人家在外间跪了一夜。”满月叹道，对蕊瑶颇为不满。

“发生这种事，你怎么不告诉我？不管她打了谁、骂了谁，都是咱们丽春台的人。她是我的妹妹，也不能随意打骂。”几分怒色浮上脸颊，蕊仪长叹了一声，但一想到她和蕊瑶明日即将晋封，又不好发作，“多给那宫女一个月的月俸，好生宽慰几句，先调到外院去。”

未免蕊瑶又做些睚眦必报的事，断不能让那宫女再跟在她身边，万一迁宫她向自己要人，还能不给不成？蕊仪往垫子上靠了靠，闭目养神。原本跟蕊瑶同住一处是为了看住她，如今却觉得早点打发了的好，省得一天到晚招惹事端，弄得她成日郁结不断。

第二日晌午，赵喜义捧着圣旨亲自来传，蕊仪被册封为淑妃，又给了许多赏赐，因没有迁宫，赏赐格外丰厚。蕊仪接了旨，阖宫上下向她叩拜行礼，欢喜异常。

自伤寒一事，梓娇便自请在仪鸾殿中思过，贤妃成日看书读经不理事，一时间昭仪位上的蕊仪便成了后宫之主，如今册封为淑妃，位在贤妃之上，更是比原先更进一步。丽春台的人个个扬眉吐气，恭贺这位为人和蔼的娘娘。

“娘娘，奴婢该去给才人娘娘宣旨了。”赵喜义尖细的声音带着浓浓的喜气。

“本宫和公公一道去，也可以当面向妹妹道贺。”蕊仪笑道，和他一道去了偏殿。

蕊瑶早已梳妆得当，一身石榴色的宫装，上面缀着小而圆润的珍珠，像是云彩的波纹。她巧笑嫣然，美丽的眸子里充满生气，那流转的光仿佛随时都会跳脱出来。

还未宣旨，蕊瑶已递了盛着银子的绣袋过去。赵喜义一愣，顺手接了。蕊仪觉着她失态，警告地看了她一眼。蕊瑶向她使了个眼色，目光向身后蒙着红绸的漆盘一扫，告诉她后面还有，不会坏了礼数。

“才人接旨吧。”赵喜义笑道，等蕊瑶跪好，展开圣旨。

蕊仪站在赵喜义身旁，正兀自猜想着蕊瑶会被封为九嫔中的哪一个，她一会儿要迁到哪儿去，再者新迁的地方离自己近还是远。昨日她向李存勖提过琼华殿，不知是不是那里。

“才人韩氏侍朕于危时，伴驾有功，册为婕好，望其秉承宫训……”赵喜义念着册文，为之一惊，眼角不住地偷偷望向蕊仪和蕊瑶。

比起正二品的九嫔之位，婕好在其之下，只是正三品，仅此一个封位就能封上九人。这样一来，除了妃位上的三人，蕊瑶也是位分最高的了，让人挑不出错。可婕妤和九嫔一听便高下立见，不上不下，让人尴尬。

蕊瑶惊讶地望着赵喜义，册文下面所说的，她一个字也没听见。蕊仪脸色也不好，这不是公然打她们韩家的脸吗？可是昨日李存勖离开时好像并没有这意思。如今就要看蕊瑶迁到哪一宫去，能不能挽回些颜面。

“赐住饮羽殿，钦此。”赵喜义念到最后自己也尴尬起来，方才收的银子也有些砸手。

蕊瑶跪在那儿老半天没动地方，也没说话，眼看泪水要夺眶而出，趁着磕头的机会，遮掩了过去。

“臣妾谢主隆恩。”

蕊仪松了口气，她很怕蕊瑶当场发作起来，便眼明手快地拿过那只漆盘，递给赵喜义：“公公辛苦，拿去喝茶、添酒。”

“娘娘，奴才受之有愧。”赵喜义不好意思地叹了一声，昨天还好好的，真是始料不及，“奴才也没想到。”

“姐姐，你不是说会是……”蕊瑶声音颤抖，有些怀疑，难道蕊仪骗了她，先让她安了心，不想着在最后关头如何再使上一把劲儿，再看着她闹笑话？

蕊仪扶住她，抓紧了她的手臂，想暂时安抚她一下。赵喜义怕她们两个掐起来，把送赏赐的人先支到了外面，小声解释道：“皇上从丽春台出来的时候还好好的，像是要封娘娘高位的样子，也不知是怎么回事。”

“皇上后来又去了哪里？”蕊仪低声问，不知李存勖有没有去敏舒那里。

“先是去了贤妃娘娘那儿，晚一点儿的时候，又去看了贵妃娘娘。”赵喜义为难地道，谢了赏，急匆匆地走了。

蕊瑶暗怨自己错怪了蕊仪，但这份愧疚下一刻即被一股冲天怒火所取代：“又是她！准是她背地里说我坏话，哼，都闭门思过了，还不消停！”

“这不大像是她，她这个人最会见风使舵，如今就算为了茂儿，也不会这么做。”蕊仪喃喃地道，难道是敏舒？她这人面上最讲究礼仪规矩，不会是她说了不合时宜的话吧？

冷哼了一声，蕊瑶不依不饶地道：“我看就是她！我倒要去好好问问，今时今日，她怎么敢为难我，为难我们韩家！”一个“敢”字说得分外用力，恨不得立刻就去和梓娇理论一番。

蕊瑶做了婕妤，而九嫔之位无人，这比册了别人为嫔还让人难堪，这是摆明了宁愿悬着，也不给蕊瑶。若不是蕊仪被册为淑妃，如今她们韩家人在这后宫之中就灰头土脸地栽了大跟头。

“我去问问，看看究竟是怎么回事，再从长计议。”蕊仪也是怒火中烧，可她知道此刻只能更加冷静。封位再低也是皇上所封，露了不愉之色，就是对皇上不敬。梓娇是一步都错不得，她们又何尝不是？

“成啊，我这就去问问刘梓娇，看她敢不敢把我打出去！”蕊瑶带了棋书就往外走，“饮羽殿和仪鸾殿才隔了几步路，让我和她朝夕相见，还不如让我继续做个才人，住到袭芳苑里去！”

蕊仪向前了两步，用力拉住她：“这样冒冒失失地过去，像什么样子！你在这儿等着，我先去问问贤妃，看她知道多少。”

“好啊，你去问伊敏舒，我去问刘梓娇。”蕊瑶冷笑道，扒开蕊仪的手，尽量平静些，“你放心，我今天不跟她吵，以后也不会，我就是想去看看她究竟仗了什么势，总是看咱们姐妹不顺眼。”话未毕，甩开蕊仪就往仪鸾殿去了。

“鱼凤。”蕊仪向外喊道，指了指蕊瑶离开的方向，“你跟着她，她要是犯浑，捆也要给我捆回来。”

“娘娘，那要不要派人去饮羽殿收拾一下？”鱼凤略微迟疑了一下，停住脚步。

“要，当然要，而且越快越好。萱娘病了，让福儿去吧。”蕊仪又让她赶紧去追蕊瑶。蕊瑶是不会有心思整理饮羽殿了，可那边确是一点耽误不得。要是明日蕊瑶不能如期迁入，怕是要被冠上抗旨不遵的大罪了。

还好有鱼凤，萱娘能快些好起来就更好了。蕊仪只觉得头胀得发昏，可脚下却又不敢停，只带了满月，直奔集仙殿。

集仙殿里敏舒正在练字，微黄的纸上跃然几行诗文，行云流水，霸去闺情，倒多了几分男子的风骨。集仙殿的景况比旧时好了很多，内外井井有条，架子上又添了几件彩俑，屋角还养了一盆小莲，上面几片叶子亭亭玉立，陶盆下面用炭火隔着铁板烤着，平添了生气。

可见敏舒即使没掌管后宫，日子也比从前好过了很多。蕊仪刚刚站定，敏舒便迎了出来。她外面刚加了大氅，正打算出去，“听闻妹妹被封为淑妃，我正要去道贺，没想到妹妹倒是来我这儿了。怎么，我这儿比起你新迁的地方可逊色了？”

“姐姐听谁说我要迁宫了？还在丽春台罢了，如今有了身孕，实在懒得挪腾。”蕊仪客气地笑了笑，忍住想说的话。

“也是，等小皇子落了地，一准能换个更好的。不过七八个月工夫，的确不必挪动了。”敏舒看了眼她的肚子，别开眼，想起自己无儿无女，难免羡慕、遗憾。

满月给蕊仪垫了个垫子，扶她坐下，带了人到外间，里间只留下她们二人。蕊仪眼波一动，决定不再绕弯子：“姐姐恕我无礼，我有些话想问问姐姐，不知姐姐可否直言相告？”

敏舒颔首，含笑望了她一眼，道：“我若是不说实话，这宫里兜兜转转不过这几个人，你迟早也能问出来，还不如我自己说了，错了什么，也还能厚颜求妹妹原谅。”

“昨日皇上来集仙殿，姐姐可说了什么？”蕊仪叹了一声，问道。她喜欢敏舒的文气和直白，虽然不再把她比作班姬，可还是喜欢和这样的人打交道。

敏舒释然一笑，她知道蕊仪问的是什么，便道：“不错，皇上说要给你妹子加封，问我该给什么样的位分。你知道这些关乎规矩礼仪的事，皇上时常跟我说。”

“皇上原本要封蕊瑶为嫔，还要赐住琼华殿是吗？”蕊仪淡淡地问道，看似漫不经心，手已暗暗攥紧了。蕊瑶没了体面，她也不好过。

“琼华殿倒是没说，不过皇上本来是要封她为昭媛的。我跟皇上说，韩婕妤没过明面，从才人到昭媛，晋封得太快，宫里宫外都难免会有微词。要知道想送女入宫的公卿之家比比皆是，要是都仿效了，不就乱了套了？”敏舒语气平缓，她并没有说错什么，要是再问一次，她也会如是作答。

“你这话是说我管束无方，还是说我们韩家教女不严？姐姐可是一点面子也没给我，难道姐姐日后用不着我，也用不着韩家了？”蕊仪语气微冷，果然是她，蕊瑶这回是算错账了。

嘴角微挑，小小的酒窝微凹，竟生出种清雅的魅惑，敏舒叹道：“妹妹一向端方静雅、严守宫规，这都是有目共睹的事。我说的不是妹妹你，更不是你们韩家，只是你那妹子，这难道不也是你所想的吗？”

“胡说什么！”蕊仪“哼”了一声，仿佛被戳中了什么，有些不舒服。

“她如今是婕妤，还能敬你这个姐姐，要是真做了昭媛，她能再敬你几日？

有些女人一眼看去夺目赏心，有些则要在悠悠岁月中慢慢品味，不过吃香的往往是前者，尤其是在这宫中，后者也许根本就没有机会过这悠悠岁月。而妹妹你究竟是哪一种，还要我多言吗？与其她日后不将你放在眼里，不让你再过那惬意的小日子，何不先下手为强？妹妹，我这么做也是为你好。”酒窝里维持着淡淡的笑意，敏舒慢条斯理地道。

手上一抖，心知她说的都是实话，蕊仪勉强笑了笑，不过事已至此，如今她要想的还不是和蕊瑶分出个高下，便道：“那是我们姐妹之间的事，姐姐何必替我烦心？何况蕊瑶并不是无情的人，姐姐的话过了。”她抬头看向敏舒，目光微利，“别告诉我姐姐只是在为我着想，姐姐扫了我们韩家的颜面，不知打算如何了结此事？”

“没想到向你投诚示好倒是错了，早知道就做个顺水人情，索性劝皇上立她为昭仪或是德妃，你们姐妹间愿意打个死去活来，又与我何干？”敏舒没有动怒，像是在掩盖什么，刻意讥讽道。

“你是怕她在你之上吧？”蕊仪呵呵一笑，敏舒的伪善让她厌烦，难道她会相信敏舒是为她着想吗？“何况她位分高低，跟我能不能过安生日子又有何干？赵飞燕做了皇后，不是也要受制于赵合德吗？我和她谁能降住谁，日后就不劳姐姐费心了。”

蕊仪说罢便走。敏舒讪讪的，也不挽留，但担心路上滑，再有什么闪失，便命棋书一路送她们回去。蕊仪先派人去看看蕊瑶是否回去了，知道她还在仪鸾殿便有些担心，命软轿绕到仪鸾殿接她一道回来。

到了仪鸾殿，蕊仪一行刚上了玉阶，就看见鱼凤探出头向她们点了点。蕊仪长舒了口气，蕊瑶想是极为克制，没闹出事来。她有些好奇，两个一向不知忍耐的人坐在一起会是什么情景。她不让人通报，放轻脚步站在鱼凤身边，一起往殿内望去。

蕊瑶正和梓娇对面而坐，两盏茶上水烟全无，看来已经凉了很久。梓娇瞥了蕊瑶一眼，克制着道：“韩婕妤是来看本宫笑话的？既然已经看到了，也应该回去了，妹妹总该去准备迁宫了吧？”

“贵妃是在为我着想吗？那好，我正要迁去饮羽殿，可惜姐姐宫里抽不出人，而我东西又多，想从你这儿借几个人。”蕊瑶一点儿也不客气，婕妤不能自称“本宫”，而她也不想称自己“妹妹”或“臣妾”，也不称梓娇一声“姐姐”

或“娘娘”。

梓娇横了她一眼，恨得牙痒痒：“这儿倒是离饮羽殿不远，妹妹要人只管跟蕴溪说。不过本宫这儿人也不多，就从外院抽几个吧。”

“你肯借就好。”蕊瑶嘴角动了动，目光将殿内扫了一圈，“怎么不见皇长子？哦，不，是二皇子才对。”

这几天已听了不少冷嘲热讽，梓娇再大的火气也被消磨得差不多了。这样的话她初时听闻还会砸杯摔碗，这几日听了不过多一抹冷笑，“二皇子去皇上那儿了。”

下一刻，笑在嘴边凝结，蕊瑶轻轻冷哼了一声，不疾不徐地道：“二皇子是皇上的骨血，就算二皇子的母亲犯了天大的错，他也还是皇上的儿子。”

心里嗡的一响，梓娇顿时警觉，难不成蕊瑶要抢她的儿子？

“他是皇上的儿子，也是本宫的儿子。妹妹要是喜欢孩子，还是应该多想想怎么讨皇上欢心。”她微微一笑，挑衅地看着她，“忘了问，妹妹刚刚册封，不陪在皇上身边，怎么到本宫这儿来喝冷茶来了？”

“我晋封让你不如意了？”蕊瑶大胆地迎视着，也不打算再绕弯子，“还是我封了婕妤，如了你的意？”

梓娇看着她，忽然笑了笑，不再是挑衅，而是嘲弄：“封什么位分，还不是皇上一句话？你啊，摆着个姐姐在宫里，还要趁皇上酒醉才私自承幸，难怪上不了明路。”

“你……”蕊瑶脸上一阵青一阵白，要不是想着蕊仪的话，一准儿得几句把她顶回去，“你可知有句话叫作后来居上？想你也没读过什么书，兴许不知道。算了，你说的我都记住了，这就告辞了。”

蕊瑶起身退了几步，看着她边笑边慢慢地向她福了福。蕊仪看到这一幕，只觉梓娇目中之火越来越盛，就在那火要喷薄而出的时候，蕊瑶终于转身朝她们走来。蕊仪和鱼凤先到阶下等她，见她朝殿内的方向愤懑地看了一眼又一眼，不觉失笑。

“没吵起来，有长进。”蕊仪笑道，和蕊瑶并肩而行，没告诉她方才自己也在偷听。

蕊瑶挤出一丝笑，声音高了不少：“果然没猜错，都是她使的绊子。若不是怕皇上生气，我才不让她。”

“不让她，也不能吵。”蕊仪语重心长地道。既然她已误会了梓娇，就让她错下去好了，毕竟还不能跟敏舒撕破脸。若是让蕊瑶知道了真相，她不会原谅梓娇，反倒是把敏舒也搭进去了。

“晓得了，方才不就听了你的话嘛。”蕊瑶叹了口气，扶她上了软轿，自己停在那儿望了望饮羽殿的方向。

“不想去？不去可是抗旨。我让人给你收拾了，不喜欢也先住着，别跟皇上置气。”蕊仪生怕她僵着不肯，苦口婆心地又劝了几句。

“谁说我不想去了？一看见她，我就巴不得立刻迁进去。姐姐只管放心，以后有我看着她，看她还能折腾出什么花样。”蕊瑶轻轻一笑，顺了顺气，她就不信这辈子都得被刘梓娇压着，“姐姐先回去，别冻着了我的小外甥，我先去饮羽殿看看。”

“福儿她们在那儿，你去吧，你屋里的东西我让人帮你收拾。”蕊仪想再吩咐些人过去，唤了鱼凤一声。

“不用了。”蕊瑶笑看了鱼凤一眼，“你们还是用心服侍姐姐吧，刚赐下来的人总得经些事，我正好看看他们。”

蕊仪暗暗点头，放了心，朝抬轿的小太监点点头，软轿稳稳地抬了起来。蕊瑶望着一行人走远了，向身后道：“棋书？”

“娘娘。”应的却有两人，这两人四目相对，都很是惊讶。

蕊瑶回头一看，愣在那儿：“你是集仙殿的人，也叫棋书？”

“奴婢棋书，贤妃娘娘叫奴婢送送淑妃娘娘，看着娘娘上轿才能回去。”棋书乖巧地福了福。蕊瑶身边的棋书是从韩府带来的贴身丫鬟，二人的名字不巧撞上了。

“你回吧，回头我给我家棋书改个名字。”蕊瑶点点头，不过是一个丫鬟的名字，犯不着给敏舒留下疙瘩。

往饮羽殿的路上，蕊瑶看了眼失魂落魄的棋书，宽慰道：“让你还叫原来的名字，不是更好吗，棋芳？”

“娘娘肯让我叫原来的名字了？娘娘不觉得俗了？”棋芳惊讶地道。当年还是蕊瑶给她和另一个丫鬟改了棋书和画琴的名字。

“不过是个名字，画琴也不在了，叫着伤心。”蕊瑶叹了一声，想起送出府做了妾而早亡的画琴，不再多言。

不远处的宫巷里走出两个人，走在前面的是冯立仁，后面的是平常给他拿医箱的小太监。二人灰头土脸的，嘴里没什么好话。

蕊瑶停住脚步，那二人丝毫没有留意到这条宫巷上正有人经过。小太监朝墙角唾了一口，埋怨道："冯大人，你说说你，一把老骨头了，强出什么头？硬是把几位娘娘都得罪了。"

"悔不该听人挑唆。"冯立仁重重地叹道。

小太监有些不信："你们这些大人啊，什么事都往别人头上推，太医院里还有谁能大过您去？"

"还不是崔敏正！要不是他说进了内殿都得拘起来，我也懒得出头。算了，我本来就打算明年告老还乡，也不在乎这一年了。"冯立仁搓搓手，抢过医箱，"回去吧，用不着你了。"

蕊瑶脚下一滑，扶住宫墙。崔敏正不是收了她和蕊仪的银子吗？怎么反倒帮起梓娇了？她沉吟着，要不就是崔敏正收了两家好处，要不就是……

她冷笑一声，吓得棋芳一哆嗦，不敢向前。蕊瑶揉了揉手，也不让她扶。饮羽殿越来越近了，她的心事也越来越满。李存勖昏睡不醒，梓娇若是想对她们不利，一句话就够了，根本不必收买崔敏正。更何况崔敏正是个极擅见风使舵的人，那时的景况，根本无须收买，也能将他为己所用。

是蕊仪骗了她，对吗？蕊仪知道她怕了，故意把消息传进去，让她知难而退，然后梓娇就下了禁令，把她拘在偏殿里，之后蕊仪安抚了她，自己反倒去了贞观殿。蕊仪是打死不出来了，等着让人看她有情有义。

真是好计策，这就是她的好姐姐！蕊瑶紧抿着唇，踏进了饮羽殿。

第十八章·失势

冷风忽疾忽缓地吹着，时常发出几道怪声，廊子里和阶下的人都缩着脖子，趁着管事的不察，哆嗦着用力搓手。饮羽殿内地龙、火盆都烧得旺，暖融融的，丝毫察觉不出这已是寒冬腊月。

蕊瑶新学了折手绢的花样，嫩笋般的手指翻了翻，一只小老鼠已在掌中。她轻唤了一声："皇上。"

"嗯。"李存勖把折子放在一旁，抬起头，眼中慢慢荡开淡淡的笑意，"明日到行宫去住上些日子，只带你们姐妹去，朕好落得耳根清净。"

"外面冰天雪地的，姐姐有孕在身，还是该留在宫里。"蕊瑶眨眨眼，把手绢解开，促狭地笑着，"皇上不要以为臣妾嫉妒姐姐，皇上要是嫌臣妾一个人闷，不如带上赵才人和郑御女。"

这二人一个成日只会抚琴弄曲，另一个只会成日惹人心烦，一同去了也只是她的陪衬。蕊瑶微微一笑，让人为之一痴。

"也好，再带上贵妃和二皇子。"李存勖有自己的考量，留下梓娇，万一跟蕊仪冲撞起来，蕊仪动了胎气，他在行宫可是鞭长莫及。

蕊瑶不大愿意，但也无法反驳，道："年前，两位皇子都要封王了吧？皇上心里可有计较？"

"昨日刚和礼部的人议了封号，至于封地，朕还在斟酌。"李存勖笑道，不大相信蕊瑶会问这些，“是蕊仪让你问的？”

没想到他会想到蕊仪身上去，蕊瑶心里为之一动，笑意在香腮上停住，这正是个机会。

“姐姐一向爱打听，皇上不要见怪。”

“她打听得太多了。”李存勖叹了一声，神色一黯，“不过朕病着的时候，若不是她给继岌报了信，宫中危矣。”

“不是给大哥传的信吗？”蕊瑶惊讶地道，她跟韩靖远套了半日的话才知道了这些，“听说皇长子的亲兵都是找大哥借的。本来嘛，皇长子原是受申王辖制，而申王参与其中，他又怎么会跟申王借兵呢？”

目光顿时混沌起来，李存勖嘴角动了动，微微多了几分冷然。他轻拍了拍她的手背，温润的玉手让他掌心又暖了几分，他沉稳地道：“明日离宫，带上蕊仪，你去帮她收拾收拾。”

“好。”蕊瑶点头，她知道这一次的“带上”二字已不同于方才了。

“也罢，朕和你一同去看看。”李存勖起身，顺手带她一同下了榻，神思已不觉到了别处。郓州一事，兴城一事，还有此事，蕊仪和李嗣源怕是还没有了断。究竟是李嗣源还心系于蕊仪，还是蕊仪对他余情未了，再或是他们二人藕断丝连？

不可能，那朦胧中抚过他额头的手，那暖心的温言细语，还有她说到孩子时的笑……在到郓州前，一提李嗣源，蕊仪就沉着脸，很多事都是在到了郓州之后才变了样。

“臣妾自己去就成了。”蕊瑶轻推了他一下。

李存勖掌上一紧，不容她置疑。暖轿缓缓而行，抬轿的人抬得极稳，只听见雪在脚下发出的“嘎吱”声。不多时，李存勖忽然叫了停轿，让人把蕊瑶扶了下来。

“好美的雪，像棉花！”蕊瑶揉了揉发热的脸蛋，娇笑着来到他身边。

“陪朕走走。”李存勖叹了一声，伸出手，让她把柔荑放在他掌心，“蕊仪定不肯像你这样，看着朕下轿，一准找出千百个理由阻拦。”

“姐姐太板正了，无趣。”蕊瑶笑道，她的手被全然包裹住了，比那皮裘包裹起来的身子还要暖。

笑从口中溢出，渐渐衍变为一阵大笑，响彻了空旷的宫院。赵喜义远远地

跟着，也不知是冻的，还是不习惯他们的亲昵，脸上通红。远远地追来一个小太监，气喘吁吁地来到他跟前，耳语道："赵公公，郭大人上了请罪的折子。"

赵喜义一阵心烦，嘴上吧唧了一下，使了个眼色，道："没看见韩婕好在吗？皇上正乐着呢，提这些不中用的人，想作死是不是？"

"奴才不敢，不敢。"小太监脸色大变，怯生生地退后几步，跟着他们。

"何事？"李存勖回头问道。蕊瑶也回过头来，两颊红彤彤的，像两朵盛放的红牡丹。

"回皇上，尚服局送来了新做的龙袍。"赵喜义笑着喊道。

李存勖点了下头，回头看着蕊瑶弯腰捧了一捧雪，团作一团。他往旁边一闪，雪团堪堪擦过他的衣角。他皱起眉头，一言不发，佯作动怒。

"皇上？"笑在瞬间淡去，转为犹疑，蕊瑶上前，拿着帕子手足无措地为他掸落残雪，"臣妾不是有意的，臣妾不该和皇上闹着玩。"

轻抚了抚她的发，蕊瑶低着头，看不见李存勖嘴角扬起的笑。他欣赏着她手忙脚乱的无措，不动声色地道："把手伸出来。"

难道要打她？蕊瑶大惊，小兔子似的向后跳了一步，这儿又没有戒尺，怎么罚她？

"皇上，臣妾错了，再也不敢了。"

"嗯？"李存勖皱眉，掩住眼底的笑。

蕊瑶战战兢兢地伸出手，闭着眼睛，要怎样就怎样好了，不过几下子，她才不怕。下一刻手上猛地一阵冰凉，也是一个雪团，也许是方才湿了手，这一回比方才冷得多，她大叫着把雪抖落。

娇红的怒容似火，李存勖大笑着向前走去，回头看着她。蕊瑶笑哼了一声，追了上去，一把挽住他的臂弯。她走得慢，像是被他拖在身后，旁人看了只觉一阵舒心惬意。

丽春台门前有人望见了他们，忙不迭地回去禀报。甫病愈的萱娘听了，回屋一边扶了蕊仪起来，一边低声道："皇上和韩婕好来了，闹腾得厉害，老远就听见了。"

蕊仪幽幽地叹了一声。李存勖刚病愈的时候，几乎天天来丽春台，如今却是三五日才能见上一面。她知道李存勖在蕊瑶那儿，也知道过去的料想已初见端倪，可是却动不得半分气。

比起蕊瑶，她更担心梓娇，仪鸾殿那边实在是太安静了。这不像是梓娇，除非她这回真的是吃一堑长一智，或者又在筹谋些什么。

鱼凤取了锦袍给她披上，道："娘娘还有六个多月才能诞下皇嗣，容韩婕妤一宫独大，终归不是长久之事，娘娘不如和贤妃商量一下，或是提点一下王宝林。"

"兜头浇一盆冷水，要是浇不准了，火没准儿会着得更旺，容我再想想。"蕊仪思索着，脚下不停，已在外间准备好接驾。

笑声从院中传来，远远地望见两道身影，一道明黄，一道胭脂水红。蕊仪笑着迎上去，向李存勖道："臣妾见过皇上，皇上万福。"

李存勖扶住她，看看身边的蕊瑶，道："你身子重，不必拘礼。你们姐妹俩，一个拘谨得很，一个从不把规矩放在眼里，要是不说，真不觉得你们是亲姐妹。"

蕊仪低头笑了笑，和蕊瑶互看了一眼，道："这么冷的天，皇上和妹妹怎么来了？"

蕊瑶莞尔一笑，亲热地拉住她的手，扶她回内殿："皇上一时起意，明天要去行宫，要带上我和姐姐。这不，怕姐姐收拾不及，让我过来看看。"

"臣妾这个样子，也不好挪动。皇上，还是让臣妾留在宫里吧。"蕊仪笑道。去了行宫，也是蕊瑶和他一处，何苦天天对着他们。

早料到她会如此，李存勖笑道："行宫刚刚修缮过，还是一同去吧。如今梓娇和敏舒不管事，你留在宫里总要费心劳力，不如清净几日。"

"姐姐难道不想和我一道去？"蕊瑶正色问道。

被问着了，蕊仪愣了一下，笑出声来："我倒巴不得跟你天天在一起，可要是这样了，皇上该怎么办？该生我的气了。"

"刚才说你正经。"李存勖笑骂道，蕊瑶往旁边让了一步，让他扶着蕊仪坐下。

"过些日子继岌和茂儿就要封王了，这次朕想让继岌随驾，你看如何？"

"皇上自有定夺，何必问臣妾的意思。"蕊仪暗觉不对，更加小心。

"你给他带过话，朕以为你跟他有些交情。"李存勖笑意未变，却认真了些，"这小子也很聪明，知道管他大伯借兵。"

"臣妾……"蕊仪笑颜一僵，萱娘递了热牛乳过来，她趁势低下头。即使他已经知道了，只要不把这层窗纸捅破，她就不能认，不然，她和嗣源都会有麻烦。

蕊瑶看着她，顺着李存勖的话笑道：“姐姐和大皇子还真有些渊源。皇上不知道，姐姐第一次见到大皇子的时候，就觉着他英武、机智，就让他跟夫人一道送她去郓州了。”

难道见子、救驾、认子都是蕊仪一步步谋划的？李存勖目光一颤，道：“继岌对你甚是尊重，还说要认你做母妃，原来你们还有这样的渊源。”

“皇上。”蕊仪打断了他，有些尴尬地笑了笑，不好意思地道，“臣妾到了郓州才知道，大皇子也是皇上的儿子。”

李继岌的身世出自蕊瑶之口，说她利用当中玄机设局，蕊瑶自己也一样知情，洗脱不得。蕊仪料定了蕊瑶不敢拆穿她，平静地看着李存勖，那一抹惊慌荡然无存。

“是朕疏忽了。”李存勖想了想，略微满意了些，“朕怜他生母早逝，也想让他认一位母妃，等他封了王，就把这件事定下来。”

蕊仪但笑不语，只要不是梓娇，李继岌认谁为母妃并不重要，只要他记得这份旧恩就成了。

“朕还打算让大哥和平都随驾。”李存勖若有所思地道，把李嗣源留在洛阳，他不放心。

“皇上自有主张，一切都听皇上的。”蕊仪笑道，硬着头皮顶了下来。他该不会听到什么风言风语了吧？她看向蕊瑶，想让她把话接过去，可蕊瑶只是微笑着望着李存勖，没看见她一样。

“皇上，二位娘娘，贵妃娘娘来了。”鱼凤禀告道，神态平和。

李存勖和蕊瑶还没来得及开口，蕊仪已接过话：“这么冷的天，还劳烦姐姐，还不快请姐姐进来？”她转而对李存勖道，“皇上也有些日子没见过姐姐了，今日人齐了，不如一同用膳？”

“也好。”李存勖绷着脸，眼中闪过一丝犹疑，没有多说话，眸光却已不经意地往门口转了好几次。

没好气地看了蕊仪一眼，蕊瑶眼下也不好发作，只得附和道：“臣妾也有些日子没见过姐姐了，刚好给姐姐请安。”

蕊瑶终于忍了这口气，蕊仪暗暗点头，笑看向蕊瑶，目光所及却是她嘲弄的眼神。蕊瑶笑靥嫣然，在那璀璨的笑中隐隐含着些不服和淡淡的厌恶。蕊仪暗暗回想着，不知何时又得罪了她。

“皇上，两位妹妹，我……”梓娇向李存勖行了礼，不知说什么才好，连忙转身接过食盒，“我亲手熬了些参汤，给皇上和两位妹妹补补身子。”

“姐姐何必这么客气。”蕊仪让人接了，引她到李存勖旁边坐下，笑看向李存勖，“皇上方才还说起姐姐呢，这会儿怎么又不说话了？”

李存勖看了梓娇一眼，口气淡淡地道：“不留在仪鸾殿教导茂儿，来这儿做什么？”

“臣妾听闻皇上要带妹妹到行宫小住，臣妾想到妹妹有身孕，不方便张罗，就过来看看。”梓娇热络地握住蕊仪的手，紧张地看向李存勖，“臣妾不是有意打听的，早上尚服局的人过来，不小心说漏了嘴，臣妾留心记住了。”

这并不是做新装的日子，尚服局凭什么去巴结还在思过的梓娇？明明是梓娇在贞观殿放了人，说什么尚服局。蕊仪当然明白，可也不说破，反而笑道：“这回尚服局的差事办得不错，看那些绣功和衣料就知道的确花了心思。”

“你们相处和睦，朕心甚慰。”李存勖叹道，脸上终于又有了些淡淡的笑意。

蕊瑶笑了笑，低下头看着裙角。蕊仪不会是看自己得宠，就想着利用梓娇扳回一局吧？就凭刘梓娇？哼，别说她如今失了宠，就是以前也不怕她。

鱼凤和萱娘拿了碗筷过来，梓娇居然起身，轻推开她们，亲自为几人盛上，又一一递上。到李存勖面前时，她有些忐忑地道：“茂儿该按宗谱取名字了，不知皇上打算用哪个字？”

“你觉着呢？”李存勖把参汤放在一边，蕊仪和蕊瑶也学着他放到了一边。

有些慌了手脚，梓娇眉头紧皱，怯怯地道：“臣妾哪懂这些。”顿时口干舌燥，她大字不识几个，这回在蕊仪和蕊瑶面前是丢了大面子。

李存勖很是不高兴，堂堂皇子的母亲竟是大字不识。

“礼部送来了几个名字，朕选了李继潼。”

这声音太过冷静，毕竟是给儿子取名字，这在民间就是取大名，他的反应一点儿也不像一个父亲，蕊仪暗暗叹气，道：“皇上选的自然是好名字，以后就不能再叫二皇子茂儿了，要叫继潼了。”

“是个好名字，不知皇上打算给二位皇子什么封号？这名字得连了封号，才知道是不是响亮。”蕊瑶笑道，眼波媚如丝，封号她听李存勖提起过，一出口便

高下立见。

蕊仪听出她话中含义，八成李继潼的封号不如李继岌。这也难怪，李继岌势单力薄，只能在封号上补这先天不足之势。不过，她不知李存勖会不会答话，毕竟这不是她们这些女人该问的。

她指尖微动，在掌心轻轻摩挲。李存勖若是答了，要么就是梓娇和李继潼在他心中未有改变，要么就是他对蕊瑶非同一般，再或是两者都有。

“继潼封为守王，朕望继潼为朕固守江山。”李存勖看向梓娇，等着看她反应。

固守江山？梓娇大喜，笑意从心而生：“臣妾代继潼谢过皇上。”

“朕封继岌为魏王。”李存勖没有解释，端起参汤尝了一口，看着几人的反应。

听起来的确比“守王”多了些气派，但究竟多了几分，蕊瑶也想不明白，只是道：“皇上是真心疼爱两位皇子，臣妾真是万分羡慕，以后要是有了皇嗣，不知皇上会不会也像疼爱二位皇子一样疼爱他们。”

自打李存勖开口，蕊仪就忽然有些莫名的落寞，她若有所思地看着面前的参汤陷入了沉思，此时听到“魏王”二字，不由得惊醒过来。从曹丕伊始，史上封为魏王的有那么几位，都是有能耐的人物，李存勖如此，是对李继岌别有寄望，还只是打算投石问路？

梓娇哪里懂得这些，可看到蕊仪竟然没有开口道贺，不觉生疑。李存勖也看着蕊仪，等着她开口。

蕊仪不知是该点明他的心思，还是该装糊涂，话说得不疾不徐，慢慢地试探道：“两个封号都这么响亮，皇上真心疼二位王爷，臣妾也好生羡慕。”她抬眼看了看众人，目光最终落在李存勖身上，“大皇子毕竟是没娘的孩子，皇上要多疼他。”

李存勖垂眸，目中笑意绽开，抬头时收敛了些，最明白他心思的还是蕊仪。为了牵制梓娇和继潼，也许是为了补偿，他对继岌的确寄有更多的期望。他微微颔首，看向蕊仪和梓娇，道：“过几日便给他们封地，朕定一视同仁。”

同样的话梓娇听了却全然变了味儿，让人多疼惜李继岌，不就说在封王这事上亏待了他吗？梓娇暗暗觉得“守王”要比“魏王”好，再听到“一视同仁”更是万分欣喜。

等她反应过来何为“封地”时，已过了好一会儿，她讷讷地道：“继潼还小，皇上能不能让他离臣妾近一些？”她听人说过，封地远了，就意味着做不了太子，而且封得远了，万一有人想要施毒手，她只能眼睁睁地看着儿子步入死地。

慈母多败儿，李存勖别过头，可李继潼毕竟是在自己身边长大的，说起来也是心疼，还是再缓一缓吧。

“你且放心，等继潼大一些再选封邑也不迟。”

梓娇长舒了口气，如释重负，连声道谢。蕊瑶嘴角一抽，李继潼留在洛阳，对她和蕊仪都是不小的威胁，便道：“皇上不是说让二皇子到军中历练吗？”

“此事不变，朕还是要把继潼托付给大哥。这次去行宫，就让他拜大哥为师。”李存勖笑道。

有李嗣源做师傅，当然好，梓娇欢喜地道：“皇上疼爱继潼，臣妾一定每天都告诉他，让他孝顺父皇，尊敬他大伯。”

总算说了几句得体的话，李存勖点头，看向蕊仪，道：“既然你们都来了，用过膳，就帮淑妃张罗一下。”

梓娇眼中露出浓浓的艳羡，可是刚吃了亏，哪能这么快就好了伤疤忘了疼？她只能忍着。

“皇上放心，就是妹妹去了行宫之后，臣妾也定将丽春台照顾得好好的，等妹妹回来，保证一点儿都不会变。”

梓娇这份破天荒的乖巧，是在向他卖好，李存勖有些心疼，声音也软了下来：“那这后宫里的事就都交给你了。”

梓娇努力挤出几分恭顺的笑，既是欢喜，又是遗憾，她看着蕊仪和蕊瑶，恨不得自己能是她们：“两位妹妹好生服侍皇上，等你们回来，姐姐定好好谢你们。”

让梓娇留下来掌管后宫，这回即使不生出勾结外臣的乱子，也说不定弄出些始料不及的乱子。何况万一她真把这些人管得服服帖帖的，岂不是将她能掌管六宫昭告天下？蕊瑶争的是宠，而她不仅要她应得的宠，争的更是势，尤其此时她们韩家的人还没有站稳脚跟，蕊仪的笑由浅至深，反过来亲热地拉住梓娇道：“皇上，不如让姐姐也一道去吧，反正留在宫里的姐妹也不多，有贤妃姐姐知书达理，郑御女原本就是司言，深谙宫规，有她们在，宫里一样出不了乱子。”

疑惑地看着她，梓娇有些感激，转念又一想，除了敏舒，旁的几个位分最高的不过一个成日只会弹琴的赵才人。她与其掌管一个只剩几只瘦猴子的内宫，还不如跟李存勖弥补嫌隙。

“妹妹说得是。皇上，妹妹如今有孕在身，臣妾怕他们服侍不周，臣妾还是跟去的好，不为别的，就为妹妹的肚子。”

“姐姐身娇肉贵，服侍人的事哪里敢劳动了？”蕊瑶轻笑道，不知蕊仪这是又喝错了哪罐子药，难道是想和梓娇联手对付自己？不对，梓娇筹谋着蕊仪的肚子，蕊仪哪里会不知？她且先看下去就是了。

“也许是第一次有孕，臣妾这几日心里总是不踏实，姐姐毕竟诞育过皇子，有她陪着臣妾，臣妾也能安心一些。”蕊仪看着梓娇，温婉地笑着，说得情真意切。

探究的目光在她二人之间游移，李存勖笑了，蕊仪一向温和大度，若是梓娇能跟她学学，倒不失为一件好事。

“也好，朕就把你交给贵妃了。”他又看看蕊瑶，“你们相处和乐，朕也就高兴了。”

“只要我们姐妹处得好，皇上就可以安心于政事，那我们自然得让皇上安心啊。”蕊瑶乖巧地笑道，看向梓娇，暗含着几分傲气。

午膳用得从未有过的和美，正显出了天家和乐安祥的气派。虽然这一宫一席之间不止一对娥皇女英，但天家之事自古如此，能维系这表面的和美也就够了，若是能一直维系下去，也许就成了千古美谈。不过这和美中暗暗含着些莫名的情愫，湖面上平如明镜的冰已有了淡淡的即将开裂的印痕，有些事关大局的事，已经注定。

第二日起程，一行人骏马华车、宫装丽服，浩浩汤汤前往衍藻行宫。路上并不算远，只是冰雪遮道，行得极慢。原是一日的路程，竟要多行上大半夜，因此每辆马车上都备足了暖炉、棉袍，另还有许多解闷的书册和小玩意儿。

外面天寒地冻，马车的门窗自然关得严严实实的，马车里自然也就不能真的烧炭火，那些个手炉、脚炉一律都在外面驿站烧了，再快马送来，每个时辰一换。蕊仪是双身子的人，自然要娇贵许多，热的东西一律半个时辰一换。旁的人见了难免眼气，可也无可奈何。

蕊仪靠在马车壁上坐了，整个人裹在一件雪白的皮裘里，只露出一张白净晶莹的小脸，两颊红扑扑的，好像擦多了胭脂。有孕的人果然怕冷，她此刻手上一个手炉，皮裘里揣了两个，脚下还有两个，饶是如此，还一个劲儿地呼气。

“娘娘，还冷吗？”满月关切地看着她，索性又为她披了一床被子。

“一会儿就没事了。”蕊仪摇摇头。若这不是冬天该有多好，她可以打开窗子，看看街景，再看看她二哥。这一次韩靖远也一同随驾，她有好些话想跟他说。

许是顾着蕊仪需人照顾，这辆马车竟比梓娇的还要宽敞，满月、萱娘、鱼凤都在里面伺候，围对着蕊仪坐着。

“娘娘可是担心韩婕妤？”萱娘揣测道，自打蕊瑶做了才人，蕊仪就时常担惊受怕的，“韩婕妤的马车是小了些，可是依着她的位分，也只能如此了，她会体谅娘娘的。”

蕊仪摇摇头，道：“她不需要我担心，方才她还说不用给她那儿送手炉了。”她自嘲地笑了笑，嘴角有丝苦涩，“她一早到皇上那儿去了，她那马车只是装个样子罢了。”

三人大惊，面面相觑，蕊瑶竟在李存勖的马车上！刚想再问些什么，却触上蕊仪水盈盈的眼眸，三人立刻偃旗息鼓。倒是满月最终还是看不下去了，小声安慰道：“皇上是疼娘娘的，娘娘想想丽春台的桃林，那可是后宫里的头一份。”

蕊仪笑了笑，不想让她们担心：“皇上对蕊瑶好也是应该的，只是别忘了我们母子就好。”她低下头，嘴角仍在笑，眼里却满是落寞。

“娘娘那日为何要劝皇上让刘贵妃随行？就不怕她对娘娘肚子里的孩子不利？”鱼凤转了话风，她猜到了一些，只是不知对不对。

“宫里剩下的几个要么是极懂事的，要么是爱折腾却又闹腾不出什么大动静的，这一走不到一月，贵妃镇住她们并非难事，万一有人上表，说贵妃主理后宫井井有条，我怕又会生出变数。”蕊仪浅浅地笑着，思绪还没从蕊瑶和李存勖那儿飘回来。

“可是娘娘不是还没有生产吗？”满月纳闷，萱娘和鱼凤已经默不作声了。

蕊仪看看她们，决定还是交个底：“我怕皇上等不了那么久了。”把手炉抱得更紧了些，低声道，“让贵妃来也没什么，她要是图谋不轨，刚好是恩将仇报。你们眼睛亮一些，看好她。”

三人点头称是。鱼凤微微一笑，果然猜了个八九不离十，她这几日的不安并非没有道理。只是万一梓娇按兵不动又该如何？或是梓娇用些她们不能及时察觉的办法又该如何？有机会，她得回去商量一下。

“娘娘还是把心放宽些吧，这回二公子也来了，虽然韩大人还在洛阳，但也算是一家团圆了。”满月笑道，还有李嗣源也在，蕊仪总该有些安慰。

一提此事，蕊仪面色微变，让人不明就里，“我倒宁愿他没有来，这样对韩家更好。”

李嗣源、李继岌随驾，韩靖远也随驾，这些个牵扯到宫变救驾之事的人都来了。如今郭崇韬和李存渥偃旗息鼓，想是不敢轻举妄动，怕惹来杀身之祸，反倒是这些有功之人更让人不放心。李存勖将他不放心的人都带在了身边，也许是她联络外臣之事引起了他的警觉。

蕊仪轻轻抿了抿唇，一个人在救自己和身边最重要的人于危局时，会用尽自己所拥有的一切，抓住那救命的枯草。可就是在这一刻，也一样揭了自己的底，让人看清了路数。

满月紧缩着眉头，努力想想明白蕊仪的话。萱娘和鱼凤对视了一眼，也是各怀心事。因那时萱娘还被关在仪鸾殿的暗室里，很多事情都不清楚，倒是鱼凤已明了了。

“娘娘，早上用得少，再用些点心吧。”鱼凤递上一只食盒，上面雕着百花掩映下的亭台楼阁，雕工精巧绝伦，要是取下盖再摆在架子上，也是一件引人注目的陈设。

蕊仪心不在焉地拿了一块，轻轻一咬，这味道很是熟悉，却又有些不同。她看向鱼凤，问道：“你在家时学的？”

“是。”鱼凤笑道，微微别开眼，躲闪道，“一位长辈对我说，将来拿这个来讨好我的主子。”

满月笑着瞪了鱼凤一眼，“什么时候把这讨人喜欢的法子也教给我？”眼明手快地拿了一块，闻了闻，“等我学会了，也做给娘娘吃。”说罢就要往嘴里放。

“不成。”鱼凤拍了她手背一下，抢过来放回食盒里，“里面掺了些补胎的药材，你用不得。”

“以后……”蕊仪没有说出口，她想说以后不必费心了，可是她说不出口，也不想说出口。要是没有多出来的药材味，就和当初嗣源府里做出来的一模一样了。鱼凤半句没有提起，是他交代的吧？事到如今，他还在为她着想。

鱼凤该不会要把刚才那番话都告诉嗣源吧？蕊仪暗暗看了一眼鱼凤，她得盯紧这丫头，她不想再连累任何人了。

路上又耽误了一阵，到衍藻宫时竟已是第二日卯时，天灰蒙蒙的，隐隐已是天亮。这个时辰不早不晚，一晚的颠簸，人人都累得睁不开眼，也就顾不上讲什么仪仗、排场。李存勖向出迎的人摆摆手，示意他们一切从简。一行人迷迷糊糊地进了门，恨不得立刻倒在自己宫室的床上。

李存勖和蕊瑶果然是一前一后下了马车。众人见了纷纷低下头，假装没有留意。也有人偷偷看梓娇脸色，毕竟蕊仪有孕，若有人要陪在李存勖身边，也该是梓娇。梓娇打着哈欠看了蕊瑶一眼，睡意顿时减了七分，可这么多人在，她不好发作，何况蕊瑶风头正盛，她总不能打了李存勖的脸面。

眼不见为净，梓娇绕过蕊瑶，来到蕊仪面前，道："听说香仪宫背阳，妹妹还是住梳月宫吧。"没等蕊仪开口，她又道，"妹妹不必推辞，我住香仪宫，韩婕妤住如意馆，也差不了多少。"

蕊仪看向李存勖和蕊瑶，蕊瑶一副不在意的样子，向她回以一笑。李存勖点点头，道："就依贵妃所言，你们各自安置吧。"

李存勖又交代了赵喜义几句，赵喜义带了人送蕊仪去梳月宫。众人见只叫人送蕊仪，自然对她高看一眼，想着蕊瑶虽然得宠，毕竟没有越过蕊仪去，搬东西时也就更麻利了些。

"那姐姐也快去安置吧。"蕊仪向梓娇和李存勖福了福，说了几句话，握着蕊瑶的手道，"妹妹要常来看我。"她慢慢放开蕊瑶的手，走了几步，又回头看了看。蕊瑶和他站在一块儿，一手在袖下握着他的手。

"娘娘，这边请。"赵喜义在前面引路，往后看了一眼，了然地暗暗一笑。

"有劳公公了。"蕊仪跟上去，萱娘和满月一左一右扶着她。鱼凤挑着一盏宫灯，照着脚下的路，生怕有一点闪失。

梳月宫前有一片腊梅林，种得是磬口腊梅，黄色的花被比寻常腊梅大上很多，花被上有紫色的条纹，在这灰蒙蒙的时辰，看起来倒是一片明亮。阵阵花香随风飘来，绵绵软软的，令人忍不住陶醉其中。

“明日让他们砍两枝到宫中插上，再让人好好看看这些花，弄些宫花样子出来。原先那些太过古旧，也该换换了。”蕊仪打起了些精神，眼前的腊梅让她想起了丽春台的桃林，这是一种缘分，一种阴差阳错得来的缘分。若是这缘分能保佑她和李存勖重修旧好，该有多好。

“请娘娘在此稍等，奴才先进去看看，一会儿就来接娘娘。”赵喜义引蕊仪到回廊里坐了，脚下急匆匆地往里面去了。

正好可以在此赏香，蕊仪微微一笑，满满一林腊梅，绽放在明明暗暗之间，别有一番韵致。

隐约有人声传来，她的目光渐渐凝滞，竟有两人从林中走出，一男一女广袖华服，停在林前。

女子抬头望着男子，男子也望着她，远远地看不真切，但那恩爱之情已溢于言表。

赵喜义回来时见蕊仪望向林中出神，他探着脑袋望了望，喜笑道：“是中书令大人和夫人，打从兴城回来，他们还没给娘娘请过安呢，奴才这就叫他们过来。”

“不必了。”蕊仪笑了笑，转过身，“大家都要安置，他们应该也是路过。”

李嗣源和平都似乎也察觉了这边的动静，望了过来。赵喜义迟疑了一下，道：“娘娘，他们好像要过来了。”

“走吧，本宫累了，不想和他们说那些客套话。”蕊仪拿定了主意，绕过赵喜义，抬步就走。一切不都如她所愿了吗？他恩恩爱爱地过他的日子，好好做他的功臣，她也一心一意待李存勖，做她的皇妃。

一切都已经过去了，那些加了药材的点心，不过是出于朋友之义，再或是鱼凤出于主仆之情自作主张……她是时候该把那一切都忘了。

梳月宫中已是灯火通明，蕊仪环视四周，宫院中也有少许几株腊梅，她满意地笑了笑，刚要跨过门槛，被赵喜义唤住了：“娘娘放心，皇上知道娘娘的好。”

“有劳公公了，公公如此对本宫，本宫无以为报。”蕊仪立刻唤人从箱笼里取了银子递上。这些人无非是求财，她从不缺金银，也就不必放在心上。

没想到赵喜义推开了，笑道：“娘娘对皇上忠心，奴婢知道。只要对皇上好，就是对奴才好。”说罢带着人转身就走。

都说这些个内监的性命荣华都系于皇帝一人身上，他们中虽有弄权乱政者，但多数却只能将心力、喜怒都与皇上丝丝相系，看来不假，而且赵喜义也正是如此。蕊仪微微一笑，也不强求，一行人入内安置了。

梅林边上，平都倚在李嗣源臂弯里，望着他，嘴角甜丝丝的笑容越来越大。她刚想开口，却发现李嗣源正直勾勾地望着回廊转角的地方。她也看过去，腰上陡然一松，她身形一晃，险些摔倒。

“你……”平都气恼地道，再次看向回廊，只有两点灯火在风中摇曳。这儿是梓娇的寝宫吗？她幡然醒悟，蕊仪平日爱花爱草，兴许换了梳月宫，“好好的一出戏不知是唱给谁听的。”

李嗣源叹了一声，伸手想要扶她，被她一把甩开。

“对不起，咱们也该回去安置了。”

“是淑妃吧，你还想着她是不是？你想着她，就去告诉她，就去和他争。她本来就是你的，你一味地忍让，要忍到什么时候？”平都阴恻恻地道，字字带血，恨铁不成钢地看着他。

“住口！”李嗣源低喝道，一把拉起她就走。平都被他连拖带拽地，一连几次撞在他身上。

“你怕了，你怕跟他争，跟他抢。”平都稳住脚步，含恨地看着他。

“他是我的二弟，是老王爷的嫡子，也是你的表哥。”李嗣源闭上眼，重重地叹了口气。

平都心比天高，总劝他图那大逆不道之事。比起大将军夫人、中书令夫人，做皇后当然是万分荣显，她们这些世家侯门之女常有争名逐利之心。有这样的心思并不奇怪，可惜，平都偏偏下嫁了他李嗣源，一个受了李家一世恩惠、一个最不能为她达成心愿的人。

一连几日，衍藻宫里都很平静，梳月宫就更是静得可怕，常常只听到器物挪动和人的叹息声。磬口腊梅的浓香并没有给人带来喜悦，闻久了反倒心烦。也许阖宫上下唯一能静下心来的只有蕊仪。她让人采了几枝腊梅，天天对着那丝般的花被竟琢磨出好些新样子。

“娘娘，皇上摆宴。”满月轻道，递上一张花帖，上面的字出自蕊瑶之手，这让她很不舒服。

接过来看了看，在腊梅林后的戏台子上，倒是离梳月宫很近。蕊仪笑了笑，眉梢一挑，道：“我早说了，不必担心，皇上该来了。”

“可是韩婕妤也在，皇上又不是专门来看娘娘的。”满月闷闷不乐的，心里一直为蕊仪抱不平。蕊仪太可怜了，每天在这儿给肚子里的孩子做衣裳，还得听那些风言风语，一会儿韩婕妤跳了一支胡舞，一会儿又是韩婕妤得了一件千金难求的宝物。她们千防万防，可这些话总有办法钻到蕊仪耳朵里。

“如意馆跟紫宸殿挨着，蕊瑶勤去走动也是应该的。”蕊仪无奈地一笑，若是她，也会如此，可若说她心中丝毫不为之所动，也不尽然，“别闹心了，想想我娘，她有身孕的时候，父亲不是也总去姨娘那儿吗？这也不是宫里才有的。”

“是奴婢疏忽了。”满月假意笑笑，帮她换上棉袍。这怎么能一样？韩元再亲近别的姨娘，夫人也过得好好的，可不像现在，地上都快结出一层冰了。

蕊仪假意没有察觉，但又怕她给蕊瑶脸色看，留了她在梳月宫中，带了鱼凤和萱娘去赴宴。戏台前有一座小楼，开了窗，正好能看台上的戏。可这小楼太过老旧，一早废弃了，这回反而是在戏台上摆宴，戏台四周用夹了棉的锦缎帘子围了，里面又摆了暖炉、炭火，此时无风，倒也不冷。

这安排倒也不错，若是愿意，就到宴罢再走；若是不愿意，只推说天冷，提前离席便是。蕊仪笑了笑，正要上戏台，就见梓娇朝自己走来。她微微福了福，道：“姐姐万福，几日不见倒是丰腴了些，可是得了什么好方子？”

“哪有什么方子，不过比你过得顺心些。怎么，看着自己的妹妹受宠，滋味如何？”梓娇笑道，眼波飘向戏台上正嬉笑着的两人。

放慢了脚步，蕊仪尴尬地笑了笑，道：“不管是何滋味，姐姐都无缘得享。姐姐不必为我担心，我与蕊瑶是姐妹，她知道分寸，不会真对我如何的。”

“赵飞燕、赵合德也是姐妹，难道你觉着赵飞燕的日子好过吗？我瞧你这妹子比起赵合德也差不了几分，小心日后连立足之地都没了。”梓娇望着蕊瑶，妒火就快把整个人都烧起来了，但她转过头时，又是一副为蕊仪着想的样子。

老生常谈，蕊仪叹了口气，把话引到梓娇的心头好上：“姐姐的银子又生小银子了，晚上让满月给姐姐送去。二皇子眼看着就要封王了，姐姐也好给他备份大礼。”

“还有银子？”梓娇瞪大了眼睛，还以为之前跟她闹翻了，那些银子都打了水漂，没想到还有。那以后呢，是不是还会有更多？“妹妹不怪我了？”

“难道姐姐做过什么让我怨怼的吗？”蕊仪笑道，大家都装一次糊涂，又有何不可？“以后姐姐要是有别的赚钱的法子，只管告诉我。姐姐宫外没人，就让我铺子里的人代劳就是了。”

“那要谢谢妹妹了。”梓娇笑了，眼角、嘴角弯出满意的弧度，“不如和妹妹做个约定，我帮你让你妹妹安分些，以后咱们两个再争再斗，也是咱们两个人的事，也算我还你个人情。”

“她年纪小，姐姐还是别跟她计较了。”蕊仪笑着岔开话，以为她是傻子吗？她有身孕，蕊瑶没有，让蕊瑶得些风光并无大碍，而没了蕊瑶，下一个就轮到她了。孰轻孰重，她又怎会分不清楚？

蕊瑶起身迎了上来，回头看了眼李存勖，眼中笑意盈盈，欲语还休。蕊仪别开眼，假意看向梓娇才又看向她和李存勖，道：“臣妾拜见皇上。”

“姐姐这几日可好？外面冷，姐姐要是不喜欢，坐一会儿就送姐姐回去。”蕊瑶笑道，说话时暗暗横了梓娇一眼。

余光微转，蕊仪笑了，原来说的是梓娇啊！

“你准备得这么周到，不到宴罢姐姐怎么会走呢？”

“是啊，婕妤妹妹花了这么多心思，我正好看看，妹妹的心思哪里比我玲珑了。”梓娇话里透着酸味，尽管她已极力掩饰，可还是掩不住。

蕊瑶笑了笑，看向李存勖，好像故意要让他看看。李存勖看了她们一眼，吩咐赐坐，又对赵喜义道：“把大哥和平都叫回来，林子里冷，别冻着了。”

按位分坐，梓娇和蕊仪应在李存勖右手边先后坐下，蕊瑶则要在最末，而左侧应是李嗣源夫妇。梓娇坐下了，蕊仪却没有，她见蕊瑶一直盯着梓娇的位子，索性把自己的位子给她。虽与李存勖隔着个人，但也比坐在最末要好。

她对蕊瑶多少有些歉疚，这眼前的风光就让着蕊瑶些好了，而且她一直觉着，蕊瑶心里是有她的。她轻拉了拉蕊瑶袖管，道：“你坐吧，这边离暖炉近，我坐这儿就好。”

“那你别冻着了。”蕊瑶笑道，有些得意，再看向梓娇，这份得意就更浓了，“贵妃姐姐玉体金贵，不如让我服侍皇上，你跟姐姐一块儿烤火。”

李存勖望着蕊仪，觉着她反而清瘦了些，刚要开口就听到蕊瑶的话，一时没有留意，随意地点了点头。梓娇见了不好不让，往旁边挪了一座。

鱼凤捧了一瓶腊梅过来，白瓷瓶上也绘了几枝，下面一方红色的小印，正是

蕊仪的手笔。蕊仪接过来，起身来到李存勖身边，亲自捧上，黄色的花被映着她水红色的宫装，宛如融合在一起，庄重中跳脱出丝丝娇俏。

“皇上，臣妾门前的磬口腊梅开得好，臣妾采了几枝，让皇上拿回去摆着。”

李存勖一回头正见蕊仪目中含笑，盈盈水瞳中映出自己，不由得微微一笑，温煦有如熏风，“常言道人比花娇，淑妃容貌比这腊梅还要娇俏几分。朕还担心梳月宫偏僻，没想到正合了淑妃喜好。”他接过来交给赵喜义，笑道，“这几日睡得可好？”

“有梅香相伴，入眠也容易了很多，皇上不必为臣妾担心。”蕊仪说着看了蕊瑶一眼。蕊瑶一只嫣红的丹蔻轻轻地划过红唇，等着看好戏似的看着她。想看她失态吗？李存勖最喜的就是她识大体，她又怎么会砸自己的金字招牌呢？

蕊仪的笑淡淡的，若有似无，好像那梅香无所不在，渐渐渗入人的四肢百骸。李存勖伸手想要握住她袖中雪似的柔荑，“有孕的人也不见丰腴，有什么喜欢的只管和贵妃说。蕊瑶，梳月宫虽远了些，你也要常去。”

“皇上一见姐姐，说起话就没完没了了。臣妾知道了，臣妾一定替皇上好生照看姐姐。”蕊瑶娇笑道，身子微微一偏，握住李存勖刚刚抬起的手，轻放在自己膝上。

蕊仪正笑着伸手递上，下一瞬则尴尬地停在半空中。她收回手，退回自己的位子。李存勖正笑看着蕊瑶，轻言细语地哄着她。这算不算六宫粉黛无颜色？也许李存勖见惯规规矩矩的大家闺秀和火上头能烧了屋的泼辣女子，一见到娇憨可爱而又不失分寸的蕊瑶，就被稳稳地拿住了。

一边慢慢地品着百合羹，一边探寻地看着他们二人，这一刻蕊仪和梓娇的目光竟出奇地相像。她们揣测着李存勖究竟是一时新鲜，还是真的陷了下去。

“臣妾没怪皇上，皇上想着姐姐是应该的，要不，皇上不就成了无情无义的人了吗？何况我若不去看姐姐，姐姐那儿岂不是太冷清了？”蕊瑶笑着，每一句话都仿若出自无心。

这是在为她姐姐说话了，李存勖笑道：“是朕疏忽了。赵喜义，再挑几个宫女给淑妃。那些针线上的事淑妃也别再做了，挑几个绣功好的就是了。”

“臣妾谢皇上。”蕊仪饮恨而笑，不知李存勖是真没听出蕊瑶语中尖利的芒刺，还是真的误解了。

“我瞧着婕好妹妹的女红最好，你们又是亲姐妹，不如也让婕好妹妹做一些。臣妾近来也闲得慌，也能帮着做一些。”梓娇笑道，盼着蕊瑶自讨苦吃。

女人家聚在一起做针线，顺便闲话家常也是一件趣事，李存勖点头应允：“你们姐妹是该多走动，日后这孩子不光叫你一声韩母妃，也要叫你一声小姨。”

李存勖看着她们和和乐乐的，刚被军报扰乱了的心不觉舒坦了些。他听了梓娇的话，虽为她的转变所动，却也不愿发话让她和蕊仪走得太近。梓娇不同于蕊瑶出自名门，李继潼的教养已然有失，他不想让梓娇再影响了蕊仪。

“臣妾知道了。”蕊瑶乖顺地道，朝蕊仪笑了笑，“姐姐别嫌我烦才好。”

“皇上，中书夫人崴了脚。”小太监顺喜跑上来禀报。众人望去，李嗣源正扶着平都缓缓地挪着步。

“臣妾去看看。”蕊瑶主动请缨，几步上前去迎平都。

蕊仪笑了笑，也站起身：“臣妾也去看看。”她并非去迎平都，而是有话要问蕊瑶。她脚下微快，堪堪追上蕊瑶，“我又哪儿招惹你了？你话里句句带刺，别以为我听不出来。”

“姐姐心里跟明镜似的，何须问我？”蕊瑶没好气地道，脚下不停，只望着迎面而来的平都，“你让我收买崔敏正，让我以为他只听我的。没想到你又收买了他，还和他一起算计我。非但如此，事后你还半句不提，好像一切都是为了我似的。若要人不知，除非己莫为，姐姐别总把别人当傻子。”

轻轻拽住她，迫她停步，蕊仪声音轻且快地道：“若不是你自己怕死，我又岂能算计了你？我心里也不好受，不告诉你，也是不想再伤你的心。”蕊瑶微微侧身，又要走。她叹了一声，不免有些低声下气，“你要如何才肯原谅我？”

蕊瑶面色一沉，目中讥诮，道：“姐姐既然要迎夫人，那我就先回去了，皇上那儿少不了我。”

广袖一摆，蕊瑶转身就走，一次也没有回头。李嗣源和平都已到近前，蕊仪只好硬着头皮迎上去：“夫人崴了脚，怎么不让人用滑竿抬过来？或是背着也成啊，走动了，动了骨头就不好了。大哥征战惯了，连这些小事都不懂了。”

“是臣疏忽了。”李嗣源客气地道。有一次蕊仪崴了脚，他背着她走了二里山路。他见平都崴了脚，就不觉想起蕊仪，一时间是什么法子都想不出来了。

蕊仪回身朝李存勖微微一笑，道：“皇上还是请人给夫人瞧瞧吧，别伤了骨头。”

蕊仪转身时正背着光，仿若镶了一层柔柔的金边。李存勖看了李嗣源一眼，

又见她像是丝毫没把心思放在李嗣源身上一般，几不可察地舒了口气，回头对赵喜义道：“请冯太医过来。”继而起身相迎，“大哥快坐，特意备了几个大哥喜欢的菜。”

“臣拜见皇上。”李嗣源恭敬地施礼。平都瞥了他一眼，也跟着拜了。

“夫人怎么愁眉苦脸的？小两口儿不是正好着吗？”梓娇纳闷地看了平都一眼。

“扭了脚，疼的。”平都撇撇嘴角，遮掩了过去。

李存勖一向疼这个表妹，关切地问了几句，才对众人道：“契丹攻扰幽州，大哥不日出征，朕今日借此筵为大哥送行。”

此语一出，四座皆惊。他们在行宫半点动静未闻，只道终于能太平些时日，没想这么快就又起了兵祸。李嗣源出征，李存勖应是坐守洛阳。众人心乱如草，也找不出旁的头绪，只能等着听他们的说法。

“臣定不负陛下所望。”李嗣源郑重地道。四下里一下子肃然起来。

这份恭敬郑重让几个女人一下子连手都不知该往哪里放了，尤其是平都，停在唇边的笑干涩起来，“说好了是赏梅筵，怎么又说这些了？皇上要遣将，就该在朝堂上。”

因平都从不说半句硬话，此语一出，连李存勖都为之一惊，可一想她许是担心李嗣源，也就明白了，道：“平都是舍不得大哥了，也不打紧，朕准你随军就是了。”

平都若有所思，正当别人都以为她要应允谢恩的时候，她忽然笑道：“这不合规矩，我还是留在府里吧，不能让皇兄和夫君为难。”

满意地颔首而笑，李存勖看着这对夫妇，道：“等大哥凯旋，朕就赐大哥丹书铁券，保你们夫妇富贵永存。”

“谢皇上。”二人各怀心事，答时自是心不在焉。众人不疑有他，毕竟再大的封赏也只是后话，沙场上刀剑无眼，再勇猛的战将也有可能就此马革裹尸，李嗣源究竟能否享这富贵还是未知。

原先席间的和乐欢愉一扫而空，取而代之的是各人清晰或莫名的忧思。梓娇笑了笑，想着给诸人调节一下：“大哥挂帅出征，一准儿打得那些契丹兵丢盔弃甲，妹子就不必担心了。”她夹了一大筷子鱼给平都，“鱼做得不错，平都小时候就喜欢，快尝尝。”

轻轻把碗端起来一些接了，平都脸上终于又有了笑："我记得贵妃娘娘也很喜欢吃鱼，别光顾着我了。"

平都自幼被曹侯府收养，自是养出些贵气，平日里虽然性情温婉，但仍不觉中透着傲气。梓娇在她面前总是低了半头，说话时客气得很，却没有半分亲近。此时平都并没说些刻意亲近讨好的话，语气中却平白多了几分柔和。

梓娇一喜，筷子生风，给每个人都按喜好夹了些菜。蕊仪见她失态，刚想发笑，闻着淡淡鱼腥味，胸口一阵翻滚，连忙捂住胸口忍住了。李存勖一惊，忙叫人端下去。

李嗣源见了，眉心一紧，险些就要起身。平都静静地看着这一切，轻拉了李嗣源衣角一下，看着他神情骤然凝滞，恍若有所失的样子，心里忽然一阵绞痛。既然蕊仪已安下心来做她的皇妃，那再想利用蕊仪引得他们兄弟相争就已不大可能。其实她大可以换一种法子，反其道而行之，也不是不行。

"臣妾身体不适，想先回去歇着，臣妾告退了。"蕊仪福了福，等李存勖点了头，匆匆离去。平都的异样已初现端倪，要是她再闹起来，就不知该如何收场了。有人要出征，这是个大日子，应该和和乐乐的，让大家放心。

席间酒过三巡，众人相携赏梅。李存勖和李嗣源落在后面，声音压得极低，在商讨如何击破契丹的大计。蕊瑶见梓娇和平都有说有笑，很是奇怪，但插不上话，也只能作罢。她望着梳月宫心里忽然空落落的，本想在席间再跟她拌上几句嘴，没想到她这么早就认了输。

"妹妹在想什么？也跟姐姐说说。"梓娇撇开平都，凑了过去。

蕊瑶摇摇头，向旁走了两步，只用余光瞟了她一眼，道："贵妃只管和夫人说话，别冷落了人家，让人家觉得宫里的人都不懂礼数。"

"妹妹想说的不懂礼数的，不就是本宫吗？"梓娇笑道，李存勖一不在，就又端起了贵妃的架子，"本宫想和你谈笔交易，反正你们韩家人个个精明，铁算盘打得当当响。"

"交易？我能有什么，你该不会隔空画个大饼，让我对付我姐姐吧？"蕊瑶微微一笑，一眼洞悉了她的心思。

梓娇讪讪地一笑，索性开门见山地说了："你身上那股子狠劲儿比你姐姐要强，本宫不会看错人，不如你和本宫联手，日后你我之间再分出个高下。"

"这番话你也对姐姐说过？她一定没应承你。"蕊瑶冷笑一声，转身就走。

疾步追上，梓娇恼恨地道：“你们姐妹俩都只会惺惺作态，到了最后，谁还顾得了姐妹情谊？那都是迟早的事，你现下若不答应，可别后悔。你姐姐耳根子软，本宫再和她说几次，没准儿她就答应了。”

“那就等你说动了她，再来跟我说一声吧。”蕊瑶浅浅一笑，对蕊仪她心里也没有底，面上却丝毫不露。不过，若是蕊仪真和梓娇联手，她们的姐妹之情也就到头了。

第十九章·生疑

同光二年元月十五　幽州城外

惨淡的斜阳照着护城河中早已染红的河水，旌旗、战甲和战亡的将士四散在刚刚平静下来的沙场上，早已分不清哪些是契丹人，哪些是中原人。半月的鏖战终于使契丹大军退去，此时将士们正含泪收检着他们袍泽的遗骸。

连年的战祸使百姓苦不堪言，本以为李存勖开国称帝之后能过上几年安生日子，没想到契丹兵一有机会便来侵扰抢掠。李嗣源战甲浴血，此时正立在护城河边看着这尸横遍野、血流成河的惨烈场面。他握着剑柄的手不觉收紧，恨不得将其捏碎，不知何时百姓才能真正过上太平日子。

“大将军，是否现在给洛阳送捷报？”魏崇城请命道。

李嗣源点点头道：“给沿路的驿站传信，让他们多备快马。临行陛下千叮万嘱，如今见了捷报，定然大喜，犒赏大军。”

再多的赏赐也抵不过这些日子以来所流的血汗，大家都心知肚明，可自古用身家性命换来的也不过是这些封赏。

吩咐人向洛阳宫告捷，魏崇城转身对李嗣源道：“听说皇上在衍藻行宫中和几位娘娘寻欢作乐，我们急需粮草的折子压了三日才看了。我们在前方浴血奋战，也不知为了什么。”

警告地看了他一眼，李嗣源看了看四周，低声道：“皇上一向勤勉于政务，

哪儿来的寻欢作乐？你切不可轻信谣言。若不是皇上，当初奇袭汴梁的计策从何而来？何况你十余年来征战沙场，就只是为了皇上，从没想过保境安民？”

“奇袭汴梁之计不假，可若不是宋军师突然出现，陛下也未必就会亲征。”魏崇城不服地道，“皇上登基以来也的确不如从前，要是从前，契丹来犯幽州，陛下一早就亲征了。”

“陛下只需在朝中运筹帷幄，何须亲征？这样的话以后不必再说了，不然军法处置。”李嗣源正色道。他也不能否认魏崇城之言，李存勖登基后多日不朝也有过几次，对战事也不如从前热衷，只是这些话还是私底下劝谏为好。

魏崇城重重地叹了一声，看着李嗣源的背影，终于忍下满眼的期冀：“那周大人呢？只因多喝了两杯而御前失态，就被下狱抄家，最终被活活饿死在狱中。”

李嗣源一惊，肩头颤动了一下，伴君如伴虎，李存勖做了帝王，便也就成了虎。可是这也太过了，难道他不知如此行事只会让忠臣寒心？这不像是李存勖的作为，也许还有其他的事致使他不得不铲除周大人，这不是他们为人臣子的一时间所能明了的。

“你留在这儿，我去看看城里的百姓。”李嗣源转身进了城门。他只留了大军返回洛阳大营所需的军饷，余下的一律用来安民，此时城内应已支起了粥篷。

赵功生办事果然得力，粥篷从衙门口一路延伸到城门前。李嗣源拿起铁勺舀了些看了看，满意地点了点头。施粥的将士看见他连忙行礼，虽被他制止了，却还是引来了长队中百姓的注意。

李嗣源刚要离开，当中一位读书人模样的中年男子已上前跪了下去，道：“大将军保幽州一城百姓性命，小民和城中百姓无以为报，只能为大将军立长生牌位，日夜祈祷大将军康泰。”

“这都是皇上的福泽，李嗣源不敢居功……”李嗣源话未完，四周已传来阵阵谢恩之声。这声音一旦传开，一时间城中此类声音便此起彼伏，无论如何也制止不了。

李嗣源心道不好，等将士和百姓都安顿好了，定要尽快离开幽州，不然大祸将至，他也许会成为下一个周大人。

这日天不错，一连下了三日的雪终于停了，连日来灰蒙蒙的天终于像染了淡淡的蓝色，若有似无地飘着几朵鱼鳞似的云彩。阳光顺着云彩的缝隙撒下，暖暖的，让人忍不住想出门走动。

梳月宫里更是难得的喜气洋洋，李存勖一早便来了，陪蕊仪用了早膳，一直待到晌午都没有离去的意思。蕊仪两腮略微丰腴了些，笑起来比往日更有一番韵味。她看着李存勖也不多言，能这样静静地看着他，她没来由地一阵平静。

“几天没见着皇上，不知妹妹服侍得可好？”蕊仪轻声问道。

“吃味了？朕跟你的情分不同。”李存勖笑道，长指滑过她光洁如玉的下颚，刻意放缓了速度，“等到春暖花开的时候咱们就回宫，丽春台的桃林开了花，朕就陪你住在丽春台。到时你嫌朕烦，赶朕，朕也不会走的。”

“皇上这不是该让蕊瑶吃味了吗？”蕊仪笑着打消了他孩子气的承诺，尽管她奢望如此，可却不敢相信，“还有旁的几位姐妹，几个月没见皇上，又被臣妾霸着，臣妾该成众矢之的了。”

李存勖笑了，退后一些看着她隆起的肚子，道：“你有了朕的皇嗣，她们有吗？若她们也给朕生个一儿半女的，朕也另有赏赐。”

凡是有了他子嗣的便要另眼相待，那她这一份是不是又会有所不同？蕊仪觉着自己有些小心眼，忍着追问的冲动，笑了笑，过了一会儿才道：“皇上可给宋军师种过桃树？”

“她只喜欢青荷。”李存勖淡淡地答道，神情有些落寞，转身看向窗外闪着光的积雪。

他还没忘了宋可卿，可自己也是特别的，对吗？蕊仪笑得很轻：“那臣妾的桃林也是独一份了，臣妾以后都不会再计较了。”

“朕都忘了，你还没忘。”李存勖一刻也没有忘记，可是他不想让旁人再提起，话中略带了些冷意，一下子疏离了许多。

一提宋可卿就不免失态，蕊仪暗怪自己多嘴，刚要想法子弥补，只见赵喜义一脸喜色地进来了。赵喜义匆匆行了礼，笑道：“皇上，幽州大捷，奴才恭贺皇上，恭贺大将军再立奇功。”

“幽州大捷了？”李存勖惊道，下一刻明白自己没有听错，不虞之色立时不见了踪影，“天佑大唐，天佑朕！”

“臣妾给皇上道喜。”蕊仪笑道，回头吩咐满月，“去请贵妃姐姐和韩婕妤，幽州大捷，皇上在此摆宴。”

李存勖听了，赞许地点点头，又继续道：“将士们为朕征战在外，立下大功，等他们凯旋，朕定要大加封赏。”

“皇上说得是，尤其是中书令大人此次居功至伟，不知皇上打算如何赏他？”趁着李存勖在兴头上，赵喜义赶忙追问。

李嗣源已是中书令，还掌着兵权，若再加封……李存勖心底“嗡”的一声响，不动声色地沉吟道：“朕欲赐大哥丹书铁券，再加封为太尉。”

太尉之职未免恩隆太重，尤其李存勖说话时神情有些不自然，蕊仪低头不语，隐隐有了不好的预感。赵喜义还浑然不自知，一见蕊瑶和梓娇，忙不迭地迎进来：“二位娘娘，幽州大捷，皇上和淑妃娘娘正高兴着呢。”

二人道了贺，你一言我一语地问起幽州城中的事。梓娇忽然想起平都还在洛阳，未必知道了消息，就道：“皇上不如把夫人也接来，她一个人在洛阳，难免胡思乱想地担心，接过来也算是为大哥尽了一份心意。”

“赵喜义，这就派人过去。”李存勖笑道，又把决定给李嗣源的封赏说了一遍，蕊瑶、梓娇连连称好。

蕊瑶想了想，嘴角勾起一抹慧黠的笑，道：“大哥和夫人成亲之后，仍时常征战在外，他们这般聚少离多总不是个事儿。这回战事了了，不如皇上就留大哥在洛阳享享清福，也好慰藉夫人一片相思之苦。”她垂着眼眸笑了笑，“过些年，等夫人为大哥生下嫡子，再做旁的安排也不迟。”

“蕊瑶所言甚好，等平都来谢恩的时候，朕定让她来谢你。”李存勖笑道。太尉之位虽重，但只要将李嗣源留在洛阳，又如何能翻出他的手掌心？

受宠若惊般地笑了，蕊瑶看了蕊仪一眼，道：“大哥回了洛阳，就能常进宫看皇上，大家都会欢喜的。”

若有所思地看向蕊仪，李存勖静等着她接话。蕊仪左右看了看，也道：“臣妾也想常见到夫人。”

“好，朕就在洛阳为大哥建一座府邸。”李存勖笑道，目光柔和起来。

四人笑闹间，隐隐听见外院有喧闹声。赵喜义到外面看了看，回来时面色很不好看：“皇上，申王来了，像是听到了什么风声。”

衍藻宫刚接到捷报，洛阳宫就得到了消息，这摆明了是一份捷报送了两处。指尖在桌边上轻敲了几下，李存勖冷冷笑道：“让他滚进来！”

“是存渥啊，天这么冷，大老远地过来。蕴溪，还不去烫壶酒来？”梓娇起身张罗，眼瞅着几人半分未动，觉着不对劲儿。

李存勖不耐烦地看了梓娇一眼，道："你们到里间坐坐，朕有话要和存渥说。"

三人依言而行。梓娇走在最后，李存渥进来时不经意地多看了梓娇一眼，蕊仪轻唤了一声，梓娇愣住了，连忙快走了几步。李存渥不由得抬眼一看，蕊仪的目光正扫过他们二人，他不自在地颤了一下，转身在李存勖面前跪下。

"皇兄，听说大哥又立了战功，臣弟想问，皇兄打算如何封赏？"李存渥低着头，殷切地问道，额角青筋跳动了几下。

李存勖不动声色地冷笑着，语气加重了些："朕打算封大哥为太尉，赐丹书铁券，再在洛阳赐太尉府。"

"皇兄如此重赏，日后我们兄弟几个哪儿还有立足之地啊！"李存渥动情地道，大有要声泪俱下的意味，他向前蹭了几步，拜倒不起，"李嗣源若为太尉，恩威日隆，他日尾大不掉，必为后患，还请皇兄三思。"

"大哥"代之以"李嗣源"，李存勖握紧了拳，出征契丹前，李存渥对李嗣源何等尊敬，为其牺牲性命也在所不惜，而如今刚得知他要厚封李嗣源，就立刻变了一张脸孔，让他不由得惊叹。若今日他与李嗣源易地而处，李存渥会不会也这样对他？

他忌惮李嗣源，可他更应防着这个弟弟，为利所驱的墙头草更加不牢靠。唇角微微掀起，他的声音越来越冷："幽州刚刚告捷，你如何得知？"

"臣弟……"李存渥盘算着如何遮掩过去，一咬牙硬着头皮道，"臣弟担心皇兄安危，不得已而为之，皇兄恕罪。"

一碗酒兜头泼下，李存勖又一脚踹了过去，不重但也不轻，"把你那些人都带走，要是再让朕看见一个，朕就废了你的王位，再摘了你的脑袋！"

"皇兄，臣弟再也不敢了，臣弟真的只是担心皇兄，绝没有不该有的心思。"李存渥爬起来连连磕头，半晌才拜在那儿抖着身子不动了。

"说，谁是你的人？"李存勖波澜不惊地道。

"皇兄，我……"李存渥抬起头，牙关打战。

李存勖看向赵喜义："拟旨，废申王……"

"无忧，是无忧。"李存渥眼中泪光点点，无力地垂下手，虚脱了似的看着他。

竟是每日伺候李存勖更衣、用膳的宫女，李存勖面色大变，恨恨地指着他，半句话也说不出来。蕊仪她们在内间听得仔细，也为之一震。蕊瑶在一旁惊得低着头一阵沉思。梓娇面上僵得仿佛一脸的粉都要掉下来。蕊仪暗暗看她，心知有些不对，目光不由得透过镂空雕花的屏风看了过去。

蕊瑶向蕊仪使了个眼色，想问问李存渥到底意欲何为。蕊仪朝她摇摇头，又看了过去。她总觉着梓娇和李存渥之间有些不对劲儿，若说只是因为当年梓娇对李存渥颇为关照，似乎过了；若说不是，又说不出哪里不对。

前厅里，无忧已被人五花大绑押了上来。李存勖摆摆手，被赵喜义堵上嘴带了下去，应是凶多吉少了。李存渥面如死灰，兀自强撑着，哽咽着道："皇兄，你我是亲兄弟，他李嗣源不过是父王收养的一个胡儿，皇兄如此器重他，却对我们这些亲兄弟不屑一顾，我们到底哪里不如他？若是臣弟也去伐汴梁、征契丹，也定能立下那盖世奇功。"

就凭你？李存勖对此嗤之以鼻，不过还要留他制衡李嗣源，面上半丝不露。

"以后自有你历练的机会。"他停了一下，教训道，"大哥的战功都是拿性命换来的，朕重赏于他，难道不应该？"

"皇兄有所不知，"李存渥泪痕渐干，目中精光闪烁，"幽州城的百姓只知有中书令李嗣源，不知有皇上。契丹退兵之后，李嗣源广开府库，设百里粥篷收买人心，大修府衙收买当地官员，半月间竟用去了幽州城一年的赋税。李嗣源结党营私，必想为他日所用，皇兄不可不防。"

"啪"的一声，李存勖一掌重重地击在桌上，没想到李嗣源竟敢收买人心至此。好啊，用的是朝廷的银子，成全的是他自己的野心，李存勖冷笑着问道："不知朕该如何防范？"

"皇兄应立刻召李嗣源回宫，夺其兵权，废其官位，再关入天牢严加审问，问问他可有不臣之心，为何要做此大逆不道之事。"李存渥义愤填膺地道。他若是早生十五年，定比李嗣源更有作为。

自己斟上酒，冷哼了一声，李存勖没有说话。他边品着酒边看着李存渥。内间里的人也屏住了气，等待着他的答案。

"皇兄，再晚就来不及了。皇兄若不封他为太尉，百官必怨皇上凉薄；若是封了，他掌了举国兵权，他日兵变，皇上危矣。"李存渥怕他不信，又抖出了一大堆名字，"他身边的赵功生、魏崇城已渐渐成了气候，还有个小的，好像叫石敬瑭，都不是省油的灯。这都是他的羽翼，好在尚未丰满，皇兄应尽快剪除！”

黑瞳一凝，当中颜色暗如黑墨，李存勖沉吟道：“他虽不是朕的亲兄长，可这些年也已然无二，何况平都还嫁给了他。你是逼着朕弑杀兄长，还是想让平都做寡妇？”

李存渥一愣，眼角一抬，觉着自己押对了宝，便跪直了身子，郑重拱手道：“臣子有不臣之心，皇兄诛杀之，天经地义。至于平都，大不了让他们和离。平都妹子贵为郡主，样貌品行都没的挑，还怕日后找不到更好的夫婿？要不皇兄索性封平都为长公主，日后给她再寻一位重臣猛将就是了。”

忽然一阵大笑响彻宫室，里里外外的人都惊得目瞪口呆。李存勖边笑边摇头，让人扶了他起来，“朕知道你看大哥得了封赏，心里不舒服，回去把你这口气消消，以后再有机会，你只管请战，朕定让你挂帅出征。”

“皇兄，这怎么可以？”李存渥瞪大了眼睛，不敢相信自己的一番话都白说了。

“你那些疯话不必说了，以后也最好别再让朕听见。朕有朕的计较，不容你置喙。”李存勖命令道，别有深意地看了他一眼。

外面总算消停下来，屋里的三人都不约而同地探出头去。李存勖背对着她们，看不到神色。只瞧见李存渥收敛了眸中精光，点了点头，冷静下来，由人扶着退了下去。

“皇上，存渥年纪轻，不懂事，皇上千万不要气坏了身子。”梓娇脚下一转，绕过屏风，望了李存渥背影一眼，在边上的热水里洗了块手巾递了上去。

“他还年纪轻？”李存勖忽然想起了什么，冷哼一声道，“他的王妃还没选好？眼睛长头顶上，不省心的混账！”

“我多留意就是了。”梓娇答得心不在焉。

一桌子的菜早已冷了，蕊瑶皱皱眉，出去吩咐人再弄一桌。蕊仪站在一边，心里仿若有所失，好在别人只道她累了，也不留意。她看着宫女、内监忙来忙去的，望向李存渥消失的方向，若有所思。

李存渥这么一闹，倒是好了，亲兄弟之间有了隔阂，闹一闹，闹开了，也就过去了。反倒是李嗣源，冰冻三尺非一日之寒，这样下去，只能落得叛臣贼子抄家灭族的下场。不成，找个机会，她得跟他说说，看还有没有可以化解的办法。

“平都过两天也就到了，她是存渥的表姐，我正好跟她商量。”梓娇笑道。

李存勖顿了一下，回头看向神情有些木讷的蕊仪，道：“这些事闹得心烦，你好生在梳月宫里养胎，不必理会。”

“臣妾也想和郡主说说话。”蕊仪笑道。如今能给嗣源传话的，只有平都了。

“你好生养着，让贵妃和婕妤招呼她就是了，别劳累了，动了胎气。”李存勖微微一笑，声音中含着命令的意味。

梓娇眼珠子一转，明白过来：“妹妹好生养着，一切有我和婕妤妹妹，一切以肚子里的皇嗣为重。”

蕊仪无法推托，只能另选机会。蕊瑶进来看见这一幕，暗暗冷笑，她这个姐姐旧情未了，新情又生，着实可笑、可怜。若蕊仪不是她姐姐，她一早拿此事给李存勖上些眼药，还怕不逼得她痛不欲生？

她看着梓娇亲昵地拉住蕊仪的手问长问短，心头的刺越扎越深。她隐隐觉着蕊仪和梓娇之间一定发生了什么，不然蕊仪不会时不时地看向梓娇，那样子像是在问梓娇该怎么做。她们也许已经有了某些约定，背着她的约定。

雪化了，彻骨地冷，出门的人都缩手缩脚的，嘴里呼着白气。寝殿里地龙可劲儿地烧着，手炉之类的玩意儿也隔一阵子就重新烧了送过来。这样一来，如意馆里暖融融的，丝毫不像是冬日，倒有些夏的干热来。

蕊瑶贴了花钿，回眸望向正望着镜中自己的李存勖，百媚顿生，“皇上一连几日都在梳月宫陪姐姐，怎么忽然想起我的如意馆来了？”

打从平都入了衍藻宫，李存勖就住进了梳月宫，接连五六日，连平都去请安都一直陪在身边。蕊瑶初时只道他怕蕊仪给平都递话才如此，后来听说他们日日弹琴作诗，还作了一首什么《忆仙姿》，就气得七窍生烟。

“闻闻这一屋子的醋味，连你姐姐的醋都吃。”李存勖笑着揉了揉她的发，让她倚在怀中，闻着她的发香。他忽然低笑起来，定是以为他喜欢蕊仪新调的梅香，连带着她自己的发也熏了这香。

蕊瑶偏过头去，轻声疑道：“皇上不喜欢了？还是特意管姐姐要的呢。”

“不必学她。”李存勖简短地道，替她戴上一支翡翠步摇，晶亮的翠绿光泽在眼前闪现。

“我还懒得学呢。”蕊瑶娇笑道，美眸微垂，“皇上不让夫人见姐姐，她倒是来了我这儿好几回，回回都坐到不能留客了。我瞧着她不是想见我，倒像是想见姐姐。”

“朕也是怕蕊仪劳累了，平都若想见她，过几日你陪她去便是了。只是别让蕊仪说些不该说的话。那天存渥多饮了几杯，满口胡话，朕是半句没当真，就怕蕊仪多心，再告诉了平都。”李存勖轻道，臂弯紧了紧。

“皇上不怕我告诉夫人，也不怕贵妃姐姐告诉，就怕姐姐，倒是奇怪了。姐姐最识大体，从来不做出格的事，皇上只管放心。”蕊瑶笑道，眸光一转，蕊仪既要和梓娇联手，她也不能坐以待毙，“不过，皇上的担心也并非全无道理。”

“你倒是说说。”李存勖放开她，让她坐在膝上。

蕊瑶为难地摇摇头，踌躇了一会儿才道：“她和大哥也算有些交情，原本是闹得跟仇人似的了，可是若然得知大哥要犯上谋逆大罪，也定然不想看到他身首异处，何况……我不说了，这么说倒像是在背地里说姐姐坏话了。”

“你只管说，这儿只有你和朕。你不说，朕不说，你姐姐不会知道。”李存勖看似漫不经心地道。

“在去郓州之前，一提到大哥，姐姐就黑了脸，可是自从到了郓州，尤其是离了兴城，姐姐又好像不生大哥的气了。”蕊瑶欲言又止，浅浅地一笑，“这也没什么，要是他们还跟仇人似的，皇上倒也为难了。”

“也是。”李存勖微微颔首。当年是他用计娶了蕊仪，又让李嗣源娶了平都，这当中原委他再清楚不过。只是看此情形，他们似乎已经把话说开了，那是不是也意味着他们又想延续过去的情分？

蕊仪的性子他了解，若不是全然的信任，是不会把救走宋可卿和借兵进宫这样的大事都托付给李嗣源的。可蕊仪又怀着他的孩子，看她那副小心在意、言听计从的样子，李存勖浓眉深锁，也猜不透蕊仪究竟是何心思了。

“他们要是一直怄气，大哥也不会那么快就派兵入宫救驾，说起来他们各退一步，对皇上、对朝廷，都是有功的。”蕊瑶笑道，话一出口觉得这火上浇油浇得过了，偷偷瞧着他的脸色。

这一回李存勖没有说话，蕊仪对李嗣源未必旧情难忘，但李嗣源也是个谨慎的人，若不是对蕊仪还有情，断不会冒着被人反咬一口的危险，把最得力的亲兵交到李继岌手上。

李存勖眼角一动，把蕊瑶轻推到一边的椅子上，自己起身来到窗前，忽然猛地推开窗，一股冷风迎面而来。面前不再是花团锦簇，映入眼帘的是一盆盆略显枯槁的盆景，一枝枝的，横七竖八地歪在那儿，凌乱不堪。

午间明媚的光照在最后一点积雪上，成了薄薄的一层晶亮颜色，路上的雪一早被内监铲了个干净，只剩下角落里和树根下的这一星半点。虽然天比日前更冷，但对于那些憋在屋里几天了的人来说，却还是要出来走动的。

梓娇裹了件杏色棉袍，脚下一双酱红色金线牡丹绣鞋，只带了蕴溪在后园子里走着。李继潼跟随李嗣源到军中历练，虽说他年纪小，到了幽州也只是跟着几位主将看看，但也无暇写信回来，只是偶尔随军报捎回些报平安的只言片语。这事让梓娇成天揪着心，连应对李存勖也显得漫不经心。

“娘娘，如今淑妃身子不方便，正是娘娘的好时机，娘娘应当想想如何同皇上和好如初，而不是成日地担心二皇子。二皇子回来就要封王的，不用太担心。反倒是韩婕妤，要是再纵容下去，倒是会出乱子。”蕴溪担忧地道。她跟了个时而机灵时而糊涂的主子，时时刻刻都得提醒着。

神思正不知飞去了哪里，猛然被她唤回来，梓娇还没全然了悟过来，“你说她们姐妹两个哪个更容易握在手里？”

都什么时候了，还想这些！蕴溪险些抱怨出来，耐着性子道：“这不好说，要说心思少，那当然是韩婕妤，她不如淑妃沉稳，可她偏偏是个软硬不吃的。那就只能动淑妃的心思，淑妃倒是个可为利妥协之人，只是她如今有了皇嗣，往日在家做女儿时又是那般心性，是一定会和娘娘争的。”

“真是左右为难，难不成本宫要一口气把她们都拽下来？”李继潼之事未去，梓娇实在分不出心思来想什么一箭双雕的好计策。

“娘娘还是死了这条心吧，想想前朝的则天皇帝和王皇后，最终王皇后落得什么下场？那些个与虎谋皮的又有谁有好下场了？何况她们是亲姐妹，眼下是恼了，争后位也是要闹翻的，可一旦大局已定，也是最容易和好的，娘娘何必做这与虎谋皮之事？”蕴溪干脆利落地戳破了这层窗户纸。

梓娇沉吟了一下，努力暂时不再去想儿子，道：“那得好好筹谋一下，不说旁的，单说皇上若要立她们俩任何一个为后，那些个大臣能有几个不赞成的？而若换了本宫，八成没几个赞成就是了。”她在家世上矮了她们不知多少头，更何况还有把柄在蕊仪手上。

蕴溪也犯了难，这种事在投胎的时候就已经定下了，可细想想也不是没有弥补的余地，便试探着道："如今朝野上除了韩家，便是中书令大人和郭大人，中书令大人想必不会站在娘娘一边，那就只有郭大人了。要是郭大人能为娘娘说话，也未尝不可。"

"郭崇韬那老匹夫？"梓娇嗤之以鼻地冷哼道，"要不是皇上给他留几分薄面，他就坐实了逼宫谋反的大罪，跟他牵扯到一处，也不知是帮本宫，还是害本宫。"

"可是也没有别的办法了，要不在郭大人身上想法子，就多联合几位大人，但是这样一来，娘娘一没钱财，二没家世，他们凭什么听娘娘的？"蕴溪说完立刻退了一步，缩起了脖子，怕她发起火一巴掌打将过来。

梓娇刚要动怒，心思一转确是这个道理，"可如今皇上又怎么会听他的？"

"奴婢觉着，既然皇上没有治郭大人的罪，也没有明发诏谕斥责，就是将此事压下了。要是郭大人日后不再行差踏错，这事也就成了皇上握在手里的把柄，也许就不提了。而且如今朝廷上这么乱，郭大人帮皇上的机会也不少，要是抓住了机会，难保不能重获圣宠。"蕴溪低声道。

慢慢地向前行了几步，眼看着到了湖边的石栏前，梓娇眉头舒展，有了些笑意，"要是本宫能让他重回朝堂，他心里定还要念着本宫的好，到时什么都省下了。"她朝蕴溪笑了笑，"要是没了你，本宫真不知道该怎么办了。只要你忠心为本宫好，日后你愿意对食还是配个捧圣军侍卫，都由得你。"

蕴溪听得头皮发麻，当然要选后者，可谁知哪天会不会不小心得罪了这位主子？"奴婢只想一辈子服侍娘娘。"

梓娇笑了笑，像是颇为满意，放眼望去满园的萧瑟，不知回春时又是何番景致。不远处有人拨开低垂的枝丫而来，定睛一看却是平都，再往远了看些，韫杏立在亭子下并没有跟过来。

纵是青石地上湿滑，平都也半分仪态未减，她袅娜的身姿没一会儿已到了近前，"贵妃娘娘多日不见，似乎清减了些，可是睡得不好？"

梓娇一向觉得平都待她冷漠，可一想到自己当年不过是曹老王妃屋里梳头的婢女，也就不敢计较了，当下听她关心自己，很是错愕，"夜里风大，睡不踏实。夫人的气色倒是不错，想必空影阁幽静，是个养人的地方。"

"也不过离开了几日，他们把地龙修缮了一下，暖和了许多。"平都客气地道。李嗣源一出征，她便回了洛阳的老宅子，原想着要等他们回宫才能见上，没想到没几天工夫就被叫了回来。她微微一笑，看了眼蕴溪，道："有些体己的话想和娘娘说，就让蕴溪姑娘陪韫杏歇歇，娘娘觉着可好？"

梓娇一愣，犹豫了一下才看向蕴溪，道："拿些点心，和韫杏姑娘说会儿话去。"

"谢娘娘，谢夫人。"蕴溪故作喜出望外，知道平都定是有话对梓娇说，头也不回地带韫杏吃点心去了。

平都和善地一笑，直来直往地道："娘娘是聪明人，我也就不兜圈子了，我只问娘娘两句话，娘娘想做皇后是不是？娘娘很忌惮淑妃是不是？"

一句话打了梓娇一个措手不及，几位妃子里，平都和蕊仪走得最近，突然说起是要敲山震虎，还是另有目的？"淑妃为人和善，又出身高贵，我是心服口服，说不上忌惮。"

"一直以为娘娘最是心直口快，也一直在心里管娘娘叫声嫂子，如今看来是我想错了，也找错了人，这就告辞了。"平都转身就走，不知一声"嫂子"能不能逼出她真正的心思来，刻意放慢了脚步。

"等等，是我误了夫人的好意，我向夫人赔不是。"梓娇赔笑道，紧追了两步，"我也有话想问夫人，夫人和淑妃最是要好，怎么会跟我说这些？"

"要好？她和我夫君的事早就人人皆知了，你以为我真会和她要好？不过是装装样子，大家体面罢了。"平都微微冷笑，看着她的眼，"这韩家的女人都是些狐媚的，从前的韩王妃一直为难娘娘和贤妃，如今淑妃又妄图后位，婕妤独占圣宠，天下的好事总不能让她们都占了。"

难道李嗣源还没有对蕊仪忘情？也许吧，梓娇想了想，这些没有实证，深究也无甚作用，还是捉住平都要紧。刚才还说无人襄助自己，才一会儿就有人送上门来了，要知道女人心里这把妒火有时能抵过千军万马。

"夫人既然知道我受的委屈，就要为我出头啊。我知道自己出身低微，可是继潼是皇上的儿子，若是淑妃或婕妤做了皇后，哪儿还有我们母子的活路。想想当年韩王妃的手段就后怕，淑妃、婕妤和她简直是一个模子刻出来的。"梓娇委屈地道。这份委屈并不全然是装出来的，一想到蕊宁，她就觉得心冷如冰。

除了害怕日后没有立足之地，也是想要更大的荣华富贵吧，平都离着她三步远，都能闻到她满身的铜臭味儿，可她并不打算揭穿，还故作义愤地道："这后宫的女主人断不能是她们，尤其是淑妃，她总不能这边母仪天下，那边又占着我夫君的心，以后娘娘有事只管来找我。”

一旦得到应允，梓娇立马凑上去，厚着脸问道：“在夫人面前我也顾不上体面了，就说说这些天，皇上一步都没有踏进过香仪宫，我又不能使性子硬让他来，他不喜欢我使性子，以前是我莽撞，如今是再也不敢了。”

“娘娘的确不能再硬来了，不过皇兄最喜欢淑妃大度、识大体，要是娘娘也能有样学样，皇兄定会对娘娘有所改观。”平都笑了笑，轻声道，“这样做也许慢了些，我还有一个法子，就是不知道娘娘肯不肯。”

“夫人请讲，我都听夫人的。”梓娇眼中充满了期冀，不由自主地握住了她的手。

平都慢声细语地问道：“就快过年了，宫里要管的事一定很多，不知娘娘可愿意分一些让淑妃协理？”

“这……”梓娇为难地道，眉心一蹙，“不是我不肯，夫人也知道我这人没读过什么书，也没管过什么账，跟淑妃一比，不就被比下去了吗？”

“她也不过双十年纪，读过的书再多，难道还能变成圣人不成？让她管着，别说协理，就是全交给了她也没什么。等她出了错，皇上不是只能选娘娘你了吗？”平都耐心地解释着。梓娇的悟性的确不如蕊仪，说起话来真累。

“都交给她，然后等着她出错？”笑从嘴角散开，梓娇轻轻搓着手，到时她还可以摆出一副贤德的样子为蕊仪说情，“可是她万一不出错呢？”

平都不由得失笑，上前与她低声耳语了几句后，挑眉道：“可听明白了？”

“我这就去见淑妃。”梓娇急不可待地道。

“不急，等皇上也在的时候再说不迟。”平都嘱咐了几句，又替韫杏谢了她，就告辞了。

梓娇看着蕴溪，急切地问：“皇上在梳月宫还是如意馆？”

蕴溪大叫不好，也不知平都都跟她说了什么，这把火一起，怕又要闹起来。可看她的神色，似乎并没有动气，反而带着些喜悦和期待，她半抬起眼，小心地问：“好像刚去了梳月宫，早上淑妃娘娘有些不适。”

“那正好，本宫正想过去。”梓娇兴冲冲地抬步就走，边走边道，“她身子不适，可是动了胎气？”

这些个妃嫔八成没一个盼着这孩子好的，蕴溪暗暗叹了一声：“不是，只是头疼。”

以为梓娇会失望恼怒，没想到她像是丝毫没有放在心上，只是嘀咕了一句：“要是她能答应就好了。”

梳月宫里，蕊仪正在和李存勖下棋，早上只是闹了一阵偏头疼，本不想惊动他，结果还是让崔敏正不小心说漏了嘴。下了一阵子棋，蕊仪又和李存勖用了碗核桃羹，自觉这样闷了些，于是笑道：“臣妾想让人到民间弄些小孩子穿过的衣裳，做百家衣和百家被。人都说，穿百家衣、盖百家被的孩子容易养。”

“让他们去弄就是了，咱们的孩子，定要一世无病无灾。”李存勖笑道，一枚白子落下，蕊仪的黑子被吃掉了一个大角。

“总是这样，臣妾不玩了。”蕊仪轻撇了撇嘴角，在家里时她也是此中高手，可到了李存勖面前就只有俯首称臣的份儿了。都说朝堂上几个心思最为缜密的，都下得一手好棋，果然不假。

李存勖眼中起了笑意，轻刮了她鼻子一下，道：“不玩就不玩吧，别累着了朕的小皇子。”他向后靠了靠，打量着她的肚子，“崔太医又换了方子，说你太清减了，要再补补。答应朕，一切都听太医的，不许使小孩子脾性。”

“臣妾遵旨。”蕊仪笑应道，腼腆地看向他，“还有六个多月，皇上就唠叨成这样了，以后臣妾都不知该如何是好了。”

张开手臂，示意她坐过来，李存勖轻抚着她微隆起的肚子，声音温煦、体贴：“这是咱们第一个孩子，蕊仪，朕还想跟你有更多的孩子。”

“皇上后宫佳丽三千，还怕没有皇嗣？”蕊仪笑问。他也盼着和蕊瑶的孩子吧，天家多子多孙多福气，哪个有了皇嗣都是喜事。

“不一样。”李存勖轻声道，想了想到底哪里不一样，“朕与你的孩子，文定能理朝政，武定能征战沙场，承朕之伟业。”

“他只要能听皇上的话，不丢皇上的脸就成了。”蕊仪笑叹道，兴许是对李继潼期许得太多，而又失望了，才会如此，“臣妾这就跟皇上立下军令状，无论是皇子还是公主，臣妾都好生教导。”

轻拍了拍她的手背，李存勖皱眉而笑，期许地又看了她肚子一眼，道：“朕知道，一定是皇子，一定是。”

可万一不是呢？蕊仪的偏头疼又要犯了。

“皇上说是就一定是。”她笑了笑，也期许地看着，“三皇子，你想要什么呢？”

“想要天下。”李存勖下巴抵着她肩头轻笑道，“蕊仪，朕待你是不同的。”

蕊仪心中一暖，她知道李存勖待她好，又许以她后位，与他觉着她更适合做那后位有着莫大的关联。李存勖喜爱蕊瑶也许还会更纯粹一些，这一直是她的遗憾，可是一切都在往好的方向转变不是吗？迟早有一天，她会做他心中的唯一。

“皇上，淑妃娘娘，贵妃娘娘来了。”满月轻声道。

“皇上也有几日没见到姐姐了，不如去香仪宫坐坐。”蕊仪起身在旁边坐好，劝了一句。

李存勖挑眉朝她笑了笑，转身吩咐梓娇进来。梓娇一请了安，立刻关切地看向蕊仪，道：“一听说妹妹头疼了，我就急出一身汗，现在可好些了？”

“劳姐姐挂心了，没什么大碍。”蕊仪笑道，赶忙让人奉茶。

像是颇为满意她的举动，李存勖指了指旁边的位子，道：“坐，别净站着。昨日传了军报，大哥还有六七天就回洛阳，继潼一切都好，你不必担心。”

平安就好，梓娇喜不自胜，说起话舌头就有些打结：“就让他在军中历练吧，过去是臣妾不对，太过溺爱他。”她看了看蕊仪，复又笑道，“今天过来，其实还有另一件事想和妹妹商量。”

“姐姐请讲。”蕊仪笑看向李存勖，应该不是小事。

“就快过年了，宫里好些事要张罗。往日在王府里都是韩王妃管着，一下子进了宫，我这人是两眼一抹黑，什么都弄不清楚。”梓娇好一阵子诉苦，半晌才不大好意思地笑道，“就想请妹妹帮帮我，好歹把年过好，别弄出笑话来。”

这倒是个机会，蕊仪微微一笑，况且她也喜欢这些，便道：“倒是可以试试，不过大主意还得姐姐拿。”

“你一个双身子的人，折腾什么？”李存勖不满地道，“让贤妃帮着你张罗不就成了？要不，婕妤也成。”

“皇上也不是不知道，贤妃妹妹管不了事；婕妤妹妹在家里也没料理过这些。况且，这是皇上迁都后，洛阳宫里的第一个年，要是出了大的纰漏，恐怕不是好兆头。”梓娇担心地道。

李存勖犯了难，看向蕊仪。蕊仪笑了笑，柔声道：“过年前前后后也就是这一两个月的事，有诸位姐妹帮着，也不碍事。皇上，臣妾一定小心在意，不会劳累的。”

蕊仪规规矩矩的样子很让人放心，反观梓娇，一口一个“我”，说几句话都磕磕巴巴的，确难成大器。李存勖颔首，把赵喜义叫来，道：“顺喜这猴精不错，先把他调到淑妃身边，让他帮着淑妃调度，别让淑妃劳累了。再告诉崔敏正，早晚都要给淑妃请脉，要是龙胎有什么差池，唯他是问。”

“皇上只管放心，也不是全推给妹妹。”梓娇放了心，笑道，“瞧皇上如此心疼妹妹，我都要妒忌了。”

“皇上也疼姐姐。”蕊仪拉住他们的手，交叠在一起。

感于梓娇难得识了一次大体，连日来李存勖面上集结的寒冰终于有了融化的痕迹，梓娇举手投足间小心翼翼的样子，他看在眼里，心里竟有了些愧疚。三人待了一会儿，蕊仪推说累了，李存勖和梓娇相携而去。

梳月宫前的腊梅林清幽静好，寒风略显缓慢地吹过，在枝头停歇，再重重地一掠，蔫了的花瓣随风飘落，飘飘洒洒地扬了一地，应着初霁的水蓝天色，如梦似幻。可花被擦过脸颊时，带着一丝奇怪的黏腻，让人忍不住起了些厌恶之心，广袖一挥，再退后几步，避开了。

蕊瑶从林中走出，藏身于石亭之后，咬紧了牙根望着李存勖和梓娇有说有笑地一前一后往香仪宫去了。她恨恨地往梳月宫里望了一眼，蕊仪定是与梓娇联手对付自己，姐妹间赌气，何必闹到这步田地，可蕊仪偏偏就这样做了。她冷哼了一声，转身就走，皮裘挂在低矮的树枝上，她用力一扯，滚边上破了一块。

她恼怒地用力跺脚，想要甩开那烦躁，却越觉灼烧难耐。日子还长着呢，她要让蕊仪后悔，让他们都后悔。

/梦三生系列/

[霜宸/著]

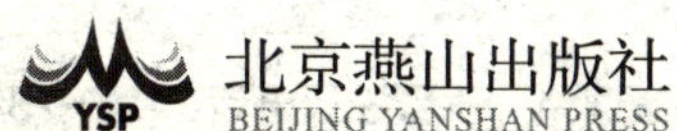

图书在版编目（CIP）数据

一寸相思一寸殇 / 霜宸著. — 北京 : 北京燕山出版社，2013.5

ISBN 978-7-5402-3159-0

Ⅰ. ①一… Ⅱ. ①霜… Ⅲ. ①长篇小说—中国—当代 Ⅳ. ①I247.5

中国版本图书馆CIP数据核字（2013）第052095号

一寸相思一寸殇

著　　者：霜　宸
责任编辑：李瑞芳　夏　艳
封面设计：心研视觉M.Vision
出版发行：北京燕山出版社有限公司
社　　址：北京市西城区陶然亭路53号
邮　　编：100054
电话传真：010-65240430
印　　刷：三河市文通印刷包装有限公司
开　　本：700mm × 980mm 1/16
字　　数：621千字
印　　张：38
版　　别：2013年8月北京第1版
印　　次：2013年8月北京第1次印刷
书　　号：ISBN 978-7-5402-3159-0
定　　价：52.80元（全两册）

第二十章 · 陷阱

过了七八日，又下了一场雪，不比月前的鹅毛大雪，这回只是星星点点的，不过连着下了一日一夜，倒也积出寸许高，踩在脚下只有少许凉意，要不是脚下传来“嘎吱”的踩雪声，倒像是踩在一层软垫上。

鱼凤上了玉阶，在檐下将伞上的雪花抖落，又抖了抖暗绿斗篷，招呼几个小太监抬了三只大木箱子进去。殿内，蕊仪正斜靠在榻上，满月和萱娘分坐左右，各自手捧账册，轮流念着。

“娘娘不想伤眼睛，却劳累了她们俩。”鱼凤笑着打趣道。三只箱子在墙根上落了地，小太监们躬身退了出去。

“调皮。”蕊仪微微抬眼，不以为意，懒懒地打了个哈欠。

“娘娘不是怕伤了眼睛，是怕小皇子染了铜臭味。”萱娘笑道，无可奈何地看了蕊仪一眼。大到出去走动，小到一册书、一句话，她都更在意了，听说要当娘的都是这样，不出奇。

满月“就是就是”地应和了几句。蕊仪笑了笑，这里萱娘最年长，鱼凤次之，因此最晓事的也是萱娘，“我瞧着过完了年，该给萱娘找婆家了。”

“啪”的一声，账册落了地，萱娘惊讶得僵住了，她到底做错了什么，让蕊仪想打发了她？鱼凤也不明就里，只有满月一张圆脸憋得鼓鼓的，过了一会儿终于忍不住了，笑出声来，“那时萱娘被关在仪鸾殿，娘娘想不出别的法子，就说

找个有门路的，把萱娘娶了。”

鱼凤恍然大悟，暗感蕊仪为人着想，以她为主确实有福。萱娘了然，心里热乎乎的，又想到丽娘，心里的疙瘩慢慢解开了，遂道：“娘娘为奴婢着想，奴婢万分感激。如今奴婢已经脱离了险境，娘娘就别再提了，奴婢愿意一辈子伺候娘娘。”

真想一辈子伺候她？蕊仪不信不到一年的光景萱娘就跟自己有了如此深的主仆之情，就是满月，若寻到了如意郎君，怕也是娇羞着推托几次就应了。萱娘许是在担心丽娘。当初她以丽娘相要挟，虽说是全了丽娘的恋慕之心，但也的确有些不近人情。

“我不是贵妃，你也不是蕴溪。”蕊仪神色中带了些郑重，别有所指地道，“过去的事就不必在意了。”

满月知道此中缘由，见萱娘低着头若有所思，忙紧张地拉了拉萱娘衣襟，道：“娘娘说话算话，你就别老记着了。”

鱼凤不知当中原委，暗暗揣测着许是二人原先红过脸，故怕二人又闹起来，于是看向那三只箱子，话锋一转：“娘娘，家兄从幽州捎了些东西来，让奴婢孝敬娘娘，大多是当地产的，也有些是契丹人的，娘娘要不要看看？”

“不是不准捎东西吗？”蕊仪这才看到那三只箱子，起了警觉，不知这究竟是魏崇城送的还是嗣源。

“请娘娘放心，都是家兄自己采买的，想着娘娘对奴婢关照有加，就送来了。”鱼凤会意地笑道，依次打开箱盖。

前两箱是锦缎，一箱是纯色的，挑不出一点驳色的地方，另一箱则已被绣娘的巧手绣上了各色花式，大多是牡丹。最后一箱都是未经打磨的珠玉，要么颜色鲜艳，要么晶莹剔透。

蕊仪起身细细看了一遍，越来越不安。这哪里是魏崇城的手笔？第一箱倒也罢了，后两箱处处应着她的喜好。她爱牡丹，衣料上便全是牡丹，各种形色，也不知花了多少心思。她说过想自己画样子打步摇、串链子，那些珠玉就都是毫无雕琢的。

蕊仪看了看鱼凤，想从她眼中看出她究竟知不知情，淡淡地说：“魏将军军务繁忙，还张罗这些，真是费心了，以后不必麻烦了。”

“听说只是交代了几句，都是管家办的货，娘娘不必放在心上。”鱼凤笑道，丹凤眼笑盈盈的，不像有假。

也罢，不再有下次就成了，蕊仪笑了笑，让她代自己道谢。她回到榻上，接着听账目，她面上听得认真，思绪却已到了李嗣源身上。无论如何都得见上一面，先是李存渥的挑拨，再是他看似隐晦、实则明目张胆的关切，都不是好兆头。

可是，她微微一笑，略带了些酸楚。桃林中的两道亲昵身影犹在眼前，嗣源既与平都如胶似漆，这份关切也就不同往日了，大体只是全了一份故人的情谊吧，她不应该再放在心上了。

“娘娘，皇上说后天就回洛阳宫，是不是该收拾一下了？”顺喜小跑着低头进来，讨喜地道。

蕊仪愣了一下，一细想，可不是该回去了？一来，眼瞅着要过年了，在行宫里张罗未免鞭长莫及；二来，嗣源已经回了洛阳，李存勖要问他军务，也要封他为太尉。

“你跟满月一道，多找几个人，顺便把东西理理。”蕊仪应道，这几日梳月宫里多了不少东西，好些都是梓娇送来的，说是让她看看好不好，好些过年的时候能用得上。

满月起身嘟着嘴，抱怨道：“贵妃娘娘也真是的，娘娘这儿又不是库房，什么东西都往这儿拿，这儿又不是宫里，地方大，临了也不用怎么搬动。她现在拿过来，还得往宫里搬。”

“多装几辆马车就是了，这种时候犯不着计较这些。”蕊仪苦笑道。又吩咐了几个宫女帮着弄。

蕊仪重新掂量起那三箱东西，想了想，挑了几匹分赠了梓娇和蕊瑶，这才放心地都收了起来。这些天她一直没有见到蕊瑶，想趁着送东西到如意馆坐坐，可又怕梳月宫里的东西出了纰漏，只得派了萱娘前往。

萱娘回来只说蕊瑶昨夜和李存勖把酒言欢直到三更天，才刚刚醒来，别的半句没有提到。蕊仪听了知道她还在怪自己，不免开始琢磨回宫后如何弥补二人间的嫌隙，想来想去，只得自己伏小做低了。

算了，就迁就蕊瑶一次，何况自己有错在先。当初若是她好好跟蕊瑶说，蕊瑶也未必不答应。她们若是能各退一步，事情也就过去了。

“娘娘，蕴溪姑娘来了。”鱼凤把人迎了进来。

蕴溪捧着一只匣子，上面描金绘凤，异常高贵华丽。她施了一礼，将匣子放在桌上，慢慢地打开，里面竟是八颗一般大小的夜明珠，颗颗都有半个鸡蛋大小。

“贵妃娘娘新得些珠子，正好八颗，说是算上自己，如今宫中恰有八位姐妹，想着拿出来，等年节上每人分上一颗，也让大家高兴高兴。”蕴溪笑道。

拿到手中一一检视了一番，货真价实，蕊仪手上不着痕迹地一颤，这不会是李存勖赏的，要是，梓娇有一万个胆子也不敢拿出来送人。那又有谁会送她这么名贵的东西？若不是送的，就是她自己买的，可把她全部身家加在一块儿也值不了这价钱。

“贵妃娘娘说，她是个粗心大意的，怕路上弄丢了，索性让淑妃娘娘一起收着。”蕴溪笑道，垂下含笑的眼眸，默默地等着蕊仪应承。

“如此名贵的夜明珠，要置办也应从库里拿钱。姐姐如此破费，倒让本宫和各位姐妹为难了。还是拿回去吧，这么好的东西贵妃姐姐自己留着用，年节上的本宫再置办。”蕊仪笑言挡了回去。

蕴溪为难地摇头，很是害怕，着急地说：“来之前贵妃娘娘特意交代了，让娘娘一定要收下。贵妃娘娘说，把年节上的事都推给娘娘已经很过意不去了，要是娘娘再不收下，她就没脸了。”

“那本宫就收下了。萱娘，记下来。”蕊仪给萱娘使了个眼色，不能让梓娇没面子，也不能出纰漏。

“是。”萱娘应声拿了纸笔，特意在蕴溪看得清楚的地方，一字一句地记下。

蕴溪没仔细看，舒了口气笑道：“娘娘收下就好。贵妃娘娘说了，都是为了过好这个年，请娘娘不必放在心上。”

又留着用了碗冰糖银耳汤，蕴溪连声谢着回去了。蕊仪看着那八颗夜明珠，心里还有些不踏实，“贵妃就算倾尽所有，也未必能置办这些。”

“也许贵妃这些年有些积蓄。”萱娘接过匣子，笑道，“这又不是巫蛊之物，收好便罢。”

鱼凤过来检视了一下，也道：“别近身就是了，也许贵妃只是想让面子上过得去，也想收买人心。”

“也对，只要不出错，我脸上也有光。”蕊仪点点头，声音加重了些，“好生看着，不能出一点差错。”她倒要看看梓娇究竟还能弄出什么花样。

起行那日天终于晴了，钦天监的人说之后不会再有大雪，加之来衍藻宫时路上颇不顺遂，这回早已派人清了积雪，想必不用大半日便能到洛阳宫。韩靖远坐于马上，嘴里呼着白气，远望着前方平直的官道。

“父亲很担心你，怕你累着了，伤了身子。”隔着马车，韩靖远目不斜视地道。

“我会留心的，你跟父亲也别太担心了。”蕊仪轻道，低头一笑，这孩子很乖巧。

“那日还跟父亲说，你只管照顾好自己的身子就好，何必惹这些烦心事，你猜父亲怎么说？”韩靖远自嘲地笑了笑，瞥了眼紧闭的马车窗户，“父亲说，即使诞下的是小皇子，和刘贵妃也不过是各执一子，若不在这时主理后宫，让人信服，到时也许还会再起波澜。”

尽管外面的马蹄声掩住了语声，可还是不该在此谈论。蕊仪微微一笑，岔开话：“如今你做了捧圣军副统领，日后冯统领去军中效力，你就是统领了。三哥知道了，一定不好受。”

“他也要父亲帮着谋个差事，可父亲不肯。”韩靖远无奈地叹了一声。韩家这一代唯有他们两个男丁，都不是为将为臣的好材料，他入军中已是勉强，更别提韩靖烈。父亲也是不想韩靖烈招风惹雨，才只给了他几间商号打理。

韩靖烈自小顽劣，也难怪如今得不到器重，蕊仪也不打算帮他，只道：“我怕他眼红，再在叔叔、伯伯面前搬弄是非。”

“我心里有数。”韩靖远轻道。蕊仪入了宫，还在担心府里是否太平。

行了大半日，进了洛阳城门，一早清了道，路上颇为冷清。远处的道旁传来一阵砌砖堆瓦的声响，蕊仪轻敲了敲窗户，问道：“什么人起府第弄这么大动静？”

“是太尉府，皇上亲笔题的金匾，赐给中书令大人的。若论荣宠，他如今是朝堂上的头一份，你可放心了？”韩靖远低声道，带着些许羡慕。

“他原就该如此。以后他能关照咱们韩家一二，也不枉往日的交情。我在宫里多有不便，你替我问候他一声。”蕊仪声音平平的，有些刻意。为了不再让李存勖猜忌，同在洛阳也不能见上一面，就是平都，同在衍藻宫，也只能远远地寒暄两句。

这让她如何传出话去？她不知该不该再让韩靖远传话，此事可大可小，连累了他，怕再不能如上次那般善了。

“他没有到洛阳，去了魏州。”韩靖远语出惊人，有些事还是决定提个醒，“皇上已经下旨催了几次，可魏州军务废弛，他坚持整顿了魏州军才回洛阳。皇上也说了，等他回来再颁旨封太尉。”

“有武痴，有书痴，他这算什么？”蕊仪调侃了一句。不知嗣源是听到了风声，还是魏州真出了事。她也不知李存勖是不是已经设了局，或是究竟把李存渥的话置于何地。

若然已经布了局，嗣源的确不该回来，在魏州静观其变正是上策。若然李存勖尚未动手，那嗣源此举无异于坐实了李存渥的话。左右为难，到底该怎么办？蕊仪攥紧了膝上的薄被，无论如何都要传出消息去。

进了宫门，李存勖的御驾直往贞观殿而去，剩下三人也下了马车，换辇而行。蕊瑶从马车上下来，揉了揉额角，慵懒地道：“累坏了，先回宫去，就不陪二位了。”

梓娇客套地笑笑，不满她的无礼，却强忍了下来。蕊仪笑了笑，唤住蕊瑶，低声道：“回头到我宫里坐坐，宫里事多，我一个人料理不过来，想让你帮帮我。本来这崭露头角的事，就该是姐妹同心的。”

美眸一扬，蕊瑶瞥了眼已然上了步辇的梓娇，道：“姐姐不必担心，自有人与你分担，我这无用的人去了，只会给你添乱。”

“胡说什么！这宫里有几个比你伶俐的？就别跟我置气了，不是说好了，不提以前的事了吗？”蕊仪赔笑道。蕊瑶生起气来，除非她自己愿意，不然谁都不能把她拧回来。

蕊瑶笑了笑，一手扶着棋芳的手臂，想要上辇，“我也不想提那些事，可是有些人出尔反尔，还和外人合伙对付自家姐妹，由不得我不想。”她在辇上坐好了，看也不看蕊仪一眼，“我累了，姐姐有话改日再说好了。”

步辇就这么从眼皮子底下过去了，蕊仪尴尬地站在那儿。萱娘、鱼凤一左一右地扶她上辇，连声催促着，生怕她受了凉。回了丽春台，发现地龙一早烧得火热，这个时辰该用的补药也熬好了，众人脸上的笑意远胜于离宫之前，想必她主理后宫之事已经传开了。

“那些珠子可放好了？”蕊仪不忘提醒。

“在这儿呢。”萱娘打开匣子给她看了看，收在一只上了锁的箱子里，“奴婢每日都会查看，请娘娘放心。”

鱼凤把一叠账册放在书案上，笑道：“账册都在这儿了，等娘娘歇过来了再看。”她顿了一下，又道，“那些衣料放着也是放着，不如让尚服局做些衣裳。还有那些珠玉，奴婢知道娘娘以前画了不少样子，不如也趁早雕琢了。”

“你做主吧，样子在架子上。”蕊仪笑了笑，放在那儿不动，倒是此地无银三百两了，不如平常视之。

天色渐暗，整个洛阳宫也慢慢静了下来。夜幕仿佛一张大网，也仿佛一顶无边无际的屋檐，这屋檐下的每一个人都各有各的心事，各有各的筹谋。忙里忙外的，不外乎为了一张脸、几分利，再或是一份情，只是能不能如愿，就全凭各人的本事了。

有时候进一步未必是福，退一步也未必是祸，有些事情早有定数，再如何费尽心思也只是在一个早已成形的旋涡中打转而已，力道被卸了去，只能滑向深渊。

离过年的日子越来越近，各宫各局、有差事没差事的都忙碌了起来，各宫里的妃嫔更是使尽了招数，想让自己宫里为之一新。相比之下，丽春台的局面倒是要乱一些，前殿里摆了几张桌子，算盘打得当当响。

这日赵瑜茵、郑娴巧、蓝坠儿和丽娘都来了，先请了安，又忙不迭地奉上一连串的问候，什么“娘娘有了身孕，还如此操劳”，什么“大家都愧对皇上”，不过是些官话，没几句就应付完了。

“姐妹几个来，也是想看看还有什么能帮上娘娘的，娘娘若有吩咐，尽管示下。”郑娴巧体贴地道。

别添乱就行了，蕊仪暗想，面上却笑得欢畅，“几位妹妹有心了，凡事都有规矩在前，本宫也只是吩咐下去，好在她们几个用心办事，也没什么好劳心的。”

“娘娘主理后宫有方，又怀了小皇子，臣妾几个是既羡慕，又佩服，都想跟在娘娘身边学学，日后也能派上用场。”赵瑜茵讨好地笑道。她只是个才人，虽说弹得一手好琴，可这些人哪个不会琴棋书画？以后能攀上一个主位，也算是背靠大树好乘凉了。

蕊仪和善地一笑，道："几位妹妹若是有心，就说说到时该用哪些歌舞，该谱哪些新曲。"她右眼皮跳了跳，不知怎么，今天已不是第一次了。

歌舞之事赵瑜茵最为精通，其次是蓝坠儿，没一会儿这二人就把住了话头，说了一会儿倒是有些新见解。蓝坠儿眼珠子一转，笑道："臣妾觉着不如从魏州请个歌舞班子，皇上和几位娘娘原在魏州多年，如今进了宫，心里都难免想念。"

蓝坠儿在做敏舒侍女之前，正是在一个当红的歌舞班子里端茶倒水，这会儿说出这样的话，众人都难免侧目。郑娴巧规矩惯了，皱了皱眉，"宫外的东西，总不成体统。"

"本宫瞧着倒好，皇上思故，而且也该有些新样子了。"蕊仪笑道，转而看了萱娘一眼，"贵妃娘娘和本宫给各位妹妹也备了年礼，只望着各位能看得入眼。"

"娘娘过谦了，娘娘和贵妃娘娘选的，错不了。"赵瑜茵巴结着，其他几人也附和了几句。

梓娇备的夜明珠，蕊仪则给每人一匹上等的蜀锦。萱娘笑了笑，有礼地道："娘娘给大家备的蜀锦，只是不知各位娘娘喜欢什么花色。娘娘的意思是，各位娘娘可以先挑，到时按各位的喜好送过去。"

众人皆喜，七嘴八舌地说蕊仪体贴，萱娘顺势道："各位娘娘请跟奴婢来，蜀锦都在后殿里。"

这回置办的蜀锦每种花色都有三匹，即使她们看上了同一花色，也可以都顾及到。蕊仪放心地微微一笑，等她们去了后殿，便唤了鱼凤过来："给韩府的东西可都预备好了？"

"都备好了，只是不知娘娘想明面上赏下去，还是私下里送出去？"鱼凤轻问。

若是走明路，未免太贵重了，惹人非议；若是都私下里送出去，又怕被人知道了，诬她私运宫中物品。这些东西大多是手下铺子搜罗上来的，打从入宫就不断地送进来，原本送进宫只是让她过过目，早知如此还不如让他们绘了样子送进来，把东西都留在宫外。

"宫里记了档的，就明面上赏下去；我自己搜罗来的，就暗地里送出去。"蕊仪重重地呼了口气，"你不会觉着我太看重这些铜臭之物，什么好东西都想往家里搬吧？”

鱼凤摇摇头，道：“韩家是名门望族，韩大人和韩副统领也必不是看重这些的人。娘娘如此，是想让人明白娘娘如今圣宠正隆，这一是给外人看，二是给韩府上上下下看。”

蕊仪道：“也不瞒你，我在家中时并不是跟每一个人都处得好。三哥和几位叔叔伯伯都不满我执掌韩家家业，如今韩氏一门两女入宫，可后位只有一个，他们心底里到底在想什么已是不言自明。我这么做，也是望他们能识时务，大家不要闹僵了。”

“奴婢明白娘娘的苦心，奴婢这就去安排。”鱼凤感慨地应道。

福儿低头进来，和鱼凤擦身而过，向蕊仪通报：“贤妃娘娘来看娘娘了。”她掂了掂手上的碎银子，“还赏了奴婢。”

“赏你就收着，快过年了，你们的荷包也该鼓一鼓了。”蕊仪笑道，让她迎敏舒进来。

敏舒笑道：“妹妹劳累了，我躲了这么些日子，实在过意不去。不知妹妹这儿可还有要帮忙的，端茶、倒水、扫地都成。”

“这些事哪敢劳烦？你要是真心想帮我，就帮我看看那些宫灯上绘的样子。按旧例每年都是素纸和红纸，我觉着太板正，今年索性在上面绘些花样。你懂书画，一会儿帮我看看。”蕊仪笑道。凡事不能太过大包大揽了，只要不触及主干，旁枝末节的小事不妨让她们出出主意。以后她也会禀明李存勖，决不贪功，让人看看后宫和乐的场面。

“好主意。”敏舒笑叹道，一副迫不及待的样子，“要是妹妹不忙，我现在能看看吗？”

“我这就让人拿过来。”蕊仪唤了满月进来，正要吩咐，却被敏舒打断了。

“给宫灯画样子，还要看宫灯本身的样子和纸质，搬来搬去的，也怕弄坏了。况且妹妹这儿忙，就不再添乱了，我自己去看就成。”敏舒体贴地道。

“满月，送贤妃娘娘过去。”蕊仪颔首。东西也在后殿，只是和放蜀锦的地方相邻。

敏舒摆摆手，歉意地看了她们一眼，“妹妹身边离不开人，满月姑娘还是留下服侍妹妹吧，随便找个人带我过去就是了。”

蕊仪笑了笑道：“那儿有些乱，换了别人未必找得到，还是让她送姐姐过去，快些回来就是了。”

“这没什么，慢慢找就是，我是个闲人，有的是工夫。”敏舒就是不肯让满月跟去。

蕊仪也不好勉强，“福儿，你送贤妃娘娘到后殿，好茶伺候着，再叫两个人帮娘娘挪东西。”

福儿应了，敏舒温和地朝福儿笑笑，“那就有劳福儿姑娘了。妹妹无事时也多歇歇，自己累了不打紧，不能累着了肚子里的小皇子。”

蕊仪笑着颔首。昨日冯立仁、崔敏正一齐给她诊脉，诊出腹中胎儿是位小皇子。消息一下子传遍了六宫，恭贺、羡慕、嫉妒接踵而来。她一面欣喜自己有了依靠，一面也更加小心谨慎。

这个年还是赶紧过了吧，让这些琐事快些去了，也好把心思全放在将要到来的小皇子身上。

三日后，年节上的事大局已定。宫灯都已换上了，各宫要铺要挂的毯子、幔帐和各人按品阶新做的宫装也都已经发了下去。歌舞班子也已经找好了，台柱子是个十九岁的苏州姑娘，姓黄，听说不仅舞艺惊人，嗓子也是一绝。

众人得了这个消息，不免多了几分担心，如此年纪、样貌，如此舞技、歌喉，说不定年一过，宫里又会多一位娘娘。可越是担心，众人越不会说出来，大家心里都跟明镜似的，谁先吃了这飞醋，谁就先要遭殃。

丽春台总算比前些日子安静了些，可以料理些自己的事了。蕊仪在后殿点了点要送回韩家的东西，要明面上赏下去的已经搬到前殿，这些都是私下里要赐下去的。

其实有福儿和鱼凤陪着，蕊仪也不必亲自点算，只是坐在一旁，看着她们将箱中的东西和册子上的名目一一对照。

“娘娘，几位娘娘都来了。”满月不明白为什么一下子这么多人都来了，脸上露出担忧之色。

察觉到她面色不对，蕊仪问道：“贵妃和贤妃也都来了？”

满月点点头：“贵妃娘娘无意间和几位娘娘说了夜明珠的事，几位娘娘好奇，贵妃娘娘就带她们来，想先看上一眼。”

“净添乱。”蕊仪叹了一声，回头道，“把那匣珠子拿上，有人要看看。”

鱼凤低头麻利地从一旁的箱子里取出匣子，紧跟其后，暗怨梓娇多事，眼瞅着再过两日就要颁赏了，这点耐性都没有，只想着显摆，真真是俗气。

“贵妃姐姐请上座。”蕊仪笑道，自己拣了右下手的位子，如今她的位分仅次于梓娇，敏舒也只能坐在她左边的位子上。

梓娇目中含笑，视线一一扫过诸人，低笑了两声，“本宫跟她们说前些日子送了匣珠子到妹妹这儿，留着过年的时候再赏下来。她们一听是夜明珠，都要来看看，劳烦了妹妹，妹妹可别见怪。”

要看夜明珠，又端起了贵妃架子，是怕她贪了珠子，又用这些珠子收买人心吗？蕊仪笑了笑，像是丝毫不以为意，道：“姐姐要看，还不是一句话的事？尤其这也不怪姐姐，前些天臣妾也跟她们说了，那么大的夜明珠，大概她们也好奇。”

众人低下头，不大好意思的样子，赵瑜茵抢着道：“大伙儿眼底子浅，贵妃姐姐一提，就都来了。”

“鱼凤，把姐姐的宝贝给大家看看。”蕊仪吩咐道。鱼凤打开匣子，走到殿内偏暗的地方，八颗夜明珠熠熠生辉。蕊仪笑看了一眼，道：“姐姐为了这些珠子真是煞费苦心，姐姐这样疼咱们几个姐妹，大伙儿可一定要好生谢谢姐姐。”

蕊瑶坐在后面，一直默不作声，此时拿眼角瞥了匣子一眼，幽幽地叹了口气，道：“这样好的成色，定是费了很多心思，要不怎么能张罗得来？”语罢，还瞥了蕊仪一眼。

心头一冷，蕊仪垂眸不语。她步步为营、如履薄冰的时候，蕊瑶却还是这副调调。这话暗指梓娇出身贫寒，依照梓娇的性子，难免不责难。她暗想着化解的法子，刚要开口，却发觉梓娇竟丝毫没有动气。是在装大度吗？她等着看下去。

“几位妹妹喜欢就好。”梓娇笑着起身，来到鱼凤跟前，接过匣子，拿起当中一颗到光下看着，“八颗都是一般大的，一点瑕疵都没有……”

梓娇忽然停了下来，猛地把珠子放进匣子里，又立刻拿起另一颗，又放下，再拿起一颗，语中带了些颤音，难以置信地道：“这不是本宫送来的珠子！”

“这怎么可能？”蕊仪眉心一紧，难道这就是梓娇设的局？难怪她方才不跟蕊瑶计较，“八颗夜明珠大小、成色都是明明白白记了档的，这些天臣妾也一直让人小心照看，断不会出错。”她看了蕴溪一眼，“蕴溪那日交给臣妾的就是这些，姐姐不信，可以再让蕴溪看看。”

“你来看看。”梓娇面色阴沉，冷笑着看着蕊仪。

蕴溪一一检视了，低着头，不敢看蕊仪，“这不是奴婢送来的珠子，奴婢送来的晶亮如白玉，而此珠却有些发黄。不信娘娘请看，这儿还有两颗是钻了孔的。”

蕊仪慌忙上前，一颗一颗检视着，手上颤抖得越来越厉害，“不可能，臣妾一直让人小心看守着。”她看向鱼凤，声音微颤，“东西一直交你和萱娘看管，到底怎么回事？如有半句虚言，本宫定不轻饶。”

萱娘刚好进来，手上一颤，茶洒到了漆盘里，急道：“娘娘，奴婢一直帮鱼凤看着，奴婢和鱼凤都是清白的。”

鱼凤跪下，表明心志：“东西一直都放在后殿，每次有人出入，奴婢和萱娘都必有一人相随。而且这些天，除了运宫灯罩子出去，旁的都是有进无出，绝不会有错。”

“那也真是怪了，东西好好地放在那儿，没人动过，怎么就能老母鸡变鸭了？”蓝坠儿声音虽低，此时听起来却分外刺耳。

目光一动，警告地看了她一眼，蕊仪语气和缓，“既然东西不对了，本宫定给各位妹妹一个交代。”她转而看向梓娇，“请容妹妹一日，妹妹定给姐姐一个交代。”

蓝坠儿低下头不说话了，原想着梓娇对自己成见颇深，她转而想依附于蕊仪，没想到又闹了这么一出，也不知蕊仪能不能从中洗脱出来，可是她也不能立马见风使舵，只能静观其变。

丽娘也低着头，眼角不住地瞟向萱娘，此事萱娘牵扯在内，万一错在萱娘，她也就没了这个亲姐妹，当下手脚冰凉。

倒是郑娴巧原是司言，此时难免要正色说上几句：“此事牵扯宫纪，还请淑妃娘娘严查，揪出那些个手脚不干净的，以正宫规。”

“没想到，这丽春台也有手脚不干净的。”赵瑜茵嘴角带了些嘲讽，幸灾乐祸地扫了一眼萱娘和鱼凤，目光最后竟落在蕊仪身上。

蕊仪诧异于她的大胆，蕊瑶心中更是烧起一股无名火，对梓娇和蕊仪之间的关系也起了猜测。她冷笑着瞟了眼赵瑜茵，“赵才人不是原先王府里跟来的，入宫日子又浅，大概还不知道，淑妃娘娘在家里时什么金银珠宝没见过，如何会把几颗珠子看在眼里？”

“韩婕妤这话就错了，那些个贪官污吏，又有谁缺了金银珠宝了？”赵瑜茵反唇相讥。李存勖自回宫就多歇在饮羽殿，她厚着脸去了几次，每一次都吃了闭门羹，连李存勖的衣角也没摸上。

怕她们吵起来无法收场，蕊仪出言阻止：“两位妹妹都不必动气，事情总能水落石出。凡事都有规矩，妹妹们别为此伤了和气。”

梓娇一直静静地看着，老半天没有说话，这时忽然微微一笑，面色和缓下来，“妹妹也不必着急动气，本宫一向知道妹妹治下有方，交给妹妹处理是一百个放心。其实也未必有人手脚不干净，近日忙乱，说不定是哪个奴婢挪动东西，一时放错了地方。”

蕴溪也笑道：“方才听萱娘和鱼凤说，东西都是只进不出，既然如此，那东西应该还在那里，只是放错了地方。”

“是啊，妹妹不如这就派人去看看，说不定就找到了。”梓娇笑看了蕊仪一眼，牵过她的手，“反正放东西的地方也不远，不如大家一起去看看，也好当着几位妹妹的面还了这几个奴婢的清白。”

“后殿东西太多，恐怕连下脚的地方都没有。要不，让他们把年节上的东西都抬出来？别弄脏了各位姐妹的衣裳。”蕊仪语声未变，尽量云淡风轻，那儿还放着要私下送到韩府的几只箱子，她们去了，恐怕再生事端。

她不相信萱娘和鱼凤会贪了那些珠子，要是珠子不见了，她们二人便首当其冲。其实她也不相信珠子还在后殿里，毕竟看得严，不大可能移动。要是有人将其盗走，也不会留在后殿里。夜明珠应是已经被别人拿走了，这人若是她丽春台的，那她便是治下不严。

最怕的是这将成为一桩无头公案，但若给她多一日时间，她即使找不到，也能挪出些成色一样的充数。这些夜明珠虽然珍贵难寻，却也不是寻不到，她魏州的铺子里就恰恰有一些。

梓娇笑看着她，很是和气，只在眉宇间流露出些许急躁，“哪有那么金贵，搬来搬去的，还不是把你这儿弄得更加忙乱？皇上怪罪下来，我们可受不起。大家一起去看看，帮她们洗脱了，妹妹身边也不至于一下子少了两个得力的。”

“听说年礼好些都在后殿，都是不可多得的好物件，一直无缘得见，过些天又都要赏下去了，不如就此让各位姐妹都开开眼。”敏舒一左一右各看了一眼，想做个和事佬。

敏舒从进了门就一直没说话，在宫里她常是如此，这会儿突然开了口，众人都不由得看过去。蕊仪也不好拒绝，硬着头皮点了点头。左右都是寻不到，让她们去去心病也好。

后殿里箱笼很多，好在井然有序，并不显杂乱，众人看了无不点头夸赞。箱盖上分别贴着里面物件的名目，丽娘一双杏眼来回看着，赞叹道："瞧这一大堆东西，要不是娘娘有颗玲珑心，又怎能打理得如此井井有条？"

"姐姐的本事让妹妹佩服。"蕊瑶也叹道。从前她只听人说蕊仪掌家时如何了得，却是没有亲眼见过半分，如今见了，饶是心里还憋着口怨气，也不得不心服口服。

"都打开，给各位娘娘看看。"蕊仪吩咐道。萱娘、鱼凤和几个宫女把后面那些箱子打开，里面是一层一层的小匣子，摞着放着，看不真切。

众人又好一阵折腾，一层层地拿出来，一一过目，最终竟连预着赏给内监、宫女的银锞子也没有遗漏。一圈下来压根儿不见夜明珠的影子，众人不免讪讪的。蕊仪一直由满月扶着，看着这一场闹剧，心里不住地冷笑，但面上仍是谦和有礼，"看来是有人把东西拿走了，今日本宫就先觍着脸让各位姐妹先回去。还是那句话，容本宫一日，定给各位一个交代。"

"臣妾看淑妃娘娘也累了，贵妃娘娘，不妨就再容一日，一会儿皇上就来丽春台了，闹到皇上面前，大伙儿都没脸。"郑娴巧劝解道。

梓娇看了她一眼，心思不明，不过身子却分毫没有挪动。蕊仪感激地看了郑娴巧一眼，暗道这司言出身的御女果然有正气风骨。她抬眼时梓娇眼波一垂，正是落在她脚下，一股寒气不由得从脚底下蹿了上来。

殿内静悄悄的，一时无言，只听见几声轻微的脚步声。敏舒拨开织锦幔帐向她们走来，"外面还有几只箱子没看，不过都是贴了封条的，想必也不会有。"

提这些做什么？蕊仪讶然地看着敏舒，之前敏舒向自己投诚的情景一幕幕地在眼前闪过，难道……目光不由地在梓娇和敏舒之间游走了几个来回。

"这都是离宫前贴的，那时东西还没运进来，断不会在里面。"蕊仪轻道，往外间斜了一眼，"看看封条上的日子就知道了。"

蕊瑶过去看了一眼，肯定地道："日子没错，大家还是走吧，聚在这儿都快憋坏了，让姐姐动了胎气，有谁受得起？"目光从众人身上一扫而过，所谓唇亡齿寒，她们姐妹间无论生了多大的气，也不能让外人作践了彼此。

蓝坠儿和赵瑜茵还在看那些没来得及收起来的匣子，听她说了，不甘愿地收回目光，点了点头。

“慢着。”梓娇定定地开口，看向蕊仪，“越是想不到的地方，越是有嫌疑，说不定就有人把东西藏在那儿了。妹妹，能让大家看看吗？”

蕊仪面上一滞，蕊瑶大眼睛一动，猜到里面放着的定是极名贵的东西，她不知来路，也不知这些东西将来要去的地方，不好说话，但还是尽力遮掩道：“那都是姐姐的嫁妆，韩府里抬出来的，姐姐都不舍得让我看一眼，你们如何看得？”

这话带着酸劲儿和一小股子狠劲儿，话一完，只有梓娇还虎视眈眈地盯着外间，其他人都有了想要息事宁人的样子。敏舒笑了笑，轻道：“韩家富甲一方，若是能看看，也算是开了眼。不过，既然淑妃妹妹不愿意，那还是算了。”

“本宫还偏要看看。”梓娇下巴高高地昂起，斜睨着蕊仪和蕊瑶，“淑妃妹妹不会不给本宫面子吧？”

“萱娘，把箱子打开。”蕊仪吩咐着，和众人到了前面，既然蕊瑶说了那是嫁妆，那再贵重也无所谓了。

玲珑的象牙球耳坠子、翠叶般的翡翠镯子、鲜红的玛瑙珠子……第一只箱子开了，众人纷纷瞪大了眼睛。蕊仪看向蕊瑶，见她面不改色，像是丝毫不以为意的样子，也不知她究竟有没有猜到自己的心思。

一共四只箱子，前三只都平安无事，眼看着要到第四只了，蕊仪只觉得额角冒汗。梓娇怕是有备而来，如此定不会无功而返，还有敏舒，若是她当真伙同了梓娇，那这最后一只箱子必是最凶险的了。

“吱呀”一声响，箱盖缓缓开启，里面一只黑漆匣子下露出描金的一角，敏舒“啊”了一声，快步上前取了出来，竟与先前那只装着劣等珠子的一模一样。她端稳了，手上微一用力，盒盖应声而开，果然是那八颗夜明珠！此时殿内尚还光亮，夜明珠上却也幽幽地泛着淡淡的光。

第二十一章·下风

后殿里霎时静悄悄的，众人面色皆不善。有志得意满的，就好像梓娇；有垂眸不语的，好比敏舒；有幸灾乐祸的，譬如赵瑜茵和蓝坠儿；有惴惴不安的，例如丽娘；也有不知所措的，那就是郑娴巧，她说话时秉着公心，可这结果一看便是栽赃陷害，倒显得是她伙同别人害了人一样。

郑娴巧歉意地看向蕊仪，蕊仪没有看她，倒是蕊瑶目光一横，将余下几人扫了个遍。蕊仪尚还镇定自若，浅浅地一笑，看了看自己宫里的几个人，道："到底怎么回事？谁开过箱子？"

萱娘呆住了，手足无措，支支吾吾地半天说不出话。鱼凤深吸了口气，跪下道："回娘娘的话，没有人开过箱子。近日几位娘娘来过，但也只是出入偏殿，这里无人进来过。"

"既然你们说没有，那本宫就要好好查查了。"蕊仪正色道，看向梓娇，"妹妹宫里出了事，让姐姐看笑话了，妹妹这就料理清楚，还请姐姐和诸位姐妹先回去歇息，明日妹妹定当给姐姐一个交代。"

隐隐觉着掌心湿润了，蕊仪绷紧了一根弦静等梓娇发话。蕊瑶猛地冷笑了一声，嘲讽之意很是明显，"来姐姐这儿一趟，还想着找些乐子，没想到遇到这样晦气的事。"她轻轻打了个哈欠，不耐烦地道，"我累了，大家也都散了吧，聚在这儿没意思。"说着就要走。

“臣妾也告退了。”丽娘低着头，紧皱着眉头跟着就走。郑娴巧也告了退。

“几位妹妹请留步。”梓娇叫住三人，目光冷冰冰地睨着蕊仪，骄横之气显露出来，“韩婕妤想回去便回去，可几位妹妹不同，大家也有些日子没见着皇上了，本宫已让人去请皇上，再等一会儿，就可以跟皇上说说话了。”

这才发现蕴溪身后的小宫女已然不见了踪影，蕊仪只觉霎时间心头压上了一块又沉又大的石头。李存勖一来，无论他是否信任自己，明面上都不可能不做一点处置了。

李存勖来时，众人和那两匣珠子都已到了前殿。李存勖看了看，正不明就里，梓娇就上前把事情前前后后说了一遍，竟是少有地没有添油加醋。蕊瑶气得一个劲儿地抿嘴，却找不到反驳的话。

“皇上，那些箱子里放的是臣妾的嫁妆，打从进了洛阳宫就没有打开过，封条也是那时候落的，不知当中出了什么纰漏，竟有人把贵妃姐姐送来的珠子放了进去。这是臣妾治下不严，臣妾定当严查。”蕊仪一番话把丽春台有内贼择了个干净，说要严查，但查的只是失职之罪。

“你有孕在身，宫里头难免有些疏漏，查出个所以然就是了。”李存勖斜睨了眼梓娇，又看向蕊仪。蕊仪不会将这些东西放在眼里，何况她将要诞下皇子，就算是为了小皇子，她也不会这么做。

蕊瑶笑了笑，看着李存勖的眼色道：“姐姐箱子里的都是些名贵的，想必是哪个奴婢看见这些珠子也是名贵的，弄错了，随手就打开箱子放进去了。”

“是了。”李存勖笑道，大有大事化小小事化了的架势，“有个粗心大意的也不出奇，只要东西找到了就好。”

梓娇嘴角一挑，不依不饶地道：“话可不能这么说，要只是不见了东西，在淑妃妹妹的箱子里找到了就算了，可是偏偏又拿上来一匣劣等货色，这不就是有人想贪了那些好的吗？”

“难道我姐姐还缺你几颗珠子不成？”蕊瑶冷哼一声，委屈地看着李存勖，“皇上可要为姐姐和臣妾做主。”

“妹妹别急，贵妃也没说是淑妃，也许就是哪个奴婢一时起了贪念。”敏舒劝解道，朝李存勖笑了笑，“要说这偷儿也是有心思的，不然也不会把东西放在贴了封条的地方。其实这也不过是几颗珠子，可发生在淑妃妹妹宫里就不大好了，妹妹可是即将诞育皇嗣之人，丽春台今日出了偷儿，明日还指不定出什么，再出了什么事，伤了妹妹和皇嗣，那可就非同小可了。”

手指轻敲了敲桌案，李存勖眸光一沉，沉吟道：“淑妃有孕，多有照应不及，即日起，便再由贵妃主理后宫，贤妃协理。”他看向蕊仪，目光柔和，“淑妃还是静心养胎吧。”

“臣妾谢皇上体恤。”蕊仪笑得一如平常，虽有不甘，可也知道这已是当下最好的结局。螳螂捕蝉，黄雀在后，待她料理好了眼前之事，再重掌后宫也并非难事。

“那臣妾和贤妃妹妹就勉为其难了。”梓娇和敏舒相视一笑。

梓娇和敏舒之间的勾当已昭然若揭，蕊仪当下也只能怨自己当初太过性急，眼看着她们从自己手里夺走了主理之权，面上仍只能是一副理所当然的样子。她微微低着头，决心再低一低头，让梓娇先把这事放过去，遂道：“臣妾本不如贵妃姐姐，这回也落得清闲，日后就有劳姐姐了。”

年前不宜伤了和气，李存勖满意于如此结局，想让此事就此了结，“既然是淑妃宫里的事，还是交给淑妃处置。等查出了结果，再告知贵妃就是了。”

似是仍不打算善了，梓娇状似和气地道：“既然妹妹身子不便，那还是应让臣妾代为清查，免得妹妹动了气，伤了身子。”她语声一沉，说话条理井然，“这匣劣等珠子也是有出处的，谁拿它换了好的，也不是无迹可查。箱子既然早就贴了封条，可既然有人放了东西进去，封条还完好无损，定是有人写了新的封条贴上去，上面的字迹也总能查出来。”

封条当然是后来贴上去的，之所以写以前的日子，是怕万一有人看到，看了上面的日子也懒得查验，如今倒成了疏忽纰漏。蕊仪掀唇一笑，有些悲凉，“那姐姐就不必问了，这宫里无论谁支了东西，都可以说是臣妾让支的；封条上无论是这宫里谁的笔迹，都可以说是臣妾让写的。姐姐只管说臣妾是以次充好，是那偷儿就罢了。”

“淑妃。”李存勖沉声道，让人扶她坐下，“贵妃没这么说，别往自己身上揽，事情总会查清楚的。”说这最后一句却是看着梓娇。

“妹妹别动气，一定是那些奴婢手脚不干净。皇上，依臣妾看，既然事情已经闹出来了，就索性说开了吧。”敏舒亲手给蕊仪端了茶，放在她面前，“臣妾觉着此事并不难查，只需先把能出入后殿的几个奴婢都叫来，问一问，准能问出些什么。”

看来是不能就此了结了，李存勖笑容微冷，看着敏舒和梓娇，轻轻一叹，道：“有谁出入过后殿？”

“一直是萱娘和鱼凤管着的，还有些跟着办事的人。”蕊仪淡淡地道。字是一个不相干的小太监写的，那些劣等珠子也不知是从哪儿来的，想必问也问不出什么。如果梓娇来横的，跟她胡搅蛮缠，她也不是不会，她就不信了，李存勖还能任由梓娇将她们打杀了。

鱼凤和萱娘到前面跪下，详详细细地把各自的职责和出入后殿的情形说了一遍，并无可疑之处。又叫了那些帮着挪动东西的太监、宫女，一一查问了，因都是同进同出，都能为彼此做证，也问不出什么。

蕊瑶松了口气，不屑地看了梓娇一眼。梓娇太不了解蕊仪，要是能在明面上查出事来，蕊仪也不会以一介女流之身，掌管韩家家业四年也没被那些叔叔伯伯拉下马。

一切静观其变，蕊仪冷静地看着这一切，难道还能把他们都下了大狱，严刑逼供不成？于是道：“也许真是忙乱中出了错，还是留着臣妾自己问吧。”

带着兴味看向蕊仪，李存勖眼底闪过一丝笑，梓娇挑事的本性难移，不过蕊仪总有办法化解。他不打算点破梓娇的意图，只充当起了和事佬，“应是如此了，若是真有偷儿，还能把东西留在殿里，等着你们抓？”

“哎呀，”敏舒忽然惊呼了一声，“还有人进过后殿，妹妹可真是糊涂了，不是还有福儿吗？”

端起茶的手顿了一下，蕊仪想起福儿的确出入过后殿，而那日恰恰是和敏舒一起。她一眼看见缩在门边的福儿，目光凌厉，“福儿，有什么话就在贤妃娘娘面前说清楚。”

福儿哆哆嗦嗦地上前来，跪下时脚下一软，瘫坐在地上，用手撑了几下，才跪正了，“不关奴婢的事，真的不关奴婢的事，奴婢是冤枉的。”

“还没审就说自己是冤枉的，有什么冤屈只管说，有皇上和本宫给你做主。”梓娇端正了她一宫之首的架势。

瘦小的身子抖得宛若风中枝头的枯叶，福儿话未出口，就“哇”的一声哭了出来，“娘娘别怪奴婢，奴婢也不想说，可是她们会打死奴婢的。”她哭得语声含混不清，支支吾吾地道，“那四只箱子不是淑妃娘娘的嫁妆，是淑妃娘娘预备着送回家去的。”

鱼凤厉声喝止：“胡说什么！那明明就是娘娘的嫁妆。娘娘赏赐韩府的东西，早上就赏了出去，里面究竟有什么，礼单上写得一清二楚。”

此事机密，福儿如何得知也已明了，蕊仪心凉，她曾将丽春台上下人等的底细摸了个透，韩元和韩靖远也参与了此事，没想到还是有漏网之鱼。

“你说这是淑妃打算私运到韩家的物品，可有凭据？若是没有，便是诬告。奴婢诬告主子，按宫规应当如何处置，你当清楚。”李存勖冷然道。看着蕊仪带着些不确定的怀疑，蕊仪一向不缺金玉，若是私运之物都是其所有，只是怕树大招风才不走明路，倒也算不上什么，可若这当中掺杂了宫中之物，就太不该了。

蕊仪看了李存勖一眼，立刻收回目光，她本应将事情原委说清楚，让李存勖不再疑心，可此时说出，又难免授人以柄，当下也只能阻止福儿再说下去，可福儿是受人指使，又岂能善罢甘休？

“皇上容禀，奴婢那日不小心听到娘娘和鱼凤说话，说那些东西都是要送回韩家的，后来……”福儿害怕地看着鱼凤，“后来鱼凤说箱子里有些东西成色不好，太过失礼，要说给娘娘听。”

众人看好戏似的齐望向蕊仪，只有蕊瑶瞪大了眼睛，看着福儿恨不得吃了她似的。梓娇一听，暴跳如雷：“我一个破落户，荡尽了所有才张罗了八颗珠子，本想给几位妹妹图个好意头，没想到竟是给你添彩头了。妹妹财大气粗的，平日一向乐善好施，倒是忍心在我这长了疮的头上刮一层脂膏！”

“姐姐息怒，福儿只听了只言片语而已，这都只是她的猜测。”蕊仪当机立断，心平气和地看着李存勖，“那些的确是臣妾的嫁妆，只是想着，臣妾在宫里锦衣玉食，用不着这些东西，放在那儿也只是招土落灰。赶在年节上，就想把东西送回去，让家人变卖了，再开几间铺子。至于当中物品成色，臣妾不觉有何不妥，鱼凤也从未向臣妾提起。”

“奴婢出身乡野，家兄得朝廷赏识也不过领了几日的兵，连肉都没吃上几日，如何能识得什么成色？福儿，你得了失心疯不成，竟听见我从未说过的话？”鱼凤怒视着她。

福儿也不甘示弱，欲带哭腔地吵着：“你才得了失心疯，谁不知道魏将军跟着中书令大人南征北讨，难道就从未搜罗过好东西？说你没见过，难道我们这些山野村姑就见过了？”

 福儿居然说到了魏崇城，疑虑渐明，蕊仪终于将事情摸出些头绪来。鱼凤的来历只有她和满月知道，她还特意叮嘱过鱼凤不要向外人提起。方才鱼凤只提了一句“领了几日的兵”，福儿就道出了她的身世，只能说福儿背后另有人指使，而这个人定是知道鱼凤底细的。

加之蕊仪一早怀疑梓娇如何能倾尽所有置办了整整八颗夜明珠，又忍耐了这些时日才发难，方才说话又是这般有理有据、不疾不徐，就算是最终发难，也不像往日那般不加节制，一切的一切，都只有一个解释：有高人在背后给她支了招，给了珠子和图谋，还不时地提点她。

知道各种底细，又有财力、眼力，还能经常出入宫禁的只有一人——平都。而要论到动机，为了嗣源，平都自有千般理由。

“臣妾只是一句，鱼凤没有说过，臣妾也没听过这样的话。”蕊仪叹了一声，跪在李存勖面前，“福儿受人唆使，诋毁臣妾清誉，还请皇上明察。”

“定是有人嫉妒姐姐身怀龙子、圣眷日隆，收买了福儿。皇上，有人要置姐姐和小皇子于不义之地，若是不严查、严惩，他日便有人要谋害姐姐，谋害小皇子，也要谋害臣妾。”蕊瑶跪在蕊仪身边，多年积累下的默契不自觉地露了头。

主理后宫的是梓娇，却让李存勖主持公道，已是公然对梓娇不信。梓娇怒不可遏，抹泪道：“本宫虽比不得你们出身高贵，但也是陛下堂堂正正的贵妃，要说本宫诬赖了淑妃，本宫绝担不起这罪名。皇上，您一定要为臣妾做主啊，说臣妾谋害她们和小皇子，她们何尝不是在谋害臣妾和二皇子啊。”

这不是此地无银三百两吗？真是烂泥扶不上墙，敏舒轻轻拉了拉梓娇，道：“姐姐别急，哭哭闹闹的也弄不出个所以然，倒是徒惹皇上烦心了。”

“都起来，成什么样子！”李存勖声音更沉。蕊仪有违宫规不假，可梓娇也脱不了干系，若不是做贼心虚，梓娇断不会说出这些话。他原以为安乐太平的后宫原来竟是这般乌烟瘴气，这让他颇为失望。尤其是对梓娇，她敢在自己面前狡赖至此，他日也不知会干出什么荒唐事。

“娘娘，起来吧，别伤了肚子里的小皇子。”满月上前扶蕊仪，棋芳也去扶蕊瑶。

奈何蕊仪一股子倔劲儿上来了，不让梓娇收敛她如何肯罢休，便轻轻一挣，道：“臣妾今日洗不了冤屈，也是让小皇子蒙羞，他有个偷了宫中宝物的娘，也无立足之地。”她定定地看着李存勖，“箱中之物都为臣妾自有，绝无一分一毫出自宫中，大可命人一一核准。”

“朕相信淑妃不会有此贪念。赵喜义，扶淑妃起来。”话说到如此地步，当是没有错的，李存勖心中之气微缓。可若非有隙可乘，也不会被人利用，再说疑心梓娇，可眼下也暂且没有实证，也不好道破，“几个奴婢相互间误会了，也不是什么大事。朕看今日也问不出什么了，大家都且回去歇着，改日再问个清楚。”

梓娇好不容易占了上风，哪儿肯作罢？眼看着又要开口，敏舒向她使了个眼色。敏舒微微福了福，道：“陛下说得是，淑妃说没听过这话，福儿又说听过，虽说福儿只是一个宫女，但偏听了哪一个都不好，今日是问不清楚了。”

这话给梓娇提了醒，梓娇一把揪过福儿，背对着众人，狠狠地瞪着她，“福儿你说，本宫为你做主，你是不是真的听到了？”

福儿一哆嗦，目光一闪，身子滑了下来，“奴婢的确听到了，千真万确，千真万确，请贵妃娘娘做主。”

“皇上可听到了？皇上要为臣妾、要为宫规做主。”梓娇哽咽着，擦泪时不小心碰歪了簪子，一缕头发散了下来，被交融着的泪水和汗水贴在侧脸上，加之拉扯福儿时弄歪了衣裳，此时狼狈万分，半点仪态不剩。

“贵妃！”李存勖冷喝一声，目光如炬，若不是会连累得李继潼没脸，若不是想着李继潼刚刚去军中历练，决不会由着她闹。

梓娇丝毫没有觉察，还在自顾自地诉苦、表忠：“明明就是淑妃偷了臣妾的珠子，臣妾一切都是为了皇上，为了宫里，可皇上一味偏袒淑妃，这是要置臣妾于何地，置继潼于何地？！”

李存勖转过头去，索性不看梓娇，给满月使了个眼色，让她一定把蕊仪搀起来。可蕊仪也僵在那儿，眼泪弄花了胭脂，就是不肯动地方。蕊瑶也不劝她，今日定要分出个高下，不然后患无穷。

蕊仪背脊已不如方才挺得直了，满月知道她身子吃不住，急得眼泪都要冒出来了。她再笨也知道梓娇不打算放过蕊仪，而若没个说法，依蕊仪的傲气，也不会起来，可这样下去不行。

满月只觉心头一热，不管不顾地跪下磕头，“奴婢该死，奴婢该死，这不关淑妃娘娘的事，也不关鱼凤和福儿的事，都是奴婢的错，是奴婢偷换了贵妃娘娘的珠子，是奴婢一时见财起意，两位娘娘不要再为奴婢生气了。”

一时间诸人皆愣住了，蕊仪轻启朱唇，看着她说不出话。这怎么可能？下一刻她已明了，这个傻丫头，为了让她起来，什么事都敢往自己身上揽。她为何不想想，她是自小跟在自己身边的贴身宫女，她卷进去了，自己哪儿能干净。

“你胡说什么？”蕊瑶先喊了一声，对满月将信将疑。

“那你说说你是如何偷了珠子，又为何把东西藏在后殿，一直没有拿出来？”李存勖沉声道。

“奴婢……”满月急得不知该怎么说，支支吾吾地道，“奴婢出不了宫，就想找地方先放着，随手就塞到娘娘的嫁妆箱子里了。”

“那劣等的珠子又从何而来？”李存勖看出蹊跷，可却装作不知，若是能用一个宫女换年前的宁静，也未尝不可。

“奴婢在别的地方拿的，是要磨粉的……”满月呜呜地哭着，压根儿没有想到夜明珠是不会拿去磨粉的。

梓娇当然知道此事无关满月，可就是揪住不放，厉声道：“满月是淑妃带进宫来的贴身侍女，臣妾想问问，她是自己手脚不干净，还是受了什么人的指使。满月，若是你自己手脚不干不净，那就按宫规，受两百杖。”

“满月，你若是自己财迷心窍，一时起意拿了宫里的东西，那便按宫规处置；若不是，就说出这幕后指使之人，你和那指使之人一同处置。”李存勖字字掷地有声，已将利害严明，虎眸微眯，望她晓得轻重。

蕊仪看看李存勖，又看看满月，明了他话中之意，若非强撑着，已然瘫倒在地。李存勖不管信不信她，都决意要维护她，可是这般维护，说不好就会要了满月的命。

“没有人指使奴婢，都是奴婢一个人的错，奴婢不该起了贪念。”满月低着头，不敢看蕊仪，蕊仪脉象不稳，她一直瞒着。蕊仪受不了任何折腾，而她自己即使被打死了，也比眼睁睁地看着蕊仪受罪好，而且蕊仪定会让人照顾好她的同胞弟弟，这就够了。

从满月开口，蕊瑶就怕她攀咬蕊仪，见她把一切罪责都揽在身上，多了几分把握。她瞅准时机，怒骂满月：“姐姐平日最疼你，你却做出这等事来！你受责罚是小，牵连了姐姐的清誉是大。你做的这些事，不知有多少人想往姐姐身上牵扯。”

“皇上快看看，她们这是想洗脱干系了。应对满月用刑，用重刑，看她招不招！”梓娇眼珠圆瞪，恨不得亲手将满月下到大狱里去。

“贵妃！朕还不知这宫里竟然出了一个酷吏！”李存勖拍案怒视着梓娇，转而只看着蕊仪，“淑妃，朕只问你一句，你可知满月做了什么？”

那目光中充满了期待，可当蕊仪目光微微一晃，落到满月身上时，她无论如何都开不了口。李存勖希望她点头，她也应该点头，可是她不愿，她想要摇头，可是又僵硬得动弹不了。

蕊瑶回头一看，跪着向前几步，从后面抱住蕊仪，“姐姐，你看着皇上，看着皇上说啊，告诉皇上，你没有骗他。”

腰上被蕊瑶这么一托，力道瞬时传到隆起的肚子上，蕊仪颤动的目光终于对上了李存勖的眼，她点了点头，“臣妾不知道，都是这奴婢一人所为。”

眼泪簌簌地流下，她已发不出任何声音，只能在蕊瑶的搀扶下勉强站了起来。只听李存勖清朗如铁的声音响起：“淑妃人品贵重，朕信淑妃，你们也不必多言了。来人，将这贱婢带下去，严加看管。”

萱娘伏在地上，早已泪流满面，鱼凤面上也僵了，跪在那儿半点不敢动弹。既然李存勖给此事定了论，众人无论是想挑唆的，还是想求情的，都不敢多言。梓娇一计不成，恼羞成怒地要将一腔怒气泄在满月身上，“此等贱婢应当众杖责，以告诫六宫，各宫的宫女和各位妹妹都要去观刑。”

是想让她们看人血溅五步了，蕊瑶恨她得寸进尺，眼看着就要抛下蕊仪，上去和她理论，手上猛然传来些许力道，虽然不大也不稳，却没来由地暗含着几丝坚定。

“够了。”李存勖目光扫过众人，语气缓了缓，“正是年节上，不可坏了福运，先关着，容后处置。淑妃也累了，你们都各自回宫去，没事别来扰了她养胎。”他刻意加重了养胎二字，“朕也要回去歇着了。”

“臣妾遵旨。”众人齐道。梓娇纵有不甘，也只能作罢。敏舒与她对视了一眼，换了个眼色。

“淑妃，你也不是一点错处没有，治下不严总是有的，这几日便清静清静，好生想想。”李存勖叹声道。

“臣妾知罪。”蕊仪轻道，仍由蕊瑶扶着。

这已形同闭门思过，梓娇心中之气微减，又见敏舒目中似是在说见好就收，便没再说什么就告了退。

其他人也往外走，只有蕊瑶还站在那儿，她看向李存勖，道：“皇上，臣妾想留下帮姐姐收拾一下，收拾完了再走。”

“嗯。”李存勖颔首，转而对众人道，“多跟婕妤学学，学学什么是姐妹之谊。”

人家是亲姐妹，怎么学得来？赵瑜茵等人默而不语，只觉当中暗暗有戏，可是又说不清道不明。只见已行到外门处的梓娇和敏舒停了下来，看向他们，又见敏舒对梓娇说了两句，梓娇便涨红了脸，跺足而去。

这是说给那二人听的，幸灾乐祸者不免暗自窃笑，但还未等她们做些什么，李存勖就开口邀了几人用膳。这些人难得有与李存勖亲近的机会，又看李存勖面色不善，都赶忙拣些高兴的话说，把方才的事暂且抛开。

殿内只余下四人，蕊仪的眼早就红了，她泪眼朦胧地看了眼鱼凤和萱娘，忽然用力推开蕊瑶，虽然这所谓的力道已如棉花般绵软了。她几乎声嘶力竭地哭喊道：“你走，你也走，你不是气我吗？不是和她们一起排挤我吗？不是巴不得我落不得好吗？”

一连串的问话砸过来，蕊瑶向后退了两步，一双手想伸出去，却又只能收回来，“姐姐，我没有，我是气你来着，可是我绝没有和她们一起害你。”

蕊仪坐在榻上，双手抱着膝。鱼凤叹了口气，眉眼低垂，上前小心地抚着蕊仪的背，“娘娘不能再动气了，有什么话跟婕妤娘娘好好说，这种时候就别计较以前的事了。”

萱娘颤抖着身子站起来，好不容易站定了，向蕊瑶劝道：“淑妃娘娘一向待满月好，满月出了事，娘娘心里不好受，婕妤娘娘千万别怪她。”

蕊瑶点点头，有些后悔，蕊仪算计了她，可她若非本就心智不坚，也不会着了道。而她自受封婕妤以来，已经夺去了大半原属于蕊仪的宠爱，蕊仪若仗着肚子里的小皇子，也不是不可以在背后使绊子，把失去的再夺回来，可是蕊仪没有这么做。

她见蕊仪没有计较，就以为蕊仪怕了她，于是一天天地变本加厉。殊不知她伤蕊仪之深，早已过了蕊仪伤她的。她夺宠无所谓对或不对，可不停地在蕊仪伤口上撒盐就是大大的不该了。

“姐姐，别哭了，要是动了胎气，闹出个三长两短来，满月就真的没活头了。”蕊瑶劝道，让鱼凤和萱娘去洗手巾，取干净衣裳。

吸了吸鼻子，蕊仪硬忍着不哭出声来，憋了几口气，还是哭了出来，“不是她拿的，她为什么要认？”

“她是为了你啊。”蕊瑶眼泛泪光，她很想说满月落得如此下场，都是蕊仪自己害的。要不是她姑息养奸，以为用心待别人，别人也一样会真心待她，又何至于此？“姐姐，满月只是被收押了，并没有立刻处置，这是皇上疼姐姐，事情会有转机的。”

把衣裳、手巾放在一边，鱼凤、萱娘默默地退了出去，留着她们两姐妹说话。蕊仪擦了把脸，叹息道：“为今之计，只有我平安地生下小皇子，皇上念着小皇子的福气，才能免了满月的死罪。”

“姐姐这么想就对了，皇上不是不知满月的冤屈，他这么做也是不想让姐姐身陷是非之中。以后时机对了，也给了皇上理由，事情定有回旋的余地。当务之急，姐姐要养好身子，抓住皇上的心，不能让皇上又偏到刘氏和伊氏那儿去。”蕊瑶慢慢地和她说，怕她听不进去。

“我知道。”蕊仪哪里会不知道李存勖的苦心？只是她不知自己能不能平安生下小皇子，又有了蕊瑶的前车之鉴，也不知李存勖的心还能留住几分。

以她对李存勖的了解，满月的事在明面上有了说法，接下来他便该疏远她和丽春台了。虽然这只是为了安抚各宫，可在这当中他要是和梓娇她们亲近了，很多事情就难以预料了。

“蕊瑶，你长大了。”蕊仪叹了一声，拭了拭眼角。

“人总要长大的，我平日是骄横了些，可道理都是懂的。姐姐，以后我都不跟你置气了。可是，姐姐有什么想要的，也得跟我说，再不能耍着我玩了。”蕊瑶整了整那鹅黄色的干净衣裳，帮她换上，“皇上那儿，我会帮姐姐的。”

“蕊瑶，答应姐姐一件事，好吗？”蕊仪轻问，不再流泪，却平添了几分悲凉。

“什么？”蕊瑶一手用力握住另一手，这种时候即使让她把李存勖推到丽春台来，她也会做的。可一想到李存勖和蕊仪如胶似漆的样子，心里又像缺了一块儿似的。

蕊瑶看着她，紧握住她的手，“替我握住皇上的心。”她目光坚定，怕自己稍有迟疑，便会反悔，“我身子不便，还要整治宫里那些不知死活的，分身无暇，不能白让她们占了便宜。”

“姐姐，”蕊瑶唤了一声，点了点头，“我会帮姐姐说话的，姐姐要信我。”

蕊仪摇了摇头，道：“你的情我领了，可是这世上有些事，不是我们想到了，就会如我们所想的那样一路下去。有些话，今日我得和你说透了。你且说说，皇上今日可看穿了贵妃的诡计，所说的可是在敲山震虎？”

蕊瑶想了想，眼中有了些满意的笑，“是了。皇上虽然命人关押了满月，可每一句话都在维护姐姐。她这回算是搬起石头砸了自己的脚，穷折腾了半天，没想到皇上压根儿没相信她。姐姐你放心，仪鸾殿就要成冷宫了。”

“她不会有什么大事，仪鸾殿更不会成了冷宫。我要跟你说的，就是这个道理。”蕊仪轻拍了拍她的手背，望着屏风上的百子图冷笑着，“皇上这回向着我，可面上却还是贵妃占着理，更别说此事我也有过错。不管是做给别人看，还是让我知道当中利害，皇上都会有阵子不来丽春台了。皇上从前多到我这儿和贵妃那儿，后来又有了你，我又有了身孕，皇上就只在你我两处了。如今不来我这儿，就又要去她那儿了。”

“姐姐放心，我知道该怎么做，皇上不会有什么机会去找刘梓娇的。我瞧着丽娘也不错，又跟萱娘是亲姐妹，我也会让她多帮着些的。”为了让她放心，蕊瑶说了个她自己都觉着不大会用的法子。

“宫里太多的人和事都是过眼烟云，凡事别太计较了。”蕊仪颔首，早知道她的心思，也不强求，“不是我泼你冷水，皇上和贵妃之间十年的情分，早年大姐又和皇上闹到那般田地，说句不中听的话，皇上和贵妃之间才是夫妻之情，更何况继潼还做了那么多年的皇长子。即使贵妃错再多，皇上也会念着这份情。即使他曾经忘了这份情，等时机到了，他也会想起来的。”

“姐姐是说，皇上还会宠爱那个泼妇？”蕊瑶虽难以置信，但又不得不承认蕊仪说得有理。

外面萱娘禀报，太医来了。蕊瑶过去开门，又陪着诊了脉。蕊仪已是筋疲力尽了，一想着还要料理自己宫里的事，就道：“你先回去吧，皇上说不定已经在饮羽殿等着了。”

“那我就告退了，姐姐的话我都记住了。”蕊瑶点了点头，又交代萱娘和鱼凤万一有事，只管去找棋芳。

出了丽春台，蕊瑶上了步辇，一路上心里都很不踏实。她想着蕊仪的话，越来越觉得有道理，到了后来，竟有些怀疑李存勖究竟会不会连她也不理了，毕竟她和蕊仪是姐妹，要是给蕊仪脸色看，她也多少得受些波及。

若李存勖不在饮羽殿，这时候又该在哪儿呢？他会不会来丽春台看蕊仪？她越想越乱，他要是来看蕊仪倒也好了，就怕去了梓娇那儿。

下了步辇，有小太监来禀报，李存勖已在殿内摆了晚膳。她提起裙角，疾步而入。李存勖一见她便招她到身边坐下，低沉地问："蕊仪如何了？"

"太医看过了，没什么大碍，但再也不能动气劳心了。"蕊瑶仍是心神不定，说话不免硬气了几分，还略避开他一些。

"一回来，朕就问你姐姐，又生气了？"李存勖叹道，也不像往日那般有心思哄她。

蕊瑶摇摇头，从他手里抢过茶盏放在桌上，"是生气了，臣妾气皇上薄情。姐姐受了这么大的委屈，皇上非但不替她主持公道，还连看都不去看她一眼。皇上倒是说说，我姐姐是不是你的妃子，是不是怀了你的皇子？"

"昨儿还一提她就垂眉低眼的，现在又变了，所以说你们姐俩还真是不一样。"李存勖苦笑。

"怎么不一样了？"蕊瑶皱眉，还没放弃追问他。

"要是她，总得隔些日子才来说这番话。"李存勖看着她，心烦意乱，"别以为朕不知道蕊仪究竟做了什么，那些东西根本不是她的嫁妆，韩大人给你的都是金银珠玉，而给她的都是铺子。她私运这么多物品进宫，又私运出去，这中间会生出多少事，她不会不知道。"

送进来也好，送出去也罢，都是蕊仪自己的东西，又是送回自己家里去的，这算得了什么？蕊瑶一向不理这些，也不去想蕊仪为何花这么多心思给家里送东西。爹娘生养她们这么些年，送什么奇珍异宝也不为过，她自己不也正挖空了心思想往家送东西吗？

"那皇上也得顾着点姐姐，就算是看在小皇子的面子上，也不能再让姐姐伤心了。"蕊瑶噘着小嘴撒娇。

李存勖笑了一下，有话要问，"麻烦事还没完，有人还揪着她私自让继岌带兵进宫的事不放。虽说是救驾，可是传出去也对她的名声不好。"

"难道让那些人弑君犯上就好了？"蕊瑶对此嗤之以鼻，"说起这事，也不全是姐姐的错。皇长子那时手上也没兵，要不是还有别人许了，他又怎能带兵入宫？"

"的确是大哥借的兵，可这也未必作得数。蕊仪若是先传了信给大哥，那借兵与否就在于大哥了。可若她先给继岌传了信，继岌再去找大哥借兵，这说法又是不同了。”

虽说那时候李继岌还没有正名，可一直以来，李嗣源对他即使算不上有求必应，也没见逆过他的意愿。若是蕊仪发话让李继岌去求李嗣源，那就大有凭李继岌的身份辖制李嗣源的意思。

蕊瑶当然明白此中意思，想了想还不如说是前者，毕竟李嗣源和蕊仪的事也过去很久了，她之前在李存勖面前提点、嘲弄过几次，也没见李存勖生气。

“姐姐先传了信给大哥。”蕊瑶怕他不信，又道，“大哥一直觉得亏欠姐姐的，姐姐自然知道，所以才吃准了他会施以援手。”

“就是让那个鱼凤传的信？”李存勖疑道。

没了满月，蕊仪不能再承受没了另一个，蕊瑶斟酌着：“那时候鱼凤也刚从兴城回来，怕是来不及再返回去告知大哥。”

“那就还有别人。”李存勖笃定地道。

觉着有些话不得不说了，蕊瑶小心翼翼地看着他，道：“是臣妾不小心跟兄长说漏了嘴，兄长向姐姐求证，姐姐才让兄长帮了忙。皇上也知道，兄长是实心肠的人，他并不是有心和大哥往来的。”

“朕知道韩靖远的为人。”李存勖沉声道，声音中带了丝不易察觉的痛。李嗣源和蕊仪一直没有断过，他在郓州时的猜疑并非子虚乌有，“朕也不想怪你姐姐，朕记得蕊仪和大哥当日闹翻了，蕊仪的胆子也真大，她怎么就知道大哥一定会帮她？”

“那是因为他们的误会在郓州时就解开了啊。”话冲口而出，蕊瑶后悔了，急着补救，“臣妾也是猜的，大概是平都嫂子从中说和，把话说开了。”

“算了，用过膳早些歇息，明日一起去看你姐姐。”李存勖淡淡地叹了一声，料定事情不仅仅如此。

晚上的风凉得很，越是快要立春，越要经过那么一阵子倒春寒。丽春台经此一事，可谓人人自危，但蕊仪怀着皇子，一没被打入冷宫，二没被幽禁，三也没立刻打杀了满月，大家都是明白人，知道蕊仪还没走到绝路，也知道雪中送炭的道理，办起事来不仅没有走样，反而更加勤勉了。

用了几口粥，蕊仪看着刚端上来的冰糖莲子汤，热乎乎的，不下往日。她看

向鱼凤、萱娘，轻问道：“外面的人怎么反而乖巧起来了？”

“娘娘无事，他们自然安心。”萱娘低声回道，不免为满月叹息。

“满月成了内贼，福儿成了内鬼，他们怕娘娘查他们。”鱼凤轻道。人心叵测，日后她和萱娘定当尽全力扶助蕊仪，这不单是为了她的主子和兄长，更是为了自己。

“你们说得对，所以咱们都得好好的，让他们安心。”蕊仪目中多了几分苍凉，“内鬼也要查，就拿福儿开这个刀。你们不必担心，我的身子自己清楚，不会有事。我和小皇子都留着命救满月，等着看她们的下场。”

动不了背后之人，还怕收拾不了福儿一个小小的奴婢？萱娘巴不得立刻为满月报仇，可对付福儿，恐怕还得有别的名目。她有些不确定地道：“娘娘这时候动她，会不会动静大了些？毕竟皇上没定她的罪，因此事处置了她，恐惹人非议。”

“萱娘说得有理，就怕皇上也觉得娘娘动静大了。还有贵妃和贤妃两位娘娘，听闻此事，决不会就此善罢甘休，恐怕还要说娘娘杀人灭口。”鱼凤也如此说。

“谁说我要治她的罪了？她还不配。”蕊仪冷笑道，目光扫过二人，“我有的是办法让她自己了结自己，你们只管听我的。去，这就把她叫来。记住，我说什么，你们就做什么。”

二人纵有不解，也只能应了。萱娘去叫福儿，鱼凤在门口守着，待福儿来了，三人一同入内，只见蕊仪全然换了一副神色。蕊仪看着福儿，目光中有着些心疼和亲切之意，开口时也甚是温和，“福儿，到本宫这儿来。”

萱娘和鱼凤看傻了，要不是“本宫”二字，她们真要以为蕊仪疯了。蕊仪看了她们一眼，道：“还不把你们福儿妹妹扶过来？”

“娘娘。”福儿被二人连扶带拉地带到坐榻前，她既惊且惧地看着蕊仪，牙关打战。

蕊仪笑了笑，自己都不知怎么能笑得这么和蔼，“瞧把这丫头吓得，也对，今天本宫和她们俩把你吓坏了。来，都给福儿赔个不是，福儿是丽春台最忠心的丫头，不能委屈了。”

萱娘和鱼凤对视了一眼，两人咧了半天嘴，谁也笑不出来。鱼凤使了下劲儿，觉着下巴都要掉下来了才露了些笑意，拉了拉萱娘的手道：“我和萱娘错怪了妹妹，妹妹别见怪。”

“不敢。”福儿惊疑未定，转过身扑通一声跪下了，“娘娘是奴婢的主子，别说说奴婢几句，就是打杀了奴婢，奴婢也不敢有怨言。”

福儿不敢抬眼，敏舒答应她事成之后就将她要走，可是她该做的事都做了，却还被留在丽春台，她连被抽筋扒骨的准备都做好了，现在别人对她越好，她心里越不踏实。

“你有这份忠心就好。”蕊仪点头，又让萱娘、鱼凤把她扶起来，“满月虽是本宫带进宫来的，可再怎么说，她也是丽春台的奴婢，犯了事就要受宫规处置，本宫不怪你，反而要谢谢你，若不是你，满月日后再犯了更大的错，指不定要如何牵连本宫呢。”

她真信了？福儿紧张得浑身燥热，战战兢兢地道：“谢娘娘不怪之恩，奴婢日后一定尽心服侍娘娘。”

“满月不在了，日后萱娘顶满月的缺，福儿你就顶萱娘的位子，住的地方也抓紧换一下，明天就按此当值。”蕊仪吩咐道。

“是。”三人齐道。

“福儿以前都在外院，不懂内殿里的规矩，鱼凤，你要多教她。”蕊仪深深地看了鱼凤一眼，“鱼凤留下，你们两个去换屋子。”

二人应声退下，鱼凤低着头，来到蕊仪面前，轻声问：“娘娘还有别的吩咐？”

“我升萱娘的位子，没升你的，你别放在心上。”蕊仪方才假装的笑慢慢退去，取而代之的又是愁容。

轻摇了摇头，鱼凤体贴地道：“萱娘和满月相处得久，难免把事情都挂在脸上，误事。娘娘想让奴婢看住福儿，一边揪出她的底细，一边也逼得她自乱阵脚。”

“你说得没错，一边要让她觉着有人时时刻刻都在留意她，一边又要让她觉着大家都对她比往日好上万分。”蕊仪很是惜才，看着她，眼中充满了惋惜，“还有些你没有说对，一来你是他亲信的妹妹，在皇上面前要避嫌；二来，你毕竟是官家小姐，日后不指望着做女官这条出路，还是留给萱娘吧。”

第二十二章·诱杀

清早，一只小黄鹂在枝头发出清脆的鸣叫声，扰得人睡不着。福儿一个翻身坐了起来，揉着眼睛，迷迷糊糊地看着旁边唤醒她的鱼凤。这一晚她几乎无眠，一闭上眼睛就觉着有人在看着她。

“快起来，要服侍娘娘更衣、梳头了。”鱼凤把衣裳递给她，帮她穿好。

“我自己来就好。”福儿尴尬地道。

鱼凤退后一步，笑了笑，“那你快些，我在外面等你。”

等她出来，一路上鱼凤又悉心教导她该如何做，福儿诚惶诚恐地道：“有句话想问问姐姐，娘娘真不怪我揭了满月姐姐的事吗？”

“娘娘的为人，你以后就知道了。”鱼凤笑道，福儿早晚会知道的。

萱娘正在服侍蕊仪净面，看见福儿，不自然地笑了一下。蕊仪看见她们也淡淡地一笑，道：“昨夜睡得不好，梦见满月生了病，一会儿你们去看看，给她送些衣裳和碎银子。到底是丽春台出去的，不能让她受太多的苦。”

鱼凤应了，福儿脚下一绊，差一点就跌倒在地。鱼凤笑了笑，扶了她一把，“你也是出于公心，不必在意。不过，毕竟是姐妹一场，该照顾的总该照顾一下。”

福儿唯唯地应了，端着盛珠钗和梳子的银盘上前。蕊仪回身时刚好碰在上面，福儿连忙跪下叩头告罪。蕊仪笑了笑，“没事，你帮我梳头吧，一会儿皇上和韩婕妤要来，一早就来说了。”

一想到蕊瑶那双锐利的眼睛，福儿打了个寒战，手上动作自然快了，决心要赶在他们来之前告退。等福儿和鱼凤退下，萱娘低声提醒道：“娘娘，如果所料不错，就是那日贤妃和福儿去看宫灯样子时，把东西给换了。”

蕊仪点点头，还有些疑惑，“不过，有一事我还想不明白，那日贤妃的确特意指了福儿跟过去，可若你和鱼凤在，哪里又轮得到福儿，她怎么就那么巧赶在那当口儿来了？”

“难道前面几位娘娘来看蜀锦，也是她让来的？”萱娘疑道。

“也许。”蕊仪蹙眉，若真是如此，梓娇和敏舒的根也埋得太深了，“不管怎么说，先收拾了她再说。你和鱼凤想些法子，让她觉着有人要害她，但事后又要让她认为是自己疑神疑鬼。”

“娘娘是想让她自露马脚？”萱娘低声问。

“她要是还有良心，自然会把事情招出来；若是没有，让人以为她得了疯病，处置了也没人能说出什么闲话。”蕊仪冷冷地道。

“娘娘，皇上和韩婕妤来了。”鱼凤唤了一声。蕊仪和萱娘闻声到外间接驾。李存勖进门时一眼看见门边的福儿，有些惊讶地停了一下。蕊仪看了福儿一眼，对她们三人道：“下去准备些吃食，皇上刚上完早朝，还没来得及用。”

“姐姐就是心细。”蕊瑶笑道，给她使了个眼色，把她轻往李存勖面前推了推。

蕊仪笑了笑，“我这儿也没什么好东西，凑合着用而已。”又怯怯地看向李存勖，“皇上来，可是想问昨日之事？皇上只管问就是了。”

“那个福儿，你怎么还没处置了？”李存勖啜了口茶，盯着她看了看。

蕊瑶笑了笑，在她背上轻拍了一下，“皇上心里跟明镜似的，姐姐不必再说场面话。”

“婕妤，你到里面去，朕想和淑妃单独说说话。”李存勖发话了，在坐榻一边坐下。

“臣妾遵旨。”蕊瑶看了蕊仪一眼，暗示蕊仪不必紧张。她心里觉着蹊跷，让她去了里间，他们是单独在一块儿了，可那儿一样能将这殿中的动静听得一清二楚，李存勖也不会不知道。难道是故意让她听到不成？她忽然觉得李存勖把她当成了心腹，起码也是心腹之一，心里不觉有了丝丝甜意。

蕊仪面色微黯，在李存勖面前，她总是装不下去，“面上福儿是有功的，臣妾怎么能私下处置呢？况且现在贵妃姐姐主理后宫，处置福儿，也要她点头。”

指了指旁边的位子，李存勖笑了笑，道：“只要你平平安安地生下朕的小皇子，再次主理后宫又有何难？你这么做也是好的，不过得看紧了她，别再折腾出旁的事来。”他顿了顿，殷切地看着她，“朕明知你是冤枉的，却还是罚你，你可知为何？”

“臣妾私自送东西回家，虽说都是臣妾自己的东西，可到底有犯宫规。”蕊仪低着头，目光闪避。

“也不全是。”李存勖叹了一声，略有些失望，“主理后宫之人，除了自身要慎守宫规，心思缜密，能打理六宫之事，还要洞悉邪魔外道，让后宫清平。招认的是自小跟着你的贴身宫女，虽说她是出于忠心，可她开口时你却全然未想到她会如此行事，若非朕偏帮于你，反而会给你惹来更大的祸事，这是你平日教导无方。而这样愚笨的婢女，你却任由她做你宫中的第一女官，更聪明伶俐的都屈居于她之下，是你识人不清，用人不当。”

知他说的都是实情，蕊仪红了眼眶。事情发生了，她恨梓娇、敏舒她们阴险狡诈，怨自己治下不严，却忘了是她自己害了满月。俗话说，有多大的头就戴多大的帽子，她让满月觍居高位，而满月显然不能胜任，即使没有昨日之事，说不定也会被别的事害了。

要说有心害人，断送了他人性命、前程，实属可恨，那无心害人，却让人断送了一生，就更为可悲可叹。无心之失又算什么？无论如何，伤害已经造成了，比有心为之更可恶，因为这样一来便是害了人，还要说自己是好心。

“你尚且连丽春台都管不好，如何能让你主理后宫？”李存勖问道，也不愿将话说得太急，“还有，你跟蕊瑶闹脾气，就难免和别人更亲近了。不是不该跟她们亲近，朕巴不得你们人人亲如姐妹，可是再亲，也比不过亲骨肉，你和蕊瑶才是最该相互扶持的。蕊瑶气盛，你就先跟她低个头，对自己的亲妹妹低个头有那么难吗？”

李存勖语重心长地道。他夹在蕊仪和蕊瑶之间也不好过，巴不得她们好起来，趁着这个机会，正好把话说透。于公于情，他都更愿意让这姐妹中的一人为后。

“臣妾知错了，皇上不该就这么饶了臣妾。”蕊仪羞愧难当，淌下泪来。

李存勖面色缓了下来，握住她的手道：“事情都过去了，以后留意也就是了。朕今日来，是有别的话想问你。那日你给大哥传信，他怎么就轻易信了你了？”

“事关皇上安危，大哥定是宁可信其有的，而且大哥也多少明白些臣妾的为人，知道若非事出紧急，臣妾不会如此行事。”蕊仪目光坦诚，心里期盼着他不要再深究了。

“还是那句话，朕信你。”李存勖轻叹了一声，要追究的并非此事，“朕只是想知道，他有多信你，是否言听计从？”

“皇上说的是哪儿的话，大哥统领千军万马，又位极人臣，如何能对一个女子言听计从？”蕊仪隐隐警觉起来，心里忽然升起些不祥的预感。

又是一声叹息，只是这一声比之方才沉重万分，李存勖起身，背对着她踱到窗前，“大哥滞留魏州，迟迟不归，朕也是无计可想。”

在魏州整顿军务，名正言顺，想必他也想不出道理叫李嗣源即刻归朝。可是他让李嗣源回来，仅仅是想让他回来吗？恐怕是要夺其兵权，甚至……功高震主者，古今有几人能得以善终？

“皇上是想让臣妾劝大哥回朝？臣妾可以修书一封，晓以利害。”蕊仪沉思了一刻，还是问出了口，“大哥回朝之后，皇上打算如何？臣妾是说，皇上本要封他为太尉，这一闹，还封吗？”

李存勖愣了一下，回头看着她，目光一偏又看向旁边，“封太尉，那是自然。朕只是想让他在洛阳待些时日。你不知道，外面有不少传言，说他拥兵自重，企图谋反，他若再留在魏州，只会落人口实，朕只是不想置他于风口浪尖之上。”

借着饮茶拖延了一下，蕊仪回想着李存勖眼中那熟悉的忌惮之感，比以前提到李嗣源时更甚，说他会适时放手不予追究，再许以高位，她无论如何也不会相信。可是她也不能明着跟他理论，说她是为了国家社稷，是为了不让他们兄弟相残，他不会信，说出去别人也不会信。

“皇上的苦心，臣妾明白，皇上的一片苦心，臣妾定当和大哥说明。”蕊仪轻道。这封信是一定要写的了，但如何写她要仔细盘算过后才能决断。

“朕与大哥虽非亲兄弟，但朕与他生死与共，早已比亲兄弟还亲。朕平日如何待大哥，你是看得见的，而大哥待朕一向客套生疏，你也知道。大哥怕是一直忌讳着自己的身份，所以有些话朕不好说，反倒是你说起来还更便宜些。”李存勖轻笑了笑，把开了条缝的窗子关紧。

嗣源从不敢把他当亲兄弟，蕊仪暗道，可他也早已猜忌了嗣源，也说不上谁对谁错。

“要不皇上口述书信一封，臣妾斟酌着用词，再给大哥去信可好？”

“不，你自己拿主意就好。”李存勖看着她，“大哥回朝当日，朕打算在贞观殿前设宴，贺他凯旋。蕊仪，你说说，你能让他回来吗？”

猛然被他这么看着，蕊仪眼睛都不知该往哪儿看了，这不是鸿门宴又是什么？她要是点了头，就是害了嗣源；要是不点头，她立刻就把自己推到了刀口上。她垂下眼，沉思道：“臣妾只能按皇上的意思办，可他会不会回来，臣妾也不知道。臣妾斗胆问皇上一句，假如大哥看了臣妾的信，还是不肯还朝，又该如何？”她为难地抬起头，“皇上会不会责怪臣妾？”

李存勖笃定地看着她，“朕明白，你已经尽力了。”他来到蕊仪面前，拿过她的绣帕，替她拭了拭嘴角，“你若是助朕平此一患，对你之失可弥补千次万次。蕊仪，朕期盼着四海升平，与你们和和美美，共享太平的一天。”

“臣妾也盼着这一天。”蕊仪不免有些讷讷的，出口的话干涩有余，坚定不足。

“朕还要回贞观殿批阅奏折，你且歇着。”李存勖转而对里间道，“婕妤留下陪淑妃说说话，眼看着要过年了，也帮着里里外外张罗一下。”

人来得快，去时也像一阵风，蕊仪望着门外投进来的光影，怅然若失。蕊瑶从里面出来，上前将门关上。光影消逝，地上又恢复了水磨石砖独有的幽暗。

“皇上的话我都听见了，姐姐还在犹豫什么？若是成了此事，皇上待咱们自然不同，姐姐再诞下小皇子，得后位还不是探囊取物？”蕊瑶坐到她身边，搓着她略有些冰凉的手。

“我做了皇后，你就不生气？”蕊仪漫不经心地道。

“要是我肚子里也有了小皇子，自然不让你，可不是还没有嘛，而且咱们等不得了，刘梓娇最近跟郭大人走得很近，怕是打上他的主意了。要是她这条路走通了，皇上即使再向着咱们，等到姐姐生产，也不能再等下去了。我就算即刻有了，等生下来也晚了。”蕊瑶面有不甘之色，可是这后宫也不是她们韩家的，没道理等她们一个个地生下了皇子，再行立后之事。

蕊仪手上僵了一下，“如今皇上待郭大人如何？”李存勖近来多在蕊瑶处，有些事还是得问她。

“大哥哥在外，皇上就算是为了牵制他，也得重新启用郭大人啊。而且刘梓娇还打算把蕴溪许配给郭大人的三公子，就是最不成器的那一个。”蕊瑶不满地看着她，有了身孕的女人，就把旁的要紧事都抛诸身后了，“皇上说的事一日不平，就要倚重郭大人一日，还有申王，都不是好招惹的。”

言下之意，是越早了结此事越好，蕊仪眼露悲凉，“你以为皇上只是想让他回来？”

“不就是卸甲罢兵，领个虚名做些闲散的事吗？大哥哥征战一生，也该歇歇了，大不了掉脑袋，他一生杀戮那么多，也赚了。这些都跟咱们没有关系。可姐姐若不这么做，皇上第一个就要怀疑姐姐和他藕断丝连。”蕊瑶苦口婆心地劝道。

“他好歹跟我们相识一场，也帮过韩家，就算没有这些，他只是一个熟人，你又怎么能说出这样的话？他一个人没了性命，他的儿子呢？他的妻妾呢？”说到此，蕊仪也无计可施，她不这么做，那韩氏一家老小又该如何？

“姐姐，我的好二姐。”蕊瑶用力一拍腿，愁眉苦脸地道，“他没了，还有平都郡主，她会保全他的儿子和家小的。若是你不写这信，你、我，还有父亲和兄长的性命，又有谁能顾全？”

对了，还有平都，平都那么在意嗣源，又岂会让他有性命之忧？此事尚有回旋的余地。蕊仪点了点头，“我写就是了。你给父亲传个话，看看郭大人那儿能不能阻上一阻。”

蕊瑶松了口气，又说了几句，见蕊仪提笔酝酿写信，掩上门悄悄回去了。蕊仪一连写了五遍，才勉强凑出一封像样的。她知道李存勖即使说了不管，也会看这封信，也不敢在信中有任何暗示，只是言语间毕恭毕敬的，说了一大通的官样话。她对嗣源从不如此写信、说话，嗣源看了，一定能看出当中蹊跷，余下的，她得再暗示平都一番。

“鱼凤。”蕊仪封了信，唤她送出去。她特意让鱼凤送信，就是想借着这层关系，让李存勖觉得她有办法办成此事。她又让萱娘看看福儿在做什么，知道福儿已经睡了，就披了件墨色的斗篷，和萱娘出去了。

萱娘一手挑着一盏宫灯，另一手扶着蕊仪，“牢里已经打点好了。满月这些

天只是瘦了点，没受什么委屈。娘娘慢着点儿，别滑了脚。”

暗夜中蕊仪点了点头，手上多用了些力道。关满月的地方是一间破败的宫室，旁边的几间里另关着别的犯了错的宫婢。因不是专门设的地牢，倒是要干爽些。只是这样的天，单凭一层稻草和一床破了洞的薄被，是如何也抵挡不了严寒的。

守夜的宫女已经五十多岁了，看是白日打点过的人来，连着打了几个哈欠，开了门，揉了揉眼睛就回位子上继续打瞌睡了。萱娘扶着蕊仪进去，自己守在门外。

“满月。”蕊仪轻唤，那边满月腾地一下坐了起来。

“你受苦了，我一定想办法救你出去。”

“娘娘，奴婢没事，奴婢挺好的。”满月红着鼻子，哆嗦着上前，扶着窗框。

蕊仪看着她憔悴的样子，沉沉地叹了一声，“干吗把事情都揽到自己身上？你知不知道，她们对付不了我，就只能收拾你了。若不是皇上心里明白，你此刻早就不在这世上了。”

“奴婢没想这么多，奴婢只是不能再让娘娘跪在地上了。娘娘没有错，自然不会退让，那贵妃娘娘又不肯善罢甘休，再僵持下去，只能让小皇子遭罪。”满月叹了一声，笑了笑，“看着娘娘和小皇子一切都好，奴婢的罪也没白受。”

“你可知道，那日稍有差池，要是贵妃咬定了你是受我指使，你也会连累了我？”蕊仪别开眼，没有怪她，只是想问一问。

“是啊，奴婢也会连累娘娘。”满月反应过来，很是懊悔，恍然间目光又忽地坚定起来，“那奴婢就一头撞死在殿内，让贵妃无法再追究。丽春台出了人命，皇上也就不能不管了。”话音未落，她竟释然地笑了。

“你这傻丫头，我谢你还来不及，不会怪你的。”蕊仪有些哽咽，“你啊，做事情总是没头没脑的，好不容易懂得动心思了，却又是这般……”

满月扶住她，摇了摇头，泪水夺眶而出，这也许是她们主仆间的最后一面了。

“奴婢知道，娘娘一定会想法子把奴婢救出去的，奴婢还要伺候小皇子，给小皇子做衣裳、炖酱肘子呢。”满月带着哭腔说。

几日后便是年节了，自梓娇主理后宫以来，很多事似乎都有了新的章程。一向不理事的敏舒也出来帮她张罗，一时间宫里井井有条，年节上的东西也没甚变动，只是外面贴的一些年画换了更鲜艳的颜色。

“都弄清楚了？”蕊仪微微偏过头，这几日没那么冷了，赶着日头好的时候，她就出来走动走动。

萱娘低着头，低声道：“这几日夫人就在这时辰出来，身边只带着韫杏。娘娘可以和她说几句话，只是不能停得太长了。”

自从发生了夜明珠的事，就一直有人暗中留意着她们的一举一动，这当中有梓娇的人，也有李存勖的人。怕李存勖猜疑，蕊仪一直不敢明着见平都，这几日好不容易有了机会。

叫李嗣源回洛阳的事，萱娘和鱼凤都不知情，自然也就不知蕊仪要对平都说什么。不对萱娘说，是不想多一个人知道那段过往；而不让鱼凤知道，是因为鱼凤在李存勖眼中已是一步明棋，鱼凤一动，两边就都说不清楚了。

“福儿如何了？”蕊仪放慢了脚步，还没看见平都的影子。

萱娘笑了一下，“娘娘妙计，如今福儿已如惊弓之鸟，事事都疑神疑鬼的。过些时日，再装神弄鬼地演上一场好戏，不怕她不招。”

“看好了她，我怕贵妃她们会杀人灭口。再给庄子上传个话，把刘老汉送到别的地方藏起来。”望见了平都，蕊仪快步向前，笑道，“夫人皮袍上的花真好看，定是出自韫杏姑娘的巧手了。萱娘，好好问问怎么绣的。”

萱娘应了一声，向平都拜了拜，也不管韫杏愿不愿意，就把她拉到边上说话去了。平都上下打量了蕊仪一通，见她面色红润，穿着上半点不差，略有些讪讪的，“看来娘娘自有保全之道，我的力气还没使对地方。”

“从没想过夫人会有这么大的力气。”蕊仪客套了一下，四下无人，她也可以放肆一下，“不错，我和夫人都与他有缘，可是我也说过，我和他如今只剩下一些比平常好一些的交情了。夫人与其与我纠缠，还不如和他府里的那几位夫人纠缠，再或者留着工夫留住他的心。”

“你如何得知他的心不在我身上了？我为难你，不是因为这个。别的我不懂，我只知道你越过得不好，他就越会和皇上离心。若是因为皇上你再有个三长两短的，你说他会不会带兵冲进宫来？上一次若不是有李继岌，他一早这么做了。”平都轻轻一笑。

“你想当皇后想疯了吧？”蕊仪冷哼了一声，“想当，也得活着，有性命在才行。”

“为何？”平都淡眉一蹙，眉宇间不是担忧，而是几分期待。

蕊仪一手抚着她皮袍上缝的花，装成欣赏的样子，压低了声音道：“他滞留魏州多时，皇上想让他回来过年。他不回来，便是抗旨，可回来，也不能就这么贸然回来，还是先上个折子，跟皇上解释几句，把误会说开了，再回来。”

李存勖要摆下的是鸿门宴，按理是不能来的，可他们二人的关系并非如刘邦、项羽。李嗣源不可能永远待在魏州，早晚有回洛阳的一天。既然横竖都得回来，就得说清楚了再回来。

“看来皇上是有旨意了。成，我帮娘娘带这个话。”平都淡淡地一笑。

“又想糊弄人了，是不是？”蕊仪拽住她的袍角，警告道，“就算到了兄弟阋墙的一天，他如你所想带兵入了宫，也未必有胜算。他心里最盼望的就是兄友弟恭，他真能对兄弟下手？战场上的事瞬息万变，何况皇上和申王也都是骁勇的战将，更不用说既已为天子，便在正统上占了上风。到时候，不管谁胜了，其实都是两败俱伤，而究竟伤了的是谁，又有谁能知道？”

“我会转告他的。”平都笑着轻轻拍落她的手，“只是有时候与其憋屈地活着，还不如鱼死网破。我相信，我的夫君也会作此想。”

“你……”蕊仪想叫住她，被赶过来的萱娘打断了。

“娘娘不是说不能引人注目吗？”萱娘扶住她。她不知原因，只知道李存勖不让她和平都亲近。

蕊仪点了点头，“回去让鱼凤过来一趟，有些事要让她做。”

回到下步辇的地方，小太监们连忙伺候着，顺喜在旁边乖巧地道：“娘娘，韩大人奉旨进宫看娘娘，已经到丽春台了。”

顺喜乖巧，自从他到丽春台以来，一直没出过乱子。蕊仪的汤药、衣食都由他经手，蕊仪的胎也一直安安稳稳的。可他依然是李存勖的眼睛，要不也不会指了名地让他过来。

蕊仪笑了笑，“是皇上体恤本宫，本宫过会儿就去给皇上谢恩。可把韩大人安置好了？”

“都好了，娘娘放心，正在厅里烤火、品茶呢。”顺喜眼巴巴地跟着。

“那本宫就把新得的玉坠子赏你好了。”蕊仪笑道。韩元这些天一定担足了心，正好让他老人家安安心。可韩元这时候奉旨进宫，绝不仅仅是为了看望她，难道李存勖想让韩元也掺和进来？嗣源一向敬重他老人家，再添上韩元的一封信，就更有把握了。

进了厅，蕊仪站在门边没有作声，她想从韩元的神色里看出他究竟是否知情。韩元听见动静，起身行礼：“臣拜见娘娘。”

“父亲大人免礼，快坐吧。”蕊仪吩咐殿里的人都到阶下侍候，没有她的吩咐，不必进来。

“夜明珠的事，我已听靖远说起了。你做得对，先忍下这口气，平平安安地诞下小皇子才是要紧的。”

蕊仪点点头，“父亲说得对，我们韩家的势也不是什么人一两天就能扳倒的。”

“你也是，弄什么东西回家，你好好的，就是给韩家最好的年礼。东西你都留着打点，宫里用钱的地方多。你跟蕊瑶也说说，她的东西也不必送回来了。”韩元叹道，老态龙钟的手颤抖了两下，从袖中掏出鼻烟壶。

“这不是给父亲争脸面嘛。”蕊仪不好意思地道。

“是给我争脸，还是给你自己争脸？”韩元笑道，又“你啊你啊”地说了几句，“从蕊宁进了府，你就是韩家的大小姐，只要我还有一口气在，这一点就永远不会变。”

蕊仪感激，但看着他，忽然说不出话了。韩元向外面看了看，嗅了口鼻烟，老目如星地看着她，“皇上让我去信叫中书令大人回来，你实话告诉我，你可搅进去了？”

“皇上怎么跟父亲说的？”蕊仪捧起桌上温热的手炉，笑了笑。

“就是让去信，旁的没说。可他刚吩咐了，就准我进宫看你，我总觉着事情不简单。”韩元叹道。

把前前后后的事都说了，蕊仪看向他，恳求道：“怕是皇上不可善了，到时候兄弟相残，实非社稷之福。他们两个都曾是父亲的学生，父亲也必不想看到这一幕。”

韩元重重地叹息一声，鼻烟壶滚落到桌边上。

“早就想到有这一天了，只是没想到，在我蹬腿以前它就来了。你也别太劳心了，这些事渊源大了，你管不了。”

“渊源？什么渊源？”蕊仪讶然，知道了渊源，也许还能劝上两句。

“别问了，别问了，一言难尽。”韩元摇手，叹着气别开头，无论蕊仪怎么问，都不肯回答，“他们俩一个是皇帝，一个是久经沙场的战将功臣，都有自己的主意，咱们劝也未必有用，只能尽人事，听天命了。”

“还请父亲无论如何都劝上几句，就算是为了小皇子。”蕊仪叹道，他们也只能尽人事了。

虽说是奉旨，但韩元也不敢多留，喝了一盏茶就出宫了。蕊仪寻思着韩元的话，觉着他也不会有什么好办法，只能把自己想到的都做了。唤了鱼凤进来，福儿跟在后面端了点心过来，放在桌上，转身刚刚要走，只听鱼凤道：“等等，把盖子揭了，一起拿走。”

“是。”福儿依言而行，把盖子揭下来，放到手里的漆盘上，“啊，蜈蚣……”喊声未落，已向后摔倒在地上，脚上蹬着，手上来回挥动着向后蹭着。

“哪儿？在哪儿呢？”鱼凤袖口一拂，眼睛左右看着那盘糕点，“福儿，你又眼花了，快起来，别吓着娘娘。”

“还没老呢，就老眼昏花了？”蕊仪笑了笑，向她招招手，“过来，我看看，摔着没有？”

“没、没摔着，奴婢告退了。”福儿哪里敢过去，抖着身子出了门，关门都关了两次。

蕊仪看了鱼凤一眼，轻哼了一声，道：“太医那儿拿来的？”

“什么都逃不过娘娘的眼睛。”鱼凤把点心端到一旁，“她碰过的东西，反正娘娘也不会吃。”

“明日你出宫一趟，就说去庙里替我祈福呢。”蕊仪看着她，不管平都会如何转述她的话，嗣源都会有所行动。嗣源性子太实，就怕一股子劲儿上来，办起事忘了主次先后。

鱼凤探寻地回视着她，“娘娘让我去见兄长和大人？”

蕊仪颔首：“你在洛阳城外找个地方躲几天，务必要在他们进城之前见上一面。你转告大人一句，这个太尉不能做，非但如此，兵权上也要主动推上一推。”

留得青山在，不愁没柴烧，契丹仍是朝廷大患，即使交出了兵权，他日也有重新启用的机会，暂且退上一步，换得兄弟间的和睦，才是皇室之福、天下之福。

平都当晚便出了洛阳宫，回了侯府旧宅，把大门一关，只说身子不适，闭门谢客。半夜，后面小角门，青骢骏马上平都一袭男装，悄悄地出了城。

一连几日不眠不休地奔跑之后，精疲力竭的平都终于到了魏州，她几乎是被人从马背上扛下来的，灌了几口热汤，草草地换了衣裳，一头乌发匆匆忙忙地挽了一个髻，就冲进了李嗣源的书房。

“夫人。”赵功生连忙行礼，“夫人一路辛苦，就不打扰夫人和大人说话了。”

平都向他笑了笑，门一关上，她立时笑意全无，“看了她的信了？皇上要对你动手了，你还打算做那砧板上的鱼肉？”

“我在魏州多日，是该回朝了。”李嗣源了然地看着她，知道她又要提那莫名的旧事，“不回洛阳，一是魏州军备需要调整，这几年存渥太懈怠了；二是在幽州时，传出些不好的话，来这儿避避风头。如今前者办好了，后者也淡了，该回去了。”

“你是怕看了她的信，而又不回去，皇上会迁怒她吧？”平都大笑，“这一家老小你都不放在眼里，眼里独独只有她，你的儿子怎么办？妻妾怎么办？”

“平都。”李嗣源想拉住她，让她冷静下来，可被她双手一撩，拨开了，“这个不是为了她。难道我还能倒戈相向，反了皇上不成？还是该趁着年节回去，和皇上开诚布公，冰释前嫌。”

“你不了解皇上。他自称帝以来，荒于朝政，而你功高震主，郓州、魏州军中，只知道有你，而不知道有他，他是不会放过你的！”平都低喊道。

李嗣源叹了一声，坐下道：“当年，要不是老王爷，我如今还不知身在何方，要我带兵反他的亲生儿子，让我争他老人家为皇上打下的基业，万万不能。”

“皇帝的位子本来就是你的！”平都激动异常，犯了大忌的话冲口而出。

“住口！”李嗣源推开窗看了看，又重重地关上，“你是郡主，也是我的妻子，我敬你，可是你不能为了自己的野心，就说出这等悖逆之言！”

“我的野心？你知道什么！本来就是你的，本来就是你的！”平都哭喊着，多年的压抑一下子迸发出来。

“啪！”平都左脸上重重地挨了一记，李嗣源有些后悔，把她按在椅子上坐下，把桌上的茶盏放在她手里：“你又听到了什么风言风语？”

“不是风言风语，是真的。”平都顾不上疼，泣不成声，用力砸了茶盏，站起来退到一边，指着他，“你知道什么，知道什么？你自诩为李家的人是吗？是李家王朝的第一忠臣是吗？那你把我也杀了，反正你们李家也杀了……”

最后两句李嗣源听不清楚，以前蕊仪跟他提过，平都怕是不安于郡主之位，想要母仪天下，他也就作此想了。他看了她一眼，推开门道：“我让人服侍你休息，明日就起程回洛阳，到了洛阳城外，看看再说。”

五日后，除夕。

贞观殿前摆宴，皇家的守岁宴除了皇帝和宫中妃嫔，还宴请了几位朝中重臣。申时，人们按身份分别在偏殿歇息，用了些点心，各自茶叙。酉时，外面的桌上已经摆上了水果和赏赐的御酒，只等过了戌时两刻就上菜、传歌舞。

本应是酉时入席，可李存勖发了话，李嗣源回朝，要单独说上几句话，再让众人来陪。众人陡然听闻李嗣源回朝，无不愕然，打了大胜仗，回朝却悄无声息，亘古未有。

更奇怪的是，众人都在偏殿中烤火、茶叙，应在殿内更衣的李存勖却已经坐在了外面的主位上。其他娘娘都尚未列席，蕊仪却已华服锦衣出现在了阶下。

“中书令大人真的回洛阳了？鱼凤还没有信？”蕊仪问，脚下稳稳的，一步步踏上玉阶，向殿前的位子走去。

开筵后妃嫔坐于阶上平台李存勖左右下手处，大臣则坐在阶下。从玉阶上回望下去，甚是开阔，宫灯、红毯相映，喜庆万分。听说敏舒在每盏宫灯上都提了诗，宴罢诸人可以摘取了带回去。若是有人能对上几句，念于李存勖听了，得心的还有赏赐。

若不知这是一场鸿门宴，蕊仪也想对上几句，给李存勖和众人开开心。可这样的景况，又哪里还有心思。

“鱼凤的信还是前日的，说是没有见到大人。”萱娘又重复了一遍，这一天已经问了七八遍了，“也许大人还没回洛阳，只是讹传了。”

“你听着，有些话我不能对你说，也没有对鱼凤说，不过，她大概能猜到一些。如果我今日过不了这一关，你不要问她，也不要打听此事，别人问起，就说什么都不知道。倒是福儿，可以想法子让她打听一二，事后自有人处置她。”蕊仪一番话说得朦朦胧胧、雾里看花。

萱娘想问，但知这儿不是地方，只能先听了。

“奴婢都记住了。”她抬眼向上一望，“赵公公都在后面伺候着，奴婢恐怕也能上前。娘娘慢点儿，皇上指不定有话要对娘娘说。”

蕊仪点点头，径自向李存勖走去，轻轻福了福，“皇上，天冷，不如到殿内坐着，等大哥来了，咱们再出来。”

脚下的红毯顺着玉阶一直铺设到远处，远眺过去，也不知那尽头处究竟是不是尽头。李存勖看向她，向她伸出手，待柔荑触到掌心时道：“你说，他会来吗？”

“皇上不是说大哥已经进了洛阳城吗？既然如此，哪有不进宫的道理。”蕊仪故意按他的说法回话，想要知道得更多一些。

“来回报的说，到了城北一百里，不见了踪影。”李存勖笑叹了一声，眼中之色不像话里透出的失望，果然下一句就是，“他带的人不多。”

“这不正是大哥的心意吗？皇上刚好和他化戾气为祥和。”蕊仪笑道。他要是能点一下头，她怕是能吃斋念佛三年了。

李存勖笑了笑，轻拍了拍她的手背，“朕要跟你说句实话，原本怕你不忍心，一直没有告诉你，但事到临头，再不说，就是朕对不住你了。”

手上、身上越来越凉，蕊仪目光颤抖，妄自镇定，“皇上和大哥是兄弟，皇上是要兄弟相残吗？”

“他在城北不见了踪影，难道对朕就真的死心塌地了？”李存勖望着红毯尽头，冷冷地一笑，“蕊仪，朕这都是为了江山社稷。李嗣源在幽州煽动乱民，那儿的人磕头向他叫万岁，心里半点没有朕！”

“那些百姓刚遭了契丹洗劫，饿了几个月的肚子，谁给他们饭吃，谁就是他们的爹娘，那时候说的话，哪里能作得数？”蕊仪劝道。她的一封信，真的要断送了他的性命，也许还会断送了魏州、郓州乃至幽州的将领兵士。

李存勖看着她，有些怅然。成亲时，他察觉了蕊仪的身世，没有说出来，更没有对蕊仪如何，他盼着蕊仪能忘了李嗣源，可是眼下蕊仪的神情已经告诉了他，她没有忘了李嗣源，从来没有。再或者她忘了，可是与李嗣源之间休戚相关的交情，也许更甚于所谓的旧情。这已经融入了骨血里，他想要拔去，只能从骨子里剔除。

而他竟也忘了，他对蕊仪好，是为了压过李嗣源一筹。他想把后位给蕊仪，

想跟她长长久久，所以，即使蕊仪有了身孕，于宫规、于情理他都不能只在丽春台，他宠爱的也是蕊瑶，也是她们韩家的女人。

“没了他，你和朕也能好好的。”李存勖放开她的手，向前了一些，立于阶上边缘，背手而立，“朕信你，也信他会来。等朕解决了此事，就与你们共同守岁。来人！”

两边的屏风后面、原本该空着的偏殿里涌出披甲的兵士，脚步声歇后，悄然无声，只见寒光闪闪。两旁偏殿中的朝臣、妃嫔听见响动，想要出门看看，都被阻住了。有人抬了门闩过来，比平日用的要粗重许多，从外面把门顶住了。

不要来，不要来，蕊仪心里默念着。萱娘上前扶她坐下，再不知内情，也知道是怎么回事了。一手紧紧地攥住她的手，蕊仪紧盯着红毯的尽头，这么大的动静，他应该知道了，他不会来，不会来了。

先把这一次躲过去，日后再想他法不迟。李存勖这一计不成，心思却已昭然若揭，李嗣源有了戒心，他定不能立刻再行一计，如此事情便缓下来了，便有了回旋的余地。

可是他们都还年富力强，早晚还会有今日这般兵戎相见的一天。蕊仪越想越苦，存了些期冀，轻声问萱娘：“到戌时了吗？”

“快了。”萱娘点点头。

红毯那头露出赭红色的一角，几步之后，看清了来人，是李嗣源无疑。长长的红毯宛如一条血带，从白色的玉阶上垂下，两边的寒光和战甲仿若给这条带子镶上了闪烁的银边，在夜幕和灯火下，双双妖冶地绽放。

是他！蕊仪身子一颤，险些向后跌倒，被萱娘扶住。他来了，还是来了，怎么会这样？！不管平都如何传话，闻琴声而知其意，他应当已经明白了当中的危险，为何还要来？为何一份折子都没有，就回来了？

往日这条路并不长，可这一次仿佛变了。两边寒光闪烁，兵士们来时并不知究竟为何，当他们看着昔日自己的主帅出现在眼前时，心中的猜测渐渐明晰起来。手中的兵器握紧了，他们如铁的目光慢慢有了血色和泪光，这儿也许就是与他们出生入死的大将军的墓地。

李嗣源于远处跪下，郑重叩首道：“吾皇万岁万岁万万岁，臣李嗣源率军援幽州，击退契丹兵，吾皇洪福齐天，幸不辱命。今归朝，交还虎符。”言罢，双手捧上，高举过头顶。

“有今日之功，幸有大将军与众将士死力保我江山社稷，朕幸甚焉。”李存勖朗声笑道，并没有叫人去接虎符。阶下大臣并未列席，此间只有他们三人和众将士，而李存勖环视阶下，仿佛那儿已坐了那些个朝中重臣。

“朕要封你为太尉，赐丹书铁券。大哥速上前来，与朕叙上一段，再与群臣共饮！”

只要上了玉阶，就可令兵士围拢，带兵的是冯地虎。此刻他双目血红，右手握紧了剑柄。蕊仪模糊的视线落在冯地虎身上。这里的将士多于往日随李嗣源征战，此刻只会有两种局面，一是李嗣源今日死于乱刀之下，不得全尸，落下叛臣贼子的骂名；二是这些人中念着昔日情分的，违抗圣命，甚至倒戈相向，继而自相残杀，血染贞观殿。

李嗣源没有起身，只是将双手放下了些，跪直了身子，目光炯炯望向平台上的李存勖，“皇上不收回虎符，臣便长跪不起。”

既然知道要交还兵权，为何不先上个折子，探探风声，再作决断？蕊仪回望着李嗣源，李嗣源也似是不经意地看向了她。那目光给人安稳的感觉，仿佛坠入其中便有了依靠，好像在告诉她，他来了，她和孩子都不会有事了。

李嗣源独赴筵席可以有百种理由，可是在这目光中，她分明知道，他来，是为了她。如果没有她，他会用别的办法化解这一切的。

蕊仪向他摇头，目中充满决绝，他不能为了她断送了一切。他已经来了，若有机会，他该速速离去。走，快走，现在还来得及！若是再向前一些，就晚了。

“赵喜义，迎大哥上来。”李存勖手一摆，让他去接虎符。

赵喜义青蓝色的衣袍好像玉阶上一抹暗暗的影子，快步到了阶下，从红毯边上过去。他接过虎符，又扶起李嗣源，目中透着几分无奈与惋惜，“大人快快请起，别让皇上和娘娘久等了。”

李存勖看了蕊仪一眼，牵过她的手，让她与自己并立于前，“大哥得胜还朝，淑妃又将为朕诞下三皇子，真乃社稷之福。大哥，朕想在百官之前，先敬大哥。”

内监捧上金樽，李存勖接了过来，回身时眼中阴郁。蕊仪迎风而立，衣襟飘飘，李存勖身着正红绣龙常服，束发金冠，二人并肩而立，仿若来自天宫。可在此时，没人有心思欣赏这一切。

蕊仪不敢再有动作，只能以目光暗示。李嗣源仿若未见，在赵喜义身后，他一步一步地向他们行来。行至阶下，他忽然停步，躬身对李存勖道："臣不敢居功，臣谨祝皇上朝务顺遂，娘娘玉体安康。臣不敢与皇上对饮，便在此与皇上饮上一杯。"

"皇上，大哥一向恭谨，正是朝臣的榜样，皇上不如成全了他，这就请百官入席吧。"蕊仪清脆的声音响起，也许还有机会。

丝毫不理会她的话，李存勖只看着阶下，"你与朕是兄弟，大哥不同于朝臣，不必拘礼，这就来与朕对饮。"

冯地虎的剑已隐隐有出鞘之意。李嗣源躬身应了，握紧了拳，望着二人，目光坦然："臣遵旨。"

这一声遵旨有千钧重，隐隐听得刀剑微微摩擦剑鞘口的声音，偏殿屋宇之上有弓弦绷紧的声音。李存勖嘴角慢慢勾起一抹志得意满的笑，等李嗣源来到玉阶中段，手中金樽便是丧钟。等这世上没了李嗣源，朝臣和各宫妃嫔再从偏殿鱼贯而出，面对那血染的汉白玉台阶，定然会明白，这朝中、这天下，只有他一个主人。

那白玉上的红色朱砂，定是这世间最壮丽的颜色，那图案定堪比画仙之作，非人力所能为。李存勖望着转为墨色的苍穹。今夜月明星稀，郎朗的明月像这天上人间最明亮的镜子，尽管是一面残镜，却能照尽这宫中所发生的一切。多年后，即使今日列席之人不在人世，这一切也依然会被铭记。

"父亲，你可都看见了？你的亚子已经完成了你的遗愿，没有辜负你三支箭的嘱托。我已经登基为帝，你想做的，我做了；你想做而不敢做的，我做了。而李嗣源，你这位最得意的义子，他再能征善战，再会收买人心又如何？如今不过是我的手下败将。父亲，你当初的选择错了，好在我没有让你错下去！"李存勖暗道，唇角笑意更盛。

蕊仪不敢再看，垂下眼眸看着自己的裙角。即使没有往日的一切，她也不愿看着这样一位大将重臣惨死面前。

"报——"平地一声惊响，有兵士从远处奔来，步伐极大，似是拼尽了浑身力气，"报！启禀皇上，契丹兵回犯幽州，幽州将军王善阵亡，守军死伤万余，请皇上速速派大军相援。"

"进犯幽州？"李存勖额角青筋毕露，救幽州，最近的就是李嗣源的魏州军和郓州军，天下哪有这么巧的事？"冯地虎。"

冯地虎上前验看，确是幽州关防，而通报之人也是宫中侍卫，此人的根底他是清楚的，与李嗣源无关。他向李嗣源颔首，躬身道："确是幽州关防，城守请皇上速派大军及将领相救。"这种天气，头皮上竟冒出些许热汗来，被风一吹，冰凉冰凉，直渗脚底，"皇上，契丹兵有备而来，再不派兵，恐幽州城有失。"

手指骤然收紧，金樽上的雕花陷入指中，李存勖双瞳紧收，不发一言。蕊仪轻扯了他袖管一下，"皇上，他们都等着呢。"

李存勖目中之火越演越烈，没有发话。蕊仪望向李嗣源，微微向他点头。一时间，李嗣源心中思绪万千，蕊仪怀着龙嗣，李存勖应不会对她如何，而且他已经来了，蕊仪能做的都已经做了，自己得了回幽州的机会，是天数，而非人力。

"臣愿再往幽州，臣愿立下军令状！"李嗣源字字掷地有声，声音在空旷的殿前回响。

"朕准你所奏。"李存勖终于开了口，声音虽低，却足够听得清楚，眼中恨意如血。不知者，觉着他恨的是契丹，知者才道他恨的是阶下之人。

"臣领旨，定不辱命。"李嗣源叩首，重新从赵喜义手中接过虎符。他看向蕊仪，只是匆忙中的一眼，交换了千言万语，蕊仪尚且镇定自若，想必已有解决之法。

大步流星地向殿外而去，两边兵士寸铁未动，不一会儿李嗣源便消失在红毯尽头。虎符刚刚交出，便又被取走；李嗣源独入宫禁险地，却又毫发无伤地离开。红毯上空荡无人，好像他从未来过一般。

"皇上，等幽州之难过了再筹谋不迟。吉时到了，传百官和各位姐妹入席吧。"蕊仪低头轻道，现在收手还来得及。

李存勖叹了一声，正当人以为他会顺势将此事揭过去时，他猛地将金樽掷于玉阶之上。金樽叮叮当当地蹦跳了几下，骨碌碌地滚了下去。他双目紧闭，只觉得一股血气上涌，肩上一颤，踉跄着向后退了一步。

"皇上。"蕊仪扶住他，"来人，皇上要入座。"

"放手！"李存勖怒喝一声，望着红毯尽头，目中杀气毕现。他猛地向前冲了一步，一脚踩在阶上，身后有人拉制，他用力一挥广袖，正红的颜色在宫灯映照下泛出绮丽的红光。如此一挥，宛如一道殷红的晚霞，瞬间划出一道弧线。

"啊——"一声惊呼刚刚发出，还来不及变为惨呼，就被哽在了喉咙里。

"蕊仪……"李存勖始料未及，伸手想要拉住她，奈何为时已晚。

刹那间，蕊仪只觉天旋地转，身子不受控制地在冰冷、坚硬的石阶上滚过。灯火、红毯的颜色交织为片片花影，在她眼前流过，一切的一切渐渐变为灰色，慢慢沉沦为黑，最终，眼前只剩下无垠的漆黑雾色。

血液染红了裙摆，落在红毯上沉淀为暗红，在夜色下看不见半点。内监们乱了，宫女们乱了，军士、统领们也乱了。两旁偏殿中鱼贯而出的百官、妃嫔惊愕地看着这一幕，呆立于侧。

望着忙碌善后的众人，天家之事，百官默默不敢言，只能以目光相互示意。妃嫔们心思各异，有以袖掩嘴不敢相看者，有目露惋惜之色者，自然也有冷眼相看、傲立之人。

夜里无星的墨色穹庐上飘下几片雪花，洛阳城外三十里的山峦中，平都一袭黑色裘袍，身后跟着赵功生。望着远处一人一马奔来，身后五百名将士终于松了口气，隐忍着的雀跃之情浮现在他们眼中。那身影仿若一团烈烈燃烧的火焰，引燃了他们的心中之气。

“大人。”赵功生单膝跪地，在李嗣源示意后，低声向他禀报了众将士和沿路的情况。

李嗣源看向众将士，低沉着声音道：“契丹兵再犯幽州，幽州守城大将阵亡，你们随我领魏州军，速去驰援。”

为首几人对视了一瞬，刚要说话，平都抢先开了口：“的确有契丹兵进犯，可并没有那么多。幽州城墙被打缺了个小角，已经顶住了，曹将军的位子也已由孙将军接替了，幽州危局已解。”

“你说什么？！”李嗣源不敢置信地看着她，平都不通军务，当中难免另有别情。

赵功生上前，笑道：“末将和夫人看大人迟迟不归，恐有不测，正巧有人送来幽州军报，大家就做主劫了军报，造了一张，这样皇上见幽州局危，大人就有机会出洛阳，带兵返魏州了。”

“这是做什么？这是谋反！”李嗣源用力一拍大腿，怒不可遏。

赵功生躬身挡住他，赔笑道：“这也是为了皇上和大人兄弟和睦，怎么就成了谋反了？末将为了大人，可以不要自己的性命，可是这一次，大人一定要听末将的，就容末将以下犯上一次，回到魏州，末将自领责罚。”他回头吩咐，“大将军上马，起行魏州。”

恨恨地叹了一声，恨情势逼人，也恨自己，李嗣源一撩袍服，挽住马缰，一脚上了马镫，他忽然停下问道：“幽州的关防又是怎么回事？”

“那是我描的，用的老侯爷府里传下来的法子。”平都上了马，回望着他，轻轻一打马，也不理他，径自向前，“下一次你再白白送死，不必带任何人。”

一行人走的是小路，静静地出了洛阳。雪越下越大，白雪掩盖了痕迹，他们离魏州越来越近了。

第二十三章·后位

无垠的黑暗中伸手不见五指，忽然有一阵风缓缓吹开了层层叠叠的黑云，道道光芒从缝隙中投射下来。

渐渐地，天地间一片清明，那光好像能荡尽世间所有的污垢。脚底似乎腾起一团云雾，蕊仪被这云雾托着，缓缓地落在陌生的地方。这是哪儿？她慌忙四下看去，又是这个院落，她又在梦里了。

她挣扎着想要醒来，但无论如何也不能。这里一派肃杀之气，似是要发生不好的事情，她心里陡然起了一股浓浓的不安，不愿移上一步，生怕动了一步，就见了不愿看见的东西。

这儿应是后院，颇为僻静，隐隐的最不起眼的一间屋里烛光闪动。屋子的窗户不知为何开了，但屋里的人丝毫没有察觉，仿佛只是冥冥中有神力想让她看清里面的三个人。

里面站着的是一位端庄的中年妇人，膝下跪着两个年纪相差无几的女孩子。中年妇人高高地扬起手，手里赫然一块鲜红的玉佩，不同于一般的血玉，此玉晶莹剔透、熠熠有光。

手重重地砸在桌角上，似是用尽了全身力气，玉佩应声裂成两半。妇人将其一左一右地放在手心，递到两个女孩面前，“十二年前，娘家道中落，幸而遇见了你们的父亲，才不至于流落青楼楚馆，本想给你们的父亲，也是给林家，传承香火，可是十二年里也就生了你们姐妹二人，我让他纳妾，他也不肯。原以为不能报答他了，没想到还有今日。今日就让娘为了他，为了林家，保全你们吧。”

“母亲，要走一起走。”年纪小一些的女孩儿乖巧地叩首，眼中清明，丝毫不见慌乱，似乎小小年纪便明白了什么是视死如归。

“子良，听话，多跟你姐姐学。子从，要好好照顾妹妹。”妇人无奈地道，嘴角自始至终带着淡雅的笑，“这是娘祖传的宝玉，当年家败了，只剩下这么一件东西。你们姥爷曾说过，此玉能化百毒，含此玉者，饮下穿肠毒药后，十二个时辰便能醒转。如今，娘将此玉一分为二，给你二人。”

大一些的女孩儿被唤作子从，此刻已经抽抽噎噎地说不出话来。妇人叹了一声，又道：“也不知分成了两块还有没有用。你们两个都是林氏的嫡女，都是娘和你们父亲的手心肉，就分成两半，各听天命吧。若是老天要存我林氏血脉，定会保你们平安。你们醒来后，也不知会是什么情景。子良出娘胎就带了胎记，子从六岁的时候被火燎伤，留了个黄豆粒大小的疤，至今未去。若是你们走散了，记得一定要寻到对方。”

“不行，玉佩要给娘。师父教导我们要孝敬二老双亲，女儿不能不孝。”子从哭道，拉着子良向她磕头。

妇人笑了笑，“娘当年就险些饿死街头，活到这个年纪，又有了你们，值了，娘要去陪你们的父亲。来，你们一人一半。”

“娘，都给妹妹吧，妹妹比我聪明，比我生得好，给她一条万全的路。”子从哽咽着，接过玉，塞在子良手里。

子良又将玉塞回子从手里，目中含泪，只是一滴也没有落下，“娘打算怎么做？”

“你们把玉含在舌下，喝下这掺了鹤顶红的果酒，娘也喝下，等人来了便会以为我们娘儿仨已经服毒自尽。若是天可怜见，他们不焚尸、戮尸，而是把你们弄到乱葬岗去，你们二人便有望捡得性命。”妇人笑了，倒下三盏果酒。

“娘，女儿遵命。”子良看向子从，“姐姐，咱们都听娘的，你我一人一块，各安天命。”

子从失望地看着她，“想着你乖巧，指望着你把玉给母亲，你却……”

“姐姐，咱们若是都活着，就一起给爹娘报仇；若是都死了，就一起下去服侍爹娘；若是只活了一个，就连着另一个的仇和爹娘的仇一起报了。”子良打断

她，目光坚定。

妇人点了点头，看向她们二人，“你们父亲清白一世，却被冠上谋逆之罪，他日你们若得存活于世，定当为他洗刷冤屈。若你们中只活了一人，要是子从，就把仇忘了，好生过自己的日子。”

“妹妹，你能报仇，玉给你。”子从又想将玉给她。

“姐姐，都听娘的。”子良叩首，抬眼时定定地道，“娘，姐姐，就此拜别，日后有缘再见。”

子良将玉含于舌下，接过一盏酒，一饮而尽。她又将另一盏递与子从，妇人笑看着她们将药一饮而尽……

不要，不要！蕊仪在远处看着这一幕，想要上前，脚下却像踩着一大团棉花，一点力气也使不上，喉咙里更是发不出半点声音，即使使尽了力气，也只感到喉间如撕裂一般。

这时候又见妇人蹲下身去，抚摸着两个女儿的脸道：“你们记住了，你们的父亲叫林康，你们的家在魏州，你们都是林家的血脉……”

身后仿若系了一根绳子，被猛地用力一拉，蕊仪只觉耳边生风，眼前光影接连晃过，身子一刹那退了数丈，重重地撞在硬物上。她用力拍了几下，想要撑起身子，耳边传来一阵惊呼声。

“姐姐，姐姐……”蕊瑶按住她的手，转而向外间喊道，“淑妃娘娘醒了，快传太医！”

“娘娘……”萱娘、鱼凤连声唤着，双双来到榻前，太医跟在她们身后，上前诊脉。

额角、手臂上传来针刺之痛，蕊仪微微睁开了眼，柔和的烛光在染泪的剪羽上化作点点光影。蕊瑶眼明手快地给她灌了两勺参汤，蕊仪喉间干涩缓了下来，问道：“小皇子没了，是不是？”

没料到她头一句就问了这个，蕊瑶放下参汤，别开眼，不敢看她。鱼凤和萱娘忍着泪，低着头，更是不敢作答。谁知蕊仪凄然一笑，叹了一声，“那就是没了。崔太医，你说说，本宫的身子如何了？”

“姐姐，你要是想哭就哭出来，别憋着了。”蕊瑶掩面，她没想到事情会闹成这样，要是她知道，她会对李存勖出言相劝的。

“让他说！”蕊仪哑着声音喊道，身子抖得如秋日里枝头的枯叶，她不知自己面色惨白如纸。泪滑落，却无声，她看着床脚，不看他们。

“娘娘坠落滑胎，需用心调养，少说三月，多则一年。娘娘玉体上的擦伤、撞伤并无大碍。”崔敏正顿了顿，说出最安人心的一句，“请娘娘放宽心，日后娘娘定能再为皇上诞下皇嗣。”

蕊瑶松了口气，轻道：“姐姐，都听到了吧？姐姐只需耐心调养，以后还有机会。”

不觉中已是涕泪纵横，蕊仪努力忍着，没有哭出声。她点了点头，声音虽轻，却不容人置疑，“让他们都出去，我想跟你说说话。”

“姐姐，我没想到会这样，不然我会劝他的。”蕊瑶抹泪道。当她冲出偏殿，看见蕊仪人事不省的时候，此生第一次真正感受到了血脉相连。往日闹的别扭霎时被抛之脑后，眼前只剩下幼时亭中赏月、看雪，病中蕊仪守望床头……

“你劝他，有用吗？”蕊仪摇摇头，手心放在她的手背上，“他的雄心不是你我能左右的，就是宋可卿在这儿也不成。我不怪他，只怪自己时运不济。你也别怪他，他也不是有意的，只是万事都赶了巧。”

掩面呜呜地哭了，蕊瑶不知道该说什么，过了好一会儿才吸着鼻子道：“皇上心里也不好受，我知道他是不敢来看你。”

“这一次皇上怕是要把他恨得更狠了，我是真不想看到他们兵戎相见、血染朝堂的一天。”蕊仪叹了一声，玉指轻轻拭去眼角的泪水，“你说，我总是劝着皇上，当时还给他台阶下，皇上会不会怪我？”

蕊瑶愣住了，晶莹的泪水在眼眶里打转，有些惊惶地道：“我怎么没想到这个？他会不会以为……不会的，不会的！我去跟他说，他不会这么想的。”

蕊仪摇摇头，“解铃还需系铃人，等我养上几日，自己跟他说。”她叹了一声，话锋一转，“事已至此，多想已是无益，我担心的是你。小皇子没了，贵妃她们必有动作，后位恐怕要落在她手里，你说说，如今我们该如何？”

“要不是她们，皇上也未必会向你开口，你也不必为了向皇上表忠，那么快就答应了。”蕊瑶恨恨地道，语中哽咽，声音模糊。梓娇出身再卑贱，也是二皇子的生母，这时候后位非她莫属了。她们在这儿只能流上几滴泪，发发脾气，无计可施。“姐姐，皇上会不会为了我们暂时不立皇后？皇上欠了姐姐的，要不姐姐再想法子拖延一下？”

“皇上也不能为所欲为。蕊瑶，立后之事本应在皇上称帝之时就大定的，皇上已经给了你我机会，可惜你我都没有抓住。”蕊仪用力抿了抿嘴，语气加重了些，“人在屋檐下，不能不低头。我和你能不能得以保全，就看能不能低这个头，而且不光要低头，还要想想如何能低好。”

“什么？！向她们低头，还要想该如何低声下气？”蕊瑶不敢相信地张着嘴。

蕊仪点点头，心中艰难不下于她，“还有皇上那儿，我们不能闹，不能被这些用性命换来的亏欠闹没了。而贵妃她们，我知道你是不愿的，以后就让我多和她们周旋，你不要笑我、气我就是了。”

“我也不愿你如此，你哪受得了这个气。”蕊瑶不甘，眼中飞驰过一抹冷冽，“姐姐，我们还有机会，他日一定让她们连本带利地偿还。”

“此事须从长计议，切不可操之过急。日后我们姐妹同心，等时机成熟之时，就帮着有皇嗣或有身孕的那一个。若是我和妹妹同时有了身孕，我就帮着妹妹；若是我有了皇嗣，而妹妹又有了身孕，那我一样帮着妹妹。”蕊仪目中笃定，仿若盟誓。

“姐姐，我……”蕊瑶惊得说不出话来，纵然她们是亲姐妹，如此相让也太过了，她怎么会如此？

蕊仪一手轻搂住她，拍着她的背道：“姐姐的小蕊瑶最好强，受不得委屈。”她微微笑了一下，“若非当初阴差阳错，这本来就该是你的，你不必觉得欠我什么。我要得不多，只是想好好地过日子。”

后位对她来说只是一个虚名，甚至，只是一套沉重的枷锁，比韩氏掌家之位更难撑起的千斤重担。她只想有一个家，只想和命中的良人厮守一生。尽管她如今越来越不知李存勖究竟是不是她的良人，她也只能把他当作是了。她此生已经错过了太多，不能再错过已经拥有的了。

“以后姐姐和我还有皇上，好好地在一块儿。”蕊瑶往她怀里钻了钻，这是她的姐姐，她的姐姐啊，以前她怎么会那么想。

“去吧，陪陪皇上，不要多说我的事。”蕊仪帮她整了整有些凌乱的发髻，又让她留意郭崇韬的动向，勉强地笑看着她，以目光相送。

蕊瑶一离开，鱼凤和萱娘就匆匆进来了。鱼凤在后面将门关上，萱娘坐到床边，为蕊仪披上外裳，问道：“娘娘可好些了？太医说无大碍，可奴婢和鱼凤都不放心，从那么高的地方摔下来，还有没有别的地方伤着了？”

“我没事。”蕊仪摇摇头，明眸上仍蒙着一层水雾，“就是满月指望不上我了，贵妃若然为后，满月的性命也就……”骤然掩面，不禁泣不成声。

“娘娘，正是年节上，皇上要是大赦天下，满月也就有救了，娘娘不必太过忧心。”萱娘别开眼，忍着不哭，“娘娘养好了身子，满月才能少担一份心。”

想起赴宴前对萱娘的一番话，蕊仪心中一番感慨。她曾想过要是嗣源和李存勖当真动了兵戈，她恐难以生还，如今她还能坐在这儿，已经不易。只是没了孩子，她不由自主地低下头，看着平坦了的肚子，心如刀割。

眼前浮现出那已经成了形的小皇子，萱娘、鱼凤不禁心痛如绞，天家之事风云诡谲，享受着人间的富贵，也受着无尽的凄苦。

“你们都过来。”蕊仪不敢再想，让她们坐到身边，“你们两个是我的左右手，为今之计，丽春台要让你们操心些日子了。我身子不好，皇上也没来，免不了人心浮动，你们要多安慰大家。”

“奴婢晓得。”二人点头道。萱娘看了鱼凤一眼，鱼凤面有难色，向她摇了摇头。

“出什么事了？”蕊仪撑着又坐起了一些。

“是福儿，贵妃让她去仪鸾殿伺候。”鱼凤没有办法，只能说了，不过没有提福儿趾高气扬的样子。

“她要去就去吧，要是满月有个三长两短的，日后我会让贵妃亲手除了她。”蕊仪冷冷一笑，寒光从水雾中泛出，“贵妃可来过？”

“看看就走了。”鱼凤面有难色，支支吾吾了几声才道，“贤妃还在外殿，里里外外都是她在差遣。”

“我如今还是淑妃，她也配？”蕊仪冷笑着叹了一声，“萱娘，你到贤妃跟前听差，一有风吹草动就来告诉我。”

萱娘应声而去。鱼凤往里面蹭了蹭，低声道：“娘娘，大人已经平安出城了，娘娘不必担心。”

不觉松了口气，蕊仪有那么一刻凝眉，“皇上是如何向百官解释的？那些兵士，总是都看见了的。”

“说出来都没人相信，只是说话的是皇上，怕被迁怒，都不敢多问罢了。”鱼凤把被子下暖炉的位子换了一下，让蕊仪脚上暖一些，“说是宴上要用的歌舞，众将士的剑舞。”

“算了，总比兄弟相残要好。”蕊仪盘算着，没有将这层纸戳穿，日后再想故伎重施就要难上许多，也算圆了她当初所想，便稍微有了几分安慰，“只盼着他们不再有这一天。”

“娘娘还是先把身子养好吧。”鱼凤叹道，虽然没有影响日后生养，可若不悉心调理，难保没有隐患。

蕊仪颔首，低着头道：“小皇子没有落地就没了，应是没有丧仪了。头七的时候，就在丽春台里办一办吧，之后，就别再提他了。”鱼凤的眼泪立马就要下来，蕊仪含泪笑着拉住她的手，“我们该想的是以后的小皇子、小公主，就算我不中用了，还有韩婕妤啊。”

“嗯！”鱼凤用力点头，怕稍有迟疑就会哭出来。她来洛阳前，李嗣源曾让她兄长嘱咐她，一定要让蕊仪过得好，让蕊仪安心做她的皇妃，可现在却落得这般田地。要是当时她跟在蕊仪身边，也许还能凭着自己的身手扶蕊仪一把。可是，这世上没有后悔药可吃。

蕊仪看着她，手指紧了紧，不知该不该把心中之事托付，半晌，咬了咬牙，只能如此了，就说：“你家里在魏州根基不浅，你想法子帮我查一个人，不要告诉任何人，也包括你真正的主子。”

“娘娘请吩咐。”鱼凤凑近了些。

“林康。也许他已经不在世上了。”蕊仪沉吟着，如果她梦见的，就是她曾经忘记的，那林康很可能就是她的亲生父亲。她不自觉地抚上颈后的胎记，如果不错，她真正的名字叫林子良，而她还有一个叫林子从的姐姐。

她被蕊宁所救，因缘际会成了韩家的人，那她的亲姐姐呢？可还如她一般活在世上？如果这都是真的，她会去找她的仇人，会为了自己的亲生父母报仇吗？

这夜，贞观殿不如往日灯火通明，只在案上掌了灯。李存勖伏在案上，一身酒气。蕊瑶不理会赵喜义的劝阻，硬闯了进来，看到李存勖憔悴如斯，忽然泄了浑身的力气。

她上前去，轻轻坐下，推了推他，“皇上，皇上不能这样，姐姐见了，会更伤心的。”

“蕊仪醒了？”李存勖猛地坐起身，想站起来，又颓然坐下，“她一定不想见到朕。”

“姐姐没有怪皇上，真的没有。”蕊瑶摇摇头，其实她并不相信蕊仪心底里一点怨怼也没有，“皇上还是去看看姐姐吧。”

几次想要起身，却又坐了下去，李存勖心意难平，招了赵喜义进来，“让太医悉心照料，再令贤妃帮着管管丽春台的事，淑妃身子不好，不能乱了。”

“皇上，臣妾知道姐姐的喜好，不如让臣妾帮姐姐照管丽春台，也让姐姐更舒心一些。”蕊瑶轻道。把黄鼠狼放到鸡窝里还了得，蕊仪没事也得被折腾出事来。

“也好，让贤妃回去歇歇，你也好历练一下。”李存勖想了想道，话毕连蕊瑶也不大理会了，拿起酒坛子就灌了下去。

他要除去李嗣源，却亲手杀死了自己未出世的儿子，这难道是天意？为什么他的父亲，还有老天爷，选的都是李嗣源……

夜里旨意传到了丽春台，敏舒接了旨，刚要离开，鱼凤从内殿出来了，向她福了福身，“淑妃娘娘抱恙在身，不能起身相送，可又实在想当面谢谢娘娘，娘娘看，是不是……”

敏舒讪讪地一笑，“本宫也没做什么，不过，也该去看看妹妹的。”

“娘娘请。”鱼凤有礼地点点头，引着她进去，要进门时道，“淑妃娘娘说了，既然贵妃娘娘喜欢福儿，那就让福儿去仪鸾殿吧。”

“妹妹是明理之人。”敏舒干巴巴地笑了一下，掀开帘子进去了，“看见妹妹好些了，我也就放心了。”

蕊仪靠着两个兔毛垫子，身上锦被一直盖到胸前，泪干了，声音还有些颤抖，“我还要谢谢姐姐，要是没有姐姐，我这丽春台还不得乱成一团？”

“要是为了这个，妹妹就不必挂怀了。”敏舒笑了笑，深深地看了她一眼，“你不觉得你说的话连自己都不会相信吗？你明明知道是我和福儿换了珠子，你先是失德，再是失子，要说你与后位无缘，也有我一份儿，你难道就不恨我吗？”

以笑掩住恨意，蕊仪有气无力地道：“在宫里，阴谋诡计就是家常便饭，争名利是轻的，夺性命是重的。日子久了，我不打算计较这些轻的。我疏忽了，技不如人，我认了。而且你也明白，若非没了小皇子，那件事上我也未必就输了。”

“没错，若是你诞下小皇子，皇上定会立你为后，到时彻查此事，贵妃一定会把所有的事都推到我头上，我不是终老冷宫，就是白绫赐死。”敏舒无奈地道，抬眼时苍凉地苦笑，“你一定要问我，明明知道，为何还要帮着她。”

“为了你的家人？或者她有你的把柄？”蕊仪问道，看着手中的暖炉，想从她的回答中听出些什么。

“你不必问了。”敏舒转身要走，“你好好歇着吧。”

“人要明白情势，我愿赌服输，以后还需要两位姐姐照顾。我不计较以前的事，也希望两位姐姐不要和我计较，也请姐姐代为转告贵妃一声。”蕊仪低眉垂眼的，敏舒和梓娇之间也并非亲密无间，而且敏舒这人还沾了个迂字，只要她有了防范，以后定有机会。

“好。”敏舒头也不回地道，“你看了那么久的瑶光殿，最终无缘得进，也不知是造化上亏了什么。不过，我也曾想过，你这人太精明，又浑身都是铜臭味儿，进去了，岂不是污了那里？”

用蕊瑶的话说，面上端庄，背上背着一把算盘，清高的女人都看不上她这样的。可敏舒也不得不说是清高之人中不可多得的一种，才情比班姬，性情却大为不同。当年班姬不肯向赵氏姐妹低头，转而一心一意地服侍太后，而敏舒却能与梓娇为伍，耍这些不入流的手段来害人。

蕊仪微微一笑，眼下不想跟她计较，“看样子，即使我不再深究，姐姐也不打算放手了。可是姐姐有没有想过，我不追究了，贵妃还会追究，可她要追究的未必是我，我猜着许是你了。不然她也不会这么急着把福儿要过去，姐姐有没有想过狡兔死走狗烹的一天？”

“我既无子嗣，也无倾国倾城之貌，要活的也不过是一口气。你今日所失，与我被你姐姐所害之失，还差得远。”敏舒没有回头，掀帘而去。

敏舒一走，萱娘、鱼凤就紧张兮兮地进来了。看她无事，萱娘语中带了些不甘，“就这么让她们把福儿带走，以后还不知如何替满月申冤。”

鱼凤向她使了个眼色，道：“福儿疯疯癫癫的，随便寻个由头就能整治了她，可是，娘娘如今不能再引人注目了。你别担心，会有办法的。”

满月出了事，众人担心除了因为往日积下的姐妹之情，也是担心自己。她最亲近的宫女身陷囹圄，别人又哪能安寝？蕊仪心知不能回避，因为萱娘所想，也正是外面二十多个宫人所想，遂道：“你们放心，将来除去福儿的，不是贵妃，就是贤妃。满月那儿你们再去打点下，过些天我再向皇上求个恩典。好了，各忙各的去，我想睡一会儿。”

这几日丽春台里里外外都是浓浓的汤药和补品味，蕊瑶自来此帮忙之后，只觉得每天一大堆烦心琐事，弄得晕头转向。她在大感蕊仪不易之后，乐得撒开手不管，不过每日与蕊仪说话，也是功德一件。

萱娘出了丽春台，只觉得鼻尖一阵清新，宫里的花匠开始翻土了，因为丽春台里暂不能动土，也只有到了外面才能闻到这好闻的味道。但她此刻没有心情去享受这些，掂量了一下袖中的银子，去为满月打点。

进洛阳宫不过半年光景，地牢里没关几个人，管人的老宫女到了年关手头正紧，见有人送银子来，乐得合不拢嘴，“姑娘有话慢慢说，奴婢给姑娘倒碗水去。”说着就把门关上了。

“娘娘和小皇子是不是出什么事了？送饭的人说话怪声怪气的。我问了，可都不说。”满月撑起身子来到她面前，袖子上挂着几根稻草。

她还不知？萱娘叹了一声，也不想说，她在地牢里，知道了也是白白担心，“没什么，就是受了点风寒，娘娘和小皇子都等着你回去服侍呢。”

“你胡说！”满月冷得舌尖打战，哆嗦着抓住她的手臂，“你告诉我，我跟娘娘这么多年，不能说心意相通，可娘娘出了事，我是有感觉的。你不说，我心里更不安。”

萱娘为难，把墙角的小凳子移过来，硬让她坐下，自己蹲在她脚边，慢慢地告诉她：“除夕那晚，皇上跟太尉大人置气，就是中书令大人。皇上一不小心，就把咱们娘娘从平台上推了下去，小皇子没了，娘娘身子现在也不好。娘娘是要强的，要不哪儿能挺过来。”

从凳上滑下，满月面无人色地看着她，嘴里不停地念着：“怎么会这样？怎么会这样？”

“如今韩婕妤在丽春台照顾着，她陪娘娘说话，娘娘心里能好受一些。”萱娘也不禁流泪，“你在此忍耐些日子，娘娘说皇上怜惜她，她会为你求个恩典。”

满月感激地点头，恨不得立刻出去，服侍左右，“娘娘晚上爱踢被，你们留意些，不能让她着凉了。”她擦擦眼泪，微微有些欣慰，“皇上疼娘娘就好，见着皇上，娘娘就能快些好起来。”

摇了摇头，萱娘欲言又止，半晌叹了一声道：“皇上一次都没来看过娘娘。”面对满月惊讶的目光，她咬着牙道，“韩婕妤说皇上不敢面对娘娘，也不知要闹到什么时候。你不知道，已经有朝臣上书，劝皇上立贵妃为后了。”

“娘娘……一定……很伤心。”满月泣不成声。她被关在这儿以后，想明白了不少事。如果在立后之前蕊仪不能与李存勖重归于好，那蕊仪所失去的就不仅仅是后位了。

那时别说锦衣玉食，恐怕连安然度日都不能。还有对她有救命之恩的韩家，不知会受到怎样的牵连。

“娘娘说，等她好一些就去找皇上，说个清楚，娘娘不怨皇上，只怨天数。”萱娘拉着她的手，试图让她觉得安稳些。

“可是娘娘还要养多久……”满月说不下去了，还能有什么办法？还能如何？

“皇上要来丽春台，除非再出些事情，逼得皇上来主持大局。可是，娘娘和咱们丽春台都再也经不起风波了。”萱娘道，只能听天由命了。

出事？逼着有人来主持大局？满月身上一僵，仿佛已经有了主意。她幽幽地看着墙角，嘴角不经意地有了一抹释然的笑，“你回去伺候娘娘吧，娘娘吉人自有天相，不会有事的。”

“是啊，走一步看一步，我看娘娘气色越来越好了，一定会没事的。”萱娘安慰着她，也不能多留。门框上敲了两下，老宫人给她开了门。

“你安心待着，再忍几日。”

门吱呀一声合上了，上面落下几撮灰，满月颓然地坐在那儿，仰头望着房梁，含泪而笑，她欠的，就这么还上吧。

初八早上，小风干涩涩地吹着，卷了些几乎不可察觉的暖意。各宫的地龙、手炉都烧得少了些，只有丽春台没有削减。饶是如此，蕊瑶仍然察觉到一些人一日胜似一日的怠慢之意，她心中气愤，却又无可奈何。可再义愤难平，也比不上此时的进退不得熬心。

“姐姐，你倒是说句话啊。满月要是看见了你现在的样子，也不会安心的。她已经不在了，你还得保重身子，为她报仇。”蕊瑶端着药碗，坐在床边上，苦口婆心地劝着。

萱娘、鱼凤在侧，眼角都有泪痕，方才也劝了几句，可没说几句就哭了，越发不敢劝了。蕊仪两眼直直地望着前方，满月留下的血书搁在床沿上，这丫头不会说话，留下的东西也不长。

“姐姐，这事已经通报了皇上，皇上一会儿就来。你别伤心了，憋了气，对身子不好。”蕊瑶又劝道，把银勺凑到她嘴边，巴望着她能喝一口。

“啪”银勺被蕊仪用力一推落了地，她猛地向前挣去，想要下床，眼泪先是无声地落了下来，被蕊瑶拦住，又挣了几下。她放声大哭，边哭边喊着：“我要见皇上，见皇上！你们带我去见皇上……”

“姐姐！”蕊瑶惊呼一声，蕊仪已经晕了过去。

萱娘、鱼凤赶忙到偏殿寻太医，生怕蕊仪这一气来个雪上加霜，再气出个好歹。可是到了偏殿，发现太医竟去了别的宫里，二人又一番好找，赶回来时李存勖刚刚进了内殿。

蕊仪面白如纸，又因天生肌骨剔透，此时看来竟自有一番晶莹。蕊瑶让开位子，李存勖坐了过去，从后抱住蕊仪，搓着她的手，想让她暖和一些。

“太医呢？朕不是让崔敏正留在这儿吗？”

“臣崔敏正拜见皇上、婕妤娘娘。”崔敏正恭敬地道，额角还有汗，显然是奔波而来，“臣到袭芳苑为赵才人看诊去了。赵才人指名让臣去，臣实难违命，没想到就这么一会儿，淑妃娘娘就……”

“行了，快来给淑妃看诊。”李存勖看见蕊仪眼皮子动了两下，觉着她快要醒了。

“臣这就为娘娘施针。”崔敏正赶忙着手施针用药，从药箱最底下取出祖传的醒神香。

李存勖眼中闪过一抹阴郁，声音清晰、冷冽：“赵喜义，传朕旨意，降赵瑜茵为采女，罚例银一年。”

赵瑜茵原没什么家底，一下子降了两级，还没了一年的银子，不仅没了面子，也让她捉襟见肘。这是做给六宫之人看的，蕊瑶松了口气。看着李存勖此刻眼中仿佛只有蕊仪一人，她再有不甘，也抵不过对蕊仪的心疼，便招呼萱娘、鱼凤，悄悄退了出去，把内殿留给他们二人。

“啊……”蕊仪惊呼了一声，慢慢睁开眼，挣扎着想坐起身，“皇上，皇上，臣妾好久没见到皇上了……”

“皇上，娘娘只是一时急火攻心，臣这就去开方子。”崔敏正告了退。

李存勖扶住她，将她紧紧地搂在怀里，“这几日朕政务繁忙，没来看你，朕以为有朕的旨意，他们会好好照顾你的。”李存勖歉疚地道，不敢看她的眼，生怕看到恨意。

蕊仪推了他一下，继而绵软的拳头雨点似的打在他胸口上，“皇上不来，他们还以为皇上不再宠爱臣妾了。他们没说什么，也没做什么，可臣妾知道，他们就要不待见臣妾了。”

以为她要说孩子，以为她要说他亲手害死了他们的小皇子，李存勖眼中闪过一抹错愕，“是朕疏忽了。”他轻叹了一声，轻轻拭着她的眼泪，“朕不是来了吗？别哭了，快快把身子养好，等天暖和了，朕再带你到衍藻宫住上一段。”

“臣妾谢皇上体恤。”蕊仪眼中饱含着泪水，目光落在床边的血书上。

李存勖也看了过去，拾过来看了几眼，连忙放到一边，再也不让蕊仪碰一下，“满月的事他们也报了朕，朕知道她的委屈，也知她在信上为何还要如此说。朕可令内廷除去她的污名，封她为女史，再赐她家人银两。”

“臣妾代满月谢过皇上。”蕊仪伏在他怀里，泪水沾湿了他的衣襟，“满月在人前认了罪，她是怕有人抓着不放，再连累了臣妾，才悬梁自尽的。”

“朕知道，朕都知道。”李存勖无声地叹息，想许诺些什么，却又无法开口。

“皇上明白就好，这天下还有人知道她的为人就好。皇上不知道，满月心善，踩死只蚂蚁都得吃两日的斋，也不知她前世造了什么孽，落得如此下场。”蕊仪眼泪汪汪地看着李存勖，眼中没有责难，只有无限的委屈与柔情，“臣妾不是故意说这些的，臣妾只是怕自己也落得如此下场。”

“有朕在你身边，不会的。你一病了就胡思乱想，朕这就命你不许想了，一心一意地把身子养好，来年，再给朕怀一个小皇子。”话一出口，李存勖就后悔了，立刻别开了目光。

“皇上，”蕊仪轻唤了一声，撑着身子凑过去一些，看着他，“臣妾只顾着想自己了，把皇上忘了。臣妾不怪皇上，也怪不得皇上，这是天意。哪有父母不爱自己孩子的？是他和咱们没缘分，他也定不想看着臣妾和皇上自责。”

自责的不光是李存勖，更有她，蕊仪此话半点没有责怪他，接下来的话更是如此，“要怪就怪臣妾不小心，不知回避，刚巧就撞上了，是臣妾没有福气，怪不得任何人。”

阳光从窗子里透进来，照在他们背上、臂上，暖暖的。李存勖握着那柔嫩如丝却有些冰凉的柔荑，揽着柔弱而微微颤抖的身子，一股钻心的疼袭遍了全身，“朕也有错，朕不该把你牵扯进来，朕以为你和他……”

“皇上，臣妾明白皇上的苦心。”蕊仪止住了他，那话决不能出口，“天子心中有天下，怎能因为臣妾一介妇人而有所改变？若非臣妾的信，若非臣妾的父亲是他的老师，他也未必会来，皇上的决断没有错。”

李存勖目中染了血红，望着帐顶，也许他不该除去李嗣源，可老天不报应在他身上，却报应在最无辜的孩子身上。想到此，他心中更是愧疚难受，“蕊仪，朕和大哥之间的恩怨说不清，也道不明，朕不能告诉你，但朕可以保证，以后不会再把你牵扯进去。”他收紧了手臂，紧闭了眼，眼角滑下一滴泪，“朕会好好待你，好好待你一辈子，年年陪你看花落花开。”

“臣妾永远都记得，皇上亲自为臣妾浇灌了门前的桃林，尽管只有三十六株，但株株都是皇上的心血。”蕊仪的泪如断了线的珠子，如何也止不住，但她仍然勉强挤出一抹笑。殊不知这泪中之笑不比花团锦簇，却如冰天雪地里独绽的一朵红梅，傲霜凌雪，又不失妍丽。

李存勖点了点头，在她的泪眼中看到了自己，“你曾问过朕，可曾给宋军师种过桃树，朕说过只给你种过，你和她是不一样的。”他紧紧搂住了她，让她纤小的下巴抵住他的肩，“朕今天才知，你们的确不一样。不管发生了什么，你都不会抛下朕。朕答应你，决不会负了你，不会负了你们韩家。”

“有皇上这句话就够了。”这算是承诺了吧，蕊仪略有些欣慰，轻轻吸了吸鼻子，微将身子撑开些看着他。她心里还盛着刚刚逝去的小皇子和满月，纵使这些话很好听，她也很想听，眼下也没有心思。她不能纠缠于这些能让她顿时失了力气的话，一旦如此，她就会想到逝者，觉着自己不该享有这些，便道：“臣妾有话想问皇上，臣妾怕此时不问，将来会是别人来告诉臣妾。”

“你问吧。”李存勖看着她，深深的对望让他猜到了一些，不忍开口。

“臣妾小产也有八日了，该有人奏请皇上立后了，皇上打算何时立贵妃姐姐为后？”蕊仪拭着眼角，轻叹着问。

李存勖拿过绣帕，替她轻拭着两颊上的泪痕，道：“谁又在你这儿嚼舌了？朕嘱咐过蕊瑶，不让人在你面前说这些。”

“不怪蕊瑶，也不怪别人，是臣妾自己猜的，是时候该有人提了。”蕊仪嘴角轻轻一动，目光盈盈看着他，“皇上该有个决断了，其实在进洛阳宫时就该决断了。”

“蕊仪，朕……你知道，朕想立的是你，没想到出了这样的事。”李存勖欲言又止。蕊仪平日里谦和得不像贵胄门阀养育的女儿家，可他知道蕊仪自有她的傲骨，而且她尤为重承诺，当时这是他许了她的。

无声地看着他，蕊仪的泪再次簌簌而下，思绪千丝万缕、纷乱不堪，目中有泪有笑，有坦然，也有无奈，“贵妃姐姐也好，贤妃姐姐也罢，再或是蕊瑶，谁做皇后，有了皇上这句话，臣妾都不在乎了。本来臣妾也没奢望后位，臣妾不如贵妃姐姐和皇上有多年的情意，臣妾也不该和她争。当日皇上跟臣妾说起此事，臣妾就该一口拒绝的。”

“她比不得你。”李存勖叹了一声，底气有些不足。

“皇上若是要立贵妃姐姐为后，还是早下决断吧。要不好事拖久了，也让人心里起疙瘩。与其让姐姐以为皇上是不得不为之，不如早日告诉她，皇上主意已定。”蕊仪在他怀里轻轻地蹭了蹭，额头抵着他的下巴，感受着那渐渐传来的温暖。

李存勖嗅着她发中清香，越发歉疚了，“这是后位，天下女子所企及的最高贵的位子，没有了，不觉得委屈？朕委屈了你，也就委屈了蕊瑶和你们韩家。”他有些踌躇，想了想换了个说法，“朕曾答应过韩大人，有朝一日要立你们韩家女儿为后。不是说朕想立你为后是为了这个承诺，只是，朕亏欠你和你们韩家的，实在是太多了。”

觉得有些奇怪，可又说不清哪里怪，蕊仪笑了一下，声音故意轻快了些，“率土之滨，莫非王臣，下次韩大人进宫，臣妾一定跟他说清楚。他是通达明理之人，不会怪皇上的。”

“皇上，苏大人有要事禀奏，在武成殿恭候陛下。”赵喜义在外低声道，若非事出紧急，他万不敢打扰。

应是幽州的军报了，李存勖身子僵了一下，轻轻为蕊仪掖好被角，好像她是一件一碰就碎的玉器，“你且歇着，朕去去就回，让蕊瑶来陪你。”

“皇上能不能答应臣妾一个请求？”蕊仪转过头看着他，水眸中目光温存，“之前臣妾和贵妃姐姐有些不和，不知该如何弥补，不如皇上给臣妾一个机会，让臣妾先给姐姐透个口风。”

李存勖没有说话，算是默许了。迎面而来的蕊瑶诧异地看着他，又看向蕊仪，刚想说李存勖一番话比灵丹妙药还灵，蕊仪的气色好了许多，就见蕊仪一下子瘫软下去。

蕊仪蜷缩着身体，笑颜淡去，霎时泪流满面。她方才是怎么笑出来的？她不知道，也无从诉说。待李存勖走后，蕊瑶过来推了推她，“姐姐，皇上到底说了什么？你倒是说啊，皇上是不是不为满月主持公道？不行，我去和他说。”

拽住了她的袖摆，蕊仪摇了摇头，深吸了几口气才平复下来，把李存勖的决断说了出来。蕊瑶想了一下，瞪大了眼睛，“那刘梓娇和伊敏舒呢？就这么算了？不行，你病成这个样子，皇上也太不近人情了。”

“忘了我跟你说的了吗？忍，不能忍了，还要忍。”蕊仪又把立梓娇为后的事说了，待她还未发作，又道，“在皇上下诏旨之前，我打算亲自去一趟仪鸾殿。”

“她真要做皇后了……”蕊瑶喃喃地道，“我不去，怕坏了你的事。你看看，还有什么要我做的，别让我对着她就成。”

蕊仪暗暗叹了一声，深知让她一下转过这个弯也不容易，“倒是有一件，我如今身子不中用，要劳动你。”她抬起头看着蕊瑶，语中仍有些哽咽，“瑶光殿要重新修整，不能失了国体，况且贵妃爱奢华，一点也不能疏忽。”

“我尽力办就是了，明天就去尚宫局和她们商量一下。”蕊瑶没好气地道，不过总算是答应了。

“这还不够。”她果然还是嫩了些，蕊仪从床侧的锦被下取出一只匣子，打开来里面有一套镶金嵌玉的头面首饰，“这是从旧唐宫里出来的，说是杨贵妃的东西。你拿去，从那些附庸风雅的人手里，至少能换二十万两白银。内廷里能拿出多少我心里有数，少不得自己贴补，给贵妃修缮宫殿，省不得。”

蕊瑶拿着匣子，手都颤抖起来，“这可是你的嫁妆，父亲给你的时候，我想要，你都不给我，现在拿这么好的东西去巴结她？你也真舍得。”

“东西再好也是死物，能保得你我二人平安才是正经。你以为我这个样子，就算完了？”蕊仪替她把匣子合上，自己挪了软枕，垫在腰后，“如今咱们势弱，少不得有人要折腾出些名目，强安在咱们身上，咱们就是长了一百张嘴，也未必说得清楚。想想满月，她也是冤枉的，她的今日，也许就是你我的明日。”

“你是说花钱免灾，让她们觉着我们已经认命了？”蕊瑶知道她的心思，勾

践十年卧薪尝胆，她们要用的，也许远不止十年。

蕊仪艰难地颔首，她又何尝愿意如此？

“那是刘贵妃，你该庆幸，要是换了别人，吃不吃这一套还不敢说。就好比贤妃，她是个油盐不进的主儿，你以后要留心。”她目光一利，穿过盈盈水雾，仿佛雨夜中的一道闪电，“当年大姐和贤妃之间到底发生过什么，大姐临终前一定告诉了你。”

蕊瑶一慌，惊疑不定地看着她，“你为何觉得大姐一定告诉了我？”

“因为她想让你做皇后。”蕊仪定定地道，这是她的心结，而背后真正的原因则是蕊瑶才是蕊宁唯一的亲生妹妹，“你忘了我对你说的话了？我也是帮你的。”

“说得也不多，好像贤妃当年进府，是大姐安排好的。”蕊瑶也不知该怎么说，当时实在太匆忙了，“有那么两年，大姐和皇上处得不好，刚巧大姐发现皇上总去狩猎。好像贤妃在入宫前有个相好的，大姐向她晓以利害，又让她进了府。”

“也许就是因为这个相好的，她恨上咱们了，说不定恨上所有姓韩的女人了。”蕊仪只觉被一团乱麻缠绕，费尽力气才解脱出来。

蕊瑶一下子明白过来，站起来在床前来来回回地踱着步，“你说她会不会和刘梓娇合起伙儿害大姐？不行，收拾不了刘梓娇，再收拾不了她，他日你我还如何在后宫立足？”

“别急，事情分轻重缓急，要一件一件地办。等立后大典之后，再想法子。”蕊仪一手捋着袖边上的花，这还是满月为她挑的。蕊瑶说得对，她收拾不了首恶，还收拾不了一个旁从？还有曹平都，就算是嗣源的妻子，她也不会放过。

五日后，蕊仪身子略好了些，她不顾崔敏正的劝阻，执意上了软轿，往仪鸾殿行去。十几日未出宫门，陡然感受到微含暖意的清风透过幕帘轻轻拂面而过，忍不住微微掀起了一些，向外张望几眼。

远远地看见从仪鸾殿走出几个面生的宫女，衣着不像宫里人，倒像是官宦家的侍女。蕊仪皱了皱眉，向萱娘道：“停轿，去问问，是谁家的女眷，进宫用的什么名目。”

没一会儿萱娘就回来了，低声回道："是郭大人家的，说是郭大人进宫见皇上去了，她们替郭夫人来拜望贵妃。"

"在皇上面前，他应该为贵妃说了不少好话。起轿。"蕊仪放下幕帘，郭崇韬这个老匹夫一向心气高，自诩是武将里读过书的不多的几个，能公然依附梓娇，怕是前段日子被李存勖晾得太多了，自危起来，待不住了。

到了仪鸾殿，蕴溪亲自出迎，蕊仪多少有些意外，但一想李存勖定已为她说了好话，也就不奇怪了。梓娇正在内殿吃茶，老远就听见她一口茶喷了出去，然后对端茶的宫女破口大骂。

"拜见贵妃姐姐。"蕊仪郑重地行了礼，身子还虚，由萱娘扶着才站起来，"这一年的茶不好，就是贡品也减了几分成色，要好茶，只能是去年的了。我那儿还有一些，姐姐不嫌弃，我这就让人取来。"她回头道，"萱娘，这就去给贵妃娘娘拿过来。"

萱娘不放心地看了看她，应声退下。蕴溪也借口去取薄毯，只留下她们二人。蕊仪见梓娇连眼皮也不抬一下，像是根本没有听见她的话，她无声地深吸了口气，来到她脚边，缓缓地跪下。

"姐姐是还在记恨我吗？"蕊仪低着头，战战兢兢地道。

蕊仪在她面前跪下了，她真的跪下了！梓娇险些把持不住站起来，可还是忍住了，故意板着脸，讪讪地道："是我使的计，你该看出来了，要记恨，也是你记恨我。"

"姐姐与王妃同年进的门，论夫妻之情，我比不上姐姐。姐姐为皇上诞育了二皇子，二皇子是皇上最宠爱的儿子，这我也比不上姐姐，所以我才说这是我的错，从一开始我就不该和姐姐争，是我太不识时务了。"蕊仪笑了笑，算是做足了低头伏小的功夫，"姐姐要还是不肯原谅我，那我只能给姐姐磕个头，再自称一声奴婢了。"

"快起来，快起来，这说的是哪儿的话。"没等这个头磕下去，梓娇连忙扶起她，这要是让李存勖知道了，还了得。

蕊仪僵了一下，定定地道："那以后妹妹就用心服侍姐姐了，姐姐可答应？"

"不敢当，不敢当。"梓娇笑着扶起她，觉着腰杆忽然挺高了一寸，可是再让她说什么，她又很为难，毕竟蕊仪的话有没有一分真心实意，谁也不知道。

"识时务者为俊杰，这话我知道。姐姐即将贵为皇后，皇后乃后宫之主，我

自然要识这个时务。经过这些天发生的事，我也不过是想过几天安生日子，还要姐姐成全。”蕊仪笑了笑，继续道，“不光是我，就是蕊瑶也认这个理，她已经带人去修缮瑶光殿了。”

“是吗？”梓娇欣喜地笑了，很是意外，“妹妹说什么呢，什么皇后啊，什么瑶光殿啊，都是谣言。”

“皇上说的也是谣言？皇上那天专程跟我说的。”蕊仪垂眸道。

“那就谢两位妹妹的美意了。”梓娇暗暗点头，李存勖先跟蕊仪传了话，应是怕蕊仪她们闹起来。她要登上后位，继潼会成为太子，蕊仪、蕊瑶即使再不甘，也不能违背李存勖的意愿。

而以后，谁没有个想一步登天的心？她就不信了，蕊宁在的时候，她能做晋王府里的头一份，现在换了人，就不行了？只要她收敛脾性，小心一些，谨慎一些，皇后和太子之位岂是那么容易就被夺走的？

“姐姐，要不这就去看看？我今日好了许多，也能陪陪姐姐。”蕊仪主动邀约。

“好啊，这就走，坐我的软轿，新做的，暖和。”梓娇乐开了花，忘情地牵住她的手。

同光二年二月

贵妃刘氏梓娇被册立为皇后，李存勖大封后宫。

淑妃韩氏蕊仪册为贵妃，贤妃伊氏敏舒册为德妃，婕妤韩氏蕊瑶册为昭媛，宝林王氏丽娘封为美人，采女赵瑜茵和蓝坠儿晋为御女。

第四卷

浮雾凝霜终悔醒
生死决绝止此眠

第二十四章 委蛇

立后大典一过，后宫里气象为之一新。原本是真风雅也好，附庸风雅也罢，人人都铆着劲儿地学韩氏姐妹的名门贵胄做派，如今倒是省事了，瑶光殿里摆宴三日，众人一顿接一顿地往上凑，除了唯一没有加封的御女郑娴巧板着脸，个个彤云渡香腮，失了仪态。

蓝坠儿如今晋为御女，与郑娴巧、赵瑜茵搬到了登春阁，她性子本就活泼，加之赵瑜茵不久前刚遭了贬斥，与人说话头都低了一分，她自然就和赵瑜茵走得近些。此时她脚步虚浮，正和赵瑜茵挽着手，晃晃悠悠地出了瑶光殿，气恼地说：“瞧瞧她那一本正经的样子，难怪皇上不喜欢。”

“小心祸从口出。”赵瑜茵眼珠一转，纵使酒醉七分，也没如往日般多嘴。

她们刚出内殿门不远，蕊仪刚好听见了，微微一笑，宫里人都学聪明了，谁都知道这纵情享乐的背后随时会射出利剑。梓娇朝她笑了笑，让她到里面坐，她回以一笑，醉态娇懒，“不知皇后有何事吩咐臣妾，臣妾一定尽心尽力，上刀山下油锅……”

未离席的只有蕊仪一人，并非她想多留，而是这日开筵前梓娇便传了话给她。她本也不想喝这么多，但不知梓娇意欲何为，索性喝得醉一些，可以含糊其事。

“你看看这三天下来，花了多少银子，我又成了破落户了。放心，我不是

找你要银子，就是想问问你，还有没有别的办法，花的工夫少，又能补了我的开销。”梓娇笑道，不顾一身的酒气，硬拉着蕊仪坐在身边。

蕊仪笑了笑，道：“姐姐初入瑶光殿，花用自然大一些，想必皇上体恤，姐姐不妨向皇上开口。要说眼下的年景，想来钱快，又不花工夫，真真难办。”

“皇上那儿要上一两次也就够了，可不能总跟皇上说啊。你说皇上日理万机的，哪儿能管我的闲事。”假如次次都管李存勖要，少不得又要挨训，梓娇笑道，“你也别拘束了，有话只管说。”

“容臣妾想想。”蕊仪假意思索着，天下间哪有这样的好事，若是有，她也用不着得了空就看那些厚重的账册。她明白梓娇让她想的只是一个名目，梓娇真正想要的，是由她打理一切，自己坐收银钱。

可这样一来，别说她没有十足的把握能将梓娇如此庞大的开销应付得如此及时，到头来不知要私下里贴补多少。就说那些多出来的事物，她无论如何也无暇再应付。

“若说赚钱，如今干鲜果品倒是紧俏，只是天下尚未大定，战事频繁，一些金贵的不容易到手。皇后若是有路子，不妨在这上面做些文章。”蕊仪谨慎地道。只要梓娇不动盐铁，想必李存勖也会睁一只眼闭一只眼的。

眼中渐渐显出几分尴尬，梓娇笑叹了一声，“我哪儿懂做什么文章，你只说要怎么做，找什么人做，我再看看有没有办法。”

“军中有人自然最好，尤其是那几个做着一方诸侯的，手底下谁没几个专管采办的？吩咐下去也就办齐了。他们的马又快，又有回洛阳的路子，加上姐姐如今母仪天下，少不得有人想巴结，就更不愁了。”蕊仪借着醉意，语中多了些骄纵，而这几分骄纵又恰到好处地感染了梓娇。

李嗣源马上就要回朝了，自然不行，就算他还在外面，眼见着李存勖一天比一天不喜他，也不能打他的主意，旁的人又信不过，能信得过的只有李存渥了。梓娇美眸一亮，之后又是一黯，“倒是可以和申王说说，只是皇上还留他在洛阳。”

李存渥也是这局棋中的一子，蕊仪点了点头，按捺着道：“皇上离开魏州的这些日子，想必申王对上下政务军务颇为上心，所以魏州一直都很太平。”她笑了笑，不愿多谈，“申王离开魏州才一个月，就出了乱子。”

“你是说皇上迟早都会让申王回去？”梓娇不觉颔首，她还可以出言相劝，

“把魏州交给一个外人的确不妥，我得好好跟皇上说说。不过，那些干鲜果品当真走俏？不是说世道不好，老百姓都没银子吗？”

“这些稀罕的原就不是给百姓的，洛阳城里的达官显贵也不少呢。说句不中听的，大家戎马半生，好不容易清闲下来，谁不琢磨着享上几天福？”蕊仪笑道，酒意未消，两颊烧得厉害，“皇后还可以给他们透个口风，说是娘娘的生意，他们还不得趋之若鹜？”

“对啊。”梓娇拍手叫道，就好比杨贵妃爱吃荔枝，荔枝的价也就更高了，她顿感茅塞顿开，“不光如此，我还可以亲自给这些干鲜果品取名字，最好跟我的名字有些关联。你说，这样会不会卖得更好一些？”

这回轮到蕊仪目瞪口呆了，她亲自打理自己名下的产业，从不敢摆上明面，为的就是个好名声。给果品取名字，还要用自己的名字，也只有梓娇想得出这名堂，而她还真想不出别的理由反驳。若说梓娇如此做是把事情挑明了放在天下人面前，有失体统，可这对她只有好处，没有坏处。

“那是自然，皇后还可以和德妃商量一下，德妃姐姐文采好，想必能锦上添花。”蕊仪笑着应和，借着喝醒酒汤，掩住了那抹淡淡的不自然。

“我倒是觉得俗一点好。”梓娇不以为然，文采好又算得了什么，要是有用，她伊敏舒能像住到了冷宫里似的？

“皇后自己拿主意就是了，臣妾也就这么一说。”蕊仪又坐了一会儿就要告辞，临走忽然道，“刘老汉病了，他想回老家去，臣妾想依了他，也是落叶归根了。”

“什么？他……”梓娇一下子清醒了，她怎么就忘了自己的亲爹还在人家手上。她琢磨着蕊仪的话，试图从中找出要挟之意，未果，干巴巴地道，“等天再暖一些吧，不能冻着了老人家。”

“那就依皇后的意思，要是那时皇后的果品生意做起来了，也可让管事的人送他回去。”蕊仪猜透了梓娇的心思，但梓娇不知道的是，刘老汉身子硬朗着呢，如此说只是想让她放心。

“不了不了，我信得过妹妹，妹妹做主就成了。”梓娇连忙撇清关系，她派了人可就说不清楚了。

“此一时彼一时，有些事过去说穿了不好，以后说穿了倒说不定成了传奇。”蕊仪笑了笑，不再多说，告辞离去。

出了瑶光殿，正瞧见鱼凤和棋芳说话，棋芳上前笑道："昭媛娘娘让奴婢在此等娘娘，说娘娘病愈后还没到过饮羽殿，特让奴婢相邀。"

"也好，去坐坐，也不远，就走着过去，不必坐轿了。"蕊仪笑道。

"那奴婢先回去禀告昭媛娘娘一声。"棋芳行了一礼，先行一步。

鱼凤向她点了点头，转而对蕊仪道："早该劝娘娘和昭媛娘娘和好，不过奴婢瞧着还是娘娘教得好，近来昭媛娘娘的性子收敛了许多。"

"人总会长大的。"蕊仪也不多言，蕊瑶并非收敛了，而是在等待时机，一旦梓娇她们露了破绽，她不闹个天翻地覆才怪，"我让你问的事如何了？"

"奴婢怕皇上觉着娘娘和魏州那边来往过密，只能辗转托了人打听，少说也得半个月才能有消息。"鱼凤压低了声音，她总觉得此事有些蹊跷，"这林康究竟是何人，值得娘娘劳神打听？"

蕊仪愣了一下，好在很快反应过来，"一个旧友的故人，失散多年，想着我路子多，就让我问问。"

那之前怎么不问？鱼凤忍住疑惑，心知不好再追问下去。转眼就到了饮羽殿，蕊瑶亲自出迎，几人有说有笑地进了内殿。众人上了果品、香茶，识趣地退下。蕊瑶笑道："这儿可比瑶光殿惨淡多了，就是你那儿也是如此。我就不明白了，你不想搬进仪鸾殿，我懂，可为何不另选一座大一些的，岂不是和你贵妃的身份更相称？"

"不是有那些桃树嘛。"蕊仪回以歉意的一笑，连着大吃大喝了三天，现在不管面前摆着什么，都难以下咽。

"让人移过去不就成了？她能大宴宾客三天，你移几棵树又怎么了？我瞧你还是恋旧。"说起桃树，蕊瑶就有些嫉妒，"我也得让皇上为我栽一院子的牡丹才成。"

"昨日桃树，今日牡丹，皇上就要成花匠了。"蕊仪打趣。蕊瑶脸上挂不住，笑出声来。

"你宫里的宝贝我没有，难道也让皇上赏一份？皇上是瞧我这人太俗了，一声铜臭，才栽了一院的桃树，等花开的时候，给我去去味儿。"

"谁说你一身铜臭了？"蕊瑶觉着她意有所指。

"德妃。不过，以后有人青出于蓝了。"蕊仪把梓娇的话说了大概，又叮嘱她别从她嘴里溜到李存勖的耳朵里。

“她也太有办法了。”蕊瑶听罢，连着笑了好几声，“以后有的是人告诉皇上，看她怎么说。”

“也不知皇上是何态度，先看看，也许是块试金石。”蕊仪拉着她来到窗前，外面有一汪池水，冰已经化了，能清楚地看见水底的鱼。

来得太快的机会不是什么好机会，好时机要耐心等待。蕊仪看了看蕊瑶，她不能急，也不能让蕊瑶急，一击不中，背个谋害皇后的罪名，可就翻不了身了。

暖风一旦吹了过来，天暖得也就快了，一些花盆底下已经隐隐冒了草芽。

一早李存勖去武成殿上朝，蕊仪晚了半个时辰才起身，懒懒地由萱娘扶着更衣梳头，换了一身翠绿色绣着百鸟报春的宫装，各色鸟儿绣得栩栩如生。

“昭媛娘娘这回可是上心了，还说娘娘着翠绿不好，没想到衬得人水嫩了不少。”萱娘由衷地道，满意地看着刚梳好的流云髻。

“她呀，凡事只上一阵子的心，瞧着吧，过些天就不这么热络了。”蕊仪嘴上这么说，心里还是很满意的，她和蕊瑶仿佛回到了她入晋王府之前，“怎么右眼皮跳得这么厉害？好像要出事。”

萱娘不语，蕊仪的预感一向很准，这些天得小心些，别再出了岔子，遂问道：“要不要跟昭媛娘娘说说？”

“皇上下朝要去饮羽殿，别讨人嫌。”蕊仪笑了笑，她不愿提这些事，“一会儿该去给皇后请安了，有些日子没见过福儿了，想见见。”

“是有些日子了，福儿在那儿，总让人不安心。”萱娘有些愤愤的，满月尸骨未寒，福儿倒是成了皇后的近侍宫女。

“还不是时候。”蕊仪眼中闪过一抹阴郁，她指了指外间，“把第二个抽匣子里的信拿来。”

萱娘依言而行，不知是什么信，还要特意交给梓娇。蕊仪抽出信笺，仔细地看了一遍，上面的手印真真的。她假意将刘老汉送走，为了让梓娇放心，特让人造了信件，字是仿的，手印是把刘老汉灌醉了按上去的。梓娇与刘老汉分开时还不到五岁，应是没什么印象，做得这么真，只是为了郑重其事，让梓娇放心。

把信收起来，蕊仪刚要吩咐备轿，赵喜义的声音却从外面传来。她诧异地看向萱娘，“不知道是不是要应验了。你去拿一百两银子，一会儿找机会给他。”

“贵妃娘娘万福。”赵喜义笑呵呵的，虽隐约透着些为难之色，却并不深

重，不像发生了什么大事。

“公公怎么来了？可是皇上落了东西，再或是妹妹那儿要请本宫过去凑凑热闹？”蕊仪笑问。

赵喜义轻轻摇了摇头，看了看众人也不说话。萱娘知道他的意思，忙把不相干的人都遣走，自己也退了出去。赵喜义这才道：“皇上交代了奴才一件为难的事。太尉大人回朝了，皇上怕大人还记挂着那件事，想请娘娘从中说和。正巧太尉大人今日进宫了，皇上想让娘娘到御花园时顺道见上一面，就不必去瑶光殿了。”

“这恐怕不太合适。后宫不得干政，这些事不是本宫分内的。”蕊仪淡淡地一笑。她不可能彻底跳出这二人之间的纠葛，可是能少掺和一些就少一些，对三个人都好。

赵喜义也知道不合适，可李存勖就这么吩咐的，他能说什么。不过，当时也问了，假如蕊仪不答应、有顾虑该怎么办。他赔笑着，没有退下的意思，道：“娘娘不必担心，皇上的口谕，谁敢说三道四？皇上的意思，也没让娘娘说什么，不过是想让太尉大人别再把事情放在心里。”

刀架在脖子上了，虽然最后又抽了回去，谁还能不放在心上？说那两千士兵在那儿是为了舞剑，傻子也不会信。蕊仪动了动嘴角，没有立刻出声。让她去说和，也就是让嗣源面上不再追究，继续演一出君臣和睦、兄弟同心的好戏罢了。

有朝一日，这戏演不下去了，又要兵戎相见。而且蕊仪一直疑心，这出戏里最先演不下去的会是李存勖，那她这趟说和就成了给嗣源灌迷汤，也不知会不会害了他。若是她在当中稍有提醒，又怕李存勖疑心她还和嗣源藕断丝连。

“不是不行，不过本宫想让皇上也来和大人说几句话，要不本宫即使巧舌生花，太尉大人也未必信，何况他们兄弟之间还是当面把话说清楚为好。”蕊仪笑了笑，唤了萱娘进来，“这样吧，院子里的桃林刚刚收拾过，已经有不少花苞了，不如摆上些酒菜，把话说开了。”

“这……奴才不好擅作主张。”赵喜义更加为难了。

“你只管把本宫的意思告诉皇上。萱娘，你去跟昭媛娘娘说，本宫想请皇上过来和大哥说说话，她要是愿意，也一道过来。”蕊仪笑了笑，不给赵喜义拒绝的机会，“公公就和萱娘一道去吧。”

萱娘眼明手快地把银子递上，边劝着边和赵喜义出了门。鱼凤进来纳闷地看着蕊仪，“娘娘，怎么让太尉大人到内殿来了？”

“在外面少不得招了别人的眼，有皇上在，不如就设在丽春台，出不了事。不知道太尉夫人有没有来，先设五个位子，昭媛的也准备着。”

鱼凤出去了一下，交代完了就回来服侍蕊仪。蕊仪这些天疲懒得厉害，懒得换衣裳，只在外面加了件薄棉袍，把头上的翡翠簪子换成一支封贵妃时赏下的金步摇，一下子郑重了许多，少了几分平日的随意。

“交代你问的事如何了？”蕊仪轻问，不自觉地垂下眼眸。

鱼凤左右看看，也轻声道：“问出些眉目，正要回娘娘，可是也只是些眉目，还要再打听。”

给蕊仪腕上换上一条碧玺的链子，又给指甲细细地涂上丹蔻，这样行走起来，袖摆一动，若隐若现，自有一番风姿，郑重而又透着几分艳丽，李存勖看了必定喜欢，蕊仪也喜欢。她把手腕搭在小枕上，等着晾干，“不错，说说看，打听到了多少就说多少。”

“林家原也是扬州人士，后来举家迁到了魏州，可这林康和林夫人过世也有十年了。说是那一年他们家里救了一个过路的客商，结果带了瘟疫入府，一家子都没了。之后官府怕瘟疫蔓延，就把宅子烧了，如今只留了个空院子，有个林家老家来的佣人看着。听说夜深人静的时候，每每能听到怪声，这一家人没安歇，闹鬼呢。”鱼凤满腹疑虑。

“既然把宅子烧了，为何还留着院子？”蕊仪疑惑道。真巧了，竟是宋可卿提过的宅子。犹记得宋可卿还与林家人有过交集，她不禁轻轻“咦”了一声，那有交集之人不是自己，就是自己真正的姐姐了？

事情正在一步步地印证，已容不得她怀疑，她就是林子良，可林子从又在哪儿呢？

“这娘娘倒是应该问问韩大人，这林康也是当年老晋王的近臣，好像和韩大人一样，都做过皇上的老师。所以烧了屋子之后，老王爷下令留了院子，算是给林家留个凭吊的地方。”鱼凤微微皱眉，蕊仪让她打听此事忒是奇怪。

蕊仪惊讶地看着她，察觉到失态，连忙遮掩道：“小时候听父亲说起过，就是怕他老人家伤心，才不问的。”

奇了，真是奇了，林康竟与韩元是同乡，还同侍一主，又颇受器重，她竟从未听说过。而且，蕊仪一阵心惊，韩元到底知不知道她是谁？

“真是瘟疫？”有了那样的梦境，蕊仪如何也不肯相信。

“这只是一个说法，还有人说林康犯了谋逆大罪，是老晋王派人灭的门。”鱼凤低声道。

谋逆大罪？蕊仪心中有个声音隐隐地告诉她，这不是真的。她永远记得梦中林夫人的目光，让她活着报仇时那真切的怨念……何况若真是谋逆，老王爷怎会令人留下院子？

“试试从守院子的人那儿问问。”蕊仪叹了一声，说不定还得去问宋可卿。

“那是后来从林家老家来的，问不出什么，奴婢再想别的法子。”鱼凤摇了摇头，到外面看了看，道，“外面都备好了，娘娘要不要看看？”

打开门，蕊仪远望过去，矮桌都摆好了，宫女们正在准备茶点。她又交代了几句，正要回里间坐一会儿，李存勖来了。

李存勖身后只跟着赵喜义和萱娘，不见蕊瑶的影子。蕊仪向李存勖行了个蹲礼。萱娘迎着她，开口笑道：“昭媛娘娘说了，没的讨娘娘的嫌，就不来了，还让奴婢一定把皇上接来，省得皇上走丢了，迷了路。”

“这是把话都还给我了。”蕊仪笑了笑，看向李存勖，“皇上可怪臣妾多事了？”

李存勖面色有些不自然，但还是笑了笑，“还是当面说清楚的好，总躲着的确不是个事。”他牵着蕊仪的手，向桃林中心走去，“你也别往心里去，就是觉着他对着你能听得进话，没别的心思。”

“臣妾虽是太尉大人的弟媳，但也要避嫌，不然皇上不多心，难保旁人不会多心。不过，看着皇上和大人和好如初，臣妾也不会计较这些，但皇上在，总是好些。”蕊仪谨慎地道。她适时地装傻，也望着李存勖能适时地照单全收。

“朕是该亲自为大哥接风。”李存勖似是很满意她的态度，笑了笑，虽知道蕊仪不会信那荒谬的解释，但她能站在自己一边，足矣。

李存勖的位子上已经铺了御用的物件，蕊仪的在他侧旁微微向后的地方，二人先坐了。蕊仪随意地问道：“太尉夫人可一起进宫了？”

“先去瑶光殿了。”李存勖点点头，像是颇为满意的样子，“你叫她平都就好，一口一个夫人，倒是把她叫老了，她大概也就长你一两岁。”

按理说李存勖和平都也议过婚，又是自己外公家的义女，不该说得如此含糊，蕊仪敏感地察觉到他说“一两岁”时的迟疑，“皇上和她如此亲近，竟不知她生辰了？”

“平都是外公狩猎的时候带回来的，听说是平都的亲生父亲为外公挡了一箭，她又自幼丧母，外公就把她带回府里收为义女。大概是那时受了惊吓，平都竟记不起自己的生辰八字，她原本家里也再无亲人，一时半会儿弄不清楚，外公估摸着她当时有十一二岁，也就这么定了下来。”李存勖笑道，显然并不上心。

听罢，蕊仪暗暗惊奇，原以为能被曹老侯爷收为义女的，不说是出身大富大贵的朝臣之家，少说也得是手下赏识的部将。可听李存勖这么一说，平都原本的家里竟是只有一个父亲，可能连亲戚、仆佣都没有，真真是个不知底细的人。虽说对老侯爷有恩，可就这么收为义女也太轻率了。

“倒是天作的缘分，话说回来，若是当年和皇上议成了，如今倒也是宫里的人了。”蕊仪微微一笑，有些促狭，她很想知道平都为何对李存勖的态度如此矛盾。

李存勖不以为意地笑道：“她是外公的义女，论辈分比朕高，当年也不过是一说，谁也没当真，而且外公是头一个出来反对的。后来连年征战，倒把她的亲事耽误了。大哥正室亡故，朕就做主让她做了继室，也顾不得辈分了。”

如果所料不错，李存勖让平都嫁给嗣源，是为了看住嗣源，给自己安置一个眼线。大了一辈，再加上平都的年纪不能再拖了，倒是说得过去。蕊仪刚要开口，就见远处李嗣源和平都相携而来。

“臣（臣妾）拜见皇上、贵妃娘娘。”二人齐声拜道。

“平身。”李存勖起身亲自扶了二人起来，又引了二人入席，“之前多有误会，惊吓了哥哥嫂嫂，还望二位不要见怪。”

蕊仪一口气憋在胸前，看着这惊心动魄的一幕，仿佛面前放着一面大鼓，正有一只重锤高悬其上，随时都可能落下。李存勖的话语神情就是这只重锤，她很好奇他如何前一刻还忧心忡忡，这一刻却能轻而易举地将这只重锤举起。

“臣惶恐。”李嗣源又要起身叩拜，他能说的也唯有这三个字了。

一下子被人拦住了，这回不是李存勖，却是平都。平都讪讪地看了李存勖一眼，意有所指地道：“皇上都让你平身了，再这样子，没事也成有事了。既然大家都不想说，就揭过不提了。”

这话听起来有些阴阳怪气的，加之此刻李嗣源神情宛若石雕，李存勖也不知该说什么，借着赵喜义一声“传膳”，回了座。蕊仪知道他的心思，轻拉了他袖

管一下，道：“女生外向，嫁了人总归不一样了。”

这是说不要怪平都，毕竟已为人妇，若半点不帮着自己的丈夫，也太不近人情了。可李存勖听了，面色却忽然阴沉下来。蕊仪没办法，只能开了口：“今日还未去拜见皇后，平都刚从瑶光殿来，可听到皇后怪罪我了？”

“不曾。”平都淡淡地吐出两个字，反而看向李存勖，“皇兄，他方才还有话想跟你说呢。”

众人齐看向李嗣源。李存勖回过神来，只觉得平都举止大不同往日，此时见她一改往日温婉的性子，又道她与李嗣源有了口角，方才的不快去了一些，道：“大哥有话只管说，今日不必拘礼。那日朕本想让大哥看看沙场上的兵戈用于宫中宴饮也未尝不可，不想唐突了大哥。大哥若是为此而不愿与朕这个做弟弟的说话，朕只能下罪己诏了。”

如此放低了姿态都不能释怀，难道还要皇上以万乘之尊罪己？实在是大逆不道。蕊仪看向李嗣源，想向他使个眼色，可他硬是分毫不看向自己。她了解他，他不是不想应了李存勖，只是与自己一直亲厚的兄弟兵戈相见之后，实在说不出旁的话了。

“夫君那日未目睹皇上所排剑舞，着实遗憾了一阵子。”平都先忍不住出了声。她到底还是心软，要不那日也不会伪造印信、夸大军情。

已是不能不开口了，李嗣源谦恭中多了几分坚持，“臣不敢猜疑皇上，可臣不猜疑，难保别人不会。这几日臣沿路听了不少传言，实叫军心难安。不过，今日皇上招臣饮宴之事传扬出去，他们也该安心了。臣只望自此君臣无疑，臣与皇上仍与以前无异。”

“那是自然，不光如此，朕还要为你的太尉府题匾，让世人都看看，咱们兄弟之间永远没有嫌隙。”李存勖喜出望外，他期望的原就是这些，“斟酒！平都、贵妃与朕共饮。”

以袖掩嘴一饮而尽，蕊仪安下心来，一杯酒落了肚，场面上的事也就揭了过去。她笑了笑道：“不如让大哥坐过来，有一阵子没见了，也好和皇上说说话。臣妾去和平都坐，妯娌之间也能亲近一些。”

金樽颤了一下，落了一滴酒，李存勖看了看她和平都，并不应承，“他们夫妻也难得一处，就不必换了。朕在这儿看着一对璧人，心里也敞亮不少。”

以前别说同坐，就是同席也并非不可，平都暗暗冷笑，亏得李嗣源还觉得只要忍下去，总有平复的一天。

“是啊，还是皇兄体贴我。何况毕竟是君臣，君臣有别，就是我也配不上和娘娘同坐。”平都说罢，瞟了李嗣源一眼。

“皇上这大媒倒是做得好。”蕊仪莞尔一笑，四两拨千斤地拨开这番绵里藏针的话，嗣源的处境已经不好了，实在不能让平都再添乱，“他们都是极知礼的人，皇上看人准，把他们凑成了一双，天造地设的一双。”

赵喜义见情势不对，也趁机打趣了几句，众人总算不那么拘束了。李嗣源的目光终于真正地看向了主位上的二人一次，不过只是那么一瞬，又堪堪避开。以他的性子，实难和李存勖一般云淡风轻。

平都笑了笑，目光一转，慢慢地也不像方才硬声硬气了，“皇兄把我嫁给这块木头，如今倒成了璧人了。”

三人又说了几句，只见李嗣源在一边默然不语，李存勖问道：“见大哥愁眉不展，朕这个做弟弟的却不知为何，不该，不该。不知可是府里出了什么事，或是太尉府不合心意，还是有哪个胆大妄为的又在你面前放肆了？”

“皇上所赐都是世间最好的，臣此生得此，已是心满意足。皇上对臣恩隆深重，还赐臣丹书铁券，也实无人敢做不守法度规矩之事。”李嗣源客气地道，总算举杯邀酒，“臣敬皇上，敬社稷安康。”

大笑着将杯中佳酿饮尽，李存勖虎眸微睨，语中别有深意，“大哥征战多年，身上落下不少伤，不如就此好生休养一阵。”他看了看平都，“大哥还没有嫡子，朕想在你府里选个驸马都不成，这可不好。”

“皇兄说什么呢，也不害臊。”平都笑了笑，娇羞地垂下眼眸，却在暗暗打量李嗣源，他要么就此交出兵权，醉生梦死于富贵乡，要么还是得如她所愿。

怕他们不信，李存勖忽然握住蕊仪的手，“不如朕今日就与大哥约定，他日贵妃若诞下公主，朕就亲上加亲，将她赐予你的嫡子为妻。”

众人都愣住了，李嗣源嘴里不停地道着“臣实不敢有此奢望”。平都看着他，知道他心里是想的，不觉冷哼了一声。这时任何一点声音都极为明显，众人一下子又看向了她。

“他哪儿敢要皇兄的掌上明珠。”平都自己也愣了一下，好在接话接得快，“我也不敢奢望能有这福气。”

又一轮传菜的太监把东西端了上来，高声唱着菜名。李存勖轻叹了一声，小

声对蕊仪道："看来他们夫妇都还在生朕的气，朕在这儿他们太过拘束，朕先回贞观殿，你且劝劝他们。"

"他们一个闷不作声，一个说话夹枪带棒的，臣妾可做不来这和事佬，不如由皇上劝大哥，臣妾劝平都，两边先分开说通了。"蕊仪不愿应承，只要李存勖一走，这二人怕是都要默然以对了。可又不好单单和李嗣源说话，只能盼着李存勖主动提出来。

果然，李存勖浓眉轻轻皱了一下，道："还是由你来劝大哥，平都那儿朕让德妃说和去。不必忌讳，朕说过，朕信你。"

一个"信"字宛如千钧重，甚至还搭上了一个没有出世的孩子，蕊仪苦涩地点点头，迟疑着勉强笑了一下。李存勖跟赵喜义说了几句后，笑对平都，"平都，德妃有些日子没见着你了，知道你进宫，特意备了酒菜，不想跟这儿冲撞了。朕陪你先去集仙殿坐坐，晚一些再来丽春台。"

知道这是要给蕊仪和李嗣源单独说话的机会，平都微微一笑，听话地跟着李存勖离席。她回头看看规规矩矩坐着的二人，嘴角略带了些兴味。若不是李存勖容不下人，蕊仪的孩子也不会没了，蕊仪无论如何也忍不下这口气，她所期待的又有了盼头。

夜明珠一事蕊仪定然怪她，可只要蕊仪如她所想，事后纵使将她千刀万剐，她也认了。

赵喜义一顿招呼，伺候的人不是跟随离开，就是退到了远处，一时间筵席竟成了一处孤地。二人也不知该如何说话，蕊仪叹了一声，"皇上不在，也不好开筵，就请大人随本宫走一走，等皇上和夫人回来了再入席不迟。"

"谨从娘娘吩咐。"李嗣源应道，跟在蕊仪身后一步远的地方，神色更为拘谨，不过语气已不知不觉轻了下来，"臣在幽州听闻娘娘小产，也不知该如何问候，娘娘玉体如今可康健了？"

"劳你挂念了，皇上很体恤我，特别吩咐崔敏正用了宫里最好的药。"蕊仪不觉轻叹了一声，他们之间何时变成了这副样子？"你能顺利出宫，实在出乎了我的意料，也是老天有眼，契丹的战报救了你一命。"

"是平都改了战报。"李嗣源感慨，万万没有想到会是平都。

"她？"蕊仪愣了一下，平都为了嗣源敢把手段要到宫里几个主位身上，如此也并不奇怪，"她对你好，你要好生待她，我觉着她过得并不舒心。"

“夜明珠的事我也听说了，不知她为何会……”李嗣源语塞，蕊仪说平都对他们之间的往事无法释怀，可他并不这么觉得，“以前我觉得她跟皇上亲厚，嫁给我必是要做眼线，对她处处设防。可后来我发现，她对皇上非但没有尊重，甚至恨之入骨。”

“她恨皇上？”蕊仪沉吟，她只道平都恨她，但仔细回想平都对着李存勖时那浅浅的笑，笑不入眼底，只是面上浮着的薄薄一层。人人都道她温婉，并不觉有异。可是她又有什么理由恨李存勖呢？总不至于是因李存勖耽误了她的婚事吧，“她会不会不想嫁给你，却被皇上以恩相挟，逼着进了你的门？”

李嗣源微微摇头，“不像，她对我和几个孩子都很上心，四季衣裳都亲自打理。府中事务烦琐，她纵有力所不逮之处，却看得出来确实上了心。要是装出来的，她的耐性也未免太大了。况且我让人查过，她出嫁前并无和别的男子有旧。”

“那她怎么会恨皇上的？”蕊仪低声问，看看几个服侍的宫女还在远处，才又看向他。

李嗣源也压低了声音，“她到魏州向我报信，劝我起兵，若说这是不想让我犯险，我明白，可是她竟想让我对皇上……”他言尽于此，剩下的话根本不必说。

“别说了，她也许是看不得你被逼害。”这是说得通的，可是蕊仪心底里却并不相信，“不管她怎么想，都不能让她再放肆下去了。我总想看着你好好的，自然也想让她好好的，可若她再与我为难，我也就顾不得她了。”

李嗣源应了，想说些让蕊仪宽心的话，“皇上此次召我进宫，那件事就算是揭过去了，想必只要我律己奉公，就不会再为难我了。”

蕊仪深深地看了他一眼，回过头向前走了几步，道：“你说出这样的话，自己信吗？你木讷、不会说话都不假，可是你也不傻。”她笑了笑，并无讥诮之意，“以我对皇上的了解，他并未放下，只是暂时不提了，以后时机成熟了，那晚的一幕还会上演。你功高震主，实难让他放心，加之还有郭大人和申王在一旁煽风点火，就更难测了。”

“路遥知马力，日久见人心，我只能盼皇上日后能明白我的一片忠心。”李嗣源进退两难，也是无计可施。

“也许这世上只有我知道你真没有争雄之心。”蕊仪叹了一声，反问道，

“既然你也明白个中凶险，为何不辞去兵权，还承了太尉一职？”

“天下未定，契丹多有进犯，我一直管着三州军务，此时退下来，申王又是个不管事的，此三地必有所失，我如何能看着那些百姓被人抢掠？如何能看着将士们用性命保下的城池被他们夺了、烧了？”李嗣源提起战事，提起国仇家恨，便不觉热血沸腾，“再者，我若退下来，那些跟着我的人又该如何？存渥必定排挤他们，他们在战场上都拼了性命，总不能看着他们因我误了一生，误了一家子的命途。”

“你啊，放不下的事情太多。”蕊仪苦笑，并不深究，“我也不多劝你，毕竟不是你退一步，他就一定也会退一步，只能边走边看了。说说，你把鱼凤送到我这儿，她家里人该埋怨了吧。”

“也没个好去处安置她，还指望着你给她个好亲事。”李嗣源笑道，半晌，淡然地道，“她比你细心，处事又果断，我总不放心你，把她送进来，我也算尽了一份心。若是我当初争了，也许他面上过不去，就不娶你了。”

“如果你当初争了，你我也许已经身首异处了。”蕊仪叹道。当初是她想不开，别说他受了伤赶不来，就是他为了身家性命弃了她，也怪不得他。他活在世上是要保境安民做大事的，不能被她耽误了。

二人皆是默然。看看时辰，平都和李存勖也快回来了，蕊仪低声叮嘱道：“眼下虽没别的办法，但也不能不防，至少退路要想好了。假如有一天他又要动手，听我一句，切不可博什么虚名，能走就走，隐身乡野总好过成了俎上之肉。”

远远地已望见了平都的身影，奇怪的是并不见李存勖。二人正诧异着，平都已笑着上前解释：“皇上被叫回贞观殿去了。”她左右看看二人，“娘娘只能对着我们二人了。”

见平都笑容恬静，想着许是跟她说通了些，李存勖不在，蕊仪觉着也没意思了，笑了笑告辞道：“宫里还有些事，也不能多陪你们了，你们夫妻就此好好说说话，本宫让他们好生伺候着。”

“我一来，娘娘就要走，是我回来的不是时候？”平都笑了笑，竟不见丝毫恼怒之意，“要不我到后面转转，娘娘再和夫君说几句话？”

“不了，知道你们一切安好，本宫就安心了，你们且坐。”蕊仪特意吩咐萱娘留下服侍他们，自己回内殿去了。

平都仔细看着他的脸，非但没有更加沉郁，面色反而好了一些，难道蕊仪一番话没让他幡然醒悟吗？她思索着问道：“娘娘都跟你说什么了？”

又是这般腔调，李嗣源皱眉看着她，不打算在此失仪，遂道：“再坐一会儿就回府，回府再说。”平都站在那儿不动，他禁不住又看了她一眼，“你做得太过了，你来回把玩那些珠子的时候，我就该想到。”

“我算是明白了，她不是劝你，是向你告状的。”平都自嘲地笑道，站在他身旁，压低了声音，远远看去甚是亲昵，“可这事从根儿上看，到底是皇上还不够喜欢她，舍得让她受冤枉。她这样品貌的人，可惜了，你就不觉得可惜吗？今日是我，他日别人害了她，你又该如何？”

心头一冷，李嗣源自知阻止不了，“自是好言相劝。”话越说越无力，“平都，别再闹了，更不要再说那些忤逆之言，这是为了你我好，也是为了你们曹侯府好。老侯爷养育你一场，你对他的儿子就宽容些吧。”

“你给我站住！”平都急切地唤道，但他半点没有停下的意思，她只能跟上。临出丽春台时，她回头看了一眼。李嗣源的忠心远远超出了她的意料，可行到如此地步，她已没有退路。也许只能在染了血之后，才能锤破这沉重的暮鼓。

染血……平都暗暗握紧了秀拳，下定了决心，要谁的血，她知道，而执刃之人这回定要是李存勖。她要细心布这一局，让李存勖自己拿起这利刃。

第二十五章·谋局

转眼间就是三月里春暖花开的时候，天暖了，各宫里也热闹了不少。正巧最近宫里又发生了一件不得不议论、不得不走动的大事。

李继岌在军中越来越有作为，又正好是议婚的年纪，可惜他生母的事至今未有定论，行事便多有不便。日前李存勖发了话，打算将李继岌过继到宫中一位主位膝下。话一传出来，人人都道这位娘娘定是蕊仪无疑，她既得李存勖的心，又刚刚没了小皇子，正是需要安慰的时候。本没什么可质疑的，可这话传出后，竟又没了声响，弄得人们不得不走动打探。

这日午后，李存勖在御花园召了几位大臣商讨幽州军务，之后便去了瑶光殿。郭崇韬看看天色不早不晚的，刚想着和几位同僚到宫外的醉仙居坐坐，还没开口就被一个眼生的小太监叫住了。他皱皱眉，不知是不是李存勖又有话要对他说，忙不迭地跟上了。

洛阳宫格局周正，不想这次竟七拐八弯地来到一处临水的平台。水面上枯败的浮萍早已被清除得干干净净，一汪清透的湖水透着些浅浅的翠绿，暗含生机。身后传来一个清脆的女声，此情此景，有些突兀、孤高，“郭大人一定没想到是本宫吧。”

“德妃娘娘？”郭崇韬迟疑着转身，匆忙行礼。朝臣跟妃嫔说上几句话并不为过，可是他与这位德妃娘娘素无往来，她何以约自己至此？倒是刘皇后册封之后对他一直都是淡淡的，该有所表示才对。

敏舒笑了笑，在他面前三步远的地方站定了，“本宫今日约大人来此，是替皇后娘娘传个话。皇后娘娘知道大人的功劳，心里感激，可又不能明说，就让本宫来给大人道一声谢。”她神情淡淡的，并不觉得热络。

“臣万不敢受。”郭崇韬又说了几句奉承的话，听说她们二人近来走得近，可见此言非虚。可敏舒的样子一点儿不像是代人道谢，倒像是另有话说。

不想冷了场子，也知道此地不宜久留，敏舒沉吟了一下，微笑着道：“大人可听说皇上打算将魏王过继到一位宫中主位膝下？”

“皇上提起过，但还没有报到礼部去。”郭崇韬回道。此事他并不上心，要知道即使是过继，以李继岌这样的身世，除非将来立下盖世之功，否则也无力争储。至于后宫里这些纠葛，虽然他受了梓娇的恩惠才得以复起，但也并不打算长此以往地牵连下去。

“大人可曾想过，皇上会把魏王过继给谁？”敏舒有些不耐烦，“要是过继给了韩贵妃，恐怕对大人不好。”

言下之意就是让他设法阻止将其过继到蕊仪名下，郭崇韬有些紧张，低声问道：“是皇后娘娘的意思？”

“是。”敏舒淡淡地道，望着平静的湖面。

“后宫之事臣无力插手，况且此事皇上心中只怕早有定夺。”郭崇韬谨慎地道，才刚刚为立后之事进言，再有动作，只怕太引人注目，“臣是武将出身，不会说话，有些话明知不当讲，也想跟娘娘说说。如今皇后膝下已有守王，而韩贵妃之位又仅次于皇后，皇上越来越器重魏王，此时不把魏王过继给韩贵妃，又能过继给谁呢？”

“不是还有本宫吗？”敏舒定定地道，像是思虑已久，“若是过继给了本宫，皇后可以放心，而本宫的父兄亲友皆不在朝，郭大人也可高枕无忧。”

“这……”郭崇韬愣了一下，疑虑重重，但也不好当面回绝，只能客气地躬身道，“臣自当尽力。”

郭崇韬见她再无别话，赶忙离开。棋书从林中走出，小心地看着敏舒道：“娘娘可算是把这番话说出来了，奴婢知道娘娘不愿求人，可要是再不说，就怕娘娘以后也没个依靠。”

敏舒叹了一声，目光冷漠，“要不是不想这么一辈子下去，本宫也不想背个勾结朝臣的名声。”

“皇后娘娘还不是也请了郭大人说项？”棋书不情愿地道。她这位主子就是太清高，本来这也算不上什么要命的大事，可又偏偏被人挟制，不得不总是低头。

“她？你怎么把本宫跟她比？”敏舒眼中、心中满是不屑。

“奴婢该死，奴婢再也不说了。”棋书默默地跟在身后，要是她真能把魏王收到名下就好了，将来也能有个依靠。要是老天垂怜，魏王有了更好的出路，她也就不必再像眼下这般别扭着了。

这边敏舒跟郭崇韬话毕，那边蕊瑶也去了丽春台，她把带来的鱼羹让人热上，一点也不客气地往蕊仪身边一坐，问道：“姐姐，那件事你可跟皇上说了？”

“你说的是魏王？”蕊仪笑了笑，给她抓了一把瓜子，“你说句老实话，你究竟想让他过继到我名下，还是你？”

“当然是你名下了。”蕊瑶睁大眼睛看着她，嗑了颗瓜子，“要是我，人家定说年纪轻轻的，也不会给的。”

“我年纪就大了？”蕊仪失笑，大她不足两岁，就有理由了？

“不是看你跟他投缘嘛。”蕊瑶笑了笑，抚着她的背，哄道，“虽说他也不小了，也不能跟你的小皇子比，可到底是皇上的儿子，你就当老天又赔了一个给你。你去说，一准成，以后也能帮咱们一把。”

“道理是不错。”蕊仪把膝上的锦被往她膝上挪了一些，叹了一声，“二哥虽进了捧圣军，可要他立下战功，并不容易，更不用说三哥。咱们韩家这一代在军中眼看着就要失势了，我对魏王有恩，他又没有依靠，只能依靠咱们，若成了，是件天大的好事。”

“那还等什么？一会儿皇上来了，我和你一块儿说。”蕊瑶笑道，鱼羹端了上来，她拿银勺尝了一口，递给蕊仪，“你啊，得多补补。”

“真是越来越会疼人了。”蕊仪笑了笑，琢磨着要不要现在就把这盆冷水给她当头泼下去，想了想还是得跟她说开了，“我觉着还要再等等，皇上到底愿不愿意把他过继给我，还拿不准。”

蕊瑶有些失望，一细想确有些不对，“皇上要是答应，是该早些给个准话的。可是，他怎么会不愿意呢？”

“也许他觉着我将来还会有孩子，到时难免弄得魏王处境两难。”蕊仪摇摇头，抬眼时多了几分沉郁，“也许他还不放心咱们韩家。”

“要说怕再有别的孩子，那将来谁都可能有自己的孩子。但说不放心，父亲都这么大年纪了，两个兄长什么样，皇上也不是不清楚，还有什么不放心的。”蕊瑶皱眉，语气急了些，但依旧沉稳，“他要是不放心，又怎么会一心盼着咱们生个小皇子？”

“那不一样，小皇子可以从小教导，等他长大，也要十几年，那时候父亲也许已经不在世了，两个舅舅又不成器，他的心里只会有皇上。可魏王不同，魏王正是崭露头角的年纪，又跟皇上有过多年隔阂，难保他靠着韩家做出皇上不想看到的事。”蕊仪低声道，看着她，二人眼中默契渐生。

难道要去表忠心？蕊瑶暗觉不可，难免有些丧气，“要是过继到别人名下，那就只有伊敏舒了，她没有根基，将来又不会再有孩子，真真是放心了。咱们占不着，便宜了那位皇后娘娘又该得意了。”

“也不见得就是她。”蕊仪淡淡一笑，眼中灵光一转，“不过你既然提到她，也给我提了个醒。”

“姐姐，你说她要是得了魏王，将来会不会也打后位的主意？我总觉着她心底里瞧不上那位，迟早得闹翻了。”蕊瑶笑了笑，眼角眉梢妩媚动人。

“她是否觊觎后位，我不知道，但是想让她们二人为此事闹翻了，也未必不能。”蕊仪笑了笑，眉梢微挑，“一条本就上不了钩的鱼，不如索性让别人尝鲜。”

“只是便宜了别人。”蕊瑶饶是不甘心，但能弄得敏舒和梓娇翻脸，她也愿意了。

“魏王即使跟了她们，也不会和她们一条心。”蕊仪闭上眼，品了口鱼羹，“当年的事大姐少不了她们，大姐已经不在了，她们还都风风光光地活着呢。”

“是啊，大姐欠他的，你已经还上了，她们的可还都没还。”蕊瑶会意，“要不要我去瑶光殿探探口风？”

“怕你打草惊蛇，皇上一会儿过来，你先在这儿坐坐，探探皇上的口风，我去瑶光殿。”蕊仪笑了笑，说不定一会儿蕊瑶就把人领到饮羽殿去了，她纵使不愿，也得先解决当务之急。

瑶光殿前水波荡漾，入春后的鸟儿打破了冬日的沉寂，叽叽喳喳的，很是热闹。不过再如何热闹，也不及日前的喧嚣。早有小宫女一溜烟地跑去通报，没一会儿就出来迎人。蕊仪过了九曲桥，望着水底的鱼慢悠悠地从这头游到那一头，正感叹着难得清静了，刚刚步上玉阶，就被陡然而出的一阵琵琶声惊得险些脚下一滑。

“皇后娘娘练胡舞呢。”小宫女笑道。果然接下来是一阵胡乐声，乐曲欢快动人，让人为之一动。

“皇后爱热闹。”蕊仪客气地点点头，有人开了门请她进去，“臣妾拜见皇后。”

“你怎么来了？皇上不是去丽春台了吗？”梓娇停下来，一身胡服衬出姣好的体态，转头向宫女们吩咐道，“你们接着练。”

蕊仪跟她到了里间，在下首位子坐了，“大概是被朝务耽搁了，臣妾得了空，来看看姐姐。怎么，姐姐要排新舞了？”

“一时兴起，没想到皇上看了说喜欢，就招了几个讨喜的进来。”梓娇笑了笑，知道她一定有事，也不兜圈子，“妹妹有话就说吧，她们还等着我呢。”

“姐姐可知道魏王过继之事？”蕊仪笑问，弯弯的眉眼望着她。

“皇上说了，怎么，你想把魏王过继过去？”梓娇嘴角不自然地上扬，难不成是来让她说好话的？

“不是，不是。”蕊仪忙不迭地道，叹了一声，像在笑她多心，“魏王年少轻浮，臣妾看不惯，他跟了臣妾，臣妾也无法好好待他，那时辜负了皇上的好意，皇上难免怪罪。”

“哦？可我怎么听说，咱们几个人里，魏王最尊重的是你。”梓娇垂下眼眸，手指轻轻抚过袖口的花鸟绣纹。

“有些事情刚巧就被臣妾赶上了，他是小辈，难免要照应一二。”蕊仪笑道，也不回避，但眉眼中多了些无奈，“他一直记恨着晋王妃，说到底也不会跟臣妾亲厚。”

那件事的确是蕊宁起的头，梓娇颔首，“那你觉着谁合适？我已经有了继潼，皇上是不会把他过继给我的。”

“四个主位，臣妾和昭媛都不行，那就只有德妃姐姐了。”蕊仪眸光一转，很是温和，“宫里近日也盛传德妃姐姐是最合适的人选，臣妾也觉着，德妃姐姐难再有孕，又是从晋王府里进宫的人，情志高洁，于情于理都该将魏王过继给她。”

“还有人这么说？”梓娇一惊，她光顾着注意丽春台和饮羽殿了。

蕊仪无辜地点点头，一副她怎么还不知道的样子，继续道：“臣妾想，魏王虽说自幼不在王府，难免失了管教，可毕竟已在军中小有作为，立功指日可待，做德妃姐姐的儿子也不算攀了高枝，这样姐姐也有了依靠，皇上也不必再觉得亏欠了姐姐。”

“是她觉得皇上欠了她吧。”梓娇冷笑，她早就觉得敏舒越来越不老实，“皇上也不知为何突然想起过继来了，要我看，姐妹几个又不是小心眼的人，追封周氏为妃也就罢了，再要是想抬举他，让他认了我也成啊，继潼也有个照应。”

“皇后说得是，见着皇上，臣妾定当好言相劝。”蕊仪点头称是，正想找个借口告辞，只见蕴溪低着头进来了。

蕴溪快步来到梓娇身后，凑过去耳语了几句，只见梓娇面色大变，冷哼一声，“天水台？他去那儿做什么？”

蕴溪使了个眼色，梓娇看向蕊仪，笑得很不自在，“我宫里还有事，就不留妹妹了，妹妹赶紧回去，说不定皇上已经在等着了。”

“那臣妾告退了。”蕊仪不留不问，出了瑶光殿，她轻声问鱼凤，“方才你在外边，看见谁来找过蕴溪？”

“有个小公公，说了几句话，奴婢好像听见什么郭大人，还有德妃娘娘。”鱼凤低声道。

“她还说了天水台，难道德妃在天水台见了郭大人？”蕊仪沉吟着，而且此事梓娇并不知情，郭崇韬在立后一事上已依附了梓娇，此时却绕过梓娇见了敏舒，没想到她方才说的并非子虚乌有，只是，她还想再确定一下，对鱼凤道，“你去问问，这一两天郭夫人可来拜望过皇后。”

鱼凤快步兜了回去。蕊仪上了轿，特意吩咐抬轿的走慢一些，边走边等着鱼凤。没一会儿鱼凤就气喘吁吁地小跑了回来，在小窗边回道：“郭夫人昨天刚来过，和皇后说了好一阵话。”

“我知道了。”蕊仪了然。郭夫人昨日刚刚进宫，梓娇若想传话，直接告诉郭夫人就是了，万万不会托敏舒。换言之，敏舒是自己去找郭崇韬的，那所托之

事，自然如她所说，是想将李继岌过继到她自己名下。

敏舒瞒着梓娇，若说她只是怕晚年无依，谁也不信。眼下的局势，她要是先跟梓娇商量，梓娇为了不让李继岌落到别人名下，也未必不会帮她，可她偏偏绕过了梓娇，日后难免会动谋取后位的心思。

回到丽春台，李存勖还没有来，蕊仪把方才的事跟蕊瑶说了，末了问道：“我知你一向不喜皇后，可她和德妃比起来，你觉着谁更难对付？”

“这倒难说了。”蕊瑶放下茶盏，敏舒得宠的日子不长，这么多年都是不温不火的，“不过若论心思隐晦，当然是伊敏舒，没有了她，那位也就落了单。”

“你且回去想想，能不能让皇后对德妃的疑虑更重一些，我有个想法……”蕊仪慢慢转到内间的佛龛前，点上三炷香，双手合十拜了拜，“满月的在天之灵也该得些安慰了。”

蕊瑶离开后又过了好一阵子，也不见李存勖的影子，蕊仪索性把萱娘和鱼凤都叫进来，三个人合计着张罗了一番。把帐子换上了红绡帐，屋子里的幔帐全换上水粉色，宫灯的罩子上都画了翩翩而飞的彩蝶。料想晚上一掌灯，定是满室温馨。

张罗得差不多时，已到傍晚，萱娘刚刚吩咐按两个人备饭，李存勖就来了。蕊仪匆忙出迎，她们二人留在里面把灯点了起来。李存勖见蕊仪面露倦容，不免有些奇怪，“白天朕没来，你也不好生歇着。你说说，是不是存心躲懒，不想服侍朕？”

李存勖眼中满是宠溺的笑，压根儿没有生气。蕊仪挽住他的臂弯，浅浅地一笑，“皇上进去看看就知道了。”进了内殿，她抢先两步，掀开锦帘，“皇上瞧瞧，是不是暖融融的？”

原本昏黄的烛光被水粉色帐子一衬，泛着淡淡的红，宫灯上的蝴蝶被火光一照，变大了不少，映在墙上，好像处处有彩蝶翩翩起舞。李存勖忽然将她搂入怀中，闷笑了几声，又大笑出声，“又花了心思，还说蕊瑶花样多，朕瞧着她们几个加起来也比不上你一个。说说，这又是什么日子？”

“是怕皇上生气的日子。”蕊仪抿着嘴，小声嘟囔着，“臣妾怕和皇上一言不合，吵起来，特意张罗了一番，想让皇上舒坦一些，火气不那么大。”

“哦？”李存勖笑着皱眉，不明就里，搂着她倒在软榻上，“那你说说，什么事能让朕生气？”话没说完，手就往她裙子下面摸去。

“皇上。”蕊仪一推，坐起身，还往旁边挪了挪，“真是怕皇上生气。日前皇上不是说了，要过继继岌吗？”

“你想……”李存勖虎眸半眯，没有怒色，只是探寻。

“就是怕皇上想歪了。臣妾早晚还会有自己的孩子，到时候难免忽略了他。”蕊仪笑道，给他拿了个靠垫，“皇上即使要将他过继给臣妾，臣妾也不愿答应。毕竟不是亲生的，日后不小心冷落了，或是做错了什么，难免落人口实。”

“你怕朕想把他过继给你，而你不愿拂了朕的意？”李存勖笑道。

蕊仪颔首，不好意思地笑道：“外面传得很凶，其实臣妾和妹妹都没有这个意思，就是怕传言太多，皇上多心。”

“就这些？”李存勖笑道，握过柔荑，在她手心里画着圈，“朕不生气，你能坦言相待，不枉朕如此待你。”

“臣妾的话还没说完呢。”蕊仪笑了笑，吩咐传膳，就摆在面前的小桌上，“入春了，可还是凉，就在这儿用吧。”待众宫人退下，她回眸看向李存勖，“臣妾心里倒是有个合适的人选，就怕皇上早有了主意，臣妾不小心又冲撞了皇上。”

李存勖微微一笑，坐起身时略微停了一下，“蕊仪如何知道心中所想与朕不同？”

这么说的确是未想过把李继岌过继给她或是蕊瑶了，蕊仪暗暗松了口气，好在没有操之过急，于是试探地问道：“皇上觉着皇后和德妃二位姐姐，哪一个更合适？臣妾掂量了一个晚上，也没想明白。”

“你觉着敏舒更合适？”李存勖揣测着，眼中兴味盎然。蕊仪心中早有了主意，只是不知他的意思，才没有说出来。

这下蕊仪几乎可以肯定李存勖心中更偏向谁了，不过还是假意说道：“德妃姐姐性情温良，知书达理，让继岌认她为母，丝毫不会辱没了皇上最得力的皇子。加上当年那事，姐姐难再有子嗣，有了继岌既是安慰，她也能一心一意地对继岌好。可是臣妾以为姐姐虽然是个好人选，却不是最好的人选。”

“不过是让他认个母亲，何必认真。”李存勖笑道，喂了蕊仪一勺玉带羹，仔细打量着她，想看看她究竟好些了没有，“胖一些了，朕该好好赏赏崔敏正和你那俩丫头。”

“皇上愿意花银子，赏就是了。皇上赏得越多，他们就越觉得是臣妾为他们说了好话，左右人情都是臣妾的。”蕊仪笑道，为他布菜时又道，“继岌如今是皇上最为倚重的皇子，日后前途远大，皇上怎能不重视？皇上不过是在糊弄臣妾，糊弄旁人罢了。”

李存勖笑了，摇了摇头，叹道：“那你是在说梓娇了？她已经有了继潼，再认下继岌，怕是说不过去。”

“臣妾可不这么认为，皇后认下他，至少有一个好处。”蕊仪微微一笑，声音低了些，直问道，“皇上打算何时立太子？”

沉默了良久，李存勖才沉声道：“继岌不行，继潼还小，朕以后还会有别的皇子。往短了说，要五六年，往长了说，十年，也许还要更久。”他叹了一声，若有所思地看向她，“你不问朕要立谁，反而问什么时候立，又在跟朕打什么哑谜？”

“问立谁，也是白问。虽说都是皇上的儿子，可谁又说得准那时候哪一个更成器一些？哪一个又立了盖世奇功？所以臣妾只问什么时候立。”蕊仪又是一笑，“臣妾猜着皇上是想往长远了打算，这十几年里大家猜猜这个，再猜猜那个，难免生出波澜。不管继岌过继到谁的名下，人们都会觉着皇上偏向了谁，自然也就会觉得皇上此举是为了帮那人所生的皇子。此猜测一出，宫里哪儿还有宁静的日子，所以臣妾觉着，还是把他过继给皇后为好。皇上若是担心别的，在过继后将继岌派到封地去就是了。”

“那天下人就会觉着朕想立的是继潼。”李存勖沉吟道，让李继岌认皇后为母，再立刻遣去封地，既抬了他的身份，又不让他生出别的念想，可是李继潼又该如何？

蕊仪看着他，轻声宽解道：“继潼是真正的嫡子，天资聪颖，又无大错，皇上不如此做，天下人也会如此想。况且若是他一直这样下去，皇上立他为太子，也无不可。”

“可是这样一来，朕日后想立其他皇子也就难了。”李存勖看着她，想问她的意思，“到那时继潼也是小成气候，蕊仪，朕要立你的儿子，也就难了。”

“皇上总是说臣妾的儿子，可是他又在哪儿呢？以臣妾愚见，还是平息眼前之事来得紧要。”蕊仪偏着头看他，“臣妾诞下小皇子之后，也无不可。他年纪小，少受些猜忌、排挤也是好的。而且臣妾也说了，继潼日后有了作为，立为太子也是应该的。”

这么说总该成了，蕊仪暗自想着，却听李存勖道：“朕还要好好想想，恩隆太重，怕是也要生出波澜。”

蕊仪一愣，看来还是不会过继给梓娇，“皇上还是想将他过继给德妃姐姐？”

“不提这些了，跟朕说说你手上的那些庄子、铺子。朕听说梓娇让人在外面倒腾干果，弄出不小的动静，没想到，朕后宫里的能人还不少。”李存勖笑道，不像是生气的样子。

“皇上不生臣妾的气？臣妾也是瞅着皇后闷得慌，出了个主意，没想到皇后的主意比臣妾的大。”蕊仪笑道，让人进来收了碗碟，“皇上要不要到暖阁里躺躺，或是到书斋坐坐？”

“不了，别白费了你这番心思。”李存勖笑道，挽着她就要往榻上去。

“皇上。”蕊仪被他揽到榻上。屋里还有人，她还是不习惯如此放浪。

“别动。”李存勖笑了笑，只是和衣紧紧地从身后抱住她，“就陪朕躺一会儿，你这儿安静，宫里也难得有你这么个地方，一会儿再更衣不迟。”

被他这么搂着，身上、心里都暖融融的，蕊仪迷迷糊糊地睡着了。李存勖想跟她说话，发现她睡了，笑了笑，放开了一些。他半撑起身子，看着她柔和的侧脸，水粉色的柔光和蝶影映在她脸上、身上，如梦似幻。

“皇上，皇上……”赵喜义探进头来，被李存勖止住。

李存勖轻手轻脚地下了榻，为她盖上锦被，看她轻轻动了一下，他又紧张地停下动作，连自己都惊讶于此刻的小心。他吩咐萱娘一会儿再为她更衣，才跟着赵喜义去了外殿。

“德妃娘娘病了，集仙殿里来人请皇上过去。娘娘头一回派人来叫皇上，奴才怕真的出了什么事，才斗胆禀报。”赵喜义低声道。这是件为难的事，也不知以后蕊仪会不会记恨。

李存勖看了眼内殿紧拢着的锦帘，叹了一声，“把朕新得的那座珊瑚屏风搬到丽春台。”

说来也怪，蕊仪一向浅眠，这一觉竟一直睡到天亮，醒来时才发现还穿着昨夜的衣裳。她嗔怪地瞥了眼萱娘，轻声责怪道：“也不帮我换一身，皇上走了也不叫我，你们真是越来越没规矩了。”

“初时是皇上不让叫醒娘娘，后来奴婢几个商量了一下，难得娘娘睡得好，就别扰娘娘清梦了。”萱娘笑道。

鱼凤取了件淡紫色的宫装，边为她换上，边道：“夜里德妃娘娘病了，让人来叫皇上。真是的，也不知是真病了还是假病了。”

“心病。”蕊仪嘴角含笑，不怕敏舒来这一套，就怕她不来，“皇后知道了吗？可去探视了？”

“应该还没有，大概也是这时候才能得到消息。”鱼凤算了算时辰，往常梓娇大概也是这会儿才起身，更何况近日来每日大跳胡旋舞，起得就更晚了。

“德妃病了，把皇上叫去，主理后宫的皇后却没有去，还可能压根儿不知道，有意思，有意思，说不定赵喜义的皮又要绷紧了。”蕊仪轻叹了一声，让她们把顺喜叫来。

顺喜原是来照看蕊仪龙胎的，可后来蕊仪小产了，也没人调他回贞观殿。不过，蕊仪一向待人宽厚，给的赏钱又多，他也乐得留下，做了丽春台的大总管。一大早就被传唤，顺喜正纳闷，忙着过来请安：“奴才拜见娘娘，娘娘是想吃什么新鲜的，还是缺了胭脂水粉？娘娘有话只管吩咐奴才，奴才就是搬着梯子摘月亮，也得为娘娘摘了来。”

“瞧你这猴崽子，长着一张嘴就会卖乖。”萱娘笑骂道，转到里间，把几块核桃酥包在一张油纸里。

“你师父有大难了，你可知道？可想救他？”蕊仪漱了口，接过湿布巾，不紧不慢地道。

“奴才的师父有难了？”顺喜惊道，连忙跪下磕头，“求娘娘救救赵公公，赵公公素来谨慎，也不知着了哪个小人的道，还请娘娘在皇上面前多美言几句。”

“你别乱说。”蕊仪脸上擦了些上等的羊脂，轻轻地揉开来，由着鱼凤上珍珠粉，“德妃娘娘昨夜里病了，你师父来本宫这儿叫走了皇上，可是却没有告诉皇后。你说说，宫里的主位生了大病，哪有不先知会皇后的？你倒是说说，皇后会不会觉着你师父收了集仙殿的银子？”

“赵公公万万不会，万万不会啊。”顺喜一个劲儿地摆手，镇定下来才想起让蕊仪给出个主意，“娘娘一定得想个法子，奴才和赵公公这辈子都记着娘娘的大恩大德。”

“你去禀报皇后，就说是你师父吩咐的，而后半夜本宫的偏头疼又犯了，你不敢走开，就耽误了。皇后看在本宫的面子上，不会难为你们。”蕊仪对镜把粉上得厚了些，往两颊上微微上了些胭脂。

这样纵使梓娇不高兴，也不能驳了蕊仪的面子，顺喜笑了，又磕了个头，“奴才谢娘娘，也替奴才的师父谢娘娘大恩，奴才这就去瑶光殿。”

“等等，还没吃早饭，让你萱娘姐姐给你拿点东西。”蕊仪笑了笑，萱娘适时地把东西塞到他手里，退到一边。

蕊仪指了指画眉用的炭笔，又指指自己眼睛下边，道：“少弄一点，让人觉着一夜没睡好。”

鱼凤依言用食指指腹轻沾了一些过去，她看了看，点头道：“差不多了，咱们也去瑶光殿走一趟。”

到瑶光殿时，顺喜还在回梓娇的话，支支吾吾的，也答不清楚。梓娇刚起身就碰上这样的事，见蕊仪来了，烦躁地让他退下，又招了别人来问。这一问才知道，太医到集仙殿看了看就走了，可见敏舒得的根本不是什么大病。

梓娇下了榻，头也不梳，脸也没洗，气冲冲地在殿里走来走去，指着蕊仪道：“皇上后半夜也没回丽春台？”

蕊仪摇头，语中暗含了几分委屈，“臣妾后半夜闹头疼，好在皇上没回来，要是回来了，见两头都病着，岂不要触了霉头？”

眼下青黑，面上发白，是没睡好的样子，梓娇气急败坏地跺脚，“她倒是会装，真病了的这个没人管，她倒是把皇上喊去了。”

“德妃姐姐也有些天没见着皇上了，想必是相思成疾，和皇上多说几句话也是人之常情。”蕊仪低着头，看着裙角。

“她是有话说。”梓娇冷哼一声，阴阳怪气地道，“不就是想过继魏王吗？她要是明着说，我还会为她说几句话；她来暗的，也不知存的什么心。有我在一天，她就休想！”

“不会吧？”蕊仪假意纳闷、沉吟，接过蕴溪手中的宫装，打算亲手服侍她更衣，“臣妾昨晚还和皇上说，把魏王过继给姐姐，也好让守王有个伴，皇上没说什么，更没说要给德妃姐姐。”

“皇上有没有说要把魏王过继给你？”梓娇推开她的手，根本没心思更衣。

蕊仪摇了摇头，“皇上提也没提一句，还是臣妾主动向皇上提的。臣妾说到

德妃姐姐时，皇上什么也没说，倒是提到姐姐时，皇上说要再看看。”

“她一准得了消息，才想着博皇上怜爱。”梓娇接过衣裳，转到屏风后面，自己动手换上了，“你还跟什么人说过想把魏王过继给我？”

“没有，昨儿跟皇上也是头一次说。”蕊仪轻道。

“你那丽春台还得好好收拾一番。”梓娇冷笑，讥讽地看着她，“福儿就是她的人，是她先送给了我，我又转送给了你。”

没想到梓娇会如此直白地说出来，蕊仪诧异地看着她，夜明珠一事主使是梓娇，如今却说得好似遭人蒙蔽一般。不过，她诧异的神情看在梓娇眼里，却成了她不知敏舒底细的证明。

“妹妹，你不知道她的为人，她总是装作与世无争，其实骨子里比谁都能争。晋王妃在的时候，她一个劲儿地献殷勤，还不是想在皇上面前博个贤德之名？你入府前两年，有一回晋王妃病得很重，她上赶着往上蹿，想着皇上能把她扶正呢。”梓娇不停地向她说道。

是想让她做那只出头鸟吗？蕊仪轻叹了一声，神色无奈，“德妃姐姐难有子嗣，多为自己想一些也是应该的。”

“你就是性子软。”梓娇恨铁不成钢地道，觉得语气重了，又一阵轻声细语，“皇上喜欢你和昭媛，大家看着羡慕也好，嫉妒也罢，皇上喜欢谁，那都是皇上的事，哪轮到她……轮到她……”梓娇想转一回文，奈何想不出合适的句子，“轮到她狗拿耗子！”

被她一句话噎住了，蕊仪想笑又不敢笑。被她这么一说，敏舒成了狗，自己和蕊瑶甚至还有李存勖就都成了耗子。

“既然皇上肯去集仙殿，又在那儿留了一夜，自是念着德妃姐姐的情分。姐姐，咱们还是别去触这霉头了，要去，也等姐姐消了气。”蕊仪假意劝道。

梓娇再生气也明白她说得有理，坐下来随手上了些脂粉，深吸了口气道：“好了，我不生气了，咱们这就去集仙殿，看看她究竟得了什么病。”

不生气才奇怪了，蕊仪含蓄地一笑，暗示道：“咱们去探病，总不能空手去，多带些东西，再带上几位太医，若是德妃姐姐真病了，就好好诊治一番，这样皇上看了，也一定会称赞姐姐。”

梓娇脸上终于有了些笑意，对蕴溪道：“照贵妃说的做，再挑上十几个得力的人。德妃病了，定是集仙殿的宫人伺候得不好，得送几个人去服侍她。”

梓娇、蕊仪先行，算上原本服侍她们的，前前后后跟着三十几个人。一行人到了集仙殿，李存勖刚刚离开，梓娇见了，怒气又显在了脸上。她快走了几步，一手甩开蕴溪。蕊仪跟在后面，由萱娘扶着，好像真的一夜没睡好。

敏舒没想到梓娇会亲自来，更没想到刚听到通报，人就已经到了门口。花厅里的早膳还来不及撤，敏舒也没来得及回床上躺着，就被梓娇逮个正着。梓娇刚要开骂，蕊仪从后面轻轻拉住她的袖管，对敏舒道："听说德妃姐姐病了，皇后娘娘特意来看望，姐姐可好些了？"

"只是犯了头疼，已经没事了，臣妾谢皇后娘娘和贵妃关心。"敏舒向她们福了福。其实韩氏姐妹圣宠在身，如今蕊仪还肯唤她一声姐姐，已是不易了。

梓娇可不依了，她看向蕊仪，又冷冷地盯着敏舒，上下打量着，"你头疼了，贵妃也头疼了，怎么你就这么娇贵，非得把皇上叫过来？"

"是臣妾想得不周……"敏舒看向蕊仪，面色很不好看。

该猜想着是她告状了，蕊仪低着头，并不解释，只是淡淡地道："臣妾后半夜才犯了头疼，德妃姐姐也不知道。"

"话不能这么说。"梓娇坐到榻上，还拉着蕊仪坐下，"冯太医，你好好给德妃瞧瞧，别还有别的病。"

冯立仁应了，说话间就给敏舒请脉。蕊仪看着他们，又偷偷看了梓娇一眼，这是明摆着不让敏舒下台，也不知这一幕会如何收场。她朝着梓娇笑了笑，"姐姐，说不定一会儿皇上还要过来。"

"皇上？"梓娇这时候才想起这一档子事，有些紧张地问蕴溪，"皇上去哪儿了？"

"回娘娘，刚刚问过，皇上去了丽春台。"蕴溪边说边看了看蕊仪。

"妹妹，你先回去，别让皇上等着，这儿有本宫替你做主。"梓娇怕她不放心，又道，"你放心，她既然病了，就不该服侍皇上了。冯太医，德妃到底得了什么病？"

冯立仁祖上就是吃官饭的，到了他这一代，又活了这么大年纪，格外地耳聪目明，梓娇稍一露话风，他就明白了，"依老臣愚见，德妃娘娘怕是要出疹子，少则半月，多则三月，不宜到宫外走动。为防过给别人，没出过疹子的也不能走近了。"

"原来是出疹子啊。"腔调拖得很长，梓娇看看蕊仪，推着她走，"本宫出

过疹子，妹妹娇贵，赶紧回你宫里去。萱娘，还不赶紧带贵妃回去？”

“娘娘，咱们走吧。”萱娘轻劝道。

既然皇后和太医都发了话，不管是真是假，她们走就是了。蕊仪福了福，赶紧退了出去。梓娇见她们走了，集仙殿里只剩下她的人，自是懒得再装了。她冷笑一声，把冯立仁也请了出去，身边只留了蕴溪。

“不就是想让皇上把魏王过继给你吗？你说就是了，本宫还能不帮着你，反帮着她们不成？”梓娇冷冷地看着她。

敏舒暗暗叹了口气，接过棋书手中的茶盏，亲手捧了过去，“臣妾真是头疼了，顺口跟皇上说了两句，还没来得及禀告皇后。”

“说得好听，别以为本宫不知道你已经见过郭大人了。可惜，郭大人知道轻重，不会帮你说话，没办法你只能自己觍着脸来求皇上了。”梓娇根本不接她的茶，随手抓了把瓜子。

“皇后已经有了守王，臣妾想着皇上不会再把魏王过继给你，就擅自做了主张。臣妾也是想为皇后分忧，总不能让皇上把他过继给贵妃。”敏舒赔笑道，心中已是不耐烦，再这么憋屈下去，她真得憋出病来。

“你是想压她一头，还是想跟本宫平起平坐？”敏舒一番话非但没平息梓娇的怒气，反而火上浇油了，她用力拍了一下桌案，指着敏舒鼻子骂道，“想跟本宫平起平坐，你也配？本宫生了继潼，你生了什么？贵妃有没有这心思，本宫不管，她至少是韩大人的千金，你有什么？什么人给你体面了？”

这种兜头兜脸的责问实在是不留半分体面，敏舒面上下不来，奈何她的涵养又不许她做出不合礼数的事，只能跪着告罪。

“本宫告诉你，要是皇上不把魏王过继给本宫，本宫就求着皇上把他过继给贵妃。”梓娇眉梢竖起，瞪着她，口不择言，“皇上要是不答应，本宫就跪着求他，本宫就长跪不起！”说罢拂袖而去。

“皇后娘娘，臣妾……”敏舒来不及说话，梓娇已出了殿门。她起身想去追，却被梓娇留下的人拦住了。

梓娇站在玉阶中央，回头恨恨地道：“你们把德妃看好了，德妃出疹子了，半步也不能离开集仙殿。”

宫里的风总是很疾，而随风飘来的流言蜚语自然也散得很快。不消半个时辰，皇后当面训斥德妃并将其禁足的消息已到了丽春台。不过丽春台里风平浪静，所有的风浪都淹没在了清幽的古琴声中。

“曾宴桃源深洞，一曲舞鸾歌凤，长记别伊时，和泪出门相送。如梦！如梦！残月落花烟重。”[①]注蕊仪一曲歌罢，回味悠长。李存勖作此词已有十年，那时候宋可卿刚离了他去汴梁，词一直没有谱曲，这还是她前些日子谱下的。

“你每唱一次，心里头是不是都要吃一回醋？”李存勖笑问道，在琴边坐下，轻轻一拨弄，竟弹出前两句来。

“不是吃醋，是羡慕。”蕊仪笑道，把曲谱放在他面前，“臣妾和一个不知身在何处的人吃醋，也太过了。皇上要记着她，就记着好了。”

李存勖眼中现出些许怅然，起身回到榻上，看着正在收拾琴谱的蕊仪道：“朕想把魏王过继给你，你看如何？”

“不是还有皇后和德妃吗？臣妾哪儿担得起。”蕊仪讪讪地笑道，手上动作只停了一下。

“也不瞒你，昨晚敏舒的一番话让朕动心了，可要是朕这么做了，皇后怕是又不肯了。”李存勖笑了笑，入宫之后，梓娇和敏舒处得比从前好了，他还暗自庆幸，没想到不是处得好了，是还没碰着关键的时候，“朕觉着还是过继给你。”

“要是臣妾不愿意呢？”蕊仪笑问，坦诚地看着他，“皇上就不怕臣妾或是韩家借着魏王兴风作浪？皇上能信臣妾，可是，皇上能信韩家吗？”

被她问着了，李存勖笑叹了一声，回视着她，将她招到跟前，“韩大人是朕的帝师，朕也不是不放心他，就是怕他和你的两位兄长遭有心人利用。不过，既然要把继岌遣到封地去，也就不要紧了。”

“臣妾的父亲年纪大了，两个兄长就不必说了，二哥得了皇上照顾才进了捧圣军，三哥至今还闲在家里，要说不放心，还真没什么了。”蕊仪笑着靠在他怀里，枕着他的小臂，抬头看着他，“可要是臣妾还有更好的法子呢？”

“继岌年少有为，不将他过继到名下不觉得可惜？”李存勖笑问，眼中透着些惋惜，“皇后和贤妃不成，你也不成，蕊瑶也不大妥当，给了旁的几个，朕又为继岌惋惜。”

---

① 这首词为李存勖的“忆仙姿”，传至后世，被苏轼改为“如梦令”，后又有李清照的“如梦令”。

毕竟父子血脉相连，亏欠了他这么多年，陡然发现这个一直被忽略的儿子颇有自己当年的风范，哪儿能不想法子补偿？于是，就想让他认一位位分高的。可这念想也有问题，认得高了，又怕他生出外心，真真是矛盾。

“皇上有没有想过，继岌想认的是他自己的母亲？”蕊仪轻问，小心注意着他的神色变化。

“周氏？”李存勖面上顿时黯了下去，再没别的话。

“皇上介怀周氏当年的事，实属应当，可她毕竟是继岌的亲生母亲。若是继岌得了富贵，就忘了自己的亲生母亲，那他又怎么会孝顺皇上？何况当年的事究竟有几分作得数，根本弄不清楚。晋王妃是臣妾的姐姐，臣妾都不为她护短，皇上就真的拿得准了？退一万步说，万一周氏真做了有辱皇上颜面的事，那也不能宣扬出去，就是看在继岌的面子上也不能。皇上再想想，就算继岌认了我们当中任何一个为母，他好端端地为何要认别人为母，难道就没人追究？就怕最后皇上一片良苦用心，却结下个解不开的疙瘩。”蕊仪一通话下来，李存勖面色微缓。她停下来等着，眼中的期待不言而喻。

良久，李存勖叹了一声，神情清明中带着些痛楚，“你想劝朕追封周氏？”他苦笑看着她，“的确没有比这更能堵住悠悠之口的法子了。”

“这不光是为了皇家的体面，也是为了继岌，他知道了，一定会更加感激皇上。就是以后皇上把他遣到封地去，他也会记着皇上的好。”蕊仪的手迟疑地附上他的，趁势道，“皇上要是想好了，就拟个封号，再当面告诉两位姐姐，也省得大家再闹下去。”

“也好，这就请她们过来。”李存勖像是怕自己后悔似的，当下唤了赵喜义进来，让他去请梓娇、敏舒，顺道把蕊瑶也叫来。

赵喜义看看蕊仪，为难地道：“太医诊出德妃娘娘要出疹子，皇后娘娘吩咐了，德妃娘娘必须留在集仙殿，半步都不能离开。”

“什么疹子，让她来。”李存勖没好气地道。

“皇上，既然皇后娘娘这么说了，也许真出了疹子。”蕊仪提醒道，暗示他还得给梓娇留些面子，“回头让人转告德妃姐姐就是了。”

李存勖这才松了口：“去请皇后和昭媛过来。”

一会儿工夫梓娇和蕊瑶就先后到了。蕊瑶看向蕊仪，想得些暗示，蕊仪向她点了点头。她刚要说话，梓娇先开了口：“皇上是想说魏王过继之事，臣妾也正想跟皇上说呢。贵妃妹妹自从失了小皇子，就成日心事重重的，几天都没个笑脸，臣妾想着不如就将魏王过继给贵妃，这样既弥补了贵妃的失子之痛，贵妃又是晋王妃的妹妹，也是给晋王妃一个安慰。”

没想到她会如此说，李存勖大感诧异，话里透出些满意：“朕寻思了一下，也问了贵妃的意思，朕觉着还是应当追封周氏。皇后你说，追封周氏为修仪可妥当？”

修仪位列九嫔，可是蕊瑶一个没诞育过皇嗣的都封了昭媛，修仪之位太低了。梓娇觉出不对，又觉得不该和一个死人计较，难得柔声细语地劝道：“周姐姐是魏王的生母，只封修仪太委屈了，皇上何不封她为妃？”

四妃里只剩下贤妃和淑妃的封位了，蕊瑶暗暗踌躇，人都不在了，犯不上计较，只是她想让这个从未谋面的周氏压敏舒一头，于是道：“皇后说得是，周姐姐诞育了魏王，又是潜邸里的老人，应该封妃。”

李存勖看向蕊仪。蕊仪笑了笑，想着封贤妃，怕李存勖介意周氏当不起这个“贤”字，就索性道：“周姐姐诞育了魏王，按理说就是要臣妾这个贵妃，臣妾也不能说个不字，皇上和皇后斟酌着办就是了。”

难得韩家的两个女人都附和着，梓娇只觉心气舒畅，看着她们，目光也柔和了许多，“要不就追封为淑妃？”

此语一出，蕊仪、蕊瑶心里都是微微一笑，梓娇也打算用周氏踩敏舒一脚，她们的目的达到了。

李存勖没有说话，看了看她们三人，并不打算答应。周氏并不是个伶俐的人，容貌也只是中人之姿，如何当得起一个“淑”字。

蕊仪猜中了他的心事，笑着打圆场：“其实追封也不必拘泥于这些规矩，要不皇上追封周姐姐为妃，但不列在四妃之内，只另想一个封号。”她看向梓娇，使了个眼色，“选个好意头的、喜庆的字眼。”

与李存勖多年相处，梓娇也看出不对，也就退了一步，“妹妹说得是。臣妾记得周姐姐的小字里有个云字，不如就叫云妃？”她眼珠子滴溜溜地转着，瞅着李存勖。

“云妃。”李存勖沉吟着，对赵喜义道，“给礼部报过去，再把云妃的坟迁过来，让魏王去上炷香。”

“奴才遵旨。”赵喜义应道。

梓娇松了口气，还想着将敏舒气上一气，主动告辞道："臣妾宫里还有事，就不打搅皇上和妹妹了，臣妾告退。"

梓娇走了，蕊瑶却没有，她看了看李存勖，道："臣妾宫里冷清，想留下来和皇上、姐姐说说话，不知道成不成。"

蕊仪心里不悦，脸上僵了一下，淡淡地一笑，"你和皇上坐坐，我去煮些甜汤。"

出了内殿，直接去了后面的小厨房，蕊仪把帕子一摔，重重地坐在矮凳上。鱼凤向旁边的人使了个眼色，把他们都支了出去，轻声道："娘娘要不要给昭媛娘娘提个醒？毕竟是在咱们丽春台。"

"说也没用。"蕊仪冷笑，想起敏舒，轻叹了一声，"皇后和德妃的事你怎么看？"

"皇后似乎太急躁了些。"鱼凤婉转地道。纵使要开销敏舒，也不必带着人闯到人家宫里去，还把集仙殿给封了。

"你说得没错。"蕊仪喝了口茶，意有所指地道，"记住了，盟友毕竟是盟友，即使她做了什么天理难容的事，也该念着从前的情分把事情缓一缓，就算是装，也得装上些时日。如此急躁，只会寒了人家的心，寒了旁人的心。即使日后非要出手，也不能用如此粗陋的手段。"

"奴婢记住了。"鱼凤应着，寻思着这到底说的是梓娇和敏舒，还是蕊瑶。

"别多想，我说的不是昭媛。我们毕竟是姐妹，远到不了这一步。"蕊仪浅浅一笑，起身到火上的瓮里盛了甜汤，放在漆盘上，亲手端着。

正说着话，萱娘跑了进来，一脸高兴地道："娘娘，皇上让昭媛娘娘回去了。真的，皇上主动开的口。"

有些意外又有些欣喜，蕊仪不觉笑了，释然道："我就说了，皇上知道分寸。"

"萱娘姐姐，你先回去看看皇上那儿有没有什么想要的。方才尝了口甜汤，还得加块冰糖。"鱼凤笑道。

想想的确不放心，萱娘不疑有他，快步回了内殿。蕊仪知道鱼凤有话要说，笑看着她道："又想起什么了，还得避着萱娘？"

鱼凤迟疑了一下，神色有些怪异，凑上去小声道："娘娘要打听的事有眉目了，那个林康也曾是……"

“曾是什么？”蕊仪皱眉，被她弄得有些不好的预感。

“是太尉大人的老师。”鱼凤低着头解释道，“奴婢给兄长去了信，兄长说林康那几年收过两个学生，一个是皇上，另一个就是太尉大人。兄长还叮嘱奴婢，此事除了娘娘，谁也不要说起。”

手上一歪，汤碗从漆盘上滑落，“当啷”一声摔成了两半，漆盘也应声落地。鱼凤愣住了，没料到蕊仪的反应这么大，急道：“娘娘，太尉大人也不是有心瞒着娘娘的，一定是娘娘不曾问起。”

不知怎么，蕊仪只觉眼前暗了下去，无论是四周的东西还是人，都变得模糊，一时间天旋地转。她这是怎么了？到底怎么了？这也不是什么骇世之闻，心里却没来由地痛。

她知道她是林子良，可是林子良的记忆还没有全然寻回来，她一定遗忘了什么重要的事，而这些事嗣源可能知道。谜底也许就要揭开了，她忽然不想知道了，可是又管不住自己的心。

“娘娘，娘娘，你怎么了？来人，来人啊……”鱼凤大叫着，众人闻声而来，后院里乱了起来……

第二十六章 圣宠

这一年春意来得晚，比往年足足晚了半个月才暖起来。

蕊仪身边只带了鱼凤，慢慢地在御花园里散步。早上她已跟李存勖说了，想和韩靖远说几句话。而鱼凤早已跟韩靖远打了招呼，让他顺道跟刚下朝的李嗣源说几句话，把人带过来。

果不多时，就见韩靖远和李嗣源行来。二人见了礼，韩靖远笑道："魏王即将前往蜀地，皇上让臣和太尉大人前去相送，也请娘娘一同去。"

没想到会得到李存勖的首肯，蕊仪意外之余，也大感欣慰。看来他暂且不会对嗣源下手了，对她和嗣源之间的事也不再猜疑了。往日她对李存勖存的是夫妻之情，可难免要小心翼翼地看其脸色，因此对他这回摆出的姿态很是满意。

"二哥，近来家里可好？"蕊仪先看向韩靖远。

韩靖远笑道："托娘娘挂念，一切都好。入了春，父亲的病也好些了。"他看看鱼凤，"你跟我到前面收拾一下，让娘娘和大人坐坐。"

知道他想把人支开，鱼凤乖巧地应了。她虽对蕊仪和李嗣源之间的瓜葛不甚清楚，但也能猜到二人过去交情不浅。蕊仪笑了笑，等他们走远了才道："近来夫人一次也没有进宫，想必你和她都谈妥了。"

李嗣源面色一沉，看着远处，声音低沉，"我总觉着她和皇上之间还有别的渊源，她想让我和皇上争，她甚至恨皇上，那感觉不像是因为你我，好像真有什么深仇大恨一般。我派人打听，也不知缘故，更不知该如何劝解，只能先将她禁足。”

这闹腾得有点大了。可是他所说的与她所想暗暗相合，蕊仪叹了一声，道：“我倒有个主意，可以试她一试。”她顿了顿，目光变得悠远，“你回去就放她出来，她要进宫也别拦着，反倒是她不进宫，你也想法子让她来。等她进了宫，就且看她是否向皇上、皇后告你的状。”

“她若是说了，就说明是我误会了；若是没说，那事情就大了。”李嗣源目中一凛，已有了决断。

蕊仪看看他，轻声道：“我总觉得平都的身世有些奇怪，倒不是说她欺瞒了老王爷，反倒像是老王爷有意瞒着大家。一来，这个义女收得太过容易；二来，有些说法明明漏洞百出，这么多年却无人追究，可见上面有人压着。有些事情，越想越奇怪。”

“你这么一说，我倒是想起当年有一次老王妃问过义父，当时我也在场，义父立刻把话岔开了，还立刻给管家使了个眼色，把老王妃支走了。”李嗣源颔首，也许这当中缘故连李存勖也不知道。

“皇上近来对你可还好？”蕊仪还是忍不住想问几句。

“都好，没再提那件事，调动了几个将领，但也没动那些个紧要的。”李嗣源语气淡淡的，停了一下，说起话来有些不利索，“他对你可好？我听说他对昭媛颇为上心。”

“他对我很好。”蕊仪笑了笑，再是无话。自从入了府，她就不再想着能够得一知心人，双宿双栖。所谓的好，不过是在繁花丛中得些长久的眷顾，想要成为唯一太难了。她所能维系的不过是这份长久，只要李存勖在丽春台时眼里有她就够了。可是，这些话她不能对嗣源说，说了白白让他担心，还加剧了他和李存勖之间的不和。

嗣源这个人在沙场上杀伐决断，眉头都不会皱一下，可就是脱不去至亲之情的羁绊，而且认定了就不会更改。他对李存勖如此，对他那些妾室也是如此。他的那些个妾室不是上面赏的，就是底下的将领送上来又不好推托的，他认定了与她们毫无感情，也就从不用心去发现，所以多年来仍是子嗣单薄。征战在外，除了这一两年的平都，其他的从未有过随军的先例。

而她，与他结识于军旅，许是那时日日女扮男装在军中走动，才有了入他心

的机会。这份情意和他与那些妾室甚至平都，都是不同的。蕊仪叹了一声，从前她想起这些心里便暖融融的，可如今想起来就为难。其他的人也许不重要，可若是因为自己而冷淡了平都，就不免要犯下大错了。

见她默然，李嗣源也说不出话。他即使不是出身贵胄门阀，对府里几个妾室极为冷淡，也明白侯门女子的苦楚，更不用说是在宫里。他怕说了又惹得她伤心，但又不好不说话，想了想，岔开了话："听说娘娘遇到了为难的事？"

是了，都快把这事儿忘了，蕊仪回身看着他，目光坚定，有些逼视的意味，"有件事我问你，你必须把你知道的一五一十告诉我，半句也不得隐瞒。"她语气慎重，像是沉思了很久，一字一字地道，"你可有一位叫林康的师父？"

魏崇城已向他通了气，李嗣源此刻并不意外，他想知道的是蕊仪为何突然提起林康，"娘娘怎么突然说起他了？"

"你只回答我，有或没有。"蕊仪正色道。

李嗣源避开她的目光，点了点头，"不错。他为人谦和，学识也很渊博。只是我常在军中，受他教导的机会不多，徒有师徒名义罢了。"

蕊仪轻叹了口气，这她已想到了，"有人说他家里有人害了瘟疫，一家子人都没了，也有人说他犯下了谋逆大罪，才遭了灭门之祸。你可知道当年林家的事？我也是受人之托，想知道些底细。"

二人本是向园中的望月亭慢慢行着，李嗣源听了此言，忽然停了步，"我的确知道一些，可是你听听也就罢了，不要跟别人提起，更不要跟皇上说。"他眼中幽暗，似是忆起了许多，"林家出事不久，义父就过世了。我回魏州奔丧，正好听闻林康与契丹勾结，我自然不信，去查时发现林府内宅已被烧成一片废墟。问及皇上，皇上说林康谋反，因其宗族单薄，又与我们有师徒之义，所以只灭其家，为了保全师父的名声，对外只说他们一家害了瘟疫。我还是不信，毕竟林康的为人我和义父都清楚，而且就在半个月前，义父还握着林康的手，将皇上托付给了他。可是林家已经没人了，几个人证也死了，实在没有办法翻案。"

"你觉着他没有谋反？"蕊仪声音已有些颤抖。

艰难地点点头，李嗣源不觉握紧了拳，无奈地道："我不信，可是没有办法。事情发生得太过突然，短短半个月，先是林家没了，没几天义父也没了。如今朝里的那些人都忙着祭奠义父，再者林家失势，自有人得势，就更没人去查了。"

“他毕竟是皇上的老师，这么几日就定了案，难道皇上就没有想过要详查？还有我父亲，他与林康同是皇上的师父，又是同乡，难道他就不为自己的同僚说句话、问个究竟吗？”蕊仪不觉有些激动，倚着石栏远眺，勉强掩饰住了。

李嗣源皱眉，也很是疑惑，“也许是铁证如山，皇上也不想再提起伤心事吧。而韩大人，你也不必问了，他是伤心过的。”

伤心过的？一家四口，还有不知多少下人，都死于非命，仅仅只是一件伤心事？蕊仪不知该作何感想，语气又急躁了几分，“你告诉我，他们到底有没有想过为林康翻案？当年老王爷怀疑林康谋反，他们可曾保举或是争辩过？”

“你……别再问了。”李嗣源为难，想要劝解，却发现蕊仪眼角有了红丝，双肩颤动，他不得不说了，“林康谋反一案，唯一尚在人世的人证就是韩大人。而皇上，就是皇上亲自带兵灭了林家四十余口，他们又怎么会再去查证？”

“皇上亲自灭了……”蕊仪身子一晃，堪堪扶住石栏，李嗣源想要扶她，被她轻轻避开。怎么会这样？怎么会……她竟阴差阳错地成了韩元最宠爱的女儿，和李存勖成了夫妻，“你别多心，在郓州时有人对我有恩，是她让我帮着打听的。她也不是林家的人，只是当年林府一个下人的远亲。”

“你答应我，不要去问韩大人，更不要去问皇上。”李嗣源看着她，直到她点头才别开目光，“皇上在意这件事，以前有人向他提过，那人……”

蕊仪颔首，眼前已清明起来，没有再说话。到了望月亭，鱼凤见她面色不好，连忙过来扶她，“娘娘是不是不舒服？要不要回宫宣太医？”

“不必了。”蕊仪扬了扬嘴角，歉意地看着石凳上铺好的绣垫，“也到时辰了，去送魏王吧，就不坐了。”

韩靖远愣了一下，看了看她，道：“还是坐一会儿吧，娘娘气色不好。”

“不了。”蕊仪摇摇头，她不能让自己停下来，一旦停下来，她就会去想李嗣源方才的话。想得多了、深了，她不知道还能不能坚持着去送李继岌。

一路上韩靖远都担着心，他不知蕊仪遇到了什么事，又不敢问李嗣源，怕蕊仪听见，只能猜了又猜，半晌才想出点因由来，便笑了笑道：“知道娘娘烦心什么了，娘娘定是听说了三弟和父亲争吵的事。娘娘放心，那都已经是娘娘的嫁妆了，他能怎么着？何况还有父亲和我，蕊瑶也是认的，他再说，我们第一个不答应。”

“三哥和父亲吵架了？这事儿不是有定论了吗？”蕊仪皱了皱眉，有些不

快，但也没打算深究。

不是这件事？韩靖远不明就里，无奈地看向李嗣源，奈何得不到答复。一行人到了应天门，仪仗已在此等候，蕊仪向李存勖和梓娇行了礼，站在李存勖另一边靠后一些的地方。

“魏王到蜀地之后，应恪尽职守，替朕、替朝廷保境安民。等安顿下来了，给朕和皇后捎个信，以后蜀地的政务也要常向朝廷通报。”李存勖又说了一番训导的话，笑看向梓娇，“皇后可有话要嘱咐魏王？”

“魏王听皇上的就是了。”梓娇笑了笑，李继潼最大的威胁被遣到了封地，她高兴还来不及，自是满心欢喜地相送，哪儿还能想出什么训诫的话。

李存勖笑看向蕊仪，有些期盼，有些话他想对李继岌说，奈何拉不下面子，他只能指望蕊仪，便道：“朕记起来了，贵妃回洛阳也是由魏王相送的。贵妃，你替朕跟魏王说几句体己话，把朕的玉佩带给他。”

将随身的玉佩放在赵喜义手中的红漆盘上，李存勖望向李继岌，目中感慨不言而喻。蕊仪福了福，接过漆盘缓缓地下了高台，宫装的裙摆拖在身后，掠过玉阶时宛如翻滚的浪花，与天色相应和，自有一番气派。

“叩谢父皇天恩。”魏王向高台上的李存勖行叩拜大礼，双手高举过头顶，接过漆盘。

蕊仪笑了笑，还没从方才所闻中走出来，说起话来多少有些怅然，“去了蜀地，也要跟在战场上一样，尽心尽力为你父皇办差。你父皇对你期望甚深，不要辜负了他。”

“儿臣谨遵韩母妃教诲，韩母妃的恩德，儿臣永生难忘。”李继岌声音中带着浓浓的感激，他的亲生母亲得以封妃，蕊仪功不可没。也许这就是天意，当年韩家人欠他母亲和他的，由蕊仪还上了。

“谈不上恩德，只是不想再欠着你了。本宫知道，做得再多，也弥补不了当年晋王妃的过失。你要是念着本宫的好，就当是互不相欠吧。”蕊仪笑叹道，也算了却一桩心事，希望日后李继岌能成为她的助力，“本宫不将你认在名下，你可怨怼了？”

“能为母妃正名，就算是认王母娘娘为母，儿臣也不在乎。”李继岌豁达地笑道，“韩母妃曾点出过儿臣的用心，那时候真是心思深重。现在母妃得以正名，儿臣忽然不愿再多想了，肩上的担子也轻了。”

“你能这样想就好，以后回朝朝觐，给本宫带些蜀地的土产。”蕊仪笑道，就当是一笑泯恩仇吧。

李继岌连连称是，眼看着时辰要到了，他向高台上望了一眼，道：“娘娘小心皇后，当年若非皇后，儿臣和母妃也不会落得如此下场。”他忽然压低了声音，“有一事要告诉韩母妃，也是为了报答母妃的恩德，母妃只需留意皇后和申王就是了。”

“连一声母后都不肯叫，还想让本宫帮你报仇？小子，你还嫩了点儿。”蕊仪笑道，看着他，整了整容色，“别再向人提起，在蜀地好好做你的魏王，旁的要看天命。不过，如果有机会，本宫乐得请你回来看看。”

有内监上前催促，李继岌又向高台上一拜：“儿臣拜别父皇、母后。”

李存勖又高声嘱咐了几句，李继岌终于起程了。宫门缓缓而开，又缓缓合上，蕊仪远望过去，趁着这当口儿，窥了眼宫外的天地。她笑了笑，也许该出去走走了，很多事情不能自己闷着头想，只有查探了才能作得数。

蕊仪上了高台，向帝后复命。李存勖问道：“他可说了什么？”

“皇上与魏王相聚不过半年，此时分别，魏王自是不舍，不知何日再相见，话就多了。”蕊仪笑道，看向梓娇，“魏王还想着守王殿下，说这回殿下不在宫里，也不知什么时候才能再见上一面。”

“魏王想着弟弟呢。”梓娇笑道，看向李存勖，目光暖暖的，“皇上有些日子没去瑶光殿了，守王前日写了信来，皇上要不要看看？”

再夹在中间也没什么意思，蕊仪也想将这日听来的仔细想想，遂主动道：“姐姐的胡旋舞也练得差不多了，皇上一定要去看看。”她又朝梓娇道，“皇上刚和魏王分别，心里难受，皇后姐姐一向体会圣心，正好开解皇上。”

梓娇满怀期待地看着李存勖，李存勖也觉得这些日子梓娇的转变不小，笑道：“是好些日子没去了。赵喜义，把新进贡的碧玺链子拿到瑶光殿去。”

帝后摆驾，蕊仪让在一边，行着蹲礼送他们离去。梓娇满意地看了她一眼，跟蕴溪耳语了几句。没过一会儿，蕴溪折了回来，笑道：“皇后娘娘懿旨，德妃娘娘的病就交托贵妃照管了。贵妃娘娘也不必劳神，集仙殿自有太医和宫人照顾，娘娘只需过问几句就是了。”

“谢皇后娘娘信任。”蕊仪摸出两个金瓜子，塞到她手里，“姑娘侍奉皇后娘娘多年，本宫知道皇后听得进姑娘的话，以后少不得姑娘帮着说话。”她上下打量了蕴溪一番，笑道，“皇后很疼姑娘，想必已经给姑娘定了一门好亲事了，不知是捧圣军的哪位才俊，还是朝中哪位文武大臣。”

“贵妃娘娘说笑了，奴婢哪有那福分。”蕴溪尴尬地道，梓娇压根儿就没为她想过这些事，“奴婢还要去服侍皇后，就不陪娘娘了。”

蕊仪点点头，目送着她离去。高台上下前来送行的人都已离去，此时只剩下她和鱼凤二人。出来时没有多带人，此时就显得孤单了。蕊仪望着阶下空荡荡的青砖地，又有了那般遗世独立的感触。

那种感觉很冷，即使看不见，周围也有很多随时能赶来服侍的宫人，可这并不能减淡那种冷。在宫中艰难寻到的那份依靠似乎有些动摇了。蕊仪忍住心中隐痛，不愿多想，千方百计地找着理由，仿佛在风雨大作的海上，拼了性命也要扶住那摇摇欲坠的桅杆。

直至今时今日，她才明白，无论是在韩家、晋王府，还是这浩大壮丽的洛阳宫，再或是李存勖和李嗣源，她想要的，从来都只是一个可以安全度日的地方，她从来都没有安全过，从来都是在隐隐的不安中度日。

同光二年三月二十六

丽春台桃花盛开，称不上桃林接天，却也是灼灼的一片。像是知道了自己的主人将度过二十岁芳龄，在花匠的巧手修剪下，开得分外妖娆。

“娘娘，快看，皇上的贺礼到了。皇上特意吩咐了，娘娘是寿星，就不必行礼谢恩了。”萱娘笑盈盈地掀开竹色府绸帘子，指着那些箱笼。蕊仪还在出神，萱娘愣了一下，宽解道：“皇上只是去上朝了，一会儿就回来。娘娘不知道，皇上已经吩咐了各宫的人，晚间筵席上再来给娘娘贺寿，一会儿的午宴上就只有皇上和娘娘两个人。”

“哦，替我把给他们的赏赐都发下去。”蕊仪魂不守舍地道。一连想了几日，她越想越不明白。她不觉得自己的亲生父亲真的犯下了谋逆大罪，可是也不觉得韩元和李存勖是陷害忠良的大奸大恶之人，难道这当中有什么误会？

也许老晋王和李存勖受了韩元的蒙蔽，那罪就在韩元，也就是她的养父。她摇了摇头，也许韩元也同样受了蒙蔽，可是又有谁有天大的本事，能瞒过这三个人？她每日身边没人的时候，就来来回回地想这些事，越想越没有头绪。

萱娘把鱼凤叫了进来，给她使了个眼色，鱼凤躲在帘子后面偷偷看着蕊仪，想着法子找话，“娘娘是不是在想如何驻颜有术？”

不过二十岁，怎么会想这些？思绪被她拽了回来，蕊仪总算有了笑脸，“那你是不是想着嫁一位如意郎君了？”

“娘娘就会拿奴婢说笑。”鱼凤嗔怪道，和萱娘一起着手为蕊仪梳髻，“今日梳得高一些，好配那一套翡翠牡丹头面。”

“错了错了，应该是它配娘娘才对。”萱娘笑着想了一阵儿，“娘娘，如今皇上疼娘娘，皇后也比从前好相处，昭媛也能体贴，就是满月的仇也报了一半，还有什么好愁眉不展的？”

“没什么，只是没睡好。”蕊仪随口答道。

谁知鱼凤和萱娘相视一笑，竟异口同声地道：“也许娘娘又要有小皇子了。”

“净乱说，小心我撕了你们的嘴。”蕊仪笑出声来，起身作势要追她们。

二人连连告饶，不觉中殿外传来一阵琴声，娴熟而悠远。鱼凤止住蕊仪，促狭地笑看向殿外，“娘娘快听，晌午要贺寿的那个提早来了。”

蕊仪快走几步，冲到内殿门口，望向琴声来处。刚好有风吹过，粉红的花瓣悄然飘下，宛若一阵稀疏的粉雨。她看不清弹琴的人，却又清楚地知道是谁，只是这曲子有些陌生。她展颜而笑，快步迎了过去，心中的猜疑暂且放下。

桃树下落英缤纷，粉色如丝缎般柔软的花瓣随风而下，落在李存勖的发上、衣上。今日他一袭古铜色的常服，衣边上绣着幽兰，消磨了戾气，整个人透出一种寻常少有的儒雅气度。他抬眼望去，目中含笑，令人动容。

脚下的仿佛不是泥土，而是软软的棉垫子，蕊仪一步一步地向前，目光只落在李存勖身上，再也移不开。她轻轻地笑着，挑眉刚要开口，只听李存勖略显低沉的声音响起，竟是一首新词。

“赏芳春，暖风飘箔。莺啼绿树，轻烟笼晚阁。杏桃红，开繁萼。灵和殿，禁柳千行斜，金丝络。夏云多，奇峰如削。纨扇动微凉，轻绡薄，梅雨霁，火云烁。临水槛，永日逃繁暑，泛觥酌。露华浓，冷高梧，凋万叶。一霎晚风，蝉声新雨歇。惜惜此光阴，如流水。东篱菊残时，叹萧索。繁阴积，岁时暮，景难留。不觉朱颜失却，好容光。且且须呼宾友，西园长宵。宴云谣，歌皓齿，且行乐。”李存勖轻声而歌，眸中所述无限。

蕊仪笑低了头，坐到他身边，道：“皇上一定得说清楚，这是给臣妾的贺礼，还是赔给臣妾的？”

他曾为宋可卿作了一首，原来她一直都在介意。李存勖手指轻挑了一下她小巧玲珑的下巴，道：“词和曲都是朕作的，词就算是赔的，曲自然是贺礼。这么说，寿星可满意了？”

“若是没有皇后姐姐，曲子也是不成的，皇上改日是不是也要为她作一曲？”蕊仪不依不饶地笑道。

“只你一个。”李存勖大笑，让人收了琴，拉着她靠在树干上，仰头看着树顶的桃花，“只一年就长得如此好了，实出意料，不枉朕浇灌一场。”

“以后臣妾人老珠黄，皇上不来丽春台的时候，臣妾还可以守着它们过日子。一看到它们，臣妾就会想起今日一切，一世足矣。”蕊仪暗暗拿余光看他。

在袖下握住她的手，李存勖开口就叹她的孩子气，“你啊，总是胡思乱想，难怪越来越清减。这你得多跟蕊瑶学学，信朕。”

“那皇上先告诉臣妾，”蕊仪看着自己袖口上的翠鸟图纹，“臣妾和妹妹，皇上究竟喜欢哪一个？”

李存勖薄唇微翕了一下，语滞了一刻，“朕说过，你是不同的。”

“哪里不同了？”这已经是答案了，问多了没意思，可蕊仪就是想知道。

“你……”李存勖想了想，额角僵了一下，好在蕊仪侧靠着他，看不见，“朕第一次见到你，就觉得似曾相识。有了你，似乎把过去失去的补了回来。蕊仪，朕失去过很多，可是有了你，就把那些最珍贵的补了回来。至于蕊瑶，朕也说不上。”言毕，自己也不免失笑。

“好了，臣妾知道了。”蕊仪轻快地道，看向他，“就像皇上说的，多跟蕊瑶学学，吃自己妹妹的醋，没意思。”

二人就这么坐着，抬头望着时不时落下的漫天花雨，其间有宫女端了茶点过来，他们也不理会，由着茶凉了，再让他们换去。

静了下来，有那么几回，蕊仪悄悄地看他，几次都几乎忍不住要开口问他，但都欲言又止。他纵使在战场斩杀敌将无数，也不是铁石心肠，这样的他会弑杀师长在先，谋害义兄在后吗？他想对付嗣源，她明白，可是对那身为一介书生的老师，又有何仇怨？这当中一定另有内情。

还有韩元，他会是为了功名利禄而诬陷同僚，致使其一家殒命的人吗？蕊仪一样不信。看来势必要弄个明白，她不能问李存勖，就只能想办法在韩元那儿打探消息。她隐隐记得，韩元总是到夹壁的暗室里去。她那时年纪小，又刚到魏州韩府，很是好奇，有一次想跟进去看看，被他严厉地训斥了一顿，那是他唯一一次训斥她。

“皇上，韩府迁到洛阳之后，臣妾一眼都没有看过。臣妾知道宫里的规矩，可是实在想去看上一眼。听靖远哥哥说，臣妾的父亲近来身子骨不好，痼疾又犯了，臣妾听了实在不好受。”蕊仪柔声道，带着浓浓的恳求。

李存勖看向她，韩元乃一朝宰辅，又是帝师，他是不是也该去探望一下。

“朕让冯立仁同你一同回去，虽然你当天就要回宫，但朕会命冯立仁留在韩府，直到韩大人病愈。韩大人病了，朕也该去探望，可是出宫多有不便。”

“皇上想不想微服出宫？”蕊仪笑问，也没当真，他不想去，一定有他的理由。

“你第一次回家，朕还是想郑重一些。”李存勖笑道。韩元没做成国丈，毕竟违背了十年前的约定，即使补偿蕊仪、蕊瑶再多，他仍多少有些愧疚。给蕊仪摆足了仪仗，也能多给他些脸面。

也好，如此她也能便宜行事，蕊仪谢恩道：“臣妾谢皇上恩典，不知臣妾哪一日可以出宫？”

“备下仪仗也用不了多久，三日后如何？中间少些时日，也省得府里奔波张罗。”李存勖立刻吩咐了赵喜义，还让他告诉梓娇，蕊仪出宫当日梓娇要亲自相送，再将原本应按例给韩府的赏赐翻了番。

“皇上如此宠爱臣妾，又厚赐臣妾的父兄，臣妾真不知该说什么好。只是赏赐这么多，言官们怕是又要上折子了，不如就算了。”蕊仪劝道。

“韩大人自老王爷在时就是股肱之臣，又是朕的老师，朕懂的兵法最初就是他教的。赏赐厚重些也没什么，他们爱说什么就让他们说去，有本事也像韩大人一样。”李存勖笑了笑，起身和她一道往前面的石台上走去，那儿已摆了午膳。

蕊仪不好再说什么，喃喃的一句话溜出了口：“皇上如此尊重臣妾的父亲，他要是知道了，平日里如何艰难都得作罢。做皇上的老师是一大幸事，他们有福了。”

李存勖看了她一眼，见她并无异色，笑叹道：“有没有福，也是各自的造化和天意。”

用膳时又有宫女在旁弹着筝，二人偶尔说上两句话，目光相对时撞出明媚的笑意。李存勖与蕊仪一起时，不同于与梓娇、蕊瑶那般笑声连连，却另有一番温馨，这一回也不例外。只是席间李存勖会时不时地看上她一眼，却又不说话。

“皇上？”蕊仪一连唤了两声，只见他目光落在她腕间玉镯上出神，“这是皇上年前赏的，皇上想起什么了？”

“没什么。”李存勖笑笑，亲手斟了烈一些的酒给她。

不远处那片粉红中传出几声喜庆的叫声，有喜鹊飞了进去。二人凝眸望去，隐隐看见一只白尾喜鹊在花间跳了几下，又无影无踪，不觉喜上眉梢。也许又有喜事要发生了，也许在沙场，也许在朝堂，也许就在这宫中。

三日后，蕊仪出宫省亲，车驾行至宫外道上，听着耳边鼎沸的人声，仿佛又回到了入宫那日。短短半年，发生了许多事。她初尝将为人母的喜悦，经历了至爱之人刀兵相见，体会了失去腹中骨肉的痛楚，她已经不再是韩蕊仪了，甚至连蕊妃都不是了。

离韩府还有一段路，加之为了让道旁百姓多瞻仰些皇室的威仪，车驾行得很慢，想必要行上半个时辰。蕊仪不禁想起方才众妃嫔相送的情景。梓娇在玉阶下握住她的手，轻声嘱咐着，好像她们有多亲密一般。

她没想到的是，说了一阵话，梓娇竟和她向旁行了几步，轻声道：“听说你们韩家都是会经营的，回去帮我问问，还有没有什么来钱的路子。”

她有些惊讶，光是卖干果还不够，真不知那些银钱都用到哪儿去了。梓娇这习惯也不好，一没了钱，就找她想办法，她又不是开金矿的。不过，她还是笑着点了点头，“有法子的话，一定告诉娘娘。”

离韩府越近，马车外的喧嚣越甚。蕊仪轻轻掀开帘子，向人群招了招手，只那么一下，就多了数声惊呼，议论之声四起。先是一个二十来岁公子的声音：“听说韩家姐俩都生得花容月貌，皇上可真有福气。今天有幸一睹贵妃芳容，不知何时能看上那位昭媛娘娘一眼。”

“韩氏姐妹都入了宫，可见韩老大人深得重用。你们不知道，韩家的二公子也入宫当差了，真是一门俊杰，不知几辈子修来的福气。”一个年纪差不多的男子道。

不知韩府上下每日在一片恭维声中是如何度日的，蕊仪无奈地微微一笑，刚想整理心神，却听到一道苍老的女声咳道：“听说韩贵妃做姑娘的时候就掌了家，要说也是了不起的。可是如今入了宫，还抓着不放就不对了。你们说说，宫里的娘娘哪儿能一身铜臭，要是这样，不跟咱们一样了？”

四下里立刻有不平的声音，像是在为这美丽的女人抱不平。又有人不满地道：“这还不算，听说如今皇后娘娘卖干果也是她撺掇的。听听那些名字，什么娇果，什么子孙前程，也不知都是怎么想出来的。”

“唉，这样的人都进了宫，难怪这赋税一年比一年重。”有位老者叹道，竟引来一片附和声。

蕊仪眉头越皱越紧。已到了府前，早有兵士开道，在门前分列两边拦住围观的百姓，宫人们则垂首站在兵士前面。萱娘、鱼凤一左一右扶蕊仪下了马车。蕊仪抬眼望着匾额，上一次看到它还是在魏州，那时她坐着花轿，掀开珊瑚珠子穿成的面帘，又轻轻将窗上的红布掀开一角，而花轿旁随侍的是满月。

“娘娘万福。”里面的人拜见道，韩元还在病中，没有出门相迎。来的是韩夫人郁敏和三公子韩靖烈。韩靖远护送蕊仪回来，站在后面看着眼睛不知在往哪儿瞟的弟弟，不禁摇头。

“平身，都是一家人，不必拘礼。”蕊仪笑道，眼中湿润，看见韩夫人鬓发中隐隐有了银丝，泪滴从眼角滑落，“母亲快起来，让女儿如何承受得起。”

一行人入了府，大门缓缓关上。韩夫人上下打量着蕊仪，握住她的手感慨道：“清减了些，可精神不错。你们进了宫，我和你父亲成日地担心。唉，本来想着只送你妹妹进去，没想到出了那档子事。”

蕊仪还没说话，就听韩靖烈道：“母亲，进宫是享福去了，听起来怎么成受罪了？我看二妹挺好的，算盘还是打得那么响。她要是真有事，哪儿还有这精神？”

“住口！”韩夫人严厉地道，看了眼韩靖远，“你也有几日没回来了，去跟你弟弟说说话，好好教教他规矩礼数！”

“是。还不快走！”韩靖远瞪了他一眼。韩靖烈无法，气哼哼地一甩袖子走了。

心里暗骂了一句家门不幸，韩夫人嘴上还是要打圆场，“他就这脾气，你别往心里去。”她叹了一声，“靖远进了捧圣军，靖烈心里不好受，可是也没法子，他这德行能去哪儿啊。”

“你们都到前面候着。”蕊仪吩咐了一句，扶着韩夫人先往主屋去看韩元，“年前不是给了三哥两个铺子吗？还不够他忙的？”

“说起这事就来气，要不是因为这件事，老爷也不会病到现在。”韩夫人眼见瞒不住了，只能说了，“刚给了他，就拿去赌了，这还不算，还打了欠条，又没了两顷地。”

“这也太荒唐了，父亲和母亲要严加管束才是。”蕊仪叹道。韩靖烈毕竟是兄长，她再看不惯，有些话也不能说。

韩夫人小声叮嘱了几句，大体是说韩元想给韩靖烈谋个差事，一会儿蕊仪听了，不管成不成，只先糊弄着，不能再惹他老人家生气了。蕊仪忙不迭地应了。进屋的时候，门口的杜妈妈想要开口通报，被蕊仪止住了。

蕊仪朝韩夫人笑了笑，二人放轻脚步来到床畔。韩夫人笑道：“老爷快瞧瞧，谁回来了？”

“贵妃娘娘回来了？”韩元本朝里偏头躺着，翻过身就要坐起，没想到她们这么快就过来了。

“父亲，我是您的女儿，就别娘娘长、娘娘短的了。”蕊仪笑道，王妈妈搬了雕花小凳过来，二人坐在韩元面前。

“礼不可废，礼不可废……”韩元嘴里连连念着，但心里受用，脸上也显现出来。

“父亲、母亲，皇上让我带了好些东西回来，还特意嘱咐二老不必谢恩。”蕊仪看着二老。

“这怎么成？皇上这么说了，可我们还是要拜谢的。”韩夫人惊了一下，看着韩元道，转而就跪了下来。韩元也称是，硬是在床上颤颤巍巍地朝着皇宫的方向跪下。二人都磕了头。

蕊仪无法，一一扶了他们起来，“父亲的病究竟如何了？皇上让我把冯太医也带来了。”

“死不了，过几日就好，还等着你们让我抱小外孙呢。”韩元大笑道，引得一阵咳嗽。韩夫人难免又唠叨了几句，帮他把被子往上掖了掖。“见着你三哥了吧？唉，这个不孝子。”

韩元只骂了这一句，蕊仪知道他心里还是舍不得这个儿子的，“俗话说虎父无犬子，三哥只是少了历练机会，身上多了些浮夸之气，只要给他机会，他一定会知道父亲的苦心。不如父亲拿个主意，有机会我和皇上提一提，也许就成了。”

这些年韩元不是没有给过韩靖烈机会，只是韩靖烈性情鲁莽暴烈，又贪赌好色，二十五岁就纳了四房妾室，贪赌也不知输了多少银钱，寒透了韩元的心。韩靖远尚且只能找个平平稳稳的差事，韩靖烈如此行事自然更加不如，因此给他找的机会就更是些芝麻绿豆大的、稳得不能再稳的差事。如此一来，韩靖烈更看不上这些差事，自然不会用心，没有一件差事过了三个月，有的甚至连去都没有去过一次。

韩元一听来了些兴致，也想着死马当活马医，语气硬了许多，“不必给他找舒服的，更别把他带到宫里，免得给你们俩惹事。再听说哪儿不太平了，要么契丹兵又来了，就把他打发过去。不在战场磨炼一番，去不了他那些毛病。也不必让他做什么将，当个牵马、扛锅灶的就成。”

“父亲，这是哪儿的话，怎么能……”蕊仪话没说完，韩夫人就拉了她袖摆一下，她连忙点头称是，“父亲说得是，玉不琢不成器，就得这么磨炼他。”

“你们父女俩先说说话，我去看看午膳准备得如何了。蕊仪回来得匆忙，也来不及准备，别再出了疏漏。”韩夫人笑道，带着随身小丫鬟一起去厨房了。

“父亲毕竟年纪大了，这回病了，索性多歇些日子。皇上让冯太医留在府里，直到父亲病愈。”蕊仪轻道。

“冯太医要留在府里？”韩元大惊，目中闪过一丝恐惧，“一会儿就让他进来请脉，你今日回宫，就把他带回去，决不能让他留在府里！”

“父亲这是怎么了？”蕊仪疑道，难不成怕冯立仁是布下的眼线？

示意她把门关上，韩元又在床上探着头四下看了一圈，见窗子也都是关着的，才道：“蕊仪，你蒙受圣宠也好，想跟皇上有夫妻之情也好，但你不能忘了，他是皇上。”他重重地叹了一声，“他让冯立仁留在府里，还是不放心我们韩家，怕我这病是装的。”

蕊仪凝眸看着她，低声问道：“不是我瞧不上咱们韩家，父亲如今年纪大了，二哥只算是稳妥，三哥什么样子，谁都知道，我们韩家剩下的也就是些金银和铺子了，皇上还有什么不放心的？”

沉默了良久，韩元忽然看向一直注视着他的蕊仪，语中有深意，却不明了，“我不能告诉你，谁都不能说，只能跟你说。当年我们韩家帮过皇上，为此皇上娶了蕊宁，还答应日后得了天下，便立蕊宁为后。有些事皇上不想再让人知道，而我是知道的为数不多的几个。”

韩元不说，也就是不能问，不过蕊宁定亲的时候她是记得的，难道这件事跟林家有关？一手攥紧了另一手，心中复杂矛盾不能自已，蕊仪用力放开了手，转身沉吟着道：“父亲可听说过林康？”

“你……你怎么知道……”韩元话一出口就后悔了，他完全可以不承认。

蕊仪垂眸，掩住目中神色，道：“皇上说梦话的时候提到过这个人，不止一次了，每一次都像是噩梦。”她摇了摇头，像是要甩开纷乱的思绪，“我本不想说的，可父亲说皇上会多心，看来皇上的心事很重，的确不是我能晓得的。”

“别再提起林康，更不要跟皇上提起！”韩元警告道，不再多言。

竟跟李嗣源说了一样的话，蕊仪已有了答案，韩元和李存勖必定都与此事有关，若是单纯的痛心、惋惜，绝不会如此。

“那父亲能不能告诉我，让我有个底。当年，林家的人为什么一夜之间都没了？”蕊仪看着他，不免焦急起来，觉着目光不对，才别开眼。

“你……你为什么一定要知道？林康纵是有天大的冤情，也已经落了案，林家没人了，没人会翻案。你不能因为这件事，反在皇上面前搭上自己。”韩元神情激动，双目圆凸，双手紧紧地攥住了膝上锦被。

“谁说要给林家翻案了？”蕊仪反问，心中越发凉了。听韩元的语气，他是知道林家有冤情的。也许他并没有诬陷林家，可是这么多年了，他没有也不敢为林家申冤，可见世态凉薄，“我只是怕皇上突然说起，不知该如何作答，就打听几句。”

韩元讷讷地颔首，放松了一些，但还是没有全然回过神来，声音中甚至带了些颤抖，“午膳该是好了，你去看看你母亲，我……我要更衣，不，让他们端过来好了，我就在房里用。”

蕊仪点点头，轻轻掩上门。她没有直接去花厅，而是在院中的石亭中坐了，她还想定定神。这里绿柳掩映，她又背靠着石柱，对面来人也看不清这里还坐着人。

半晌，她刚定了心神，想唤人过来，却听见正屋的门嘎吱一声轻响。她回头一看，霎时愣住。韩元披了件薄衫，一手由管家扶着，一手扶墙，跌跌撞撞地沿路而去。他们在回廊尽头竟向后一转，去的不是花厅，也不是书房，而是供奉祖先牌位的奉室。她还没想好该不该跟去，又看到韩夫人也朝那边去了。

四下无人，应是都到花厅准备午膳了，蕊仪除了腕间玉镯，又摘下走起来叮当作响的步摇，贴着墙根，也跟了过去。沿路碰见几个丫鬟和老妈妈，几人向她见了礼，她只说想自己在府里转转，一会儿就过去。她们都是府里的老人，从前蕊仪掌家时都多多少少受过些恩惠，自是不疑有他。

蕊仪一路去了奉室，在门边停下，细听屋内动静，竟没有声音。她轻轻将最边上的一扇窗开了条缝，里面一个人都没有，难道都进了那暗室？她刚想推门进去，却见韩夫人从书架后面走出来，又蹲下在书案下挪动了什么，然后起身掀开书案后那幅齐地的古画，里面竟无声无息地开了一道半人高的小门。

蕊仪缩回头去，待韩夫人从小门进去了，才进了屋。她掩上门，按照所见之法做了，也猫着腰进去。里面竟有一串的石阶，每三五阶就是一转，一会儿向下，一会儿又向上。看这形式，应是如浪头一般，兜兜转转也没向下多少。而这蜿蜒曲折中又有不少暗室，都上着锁，门都是实实的铁板，看不清里面究竟放了什么。兴许是年代久了，里面弥漫出一阵阵纸张年久的味道，想必不是古书，就是经年的卷宗。

蕊仪扶着墙走着，尽量不发出一点声音。她打从进来就忍不住四处打量，没想到，万万没想到，她每走几步就如此感叹一番。魏州府中有密室她早已知晓，万没想到在洛阳的家中也有这么一条密道。

记得韩靖远曾提过，如今的韩府原本是前朝一位尚书的府邸，他们来了洛阳之后，只是在原本的府邸上修整了一番。可是，她借着墙边微弱的灯火察看了一番，这都是新砖，不像是旧府邸留下的。难道早在李存勖下令修缮洛阳宫时，韩家就也派人来修自家府邸的暗道了？

果真如此，那这儿一定放着些非比寻常的东西，甚至比外面放着的祖先牌位还要珍贵。至于各个暗室中的东西，也许有些是旧府邸留下的，但更多的也许都是韩元为官多年存下的足以牵制他人的家当。

又往前走了一段，已能听见人声。怕他们察觉，她不敢再往前走，韩元的声音已清晰起来，“元隐，十年了，你们夫妇也该安歇了。我这个罪人本不该再来打扰你们，可是今天我不得不来了。”

“老爷，你别再自责了，能做的，我们都已经做了，纵使有错，我们也已经还给他们了。”韩夫人说话时隐隐有些哭腔，“咚”的一声响，应是跪了下去，“林大人，林夫人，你们要是在天有灵，就让那些人把当年的事都忘了，谁也别再提起。他们要争要斗，就让他们去，别害了我们这些妇道人家，也让我们老爷安安稳稳地过上几年。”

“郁敏。”韩元声音颤抖，竟叫了韩夫人的闺名，“我们做得再多，也弥补不了当年的过失。我只求要报应就报应到我一个人头上，不要牵连无辜。靖远和靖烈一个克妻，一个连闺女都没养下，我认了。还有蕊仪，明明好好地怀着小皇子，说没就没了，这都是我该受的，不是他们。”

韩夫人哭了出来，暗道里听着竟另有一番悲怆，“你们要报应，就报应我们家的人，你们为什么连她也不放过？她不姓韩，她是你们的亲骨肉，为什么连她也要遭报应？”她深吸着气，抽咽道，“老爷，蕊仪虽不是我们亲生的，可这些年我们早把她当成了自己的骨血，也从没有点破她的身份，会不会是这样，老天才连她也报应了？”

“不会的，不会的。”韩元的声音中头一次听出了不知所措。

他们一早就知道她不是真正的韩蕊仪。她早就想过，骨肉连心，换了一个人，难道这么多年就没怀疑过？韩元害了林氏一家，为何不斩草除根？这么多年了，他们不说，是因为愧疚吗？泪水已不觉爬满了面颊，她强忍着才没哭出声，没想到这种当作传奇来听的事，竟真真切切地发生在自己身上。

里面苍老的男音再次响起，韩元颤抖着声音解释着：“元隐，我不是不想告诉她，只是她已经做了皇上的妃子，难道让我告诉她，她一辈子的良人亲手杀了她的父亲，又逼死了她的母亲？蕊仪性子硬，她要是知道了，定要给你们报仇，可她哪里是皇上的对手？我想着不如永远不让她知道，平平安安地生儿育女，给你们林家留个香火。”

“老爷，咱们也不是没想过为他们报仇，只是皇上已经不再是晋王了，又是蕊仪和蕊瑶的夫君，又能怎么样呢？”韩夫人的声音略微平稳了些。

二人又说了一阵，蕊仪听着，一会儿如临烈火，一会儿如履薄冰。他们如此愧疚，当年的事定是脱不了干系。可是他们又视如己出地养育了她近十年，对她的好远胜于他们亲生的三个儿女，她又能怎么办？又该怎么办……

“老爷，你说皇上知道蕊仪是他们的女儿吗？”韩夫人紧张地道。

蕊仪屏住了呼吸，是啊，她在府中整整九年，竟不知他们早已知道自己的真正身份。那李存勖呢？她忽然想起那些莫名的话，问她是否记得小时候的事，问她是不是真的想不起来了。

她攥紧了手，究竟是听闻她没有幼时记忆才问的，还是已经知道了，才故意试探？如果是后者，那就真是一场笑话了。

韩元像是思虑良久，语气笃定地道：“应是不知的。皇上多疑，要是知道了，哪里会留着蕊仪，还对她宠爱有加？蕊仪刚入晋王府的时候，他倒是问过一些当年林家的事，可是也不是突然问起的，那些话他平日里也问的。”

“这就好，这就好。”韩夫人连声道，一阵衣料摩擦的声音过后，应是站起身了，“也许他们是在怪我们，没有救下另一个。其实，就是蕊仪，也是蕊宁阴差阳错救下的。老爷，这也许就是天意，他们都是宽容明理的人，要是知道这些年老爷受的苦楚，是不会怪老爷的。”

“另一个，另一个……”韩元重重地叹了一声，“我们收养了蕊仪，也不知能不能赎上一分的罪孽。”

她的姐姐没了？蕊仪紧紧地抿着唇，她早就该料到了，早就该料到了。果然如自己的亲生母亲所言，假如只活了一个，她活下来，便是老天让她为林家洗清罪名，为林家复仇。可是她还能复仇吗？她先是认仇为父，再是嫁仇为夫，她已经没有脸面再做林家的人了。

况且暗室里方才的一番话提醒了她，她还没有给林家留下一支血脉，她若是轻举妄动，林家就真的没了。

她真的要把自己的父亲和丈夫当作仇人吗？她不相信他们是大奸大恶之人，牵扯到了朝廷，牵扯到了那些阴谋伎俩，没有谁是真正的白璧无瑕。也许他们有苦衷，也许她的亲生父亲也有错处，也许他们是不得已而为之，也许还有别的她不知道的因由，也许……

“三少爷，你怎么在这儿？”上面传来管家冯叔的声音，蕊仪连忙侧身躲在拐角处。

“冯叔，这儿什么时候开了条密道？老头子又藏了什么宝贝在里面？”韩靖烈像是被吓了一跳，说起话来磕磕巴巴的。

“三少爷，快走吧，除了夫人，老爷不许别人来，一会儿知道了，又要训斥你了。”冯叔唤道。

“走走走，这就走！”韩靖烈没好气地道，竟听话地离开了。

韩元好像听到了上面的响动，和韩夫人说了几句，想要出来。蕊仪急了，抹了眼泪，着急地听着上面的动静。好在听到的是两道脚步声，冯叔想必不放心韩靖烈，也一道出去了。

蕊仪提起裙角，小跑着原路而归，好在这日着的是丝绸底子纳的凤头鞋，极其轻软，发不出半点声音。韩元夫妇毕竟年纪大了，手脚慢，蕊仪在密道口按机关恢复了原样，掩上门出去时他们还没有上来。

蕊仪出了门就去寻鱼凤、萱娘，经过一番折腾，无论是衣裳还是发髻都已是不得体了。二人见了她俱是一愣，不过也没有慌神，立刻着手为她更衣。好在贵妃一日间换上一两次衣裳也不足为奇，她们怕不小心淋上茶水什么的，也早有准备。

“韩大人只是累着了，多养些日子就好了，娘娘别太担心了。”萱娘见她明显哭过，不免揣测着安慰道。

鱼凤也劝道：“娘娘难得回一次娘家，娘娘体贴韩大人和夫人是应该的，可若是因此伤了身子，韩大人和夫人反而要忧心。”

“你们说得是。”蕊仪点点头，遮掩了过去，“咱们也该过去了，别让他们等。”

萱娘愣了一下，不知为何觉得蕊仪这一声“他们”有些不同，可又说不出哪里不同。带着守候在外的一干宫人到了花厅，蕊仪入了座，众人在外候着，只有二人随侍在侧。

“三哥方才去哪儿了？我让人找了半天也没见着。”蕊仪一见韩靖烈就问道。她怕韩靖烈看见了她，也怕他听到了韩元的话，密道中声音走得通透，也不知再往上些能听到多少。

韩靖烈“嗯”了一声，草草见了礼，道：“随处走走，没让下人跟着。”

“父亲想为三哥谋个差事，我会为三哥留心的。”蕊仪嘴角轻动。他应是没有听见的，不然如何能不发难？

第二十七章 · 谋乱

天刚蒙蒙亮，捧着朝服的太监、宫女就已在廊子下候着了。赵喜义隔着门轻唤了几声，应声的不是李存勖，而是蕊仪。

从韩家回来后，蕊仪每天都会在天还没亮的时候醒来，醒来后，她会静静地看着枕边人，或是枕边空着的地方。她想问，可是又不能，只能忍着。她想来想去，只能从旁刺探了。

“皇上，该上朝了。”蕊仪轻唤道，李存勖“嗯”了一声，翻身睡眼蒙眬地看着她。她微微笑了笑，“赵公公来了。”

“今日不上朝了。”李存勖眯着眼笑了笑，把她搂进怀中，她的发轻贴在他胸口，痒痒的，让他身上一热，手不禁往她里衣里钻，“朕不说话，他们不敢进来。”

“皇上。”蕊仪想推开他，且不说她心乱如麻，她的名声已经不好了，再加上一条媚主乱政，就是跳进黄河也洗不清了，“一会儿各位大人就到了，总不能让他们白跑一趟。”

“偶尔为之。”李存勖笑了，吻上她的唇，丝毫不理会外面的人。

“你……”蕊仪想不依，却拗不过他，不一会儿自己也陷了进去，轻柔地回应着他。

门外响起几声脚步声，想必是赵喜义前去传旨了。赵喜义并非头一次应对这种事，自然知道该作何说法。二人直缠到晌午，才唤人进来梳洗。蕊仪不免埋怨道：“要是让朝里的人知道了，也不知会怎样说臣妾，皇后也来暗示过臣妾几次了。”

“皇后懂得何为暗示了？”李存勖不答反问，接了手巾。

蕊仪笑了，忍着才没笑出声，梓娇客客气气说话的样子的确好笑。

“皇后娘娘母仪天下，自然不会再如从前。”她抬眼，巧笑嫣然地看着他，“皇上不是说皇后的胡旋舞跳得极好吗？不如皇上到仪鸾殿住上几日。”

“先是让朕去饮羽殿，又让朕去瑶光殿。蕊仪，你说说，哪个妃子不想留住朕？唯独你。”李存勖笑叹了一声，由萱娘服侍着漱口，抬眸时看了她一眼。

“人无千日好，花无百日红，臣妾是想和皇上长相厮守。”蕊仪低头笑道，也看了萱娘一眼，“要不去王美人那儿？”

李存勖笑了，没说不，也没应承，话锋一转：“冯立仁回话说，韩大人的病虽然好转了，却还不能走动。朕准备在宫中摆宴，本想邀他老人家入宫一聚，如今只能邀韩靖烈代父前来了。”

“这非年非节的，皇上都请了什么人？”蕊仪问，换上一袭鹅黄底子绣枫叶的宫装，暗暗琢磨这是不是一个机会。

“都是辅佐朕登基的股肱之臣，当中也有教朕弓马和行军布阵的几位老将军。”李存勖笑道，起身和她一道行至外间，“只是君臣间的叙话，没有女眷，你们也就不必去了。”

“要不，皇上和皇后同席吧？皇上登基称帝之后，还没和皇后一起谢过他们。”蕊仪落落大方地笑道，假意叹了一声，“皇后总能为皇上张罗一二，臣妾最近疲懒，皇上准了，臣妾也就躲开了。”

“也好。”李存勖颔首，也该让梓娇得些历练，“皇后主理后宫，可朕知道，内宫里这些事都是你和敏舒管着，她也该有些样子了。”

“不如就让皇后操持筵席。臣妾有个主意，只是不知好不好。”蕊仪笑了笑，眉梢微微一挑，“民间请客都要下帖子，而宫里皇上宴客要下圣旨。圣旨自然显示了皇上的恩泽，可也让人拘束。皇上与各位老臣相聚，自然是想君臣尽欢，拘束了难免不能尽兴，不如就像民间一样，不下旨，下帖子。”

“好，此事也交给皇后，再去和德妃说一声，她身子也好了，不能总待在集仙殿。”李存勖赞道，还让蕊仪代他传旨。

用过午膳，李存勖去了袭芳苑。蕊仪听人回报时，嘴角挂了丝嘲弄，他到底还是去了丽娘那里。她也收拾一下，带着一干人等去了瑶光殿。

瑶光殿里梓娇正数着宫外送进来的金锭子，眼角眉梢都透着无奈。她让人给蕊仪看座，叹道："宫里的料子不够轻盈，总要从外面折腾一些回来，可这些金子还不够做两件的。之前让你想法子，可有了？"

蕊仪哪儿有心思说这些，随口糊弄道："皇后姐姐把眼下这件事办好了，皇上一高兴，就是想把国库里的银子搬到瑶光殿也不是不可。"

眸中灵光一闪，梓娇呵呵一笑，说话时声调轻快了许多，"皇上有什么旨意？没想到，这宫里还有妹妹办不了的事。"

把宴客的打算和梓娇说了，蕊仪笑道："皇上对皇后寄望甚深，皇后有了主意，就早些向皇上禀明。还有德妃，皇上也吩咐她协理此事。"

一听敏舒，梓娇冷哼了一声，把手里的苹果用力扔了出去，砸在柱子上，"让她写帖子就是了，别的用不着她。也不知她给皇上使了什么迷魂术，皇上还就是忘不了她。"

"皇上也是以和为贵。"蕊仪笑着打哈哈，她也没想到会让敏舒协理，"这事也有些难办。皇后有所不知，皇上说要把教过他的几位师父都请上，可皇上究竟有几位师父还真说不清楚，要是这么眼巴巴地问别人，传出去，难免说咱们只知道享受荣华富贵、锦衣玉食，对皇上的几位师父不够尊重。"

"说得是。"梓娇点了点头，她这凤座还没坐热，容不得有差池，"要不你派人回府问问韩大人？"

"臣妾的父亲如今病得混混沌沌的，哪里说得清楚。"蕊仪故作为难，思量了一下方道，"不过他曾跟臣妾说过，皇上对几位师父都极为敬重，都有过书信往来。不如就去御书房把信找出来，按上面的名字下帖子，若是有谁已经不在世了，就当是请他们的子侄了。"

"就按你说的办，让德妃自己找信去，得罪了御书房的人，或是惊动了皇上，就由她担着。"梓娇笑道，眉眼间很是得意，"这回你倒是落了个清闲，别想着趁我忙乱，自己想着法地伺候皇上。你们姐妹二人也该收敛些了，外面传得难听，再不收敛，我也保不了你们。"

恐怕不是保不了，而是想动手了，一旦没有了敏舒，梓娇很快便会发觉她和蕊瑶才是后位最大的威胁。可是眼下，梓娇也并没有和她翻脸的本钱。蕊仪连连称是，悔愧地道："臣妾和昭媛一定谨遵皇后教诲，劝皇上雨露均沾。"

"嗯。"梓娇笑了笑，见蕴溪在门口探头探脑的，也有些心急，"你这就去集仙殿跟德妃说一声，她要是办砸了，我决不饶她。"

"臣妾遵命。"蕊仪福了福，出门时对蕴溪笑了笑，目光往她身后看了一眼，是两只上好的檀木箱子。

蕴溪叫人把箱子抬了进去，打开来，一箱是上好的舞衣，另一箱中既有中原能工巧匠打的钗环、臂钏，也有西域的腰链，都是成色极好的东西。梓娇瞪大了眼睛，喜笑颜开，"都是申王送来的？"

"是，申王殿下刚叫人送进宫来的。"蕴溪看着她翻检里面的东西，担心地道，"娘娘，这些东西太过名贵，又没个名目，是不是该送还申王殿下？"

"还给他？"梓娇嘲弄地看了她一眼，将一袭水红色舞衣比在身上，"用不着，就是皇上知道了，也不会忌讳的。"

蕴溪暗暗摇头，抬眼偷偷看了她几次，有些猜测不敢说出口。箱子里的舞衣不是水红便是大红，仿佛一团烈火，一点就能烧起来。这是无名的火焰，不知何时会烧到人们看得见的地方，也不知会伤了谁。

蕊仪出了瑶光殿并没有直接去集仙殿，她在御花园里兜兜转转，捻起一朵花苞看看，又轻扯过一枝柳叶看看，神思不定。萱娘看出她心神不宁，向鱼凤使了个眼色，轻声问道："皇后是不是为难娘娘了？"

"还没有。"蕊仪叹了口气，看了看她们，语中有痛有忍，有不甘，也有着探寻，"如果我想放了德妃这回，满月可会怪我？"

梓娇她们奈何不了，敏舒也动不得，萱娘不觉肩上一颤，低下头，鼻间有了哽咽之声："那以后还有机会吗？"

"住口，你这是在和娘娘说话吗？"鱼凤第一次对萱娘硬了声气，神情也很沉痛，可是看向蕊仪时，目光又很是坚定，"死者已矣，娘娘该担心的是昭媛娘娘会怎么想。"

"你小瞧了她，她会明白的。"蕊仪淡淡地道，又看向萱娘，"满月的仇我记着，只是首恶不除，也难告慰她在天之灵。"

"娘娘自有决断，是奴婢多心了。"萱娘叹道，往集仙殿高高的殿宇上望了望，"娘娘要是不想去，就由奴婢去告诉她。"

“不了。”蕊仪摇摇头，反而想把萱娘支走，“出来久了，怕有人过去，那几个小的应付不了，你先回去照应着，晚些要是皇上还在袭芳苑，派人回我一声，我就到昭媛那儿坐坐。”

“是。”萱娘毫不犹豫地应了。原想着福儿是个可栽培的，可后来出了那样的事，就越发觉得要仔细琢磨人选，也就耽搁了。她不回去，怕真出了乱子。

这时候支开萱娘，鱼凤知道定是事关重大，而恰恰又是萱娘不能知道的，要么就是她的旧主子又说了什么，要么就是上次让她打探的事又有了旁的眉目，便问道：“娘娘有何吩咐？”

“帮我找一张十年前的信笺，要发了黄的。”蕊仪目中闪过一抹幽光，不想解释，只是命令道，“一会儿我和德妃说话，你就到她偏殿里找，我记着在窗边最下面的匣子里见过。多留心，别让人知道了。”

进了集仙殿，蕊仪径自去见敏舒，鱼凤则和这个说几句，又和那个打趣两声，一会儿又蹭到小厨房里喝茶，等闹到几个熟的烦了，她又借口想休息一下，一会儿就摸进了偏殿藏书的地方。

蕊仪在内殿里见到了敏舒。敏舒一袭月白色宫装，上面绣着淡雅的鱼戏荷花。她向蕊仪福了福，挺直了脊背，下巴仍微扬着，“贵妃妹妹来此，不知有何贵干？”

蕊仪把要摆宴和写帖子的事说了，笑了笑道：“姐妹几个里，属姐姐的字最好，只能烦劳姐姐了。皇后娘娘也说了，让姐姐协理。至于皇上究竟有哪几位师父，我和皇后的意思都是不要惊动皇上和礼部的人，免得有人说咱们闲话，就按皇上往来的书信就是了，明天就找人给你送来。”

“也不是什么大事。”敏舒点点头，在她对面坐下，“是我太心急了，要不也不会惹恼了她。我也是个俗人，不像你想得那般云淡风轻、与世无争，只知道琴棋书画诗酒花。我想跟你们争个高下也没什么不对的，你要觉着我虚伪，也没法子。”

“原先觉着，可你这一番话后，倒不觉着了。”蕊仪唇角微微翘起，只是带了些冷意，“争也没什么，可是你们伤了我亲近的人。”

“你也会为一个奴婢伤心？”敏舒神情一动。

蕊仪淡淡地一笑，道：“她可不是一般的奴婢。”顿了顿，抬起头，“我无法当作什么也没发生过，可是既然是皇上吩咐下来的差事，总要同心协力，办得体体面面的。”

敏舒叹了一声，自嘲地笑道：“办体面了，也是给皇后脸上增光；要是办砸了，受责罚的只会是咱们。好在不是什么难事，出不了岔子。代我谢皇后娘娘恩典，她肯给我这个露脸的机会，我感激不尽。”

“姐姐谢错人了，该是我才对。”蕊仪行至门边方道，半转过身子看着她，“若没有了姐姐你，皇后就要盯上我和昭媛了。姐姐可以嫌我俗气，也可以看不上我们韩家，可是姐姐也要晓得，没了我和昭媛，你也一样没有安生日子过。”

刚出了集仙殿，就看见自己宫里来的步辇已等在阶下，而鱼凤也已在前等候。鱼凤向她轻点了点头，指了袖子一下，显然已经得了。蕊仪笑了笑，打赏了几个宫女，这才上了步辇。

“可容易寻到？”蕊仪问道。

“娘娘所记不错。”鱼凤心领神会，也不多说，转而说起萱娘刚派人送来的消息，“皇上还在袭芳苑，王宝林亲自给皇上做了几个小菜，很得皇上喜欢，看样子今夜皇上是要留那儿了。”

“去饮羽殿。”蕊仪吩咐道。抬辇的脚下一转，奔饮羽殿去了。

此时正是好时节，蕊仪身子也大好了，抬辇的走得很快，不一会儿就到了。甫停下，就听得里面比往日热闹，进了里院，见着几个捧着绸缎布匹的宫女和尚服局的掌宝迎面而来。客气地受了她们的礼，蕊仪望着她们的背影微微苦笑，看来李存勖又赏了蕊瑶不少东西，和她宫里的赏赐相差无几，只是更加花俏些。

“什么风把姐姐给吹来了？”蕊瑶正让棋芳修着指甲，看她进来，也不起身。

“皇上去了袭芳苑，一个人闷得慌，来找你说说话。”蕊仪笑了笑，看向棋芳，“从前我帮她剪过，就交给我吧，你去给我们弄些甜汤来。”

“快去。”蕊瑶淡淡地吩咐了一声，让她坐过去，“皇上怎么又想起去袭芳苑了？虽说丽娘是你的人，可若能留住皇上，又何必劳动他人。她万一有了，咱们就两厢为难了。”

“外面的人说起咱俩，嘴里没一句好话，还是先避风头，别太引人注目了。”蕊仪和善地笑笑，蕊瑶不再是凡事只凭一股子意气行事的鲁莽丫头，懂得忍耐了，她行事也便易了许多，“今日来，有件事想和妹妹商量。”

“瑶光殿那位又为难你了？我早就说过，她容不下咱们。其实也是的，有咱们在，她定过不了安生日子，只要咱们当中有谁诞下皇嗣，她的位子也就坐不稳了。”蕊瑶轻道，眉眼间很是得意。

蕊仪无声一笑，轻揉着指尖关节道：“说的正是这个。德妃一失势，听她那口气，立刻就盯上咱们了。咱们和德妃虽不能说是唇齿相依，但也是系在一条线上的蚂蚱，没了她，咱们行事也多有不便。”她安抚地笑了笑，很是无奈，“我想着，还是要先放她一回，大姐和满月的仇日后再报不迟。”

“只要以后能让她们连本带利地偿还，什么都值了。”提起蕊宁，蕊瑶神色微黯，“你有别的法子了？”

蕊仪点点头，握过她的手，为她涂丹蔻，“德妃之长在于示弱于前，皇上都说她温文尔雅，可是她也有两个无法改变的地方，一是她野心大，却没有能够承载她野心的东西，无儿无女的，没有持仗；二就是自傲，多读了些书就目下无尘，不管什么时候都不愿低头。这两个地方随时都能害了她自己，咱们犯不着先动她，而且不光如此，咱们还得向她学如何示弱。”

“先让宫里的闲言碎语退一退也是好的，可你不能再被她哄得信了她。你特地过来看我，就是怕我不答应，又闹起来，是不是？这回你可要把心放肚子里去，她们俩闲得慌，就让她们二人闹去，咱们还是得知礼。要不日子久了，皇上就真到别处去了。”蕊瑶笑了笑，并没有放在心上，“那瑶光殿那位又该如何？”

“有件事，不，也许是个天大的秘密。”蕊仪让她附耳过来，轻声道，“你只管留意着她和申王之间的动静，想必能有所获。魏王临行时说的未必是捕风捉影，申王也隔三岔五地给瑶光殿里送东西。擒贼先擒王，若是此事能够坐实了，旁的手段也就省下了。”

“凭申王的胆色，真想不到。”蕊瑶面色一凝，郑重地问，“如今可是在宫里，他们管天借了胆不成？你可拿得准？”

“申王不奉召不得进宫，想抓他们的把柄的确不易，可以前的事就难说了。就说既然不在晋王府的魏王都知道，那就一定还有人知道些什么。再说我第一次看他二人同席，那时皇上和太尉大人都在，他们之间看起来也确有些异乎寻常，那绝非寻常叔嫂所能有。只是那时我怕自己多心，就没有说出来。”蕊仪压低了声音，“若是查下去，也许就能查出些东西。”

“听你这么一说，也确有些不同寻常。”蕊瑶回想着在魏州的时候，蕊宁常接她进府，也见过那么几次，只是当时一味地不喜梓娇，恨不得压根儿不要见到

她，自然懒得深究，“如今进了宫也没什么，若此事属实，像刘梓娇这种见了便宜就恨不得一头撞上去的，给些机会，难保她还装得住。”

只要搬开了梓娇，李继潼也就完了，她们韩氏所诞之子嗣才能更加稳妥。蕊仪又想到了另一层，“鹬蚌相争，渔翁得利，魏王告诉我又何尝不是为了自己？若是日后朝廷乱了，他大可学那乱世枭雄；若是那时天下大治，他也可以皇长子的身份把持朝局。好在他出身差了些，对皇上的孝心又重了些，不能做那全然狠利、无君无父之人，不然日后必是心腹大患。”

“魏王？等成了事，再想不迟。”蕊瑶笑了，把十指指尖放在面前，很喜欢这均匀而如水般流动的颜色。她假作漫不经心地看蕊仪一眼，也不知到那时她们的约定还作不作得数。

这夜无风，红烛上的烛焰直直地向上燃着，暖暖地映着内殿里桃粉色的幔帐。蕊仪放下手中针线，让人进来服侍梳洗，她一如往常地就寝，殿内不留一人，只留了值夜的在殿外廊子里。

待殿外脚步声消失，蕊仪倏地睁开眼，披了件外裳，来到纱帐外小桌旁坐下。小桌上留着一盏宫灯，灯罩只两只拳头大，灯火幽暗，平日里只是为了起夜时不至于伸手不见五指。她就在这灯火下铺平了那张泛黄的信笺，抹了几遍又研了磨，提起笔好一会儿却无法落下。

那些往来信件她在王府时见过，无非是先问候几句，再嘱咐些圣贤之道，仿上一封不难，且定可以假乱真。只是这字迹又该如何？对林家的记忆不多，就是事发那日的也只想起了只言片语，更不用说林康的笔迹了。

这封信一定要写，而且丝毫不能耽搁。韩元暗室中的一番话若属实，韩家当年实属被逼无奈，那要置林家于死地的就是李存勖，而林康又恰恰是蒙冤被害，那李存勖也就成了害她林氏一门的元凶。

她不愿意相信，也无法相信。从回宫那夜她便心神不定，总在李存勖不留意的时候偷偷看他，他会是一个弑师的人吗？她长在韩家这样的世家，自认是经得住事的，朝堂上、内宫里的阴谋诡计使一些人成了刀下冤鬼，并不全然是什么见不得人的事。甚至只要施计者有其心志，存的并非单纯的害人之心，不伤及无辜，也说不定是件好事。

假若林家真是做了有碍一统天下之宏图大业之事，成大事者不拘小节，李存勖如此做也并非就是全然的错。她重重地叹了一声，可是林康一介文臣，又不曾结党勾连外臣，身家性命和富贵荣宠都只系在他和老晋王身上，如何能碍着了他？何况犹记得梦中林夫人曾说过，林康没有儿子，心里头一早将他当了儿子看待，又如何能害他？

手中的轻巧羊毫仿佛有千钧重，这封信或是说宴请名单中林康的名字就是试金石，蕊仪暂且放下笔，努力地回想着，试图从那些飘零的记忆中找出一星半点的头绪。

是了，她身子一颤，林家的笔体她幼时定然学过。那时她刚到韩家，韩元考校他们兄妹几个的功课，曾皱着眉看着她的字，让她改临别家笔体。如所料不错，那时所写的就是林康所传的了。

在旁的纸张上写了几个，她暗暗点了点头，着手在那泛黄的信笺上写了起来。落成后，她上下看了看，小心翼翼地折好，放在了枕下。两三日内，这些令她无法安枕的一切都将迎刃而解，她要等的只是时机成熟的那一刻。

第二日一早，蕊仪起身梳洗之后就领了人去了瑶光殿，在殿前候了半个时辰，梓娇才召她们进去。梓娇一袭凤袍，看着她慵懒自得，让人奉上茶点，笑道："她打算什么时候把帖子送过来？还得让皇上过目，得早些送来。"

"只要把那些信件拿过去，还不是一个晚上的事？皇后若是不放心，就叫个人去看着。"蕊仪笑道。

梓娇点头，看向蕴溪，"别人去我不放心。蕴溪，你这就去集仙殿，等德妃的帖子写好了，立刻带回来。"

"蕴溪姑娘去恐怕不好，皇后请听臣妾一言。"蕊仪上前去，接过宫女手中的帕子，为梓娇擦手，"皇后让蕴溪姑娘去，别人见了只会觉得皇后不放心德妃姐姐，甚至有意为难她，谁会知道皇后心里想的只是皇上的差事？不如派个不起眼的，只要用心办事，出不了错。"

梓娇想了想，抬眸笑看着她，"你心里既然有人选了，不妨说出来。"

"现成的人选就摆在眼前，不就是福儿吗？她原本就是德妃身边的人，能再到旧主子面前听一次差，是她的福分。她知道德妃姐姐的喜好，服侍得自然比别人好，旁人看了只会说娘娘体恤德妃姐姐。"蕊仪明眸一转，轻轻一笑，"姐姐见去的是自己人，也能放心，差事也能办得更好，不是吗？"

“是啊，我怎么没想到。”梓娇脸上乐开了花，立刻吩咐蕴溪，“立刻传本宫懿旨，福儿到集仙殿听差，明日回来复命。”

“可是……”蕊仪面上有些为难，趁着蕴溪没出殿门，赶忙道，“不如让福儿把那些信件一块儿带去，省得到时又生出借口来。”

“这……恐怕还得问问赵喜义。”梓娇本想着赵喜义很会见人下菜碟，敏舒正是落魄，去了难免要受一顿气，哪里肯就此放过良机？可一想到敏舒可能借故拖延，也只能作罢，“你带着福儿一块儿去找赵喜义问问，再叮嘱他几句，省得他一回头就告诉了皇上。”

去拿信件就是为了不惊动李存勖他们，多嘱咐几句也是自然的，蕊仪连声称是，立刻领着福儿往御书房去了。见了赵喜义，倒是没什么波折，赵喜义转身就带她们去取信，“贵妃娘娘看看，就这些了。这一两年往来得不多，都是从前的，珍贵着呢。德妃娘娘用完，得赶紧拿回来，要是不见了一封，回头要是皇上想起来了，非得摘了奴才的脑袋不可。”

“福儿，都听清楚了？少了一封，要不了赵公公的脑袋，自然更要不了德妃姐姐的，那是谁的罪过，你心里得清楚。”蕊仪随意地看了她一眼，接过那些信件，一抚袖子，手下已动了动。她转手就把信交给了福儿，“拿好了，明天用完了，记得还给赵公公。赵公公，这下可放心了？”

“奴才哪儿有不放心的。”赵喜义连连赔笑。

从御书房出来，蕊仪没打算送福儿去集仙殿，不过她放慢了脚步，轻声细语地说起了话：“虽然你原本就是德妃姐姐的人，可如今毕竟是皇后娘娘的人，办差事要用心，可要为谁用心就得仔细想想了。要是误了差事，皇后责罚下来，德妃为你说情也是没用的。”

“奴婢明白。”福儿缩着脖子，看看身旁的萱娘、鱼凤，想起在丽春台时发生的那些莫名其妙的事，不敢多言。

“行了，去吧，明天就得还回来。”蕊仪一看见她就想起满月，也懒得多理会她，当下就打发她走。

福儿自然不愿多留，听了如蒙大赦，捧着信就走了。萱娘朝福儿的背影恨恨地瞪了一眼，转而道：“她去了集仙殿，也不知又会和德妃娘娘合计出什么事，难不成娘娘是想引蛇出洞？”

“你瞧着就知道了。”蕊仪转眼没了笑意，眼中多了沉沉的哀伤，“满月就那么没了，你们瞧着也担心自己，我都晓得。俗话说路遥知马力，日久见人心，我不会让你们寒心。不过，你们也得记着，大家都是丽春台的人，一荣俱荣，一辱俱辱。”

“奴婢明白。”萱娘愧疚地道，被料中了心事，心头沉重的大石被移开了些。

鱼凤轻捏了萱娘一下，看向蕊仪，“昭媛娘娘那边，娘娘可说好了？”

“昭媛明白事理，自然晓得什么时候该帮腔。你去看看皇上在哪儿，明天得想个法子，皇上总得在丽春台或是饮羽殿才能成事。”蕊仪淡淡地道，不想让她们知道内情。

“娘娘又要成什么事？”萱娘轻问，看看鱼凤，鱼凤也是一脸茫然。不过鱼凤没有开口，还避开了她的目光。

蕊仪没有回答。鱼凤看了看萱娘，又望向蕊仪，“娘娘自有妙断，咱们就别多问了。”

“这……”萱娘说不出话了。自从鱼凤来了，蕊仪有很多话就不对她说了。原先她是丽春台里最好的，可如今她比不上鱼凤了，那以后呢？她还有丽娘，丽娘性子驽钝，若没有蕊仪做依靠，也不知会有什么样的下场，她不能就这样失了蕊仪的心，可是又不能伤害鱼凤。她无奈地叹了一声，为何会如此为难。

第二日，蕊仪起身时特意问了集仙殿的动静，知道福儿一早就带了帖子去了瑶光殿，暗暗松了口气。

蕊仪梳洗得当后，忽然想起那些信件，轻声问道：“福儿可把信件送回去了？”

“没听说她去过御书房，也许她打算先回去复命。”萱娘抢先开口。

蕊仪有些意外，不过也只是多看了她一眼。眼下的情形已不能耽搁，她得赶快把自己写的那封信取回来。一行人到了瑶光殿，福儿已经进殿复命了，梓娇正看着那些帖了，不得不承认，字的确是宫中女眷中的头一号，于是不甘地点了点头。

“娘娘万福。”蕊仪福了福，看向福儿，“还以为来复命的是德妃姐姐呢，怎么，她身子又不好了？”

“德妃娘娘写了一夜，早上实在困倦，实在不敢在皇后娘娘面前放肆，只让奴婢带着帖子来复命。”福儿低着头，恭敬地道。

梓娇笑了笑，看向蕊仪时面色不善，“本应立刻去给皇上复命，可皇上在饮羽殿，本宫也不好过去扰了皇上的兴致。让你规劝昭媛，你也不听，今天皇上又没有上朝。”

“是臣妾和妹妹的罪过，臣妾一定规劝妹妹。”蕊仪不觉有些无奈，微微叹了一声，“可皇上不想上朝，臣妾也劝不了。臣妾和妹妹劝了，说不定就是抗旨不遵，谁敢担如此罪名。”

“你还有理了？”梓娇愤愤地道。蕊仪不是逞口舌之快的人，她吃过亏，不能坐不住，再摔在同一处。

“皇后别急，臣妾劝不了，不是还有娘娘吗？娘娘身份尊贵，在皇上面前总比我们多几分颜面，就是训诫昭媛，也比臣妾管用。有些事臣妾不好出面，娘娘却是可以管的。”蕊仪语气恳切。

身为皇后，母仪天下，是该规劝皇帝的言行，梓娇心中赞同道，立后以来她让人读了一些记着古时贤德后妃的书，上面是这么写的。

“本宫原就想如此的，只是碍着妹妹你的面子，才没有去劝昭媛。既然妹妹这么说了，本宫也就不担心了，择日不如撞日，咱们现在就去饮羽殿。”

身后的蕴溪上前两步，轻声提醒道：“娘娘，既然帖子已经送来了，不如这就去向皇上复命。”

梓娇愣了一下，笑得干巴巴的，“是啊，还是复命要紧，别的以后再说。蕴溪，摆驾饮羽殿。”

训诫蕊瑶，何尝不是训诫她？又从训诫变成了复命，蕊仪觉着好笑，但丝毫没有表现出来。

梓娇行在前面，蕊仪紧随其后，福儿捧着那一匣帖子跟在她们身后。蕊仪看了她一眼，轻声问：“那些信件可都交还给赵公公了？”

“还没有，赵公公也在饮羽殿，奴婢不敢去打扰皇上，也就不曾见过赵公公。”福儿越说声音越低。

“信呢？既然赵公公在饮羽殿，你就不好当面还了。你把信给本宫，本宫替你还了。”蕊仪微微一笑。

“奴婢不敢劳动娘娘，奴婢还是自己还吧。”福儿不敢托付，硬着头皮道。

梓娇回过头看了她们一眼，冷冷一笑，“福儿，你手里那么多东西也不嫌沉，还不快交给贵妃。你这么一块儿拿着，一会儿向皇上复命时弄混了，让皇上看见了，本宫扒了你的皮都抵偿不了。”

“是。”福儿没法，只能把信交给蕊仪。

拿着点了一遍，蕊仪笑了笑，没再说话。到饮羽殿时早有人通传，李存勖坐在首座上，蕊瑶跪坐在他身旁，轻轻地为他捏着肩。见她们进来，蕊瑶丝毫不避讳，只跪坐着轻轻欠了欠身，目光从梓娇身上一掠而过，直接看上蕊仪，“姐姐怎么也来了？总不会是觉着我的饮羽殿热闹吧？”

“是来向皇上复命的。”蕊仪轻咳道，给蕊瑶使了个眼色，也提醒了李存勖。

目光一触，李存勖眼中多了几分笑意，吩咐赵喜义赐坐，笑问：“皇后可是为设宴之事而来？不过两日工夫就有了眉目，皇后果然尽心。”

梓娇从未被如此夸奖过，方才的不快顿时轻了许多，脸上有了些笑意，“臣妾知道此事重大，丝毫不敢耽搁，连夜让人写好了帖子。本来也不想打扰皇上和昭媛妹妹，可是怕皇上着急，就送来了。”

梓娇竟然没有喜得过了分寸，还能应对得如此得体，看来做了皇后，还是有些长进的，李存勖心中满意，也没追究她没提敏舒，“皇后有心了。贵妃、昭媛都得跟皇后学学。”说完，眼尾含笑看了蕊仪一眼。

扑哧一声，蕊瑶憋不住笑了出来。众人都看向她，她掩着笑，道：“臣妾一定跟皇后学，好好地学。”

梓娇讪讪的，但蕊瑶说出的话并无不得体之处，自己又是来邀功的，自然不好发作，于是道：“福儿，把帖子给皇上看看。皇上，帖子都是烫了花的，皇上要是看着合适，臣妾明日就让他们送出去。”

李存勖颔首，不过接过匣子时并没抱太大的期望，他只说了个念想，还没来得及列出名单，这帖子又能写成什么样子。他信手翻看着，没想到前面几个的确暗合了他的心意，讶异之余，他不禁看得快了些，想立刻就把匣中之物看个清楚。

看蕊仪静静地站着，蕊瑶兀自纳闷，蕊仪能由着梓娇表功，定是想让她表这功的，于是笑道：“皇上看仔细了，要是漏了哪位大人，也好赶紧补上。”末了她也不想让梓娇占尽便宜，“德妃姐姐的字真好，听说字写得好的人，都是长年修身养性的，臣妾也得和她学学。”

忙着翻检的手突然停了下来，接着上面的几张帖子被用力扔到了一边，李存勖面色阴沉，面前红色帖子上赫然写着“林康”二字。他压抑着，敛住眸光，低

声怒喝：“谁把此人列上去的？”

梓娇感到事情不对，看向蕊仪。蕊仪目光平和地看向福儿，“都是德妃姐姐写的，姐姐身子不适，没有过来，只能问福儿了。”

“回皇上，德妃娘娘是按照皇上和诸位老大人往来的书信写的。”背上冒出一阵冷汗，福儿低着头跪在那儿，手紧抓着膝上的衣料。

“书信，哪儿来的书信？”李存勖沉声问，他仍低头注视着“林康”二字，目中波澜翻滚。这个名字为什么还会出现？这不可能，不可能……

福儿磕头，连声告饶道：“皇上，是贵妃娘娘带奴婢借的书信。德妃娘娘写的时候，奴婢一直在旁边看着，娘娘都是按书信上的名字写的。”

“满口胡言！朕与几位恩师往来的书信里如何能有这大逆之人？”李存勖怒道，指间关节泛白。他看向蕊仪，似是在询问，又似是隐忍，这当中的变故若是就此发生了，他又该如何？

蕊仪也暗暗握紧了手，等待多时的答案已呼之欲出，她屏住了气，尽力镇定，但还是显出了紧张，好在旁人看了也只道是害怕所致。

“皇上息怒，该请谁，臣妾和皇后姐姐也拿不准。怕扰了皇上，也怕外人知道了说咱们不尊重皇上的老师，竟连谁是皇上的老师也不知道，于是臣妾斗胆向皇后进言，把那些陈年的书信借了出来。”

“真的是按信写的？”梓娇倒是没怪蕊仪，倒是李存勖的样子让她起了警觉，她不由得把话又引向敏舒，迁怒有时候也是不容小觑的。

“是，奴婢绝无虚言。”福儿吓得浑身发抖。李存勖没有追究蕊仪擅动书信，那说不定就要追究她了。

蕊仪从萱娘手里接过那些书信，笑了笑道：“刚好，臣妾还没来得及把信还回去，皇上一验便知真假。”她上前相劝，“德妃姐姐一向谨慎，想必不会如此，可能这当中真的有呢。”

劈手夺过那些书信，李存勖看上一封便扔开一封，有几封还扔在了蕊仪和蕊瑶身上。蕊瑶不明就里地看了看蕊仪，只能连声劝李存勖消消气。李存勖仿若未闻，对几人的目光更是宛若未见，手里的书信尽了，没有林康。他又蹲下身子，将信一一捡起，几人想去帮他，都被他推开。他捡起来，看了看又一一扔开，只是这回扔在了案上。

李存勖冷笑，神情中竟有些庆幸，他没有记错，有关林康和林家的一切都已经抹去了，抹得干干净净，半点不剩，又怎么会在十年后突然冒出一封书信？他看向蕊仪，她面色有些苍白，目光有些怯生生的，嘴角却仍有着惯常的笑。他叹了口气，缓缓地坐回位上，说话时已恢复了从容，“这当中并无林康，说，是谁把这大逆之人列进来的？”

“看来是说不清楚了，得把德妃妹妹叫来当面对质。”梓娇建议道。拿笔的是敏舒，又没人逼她，这罪责，她不担着，谁担着？

李存勖没出言阻止，自有人赶着去叫人。蕊瑶从未见过李存勖盛怒的样子，更不用说生了这么大的气，她不解地柔声问：“不知这林康是何许人，怎么犯了大逆之罪，竟能让皇上动怒？”

“勾结契丹，毁我江山社稷。好在苍天有眼，十年前他一家患了瘟疫，都死绝了。”李存勖声音中仍含着怒意，还不时地看向蕊仪。

蕊仪慢慢低下头，她并非心虚，只是她已有了答案。若是李存勖受人蒙蔽，错杀忠良，他一定会说自己手刃了奸臣，因为他不明真相，不会觉得自己有错。可是，他偏偏说林康勾结契丹，又说他们一家死于瘟疫，这便是欲盖弥彰。

他还不住地看向她，他也是知道的，是吗？她是什么？她到底算什么？是他手中把玩的玉玲珑，还是那只鹦哥？

李存勖还是喜欢她的吧，即使只有一点，可是他既清楚他们之间的恩怨纠葛，她在他心里是不是也是那段过往？把自己的仇人留在身边很有意思吗？她到底算什么，是他故意留在身边的，还是娶了她之后才发现了她的身世？

“哐当”一声响，砚台已碎裂在了脚下，蕊仪呆呆地抬起头，目中已不觉泪花汹涌，她张开嘴，却发不出半点声音。蕊瑶从背后轻拉住李存勖的袖子，看着蕊仪，轻声道：“又不是姐姐的错，皇上怎么对姐姐发脾气了？看把姐姐吓的。皇上，姐姐身子刚好，是不能受惊吓的。”

李存勖应了一声，让赵喜义给蕊仪看座。梓娇握了握蕊仪的手，小声道：“妹妹不必害怕，这又不关妹妹的事。不过也怪了，信件里明明没有此人，怎么就凭空冒出来了？这恐怕就得问问德妃了。福儿，本宫再问你一次，你真是看着德妃写的？从来没有走开过？”

福儿跪在那儿早已抖得如秋天里枝头的枯叶，可她很机灵，惯会见风使舵，梓娇这一问，简直就是把一根救命稻草塞到了她手里。她神色一变，眸光一转，假做沉思状，“不是，奴婢曾经走开过。德妃娘娘写的时候，奴婢都只是端茶倒

水、研墨什么的，其他真的不知。”

“德妃呢？”李存勖沉声问，虎眸中如射出两道利刃，福儿惊得摔坐在地。

“回皇上，已经去请了。”棋芳在门口怯生生地道，一回完话就退到后面。

“皇上，何必为了一个大逆罪人生气，说起来这犯了大逆罪的也不少，大可不必为了一个林康动气。”蕊瑶轻声劝道，也不明白这是怎么回事，即使有人故意将林康的名字写了上去，又算得了什么。

“林康？”梓娇沉吟了一下，看向他们二人，“臣妾想起来了，这林康确曾是皇上的师父，可是没想到他竟然犯下此等大罪，怪不得皇上一直耿耿于怀。昭媛就别再提皇上的伤心事了。”

“住口！都给朕住口！”李存勖厉声道，冷冷地看向梓娇。可是经梓娇这么一说，他忽然觉察此事敏舒也是知道的，敏舒又怎么会犯下这样的错？“此事还要细审。来人，把福儿带下去！”

“皇上饶命，皇上饶了奴婢，奴婢真的什么都不知道。皇后娘娘救救奴婢，贵妃娘娘，奴婢也曾在丽春台伺候过你……”福儿拼尽力气喊着，想要挣脱，但如何也挣脱不了。

“德妃娘娘到。”殿外有内监扯着尖细的嗓子喊道。敏舒说话间已进来了，路上她已听闻了事情的来龙去脉，此事她是很容易洗脱的，就是不知这设局之人究竟为了何事。

“皇上且慢。”敏舒上前行礼，抛开心思各异的三人，抬头只看着李存勖，“来的路上，臣妾已听闻了来龙去脉，臣妾敢向皇上保证，此事绝非臣妾故意所为。皇上知道，臣妾是知道林康大逆之行的，臣妾既然知道皇上心中伤痛，又怎会有意在皇上打算设宴时揭皇上的疮疤呢？”

“书信中断无林康，此事只经由你与福儿二人之手，你二人中定有人脱不了干系。”李存勖定定地道，他看了敏舒一眼，又看向瘫坐在地的福儿。

“不是奴婢，真的不是奴婢。”福儿六神无主地用力摇着头，二人之中定有一人，那不是敏舒，就是她自己了。性命攸关，敏舒不管知不知情，也不管是否与此事有关，都会把罪责推到她身上，“帖子都是德妃娘娘写的，奴婢不知道，真的不知道。”

“你给我住口！”敏舒喝道，平日不曾如此，连说话都不会大声，此时陡然发作着实不习惯，“皇上，臣妾的确是照着几封信中的名字写的。这些日子臣妾宫中人手不足，臣妾日日都要料理许多杂事。昨日忙得昏昏沉沉的，看见林康的名字，隔了十年，一时只觉得有些眼熟，也想不起究竟是谁了，一时糊涂，就把他写进去了。”

敏舒一开口，蕊仪就暗叫不好。她不是不曾想过敏舒可能知道当中内情，她将仿冒的书信夹送进去时想着，要是敏舒知道，定是不肯写的，非但不肯写，还会把信拿到李存勖面前。这样一来她也达到了刺探的目的，而信的出处也正好安到福儿身上。

可是敏舒之前没有把事情闹出来，这让她以为敏舒是不知情的，这才等到了今天在饮羽殿中对质。没想到敏舒不仅知道实情，还在知情之下写了，这天公弄巧造成的疏忽也不知会不会再生出事端。

“一时糊涂？”谁知此时梓娇尖声开了腔，语中不无讥讽之意，“臣妾没读过什么书，肚子里也没有几位妹妹的文墨，不过也听过一些前朝流传下来的故事。有些人跟那些乱臣贼子有关联，暗暗怜悯他们身首异处的下场，就想着法地明示、暗示，不弄出些波澜，让别人想起他们，是不会甘心的。”

“娘娘是说臣妾与林家有私？臣妾什么出身，林家大小也是官宦之家，怎么会和臣妾有私？臣妾也只是听闻此事，当时究竟什么情形，林家究竟如何勾结了契丹更是无从知晓。就是林康的名字，也没记清楚。既然如此，臣妾又如何会心存怜悯？请皇上明察。”敏舒跪在座前，目光坚忍，指着不远处的铜炉道，“皇上若不信臣妾，臣妾愿以死明志。”

“哟，你还来劲儿了。”梓娇笑道，转而看向李存勖，“皇上，既然她说是按信上写的，那就再把那些信件看一遍。”

已经看了两遍，断不会有错，这就是逼着敏舒去撞铜炉。众人齐齐看向敏舒，敏舒目光冷冷地扫过她们，冷笑道：“皇上看到的未必就是臣妾看到的，信是福儿拿到集仙殿的，拿走时臣妾为防有失，亲自点算了一遍，当时是没有错的。后来信到过瑶光殿，又交给贵妃，贵妃又交给了皇上，这当中究竟哪里出了变故，臣妾也不知道。臣妾有嫌疑不假，可是福儿、贵妃还有皇后，就是把信取出来的赵公公，也一样都有嫌疑。”

“你还反咬一口了？”梓娇反应过来，怒不可遏，蕴溪在她身后轻唤了一声，她才没有发作，当下她冷哼了一声，讥讽道，“瑶光殿里几十双眼睛都看着，本宫和这宫里的人自始至终都没碰过那些书信半个指头。”

“皇上，皇后所言不虚。皇上若不信，可以把当时在场的人都叫来细问。”蕴溪躬身道。她也是老王妃身边放出来的人，李存勖一直对她颇为信任。

梓娇处事多有不当，可是并不傻，这种一问便知的事情大可不问。李存勖摆摆手，对她们二人间的争吵感到厌烦，没有说话，目光又落在赵喜义身上。他并不怀疑赵喜义，他想让赵喜义指正另外几人。

赵喜义立刻躬身道：“奴才冤枉。皇上的书信是谁写的、一共有多少封，都是记了档的。奴婢是当着贵妃娘娘和福儿的面把信取出来的，当时就交给了福儿，奴才不敢做手脚，也没有机会做手脚。”他看向福儿，笑问道，“福儿，跟陛下说实话，这是不是实情？”

福儿头顶发寒，难道她真的命该如此？不对，有些事情不对，她看向蕊仪就像看见了最后一道生机。她跪起身，拼了命地向李存勖身边蹭了过去，“赵公公先把信交给了贵妃娘娘，贵妃娘娘才把信交给了奴婢。刚才奴婢也把信交给了贵妃娘娘，是贵妃娘娘把信带到这儿来的。皇上，是韩贵妃，是她，一定是她……”

“你胡说什么！我姐姐怎会认识什么大逆之人？十年前，姐姐也才十岁。她冤枉你？你也配被冤枉？！”蕊瑶摇了摇李存勖的袖子，面色不善，但并不惊慌，“皇上，德妃姐姐所言不无道理，可是这也不能洗脱她自己的嫌疑。”

蕊瑶知道此事与蕊仪有关，她怕的就是真在蕊仪身上搜出什么物证。不过，搜贵妃的身也没那么容易，有她在就更不容易。

“皇上，昭媛说得是，臣妾和贵妃妹妹都有嫌疑，福儿也有。可是臣妾敢以死明志，贵妃妹妹敢吗？福儿，你敢吗？”

这个伊敏舒，此事即使扳不倒她，日后也一定得想办法除掉，蕊瑶恨恨地想，目光忍不住剜了她一下。可就是这四目相对的一刻，她忽然明白了，敏舒怀疑的不是蕊仪，而是福儿，或者说是福儿受了梓娇的指使。

好一个以死明志，不过是一句话，还真能让她们死了不成？可是这四个字听起来重若千钧，当然也不是谁说出来都有此分量，譬如敏舒说起来就有，蕊仪说出来也有，可是福儿呢？一个宫女而已，又是无家无世的孤儿，死了也没什么大不了的。

“姐姐，你是清白的，你说啊，快说话啊。”蕊瑶看着目光沉寂如死水的蕊仪，语中诧异、焦急交杂，心中不住地催促着。

蕊仪抬起头，目光终于有了落点，清明的眼眸蒙着水雾，当中暗含着委屈、坚毅与冷然，开口时笑得有些惨然，看在别人眼里只觉得她受了天大的冤屈，“原来臣妾已经到了要以死明志的地步了。皇后姐姐知道内情，德妃姐姐也知道，好像唯独臣妾不知道似的。皇上老是看着臣妾，是在怀疑臣妾吗？”

“妹妹，皇上哪儿是在怀疑你啊。你方才说你也知道？快把事情的原委说出来，也好早脱了嫌疑，犯不着为了一些心术不正的人让自己受委屈。”梓娇劝道，眼角余光瞟向李存勖。

“皇上，臣妾也知道林康是大逆罪人，难道皇上忘了？当年查出林康反叛，就是臣妾的父亲做的佐证。父亲曾对臣妾说过，林康犯下滔天大罪，实不可恕。当年皇上对林康颇为信任，此事一经揭露，皇上颇为伤心。父亲叮嘱过我，切不可和皇上提及此事。妹妹年纪小，父亲没有说过，可是对臣妾，他是叮嘱过的。”蕊仪声音带了些颤抖，低下头，掩饰住目中神色——她还无法面对。

“韩元对你说过？”李存勖心中缓了一下，声音仍是淡淡的，但已不比先前的冷冽。

“臣妾在家时曾执掌家业，因不能抛头露面，很多事情虽只能假手于人，可也常常要与外人打交道。父亲曾拿林康之事教导臣妾，无论做什么事，于国于家都要有一份忠心，不能做出背叛皇上和祖先的事。”蕊仪目光坚定，跪了下去，指天道，“若是皇上一定要臣妾以死明志，臣妾也愿意和德妃姐姐一样。”

“皇上真的要冤枉姐姐吗？”蕊瑶起身跪在她身边，暗暗看了她一眼，也不知她说的是真是假。

“朕没有要冤枉任何人，你们这是做什么？都起来，好好回话。”李存勖发了话，看了看几人的近侍宫女，让她们把人扶起来，“福儿，朕相信贵妃和德妃，你再想想，可还有疏漏？”

“这……”福儿一个劲儿地摇头，看着蕊仪，豁出去了，“皇上，信一定还在贵妃娘娘身上。把信带到瑶光殿前，奴婢是看过的，有林康，真的有林康。一定是贵妃把信藏了起来，她有意陷害奴婢。”

“你倒是说说，贵妃为何要陷害于你？”李存勖抚了抚额角，被她一连串的争辩吵得头疼。

“因为……”有那么一刻的迟疑，福儿眼中闪过一抹冷静，她定了定心神，指着蕊仪道，“因为贵妃一直觉得是奴婢陷害了满月，满月才死在了狱中。”

还没把敏舒和梓娇供出来，可见还没慌得全然乱了方寸。蕊瑶冷笑道：“你若害了人，自有宫规处置，贵妃也可以求皇上、皇后主持公道，哪儿用得着转上十八个弯，为了一个小小的宫婢大费周章地想出如此计策。”

“书信？你说有，难道就有了？你说得不错，若是本宫把信藏了起来，那信一定还在本宫身上。”蕊仪目中如射出两道寒冰，看着福儿道，“皇上不信，大可以搜一搜，免得她又污蔑臣妾和这饮羽殿中的宫人藏私，还可以让她搜！”

“好，为了洗脱贵妃的嫌疑，朕今日就允了。”正当诸人诧异之时，李存勖话锋一转，目光落在福儿头顶上，“不过，若是你搜不出来，朕就治你欺君之罪！”

福儿愣愣地跌坐在地，蕊仪敢让她搜，定是搜不到的，李存勖让她搜，不过是做做样子，她哪里能动手？她只能求助于她的旧主子了，“德妃娘娘，你救救奴婢吧，奴婢一心为娘娘办事，娘娘不能不管奴婢。”

“你是哪个宫里的奴婢？你什么时候帮本宫办过事了？”敏舒也急了，咬死了不认，她已经和梓娇翻脸了，索性得罪个干净。

梓娇刚要开口，蕊仪却抢了先，她看向福儿时目光冷静，“你一会儿咬着本宫，一会儿又是德妃姐姐，你是不是还想攀咬皇后？”她看向李存勖，语气已平静下来，“皇上，臣妾知道福儿为何攀咬我们几个，因为那封信根本就是她写的。她把信交给德妃姐姐，故意让她写在帖子里，然后再面呈皇上，就是为了替林家叫屈！”

“奴婢冤枉，冤枉！皇上，奴婢怎么会为林家叫屈？奴婢根本就不知道林康是谁。”福儿大声喊着，不知蕊仪为何会说出这样的话。

李存勖也不明了，他看看蕊仪，又看看福儿，难道蕊仪想借此为满月报仇？蕊仪冷冷一笑，起身走到福儿身后，“皇上容禀，臣妾也是今日才得知此事。福儿，本宫问你，你的爹娘姓甚名谁？是做什么的？你们一家原本是哪儿的人？”

“奴婢是孤儿，无父无母。”福儿答道。

“你当然不肯承认，因为你的爹娘原是林府中人，当年就死在那场瘟疫当中。你一直相信民间那些无稽之谈，觉得他们并非死于瘟疫，而是被皇上所杀。你想在皇上面前提起林康，就是为了试探，想为林家，也就是你的旧主，鸣冤叫屈。”蕊仪镇定地说着，等待着她的反驳。

“不可能，奴婢不是什么林家余孽。”福儿用力摇头，沉思了一下才道，

“就算真如贵妃娘娘所说，奴婢也毫不知情。奴婢六岁上就没了爹娘，根本不记得他们是做什么的。”

“你不知情？你当然会这么说。”蕊仪冷笑，上前禀报道，“皇上有所不知，早先福儿在丽春台时臣妾就察觉她行事怪异，派人查探之下才知道了她的身世。皇上不信，可以问鱼凤。”

鱼凤与宫外有往来，李存勖对此一直睁一只眼闭一只眼，为的就是想看看她们会弄出什么名堂，问道：“鱼凤，这是你查出来的？”

“是，奴婢托了兄长打探，福儿的确是林家余孽。”鱼凤丝毫没有犹豫，上前就道。蕊仪事先没有跟她商量，她此时才知这是为何。一封假信可以为满月报仇，也可以试出她的忠心。若是她说没有此事，蕊仪必定还有后招，只是到时被殃及的就会是她和福儿两个。

想到此，鱼凤心中凄然，原来她还没有得到蕊仪的信任。她放弃了出宫的机会，她从不后悔，因为她发现自己已经离不开蕊仪了，她也想在宫中有一席之地，虽然这一席不在妃嫔之位，而是女官。她是不是错了？让一个时时刻刻都活在战战兢兢中的女人相信她，并不容易，被试探、猜疑也是常情，只是希望这次之后，不会再有了。

“胡说！你胡说！”福儿乱了方寸，不知该看向哪个，“皇上，即使奴婢的身世真如她们所说，奴婢也不知道，真的不知道！”

“皇上，是不是真的不知道，只要搜一搜便知。”蕊瑶暗觉好笑，什么林家余孽，说得跟真有那么一回事似的，但面上仍是一本正经的，“如此心怀叵测之人，即使再小心谨慎，也会留下些凭证，以做睹物思人之用。”

“来人，搜！”李存勖沉声道，目光阴晴不定，不由得上上下下来回打量着福儿。

一会儿工夫，去搜宫的侍卫就回来了，他躬身捧上一张信笺，上面还画了两朵梅花。

“皇上，搜到一首诗。”

“呈上来！”李存勖急不可待地道，劈手从赵喜义那儿夺了过来，是林康的诗！他指着福儿，声音冷得没有半分温度，“来人，把她拖出去，乱棍打死！让所有太监、宫女都来观刑！”

“皇上，奴婢没有，奴婢不知道那是林康的诗，奴婢不知道……”福儿大叫着，抱着柱子不肯走。

“林康的诗？”梓娇惊叫道，冷笑着瞪着她，“皇上都没说是林康的诗，要不是你的，要是你没有看过，你怎么知道？皇上，贵妃妹妹没冤枉她，皇上要打死她，那还是她的福分。这样包藏祸心的宫婢，千刀万剐都是轻的。皇上，依臣妾之见，该问清楚她背后还有没有什么人，不能便宜了这些人。”说罢，目光落在敏舒身上。

福儿已经管不了那么多了，她既然百口莫辩，保不住性命，那何不拉上一个垫背的？她扯开嗓子大喊道：“德妃娘娘，奴婢帮你做了那么多的事，你不帮奴婢，还把事情都推在奴婢身上。你让奴婢陷害满月的时候都说了什么？你说贵妃娘娘最要面子，让她吃了这样的闷亏，她一时想不开，说不定肚子里的小皇子就没了。你还说就算小皇子生下来了，贵妃娘娘德行有失，也不能抚育皇子，到时皇上怜你无子，一定会交给你抚育……”

听着这一切，蕊仪瞪大了眼睛，她以为敏舒只是受了梓娇的指使，没想到她自己也包含着如此祸心。梓娇听了也瞪大了眼睛，不敢置信地看向敏舒，大声道：“好啊，德妃，你用心竟然如此歹毒！”

“还有，皇上，奴婢听到了，奴婢都听到了，皇后娘娘也说过，她想让贵妃失宠，这样贵妃就不能跟她争后位了，这样守王就可以做太子了！”福儿声音嘶哑，目中充血瞪着这二人。

众人心思各异，若不是有蕴溪劝阻，梓娇早就上前揪住了她。敏舒面色也不好看，广袖一挥，一盏茶砸到了福儿腿边，“你血口喷人！说，你究竟受了谁的指使？”

若说前一刻李存勖面如寒冰，此刻便如打翻了染缸，青一阵、红一阵、白一阵的。后宫中的倾轧自古有之，他也知道夜明珠之事有蹊跷，但想着息事宁人，他从未想过会将此事闹到台面上，还说出了这些不堪的内情。

为子争位，梓娇的用心并非不可恕，而敏舒，李存勖看向她百感交集，这就是他先后赐位贤、德的女人吗？他心里仿佛被塞入了一团烧着了的枯草，烧得他焦灼、心痛，目光最终落在蕊仪身上。

这是绝好的机会，他大可以因此废了敏舒的妃位，再令梓娇闭门思过，不再主理后宫。可是如此一来，家丑外扬，高贵和乐的皇家居然如此不堪。

“皇上可都听见了？她们居心何在？她们要害姐姐和小皇子，早晚会把臣妾也害了，皇上要为我们做主。”蕊瑶目光掠过梓娇，狠狠地瞪向敏舒，“你自己没有孩子，就想害姐姐的小皇子，用心歹毒，别说是位列四妃，就是做一乡间民妇也不配。你自诩出身书香门第，目空无人，可这里的人谁又不是？你根本配不上这四个字。”

梓娇的身世也并非绝密，只是此时无人有暇计较，李存勖沉沉地叹了一声，将将开口：“德妃德行有失，朕……”

“皇上，福儿犯下大错，不甘就此伏法，攀咬皇后、贵妃，实在是罪无可赦，皇上切不可听信了她的谗言。”蕊仪正色道。以前她也许会揪住此事不放，可是如今，她忽然有那么一刻的恍惚。她何必与她们纠缠？她已是一个笑话，又何必让别人再成为笑话？“即使二位姐姐真有此心，她们又如何会说出来？福儿，皇后和德妃有事只会吩咐你，何必把她们想的都对你一个小小的宫婢和盘托出？你的话本宫半句也不会相信。”

“姐姐，你怎么……”蕊瑶不解，目光不经意地与李存勖相遇，她竟在他眼中看到了些许释然。那一刹那她陡然明白过来，大叹蕊仪的机敏、忍耐，“是臣妾误会了，皇上切不可轻信福儿一人之言。应将这个贱婢立刻明正典刑，让各宫宫婢都看看，有谁胆敢诬陷主子，就和她一样下场。”

“皇上，原以为是满月姑娘犯下大案，没想到竟是福儿肆意诬陷。八成是她手脚不干净，偷了夜明珠，又没有门路送出宫去，才藏在了贵妃妹妹的嫁妆里。”梓娇转而看向敏舒，惊魂未定地道，“德妃未必有那歹心，但福儿曾是集仙殿的宫人，常侍德妃左右，不得不察。还请皇上相信臣妾，臣妾定会秉公彻查此事。”

“德妃，你有何话说？”李存勖沉声道，一个也不发落，难免对不住蕊仪，也使宫规仿若无物。可是该如何处置才适当，他有些拿不准。

“臣妾是清白的，请皇上相信臣妾，臣妾绝没有害贵妃之心。”敏舒得不到回应，哀求地看向蕊仪，“贵妃妹妹，我即使害了你的孩子，自己也不会再有孩子，损人不利己，我又何必如此？”

不管敏舒初时安的是什么心，小皇子未能出世都与她无关，那是天意。蕊仪心中之痛早已让她失了所有感觉，原以为是老天怪她没有阻止他们兄弟相残，如今看来，却是在怪她忘记了冤死的父母和姐姐。她轻轻摇了摇头，泪光闪闪看向李存勖，“臣妾相信德妃姐姐的为人，皇上不可轻信了福儿。”

眼中闪过些许惊讶，李存勖颔首，警告地看向敏舒和梓娇，“朕也信你，但福儿毕竟曾是你的近侍宫女，你治下不严，才致使贵妃受了冤屈。没有朕的话，你便在集仙殿静思己过，如若再犯，朕决不轻饶。”

“谢皇上，谢皇上，臣妾这就回集仙殿闭门思过。”敏舒叩头道，有生以来从未像眼下这般失态。棋书扶她起来，二人半刻也不敢多留，趁乱而去。

趁众人不留意，梓娇长舒了口气，她端了一旁宫女手中的茶盏，上前亲手捧给李存勖，“皇上消消气，别为了这些居心叵测的人生气。”

“啊”的一声惊呼，李存勖一挥手，滚烫的热茶泼了梓娇一身，他语气严厉：“皇后也该回瑶光殿了，身为皇后，本应修身养性，你却奢侈成性，成日只知歌舞享乐，你也应当静思己过。”

“臣妾没有，臣妾是被她诬陷的……”梓娇指着还在一边的福儿，就是不肯承认。

“你以为朕是瞎子吗？”李存勖逼视着她，沉声道。

“皇后姐姐还是先回去吧，总不能再惹皇上生气了。”蕊瑶轻声道，面对着梓娇，暗含挑衅地看着她。

梓娇也知势头不对，尴尬地扯动嘴角，道：“那臣妾告退了，改日再来拜见皇上。”李存勖说她应当静思己过，并没有命令她如此，她就顺势装了这糊涂。

蕊瑶讪讪地撇撇嘴，回头一看，蕊仪面色惨白，低垂着眼眸不知该看向何处。李存勖坐了下来，连眼皮也没抬一下，对赵喜义道：“把那个贱婢带下去，杖毙！暴尸三日，挫骨扬灰！”

蕊仪、蕊瑶俱是一震，为他的冷冽胆战心惊。李存勖刻意缓了神色，故作如常地道：“蕊仪，朕随你回丽春台。”

饶过了敏舒和梓娇，正是讨价还价的时候，蕊瑶也不计较，大度地相送，“姐姐身子不好，皇上多陪姐姐说说话。”

“皇上，臣妾想一个人静静，皇上还是陪妹妹吧，臣妾告退。”蕊仪福了福身，笑不出来，只能维持着面上的礼数。

李存勖僵在那儿，刚站起身又缓缓地坐下了，也好，都应该静一静。

“赵喜义，让崔敏正去给贵妃诊脉。”

“臣妾去送送姐姐。”也许蕊仪听了那些话，一时间想不开、受不了，蕊瑶也管不了那么多了，没等李存勖答应，她就跟了出去。

一连唤了几声，鱼凤和萱娘都回过头来，蕊仪却仍恍若未闻。蕊瑶叹了口气，让那二人退开些，好让她们说说话。她拽了蕊仪一把，总算让蕊仪停住了脚步，“那伊敏舒真是蛇蝎心肠，今日虽然饶她一次，以后定不会放过她。姐姐不必伤心，以后有她遭报应的日子。”

离得近了，蕊仪才回过神来，她漫不经心地笑笑，泪还未干，“我若不放过她，皇上失了面子，皇后又少了一个敌手，以后咱们姐妹就难过了。这一次皇上欠了咱们的情，但咱们也千万不能恃宠而骄，唯有更加谦卑，才能使这份歉疚更长久。”

“姐姐说得是。”蕊瑶赞同道，“方才皇上半句未提刘梓娇，我就知道皇上还不想追究于她，也就顺着你们的话说了。我也知道，她背后还有郭大人，轻易动不得她。姐姐放心，我不会再明着跟她对着干了。”

“你晓事了，我也就放心了。在我们诞下皇嗣之前，皇上不会轻言废后，我要让她们狗咬狗，到时候谁也好过不了。”蕊仪目中是前所未有的冷冽，蕊瑶没有防备，不觉向后退了一步。

蕊仪也不理她，径自带着自己宫里的人走了。回了寝殿，她愣愣地坐在榻上，茶饭不进，谁与她说话，她都只是一言不发。萱娘、鱼凤以为她后悔放过敏舒，也不知该如何劝慰。萱娘叹了一声，轻声对鱼凤道：“不能让娘娘总这么坐着，我去请崔太医进来。”

鱼凤点点头，来到蕊仪身前轻声道：“娘娘，崔太医来请脉了。”见她没有回音，又道，“娘娘今日说奴婢去魏州打探消息，也不跟奴婢商量一声，奴婢差一点就接不上话了，临急乱编了一通，也不知有没有纰漏，好在当时乱，皇上也没有深究。”

“皇上一心想着林康，不会留意这些。”蕊仪叹道。这一年多来，她多少也熟悉了他的性情，她努力地熟悉他，适应他，是为了和他长长久久，可如今这熟悉竟要用来应对他和保全自己的性命，她自嘲地笑笑，“你不怪我试探你吗？”

“娘娘，这……”鱼凤低下了头。

“当时也没别的法子，只能放手一搏了。差一点，我的命也没了。”蕊仪凄然道。如果没有梓娇和敏舒搅和，他只要稍加揣测，也许就会想到她已知道自己的身世，那时她大概就会“暴毙身亡”了吧。

“娘娘是说那封信？”鱼凤低声问道。如果真的把信搜了出来，就是欺君大

罪，这一招的确太险了。

她误会了，可是蕊仪并不打算纠正，点了点头道：“你本是官家小姐，以后只有你我的时候，就不必自称奴婢了。”

“这……”鱼凤为之语塞，心里暖了一阵，感慨道，“谢娘娘，我以后一定会更用心服侍娘娘的。”

夜晚，温热的风从窗间门边吹入，不疾不徐的，烛焰在风中微微晃了几下，投下恍惚的影子。蕊仪悄悄起身，就着烛火将那泛黄的信笺烧成一撮灰烬。看着那最后一点化为灰烬，她长叹了一声，望着窗外暗黑幕布上的明月，难道她的一颗真心也要就此成灰了吗？

第二十八章·醒悟

七月里正是越来越炎热的时候，武成殿里的大臣躬身持节，汗水从官帽下滴落，待得一声“退朝”，连忙纷纷叩首。

散了朝，出了大殿，李嗣源在韩元身旁低声问道：“韩大人，我有一事不明，皇上这些日子究竟是怎么了？为了一件小事，先是撤换了三员大将，现在又要杀孙大人，还要抄家。皇上并非喜怒无常之人，如今为何会变成这个样子？不听百官劝阻，执意要杀开国功臣。”

“太尉大人，小心言多必失。”韩元警觉地提醒，向身后看了看，见其他人都走远了，才放心了一些，“事出并非无因，你也要小心谨慎，天子之怒不是咱们这些人能够承受的。”

“可总是这般，岂不是要日日胆战心惊地度日？韩大人也曾是我的老师，虽然这段师徒缘分短了些，但我也想让大人提点一二。”李嗣源恳切地道。李存勖尚未为难魏州军和郓州军，可是他总有一种预感，这一天就快要来临了。

“有些结可以解，有些结永世不能。”韩元苍老的声音里带着浓浓的无奈，他用了十几年想要解开这个结，可到头来他又做成了什么？

“什么？韩大人……”李嗣源愣了一下，韩元已经由来接他的家人迎着上了轿，他只能目送着轿子远去。回身走了一段，正要上轿，却看见远处自家的马车驶了进来，他向轿夫问道：“夫人这些日子时常进宫？”

“不，大人，这两个月夫人还是头一回入宫。”轿夫笑道。

“嗯。”李嗣源微微点头，没有上轿，“我还要与皇上商量要事，你们过了晌午再来。”

孙守望实在冤枉，他还想再试试有没有回旋的余地。平都进宫八成与蕊仪有关，不过眼下他还顾不上计较，便大步流星地向贞观殿去了。

平都进宫后先去了瑶光殿拜见梓娇。这些日子风头一过，梓娇也就不守着思过的口谕了，前一天把舞乐班子找回来，后一天又找人来做新舞衣，再过了一天索性又找了几个会写曲子的乐师。

她的运气也确实不错，不知怎么，从饮羽殿那天之后，蕊仪就把自己关在丽春台，面上说身子不舒服，连李存勖也不见，可她就是觉得，那日蕊仪面上装着大度，心里头定是怨李存勖没有为她主持公道。不管如何，李存勖又重新到瑶光殿来了。

平都见着梓娇的时候，梓娇正跟乐师商讨着新乐谱，也没空搭理她，寒暄了几句也就过去了。平都也不觉得自己被怠慢了，梓娇变着法地敛财，如今还把手伸到了国库里，她听着心里就不舒服，也就懒得应对她，从瑶光殿出来就去了丽春台探病。

蕊仪一连在丽春台憋了三个多月，前后蕊瑶来过，李存勖来过，她都推说身子不适，只让他们坐了一会儿。还有各宫里的妃嫔自然也是如此，日子久了，也就没人来了。今日没想到平都竟然来了，难道是以为她又失宠了，故来此挑拨吗？

以前听到那番妄言她会一笑置之，可是如今，她不知该如何面对。李存勖冤杀了她的亲生父亲，可她又不愿相信他是那般十恶不赦之人，这中间一定还有什么不为人知的原因。就算是因为争权夺势也要有个由头，譬如林康究竟碍着了李存勖什么，或是李存勖想要得到什么。

可是李存勖是老晋王那时唯一的嫡子，又是战功累累，他想要什么得不到？蕊仪叹了一声，淡淡地道：“不见，就说我身子乏，还睡着呢。”

“贵妃娘娘是身子乏了，还是不想见我？”平都笑道，在廊子里就听到了，此时正站在门边笑看着她。

“你们都下去。”蕊仪笑了笑，转身进了内殿，也不主动招呼她，“无事不登三宝殿，这几天丽春台里连只得空的苍蝇也没有，传不出风声，有话就直说吧。”

“我怎么觉着你变了。”平都微微掀唇，要是以前，没等她开口，蕊仪就会让她住嘴。隔着小桌，她在蕊仪旁边坐下，开口道：“娘娘将夫君劝得很好，他能对皇上笑脸相迎，还日夜为国事操劳、为他分忧，我看着都觉得不易。可是娘娘既然懂得劝他，又为何不劝劝自己？把皇上往外面赶，把自己宫里变得跟冷宫似的，也不知想做什么。”

“我的事用不着你管，好生做你的太尉夫人，谁还不得小心翼翼地过日子？”蕊仪看了她一眼，又盯着绣了一半的花绷子看。

话中竟带了些关心的意味，平都看着她的侧脸，审视着她，“难道你已经看出他是个寡情薄幸之人了？倒省得我多费唇舌了。小心翼翼地过日子不假，可是，欲加之罪，何患无辞？你不妨再想想我的话，为什么大家都得这样活着，到一个爱你的男人身边，坐尊贵的位子不是更好吗？”

“你又在痴人说梦了。”蕊仪淡淡地看了平都一眼，平都根本不知道她在想什么。

平都压低了声音，像是在保证什么，“如果现在的皇帝是他，你自然就是皇后。”

“你愿意让我做皇后，那你又该如何？”蕊仪目光冷淡。

“我？事成之后，你就是让我出家为尼，我也毫无怨言。”平都不经意地敛住目光，到那时也许会有些舍不得吧，也许她如今已经不能放下了。

“大白天的，真的在我这儿说起梦话来了。”蕊仪一笑，疑惑地看着她，“我一直不明白，你一直想这么做究竟为了什么，也许你想做皇后，这倒是说得通的。可如今，我又不明白了，你究竟是为了什么？”

“他喜怒无常，不知得罪了多少人，你就当我睚眦必报，看不惯他的所作所为就成了。”平都语速急了些，想要将此一揭而过，“我言出必行。”

“我虽然不是皇后，算不上皇上正头的妻房，可是也犯不着因为一些小事就弄得刀兵相见，何况我不比你有那么大的野心，后位也不是那么好坐的。”蕊仪随意地笑笑，准备送客，“我身子乏了，你还是到别人宫里坐坐吧，我就不留你了。”

“那你就看着他杀那些无辜的人吗？我差点忘了，贵妃娘娘闭门不出，早就不管外面的事了。今天在朝堂上，他又杀孙守望了。韩大人和那些朝臣劝阻，他非但不听，还说这些劝阻的人都是朋党。”平都怒道，见蕊仪脸上已不再平静，她冷冷一笑，“虽然我也看不惯你们韩家，可是我一直觉着你或许是个例外。”

“你对我说的这些，可对太尉大人说过？”蕊仪朗声问，有些嘲弄地看着她，“你不妨先问问他。”

“韩蕊仪啊韩蕊仪，原本我嫁了他，而不是你，我还对你很是歉疚，因为我觉着自己像一个贼，偷了别人园子里的果子，可是如今我不用再歉疚了，因为我觉着我偷得对，偷得好。”平都冷笑，把脸凑近了，睁大了眼睛盯着她的脸，“不知道他在想什么的人，是你。”

“他若不是为了他的旧部，他早就归隐山林了。”蕊仪淡然道，长叹了一声看着她。

“若不是为了那可笑的兄弟之情，若不是他不想伤那些旧部的心，他会那么做的。如今朝堂上人人自危，迟早他会那么做。”平都抛下这些话，一摔门走了。

绣花绷子“啪”的一声落在地上，蕊仪眉头深锁，她总是觉得嗣源能够忍耐，可是她忘了，他也是一员战将，一个有血性的人，他能忍多久？再久也是有尽头的，而他和李存勖都还有几十年的路要走，总有一天会冲撞起来。

“娘娘，夫人怎么这么快就走了？”鱼凤探了头进来，捡起花绷子，轻声道，“太尉大人带了礼物过来，皇上吩咐了，让他亲自送过来，此时已经到咱们门口了。”

“真的有皇上的口谕？”蕊仪警觉地道，怕他们又擅作主张。

“不只是口谕，人是顺喜公公带来的。”鱼凤看了看她。顺喜不久前回了贞观殿，又在御前当差了。

“走，去看看。”不见只怕更让人生疑，蕊仪想了一下，又吩咐道，“就在桃林里摆张桌子，不进殿了，这时候不能再出乱子。”

“是。”鱼凤应声而去。

桃林中支了一张小小的桌子，茶盏里盛的是蕊仪酿的花露，甜中带着些许酸涩，喝着很润口。蕊仪轻摇着手中绣扇，上面的牡丹花栩栩如生，丝毫不逊于宫中的任何一朵。“平都刚刚才走，你就来了，下一次不妨一起过来，瓜田李下惹人疑窦，引火上身。”她声音低了些，不免失笑，“这样对你我都好。”

“她又说了那些话？”李嗣源无奈地道，“我不会再让她进宫。”

蕊仪摇摇头，笑了笑，“好在她只是对我说，没有到皇后和别人面前说，你也不必太责怪她。”她怎么为平都说好话了？她自己也感到奇怪，“孙大人的事我知道了，他有没有为难你？”

“皇上大概要动魏州军了。”李嗣源不甘愿地开口，“魏州军里好些都是当年跟着义父征战的，也不知皇上着了什么魔。”

“孙大人可曾在魏州任职？”蕊仪手指轻轻点着桌案，暗想着当中关联。

“你如何知道？定是听韩大人说起过。”李嗣源有那么一刹那的诧异，继续道，“孙大人在魏州的日子并不长，那时候还只是王府的执事。义父病逝前几日，他被派到了幽州。那时孙大人已经四十多岁了，仕途才刚刚开始。”

又是一个同老晋王有关的人，蕊仪不动声色地问道：“那魏州军里的几位将军当初又有什么渊源？”

“都是拥立之人，十年了，只有几人曾调任过郓州。以前皇上对他们一直很放心，就是我，也是比不上的。”李嗣源也有了怀疑，天下之大，为何这些人兜兜转转都与魏州和晋王府有关？“你是说与义父有关？”

“不，我还没想通透。”蕊仪摇摇头，当中因由不能无根无据地猜测，她还要回想。既然她能在梦里亲见当年的景况，冥冥中自有天定，她也许还能想起些什么。她觉着她作为林子良的时候，比起林子从更得林康夫妇的心，也许他们曾无意间对她透露过什么。

李嗣源点点头，不再提这件事。他默了一会儿，声音断断续续的：“你可还好？”

“都好，皇上对我也很好，蕊瑶也懂事了，只是最近精神不济，才远着他们。”蕊仪笑了笑，知道他所问为何，她如何能让他担心？

“那就好。”李嗣源笑得有些不自然，谁人不知韩昭媛专宠后宫，一月间李存勖有二十多日在饮羽殿，就是皇后也弄出不少花样，等着把人往宫里招。这样的处境，他如何能不为她担心？李存勖不是长情的人，冷得久了恐怕就变成了真的了。

只是既然蕊仪故意对他说谎，他也不愿当面拆穿，他要做的是让她的处境好些，而不是用那些无用的话开解她。

“你呢？”蕊仪失笑，他八成是不信的，“如今有三个庶子，什么时候再有了嫡子，才算是安稳了。你和平都若是能相敬如宾，何尝不是国之幸事？平都是

老晋王的义女，虽说封位只是郡主，可算起来，应该是长公主，她的儿子将来多少会让他有些顾忌，你也可以……”

“为了留后，何论嫡庶。”李嗣源笑叹，含笑看着她，“你什么时候也心存侥幸了？”

“在宫里时常赌的就是能不能侥幸逃过一劫。”蕊仪回望着他，目光平和。满月得以平反，福儿被杖杀，敏舒被禁足，哪一样不是凭着侥幸？“你出宫去吧，以后别再来看我了。”

“虽然是皇上亲口同意让我来的，可以后也不会了。他也许还有疑心，一直在试探你我。”李嗣源提醒道，向后退了几步，躬身告退，“贵妃娘娘玉体安康，微臣告退。”

在林中又站了一阵儿，蕊仪才转身回寝殿，鱼凤迎上来问道：“蓝御女和赵采女来请安了，娘娘见是不见？”

“不见也不行了。咱们这位皇上最喜欢一箭双雕，也不止是双雕，就是三雕、四雕也是有的。你说我见了太尉大人，还能不见别人吗？让她们进来说说话吧。”蕊仪轻叹道，取了个贵妃枕，靠在榻上。

蓝坠儿和赵瑜茵进来了，说了些请安和客套的话，在蕊仪面前坐下。蓝坠儿左右看了一圈，笑起来讪讪的，“娘娘病的这些日子，皇后娘娘也顾不上搭理我们姐妹几个，我们就快要到饮羽殿请安去了。”

“是啊，看娘娘气色，应是大好了，以后娘娘主理六宫，还请娘娘多照应我们。娘娘要是忙不过来，只管知会我们一声。”赵瑜茵微微收敛着下颌，笑得讨巧。

“又在哪儿听了这些闲言碎语？无边无际的，可别乱说。主理六宫的是皇后，本宫只是协理，你们难道想陷本宫于不义？”蕊仪声音微沉，并不动怒，眸中闪过一丝讥讽。

“臣妾不敢。”二人对视了一眼，蓝坠儿尴尬地道，“娘娘大概还不知道，这是早上皇后娘娘亲口说的，她说她以后只给皇上排演歌舞，同享富贵，懒得理这些烦心的事，还说若是有事，只管来问娘娘。”她顿了一下，偷偷看蕊仪眼色，“臣妾虽然是德妃宫里出来的人，可如今早就断了联系，以前若有开罪娘娘的地方，还望娘娘大人有大量，不要跟我们这些微不足道的人计较。”

“皇后一时戏言，你们还当真了。”蕊仪笑出声，她从来志不在此，要是有这闲工夫，她宁愿去琢磨帮着李存勖想想如何才能国泰民安，“你们先回去，本宫也该去向皇后请安了。别成日想着靠上一棵大树，再上了哪一艘快船，得空还是想想怎么留住皇上的心。”

“那也要向娘娘讨教。”蓝坠儿连忙道，生怕就此被蕊仪赶了出去。

“是啊，娘娘是最得皇上心的，臣妾也想多跟娘娘说说话。”赵瑜茵心领神会，立刻道，也是一脸的恳切与小心。

“这也不用跟本宫学了，要讨教去找昭媛就是了。皇上也在饮羽殿，刚好圆了你们的心愿。”蕊仪笑道，让她们碰了个软钉子，她们要是去饮羽殿，八成就要吃闭门羹了，“鱼凤，送二位妹妹出去，若是她们想去饮羽殿，就让人跟过去，替本宫问候妹妹。”

二人不甘地告退。蕊仪换了身藕荷色的宫装，上面的绣纹是几面花鸟绣扇，很是别致。她上上下下打量了一番，笑道：“和原先也不差什么，总算没有失礼。”

“娘娘这些日子清减了一些，不过更显腰肢轻盈，要是皇上见了，准会夸赞娘娘。”鱼凤笑道。

萱娘进来禀报，步辇已经备好了。蕊仪笑道：“鱼凤留在这儿看着，一会儿害怕有人来，萱娘跟我去就成了。”

去哪儿不好，非去瑶光殿，萱娘暗暗叹了一声，“娘娘有所不知，皇后这些天招了很多人到瑶光殿，里面鼓乐震天，刚进去的人都听不见对面的人说话。”

“闹到如此地步了？”蕊仪纳闷道，脚下不停，已跨过了门槛。

“皇上也不制止，还让人送了不少衣料过去。这下倒好了，好些个大臣也让家眷送了东西过去，现在瑶光殿的偏殿都塞满了。”萱娘没好气地道。这种人也能做皇后，真不知道老天爷的眼睛长到什么地方去了。

步辇一直抬到瑶光殿前，蕊仪听萱娘说了之后，自然有了防备，下了辇每走一步都很是小心，生怕从哪儿迸出一道鼓声，惊了步。果不其然，没走一阵儿，就听见鼓乐声大作。到底还是被稍微惊了一下，蕊仪笑对出来迎她的蕴溪道：“皇后真是好兴致，本宫今日也有眼福了。”

“娘娘说得是，要知道这歌舞就是皇上也还没看过呢。”蕴溪含蓄地道，又觉得应该说得更明了些，又道，“皇上这些天都没来瑶光殿，娘娘时常想念。”

“本宫一定规劝昭媛，要是她不给本宫这个做姐姐的闭门羹吃的话。”蕊仪

笑了笑，她对蕴溪一直有些好奇，趁着梓娇不在，她逮着空问道，“姑娘何时起跟着皇后的？”

“奴婢自小就跟着皇后，那还是在晋王府的时候，在老王妃身边。”蕴溪每每提及此就不免感伤一番，除了歌舞，她哪一点不比梓娇强上几分？若论心思就更不必说了。可是如今梓娇贵为皇后，母仪天下，而她却还是一个日日受梓娇呼喝的宫婢。

“哦？”蕊仪有些诧异，她知道蕴溪出自晋王府，可没想到竟一直跟梓娇在一起。梓娇那时也只是老王妃身边的侍婢，她们是一样的。想到此，她开解道：“姑娘是皇后的好姐妹，早晚要配一门好婚事，以后无论是本宫，还是本宫的兄长，都还要跟姑娘套几句近乎呢。”

“奴婢哪儿来的好婚事，这辈子都要服侍皇后罢了。”蕴溪勉强笑了笑，低下了头。

“那是皇后还没找到好人家了？姑娘这样的品貌，是要挑上一挑的。”蕊仪假装不知，计上心头，“不如姑娘先和本宫说说，姑娘想嫁贵阀公子、军中大将，还是……”

“皇后娘娘是不会允许的。”蕴溪已然心动，蕊仪不会平白无故地想要插手她的姻缘，自然更不会毫无所求，但是这一定是个机会，她袖中的手紧了紧，“要是奴婢得配良缘，娘娘就是奴婢的恩人。”

“那本宫就想想，说不定真有良缘。”

蕊仪笑了笑，转身进了殿，向梓娇福身道：“皇后娘娘，臣妾大好了，向娘娘问安。”

“你来了，来了就好。”梓娇笑道，面色绯红、香汗淋漓，想必是刚刚舞过一曲，“我这儿忙不过来，好些事要交到你手上，暂且替我照管些日子。”

“臣妾也是乐得一身闲，省得惹人闲话。刚才可是有人到臣妾那儿嚼舌根子了。”蕊仪叹道，看着她的眼。

梓娇撇了撇嘴，笑叹道：“我早上说的，没一会儿就传到你那儿了，真快。”她指了指旁边的绣墩，“不是诳你，那些个杂事我见着就烦，还不如在这儿找乐子。我悄悄告诉你，皇上看了曲谱，龙心大悦，还要亲自抚琴呢。”

当上了皇后，又见各宫诸人都没有子嗣，动摇不了她的后位，也就不觉松懈下来。果然是小门小户出来的，在晋王府待了二十年，也没脱了本性。蕊仪笑道：“那是皇上疼姐姐。要说各宫歌舞，哪儿能比得上瑶光殿，皇上不来才怪呢。”

见她并无妒色，梓娇有些讪讪的，但想到蕊仪一向识大体，至少面上如此，也少不得有样学样，“妹妹那儿还不是一样？本来还想叫你过来，你既然来了，少不得要把话说清楚。以后六宫琐事少不得要你烦心，你也不必多心，大事上问我一声就是了。要是哪个不安分，你只管敲打她们，我以后只管好吃好喝地过日子。”

这话真该让李存勖听听，蕊仪暗笑，她猜想梓娇这些话倒是有七分真，不过大事上梓娇是不会放权的。她明白了这些以后行事也就方便了，名正言顺地协理后宫，并以协理之名，行主理之事，也能省去些提心吊胆。可是一旦出了事，也得她背着。

“臣妾只怕精力不逮，出了错，白白连累了姐姐。”蕊仪谦逊地道，不敢答应得太快了。

“能出什么错，不过是把年节上和各宫的场面功夫做足了。其实每天做的事都差不多，要不是这样，也不会交给你。”梓娇笑道，言下之意就是每日之事繁重、无趣。

“那臣妾就却之不恭了。”蕊仪点点头，算是应了。她抬眼看看梓娇，不知梓娇这日怎么不提银钱了，轻声开口，“庄子上的款子还没送上来，改日再亲自给姐姐送来。”

梓娇颔首，看起来并不太上心，“叫蕴溪去取就是了，那些钱还不够这些人一起吃顿饭的。”

“娘娘，臣妾已经尽力了。”蕊仪吓了一跳，以为梓娇又要借机让她寻新的路子。

“我知道。”梓娇看看她，眼中没有丝毫怒意，倒像是欢喜得很，“不瞒你，如今我有更好的路子了。哎，别问我，以后也别问，管好我交给你的事就够了。”

“那臣妾就告退了，不扰姐姐雅兴。”蕊仪笑道，她一向识趣得很，这来钱的路子想必不正，就算能打听出来，梓娇也不会明目张胆地告诉她。至于以后也不要问，也许是怕她阻了财路，她若是问了，说不定这协理六宫的差事就轮不到她头上了。

回去的路上，蕊仪将刚才的事告诉了萱娘。萱娘有些惊讶，没想到梓娇能将此重权交给蕊仪，“娘娘，这会不会又是个套？就跟上回一样？”

“也许。”蕊仪微叹，她和蕊瑶始终是梓娇最大的威胁，她不会傻得以为梓娇当真会信任她们。梓娇选了她，也是没有办法的办法，敏舒已是一颗弃子，身居高位的只有她了。

又或许书信一事上多少博得梓娇的一些信任，加之梓娇以为她已将刘老汉送回了老家，以为再没有把柄落在她手上，也就将协理之事暂且交给了她。至于以后，她若有了身孕，动些手脚，让她劳累中小产也不是不能。蕊仪看了她一眼，叹道：“只能更加小心谨慎了，近来咱们丽春台可还太平？”

“一切都好，娘娘歇的这几日没出什么乱子。就是宫里宫外来请安的多了些，韩府也来了人，是三公子。三公子虽然是娘娘的亲哥哥，可是没有皇上的旨意，也不敢让他进来，他向郑夫人问了几句就走了。”萱娘回道。

郑夫人入宫之后就一直留在丽春台，平日里管着小厨房，也做做针线。可是郑夫人来洛阳已半年有余，韩靖烈不找别人说话，偏偏找了她，还是在这个时候，不免令人生疑。蕊仪暗暗皱眉，不觉将此事与那日奉室之遇想到了一块儿。

“他们说什么了？”蕊仪不动声色地问道。

“三公子说是要叙旧，不让奴婢们服侍。”萱娘也不在意，想着也不过是平常问候几句，“娘娘，奴婢听说今日三公子又进宫了，是应了昭媛娘娘的请，皇上是准了的。想必过一会儿昭媛就会来请娘娘，娘娘正好和三公子见上一面，他上次来时带了礼，总要谢过的。”

“你先备一份回礼，不必太过厚重。昭媛还不知我已经好了，若是邀我，去便罢；若是没有，你们就把东西送过去，聊表我的一番心意。三哥这个人，一见我就一肚子火气，能少见一面是一面。”蕊仪毫不避讳，这些事应该让她们知道。

她不主动去饮羽殿，也有她的顾忌。假如韩靖烈那日当真听见了什么，这些天都没有发难，想必是想了长远之计。她不去，佯装不知，他倒未必立刻发难；若她去了，他觉着她已知晓，说不定就要兜头兜脸地骂将出来。这是皇宫，早上说一句话，晚上就能传遍了，更何况贵妃和自家兄弟吵起来，兹事体大，谁都不会轻举妄动，倒不如以静制动，静观其变。

“你去打听一下，瑶光殿最近可有大的进出，无论是人还是钱物，都要打听清楚。”蕊仪低声吩咐，钱物指的是梓娇新得的财路，而人，她期望的自然是申王李存渥。她不能总让自己头上悬着一支箭矢，也不能让梓娇一直折腾下去，不能乱了这天下。

饮羽殿里熏着诱人的牡丹香，不同于丽春台，这里的分外浓郁。殿内陈设丝毫不比瑶光殿逊色，甚至几样刚刚贡上来的都在其列，没来过的人一旦进来，一双眼珠子就没了安放的地方，四处打量着，想看遍这些奇珍异宝。

蕊瑶穿着蜜色宫装，脚上一双青蓝色的凤头绣鞋，手中端着一盏雨前龙井，慢慢地品着。她品茶时远远看去像是在熏茶，带了些俏皮，眉眼间很是灵动，声音里有几分娇气，即使说着平淡无奇的话也是如此，“三哥究竟有什么事，非要见我不可？有事，让嫂嫂带个信儿给我就成了。”

蕊瑶小时候也是个胡闹的，也能跟韩靖烈闹到一块儿，可如今进了宫，再闹起来便是引祸上身，蕊瑶自是半点不敢透露亲近之意，“你倒是说啊，一会儿皇上要来，总不能留你。”

“都出去，都出去。”韩靖烈起身，把几个宫婢轰了出去，还把大门关上了。

“你干什么？别坏了我的名声。”蕊瑶生气了，但韩靖烈坚持如此，也许真有大事，她指了指对面一扇小窗，“把那扇打开，让她们看见里面的动静。”

韩靖烈打开窗，又把那边的宫人轰到了阶下，“韩大人要过寿了，我要和昭媛娘娘商议寿诞之事，你们切不可偷听。”他坐回位子上，目光闪烁地看向蕊瑶，“有件事你听了切不可大嚷大叫，也不能告诉蕊仪。”

“你可别挑拨离间，二姐待我很好，我早就不生她的气了。”蕊瑶笑了笑，让他别多费唇舌。

“我没有。”韩靖烈急辩道，压低了声音，当中有些激动，“蕊仪她不是父亲母亲亲生的，不是我的亲妹妹，不是你的亲姐姐。”

“啊？难不成是父亲的如夫人生的？”蕊瑶奇道，没听说过啊，韩元位及宰辅，养个外室也不是什么大事。老实说，她一直觉得蕊仪同她和蕊宁有些不像，身上有一股子她们没有的气韵，可又说不出来，“说说，那位如夫人姓甚名谁，可是位倾城佳人？”

“什么？”韩靖烈愣住了，压根儿没想到蕊瑶反应如斯。

“你倒是说啊，瞒了这么多年，想必不是府里人生养的。父亲不说也就罢了，母亲也不说，想必这位如夫人也是有些品貌的。你说说，二姐是怎么到府里来的？”蕊瑶一皱眉，嘲讽道，“你该不会是瞎说的吧？”

“她根本就不姓韩，跟咱们一大家子半点关系没有，她是父亲和母亲抱回来的。”韩靖烈怕她不信，连忙解释，“原本是有一个蕊仪，可是被大姐带回魏州的时候死了，然后不知道怎么回事，就抱了一个回来。”

“抱了一个回来？那父亲会把韩家的家业都交给她？你想这掌家之位想疯了吧。”蕊瑶冷冷一笑，把茶盏撂在桌上，“没别的事就回去吧，我还想歇会儿。”

“我听得也不太真切，她好像是父亲一个同乡的女儿，父母双亡，又不巧害了场大病，不记得以前的事了，就这么抱了过来。”韩靖烈摆了摆手，睁大了眼睛，指天发誓，“旁的我听得不真切，可这件事是真的。就是扬州来的郑夫人，也说蕊仪不像从前的蕊仪，性子都变了。”

“还有这样的事？”蕊瑶呆呆地向后靠了靠。一位同乡？如果只是同乡，怎么会将蕊仪视如己出，还藏了这么多年？直到送入宫中，韩家还是对蕊仪更厚待一些。

“若真如你所说，父亲与这位同乡一定交情匪浅，甚至受过人家大恩。不过，想必这也是书香门第，不算辱没了咱们家。”她叹了一声又道，“夹着人情世故多疼她一些也未尝不可，可是父亲把掌家的位子给她也的确过了。”

突然听闻如此变故，蕊瑶本以为自己会受不住，可是等了好一会儿，那种不舒服也没有出现。蕊宁嫁得早，她和蕊仪相处得时日还长些。虽然她们性子不同，又为了李存勖有过口角，可她也是识得好歹的，蕊仪对她的忍让她又怎么会不知道？不过是仗着自己的性子，又是妹妹，才能骄横一些罢了。若现在的贵妃是蕊宁，她也不信能容她至此。

“是啊，怎么说咱们才是父亲的亲骨肉，哪儿容得她一个外人骑在咱们头上。我也就罢了，好歹在外面自由自在的，还有别的出路。看看你的嫁妆，再看看她的。”韩靖烈声音高了许多，终于能将多年的怨气一吐为快。

“可是大姐早就做了王妃，剩下咱们几个里，也就是她能撑得起这份家业，不能全怪父亲和她。在宫里，她也是帮着我的，不然你以为我能安安静静地把皇上留在饮羽殿？”蕊瑶轻一叹，“三哥，我劝你也别再追究这件事了。父亲既然瞒了这么多年，想必是不会说了。嫁出去的女儿泼出去的水，她既然已经不能再掌管家业，你和二哥接了手便是。与其说些伤情分的话，还不如想想如何把手里的产业打理好。”

“你也帮她说话！”韩靖烈狠狠地拍了下大腿，目光阴沉，冷哼了一声道，“她毕竟不姓韩，以后难保会和咱们一条心。”

“那她知道吗？”蕊瑶抬眸，这很重要。

“应该不知道吧。”韩靖烈沉吟道，凭他那日所闻，家中二老并不打算让蕊仪知情。那日他还隐隐听得一些别的，好似蕊仪的亲生父母死于一场官司，还不能让人知道。他得好好查一查，不然蕊瑶不会帮他，甚至根本不会把此事放在心上。

“那就好，你千万别自作聪明到她面前多嘴，弄得大家都不好受。”蕊瑶不放心地叮嘱。下回见着韩靖远，她得劝劝他接下掌家之位，韩靖烈这毛毛躁躁的性子简直就是块烂泥，扶不上墙。

棋芳轻敲了敲门，在门外禀报：“娘娘，皇上去了瑶光殿，不过来了。”

“知道了。”蕊瑶轻哼了一声，看向韩靖烈，“听听，你难道以为我还有心思自己人打自己人？她不知道，咱们也当不知道。你啊，有这闲心还不如想想如何讨父亲欢心。”

“算了，过些日子我弄清楚了，再找你说。”韩靖烈愤愤地拂袖而去，出了殿门，朝着仪鸾殿望了眼，又看看身后的饮羽殿，他这亲妹妹得换个地方才行。

李存勖在瑶光殿一住就是三日，竟是三日不朝。听说瑶光殿里夜夜笙歌，帝后同奏同舞，殿中不时传出欢笑。都说这同道中人闹了别扭最容易僵持，也最容易化解，李存勖和梓娇在音律、歌舞上便是这么一对，不消两个时辰，二人说的就都是这些了。

丽春台因前一阵子蕊仪刻意冷落，倒也没觉得有什么，饮羽殿就不同了，蕊瑶三日来竟没睡过一晚安稳觉，这日一早就派人到丽春台传话，邀蕊仪到御花园纳凉。

蕊仪歇得差不多了，正是精神舒畅的时候，连辇也没乘，带着鱼凤、萱娘就出来了。萱娘看了看鱼凤，轻声开口：“娘娘前日让奴婢问的事有眉目了。从上个月十六，的确有很多金银财物进出瑶光殿，本来都是该入国库的，可是皇后请了旨，以后凡入国库的财物都要让她先过目，这样一来这些东西就要在瑶光殿走上一遭。”

“皇上居然同意？”鱼凤奇道，要过目的不是账目，而是如假包换的金银财物、奇珍异宝，一来耗费人力；二来这是明目张胆的贪墨，有损皇家体面。

“这么大动静的挪动，皇上要是不知道，东西连宫门都入不了。”萱娘咂了咂嘴，别说梓娇，就是李存勖，近来也越来越荒唐，“皇上说了，他也想看看。”

“那运回国库的有多少？”蕊仪轻问，没想到梓娇竟会如此明目张胆。

“怎么也得有八成吧，奴婢没问出来。”萱娘虽不满却也无奈。

“我猜，最多五成。”蕊仪叹了一声，这么闹下去朝廷非塌了不可，“到底出了什么事，皇上竟会允了？”

萱娘愣了一下，显然没有打听。鱼凤想了想，看了她一眼，似是想到了什么却不敢说，只是道：“这也许还要再打听。萱姐姐，你说是吧？”

“啊，是，奴婢一会儿就去查。”萱娘连忙道。

“有什么话就说。”蕊仪语气严厉，不耐烦她磨磨叽叽的样子。

“是。”鱼凤缩了缩脖子，大着胆子道，“守王初入军中，不想颇为得力，一战小胜。郭大人做媒，将周大人的独女许配给了守王做正妃。”

这周家与当年曹侯府有通家之好，虽然周大人年老已不在朝堂，可是富贵不可夺，名位更是无法逾越。李继潼能结了这门亲事，日后就多了一大助力，远在蜀地的李继岌也就输了一筹。

“大概又有人向皇上进言立太子了。不过，皇上这么做也正是告诉旁人，这事缓下来了。”蕊仪叹了一声，看看她们，“总得给皇后些补偿，可是这补偿也大了些。”

“要不娘娘劝劝皇上？”萱娘小声道。

“我……劝不动他。”蕊仪不再说话。自从她想起自己的身世，对李存勖诸如不朝、奢靡等事也就不再为怪了，她知道她能改变得很少，她连自己的事都还没弄清楚。

她望着不远处已装点得当的石亭，思绪又回到他们从前在一起时的情形。若是他有不得已的苦衷，他们还能像从前一样吗？

“姐姐来了，快过来，我亲手烫了一壶酒，他们高兴着，咱们也别苦了自己。”蕊瑶笑着出来迎她们，看看身后两人，“她们也快配侍卫了吧？”

“昭媛娘娘就会笑话人。”萱娘轻轻一跺脚，转身到外面帮着张罗去了。

“奴婢只想一辈子服侍娘娘。”鱼凤笑了笑，没有走，而是服侍蕊仪入座。

原就是玩笑话，蕊瑶也不计较，笑道：“你跟棋芳取些桃酥过来。”转而又对蕊仪道，“那天三哥走得急，你送的东西还在我宫里放着，改日父亲进宫再带回去不迟。”

“没什么，只是一番心意，家里什么没有，他们也不会在乎。”蕊仪笑道，上下打量她一番，“又丰腴了些，皇上常在你宫里，这御膳果然养人。”

“要不，我让他去你那儿？”蕊瑶轻道，语中有些不甘愿，但又不愿表露出来。

“用不着你可怜。”蕊仪笑着拿团扇敲了她手背一下，“他这一去瑶光殿，不知何时才来，你啊，没得卖我人情。”

“皇上喜欢歌舞，你我比起她也差不了多少，要不咱们也……”蕊瑶眸光微动，她也不是第一日动这心思了。

“都这么折腾，他看得也腻了，何况如今寻欢作乐的是皇后，可外面却说是咱们俩惹的，再不多加小心，只怕再惹人非议，咱们也得为父亲想想。”蕊仪轻劝，暗看蕊瑶神色，那日也不知韩靖烈进宫究竟是何目的，又说了什么。

“那我就送上门去和他们同乐，我就不信，皇上见着了我，还会想着她不成？”蕊瑶想起梓娇从国库挪银就气得牙根疼。打从见到蕊仪，她也在悄悄看其神色，与往日无异，想必是真不知情，她暗暗舒了口气。

“要不我与你同去？正好有件大喜事要告诉皇上。”蕊仪微微一笑，眼中看不出是喜是忧，“王美人有喜了，刚诊出来，已经两个月了。”

蕊瑶轻蹙蛾眉，半晌才想起王美人是谁，“就是你宫里出去的那个丽娘？皇上才临幸了她几次，竟然就有了？咱们这些常沾雨露的，却半点信儿都没有。”她疑惑地看看蕊仪，轻声问道，“你那回小产，可是真的调理好了？会不会落下什么毛病？回头得把崔敏正叫来再问问。”

“你光会说我，你自己呢？上个月，皇上可有二十几日在你那儿呢。”蕊仪借着品酒别开眼，有没有身孕要看机缘，也要看天意。

“我也得找崔敏正来看看。”蕊瑶叹了一声，神色不明，一咬牙道，“你说皇上这些日子在她那儿，她不会又有了吧？还有丽娘，虽然萱娘还在你身边，也不可不防。要不要递个口信，让她自己识趣一些。”

什么叫自己识趣一些，蕊仪不可置信地道：“你想让她自己把孩子打下来？

你的心也真够狠的。”

“我不狠，难道还看着她生个小皇子，到咱们面前显摆不成？”蕊瑶怪她心软，蕊仪面上刚强，实则是三姐妹中最心软的一个，如此说来，真不像韩家人。

“她是个性子绵软的，何必为难她。萱娘是我身边得力的人，就算看在我的面子上，不要为难她。况且说不定是个公主呢，就算是个皇子，也越不过守王去。”蕊仪言下之意是丽娘肚子里的即使是皇子，也不是她们首要的威胁，不如什么都不做。

“好了好了，我不动她就是了，一个宫婢出身的，还能跟咱们争不成？这点道理我还是懂的。”蕊瑶呵呵一笑，明眸皓齿好不娇丽，让人顾不上去想她说的是真是假了，“可这么好的消息，不能不让咱们那位皇后知道，不如这就去瑶光殿凑凑热闹。”

“你如何知道皇后还不知此事？”蕊仪微微一笑，望了眼外面备好的膳食，“又要可惜了这些好东西。”

“要是她知道了，还有心思歌舞取乐吗？一会儿我敢担保，皇后那张俏脸一定很好看。”蕊瑶笑出声来，和蕊仪相携往瑶光殿而去。

日头正盛，没走多远就出了一身香汗，不免有些黏腻，可一想到一会儿那场好戏又难免舒爽起来，蕊瑶转身吩咐了几句，让他们把备下的膳食带上，一会儿准是一场盛宴。

第二十九章·线索

午间瑶光殿前碧波池雾气微散，放眼望去，壮丽的殿堂一目了然，尚未走近就听闻丝竹管乐之声，时急时缓、悦耳动听，走近了还听闻舞姬脚上金铃作响，沙沙地响成一片。

“她们来了？”梓娇听了禀报，神色有那么一刻的不悦，刚想让人回了她们，又怕事后蕊瑶告她的黑状，转而对李存勖道，“皇上，贵妃和昭媛来了，瞧这儿乱的，臣妾怕两位妹妹看了笑话。”

李存勖正看得如痴如醉，手指还在桌案边上轻轻敲打着拍子，听了连头也没回一下，向后朝她摆摆手，“她们并非古板之人，让她们也来看看，知道了这当中的好，以后你也多两个伴儿。”

梓娇无法，只能传二人进来。二人来时舞乐并未停下，遂只得安坐一旁。蕊仪看得津津有味，暗想这几个舞姬尚且如此了得，若是梓娇献上一曲，不知又是何情景。这歌舞看得久了，竟连这些日的烦恼也淡去了几分，不觉一曲已然终了。

“啪啪……”众人尚且无声，唯独蕊瑶拍着巴掌。她胳膊肘捅了蕊仪一下，嘴里连连叫好。众人慢慢回转目光，都落在了她身上。蕊仪微愣，也看着她，委婉地道：“妹妹心急了些，好歌舞是不用叫好的。”

“臣妾心急了，惊扰了皇上、皇后，还望恕罪。”蕊瑶笑道，一点歉疚的意思也没有。她哪里不明白这道理？不过瞧着李存勖看直了眼睛，受不了他那样子罢了。

“罢了罢了。”梓娇语中颇为满意，她满意的是蕊仪，她终于有比韩氏姐妹拿得出手的了。

李存勖一回过神就发现了自己的失态，大笑起来，欢畅异常，“皇后还担心你们不喜欢，看来是大错特错了。皇后，以后也不必藏着掖着了。”他看向门边捧着膳食的宫人，“还带了酒菜，正巧朕也饿了。”

蕊瑶连忙吩咐下去，没一会儿就摆放妥当。蕊瑶笑看着李存勖，目光只稍稍往梓娇身上扫了一下，“这菜单是臣妾和姐姐亲自定的，都是应时令的，皇上尝尝看。”

看样子是想现在就把人抢回去，蕊仪微微一笑，索性把功劳都归在蕊瑶身上：“本来只想着和妹妹坐一坐，可妹妹说皇上和皇后都在这儿排演盛世之乐舞，多半劳累得无暇用膳，不如送过来给皇上、皇后填填肚子。”

“昭媛有心了。”李存勖初听此话有些惊讶，但一察觉蕊仪眼中笑意便又了然，看得她们姐妹相处和乐，乐得成全她们。

梓娇略尝了两口，也笑道：“烦劳贵妃、昭媛惦记，忙碌惯了，都忘了要用膳了。”她刻意加重了“贵妃”二字，也不看蕊瑶，只看着蕊仪，“贵妃妹妹，这盛世之乐有何含义？”

“自然是赞我朝四海升平之乐。”蕊仪回道，朝上首二位笑了笑。

“贵妃说得好。”李存勖赞许道。蕊瑶话少了些，平日又颇为冷淡梓娇，不免借机调和几句，“贵妃身子弱，杂事又多，不似你可以时常走动。昭媛以后不妨常来瑶光殿帮帮皇后。皇后有所不知，昭媛画过好些宫装样子，比你这些人身上的还强上几分。”

“那就有劳妹妹了。”梓娇有些得意，她是皇后，蕊瑶是昭媛，来了瑶光殿，不管愿不愿意，还不都得听她的？

“皇后不嫌臣妾烦才好。”蕊瑶应景地笑了笑，答应了也没什么，她就不信，等李存勖回了饮羽殿，她还有空闲来这儿瞎蹦跶，“姐姐，不是有好消息要告诉皇上和皇后吗？”

“是有的，臣妾帮皇后协理六宫，自然要照看各宫的几位妹妹，前日……”蕊仪依礼而言，说得极慢，不想让梓娇以为她有炫耀之意，谁知竟被蕊瑶打断。

“姐姐，说那些虚的做什么。”蕊瑶笑得花枝乱颤，这回她看向了梓娇，仿佛有身孕的是她自己一样，“皇上，王美人有喜了，已经是快两个月的身孕。”

“丽娘有身孕了？”李存勖眉头皱了一下，丝毫没有料到，不过下一刻再为人父的喜悦已袭上面来，“太医可看过了？补汤上不能省。贵妃且说说，袭芳苑那儿可还能照顾得当？”

梓娇面色顿时沉了下来，一气鲜少被临幸的丽娘居然有了身孕；二气她是后宫之主，李存勖不向她询问反倒问蕊仪，丝毫不记得是她让蕊仪主理后宫的。好一会儿她才挤出些许笑意，说了几句场面话：“恭喜皇上，王美人将为皇上诞育皇嗣，是皇室的有功之人，皇上应当好好赏赏她。袭芳苑里服侍的人少，不如从臣妾这儿拨几个手脚伶俐的过去服侍妹妹。”

李存勖满意地笑了笑，不过说话时仍是对着蕊仪：“瑶光殿里已经够忙乱了，朕看不如从贵妃宫里抽些人手。贵妃一向细心，她调教的人错不了。”

目光在三人中来回动了动，蕊瑶忽然心生一计，微微一笑，嗔怪道：“皇上方才还说姐姐身子不好，少了人照顾怎么成？还是皇后这儿的人好，看看蕴溪姐姐行事得体就知道了。皇上还是将此重任交由皇后娘娘，别让姐姐再忙中出错才好。”

此话给李存勖提了个醒，夜明珠一事就是赶在年节上，蕊仪才忙中出错，让有心人有了可乘之机，蕊仪那儿再也不能出纰漏了，再出事，以后怕要连累子嗣的前程。

“也好。皇后，这就挑些得力的宫人送到袭芳苑去。”李存勖松了口，看着梓娇眼中颇有深意，自是暗暗命她不得再失了体面。

梓娇像是丝毫没听懂，淡淡地一笑道：“皇上只管放心，再不会有那心存歹意的人妄图谋害皇嗣。”

若是丽娘的皇嗣没了，还不是得推到别人身上？这一回敏舒还被禁足在集仙殿，就该往她们身上推了，蕊瑶含笑而视，心中想着该如何多加小心。

大概是不想沾上干系，蕊仪也没追究蕊瑶的用意，转而道：“皇上，王美人既然有了身孕，皇上总要封赏她一番。先晋她的位分，待到她生产之后，再行加封。”

这是常例，自然没得争论，梓娇这回抢先开了口，生怕这一晋位就晋到九嫔去了，“不如先封为婕妤，以后要是妹妹诞下皇子，再晋为九嫔。”要是公主，

也就罢了；要是皇子，她深深地看了蕊瑶一眼。

“是啊，日后要是王美人诞下皇子，位列四妃也是有的。”蕊瑶笑道，她笑盈盈地回敬了梓娇一眼。她没什么好担心的，她就不信梓娇会眼睁睁地看着丽娘平平安安地生下儿子，就算生下了，封丽娘为妃，她就不信李存勖不晋她的位分。

被她们一唱一和地抢白了一通，李存勖疑惑地看着这二人，他不会觉着她们都陡然间转了性子，但瞧在眼里又确实欢喜，“朕都准了，就晋王美人为婕妤。贵妃，婕妤是你宫里出来的人，一会儿替朕去看看她，跟她说，等她生产之后就为她迁宫。”

他竟不打算亲自去看丽娘，丽娘在他心中的地位已然可见。蕊仪许是这殿中唯一一个心寒的了，想想自己的身世，竟叹了一声。

“妹妹这是怎么了？”梓娇眼尖，笑问道。

“臣妾……”蕊仪还没回过神，笑了笑方道，“皇上心疼婕妤妹妹，臣妾正想着该如何替皇上赏赐妹妹。”

“皇后该不会以为姐姐动了嫉妒之心吧？”蕊瑶抬眸一笑，“姐姐是宫里第一闲人，若论大度，姐姐若是第二，谁又能是第一？”

“你们啊，总爱比个高低。”李存勖把话接了过去，让人把面前几个菜拿去热一热。

他抬眼时正对上蕊仪怅然若失的眼，对她的不争暗暗有些不满，但一想到她刚刚没了小皇子，难免触景生情，也就叹道：“她是累了。”

一点也不感激是假，蕊仪不多话，心中辗转，不觉用完了午膳。蕊瑶笑看着上首的李存勖，目中之色已是公然邀约。李存勖不由得失笑，抬眼微看了看梓娇，道：“皇后也累了几日了，早些歇息。”

“臣妾宫里酿的酒今日正好出窖，皇上去尝尝。”蕊瑶旁若无人地挽上他的手臂，轻轻靠在他身上。殿门大开时，迎面而来的光将他们的身影投下，慢慢地消失在视野里。

“都散了，都散了！”梓娇气冲冲地赶走了众舞姬、宫女，又嘲讽地向蕊仪一笑，“王婕妤有了身孕，还要谢你大度。可你也太大度了，说不定哪天昭媛也有了，赵御女也有了，郑御女和蓝御女也都有了。”

“臣妾肚子不争气，怪得了谁？皇上又不是没到我那儿。”蕊仪一语双关地道，李存勖也不是没过来瑶光殿，她不也一样没有吗？

梓娇讪讪地道："要说婕妤妹妹还真是好福气，平日不声不响的，一下子就有了龙种，不知又要有多少人动心思。我揽下的的确是个苦差事，每天都得防着这些人。"

"那皇后可得看好了，尤其这几日，袭芳苑中道喜的人定然多，若是出了事，少不得有人说闲话。皇后应该明白臣妾的意思，有些事情少想一些，是福。"蕊仪暗示道。梓娇接了看顾丽娘的差事她倒是放心了，梓娇为保后位，一定会比她们都尽心。

"你放心，我一定将婕妤妹妹照顾得好好的。就像你说的，守王都立军功了，犯不着跟一个奶娃娃计较，天家要多子多孙才能多福气。"梓娇让人端了茶来，指指宫女手上的另一盏，"妹妹要不要再留一会儿？"

回头看了一眼，蕊仪轻轻一笑，起身告退："不了，臣妾还得回去想想该送什么贺礼。"

蕊仪一走，梓娇就将茶盏一推，让人端下去，转而又问蕴溪："这两个敢情是唱双簧的，妹妹把人要走，姐姐还留在这儿跟我显摆。我看再过些时日，宫里的就该认不清谁才是后宫之主了！"

"娘娘也不是没看见，贵妃也受着昭媛的气呢，不过因为是姐妹，不好翻脸罢了。娘娘瞧瞧她，身子是越来越单薄了。"蕴溪受不了梓娇这样子，加上心里对蕊仪说亲一事多少有些期盼，不免要说上几句好话。

"也是。就像我跟敏舒，不好了，打将上去便是了，她们姐妹二人反而难办了。"梓娇复端起茶盏，终归是累了，又得料理丽娘的事。她倒要让别人看看，她对丽娘的肚子有多上心，等丽娘平安生产，全后宫的人也都要赞她一声大度明理。

袭芳苑一下子热闹了起来，各宫前前后后派人送礼道贺，没过多久又都亲自来贺。送的东西人人都打起了十二分的精神，吃食不敢送，送的物件都让太医里里外外查验上几遍，当面验清了才放心。

至于各人心思，梓娇、蕊仪、蕊瑶倒好说，毕竟圣宠在身，其他三人便不好说了。郑娴巧成日板着个脸，时时在想日后的出路。赵瑜茵气得吃不下饭，本来丽娘美人的封位就高了她们一头，如今前程更是不可估，改日还要迁宫，她看了

恨不得找个人哭上一场。

蓝坠儿则不同，她眼见着敏舒失了势，未免被牵连，瞅准了这是个机会，趁着梓娇过来，一下子跪在梓娇面前，求着允她服侍丽娘。梓娇四两拨千斤地把她堵了回来。她还不死心，索性一得空就来袭芳苑走动，帮着端茶倒水。

又过了一个月，众人也惯了，没先前热络了，唯有蓝坠儿仍去袭芳苑服侍。蕊瑶在丽春台内殿里坐下，眯眼闻着殿中新调制的茗香，笑道："知道那位蓝御女为何总去袭芳苑吗？她想在皇上去看王婕妤的时候，也让皇上看她一眼，说不定皇上念她劳苦功高，把她的位分也晋上一晋。"

"皇上去了几次？"蕊仪把香盒子递给她，上面镶了几粒琥珀，是韩靖远托人带进来的。

"也就三次。"蕊瑶伸了伸手指头，看了眼那盒子，微微一笑，"二哥送过来的？"

蕊仪点点头，话还是落在丽娘身上："你说蓝御女会不会还有别的心思？"

"不知她是德妃的人，还是皇后的。"蕊瑶轻道。是梓娇的，便是眼线；是敏舒的，就用不着动手了。

正说着话，萱娘急三忙四地跑进来，顾不得蕊瑶在，道："二位娘娘，大事不好了，王婕妤可能要小产了。"

蕊瑶垂下眼眸轻轻抚了抚袖子，轻声对愣在那儿的蕊仪道："姐姐如今主理后宫，恐怕得去看看，我也陪姐姐去。"

蕊仪起身就走，这儿离袭芳苑不远，她也不乘辇轿，带着几个宫人就过去了。她皱着眉问萱娘："丽娘到底怎么了？昨天还好好的。"

"早上出来走走，只有蓝御女跟着，道上掉了根簪子，丽娘弯身去捡，脚下一滑给摔了。那地方刚好昨日倒洒了一碗菜，也许是擦得不干净，还有油，所以滑了。"萱娘急匆匆地道，这当中定有蹊跷，"娘娘一会儿定要好好问问她，为她求个公道。"

"萱姑娘是姐姐身边的红人，姐姐一定会为婕妤说公道话。"蕊瑶低声道。

鱼凤在一旁听了，冷静地道："依奴婢所见，未必是蓝御女犯的事。"

"你倒是会说，反正不关你的事。"萱娘急道，含泪瞥了她一眼。

"我是就事论事，那蓝御女又不傻，就是德妃也不会把自己往死里送。"鱼凤不以为意，兀自劝她，这时候越乱越争不得理。

“都别说了。”这话给蕊仪提了醒，她看了看萱娘，轻拍拍她手背，“我进去问问，你千万别撞在人家刀口上。”

满月的仇只报了一半，不能再让萱娘受了委屈。蕊仪迈入袭芳苑时梓娇已在殿内，看见她，一脸焦急地迎过来，道：“两位妹妹不必拘礼，太医还在里面，也不知婕妤的胎保不保得住。”

“皇后姐姐，到底怎么回事？”蕊仪心里略微多了些期冀，也许还能保得住。她看看萱娘，让她放心。梓娇将事情说了一遍，与萱娘所说无二。她点点头，向里面望了一眼，道：“臣妾进去看看。”

梓娇连声说好，并不阻拦，还要跟着进去。可她们刚移了两步，冯立仁、崔敏正和一个产婆就出来了，三人面如死灰。冯立仁摇着头道：“几位娘娘，王婕妤腹中皇嗣保不住了。”

“怎么会保不住呢？你刚才不还说有办法吗……”梓娇乱了方寸，连珠炮似的问。

“那王婕妤如何？”蕊仪焦急地问。一旁的萱娘眼泪已经下来了。

“这……”冯立仁不敢说话，看了崔敏正几眼。

崔敏正叹了一声，看了看梓娇、蕊仪，道：“皇后娘娘，贵妃娘娘，可否借一步说话？”

“崔太医有话就说，这儿这么多人，也好做个见证。”蕊瑶看了众人一眼，似是不经意地挡在了那儿。

不等梓娇发话，崔敏正便沉声道：“本来王婕妤性命无碍，可不知谁在止血的汤药里下了红花。臣等无法，王婕妤恐怕熬不过今夜，请几位娘娘治罪。”

“红花？丽娘、丽娘……”萱娘顾不上这许多，哭喊着推开几个宫人闯进了里间。

“红花？！”梓娇也叫了出来，她身上一抖，摆着手想要撇清，“不是本宫，不是本宫！来人，把管汤药的人都带过来！”

蕊仪先不理会这些，看向崔敏正：“二位太医，皇上刚经历丧子之痛，如今又有了一次，要是再保不住王婕妤，皇上必定震怒，二位再进去看看，多少再尽一番力。”

蕊瑶回头到了门边，低声吩咐棋芳：“大概皇上那儿还没通报，你去务必报给皇上知道。”

她声音虽轻，蕊仪却也听到一些，她心里咯噔一下有了猜疑，“蕊瑶，你跟我进去看看。”

丽娘面上已经毫无血色，见蕊仪进去，只能看着，嘴唇翕动，隐隐能说出几个字。萱娘哭得泪人似的，朝蕊仪道：“娘娘要为丽娘做主。当初娘娘答应过奴婢，不会让丽娘有事。”

“你这是在埋怨姐姐了，婕妤弄成这样，姐姐也是不想的。”蕊瑶叹道，轻轻拉了蕊仪一下，不想让她上前。

“你啊，帮不上忙，就在边上待着。”蕊仪径自到了床前，命崔敏正再次诊治，又对萱娘道，“汤药上的人都是有数的，红花也是有来处的，你放心，我一定替你们做主。”

“人都要没了，说这些有什么用。”萱娘掩面而泣，起身把位子让给蕊仪。

“丽娘，你还有什么心愿只管告诉我。”蕊仪猜到人大概是不行了，什么追究元凶都是后话，当下要紧的是满足将死之人的心愿。

丽娘目光游离，模糊地向萱娘看了看，嘴上动了几下，含混不清地吐出两个字：“出宫。”蕊仪明了，连忙点头应道：“好，我都答应你，放萱娘出宫，再给她备份嫁妆。”

丽娘长松了口气，目光停在了萱娘身上。蕊仪叹了一声，起身移开几步，问丽娘身边的环儿：“为何早不禀报？人都不行了，才送来消息。”

环儿满脸是泪，支支吾吾地道：“皇后娘娘不让奴婢们出去，说是让太医诊治一番，说不定就好了，到时再告诉皇上和娘娘不迟。”

是怕担责任，蕊仪暗叹，丽娘听话乖巧，没什么心性，只是对李存勖有着一颗痴心。她没想过拿丽娘当棋子，只是想让萱娘对她更尽心罢了，没想到弄了这样一个结果。

“娘娘，你要为婕妤做主啊！”萱娘听见了，在她脚边跪下，抓住她的裙摆。自从答应留在蕊仪身边，她就想过迟早有这么一天，尤其在丽娘有了身孕之后，她日也怕，夜也怕，想着丽娘不受宠，出身也低，兴许别人懒得和她计较，将来能守着孩子过日子，没想到这么快就出了事。

她还该相信蕊仪吗？这屋子里每一个人都有嫌疑，她还能相信谁？萱娘忽然惊疑不定起来，放开了手，瘫坐在那儿，没了魂儿似的。

“皇上驾到！”门外内监高声禀报。

李存勖神色不善，阴沉着脸把屋里人看了一圈，道："让冯立仁来回话。"

冯立仁弓着腰，低着头，饶是活了一把年纪，就是不敢抬头看他，"皇上，并非臣等不尽力，是有人下了红花，才使王婕妤流血不止。"

路上李存勖已知道皇嗣没有保住，他平日对丽娘只是淡淡的，对她的孩子也并不上心。可先是没了蕊仪的孩子，如今又是丽娘的，让他不由得生出一种子嗣艰难之感，况且此事并不简单。他看看梓娇，又看看蕊仪、蕊瑶，还有廊子里战战兢兢的三人，不知是她们当中的谁。

"王婕妤是摔跌了胎，还是吃了红花后才没了的？"李存勖沉声道，目光仿佛要在冯立仁身上烧出两个窟窿。

崔敏正还在里间，走不开，冯立仁只得独自应对："是摔跌了胎，摔跌的。前些日子王婕妤胎位已有不稳，一摔就落了。"

"她胎位不稳，可是为药物所害？"李存勖握紧了拳，若是否认，自然最好。

看看梓娇，冯立仁扑通一声跪下，手撑着地，再也不敢隐瞒："婕妤前些日子吃了凉的东西，臣阻拦婕妤，又回禀了皇后。"

梓娇哪里肯担这干系？抢着道："臣妾知道后，命人来看过婕妤妹妹。皇上，冯太医不想担干系，就想都推到臣妾身上。"

"吃食是谁送来的，皇后又是怎么说的，都说清楚了。"李存勖未看梓娇一眼，只盯着冯立仁。

"事到如今，臣也不得不说了。臣那日看见蓝御女端了凉果给王婕妤，臣上前阻止，蓝御女说，'已经吃了两日了，也没见有事，怎么就不行了？'臣又去告知皇后娘娘，皇后娘娘说，'东西是蓝御女带去的，吃坏了也不干你的事，你何必管。'"冯立仁说着说着，眼泪就从眼角下来了。

"你……"梓娇吓住了，冯立仁拿了她不少好处，怎么这么轻易就把她供了出来？这回她着实冤枉，她说那话时真没安什么坏心，只是玩笑话，"臣妾是说过的，可臣妾一回头就让人盯着袭芳苑里的吃食了，臣妾绝没有害婕妤的心。皇上把婕妤交给臣妾，她出了事臣妾头一个脱不了干系，害她有什么好处！"

"住口！"李存勖瞪了她一眼，吓得她一个哆嗦退了一步。身为皇后，当着他的面尚且敢一会儿一个样子，也不知平日是何模样，还以为她长进了，没承想原本的小家子气半点未脱。

"蓝御女就在外面，皇上要不要也问问她？婕妤摔倒的时候，身边也只有

她。”蕊瑶在门边轻抚了下蓝坠儿的追星髻，蓝坠儿吓得跪在了门槛上。

李存勖目光如剑，只那一扫就把蓝坠儿看了个透心凉。他冷冷地道：“婕好有孕在身，为何不多带些人在身边？你既然和她一道出来，又为何不扶着？”

蓝坠儿哆嗦着爬了过去，一脸的不知所措，“本来是扶着的，可婕好眼尖，看见边上掉了支步摇，又说眼熟，就快走了几步去捡，之后就摔了。臣妾真不知道那儿昨日倒洒了菜，她一踩就摔了。”

步摇怎么那么巧就掉在了倒洒菜的地方？再者虽说洒过菜，可昨日必定清洗过，如何会一踩就滑了脚？李存勖狠狠地捏住她的腕子，语气阴狠：“说，谁让你把婕好带到那儿去的？是这里的谁？”

步摇只有九嫔以上的才有，那便是梓娇、敏舒、蕊仪和蕊瑶了。蕊仪暗暗心惊，万一有人偷了出来，岂不是百口莫辩了？“皇上如此问，只怕她为洗脱罪名，胡乱攀咬，请皇上明察。”

放开了手，李存勖静了那么一刹，忍住了些怒气，“说出来，朕为你做主。”

“没有人指使，真的没有人指使……”蓝坠儿惊恐得不住摆手，敏舒如今大势已去，这儿没有她的靠山，她到底该如何才能有一条活路？“皇上，真的是碰巧了。臣妾还想着王婕好他日平安诞下皇嗣，能算上臣妾一点功劳，臣妾怎么会害她？”

“人人都长着嘴，谁都会为自己开脱。”蕊瑶半点不慌，还显出几分沉稳，“皇上，步摇还在，可以验看，红花的来处也可以追查。请皇上查验，还臣妾几个的清白。”

赵喜义已把步摇捧了上来，两朵牡丹花簪头，每个花瓣上面都镶着一粒红玉，华丽而不失端庄。众人目光一滞，蕊仪先松了口气，但下一刻又觉得它眼熟，看向梓娇。李存勖也看了过去，沉声道：“这是梁宫里的旧物，一模一样的有两支，翠玉的给了贵妃和昭媛，红玉的给了皇后和德妃。皇后，这支可是你的？”

“不是臣妾的，怎么会是臣妾的？臣妾的早上还看见了。”梓娇忙不迭地道，她压根儿不记得早上有没有看过，她拿过步摇看了又看，神色更慌了，“真不是臣妾的，不是，一定不是……”

看了李存勖一眼，蕊瑶眉梢轻轻一挑，“皇后的眼睛真是厉害，明明是一模一样的两支，一眼就看出不是自己的了。”

蕊仪暗暗看了她一眼，说话时语声平直："既然皇后姐姐和德妃姐姐都各有一支，那回去取了来，就知道是谁的了。"

"赵喜义，你去瑶光殿和集仙殿看看。"李存勖咬牙道。

蓝坠儿攥紧了膝上衣料，缓过一口气来，可是这万一是敏舒的……她肩上不由得又抖了起来，如果不是敏舒的，那就是梓娇的，只能赌一回。她猛地再看向那步摇，大喊道："皇上，臣妾认得德妃娘娘的步摇，摔了一次，金子软，有两片花瓣歪了，这不是那支，皇上明察。"

"啪"梓娇上前狠狠地扇了她一耳光，抬腿就踹，声音尖利："你是集仙殿里出来的，还能由得你说了？皇上，集仙殿里先出了福儿那样的贱婢，这个贱人又诬陷臣妾，应该把她和那贱婢一样，活活打死，以儆效尤。"

"你是想把袭芳苑里所有人都打死吗？"李存勖看着门槛，无声冷笑。

梓娇一个激灵，还不自知，喊道："他们害得婕妤失了皇嗣，婕妤眼看着也不行了，他们就该陪葬！"

"够了！赵喜义，愣在这儿做什么，还不快去！"李存勖喝道，又吩咐顺喜，"请皇后坐下，大吵大嚷，成何体统！"

"赵公公且慢。皇上，赵公公此番去瑶光殿、集仙殿这么一走，不免惊动了那些有歹心的。即使步摇有了出处，红花又不免被藏匿起来。"蕊瑶轻道，上前了几步，"不如皇上下旨，搜宫！"

"朕是被气糊涂了。"李存勖一拍桌案，转而道，"把各宫宫婢全叫出看起来，朕要搜宫！顺喜，你代朕去搜登春阁，你们几个和朕先去集仙殿。"

先去的不是瑶光殿，蕊仪心中一叹，李存勖到底更疑敏舒多一些，就算真查出是梓娇犯的事，怕是也要为她和这皇后的名位遮掩一番。

李存勖走在最前面，梓娇暗暗落了几步，跟蕴溪使了个眼色，没一会儿就不知蕴溪去了何处。蕊瑶向后望了一眼，面色一沉，低声问蕊仪："看见蕴溪了吗？"

"管她做什么，各宫的人都被看起来了，她回瑶光殿也做不了什么。"蕊仪径自跟上众人，不理会她，难道她还不知她们二人也在踏入险境吗？

集仙殿里，敏舒青衣素服，头上只戴了一根玉簪。这些日子她潜心看书、念佛，努力不与外界有干系，想让众人都对她放下心来。这日一早她便心神不宁，连着念了半天的佛，用了碗粥就又去看书，可看来看去仍是那几篇，正是心烦意乱，就有好几个内监冲了进来，把殿内服侍的全赶了出去。

“皇上，皇后，两位妹妹，你们怎么都……”敏舒愣愣地看着面前众人，见个个面色不善，她凉凉地一笑，该来的，总是要来的。

殿内素净，自有一种清冷之感，李存勖从上到下将她看了个通透。此刻的敏舒素淡如雏菊，她会去害他的骨肉和另一个弱女子的性命吗？他先坐了，沉稳地道：“王婕妤为了拾一根簪子滑了脚，没了孩子，你可知晓？”

“自从皇上令臣妾闭门思过，臣妾半步不曾踏出集仙殿，更是约束宫人，不让他们打探消息。王婕妤小产，臣妾自然不知。”敏舒诚惶诚恐地道。无风不起浪，他们一同来了，难道是有人攀咬到了她头上？她向后看了一眼，正瞧见畏畏缩缩的蓝坠儿，难不成是她？

“不光是她肚子里的皇嗣，就是王婕妤也活不到明天了，妹妹，你真的一点儿不知道？”梓娇冷笑着拿出那支步摇，在她眼前晃了晃，“这就是那支害了他们性命的步摇，阖宫上下只有你我二人有，去把你的那支拿出来让大家看看，也好明了你的清白。”

李存勖默不作声，只是看着敏舒，等着她回话。敏舒面上矜持的笑僵住了，嘴唇渐渐泛白，道：“姐姐要看，臣妾叫棋书拿来便是。棋书，去把我的这支簪子拿过来。”

赵瑜茵一直跟在后面，被几人吓得不轻，她当然知道此刻宫人都不在各自的地方，正是被人栽赃的时机，巴不得此刻有人落实了罪名，好不再追究下去。她尽力让神情平和一些，轻声道：“不是皇后娘娘想看，是皇上和诸位姐姐都想看。”

在诸人面前这般放肆一向为李存勖不喜，可这一回他竟没有呵斥。棋书应声而去。梓娇与李存勖并坐，她望着门槛，贝齿不觉咬了几下红唇。

蕊瑶看了眼蓝坠儿，淡淡地一笑，道：“蓝妹妹也坐吧，这儿是集仙殿，你原本待的地方。”

蓝坠儿一下子摔倒在地，使劲儿磕头：“德妃娘娘，你让我留意袭芳苑的动静，每三日报与你听，只说想给王婕妤和皇嗣添些东西，想在皇上面前讨几分体面，你可没说要做别的，我也没做别的。”

“好啊，你果然跟福儿那贱婢是一路的！”梓娇怒道，隐隐有些紧张，“皇上，臣妾为证清白，已叫蕴溪回去取臣妾的那支步摇。蓝御女所说的折了金叶子什么的，定是假的。”

“德妃，你一向谨守宫规，你指使蓝御女窥视王婕妤和皇嗣，是何居心？”李存勖长叹了一声。梓娇如此，敏舒也是如此，他这些后妃有哪个是真正干净的？

敏舒忽然笑了，笑中透着悲凉，目光一一扫过诸人，“这宫中最要紧的便是皇上的恩宠，臣妾失了宠，想讨皇上的喜欢，又有何奇怪？只是如今出了事，臣妾也无法辩驳了，可是臣妾绝没有谋害他们，一会儿棋书回来便会见分晓。”

似是被她目中悲切所动，李存勖不再为难她，转而对蓝坠儿道：“你出身宫婢，得以封为御女，本该谨守本分，却屡屡惹出事端。你把与此事有干系的人都说出来，若是一会儿朕从别处问出，别怪朕无情。”

“你一会儿攀咬皇后，一会儿又说与德妃有关，你该不会是那骑在墙上的人吧？”蕊瑶挑眉，她可不想因为一个宫婢出身的人而生出变故。

“臣妾不是……”蓝坠儿已无法再辩，总算跟了敏舒多年，肚子里有些文墨，知道此刻轻重，“臣妾自知所犯罪大，臣妾自请再为宫婢，一辈子服侍皇上。”

众人不免失笑。李存勖冷哼了一声，往外面望了一眼，道：“棋书为何还不回来？”

敏舒思过后把寝殿搬到了后面的暖阁，虽然远了些，可若脚步快些，不消一会儿也能回来。众人一听，也发觉棋书去得太久了些。远远望见一道身影朝殿内行来，手上拿着一只漆盘，蕊瑶暗暗松了口气，待看清来人是蕴溪，嘴角一抿，袖子一拂回到座上。

蕴溪将步摇奉上，声音颤抖，像是刚刚疾奔而来，“皇上，这是皇后娘娘的双牡丹红宝步摇，奴婢刚从瑶光殿中取来。”

李存勖接过一看，竟是完好无损，若依蓝坠儿所言，这两支步摇中定有一支折损了，如今两支都无折损，可见她满口胡言。他狠狠一脚踹在她心口上，怒声道：“一个小小的御女就敢诬陷皇后。来人，除去她的御女名分，让她日日舂米！”

梓娇暗暗舒了口气，看着一边被除了钗环的蓝坠儿道：“这棋书怎么还不回来？”

蕴溪“啊”了一声，捂了下嘴才道：“方才奴婢过来的时候，看见棋书往南

边儿跑了，难不成是出宫去了？”

“皇上，这回都清楚了，步摇是德妃的，德妃和蓝坠儿勾结谋害王婕妤，还陷害臣妾，皇上今日若不为臣妾做主，臣妾就再也做不了这皇后了。”梓娇跪了下去，低着头，声中渐渐哽咽。

蕊瑶冷冷一笑，瞪着蓝坠儿，恨不得把她生吞活剥了，“你不是说有支簪子折损了吗？如今怎么不说话了？皇上宽仁，怕是太轻罚了她，以后宫里有人有样学样，还有什么宫规可言吗？”

“我……”蓝坠儿说不出话来，她本想一口咬死了梓娇，全是装作煞有介事的样子信口胡说的，哪里禁得起对质？罚去舂米，再无出头之日，宫里人又都是攀高踩低的，她憋了一口气，用力挣脱了两个内监，一头朝柱子撞了过去。

众人惊呼，敏舒离她最近，身上被喷上了血。她呆呆地跌坐在地，扶住蓝坠儿。蓝坠儿撞得虽猛，却不能立即致死，她眼中含泪，用尽最后一点力气推开敏舒，嘴中喃喃有声。

蕊仪紧握着蕊瑶的手，身上也不觉一颤。蕊瑶被吓了一跳，刚想呵斥，被蕊仪拉住。梓娇惊得堪堪被蕴溪扶住，二人面色都不大好。李存勖睁大了眼睛，这毕竟曾是他的女人，竟这般活生生地死在了他的面前。短短几个时辰，后宫中已没了三条人命，让他不得不心寒。

“你把我献给皇上，害了我……”蓝坠儿额头染血，目光慢慢涣散，“皇上，德妃谋害皇嗣，让我……红花……”她话未完便已气绝。

众人尚未从当中清醒过来，刚赶过来的赵喜义也惊呆了，问了李存勖两声，低声吩咐把人抬下去。血迹未清，在水墨砖上留下暗色的点点斑迹。蕊仪暗暗看了蕊瑶一眼，转而想去劝李存勖。

“哈哈哈哈……呵呵……”敏舒忽然仰天大笑，笑出了泪，泪干了又大笑出声，她望着李存勖，一步一步地走近，“是臣妾毒害王婕妤和皇嗣，也是臣妾诬陷皇后，不光如此，臣妾还想害贵妃和昭媛，还有这宫里所有的女人。皇上现在就可以去搜，红花也一定在臣妾宫里。”

赵喜义在李存勖身旁道：“奴才奉旨搜宫，除了集仙殿和瑶光殿，其余宫里均无红花。”

“搜宫！”李存勖沉声道，一手按在膝上，手背上青筋毕露。他缓缓闭上了眼睛，似是不想再看，短短二字，声中沉痛、悲凉多过怒意。

敏舒宛如疯癫了一般，蹒跚着来到梓娇面前笑笑，来到蕊仪、蕊瑶面前又想伸手摸摸她们的脸。蕊瑶心中怒气越来越盛，指着她骂道："好你个德妃，心思歹毒，哪里配这个德字？皇上可要为王婕妤做主。"

梓娇反应过来，也起身进言："皇上可要为臣妾做主。德妃自诩饱读诗书，却做出这等歹毒之事，实在比那些恶人更可恶。皇上若不将她赐死，怎么能告慰王婕妤和皇嗣！"

梓娇认准了蓝坠儿是敏舒指使来诬害她的，哪里还肯松口？一旁的蕴溪也跪下道："皇上，棋书畏罪潜逃，还请皇上下旨捉拿。"

"对，还有棋书……"梓娇像是恍然想起，大叫道。

"皇上，"蕊仪忽然出声，跪在蕴溪前面，"蓝坠儿所说也未必属实，德妃律下甚严，她兴许曾被德妃责罚，怀恨在心，皇上也不能全听了她的话。此事还请皇上详查，不能冤枉了德妃姐姐。况且依臣妾之见，当务之急还是王婕妤，若勉力医治，兴许还能救得回来；就是救不回来了，也请皇上再陪伴王婕妤一阵子。"

李存勖睁开眼，眼中总算有了些动容。他缓缓地叹了一声，不过仍没有立刻去看丽娘的意思。搜宫的内监回来了，手上端着一只红漆匣子，一打开里面赫然有红花，众人已无惊色。

"皇上可还信臣妾？"敏舒惨然一笑，望着李存勖的眼，三步之遥，却如千里。

"敏舒，你是晋王府与朕一同进宫的老人，与朕说实话，究竟是不是你？"李存勖看着她，心中略有所动，目中脆弱，仿佛一触即碎。

敏舒笑了，从未有过的释然，她仿佛已经放下了一切，是啊，这世间本就没什么她要留恋的，"臣妾认了，臣妾都认了。皇上可以怪臣妾歹毒，可是皇上为何不想想，臣妾进府的时候可是歹毒之人？臣妾又是何时变得歹毒了？"

"你自己做下的孽，问朕何用？"后四字李存勖几乎是一字一顿，他目中燃烧如火，要烧的是敏舒，也许更是他自己。只是他不说，面上憋胀，双拳紧握。

"皇上，晋王爷，你带我进府时，我早就说过自幼与表哥定亲，青梅竹马。你威逼我父亲，他老人家卧病在床多年，不消几日竟活活气死。我身着孝衣守灵不出，自是不肯，你却强娶我入府。本以为你是看上了我这蒲柳之姿，谁知你不过是想要我家的藏书，拿到老王爷坟前焚化……"

“德妃姐姐，别说了。”蕊仪上前扶她，给蕊瑶使了个眼色。蕊瑶低着头，根本不向这边看上一眼。

一把将她推开，敏舒向旁踉跄了两步，指着蕊仪又狠狠地瞪视着蕊瑶，悲愤道：“还有你们的好姐姐，她先让人抓了我的表兄，要挟于我。我有了身孕，她收买道士说我妖气缠身，定要我亲自去道观祈福三日。我果然小产，又受了凉，以后再难有身孕。她还继续威逼我，若非如此，我也不会和她联手。”她看着梓娇，冷冷一笑。

“你这贱人看我做什么？皇上，她已经疯了，还不把她打入冷宫？”梓娇急了，一挥手让内监上前拉她。

李存勖尚未应允，敏舒又大笑起来，指着梓娇一步步地向前，竟无人敢拦她。

“皇后，你以为你做了皇后就洗得掉你那贫贱的出身吗？就以为那些龌龊之举不是出自你手吗？晋王妃入府近十年，为何一个子嗣也没留下，还不是因为你要给守王铺路，让蜂子采那红花之蜜，日日让她服食。晋王妃殁了，你又把我表兄压在手里，让我接近韩蕊仪，用夜明珠害她。我不配做皇妃，你更不配做皇后！”

“你……”梓娇上前对敏舒又踢又打，“你”了半天也说不出别的。

“够了！”李存勖厉声道，目光在她们二人间游转，殿内一下子静了下来，“除去德妃名号，移到陶光园，交由顺喜看管，带下去！”

“皇上，请再听我一言，皇后她不认……”敏舒被两个内监从后捉住，拖着向后，不停地喊着。李存勖一个手势，赵喜义捡了掉落在旁的绣帕塞在她嘴里。

敏舒一走，蕊瑶和梓娇又都活泛起来。梓娇坐端正了，故作平常地道：“皇上打算怎么处置这个贱人？”

“前一刻还姐姐妹妹的，一会儿工夫就成了贱人了，世事无常啊。”蕊瑶凉凉地道，到李存勖另一边站定，“皇上，还没搜瑶光殿呢。”

“都给朕住口！”李存勖起身，头也不回地大步离去。赵喜义赶忙带人跟上。

“臣妾先去看看王婕好。”蕊仪告退，临走深深地看了蕊瑶一眼，叹了一声。

折腾了大半日，不到晚间丽娘就殁了。李存勖站在贞观殿前望着天际渐渐泛起的暮霭，脸上无悲无喜。

这日晚间也甚是燥热，赵喜义怕他气坏了身子，上前轻声道：“皇上，还是回殿里吧。”没有回答，他又道，“皇上打算如何处置伊氏和皇后娘娘？”

又是一声长叹，良久，李存勖方道：“朕还要为守王想。”他顿了顿，不由自主地岔开了话，“朕若是追究，非但皇后，就是昭媛也择不干净，这样又会牵扯到贵妃。朕不是不想还后宫一片清静，只是这样一来，朕就真成了孤家寡人了。”

在贵妃诞下皇子之前，不能动守王，赵喜义明了地点了点头，偷瞧着他的眼色道：“那伊氏该如何处置？”

陶光园里只有一个废弃的宫院，陶光园又一直未用，那儿便算是冷宫了。只是将敏舒交由顺喜看管也并非长久之计，赵喜义对敏舒有些怜悯之心，与其让她关在那儿被人欺凌，不如废为庶人，逐出宫去。

李存勖目光渐渐如铁，眉心紧缩，咬牙道：“伊氏，赐死。若她那表哥还在人世，尸首就交由他回乡安葬。”

第三十章·嫌隙

丽娘一殁，敏舒赐死，宫中似乎又恢复了往日的样子。

宫中没有无缝的墙，敏舒那番话不久就传了出去，赵喜义自是让人四处惩戒。梓娇为显流言荒谬，照旧成日歌舞嬉闹，李存勖虽去得少了，倒也对此未加制止。蕊瑶那儿倒是奇了，她未牵扯其中，可李存勖也很少再踏入饮羽殿。

李存勖每日下朝不是去书房，就是去丽春台，蕊仪俨然受了专宠。敏舒一番话后，蕊仪仿若没听见一般，从不向李存勖问及蕊宁一事，更不曾让他还韩家一个公道。蕊仪每日除了服侍他，便去为丽娘母子念上一遍经，别的甚少说话。

赵喜义见了，心中赞她深谙圣心。可谁又知道，蕊仪经此一事，深感于帝王心术，联想自己的身世，只觉得原本一心企盼的长相厮守霎时变成了泡影。她忽然不大想知道自己的亲生父母当年死于李存勖之手究竟有何情由，不管因为什么，她都不能得到她想要的了。

她的枕边人是一代帝王，不是她的良人，她的良人已经错过，她的一生也只能如此这般反复轮回下去。

这日，李存勖要与李嗣源议事，蕊仪终于得了空闲，摆驾去了饮羽殿。蕊瑶正百无聊赖地生着闷气。棋芳见她烦闷，拿了好些衣料出来让她挑了做宫裙，奈何她挑来挑去，没一样满意的。

听闻蕊仪来了，蕊瑶有些别扭，想着多日不见李存勖，面色不觉沉了下去。

那日她追问梓娇、敏舒，蕊仪不帮她也罢了，还一个劲儿地拦着她，也不知这几日又说了她什么，弄得李存勖多日不上门。

殿内服侍的几个宫人识趣地退了出去。蕊仪以花扇拨开轻纱幔帐，兀自在她对面坐下，道："皇上几日没来，这是生气了？"

"都快有一个月了。"蕊瑶撇撇嘴，把温热的小茶壶往她面前推了推，"皇上怎么就喜欢上你那儿了？"

"也不想想你都做了什么，真当别人都是傻子了。"蕊仪叹了一声，面有责怪之意，"还想去搜瑶光殿，你也让人在那儿藏了红花是不是？你想害皇后，结果却害了伊氏，若不是我也想为满月报仇，那日定要想法子救她。"

"你都知道了？"蕊瑶看了眼裙角，不甘地道，"没错，我让人拿了她的步摇，又藏了红花，就是想把她从后位上拉下来。你也不必猜了，让丽娘滑倒的那钵油是我弄的，她药里的红花也是我下的，我总不能让她把孩子生在咱们前面。"

"你……"蕊仪气结，扬起手掌眼看就要落在她脸上，恨恨地一叹，落在了她肩上，"你害了她的孩子，还要害她，那是两条人命啊，你怎么连眼睛都不眨一下。你知不知道，我本想待她生产，若是皇子，就养在你我一人名下，偏就你沉不住气，你这是作孽啊。"

"你说的都是真的？"蕊瑶愣住了，一下子手脚都不知该往哪儿放了，"我只是想让刘梓娇吃了这闷亏，无从申辩，谁知道她竟然那么快就把伊氏的步摇拿到了手，还在集仙殿里放了红花。也是老天不帮我，皇上竟先去了集仙殿。你也是的，也不帮我几句。"

"你以为我说几句，皇上就会去瑶光殿了？先去集仙殿，若是在集仙殿里搜着了，就不必去瑶光殿，也就不必折损皇后的颜面，这是为了国体，也是为了守王的颜面。"蕊仪气道，不得不提醒她，"你还记不记得，伊氏最后还想说皇后的不是，可是皇上根本不容她说下去。你我若是纠缠下去，只会自讨没趣，还让皇上生疑，到时候查起来，你以为皇上就查不出你动的那些手脚？"

"我想着让她当场被定了案，皇上盛怒之下想再追查也晚了；就算查出来了，他总不能朝令夕改，这不是折了他自己的尊严吗？何况皇上这么疼我，他知道了也不能把我给杀了。"蕊瑶眉峰一挑，冷笑道，"也不知她在集仙殿里安了多少人，只那么一会儿就把事情都布置好了。"

“我让鱼凤查问过集仙殿里留守的几个内监，有人说曾看到蕴溪和棋书争执，我猜想，棋书刚取了步摇出来，就被蕴溪硬抢了去，而棋书此刻也许已经不在人世了。”蕊仪叹道，暗暗下定决心，“这个蕴溪不简单，咱们该庆幸，当年老王妃献给皇上的不是她。”

“没想到，刘梓娇那泼妇还留得住如此得力的人。”蕊瑶动了心思，这样一个人跟着一个成日只知吃喝玩乐的泼妇应是不服气的，总能想出办法。

“别说这些了，说说你这个心狠的。没的你说你当初如何做想，只说如今没如你所想，皇上万一发现了可怎么办？你在瑶光殿里藏了红花，可留下了什么破绽？你吩咐的那些人，都还可靠？”蕊仪低声问，被蕊瑶所害的她会尽力补偿，如今还是要想想蕊瑶的安危。

“皇上都说什么了？”蕊瑶警觉地道。

“皇上大概还没把你往王婕妤母子身上想，还以为皇后和伊氏相互构陷所致。我觉着他应还是疑心皇后，只是碍着守王才没有说透。也好在他对丽娘一向只是淡淡的，才没有深究。此时伊氏已死，他只要再去问皇后便能有分晓。我就是怕你留下了什么蛛丝马迹，哪天他想起来了，忽然有了决心去问，到时纸恐怕包不住火。”蕊仪目光不定。

“特意让人放在她的旧箱笼里，应该没留下什么痕迹。”蕊瑶点点头，想了想，微微一笑，似是要宽解她，“皇上不会把话说开的，他总不能把咱们都杀了。他以为是刘梓娇做下的，不也没把她怎么样吗？

她忐忑不安了这些时日，蕊瑶倒说得好像不关自己的事一样，蕊仪恼怒，忍不住有了教训之意，道：“害了两条性命连眼都不眨一下，还心存侥幸，把自己想的天上有地下无，你到底知不知道这里是宫里，不是韩家？”

“姐姐，你怎么总是胳膊肘往外拐！”蕊瑶撇撇嘴，韩靖烈的话在她心中并非未掀起一丝波澜，毕竟不是亲姐妹，何况她也不知蕊仪究竟知不知道，“有那些心思，还不如想想我，皇上这么久都没来了。”

“你想让我叫他来你这儿？”蕊仪哼了一声，把这句话还给了她，说话间已起身离去，抛下一句话，“等你把那些污糟事儿想清楚了，再找人到宫外给丽娘母子做上三日的法事，再去见皇上不迟。”

蕊瑶气结，用力拍着身旁的花鸟绣垫。棋芳进来了，还不知她们闹了不快，笑道：“娘娘，二公子和三公子朝咱们这儿过来了，刚派人过来报信。”

“他们为何不先去丽春台？”蕊瑶板着脸轻笑道。

“去了，听说贵妃娘娘到咱们这儿了，就过来了，没想到贵妃娘娘刚刚就走了。”棋芳讨好地往前凑了些，“贵妃娘娘刚好和报信的打了个照面，不过奴婢没叫住她，好让娘娘和两位公子好好说说话。”

“就你聪明。去把人都请进来。”蕊瑶看了她一眼，棋芳长大了，心思也精细了，她忽然想起蕴溪，又叫住棋芳，“你说眼瞅着就快三十的宫婢，心里最想要的是什么？”

“这奴婢可不敢说，说出来多害臊啊。”棋芳脸上一红，身子一扭。

“想男人了。”蕊瑶笑叹，妩媚地朝她面上瞟了一眼，“行了，去请人吧。”

韩靖远、韩靖烈不一会儿工夫就到了，礼数过后一左一右在下首的位子坐了。宫人送上各色瓜果，退到了门口。蕊瑶看向韩靖远，佯装不满地道：“平日二哥只记得去丽春台看姐姐，总把我给忘了，今天怎么又想起来了？”

“哪里的事。”韩靖远不好意思地低下头，把话转到了韩元身上，“父亲惦念妹妹，让我来问问可缺什么，好送进宫来。”

“不缺什么。”蕊瑶笑了笑，给韩靖烈递了个眼色，“三哥，上次我没让你说的话，你该不会都说了吧？”

“没。”韩靖烈没好气地哼了一声，刚回过头，心里猛地一紧，蕊瑶当着韩靖远的面提起此事，必有他意，便试探道，“二哥本来不想来，说我来了就行了，可我不依他，来看自己的亲妹妹，天经地义。”

“你说什么？！”韩靖远险些站起来，见二人皆惊讶地看着他，他笑了笑，赶忙坐下，“我也没说不来看三妹，只是说既然到了丽春台，不见了二妹再走总是失了礼数。”

韩靖烈看向蕊瑶，蕊瑶向他摇了摇头，笑道：“你们啊，就别互相责怪了。二哥，有件事不知二哥喜不喜欢，我有话问二哥，还望二哥据实以答。”她轻轻低下头，偷偷瞧着他的眼，“二哥多年不娶，说是遇不上可心的，不知二哥心中的佳人是何模样？”

“我一心为皇上办差，又刚入了捧圣军，诸事尚且生疏，没心思想婚配之事。”韩靖远含蓄地推托，想给他做媒的人多了，如今他一听就能听出当中深意。

“你就说说，又不会少了什么，你要是眼光真的高了，还没有谁能找出得你心的呢。”韩靖烈在旁帮腔，不知要给韩靖远娶哪一家的名门闺秀。

“稳重、晓事的。”韩靖远叹了一声，敷衍道。

“就这样？这宫里刚好有这么一个。”蕊瑶笑出声来，语声慢了下来，“皇后身边的一个宫女，是从曹侯府里出来的，跟皇后自小一处长大，她容貌秀丽，机敏聪慧，虽然不比那些二八年华的小姑娘，可是真正稳重、晓事的。我们韩家也应化戾气为祥和，和她们交好，不如我就替二哥求娶这位姑娘如何？”

“我实在没有娶妻的意思，若是为了传宗接代，有三弟就够了。”韩靖远笑了笑，委婉地拒绝了。

韩靖烈愣了一下，挠了挠头，笑问：“三妹说她并非二八年华，又是曹侯府里出来的，想必也不小了，二哥尚未娶妻，娶上这么一个，想必觉得子嗣艰难。不如你再看看，还有没有别的宫女。”

蕊瑶白了他一眼，对韩靖远劝道：“又不是做正妻，娶个如夫人而已。日后要是二哥再遇上喜欢的，娶了做正室就是了。何况她虽只是个宫女，但在皇上面前也是极得脸的，二哥要是还有什么不满，就说出来，我给二哥想想。”

“我实在无意娶亲。”韩靖远心烦意乱地起身一揖，不理会二人径自离去。

“他怎么走了？”韩靖烈目瞪口呆地望着那背影消失在视线里，转而疑惑地道，“不就是纳个妾嘛，用得着这样吗？”

“怕是有意中人了。”蕊瑶叹道。韩靖远这条路是不通了，他不答应，韩元更不会答应。可要是给蕴溪找个关系远的，她又不放心，何况事情紧迫，她不能让蕊仪先动了手。

“你看他刚才那样子。”韩靖烈咬牙道，猛地一拍脑门，“你说他会不会也知道了？就是上回说的那事。”

“不知道。”蕊瑶想了一下，不敢肯定。

唾了一口，韩靖烈一拍矮桌，道：“别让我知道他是个吃里爬外的。”忽然又嘿嘿一笑，“二哥不肯娶那宫女，我娶如何？说真的，不如给我做一房外室。”

“外室？这倒是好，就是父亲一时转不过弯来，安置在外面也是无妨的。”蕊瑶会心一笑，她这三哥，什么样的女子都想揽在怀里，“那我就找机会和皇上、皇后说说，皇上盼着我们和皇后相处和乐，那时他必定感叹咱们能体贴圣心，三哥的差事也许就有更好的着落了。”

“说得是，说得是啊。”韩靖烈大笑，寻思着该如何安置，“我回去就置座新宅子，等你的好消息。”

午间日头正烈，蕊仪的步辇上撑了花帐，多少能抵挡一些。她轻声催促了几声，几个内监行得更快了，经过贞观殿时，远远瞧见李嗣源从书房里出来，朝这边走来。

“停。”蕊仪轻道，由鱼凤扶着下了步辇。这儿离贞观殿近，又是迎面碰上的，不说几句话反倒显得心中有事。

鱼凤望了李嗣源一眼，轻声提醒道：“近来易州、定州粮草吃紧，皇上和太尉大人议事，想必是为了此事。”

鱼凤想必是得了魏崇城的信，蕊仪点点头，轻声叮嘱她：“与宫外的书信往来须时时在意，不能落了把柄。”

“奴婢明白。”鱼凤退后了几步，留在步辇处和另几个宫女说话，不时地看向他们。

“贵妃娘娘万福。”李嗣源施礼道，脸上勉强有些笑意，“近日宫中不太平，娘娘自当小心。”

“劳大人关心了。”蕊仪笑了笑，与他向旁移了几步，“夫人近日没有进宫，不知是不是都说通了。”

“她成日里跟我手下的那些夫人一起赏玩，我总放心一些。”李嗣源看着她，好像又清减了一些，他想握一下那柔荑，却已是咫尺天涯，不能如此了。他目中流露伤感之色，踌躇着开口，“早晚娘娘都会知道，不如眼下就说了。我恐怕要去易州和定州走一趟，亲自押运粮草过去。”

“粮草该是上一年就备足了的，怎么上一年没人说短了，这会儿就要饿死人了？难道契丹兵又来犯了？”蕊仪蹙眉，天下不太平，她身边的人也就不太平。

“契丹夜袭，放火烧了五十几仓粮草，本来已从附近的州县调粮去救，可是……”李嗣源有难言之隐，不过想到别的，也不得不说，“你可知皇上让冯地虎带了三十名精锐，建了一支密队，只受皇上一人号令，除去那些不便从明面上除去的人？”

“什么？！”蕊仪失笑，李存勖这些日几乎夜夜宿在丽春台，她竟一点风声都没察觉到。

“就是这些人硬说押运粮草的雷大人中饱私囊，与契丹私通，便将雷氏父子斩于马下。接手的押粮官是个买官的，不消两日粮草就被土匪抢了个干净，押粮

的军士也都死在了路上，这才致使易州、定州断了供给。两州军士得知，当中自有哗变者，也有的抢了商家和百姓的粮食，如今民心大乱。”李嗣源痛心疾首地道，生灵涂炭竟是自家朝廷造的孽。

居然又发生了这样的事，蕊仪沉声问道：“雷大人的罪名可坐实了？他会不会又像孙大人一样？”

“雷大人为官清廉，如今祖孙三代也不过住着一座三进的院子。他办事勤勉，律下甚严，正因为此我才举荐他们父子做这押粮官。方才我也请皇上彻查此事，可皇上一意敷衍，根本没有追查此事的意思。”李嗣源摇摇头，叹道，“都是魏州军里的老人，竟是一点情面不留。”

“又是魏州来的，他可曾是晋王府的旧将？”蕊仪疑道，难道又与十年前林氏灭门一案有关？

“这倒是了。”李嗣源讶然，有些失态，“你又想追查林康一事？不可，一定不可。”

“难道你不觉得这当中有什么关联吗？皇上虽然气性大些不假，可并非肆意妄为之人，这一连串的事不像是意气所为，当中定然有些不为人知的事。如果不弄清楚，以后怕有更多的人会像孙、雷两位大人一样。”蕊仪绝口不提林康，迫切地看着他。

“我先去易州、定州走一遭，会留心打探此事。”李嗣源颔首，此地终不是说话之所，他拱手告辞，“娘娘保重，臣告退。”

上了步辇，蕊仪回头望了一眼，已不见了李嗣源，也不知何时才能再见，或是还能不能相见。先后有人莫名遭逢不测，也不知李存勖何时会对他动手。想到此，她不由得目光黯淡，失了神采。

“娘娘让奴婢给萱娘备的嫁妆都备下了，娘娘打算何时同她说？”鱼凤两日前便说过这话，可蕊仪一直拖着不办，她只怕拖久了反而拖出仇来。再或是萱娘还想为丽娘报仇，做出什么事牵连了丽春台。

“就今日吧。”蕊仪良久后方道。

步辇到了丽春台，宫女绿珠来报：“娘娘，方才韩大公子来过，留了一匣荔枝。”

“二哥有心了。”蕊仪自小与韩靖远亲厚，原也不觉得有什么，可一旦得知了自己的身世，就觉得很是对不起蕊瑶，“饮羽殿那边可送了？”

“说是娘娘爱吃，都留给娘娘了。”绿珠笑道。

“都拿到内殿去，要是有人问起，就说送来的只是一匣桃子。”蕊仪叮嘱她。蕊瑶正是心气不顺的时候，这当口儿不能再为了一点小事置气。

蕊仪一回来就亲自去了萱娘的屋子。这后殿她很少来，从前满月、萱娘、鱼凤各有一个单间，其余人都是四五人一间。如今只有萱娘、鱼凤两个单间了，还是对面而居。她轻敲了下门，推门而入，萱娘正拿着花绷子，说是在绣帕子，不如说在出神，针早已离了手，连着线垂挂在一边。

“娘娘？”萱娘愣了一下，慌忙起身，“娘娘有事，何不叫奴婢到前面问话？”

萱娘还是怪了她，蕊仪心中一叹，道：“你身子不好，我过来也是应该的。王婕妤去了也有些时日了，逝者已逝，你不可太过伤怀。我答应过你照顾她，却没想到落得如此结局，你要怪就怪我吧。”

“伊氏已惩，按理奴婢不该再有怨言，可是奴婢觉得伊氏并非首恶。今日有人在集仙殿后的枯井里找到了棋书，不难想皇后究竟做了什么，娘娘想必也是知道的。奴婢心里难受，就是觉得皇后得以全身而退，丽娘在天之灵难安。”萱娘情难自禁，又落下泪来。

她没有猜疑到蕊瑶身上，蕊仪心中略安，自己毕竟是护短的，无奈地道：“魏王出身不正，皇上一日没有其他皇子，守王就不光是嫡子，也是皇位的不二人选。皇上有心护短，我也难再说什么。”她紧紧地盯着萱娘，“你不可莽撞，如今谁要是危及了守王，都会落得伊氏一般下场。当时伊氏若不是想说出皇后的出身，也许还能保住一条性命。你若是出了事，丽娘在天之灵就更不能安了。”

“胳膊扭不过大腿去，奴婢哪里不知道这个道理？可是奴婢怎么也不甘心，难道就这样算了？别说是丽娘和奴婢，就是娘娘也要一世低她一头。”萱娘哽咽，渐渐泣不成声。

“这也是人之常情，你该看透的。王婕妤走前也是看透了，才想让你出宫。她从前多喜欢宫里，多在意皇上，到头来还是看透了。”蕊仪已经拿定了主意送她出宫，一为丽娘的遗愿；二为防她日后瞧出了端倪，与蕊瑶为敌，“萱娘，你出宫吧，我为你备了嫁妆，再给你两千两银子安家，出宫后找个好人家，好好过日子。”

“娘娘，奴婢不想出宫，奴婢还要服侍娘娘。”萱娘抬起头，目中透着些惊惶。

“你还是不甘心啊，可是我不想再让你冒险。我答应你，以后若是时机到了，为了丽娘，也是为了我自己和晋王妃，也会为你讨这公道。”蕊仪叹道，拍了拍她的手背，打住了话头，“你可有想嫁之人？若是有，我可为你赐婚，也可风光大嫁。”

萱娘摇了摇头，伏在枕头上哭了。蕊仪回了内殿，亲自验看了给萱娘准备的嫁妆，该送走的既然终归要走，不如早一些，也省得又生出变故。好在她与萱娘相处不深，还没有到须臾不能离的地步，真的分开了也不会太过想念。

夏日燥热，没有树荫的青砖地上好似随时都能冒出热气，只有环水的瑶光殿清凉得很。

这几日梓娇刻意让歌舞姬将动静闹大，人们先时还在论敏舒之事，久了也就把心思放在梓娇如何日日笙歌重获圣宠上了。

蕊瑶一入水洲就有小宫女告诉她，今日梓娇又弄了哪些新花样，还道梓娇发了话，宫里的几位娘娘无论谁来了都请进去，好吃好喝地款待着。蕊瑶笑笑，给了小宫女五两银子。

内殿里梓娇刚好出了一身汗，正在那儿拿冰镇了的手巾擦脸。蕊瑶难得低了回头，浅浅地笑道：“皇后娘娘万福，瞧着这瑶光殿热闹，臣妾过来坐坐。”

“不巧了，正歇着。”梓娇很是意外，不信她只是来看看，“还不给昭媛拿西瓜？夏末了，还热得很。”

“谢娘娘。”蕊瑶福了福，在旁边坐下，笑看了蕴溪一眼，“臣妾也不兜圈子，今日来是有件事想和姐姐商量。臣妾的兄长那日进宫有幸见了娘娘身边的蕴溪姑娘一面，自此魂牵梦萦，想了几日，进宫请臣妾牵线，看有没有福气成了这姻缘。”

蕴溪一听面上就红了，上回蕊仪提过她的婚事，没想到才几日工夫就使了蕊瑶来问，她当下大喜，但毕竟是女子，又是梓娇的宫女，心中再迫切此刻也只能腼腆地低着头。

梓娇看了她一眼，轻叹了一声道：“蕴溪，去尚服局取新舞衣来。”待蕴溪无奈离去，她才笑道，“听说韩大公子尚未娶妻，这娶回去就算不是正头的妻室，也差不了多少。蕴溪只是一个宫婢，消受不起。”

“娘娘身边的宫女，又岂是一般的宫婢？娘娘就不必过谦了，何况是为臣妾的三哥韩靖烈求娶。三哥只是有些产业，并无战功、功名，倒是委屈了蕴溪姑娘。”蕊瑶猜到她不想让蕴溪出宫，心中冷笑，面上还是笑笑的，“娘娘若是应了这门婚事，臣妾的三哥也说了，一定给蕴溪姑娘置一座好宅子，让她不必向家里的低头，一辈子好好待她。”

“蕴溪年纪有些大了，要让外人知道了，恐怕要说我强嫁自己的贴身侍婢，我也不好委屈了你哥哥，韩公子还是再寻良配的好。我听说贵妃身边的萱娘也要出宫，她可不比蕴溪差，你还不如去找你的贵妃姐姐问问。”梓娇让她碰了个软钉子，就是不肯松口，“昭媛，我要歇着了，你自己坐坐。”

“恭送娘娘。”蕊瑶不得已躬身道，那门帘一动，梓娇回内殿去了。没得到梓娇的同意也不是什么大事，她还可以去找李存勖，她就不信一路都能吃瘪。

“昭媛娘娘。”蕴溪从水洲林中探出身来，看看四下无人留意，跟在了蕊瑶身后，“那日贵妃娘娘说起奴婢的婚事，没想到竟托了娘娘来说项，奴婢感激不尽。只是不知，皇后娘娘可曾应允了？”

蕊仪已经提过了？蕊瑶暗暗没好气地哼了一声，什么都瞒着她，就别怪她也有自己的打算：“本宫先为二哥求姑娘这门亲，又为三哥求，皇后怕是太爱惜你了，都不曾应允。”她不知蕴溪属意的是谁，她虽说定了韩靖烈，但蕴溪若是不喜，她说时大可说成是韩靖远。

“娘娘可问过二公子了？”脸红到了耳根子上，蕴溪熬到这年纪，冲着韩靖远她豁出去了，也不要什么脸面了。

“问过了。”蕊瑶讳莫如深地道，眉眼弯弯地看着她，“你回去且先不必争辩，一切只说听凭皇后做主，本宫自会去与皇上说，皇上应了，皇后想不答应也不成。”

“但凭二位娘娘做主。”蕴溪恭敬地蹲身行礼，在蕊瑶就要上辇时低声道，“二位娘娘若有要差遣的，奴婢愿尽绵薄之力。”

一行人到了贞观殿，顺喜从内殿里出来，看到蕊瑶，缩了缩脖子，脚下一转想溜，被棋芳抓住了。棋芳笑了笑，塞了十两的银锭子给他，道：“公公何必走得这么急，皇上可在里头？昭媛娘娘来看皇上了。”

“皇上正在批阅奏折，不想让人打扰，还是先请娘娘回去吧。”顺喜婉转地想把她们劝走，总不能说皇上一会儿要去丽春台吧。

“皇上辛劳，正是需要娘娘服侍的时候。”棋芳笑得甜甜的，轻轻拉住他的袖管，趁这个当口儿蕊瑶已经夺路进去了，“公公就当没看见咱们，皇上宠爱昭媛，是不会责罚公公的。”

“你这个……”顺喜捶胸顿足地叹了一声，去书房里找赵喜义去了。

内殿里，李存勖刚刚换好了常服，小太监低着头还没退出去，他听见脚步声以为是顺喜去而复返，抬头笑道：“让你去知会贵妃一声，就留在丽春台等着，怎么这么快就回来了？”

蕊瑶一声问候哽在了喉中，面上一颤，站定了才笑道：“皇上只想着姐姐，都忘了臣妾了。”

李存勖诧异地看向她，多日不见，乍一见心里暖了一下，可一想到她在那事中的所为，立刻把持住了，冷冷道：“日头这么毒，也不见外面通报一声，怎么不声不响地就来了？”

“臣妾刚从瑶光殿来，也是一时起兴，正好有件事想让皇上代为做主。”蕊瑶微微一笑，忍了又忍，暗暗地吸了口气，“皇上要去姐姐那儿，不妨听臣妾说了这件喜事再说。皇上听了，臣妾保准不拦着皇上。”

“喜从何来？”此事也许又牵扯了梓娇，李存勖有些不悦，对她所言并不期待。

蕊瑶拉着他坐下，把蕴溪与韩靖烈结亲一事说了，又笑道：“皇后想是怕落下一个勾结外臣的名声，不敢答应。其实臣妾的三哥一直是个闲散的，也算不得外臣，皇后大可不必有此顾虑，只是，若皇上能开导几句，也就欢喜了。”

“韩靖烈娶蕴溪？你姐姐可知道？”李存勖盘算了一下，若是韩靖远，他还要再思量一下，可若是韩靖烈，非但无妨，成了却是一桩喜事。

“姐姐也是要给蕴溪姑娘说亲的，蕴溪姑娘不仅是皇后的近身侍女，也是曹侯府出来的人，是服侍过老王妃的，没有个好归宿，实在说不过去。臣妾的三哥不才，若说建功立业实在不敢，但一辈子对蕴溪好，却是容易。三哥仰慕蕴溪姑娘多时，就只盼着皇上玉成。”蕊瑶徐徐劝道。

“好，蕊瑶，你们姐妹深得朕心，朕便为他们赐婚，就按你说的，蕴溪做一房外室，不必回韩家立规矩。”李存勖应了此事，看看边上的沙漏，时候不早了，“你这就去向皇后传个话，让她给蕴溪准备嫁妆。”

李存勖起身便要走，蕊瑶愣住了，说了这会子话，还以为他会去她的饮羽殿，当下那股怨气又起来了："皇上一心只想着姐姐，都把臣妾给忘了。倘若如此，当初何苦纳臣妾为妃？臣妾入宫以来，别的不敢夸耀，但服侍皇上极是尽心，也只封了昭媛，竟连伊氏都不如，如此臣妾也不曾与皇上吵闹，可皇上如今是要彻底把臣妾忘了。"

李存勖心里还想着李嗣源的行程，听了只觉厌烦，他微微挥了挥手，道："你回饮羽殿去，朕隔日再去看你。"

"皇上一心一意想着姐姐，可她心里又怎会只有一个你？"蕊瑶一急，心中藏了很久的话脱口而出。她自己也呆住了，她怎么把如此要人性命的话说出来了？

"你说什么？"五指陷入了她的手臂，李存勖目中阴冷，"你说的可是李嗣源？不可有半句虚言。"

"不是不是……"蕊瑶口齿不利索起来，一想说不是，不就是说还有别人，于是越说越乱，"臣妾一时气不过皇上只宠爱姐姐一人，胡言乱语，还望皇上恕罪。"

李存勖松开了她，继续追问道："你只管说，今日之事朕不会对任何人提起。是李嗣源居心不正，还是蕊仪她……"

"皇上也是知道他们从前的，要说寻常以待，实是不能，可是臣妾也不觉得他们有什么越矩之举，也许就是平日在宫中遇见，说上几句话，旁的也无。皇上别揪着臣妾一时错言，臣妾不是那意思。"蕊瑶急急分辩，可是她也不知是不是自己心里一直这么想，便越说越乱，有些意思说乱了，也不去解释。

他们在宫中见过，只是都在明面上，李存勖轻轻颔首，"嗯"了一声，不再追究，但心中疑虑未去，笑了笑，仍有些僵硬，"听说你新掘出坛好酒，朕就与你去尝尝。"

"的确是好酒，臣妾日日都为皇上温着呢。"蕊瑶眼睛一亮，更是管不了旁的，羞红了脸。她不过是说了几句话，也许算不得伤了姐妹情谊，何况他本来就是她的。

不出五日，蕴溪的婚事就传遍了整个洛阳宫，皇后身边的宫女出嫁，又是头一个，少不得要热闹一些。梓娇纵使不愿，也少不得要装上一装。若说对此事忐忑不安的倒是蕊仪了，直到昨夜她才得知消息，这好像是故意瞒着她一般。

韩靖烈纳蕴溪为外室，一介宫女嫁入功勋之家，还不用向正室屈膝，听着是天大的好事，可是以蕴溪的心志，真能甘愿做外室，况且还是韩靖烈这般不学无术、花天酒地的公子哥？

那日说欲与蕴溪说亲，蕊仪尚未定下人选，想是蕊瑶听到了风声，打起了主意。蕊仪叹了一声，姐妹离心之始，也是祸事将起之时，往日蕊瑶也不是没闹过，可这一回不同，她隐隐觉得有事要发生。

“娘娘，不好了，蕴溪抵死不肯接旨，披头散发的，一路闹了出来，就快到咱们这儿了。”鱼凤提着裙角跑进来，气喘吁吁地站在蕊仪面前，“昭媛娘娘做的这桩媒，准是拿了娘娘当幌子。”

“出去看看。”蕊仪立即起身，只要是个齐整的，给了韩靖烈都觉得可惜，她也不是冷血无情之人。

出得前厅，已听得桃林那边传来蕴溪的哭喊声，蕊仪让人放了她进来，她被门槛绊了一下，摔在殿中，“明明说了二公子，如今却是三公子，娘娘为何骗我？”

“扶她起来。”蕊仪在一旁坐下，只留下鱼凤，“本宫何时对你说过？你仔细想想，是不是韩昭媛对你说的？”

早说两宫面上和睦，实则总有暗斗，原来传言不假。蕴溪愣住了，打了个寒战，“是昭媛不错，难道昭媛并非替娘娘传话？”

“你要给本宫三哥做外室，本宫昨日方知。”蕊仪郑重地道，给她看了座，“本宫知你不想嫁，就是本宫也不想让你嫁他。别说三哥，就是二哥，虽说性情温和，也与你并不相适。韩家水深，各位亲族长辈都不是好相与的，你无家世倚仗，嫁了也过不上舒心日子。”

“奴婢哪里不知道这个道理，可奴婢一心仰慕二公子，就是受再多委屈也甘愿。可若是三公子，奴婢也不怕娘娘怪罪，奴婢就是削了头发或是入了道观，也断断不肯。”蕴溪哪里顾得上这些，韩靖烈寻花问柳早被传为笑柄，听说有一房妾室劝他，反被他卖到了烟花之地，就是韩元也劝不动这个儿子，若真跟了这样的人，怕也只是风光几年，最终仍要落个凄凉下场。

蕴溪说得情真意切，蕊仪寻思了一下，想帮她一回，便道：“本宫虽不喜这桩婚事，可事已至此，你不嫁，便是抗旨，本宫可为你求情，但不敢说皇上能否答应，你可想好了？”

蕴溪一咬牙，定定地道：“奴婢身边的姐妹早就没了性命，尸骨都不知去了什么地方，奴婢能活到今日已是值了。若是皇上不肯开恩，奴婢一死便是了。”所嫁非人，一样是把自己送进了棺材，说不定还落下污秽的名声。

“本宫且试试。”蕊仪颔首感叹道，“你先回瑶光殿去，只管把你的心意告诉皇后，皇后本不想让你嫁人，自然不会太为难你，再有本宫去为你说情，总能拖上一两日，就看这当中能否有转机了。”

“奴婢谢娘娘。”蕴溪端端正正地磕了个头，起身头也不回地走了。

“速去把韩靖远找来，我要寻个万全之策。”蕊仪吩咐鱼凤，萱娘的事还没了结，又出了这么一档子事，又没有蕊瑶帮衬，不知还能不能善了。

第三十一章 · 决裂

外面烈日炎炎，殿内添了冰，又用纱帘挡住了日头，倒是阴凉得很。蕊仪换了三盏茶才等来了韩靖远，中间鱼凤来探了她几次口风，她都默然不语。她实在不知该说什么，这些日子韩靖烈曾两次进宫，不知对蕊瑶说了什么，而他说的这些话究竟有没有对韩靖远说过，她就不得而知了。

往常蕊瑶和自己置了气，总要到她面前发作一番，这一回却闷不吭声地给蕴溪定下了韩靖烈。蕊仪暗暗琢磨，那日韩靖烈应是听到了些什么，说不定已经对蕊瑶说了，只是碍于听得不全，又无从查证，才隐而不发，可是一旦起了疑心，许多事就不一样了。

“娘娘。”韩靖远躬身道。

“二哥来了。”蕊仪回过神来，连忙让鱼凤看座，“今日请二哥来，其实是为了三哥的婚事。”言毕暗暗看他神色。

韩靖远皱了皱眉，道：“今早才听说了，原以为是你的主意，现在看来不是了。”他叹了一声，“三妹怎会如此急躁，连父亲都不知会一声。”

“这当中缘由我就不说了，如今那蕴溪根本不肯嫁，刚到我这儿发了誓，就算没了性命也不做这外室。此事闹到皇上面前，她没了性命，咱们韩家脸上也不好看。我请二哥来，就是想商量一个万全之策。”蕊仪目中一动，韩靖远和韩靖烈一向不和，也许他还不知道。

“你想救这蕴溪？”韩靖远不禁笑着轻摇了摇头，她还是原来那个会心软的蕊仪。

蕊仪点点头道：“我打算去向皇上求个情，若是婚事能够就此作罢便算了，就怕皇上不允，到时能不能善了此事，就要看二哥肯不肯承这个情，毕竟都是韩家人，传出去也不会有什么。”她目光躲闪了一下，“蕴溪仰慕二哥英姿，只求能在二哥面前服侍。她机灵、温婉，二哥即使对她上不了心，也能相处和睦。我知道这么做委屈了二哥，二哥若是不答应，我就再去想别的法子。”

韩靖远看了看她，又低下了头，千重思绪掠过。她也许知道他不会不帮她，他怎么会不帮她呢？他无奈地一笑，道：“你看人不会错，我答应。”

他竟如此轻易就应允了？蕊仪大喜，笑着安慰道：“二哥放心，若事情真走到了这地步，我定给蕴溪置办嫁妆，让她风光大嫁，不会扫了二哥的颜面。”

“我为的不是这个。”韩靖远看了看这殿中陈设，既名贵又装点得宜，却少了生气，“只要你高兴，什么都好。”

“二哥，我……”蕊仪叹了一声。

“你宫里的茶不错。”韩靖远笑了笑，“三弟和三妹走得近了些，若不想让他把三妹带偏了，你想个法子，别让他进宫就是了。”

“他疯言疯语的，也不知对蕊瑶说了什么。”蕊仪借着低头饮茶，别开了目光。

“他这人一向如此，你别当真。”韩靖远断然道，目光有异，抬眼一看，庆幸她没有看见。

“那二哥也帮着劝劝他。”蕊仪听他这意思，难道他已有所耳闻，只是没有相信？

“我还有事没有料理，这就回去了，娘娘好生保重。”韩靖远也觉无话，主动告辞，迈出门槛时，望着远处桃林道，“你若不是我妹妹，该有多好。”

蕊仪霍地一下站了起来，定定地望着他的背影，鱼凤连唤了她两声，她都没有听见。鱼凤轻碰了碰她，道：“娘娘，到底出什么事了？奴婢觉着娘娘总是魂不守舍的。”

“皇上还在饮羽殿？”蕊仪摇了摇头，低声问道。

鱼凤点了点头，也压低了声音：“奴婢听说那日皇上本是要来丽春台的，都让顺喜摆驾了，可是昭媛娘娘忽然来了，还跟皇上吵了几句，不知怎么，皇上就去了饮羽殿，一连几日都不曾到别的宫里。”

“这不像她啊。”蕊仪沉吟着，蕊瑶怎么会违背李存勖，还吵了起来，“可听到了什么？近来皇上那儿又有什么动静？”

“隐约听到皇上说了娘娘的闺名，旁的顺喜也听不真切。”鱼凤想了想，李存勖日日腻在饮羽殿，多日不朝，实在没什么动静，只是昨日有些不寻常，“昨日，皇上忽然召了郭大人密议，说了好一阵子话。”

“太尉大人定州一行可还顺遂？可是要回来了？”蕊仪忽然问道，郭崇韬便是李嗣源的掣肘之人，动了箭哪有不动弓弦的道理。

“是要回来了。”鱼凤一惊，面色大变，“大人此去解了军粮之急，还调了粮食赈济百姓，听说百姓夹道相送，还有人拦住城门，不想让他离开。难道又像上回一样，皇上又动了心思？”

高台一幕最终染血的是蕊仪，痛彻心扉，永生难忘。蕊仪微微颔首，叹了一声，道：“怕是又要来上一次了。你给太尉夫人传个话，之后就别再同宫外联系了。皇上疑心病犯起来，你哥哥还在魏州军中，你们保不得也要受牵连。”

“是。”鱼凤明白当中利害，可是在宫里待得越久她就越想不明白，既然是如此一个不理朝政、冤杀忠良的皇帝，还有什么好拥立的，“他们都疯了不成，伸着脖子让人砍？”

“你说什么？”蕊仪看向她叹了一声，声音压得极低，“两败俱伤只会让契丹乘虚而入，何况他们两兄弟怎么能闹到那步田地，这些话不可以再说了。”

自平都那番话后，及几位老大人含冤而死之后，她不是没这么想过，可是她既无法全然割舍李存勖，又不知李嗣源究竟有没有取胜的把握。若是两败俱伤惹得生灵涂炭，若是李嗣源得了这江山也实非心知所想，只能内疚、痛苦一生，又待如何？

她似乎总是为嗣源想得太多，蕊仪心中一动，她的这番心思瞒得再好，恐怕李存勖也知道一些，高台一幕也是对她的试探，这一回难保不是对她疑心，说不定又会来那么一回，无论如何，她都得作好万全的准备。

“把后殿的佛龛收拾一下，我搬过去住几日。皇上若是来了，就请他到后殿。”蕊仪定下主意，转头吩咐道。

“娘娘如何知道皇上会来？”鱼凤可拿不准，谁知道那喜怒无常的皇帝出了饮羽殿，是不是就进了瑶光殿或是登春阁？那赵瑜茵前日不是封了宝林吗？

“若他真动了那心思，近日就会来找我。”蕊仪淡淡地一笑，回内殿让人收拾了一通，搬到了后殿。

晚间李存勖便来了，鱼凤让人出迎，自己去后殿告知。蕊仪听闻不曾整理衣装，反倒把高髻弄乱了些，再端端正正地跪到蒲垫上，双手合十望着佛龛上的菩萨，口中念念有词。

“娘娘，娘娘？”鱼凤看看她，又看看门外，不明白这又是唱的哪一出。李存勖到了，她到廊子下行了蹲礼，“皇上，娘娘日日焚香祝祷，不肯出门半步，还请皇上不要责怪娘娘。”

李存勖挥了挥手，让她退下，轻轻将身旁的窗子推开了一些。蕊仪正兀自喃喃自语，声音虽低，他这里却听得分明。

“李嗣源负信女在先，又与其夫人曹氏多次炫耀于前，信女苦不自胜，只望他们日后离开洛阳，永不进洛阳宫。”方才那声响动已落于耳中，蕊仪故做饮恨状，咬破食指，将血滴在香灰上，“如若不成，信女愿折寿十年，换他一身功业俱毁、身败名裂……”

李存勖手上一僵，不禁碰上了窗框，弄出了响动。他仿若未闻那番话，故意大笑着进来：“朕几日不来，蕊仪倒是住到后殿来了，可是恼了朕？”

蕊仪松了口气，将眼角泪水拭尽，故作欢笑道：“恼了又如何？皇上还不是在饮羽殿欢快？臣妾近日心神不安，故来此祝祷，实在没有别的意思，皇上该不会疑心臣妾行那巫蛊之事吧？”

“你不会。”李存勖笑着摇了摇头，看看四周不禁皱眉，“太简陋了，就算祝祷，也不必住到这儿来。走，回前面去。”

前面一关暂且过了，蕊仪叹了一声，轻声道：“令臣妾心神不宁的岂止是那些无名之事？听说蕴溪姑娘不肯接旨，想必令皇上为难了，偏偏这门亲事又是妹妹提起，臣妾也知晓的，更加不知如何是好。”

“蕴溪是朕母妃留下来的，自小就在王府里，一直尽心尽力。若真治她一个抗旨不遵之罪，朕也于心不忍，就是皇后也不愿勉强于她。可若就这么让此事不了了之，又对不起你们和靖烈。”李存勖为难地道，二人走了一段，跨过门槛回了前面的寝殿，“朕也正犯愁，如何才能把你们都顾全了。”

“要不皇上再给蕴溪赐一门好亲事，妹妹和三哥那边由我去说，皇上再给臣妾的三哥另寻一门亲，这样旁人也没的说道。”蕊仪细声软语地劝道。

“这样，朕就太对不住韩师父了。”李存勖叹道，目中洞黑，权衡着利害。

果然他既不想损了功臣的颜面，又不能收回圣旨，蕊仪看了看他，即使不愿，也不得不道：“皇上赐婚的旨意想必外面也传得不甚详细，左右都是要赐婚韩家，不妨将蕴溪赐予臣妾的二哥。二哥尚无妻妾，纵是不做正室，也与之相差无几了。”

“韩靖远跟你说了什么？”李存勖了然，笑了笑，“这倒是个主意，想必不会再有闲言闲语。”

“二哥对皇上一片忠心，何况这门亲事本来就是臣妾姐妹俩没有考虑周全。”蕊仪谦逊地道，如此只是委屈了韩靖远，大概日后也会委屈了蕴溪。

“可韩靖烈那儿……”李存勖又怕韩靖烈陡然被撤了婚约，惹出事来，“朕再给他赐一门亲就是了，你替朕张罗个人选。”

蕴溪是皇后的贴身侍女，那这人选也应与之相当，确不是个容易办的。蕊仪想着先应付过去，就点了头，“臣妾留意就是了。”她声音放轻了些，“皇上今天还回饮羽殿吗？”

“在你这儿。”李存勖笑开了怀，也不理会别的，揽了她就往殿内走。

刹那间，蕊仪有了种如释重负之感，李存勖的疑心至少暂时淡了下去。可是她也忽然发觉再也没有那份期待与暖意，也许她并不如之前所想的那般适应了争斗与猜疑，短短不足两年光景，她的心已经老了。

傍晚，韩府众人接了旨，心思各异。韩靖远神色平淡地和韩元说了几句，吩咐人收拾院落。韩元长长地叹了口气，想着是梓娇身边的人，以后少不得要防着她走通消息，把府里的事通过梓娇告诉郭崇韬。

韩靖烈则是一脸的愤愤不平，因为旨意里根本没有提到他。他气冲冲地去了韩元书房，也不管什么礼数，拍着桌案就道：“三妹明明请皇上为我赐婚，一转头就变成二哥的了，分明就是二妹说了我的不好，劝皇上改了主意。”

“胡说什么！皇上自有定夺，岂是贵妃能够决定的？我知你与贵妃不和，这种话不必再说了。”韩元沉声警告着，话毕不由得咳了几声。

韩靖烈冷冷地哼了一声，说话阴阳怪气的：“父亲也不必瞒我，她根本不是我的亲妹妹，并不姓韩，怎会跟我们一条心？”

“哪里听来的胡话！”韩元瞠目结舌地看着他，抬手就想拿书卷砸他，“她如何就不是你的亲妹妹了？”

韩靖烈往旁边的椅子上一坐，嘴角一抽，道：“父亲，别把自己气着，不就是听父亲亲口说的？”

“你这个孽子，你听到什么了？她的身世如何，还轮不到你说话。你要是敢说出去半个字，我……要了你这孽子的命！”韩元浑身颤抖，硬是拿不起那书卷、砚台。

“别急别急，我不想知道她的亲生父母是谁。”韩靖烈嘴上这么说，却觉得实在要探究一番，看韩元的样子，蕊仪的身世势必是不能外传的，“总之，她不姓韩，就不会跟咱们一条心，趁早帮着三妹登上后位，别再寄望她这外姓人。”

“你这个孽子！孽子……”韩元气得一口气上不来，推落了案上文房四宝，外面的管家、小厮连忙进来，又是嚷嚷着请郎中，又连忙把韩夫人请了过来。

韩夫人见状少不得呵斥韩靖烈一番。韩靖远赶来，把弟弟架了出去。韩夫人服侍着韩元用了丹药，叹了一声道：“靖烈说了什么，他一向荒唐惯了，竟值得生这么大的气？”

“他知道了蕊仪并非我们的亲骨肉，好在旁的他并不知晓。”韩元缓过气来，靠在床上，目中有泪光，“好好的一个女儿，养育了九年光景，竟要看着他们反目。方才靖烈说，蕊仪不姓韩，不会和咱们一条心，你听听，他说的这是什么话！”

收起了药，韩夫人在他身旁坐下，踌躇着看了他好几次，良久才为难地开口：“你说蕊仪要是知道了自己的身世，她真的能念着这九年，而忘了她的亲生父母吗？她真的不会怪我们吗？”她跪在了脚榻上，“我知道你疼蕊仪，这都是应该的，可是靖远、靖烈还有蕊瑶，他们也是你的亲骨肉啊。”

韩元愣住了，张着嘴半天没有闭上。过了不知多久，外面夜色渐浓，两滴老泪从眼角滑落。但凡是个良善之人，想必都不会饶恕于他。

第二日一早，暖帐里，李存勖轻搂着蕊仪，听着外面太监的声音，不耐烦地吩咐了几句。蕊仪醒来，轻轻推开他，“皇上若为臣妾荒废了朝政，臣妾万死难辞其咎，臣妾这就服侍皇上更衣。”说罢起身整好了衣裳，“赵公公，皇上起了。”

宫人鱼贯而入，亲手服侍他更衣。蕊仪自己也换了衣裳，把青丝随意梳理了几下，行蹲礼道："臣妾恭送皇上。"

李存勖觉着无趣，看了她一眼，扶她起来，"何必如此拘礼，跟朕分得这么清楚做什么，朕晚些再来。"

"皇上有些日子没去瞧皇后了。"蕊仪垂眼笑了笑，不觉又有了推拒之意，"后宫应当雨露均沾，还有妹妹那儿，若是见不着皇上也是要生气的。"

她太大度了，大度得有些不对劲儿，李存勖半眯起眼，一抹精光闪过："你果真如此想？"

蕊仪觉得不对，微微笑了笑："皇上也要体会臣妾的为难之处。"

也许吧，李存勖点点头，转身上朝去了。鱼凤耳聪目明地悄声进来，轻声问蕊仪："娘娘为何要说这些话？把皇上推到别人那儿去，娘娘还是应当趁早怀个孩子，将来才有依靠。"

"又是他让人跟你说的？瞧瞧那堆药，好像要一股脑儿地塞进我肚子里似的。"蕊仪叹了一声，李嗣源每到一个地方就找人打探秘方，然后再使心腹送进宫，也不知他哪儿来的闲工夫。

"都是家兄打理的。"鱼凤不好意思地笑道，李嗣源吩咐过几次，魏崇城就记住了，"再过上几月，家兄也要到捧圣军里了。"

"不会又是他……"蕊仪不敢说下去。

"娘娘恕罪。"鱼凤跪下道，算是默认了。

"算了，你起来吧，知道你做不了主。"蕊仪也不追究，她追究也好，不接受也罢，都是无用的，"萱娘还不肯出宫？"

"她说要一直服侍娘娘，娘娘还是见见她吧。"鱼凤欲言又止，心病还需心药医，她总觉得蕊仪在丽娘一事上有些异样，可这些都不是她该问的。

"晚一些再过去，一会儿蕴溪怕是要来谢我的。"蕊仪料定了，吩咐她准备些珠玉首饰和一百两银子。

东西刚准备好，蕴溪就到了，进门就磕头谢恩："娘娘，大恩不言谢，奴婢知道二公子肯应承，是托了娘娘的面子，奴婢有自知之明，进门后一定如先前对娘娘所言，只一心服侍二公子，绝不会有非分之想。"

"快起来，以后兄长还要靠你照顾。"蕊仪客气地道，让鱼凤看座，鱼凤引了众宫人退下，"不过听说圣旨上没有写婚期，大概你还要在瑶光殿待上些日子。皇后肯允你嫁给本宫的兄长，这面子上总还要过得去，你且多待些时日，全了主仆之情。过上两三个月，韩家上个折子请婚也就成了。”

“谢娘娘。”蕴溪忙不迭地道，为了让她放心，立刻晓明利害，“娘娘放心，奴婢以后定将与宫中的联系断了，一心服侍二公子，孝顺韩大人和韩夫人。”

“你晓得就好。”蕊仪感叹道，她果然是个明事理的，这时候少不得要诱她一诱，“你虽不是二哥的正室，可韩家也一定把你当儿媳妇待。这女人嫁了人，身家性命、富贵荣华就都指着夫家了。你倒不必刻意与皇后疏远，凡事凭心而行就是了。”

蕴溪朝门外望了望，起身拿起自己带来的食盒，打开来一样样地往蕊仪面前的小桌上摆好，趁着这机会，低声道：“奴婢正有一事要禀报娘娘，事关韩家安危，不得不言。皇后正谋划着嫁祸韩家，郭夫人这几日连连进宫。”

“郭大人不是去蜀地和魏王平乱去了吗？”蕊仪纳闷道，隔着这么远，还不消停。

蕴溪点点头道：“所以只是谋划，只等郭大人回来就行此计。”她想了想该如何说，轻轻蹙眉道，“奴婢听闻皇上接连抄了几位大人的家，是在找十年前老晋王留下的一件旧物，找了许久也没有找到，也不知到底被谁私藏着。皇后就想将此事安在韩家头上，劝皇上把韩家也抄了，毕竟韩大人当年一直在晋王府。”

“那是样什么东西？”蕊仪沉吟着，这听起来荒谬，可梓娇要是没有十足的把握，不会这么做，这一定是样异常重要的东西。

“奴婢没有听清，可是皇后连夜让郭夫人以请画师为名，请人进宫做字画，还说要找极为精细之人，想必是书卷、字画一类。”蕴溪退后，坐回了位上。

蕊仪不禁猜想梓娇要仿的是何物，她含糊地笑了笑道：“本宫会让家人好生防范，可是能不能防得住就看天意了。”

“娘娘，奴婢……”蕴溪欲言又止，最终还是轻摇了摇头。瑶光殿那儿还离不开她，又说了几句话，她便告退了。

十年前，又牵扯到这些人……蕊仪手上一颤，好好的一盏茶尽洒在了膝上，烫得她捂住了轻轻呻吟。那夜，她与李存勖各自做了一场噩梦，相对醒来之时，李存勖梦话未止。难不成当年老晋王并没有将晋王之位传给他？若果真如此，他大体也不能名正言顺地当上如今的皇上。

蕊仪不敢再想，但疑虑一旦起了，岂是说停下就能停的？不管韩家与她恩怨如何，如今都是休戚相关，必然要先解韩家之危。而蕴溪方才显然有未尽之言，那就是她一直想知道的能致梓娇死命的东西，她必须要知道。还有她的猜疑究竟是不是真的，她也要去验证，不如就此行一个一箭三雕……

当日蕊仪就传了话给韩元，韩元正巧进宫谢恩，顺道来了丽春台。他听蕊仪说了个大概，越听面色越不好，他不住地看向蕊仪，见蕊仪只比往日焦急了些，暗暗松了口气。

“郭崇韬自诩郭子仪后人，往日只是狂傲了些，这些年却越发不像样了。娘娘放心，只要先发制人，让他引火烧身，也并非难事。”思虑一番过后，韩元胸有成竹地道。

“我也正有此意。”蕊仪点头。郭崇韬一除，梓娇便断了与洛阳朝中唯一的维系。

“为父这就去向皇上禀明，还请娘娘伺机而动。”韩元打算借着谢恩的机会把话说了，郭崇韬领兵在外，正是时机。

转而蕊仪吩咐鱼凤道：“去同昭媛说一声，就说韩大人要与皇上议郭大人之事，让她敲敲边鼓。”

鱼凤领命而去，蕊仪趁着这个空当去看了萱娘。萱娘正垂泪拾掇着一盆牡丹，见到她，显然吃了一惊，慌乱地擦了手，行礼道：“娘娘可算肯见奴婢了，奴婢不想出宫，还望娘娘成全。”

“我已为你备好了嫁妆，你出宫之后，定能找个好人家，又何必要在宫中痴缠？”蕊仪摇摇头，不愿松口。

“奴婢只想一心服侍娘娘。”萱娘低着头，敛住复杂的眸光。

“你还是想报仇。”蕊仪叹了一声，也罢，用不了多少时日，梓娇的恩怨就该了了，“若是我执意不肯，你又该如何？”

“那奴婢就宁愿做那应选之人，嫁与三公子为妾。”萱娘深吸了口气，蕊仪定是不忍心的。

蕊仪掀唇一笑，轻叹了一声看着她道：“我的确不忍心，不过你也得先应承一件事。没有我的话，你什么都不能做，一切由我做主。你放心，我已有主张了。”

 萱娘不甘，可也深知无从违拗，只能应了：“奴婢答应娘娘，没有娘娘的话，不出丽春台一步。”

贞观殿里，一经韩元禀报，李存勖立时面如死灰，坐在椅上踌躇冷笑。当年郭崇韬的确与魏州往来密切，韩元所说并非没有可能。以往他只觉得郭崇韬行事粗率、鲁莽，做不得此事，可是这毕竟只是推想，比不得韩元所说。

“皇上接连动了几人，想必他也知了危机。臣得闻近日郭夫人时常行走于内宫，不知是否与此事有关。”韩元压低了声音。

“皇后？”李存勖摇摇头，不过，梓娇的确看过那东西。

“此事事关重大，皇上还是问问皇后娘娘的好。”韩元恭谨地提醒，“即使郭夫人只是寻常请安，再送些礼物，日子久了，也恐惹人非议。”

“有理。”李存勖沉吟道，转而叹了一声，“趁着郭卿在外，朕这就命冯地虎去他府上看看。”

“皇上圣明。”韩元躬身道，嘴角暗暗多了一抹笑意。

正值傍晚，有几丝凉风拂面，只让人心旷神怡。可韩元却无暇享受这片刻的清凉，他半点不敢耽搁，回府就进了书房，关起门一番折腾，一个多时辰后硬弄出了张盖了小印的泛黄信笺来。他又使心腹将其藏于郭府。第二日一早，冯地虎已然得了此物回宫面圣。

李存勖当即大怒，着手将信笺烧得一点灰都不剩。丽春台和饮羽殿不久就得闻李存勖震怒的消息，蕊瑶主动来了，笑盈盈地看着蕊仪道：“不知怎么，皇上气冲冲地去了瑶光殿，那位想必要吃苦头了。姐姐，不如就此将她揪下来，咱们姐俩也省得担惊受怕了。”

“你就这么想坐那位子？”想起当初承诺，蕊仪微微一笑，她如今更是不在乎后位了，可是心底里渐渐有了些跃跃欲试之感。她在韩家这么多年，一直都被蒙在鼓里，总该做一些出乎他们意料的事了。

她想着，什么东西能让李存勖如此震怒，而且又是韩元所熟知的，韩元说起，李存勖又不曾疑他……不管是什么，这都是他们之间共同的秘密。她忽然明白了韩元的愧疚从何而来，当年的韩家怕是踩着林家人的尸骨才有了今日的风光。

既然如此，她拿一些韩家人想要得到的又有何不可？她笑了笑，轻道：“若有那一日，我一定向皇上推举妹妹。”

蕊瑶笑了笑，暂时不提此事，“姐姐近日身子可好？可找太医调理了？我这肚子总没个动静，也正想让崔敏正把把脉。”

“你啊，就是怕失了面子，改日请脉的时候，顺便问问就是了，在宫里都是常事。”蕊仪劝道，心思早飘到瑶光殿去了，“萱娘不肯出宫，我暂且把她留下了。这一回皇上若真的殃及了瑶光殿，你正好把那些不干净的东西收拾干净。”

“皇上究竟为了何事生这么大的气？”蕊瑶在她身边坐下。

“皇后勾连了外臣，而不巧这位郭大人正领兵在外，这两三年又颇为不安分，你说，他怎么能不生气。”蕊仪含糊其辞，别的蕊瑶不须知道。

“他该不会想拥立守王吧？守王、守王，听这封号就知道皇上根本对他没有厚望，他们越是折腾，只会越惹皇上厌烦。”蕊瑶笑出声来，定定地看向蕊仪，“姐姐就瞧好吧，我一定会跟皇上说说这当中的利害。”

“这些也不必说了，此事未必扳得倒她，能除了郭崇韬也就行了。路要一步一步地走，饭要一口一口地吃，这还动摇不了她的根本，切不可操之过急了。”蕊仪叮嘱道，推说累了，让她回了饮羽殿，“皇上一肚子的气，你小心些。”

瑶光殿厅堂里，梓娇跌坐在脚榻上，失魂落魄地望着脚边滚落的酒盏和地上翻倒了的古筝、胡琴。李存勖方才来了，一阵发作之后又拂袖而去，快得她还来不及反应，舞姬、乐师都被赶了出去，宫人们吓得退到殿外不敢进门。

蕴溪很是心虚，待里面没了动静，才带了心腹宫女巧儿轻悄悄地推门而入。她在梓娇耳边轻唤了一声，道：“娘娘，奴婢让巧儿收拾一下，咱们到内殿歇一会儿。”

“别碰我……”梓娇打了个激灵，看清身旁是蕴溪，重重地喘息了几声，“皇上要抓我了，要抓我了！”

“娘娘，冷静一些。”蕴溪硬扶她起身，用力拉扯着将她弄到内殿。

梓娇一坐下猛地抓住蕴溪，双眼用力睁着，目光因惊恐而颤动，“那几个画师呢？赶紧全部遣出宫去，不，不，一个活口都不能留，全杀了……你听到没有？”

“娘娘，那可是好几条人命啊。”蕴溪打了个冷战，手上哆嗦了一下。

“你连棋书都推下井了，这回又不要你亲自动手，有什么难的？我让你去，你就去。”梓娇冷然吩咐着，努力让声音听起来平静一些。

“是。”蕴溪背上冷汗直流，那是失手，她也没想到会弄成那样。

“等等，还有郭崇韬，皇上要把他押解回洛阳。不行，不能让他见到皇上，得连他也结果了。”梓娇惊惶地道，不停地摇头。

“娘娘，郭大人还在蜀地，那儿是魏王的地方，娘娘和魏王并不亲近，恐怕行事不易。”蕴溪硬着头皮道。梓娇总是异想天开，再这么折腾下去，不等事败，自己就得先疯了。

梓娇愣愣地看向她，目光躲闪了几下，声音尖利：“给魏王下敕令，让他就地杀了郭崇韬。他不是怕郭崇韬再领兵逼宫吗？让他杀了他。”

“这要是让皇上知道了怎么办？”蕴溪低下头，小声道，“兹事体大，魏王知道了，也是不敢领命的。”

“管不了那么多了，再给他去一封私信，他杀了郭崇韬，我想法子劝皇上让他回朝。”梓娇用力推了她一把，厉声道，“快去啊，去啊！还等什么！非要等到皇上把咱们脑袋都摘了吗？告诉你，别以为攀上了韩靖远就飞上高枝了，你还不是韩家人呢。我有事，你也跑不了！”

“是，是……奴婢这就去。”蕴溪落荒而逃，出了殿门才发觉不对，梓娇所说她都办不到，她该去哪儿呢？

一想到魏王，蕴溪的步子就不觉往丽春台迈开了，见了蕊仪她诚惶诚恐地把事情说了一遍，尴尬地道：“皇后哪儿能杀大臣，这存心是让奴婢为难，要奴婢的命啊。”

“她倒不是为了对付你，她也是没办法了。”蕊仪踱步到窗边，望着这盛夏里最后的一季繁花，“你照她说的做，再给魏王传句话，就说此事本宫已经知道了。”

“娘娘可有话要带给魏王殿下？”蕴溪疑道，以为她还有别的要示下。

蕊仪微微一笑，脚下已往里间去了，“没了，快去吧，别误了皇后娘娘的差事。”

两个月后，已是秋意正浓的时候，盎然的绿意已成了炫目的金黄。时节会变，人心会变，得意、失意的人也会变，可总有一些是圣宠不衰的。饮羽殿一方独大，丽春台紧随其后，韩氏姐妹风头一时无二。这些日子李存勖时常带着捧圣军出宫行猎，也总是带着二人。

蕊仪入府前很爱骑马，后来慢慢地觉得无趣，再看着蕊瑶竭力争胜的样子，兴致就更淡了。这时候蕊瑶正骑在一匹红鬃马上和李存勖并肩而行。她笑着朝他们招了招玉扇，坐回位上。

细细一算，无论是梓娇的信还是李存勖押解郭崇韬的圣旨都该到蜀地有些日子了，可怎么就是没有回音？她一直想弄清李存勖寻找的东西是不是如她所想，可韩元仿的被他一怒之下立刻就烧了，梓娇还没让人动笔，就事败把人都赶了出去。有时候她不觉要问，是不是太心急，动手太早了些？

她望着前方的林子，轻声向身后问道："那些个画师都送到何处了？"

鱼凤笑了笑，但有些为难："蕴溪自然不敢依言把这些人都灭了口，便告知他们有杀身之祸，让他们连夜离开洛阳了。奴婢已经派人去寻访为首的两位，再过半月就该有消息了。"

"把人带回洛阳，我亲自问话，之前什么人都不许问。"蕊仪轻点了点头，远处一阵马蹄声传来，似是有十几骑的样子，她微微皱眉，"今日皇上还请了谁？"

"奴婢不知。"鱼凤想了想，忽然反应过来，"娘娘怎么把这事儿给忘了？太尉大人回朝了，正是这几日到。皇上吩咐了，大人一到便来见驾。"

蕊仪不觉站了起来，遥望着刚刚从林中穿出的马队，为首的正是李嗣源。在这儿看不清他的面孔，但蕊仪就是觉着他又消瘦了几分。左侧一骑上的人一袭橘色斗篷赫然是平都，而右边一骑竟是魏崇城。

"你兄长怎么也回朝了？"蕊仪警觉地道，丹蔻在掌心慢慢划过。

"这……兄长从未提起。"鱼凤脸色也不好看，魏崇城一道回来了，那在魏州统兵的又会是谁呢？她事先未得任何讯息，想必这调遣来得突然，她暗暗握紧了拳。

眨眼间众人已到跟前，蕊仪迎了上去，先遣了侍卫告知李存勖，又道："诸位大人远道而归，怕是连热茶都没吃上一口，皇上刚巧在林中行猎，还请诸位大人稍作歇息。"

后面几个官职低的自有人领到旁边去用茶点，李嗣源和魏崇城则随蕊仪到前面等候。蕊仪看了看二人，似是漫不经心地道，"二位大人一同回朝恐怕还是第一次吧？不知皇上是要恩赏二位，还是另有旨意？"

魏崇城识趣地退到一边，和鱼凤小声说起话来。李嗣源看看左右，又望了眼还靠在马边发愣的平都，道：“我在魏州停了两日，本来只有我一人接到圣旨起程，可半道上崇城又追了上来，竟是在我之后两日也接到了圣旨。若非他特意快马加鞭赶上我，恐怕要到了洛阳才知道他也回来了。”

李嗣源面色凝重，这一前一后意味着什么，他比任何人都清楚。李存勖是怕同时召他二人，他二人会以借口推诿不回。蕊仪看了他一眼，没有说话，是在等着他再说下去。他声音比方才低了些：“皇上命夏鲁奇暂时主持魏州军务，正巧他旧伤复发，精神不济，我又传话回去，命石敬瑭佐助他共理军务。石敬瑭虽然年轻，却有勇有谋，又由我和崇城一手提拔，想必没有大碍。”

蕊仪轻轻颔首，朝他笑了笑，笑中有些凄然、迷茫：“若真出了事，任谁都是鞭长莫及，但能有个稳妥的人也是好的。”她顿了顿，又道，“听闻这位石小将军年少有为，更难得的是沉稳又不失少年人的好奇，以后必是你麾下良将。你可惜只有两个庶子，若有个女儿倒是可以嫁与他。”

“若还能回魏州，自当筹谋此事。”李嗣源苦笑，能否回去还要看天意。少年人立下战功，再娶得美貌、温柔又颇有出身的妻房，何等快哉，她的办法着实不错。若能平安回去，少不得如她所说要将亲族之女嫁与石敬瑭。

“皇上还没有回来，想必今年林中猎物颇多。”蕊仪大声道，旁人听了忍不住附和几声，倒也没有来打扰他们。

“皇上弓马一向极好，想必是乐而忘返了。”李嗣源也笑道，知她有话要说，跟着她往旁边走了几步。

“你可听说十年前老王爷临终前留下过什么话？”蕊仪轻声问。

“大概只是让皇上完成未竟之业，并无他话。”李嗣源不解地道。

“就没有什么写下来的……”蕊仪意有所指地道，声音又低了些，“皇上似乎一直在找这样东西。”

“倒不曾听说，可是当时……”李嗣源嘴里发出嘶的一声，暗暗觉得不对，不肯说下去。

蕊仪看了他一眼，不动声色地问：“可是说一些东西来得歪了？”

“切不可胡说。”李嗣源低声喝止，面色已不如方才。

“你已经告诉我了。”蕊仪轻叹了一声，远处林间传来骏马的嘶鸣声，她不再对李嗣源解释，转而对诸人道，“皇上来了，请各位大人准备接驾。”

李存勖大步行来，看见李嗣源似是有些意外，像是没料到他此时就到了。

他目光扫过众人，随即大笑道："诸位将军归来，朕甚欣喜。赵喜义，传旨，赐宴！"众人谢恩，他来到李嗣源面前，笑道，"大哥免礼，大哥一路风尘仆仆，甫一到洛阳就来此见朕，着实劳顿了，只是朕实在有话要与大哥说。"

"皇上，臣此行不辱圣命，一干粮草都已安置妥当，两州百姓、军士无不称道皇上圣心仁厚。"李嗣源躬身禀报，丝毫没有倨傲之色。

"那便好，那便好。"李存勖笑了笑，看向蕊仪，"贵妃先去与平都说说话，你们也有些日子没见了。"

"是。"蕊仪微微福了福身，朝他笑了笑，经过蕊瑶身边，却发现她丝毫没有退开的意思，"皇上要和大人议事呢。"

"我知道，皇上何曾避开过我？"蕊瑶笑了笑，娇滴滴的，脸颊上透着红晕，小声道，"姐姐有所不知，这些天皇上召见几位大人，我都在旁作陪。"说罢看也不看她一眼，径自跟了上去。

鱼凤在一旁听得一清二楚，低声对蕊仪劝道："人心都是不足的，如今圣宠在娘娘和昭媛宫里，自然是少不得一争的。好在娘娘和昭媛是姐妹，不过是赌气，有些意气之争。"

"我没放在心上。"蕊仪点点头，向平都笑了笑，"夫人是与大人一路同来，还是从洛阳来？"

"一直在魏州等着他。"平都干笑了一下，一副心事重重的样子，"以前对娘娘多有得罪，还望娘娘见谅。"

"想必是有事要对我说了。"蕊仪在前引路，引她到远一些的帐子下坐了，立刻有人奉上茶水，"不管你想说什么，只求不要再说那些莫名之话了。"

平都点了点头，见四下再无人接近，方道："此次圣旨来得怪异，依我之意，他不该回来。他不肯听我的，我也就只能死赖着跟来了。还请娘娘想个周全之策，让他离开洛阳，即使不回魏州、郓州，只要能逃离杀身之祸便可。"

"你且说说，夜明珠一事是不是你说动了皇后？为何要害我？"蕊仪不咸不淡地道，挑了挑眉。

"是。他一直不肯做取舍，诸般推诿，我想着假如娘娘在宫中有什么不测，一来他断了念想，没了顾忌；二来，皇上对娘娘强娶在先，不能顾及周全在后，他的心也就冷了。"平都叹了一声，很是感慨地道，"娘娘有所不知，打从进了洛阳，皇上对他不利已不止一次，几位大人又先后遭逢不测，他的心早就冷了，如今他对皇上存的不过是当年对老王爷的情谊了。”

“你对皇上动这心思，绝不是在入洛阳之后，你与皇上究竟有何仇怨？”蕊仪低声问，目光咄咄逼人。

“这……”平都微微摇头，不愿吐露。

“你为何觉得我会帮他？单凭那些旧交情？我如今是皇上的贵妃，早就不想那些事了。”蕊仪冷笑了一声，气定神闲地端起面前的茶盏。

“娘娘当真见死不救？这一回可是不同往日了。”平都神色焦急，面色不觉有些发白。

“如何不同了？”蕊仪决心以静制动，想从她口中套出些东西。

平都犹豫了一下，说话很是含蓄：“我自十一二岁进了曹侯府，就与皇上相识了，自然知道他的为人。有些因由无法对娘娘说，但我可以告诉娘娘，皇上一直想除去嗣源，只是他不想撕破了脸，让天下人说他不仁不义，杀了立下汗马功劳又一向谦逊有礼的义兄。”她顿了一下，长叹了一声，“可是如今皇上已是无法可想，箭在弦上不得不发，他不撕破这张脸也不行了。”

“就没有化解之法了吗？”蕊仪轻道。

平都咬了咬牙，极力压低了声音：“假如现在只要有个人活着，娘娘就不再是贵妃，而韩家也不再是韩家，娘娘会如何做？韩大人又会如何？”

手上一滑，茶盏险些滚落，蕊仪镇定了一下，勉强笑道：“只要时机成熟，我定当尽力说和。”她看了平都一眼，“你与皇上的仇怨真的不肯说与我听？”

“说了，娘娘也不会信。”平都歉意地笑了笑，“其实如今这些都不重要了，事到如今，只要嗣源能够平安，我也不计较那么多了。”

“别让他知道你是为了利用他才嫁给他的。”蕊仪并不看她，沉声道。

“娘娘相信我既可以利用一个人，又可以爱一个人吗？”平都目光复杂地看着她，不理会她刻意的忽视，“娘娘不必怀疑我的用心，以为我是一个反复无常的小人。他平安了，并非我不计较，我的仇怨，自然由我自己来了结。”

“你若了结得了，又何必绕这么大的弯子？”蕊仪不解。

“自己了结，只能了结一半，日后娘娘自然会明白的。”平都讳莫如深地道，远处传来蕊瑶的笑声，她愣了一下，看了看蕊仪，“宫中果然只闻新人笑，皇上议事，陪在身边的这么快就换了人，娘娘可还是那痴女子？”

“痴的是她罢了，从来都是。从前计较得多，如今想明白了，何必苦了自

己。”蕊仪自嘲地笑笑，对她已不像先前那般防备了。

有小太监过来请她们过去，二人起身一前一后地过去了。李存勖向平都笑道：“多日不见，气色倒是比先前好了。原以为你是个娇弱的，看来嫁了大哥之后，多出了几分胆气。”

“还不是皇上的眼光好？”蕊瑶插了话，亲热地站在了平都身旁。平都礼貌地朝她笑了笑，并没有别的表示。

李存勖与诸人寒暄了几句，对蕊仪道：“朕都不知该如何赏赐大哥了，过些日子朕要在宫中设宴，以彰显朕与大哥的兄弟之情。皇后病着，少不得要你操持。”

“设宴”二字一落，几个人脸上都有些不自在，蕊仪笑了笑，道：“臣妾定当尽力，其实皇上与大哥的兄弟情谊，哪儿还用得着彰显啊。”

“贵妃言之有理。”李存勖听了大笑，邀了众人同去林间进膳，一手携着蕊仪，一手挽着蕊瑶，丝毫不避讳。

林间落叶纷纷，映着三人华服锦衣，如诗如画。后面几人皆是风尘仆仆，与这一幕颇为格格不入。无论宫外成了什么样子，这宫内和行辕都是这般模样，也不知这一幕又能维系到何日，只能暂时纵情其中了。

五日后，圣驾回宫，此次行猎李存勖龙心大悦，回宫车驾上竟想让蕊仪、蕊瑶陪坐。蕊仪自然不肯坐到这风口浪尖上，倒是蕊瑶大方，一点不推辞就与李存勖同车而行。

马车内，李存勖捻着一颗白子，若有所思中久久未能落子，想想蕊仪的冷淡，他心里不由得生出些不好的预感。

“皇上又在为何事烦心？”蕊瑶轻声问，声音里笑意盈盈，“姐姐拘谨惯了，她不肯也是意料之中的事，皇上不会在意吧？”

不知该从何问起，李存勖笑了笑，道：“朕愁的是另一件事。你与你姐姐不同，就说与你听听。”他笑中多了些寒意，“李嗣源既已入朝为太尉，却与魏州军、郓州军往来不断，这回又插手了代州、易州，已是尾大不掉，朕欲除之。”

黑子当的一声落在棋盘上，蕊瑶愣住了，他从不与她说朝中之事，今日这话不知是什么意思，只道：“臣妾一介女流，不懂这些，皇上要问，也应当问臣妾的父亲或是二哥。”

“师父老了，靖远又过于忠直，许多事情其实都是你姐姐在做主，朕也想听听你的意思。”李存勖放下棋子，目中幽深难辨。

“皇上是怕姐姐为难了？”蕊瑶不禁唏嘘，眼眸微垂，“姐姐定是不肯的，就是二哥也拿不了主意。可是臣妾还有个哥哥，自小和臣妾一同长大，甚是亲密。”

“靖烈？”李存勖皱了皱眉，想起那作罢了的婚事，“朕可以让他也到捧圣军中。”

“臣妾先替三哥谢皇上恩典。”蕊瑶笑道，眸光流转，闪避着看向他，“其实皇上要对付这种意欲谋反的奸臣，不一定要摆在明面上。皇上何不请他入宫小住，再赐御酒御膳？”

“他如何肯来？”李存勖轻轻冷笑，上一回若非蕊仪修书一封，他也不见得会来。

“计策用了一次，不见得不能用第二次。皇上是在担心姐姐不肯依，还是担心李嗣源不肯来？”蕊瑶讪笑，有意无意地暗示着李嗣源和蕊仪的关系，“姐姐不依也得依，而他一定会来。”

李存勖一下子沉了脸，重重地盖上棋盒，嘴角勾起冷笑：“蕊仪与他可还有来往？”

“姐姐是长情的人，皇上也是知道的，她想断也一下子断不了，何况她身边还有魏州来的人，臣妾这个做妹妹的，也说不清楚。”蕊瑶笑了笑，低下了头，一颗心乱颤。这些话可能害了蕊仪，可是由不得她不争。

回了洛阳宫，不到三日就传出贵妃微恙，在丽春台养病，轻易不许人打扰，又传出皇上欲在宫中请道士为祖先祝祷祈福的消息，弄了两日，又召几位同姓的王爷、大臣入宫。这两年刀兵不断，如今宫内皇后、贵妃又都病了，祈福也不是什么怪异之事，自然引不出多少猜测，但应诏入宫的人都各有自危之感。

丽春台里，蕊仪更是连坐都坐不稳了。这日一早她便接了旨，莫名其妙地让她在宫中调养，还派了几个御医到宫中偏殿。鱼凤也被人有意无意地看了起来，萱娘好不容易出去了一会儿，带回了李嗣源等人入宫祈福三日的消息。

“你想办法去找我二哥，悄悄带到后殿去。”蕊仪低声吩咐，萱娘领命而去。

鱼凤紧闭门窗，从蕊仪床下取出一只匣子，里面有一卷图，正是洛阳宫图：

“皇上恐怕早有防范，断不会让大人如上回一般逃脱，恐怕要改了装扮，想法子混出宫去。”

蕊仪不免惊奇，宫图绘得极为详尽，若非修缮之时特别留意，岂能绘得？

“他早就想着有这一天了？”

鱼凤有些不好意思，干笑了一声：“是奴婢的兄长留给奴婢逃命用的。”

蕊仪轻叹了一声，细细看图，要出万象神宫，最近的是应天门，可从那儿是出不去的。韩靖远近来巡守长乐门，那儿才是机会。然而还要绕过重重宫阙，避开巡查的侍卫和过往的宫人，李嗣源身形伟岸，宫中人又多识得他，想尽数避开太难了。

“今日太尉夫人可曾进宫了？”蕊仪神思不属，喃喃地问道。

“还不知，不过若是来了，一定会想法子来见娘娘。”鱼凤轻道，只恨自己无能，出不了这丽春台。

约莫过了一个时辰，韩靖远穿着太监的衣服进了后殿。萱娘来禀报之后，又为蕊仪换了宫女的衣裳，这才过去了。蕊仪见到韩靖远尚且无恙，心放宽了些：“眼下情势紧急，我就不跟二哥多说了。二哥可知今早太尉大人已经入宫了？皇上又令我足不出户，调养身子，想必又要出事了。”

韩靖远沉沉地一叹，面色也不好：“今早三弟也被调入了捧圣军，还是在应天门，父亲也吓了一跳。二妹，皇上可能已经对你起了疑心。”

“他还算准了我不敢不给他这个面子。”蕊仪看向他，目光急切，“管不了那么多了，我总不能看着他死在宫里。二哥，你能否给宫外的平都郡主带个话，让她在洛阳城外接应？”

“这倒还成，可皇上要是知道了，你该如何？”韩靖远面有忧色。

“他要是知道了，大不了让他给杀了，我夹在他们中间为难，也够了。”蕊仪语气不觉冷了下来，这中间原因不能为人道也，她不觉挪开了几步。

她是忠孝仁义之人，不喜这些争斗，也不想让李嗣源无辜丧命。韩靖远明了她的心思，暗暗看了她一眼，在她心里怕是只有李嗣源吧。

“那父亲怎么办？”

“皇上不会动他。”蕊仪笃定地道，这么些年，韩元没有被灭口，一定有他的制衡之道，“你先别想我，皇上就是知道了，也未必就会要了我的命，大不了把我打入冷宫，我也省得天天看他们兄弟相残，省得每日被蕊瑶猜忌。”

良久，韩靖远都没有回话，又叹了一声才道：“可是他未必出得了万象神宫。”想了想，抬头道，“万象神宫里如今聚集了五百道士，饭菜需用大车、木桶运送，也许可以混在当中。”

“果真如此？”蕊仪暗暗松了口气，走到他面前，定定地看着他的眼，“二哥可否放他出长乐门？”

韩靖远倒吸了一口凉气，目中闪过千丝万缕的思绪，握紧了拳，觉着喉咙都绷了起来。他下定了决心，竟然笑了：“捧圣军里倒是有几个与他身形相仿的，只要能出万象神宫，换了衣裳，趁着夜色，有七成把握。”

“七成，三成只能看天意了。”蕊仪点了点头，“二哥速去准备，有什么消息尽快传个话回来。我在西角门的墙上掏空了一块砖，我会让萱娘在那儿守着。”

鱼凤是魏州一派亲信，此事可与她议议。蕊仪出了后殿便把鱼凤叫了进去，二人看着那图开始寻思出宫的法子，奈何她们能动用的人手着实有限，犯了难。

“也许我也得亲自去帮他一把。”蕊仪摇了摇头，已是无计可想。

“娘娘，万一昭媛娘娘过来，又该如何？”鱼凤担心地道。

“是啊，她也许会来看住我。”蕊仪轻轻颔首，可是如今的萱娘她又实在拿不准，“你让人给她传个话，就说这祭祀之礼本该是皇后与皇上共同主持，皇后病了，理应由我替她行事，可不巧我又病了，她是昭媛，如今的九嫔之首，理应过去照应一下。她一向巴不得做这样的事，就算还会来我这儿，也少不得要被绊住。”

鱼凤应声而去，外面新来的宫人见她是去饮羽殿，也未阻拦。没过一会儿她就回来了，掩上门，顾不得歇息，低声道：“昭媛娘娘让奴婢给娘娘带句话，她让娘娘明白皇上的苦心，她稍晚些再来。”

“她这是想当皇后了。”蕊仪并不意外，梓娇眼看着不中用了，蕊瑶急于显示自己主理后宫的本事，见她退让，也就动心了，“就由着她想吧。这样，你去万象神宫，那儿的人好些都见过我，我去不得。萱娘就留在这儿居中照应，万一她来了，也能拖个一时半刻的。”

“娘娘要去长乐门？”鱼凤惊道，这未免太险了，“那里有二公子策应，应该出不了差错，娘娘何必以身犯险？”

“我是怕他临阵犹豫不决，延误了时机，他的性子，你不知道。”蕊仪摇了摇头，方才韩靖远并没有立刻答应她，而是瞻前顾后的，万一他临阵反悔，她也能仗着兄妹之情求上一求。

鱼凤也无他法，只能点头："要说平日宫里能信得过的宫人倒也不少，可是能行此机密之事的也着实不多，眼下只能如此了。娘娘也不必自责，谁能想到区区不足两年光景，就祸起萧墙呢？"

"是啊，一切都变得太快了。"蕊仪苦笑，好在韩靖远不是亲兄，却胜似亲兄，让她还能有些依靠，"你去的时候，昭媛正在做什么？"

"调配香露。"鱼凤没把此事放在心上，谁都知道饮羽殿的香露就是那能让人颠鸾倒凤的秘药。

难道……蕊仪紧咬住下唇，若要毒杀功臣，定不能外传，难不成蕊瑶配的是毒药而非秘药？她下定了决心："夜长梦多，今晚便行事。"

刚到傍晚，蕊瑶就派了三拨人送衣饰、补品到丽春台。蕊仪向几个领头的宫人一一道了谢，留了她们吃茶，不过一会儿工夫，众人见蕊仪想去歇了，也就识趣地告退。

鱼凤已备好了侍卫的衣裳，一大一小，分别给李嗣源和蕊仪。鱼凤拿了大的那身从后院翻墙而出。蕊仪细细交代了萱娘几句，先换了宫女的衣裳，出了丽春台才在御花园里放农具的地方换了侍卫的，然后直奔长乐门。

"韩统领。"蕊仪粗声粗气地向韩靖远拱手道。

韩靖远一愣，诧异地抬起头，当下大惊，镇定了一下才道："是你啊，让你给我带的东西都带来了？"说着引她到了旁边，又四下看了看，"你怎么来了？太危险了，赶紧回去。"

"我想亲眼看着你放他出宫。"蕊仪压低了声音，半点不打算退让，"每日换防都要开宫门，他出去了，追究起来法不责众，你不会有事的。"

"难道我是那种贪生怕死之人？"韩靖远瞪着她，心中恼怒而又无奈，她心里果然还是只有李嗣源一人，"就凭着我跟他的交情，我也不会坐视不理。你快回去，我一定放他出去。"

"不，我就在这儿等着，我那儿都安排好了，不会出事的。"蕊仪那股执拗劲儿上来了，就是不肯走，退到一边低着头，按着腰间佩刀，除了身形瘦弱了些，不细看，与旁边的几个侍卫倒没多大差别。

韩靖远干着急也没用，只能来回踱着步，时不时地往万象神宫的方向望望。天色渐暗，换防的人已远远走来。他抬头一望，当中竟没有似李嗣源身形者。蕊仪也发现了，焦躁起来，掌心冒了汗。

“韩统领，弟兄们来换防。”为首的拱手道。

“辛苦。”韩靖远点点头，又寒暄了几句。实在拖不下去了，这宫门一开，他们就要出宫，这可如何是好。

蕊仪心中一片寒意，一抬头竟看见远处两道熟悉的身影，青灰色的是鱼凤，她与李嗣源说了句什么就躲到边上去了，不再跟着他。眼瞅着宫门已经开了，李嗣源脚下宛如生风，直朝这边奔来。

此时韩靖远他们已经出了宫门，厚重的宫门眼看就要关上了。蕊仪还停在宫门边，来换防的人也没有留意她，本来有几个不出宫，还有差事要办的也是常事。李嗣源到了近前，被人拦住：“咦？兄弟，怎么晚了？瞧着眼生啊。”

李嗣源面上涂了黑粉，夜色又暗，看不出本来面目，可是看得久了又难免会被看出来。蕊仪急了，她不能让他出声，便上前几步，看了李嗣源一眼，道：“去取腰牌而已，怎么去了这么久？”她转而对拦住他们的人道，“他落了腰牌，回去寻了，不巧他今日肚子不好，就耽搁了，兄弟别介意。”

“你是？”那人疑道，狐疑地看着她。

韩靖远转回几步，道：“怎么这么慢？到了时辰就得出宫，别仗着自己是新来的，就不顾宫里的规矩。”

蕊仪趁势道：“是了是了，下回一定不会了。这儿有点银子，不成敬意，兄弟留着喝茶。”说罢给李嗣源使了个眼色，“还不快走？”

“成成成，快去快去，下回和你们一起喝茶。”那人收了银子，又急着关宫门，忙不迭地把他们往外面推。

蕊仪松了口气，总算出宫了。可是，她愣愣地看着脚下的青砖——她也出宫了！

“还不快走？”韩靖远一跺脚，给二人使了眼色。出了外城，侍卫们各回各的住处，左右都离洛阳宫不远，天色又晚，也就没再纠缠。韩靖远叹了一声，看着蕊仪道：“只能明天一早再送你回宫了。”

李嗣源看看他们，月色在他黝黑的脸上投下一抹光晕，他先对韩靖远道：“大恩不言谢，他日李嗣源定当回报。”

“不必，大人只管速速离去，此地不宜久留。”韩靖远压低了声音，把另一个腰牌递给他，“有人在城东二十里接应，韩靖远就此别过。”

“你快去吧，这一回我不再劝你，只保得性命就好。你放心，宫里我都安置好了，明日一早我混进宫去便是。”蕊仪低着头不愿看他，此时她好像又回到了当年魏州军中，此刻一别，不知何日才能再相见了。

“你们……不如同我一起走。”李嗣源正色看了看他们，“事发后皇上定会追查，一查就会查到你们。皇上此次若真要除我，你们定性命不保。”

韩靖远摇摇头：“不成，若查到了，我豁出去一条命，家中老父还能依仗昔日功劳，留得性命。若是我逃了，恐连累老父。”

“二哥，要不你去吧。皇上若要动父亲，他就得先杀了我和蕊瑶，我料定他不会，至少眼下还不会。”蕊仪轻叹了一声，看看李嗣源，“你们走吧，快走。”

“不行。”韩靖远恨恨地一偏头，转身去街边酒肆取早已存在那儿的马匹。

“你……”李嗣源一时不知该说什么，他只知道这时候不能再把蕊仪留在宫里，“你同我一起走，什么皇妃，什么韩家都不要了，出了城，我们找个僻静的地方安身立命，再也不管谁家江山天下。”

“你放不下他们的。”蕊仪笑了笑，眼中有了泪意，“你有你的部将，和你一起出生入死的兄弟。”

“好了，别说了，不能再耽搁了。”韩靖远将马缰递给他，看了看蕊仪，“我们就在酒肆的客房里歇一宿，明日回宫。”

“不行，她不能再回宫了。”李嗣源紧紧地握住蕊仪的手，斩钉截铁地道。

蕊仪用力甩开他，淡淡地一笑：“你带着我，是走不脱的。放心，我有我的办法。”大不了就是一死，反正这样煎熬着过日子也没什么意思。

“保重，我会回来。”李嗣源深深地看了她一眼，翻身上马。性命攸关，可他并不急着扬鞭策马，马蹄声响起，并不急促，像是含着无限的不舍。

蕊仪望着他的背影，也许这就是最后一面了，她忽然开口道：“二哥，我想送他到城门，一会儿就回来。”

“不行，还嫌惹的麻烦不够？”韩靖远厉声喝止，横身拦住她。

“离天亮还早，我去去就回。”蕊仪不管不顾地推开他，追了上去。她不舍这短短的一面，她也不放心他，不知他能不能平安出城。她若跟去，若再遇上变故，就让他挟持着她出城吧。

蕊仪硬牵了马出来，上马追上。李嗣源听到马蹄声回头一看，竟是她，勒住马缰："你要和我一同走？"

"到城门再说。"蕊仪没有停下，马头已然超过了他。

二人一路到了城门，没发现有人来追，应是尚未事发。下了马，蕊仪松了口气，看看他，不敢多作停留。她有很多事想要告诉他，很多话想要跟他说，可是她不能让他停留："快出城去，送到这儿我就放心了。"

"跟我一起走，我们回魏州。"李嗣源一手握住她的腕子，一手牵着马，往城门走去。

"放手，让人看见会起疑的。我没什么好跟你说的，宫里还有我要做的事。你跟平都好好过日子，她是懂你的。她说过，你不会再忍下去，也亏得我与你相识多年，却没有她的见识。她在魏州尚有根基，我不再拦你们了。"蕊仪轻轻一笑，甩开他的手，转身就要走。

李嗣源默然，转身移步时只觉得每一步都有千钧重。他麻木地递上腰牌，守城的军士看了看他，把城门开了个一人多宽的缝。

"站住！关城门，关城门！"远处依稀传来马蹄声和喊声。

这时辰正是疲倦的时候，守城的还没有听清，倒是这一直紧绷着弦的二人先听清楚了。蕊仪仿佛当头被泼了一盆水，站在那儿动也不动地望着城门。李嗣源还未踏出城门，他刚翻身上马。守城的军士也反应了过来，急喊着关城门，抓住来人。

李嗣源手起刀落已砍翻了两人，忽然有一人喊道："抓住道上那小子，他们是一伙儿的！"

蕊仪想躲也躲不及了，李嗣源又砍翻几人，一人一马向她这边奔来。他弯腰伸手，一眼望入她眼底，定定地道："上马！"

容不得迟疑，蕊仪毫不犹豫地握住他的手，被他拽上马背。城门厚重，需要五个人合力方能开合，因被砍翻了几人，此时还没有全然关上。迎面又有人横刀来拦，李嗣源低喊一声"抓紧了"，自己侧身翻到马的一侧，一刀挥下，两手抓着马鞍，双脚齐齐一踢，那人被踢飞了出去，撞翻了正在关城门的一个军士，还顺势横在了城门与城墙之间。

二人趁着这个空当硬冲了出去，韩靖远挑的马匹脚程甚好，可算得上千里挑

一，守城的没有马匹，后面追赶的人又被一路狼藉阻在后面，他们暂时脱了困，李嗣源催马向城东二十里约定的地点飞驰而去。他微微回头看向蕊仪：“有没有伤着？”

“我没事，你把我放下，我换了衣裳，明天一早就回去。”蕊仪急急地道，他放下她就能跑得更快一些。

李嗣源不理会她，丝毫没有停下的意思：“既然已经出来了，就没道理再让你犯险。”

“我不回去，二哥会出事的。”蕊仪低喊道。

“他也不想让你回去，不然你能挣脱了他？”李嗣源沉声道，马蹄声更疾了，“蕊仪，你与我一样，都有放不下的人。”

知他不肯听劝，蕊仪也只能再等时机。她也是军营中行走过的人，对马蹄声甚是敏感，马儿尚且力足，还能跑上一阵。洛阳城方向已隐隐传来军马的声音，声音随风飘来，好似并不只向他们而来。她微微松了口气，只要能到城东二十里就成了。

渐渐入了丘陵之地，不远处是一片草坡，虽然已经枯败，但上面积了厚厚一层枯枝败叶，正合她意。她不动声色地动了动，看准了地方，打算翻下马去。远处的马蹄声想必他也听到了，为了还在等待他的将士，他也不会贸然停下。

“你怎么了？”蕊仪刚要动，却发现李嗣源身子一僵，一手捂住了胸口，眉头深锁，“你在宫里吃了东西？”

胸中忽然一阵燥热，宛如一团烈火一点点地迅速烧遍四肢百骸，李嗣源勒住了马缰，一头从马上栽了下来。他只觉得口干舌燥，连喘了几口气才能开口：“皇上给的，能推托吗？”他嘴角忽然有了一丝笑，讥诮而又释然，“你去和他们会合，他们会带你走……”

想也不想就上前扶住了他，蕊仪身子一震，用尽力气才让他不至于摔倒，“不行，我要送你过去。我们先找个地方躲躲，药可能是蕊瑶配的，我多少知道一些门道，还能试试。”

“我想着皇上念着我们兄弟一场，自是知我，就算要除我，也会让我死于刀兵，而非鸩毒。”李嗣源笑得苍凉，被蕊仪搀着过了面前一道土坡，“你还不肯走吗？万一他们追上来，就晚了。”

被擒住了，只有死路一条，可是看着他就这么死了，她又何尝能安心？也许只有在性命攸关的时候才能察觉自己真正的心意，她从来没有真正放下过他，若以性命作抉择，她选的还会是他。

她默不作声，不管他如何想要挣开她，她都死不放手。被他故意重重地一撞，她也咬紧了牙，脚步不停。她眼中不觉有了泪光，脚步微停了一下，“你要不跟我走，我立刻死在这儿。你知道，我说得出，就做得到。”

“你……”李嗣源双目圆瞪，奈何他力气越来越小，脚步虚浮，也反抗不得。

蕊仪扶着他往山林里走去，站定辨识了方向，暗暗松了口气，熟门熟路地到了半山腰上。李嗣源眼前混沌，但见她如此也暗暗称奇。蕊仪喘了口气，轻声道：“在这儿藏过粮食，老天没绝咱们的路。”

半山腰上有一座掩映甚好的窑洞，门口有大石，又有枯草，不细看一点儿也看不出来。蕊仪先把他放在一边，动手辟出进门的路，硬把他扶进去，又回身把那些枯枝掩好，点上灯。

“这附近还有六个洞口，韩家只有我和父亲知道。”蕊仪让他坐在蒲团上，背靠着旧得看不出颜色的木箱上。当然，这儿藏的不仅仅是粮食，这儿是韩家人以防万一的地方，里面长年留足了一月的口粮，还有金银玉器。

“你怎么样了？”蕊仪急切地问。

“热……很热。”李嗣源已然口齿不清，看着蕊仪，目光迷离。他伸手想抚上她的脸颊，却摸了个空。

“热？”蕊仪一愣，伸手搭上他的脉，“你中的不是毒，是寮花催情散。一定是蕊瑶，她最爱配这些东西，一定是她拿错了。”她暗暗松了口气，“我去找水，你别急，一会儿就来。”

她起身要出去，刚到了门前掩映的大石处，就听到山下有脚步声。这山并不高，山下林间长年堆积着落叶枯枝，多人进山又行得近了，在半山腰上就能听到一些，何况还有马匹的嘶鸣声。

她赶忙回到洞里，启动机关，将大石彻底地掩住洞口。李嗣源满面通红，口舌比方才更不灵便了：“追来了？别出去，我没事。”

除非能忍过十二个时辰，蕊仪背抵着山壁，她去另一个窑洞取水也只能缓上一时。她本想待他好一些了再带他到二里外的山泉去。她陡然想起这里也许还有些存水，便动手从后面的箱子下寻找，心腹之人果然按约定的天数来此添水，可水囊不知什么时候漏了，只剩下一个底子。

“你润润喉咙。”蕊仪也是无计可施，一手扶住他的头，一手把水灌下去，“你放心，我把机关合上了，他们发现不了这里，一会儿他们走了，我就去找水。”

洞外渐渐有了响动，有刀斧劈开草木的声音，蕊仪屏着气，握紧了他的手。李嗣源想要推开她，推了几下，才把自己蹭到边上，“别管我，我……”

“咱们这大半夜的，到这了无人烟的荒山搜人，得搜到什么时候……”

“唉，算了算了，哥儿几个到山下歇会儿，一会儿就回去吧。”

外面传来几道不耐烦的附和声，脚步声渐渐消失了。蕊仪瘫坐在地上，只要他们还在山脚下，她就不能出去。她不觉抚上自己的衣领，她此时穿着侍卫的袍服，衣料不如往日柔软，滑过玉指时带着少许的疼。

“蕊仪，不行，你别过来，天亮他们就会走了。”李嗣源攥紧了拳，一拳一拳打在箱子上，没几下就见了血。

天亮了，就晚了。蕊仪深吸了口气，衣衫一件件地落了地，她是为了救他，也不是为了救他。当初他们差一点就做了夫妻，就当圆了当初的念想吧。虽然他们只能做这一刻的夫妻，然后各自天涯。

“你……这是……何苦？”微冷如玉的身子坠入怀中，李嗣源长叹了一口气，闭上眼一手推开她，又被她紧紧地搂住。

冰凉凉的玉手解开了他的衣衫，摸进了他的里衣。宛若烈日下涌来一股清泉，他心里最坚硬的地方无声无息地融化了，他反手拥住她，将她紧紧地贴向自己，像是再也不愿放开。

“蕊仪……”李嗣源喉中艰难地溢出这一声，铁臂揽上她的腰。她小衣上血红的带子垂在那赛雪的肌肤上，在洞中忽明忽暗的烛火下，妖冶异常。

她是他义弟的妻子，不，她不是，至少在这一刻不是了。他宁愿那天抗旨带她离开魏州，离开那些功名利禄，宁愿他们从来没有分开过。他们一直在自苦，即使几个时辰后仍要如此，这一刻，他们终于放开了。

昏昏沉沉地也不知过了多久，蕊仪醒转，猛地坐起来看着箱笼上的沙漏，大概过了两个时辰。她穿好了衣裳，又从箱笼里取了一件皮袍给他盖上。李嗣源已经醒了，但蕊瑶的催情散药性太大，此刻他只能半靠在那儿，还不大能动弹。

像一只染了病的老虎，蕊仪不觉一笑，想到自己做了什么，不由得叹了一声。她该跟他走的，当初她就该追过去，可那时她下不了决心，她抛不下韩家，如今她还有更重要的事要做。

“嗣源，宫里还有我要做的事，我不能跟你走。我这就去寻魏将军，让他来接应你。不管你们是回魏州、郓州，还是别的地方，皇上在还没有作好完全的准备之前，还不至于动手。以后无论你们是否兵戎相见，都自求多福吧，旁的我也管不了了。”蕊仪叹道，不舍地看了他一眼，别开了头。

李嗣源说话已经无碍了，他看着她的背影，知道她主意已定，道：“他若是知道了，你可有制衡之法？”

“有，如果没有，我也不敢送你出宫。”蕊仪摇了摇头，微微侧过身，只拿余光看着他，“不是说不会为你舍了性命，只是还有一些事我必须弄个明白。”

“谁让你为我舍了性命？这该是我做的。”李嗣源闷声闷气地道，目光中露出些不解，“还有什么事比自己的性命还重要？还有什么事能比你我相守更重要？你若随我离去，我保不得荣华富贵，却定保你平安。”

回过头，惊讶地看着他，蕊仪微微苦笑。他从来不曾说过这些话，从前她以为他不懂，原来是他不肯说，或是不敢说。他们在彼此面前都有秘密，今日之后也许再不会相见，她就把她的秘密说出来吧。

“嗣源，其实我不姓韩，我不是韩大人的亲生女儿。我小时候生过一场大病，好些事本来不记得了，可是自那次小产之后，就慢慢想起来了。”蕊仪淡淡地一笑。

李嗣源静静地看着她，等着她说下去。

“还记得我向你问过林康吗？他才是我的父亲，我还有一个姐姐，不知现在是死是活。我也不愿意相信，可是无意间听到了韩大人的话，我大概也明白了。”

“你……”李嗣源不可置信地睁大了眼睛，挣扎着撑起身子，紧紧地抓住她的胳膊，“那你就更不能回去了，当年若真是他灭了林家满门，他知道了你是谁，哪里还能放过你？就是韩大人也保不住你。”

“你相信吗？他早就知道我是谁。”蕊仪目露凄凉，撩开玉颈后的青丝，露出那三颗小小的菱形红痣，“刚成亲的时候，他就是为了这个冷落我，后来觉着我真的什么都不记得了，才对我好了。不过，他不知道我已经想起了好多事。他也会做噩梦，也许把我留在身边就是想让他自己觉得，他根本不怕那段往事。可

惜他好像弄假成真了，他好像真的对我动了那么点心思……”

“你跟我走，林家的仇你报不了。”李嗣源劝道，这难道就是命中注定的累世冤孽吗？“他要是知道了，一定不会放过你。当年他与你姐姐是有婚约的，最终还不是没有放过她？”

“你说……他与我的亲姐姐林子从有过婚约？”蕊仪暗惊。

李嗣源颔首，声音低沉，暗含着那段滴血的往事：“蕊仪，你不能回去，韩家也不是你能依靠的。当年，韩家与林家之事脱不了干系，不然皇上也不会在袭了晋王之位后，就立刻娶了韩家的长女。他们即使知道你的身世，还收养你，也只是想让自己的良心好过一些，到了刀口上，你毕竟不是亲骨肉，他们哪个会真顾得你？”

“他们想对我如何，也已经晚了，该有的，我已经有了，不必为我担心，皇上眼下就有一件事，没有我根本办不成，况且我不会让他知道我已经想起来了。”蕊仪扒开他的手，药劲还没有过去，她看着他绝望的眼，微微一笑，“他如此对你，你也不必再顾忌什么，何况他今天的一切，本来就该是你的。如果我所料不错，当年老王爷在遗信里把晋王之位和晋军都传给了你，这封信应该还在，韩大人还知道上面写了什么……说这些，就是想让你放下那些芥蒂，为了你自己，为了你那些部将，更是为了天下黎民百姓，该争的便要争上一争。”

李嗣源面色渐沉，半晌说不出话，待蕊仪行至洞口才道：“你一定要走？”

背对着他点了点头，蕊仪惨然一笑：“纵使明知道是飞蛾扑火、以卵击石，我也要试一试。我从来都放不下我的家人，无论是生了我的，还是养了我的。韩家欠林家的，在我身上还上了一些，可他欠我们的，还没还。原想着他若能做一个勤于朝政、兄友弟恭的好皇帝，我这点一家之仇也就作罢了，可他不是一个好皇帝。”她顿了顿，已经触动了机关，“再过半个时辰，药就该解了，我也该寻到魏将军了。”

机关开启又重新关上，山下的人已经走了，蕊仪牵了藏起来的马匹，仰头望着天上依旧明朗的星宿辨别着方向，顺着小路向约定的地方行去。魏崇城与平都见李嗣源久久未到，已经领兵出来相迎，只有十几骑，但看得出都是精锐。蕊仪眼瞅着出了那片山峦，也遇上了他们。

简短地说了地方，魏崇城带人驱马而去。平都停在蕊仪身边，微微低下头，道：“你不随我们去吗？”

蕊仪摇摇头道：“他就交给你们了，只是请答应我一事，遇事不可急躁，万事保重。”

“好。我们也像他们男人一样，击掌为誓。”平都笑了笑，星眸中充满了矛盾。胯下马儿忽然向前移了两步，她伸出手时袖子不小心滑到了手肘处，半截玉臂就这么露在凉凉的秋风中。

蕊仪与她击掌，目光不经意地停在了那几点红斑上，她心里忽然升起些许异样。她摇了摇头，想甩开那些莫名的思绪，刚要开口，平都已经驱马去追魏崇城了。黄土路上风尘四起，腾起的黄烟渐渐淹没了她的身影，消失在渐渐淡去的夜色中。

第三十二章 攻杀

晨曦的光划开了清早混沌的云雾，云雾裂开时露出灰蒙蒙的天空。

洛阳宫经过一夜的无眠，宫门开启，侍卫对过往的朝臣、命妇车驾严加盘查。因李存勖下了严旨，对外只说昨日进了刺客，并不提李嗣源之事。

蕊仪一袭侍卫的袍服进了宫门，好在腰牌没有出差错，意外地没有看见韩靖远，她心里咯噔一下，低着头，脚下疾走，甫一进寝殿，鱼凤和萱娘就如蒙大赦地拉住她左看右看。

“奴婢到外面盯着。”萱娘向她们二人点点头，匆忙掩门而去。

鱼凤二话不说取了宫装为她换上，一边服侍她梳洗一边道：“昭媛怕是察觉娘娘不在宫里了，还有今早……二公子下了天牢。”

“什么？！皇上都知道了？”蕊仪面色大变，即使要查，也不会这么快就将韩靖远下狱。

“是二公子他……主动向皇上请罪的。”鱼凤叹了一声，“皇后也在，当时就含沙射影地问了娘娘。二公子说是他一人所为，韩大人已经进宫求情了，可是勾连刺客谋刺皇上，只怕难逃一死。”

“谋刺？”蕊仪皱眉，随手插上一支步摇，站起身。果然在还没作好万全准备之前，他还不敢和嗣源撕破脸，“我这就过去。”

鱼凤愣了一下，以身拦住她：“昭媛娘娘一早传了话，让娘娘好生休养，不得离开丽春台。”

“一个晚上，她就把自己当成皇后了。我这就去，看他们谁敢拦着我。”蕊仪绕过她，径自用力推开门，一抬头，却见蕊瑶已怒气冲冲地进了门。

“都给我出去！”蕊瑶看见她，三步并作两步冲了上来，抬手就是一记响亮的耳光，一把将她推进屋里，重重地推上门，鱼凤也被她关在门外。她看着蕊仪，眼中仿佛充血，“你害死了二哥知道吗？你害死了他！皇上判了他斩立决，他夺了侍卫的剑，当场就……”

“你说什么？！”顾不上疼，蕊仪身子向后倒去，撞在坐榻上，“父亲也没能……”

“父亲？刘梓娇那个贱人一说到你，父亲就闭口不言，他一个字都没有说，二哥死了，他当场就不省人事了。都是为了你，我们韩家到底欠了你什么？为了你，连亲骨肉都不要了。你到底是谁？我们到底欠了你什么？！”蕊瑶歇斯底里地用力推着她，她的身子重重地撞到了雕花柱上。

听闻韩靖远的死讯，蕊仪只觉一阵天昏地暗，坚硬的雕花柱反倒让她眼中恢复了些清明。韩家欠了林家的，可说到底那是韩元与他们的恩怨，她从来没想过让韩靖远父债子偿。如果说韩家谁还真心、没有目的地对她好，那就只有韩靖远了。

“他最后说了什么？”蕊仪只觉眼泪控制不住地簌簌而下。

“他什么都没有说。可是他知道，他什么都知道，他知道你不姓韩，他一直都知道。”蕊瑶冷冷一笑，看着她像在看一个陌生人，“三哥不知在哪儿知道了你的身世，告诉了我，也告诉了他。谁知他知道了以后，还威胁三哥不许说出去。你这个祸水，你抢了皇上的心，还连二哥也不放过！”

“你说得对，我的确是个不祥之人。可是我对他只有兄妹之情，我也没想到会弄成这样。他怎么可以自戕呢？他再等一会儿，我就会去承认一切，要死也应该是我才对。”蕊仪别开头，并不制止蕊瑶在她身上施虐，“你也在场，父亲不说，为何你也不说？你说是我做的不就成了？你知道我不在宫里，还让人封了我的宫门。你不想让我出去，也是不想让人进来。”

蕊瑶发泄似的狠狠地推了蕊仪一把，蕊仪的头“咚”的一声撞在了柱上。蕊瑶愣住了，身子一震，见蕊仪低着头，额头上有股血慢慢流下来。她忽然不知所措起来，把蕊仪往一旁的靠枕上一推，拿帕子按住她的头道：“我说了，他会死，你也会死。我可笑地还当你是姐姐，还当你是姐姐……”她饮泣道，血透过

帕子渗到她手上，心中竟是一阵比一阵地疼，“你是我姐姐，三哥告诉我的时候，我也是这么说的。可是，你为什么要害了二哥，让他放走李嗣源？李嗣源真的有那么重要吗？比得上二哥？比得上皇上？”

平躺在那儿，蕊仪也不去管额头的伤口，两眼含泪望着朱红的房梁，道，“我不能看着他死，就算没有往日的交情，我也不能看着他死。”她幽幽地叹了一声，攥紧了身下的锦褥，“我没想过会害死二哥，我想着，东窗事发，皇上看着父亲的情分，总会手下留情。即使真要追究，那我一力承担就是了。皇上总不会让家丑外扬，定会赐我一死，保全皇家的颜面。”

“你想过我吗？想过韩家吗？一荣俱荣，一辱俱辱，覆巢之下无完卵，就算你不姓韩，韩家也好歹养育了你一场。”蕊瑶擦了擦眼泪，也顾不上花了胭脂。

“父亲懂我，至于你和三哥，没了我，不是会活得更好吗？”蕊仪苍凉地一笑，泪水顺着两边眼角流下。究竟是怎样的因缘际会才把他们这些人缠在了一起？如今已经说不清楚了。

“你胡说什么？！”蕊瑶仿佛一下子被她的话弹了起来，手上却一直没有松开她的额头，“我们争也好，斗也好，我们都是姐妹啊。三哥不提也罢，我以为你是知道的。”她含泪而笑，隐隐透着一种癫狂，“你知道吗？方才皇上判斩，三哥非但没有为二哥求情，还力劝皇上维护宫纪严明，以儆效尤。他一直觉着二哥挡了他的路，他看上了二哥统领的位子。你说，我怎么偏偏就有你们这样的哥哥、姐姐？”

“他……”蕊仪一手轻拍着她的背，她的确任性妄为，可是却很重情谊，“不管怎么说，最终都闹到了这个地步。我知道你不会原谅我，就是父亲也不会。你放心，早晚有一天，我会为他抵命的。”她回宫只因心愿未了，等一切都了了，她大概也不在这世上了。

蕊瑶目光沉痛地看着她，想恨她，却不能真的恨她。她恨恨地倒在一边，半晌，呜呜咽咽地道：“二哥已经死了，他不会想让你给他偿命的。你要是觉着欠了他，就好好过，不要再给父亲和我招风惹雨了。”她猛地坐起来，定定地看着她。

“我不姓韩，若是告诉了皇上，是不会连累你的。”蕊仪回视着她，意有所指，她不清楚蕊瑶和韩靖烈究竟知道多少。

“我不会告诉他，三哥也不会。贵妃的位子上要是坐着别人，只怕更不好。

不过，姐姐闯下这样的祸，也该歇上些时日了，不如就由我来协理后宫，姐姐安心养病，皇上那儿由我去说。”蕊瑶目光黯然，想起韩靖远仍然浑身发抖，可若说割舍，又哪是一时一刻的事。

“好，你想要什么，就拿去。”蕊仪闭上眼，只觉浑身动弹不得。

韩靖远，她的二哥，也不是她的二哥，他何时知道她不是他的亲妹妹？他帮她究竟是为了什么？她想不透，一想心里就生疼。她忘不了刚到韩家的时候，韩靖远带着什么都不记得的她四处玩耍，在韩靖烈欺负她的时候，为她撑腰；在几位叔伯质疑的时候，是他冒着雪成夜奔走，为她说项……

浑浑噩噩地不知过了多久，蕊仪躺在那儿，只知道太医来过了，鱼凤和萱娘领着一众宫人忙里忙外，最后都留在榻前紧张地看着她。她看着她们说不出话，只是眼泪还在汩汩地流着，怎么也停不下来。

萱娘硬逼着她喝了几口粥，叹了口气道：“奴婢知道娘娘心里难受，丽娘刚没了的时候，奴婢也是这样。可是娘娘不能太伤心了，如今昭媛娘娘理着后宫，皇后又解了禁足令，娘娘这个样子，岂不是又要招来大祸？”

“我……”蕊仪不知该说什么，李存勖不会就这么算了，而她又不知该如何面对韩元和韩家。这件事只是没有闹出来而已，可明眼人都不难想到幕后的人是她。她有很多事要面对，可是现在，经过一夜奔波，经过了那一场缠绵，她累了，她所有的力气都好像被抽了出去。

鱼凤出去说了几句话，回身看着蕊仪，面色大变：“皇上来了，已经到前面了。”

“你们都出去，不必管这儿发生了什么，省得受罪。”蕊仪扶着萱娘的手，强撑着坐了起来，“去吧，死不了。”

“是。”二人对视了一眼，无奈退去。

李存勖进来时，蕊仪端端正正地跪在他面前，神色平静：“是臣妾求二哥放太尉大人出宫的，皇上若要赐死，臣妾绝没有半句怨言。”

“你还敢承认？你还知不知道你是谁！”李存勖目中好像要喷出火来，一把将她揪起来，用力摇着她，又双手扼住了她纤细的玉颈，将她按在外榻上，“你是不是后悔当初没有嫁给他？既然如此，为何不和他一起走？朕对你万般宠爱，还想立你的儿子为太子，你就是这么报答朕的？”

孩子？早就死在他手上了，蕊仪失笑，正当呼吸越来越短的时候，他忽然

松开了手。她伏在榻上咳嗽着，目光混沌地看着他："皇上为何一定要手足相残呢？他是良将，是国之重臣，皇上为何容不下他？臣妾也是人，即使与他情分不在，也还敬重他，皇上如此，可曾想过臣妾夹在中间有多难受？"

"你心里还有他是不是？朕倒要看看，他死了，你心里还有没有他！"李存勖将她压在榻上，坚硬的胸膛要让她窒息。他对她从没有如此粗暴，他撕开了那鹅黄宫装，狠狠地一口咬在她肩头，肆意地在她身上驰骋。

蕊仪背顶在靠枕上，魂魄仿佛离了身，默默地承受着。她久久止不住的泪，不知怎么竟止住了。她曾以为他是她这一世的栖息之地，可他终究不是她的良人，他们是不一样的。她以后还会为他哭吗？不知道，在他们中间已经横了两条性命，也许不会了，再也不会了。

"韩蕊仪，你不配！"

也不知他又说了什么，只知道最后一句如此。他抽身而出，屋里弥漫着熟悉的味道。他匆匆整了袍服，扬长而去。赵喜义看了他一眼，不敢多说，给廊子下的萱娘、鱼凤使了个眼色，急忙跟上。

夜色漫漫，仿佛永无止境地笼罩着洛阳宫。长乐门的守卫换了，捧圣军的统领换了，后宫中的恩荣也似乎变了样……没变的也许只有这夜色。

这一夜宫中众人无眠，屋漏偏逢连阴雨，二更天的时候又传来郭崇韬的死讯。李继岌得了梓娇的教令，拖延了一段时日，终于还是处死了郭崇韬。李存勖连夜召了夏鲁奇等几位股肱之臣入宫密议。梓娇一来担心事情败露；二来又想将李嗣源逃离的祸水引向蕊仪，一个晚上都在寝殿里来来回回踱着步。蕊瑶急着将协理变为主理，连夜查看后宫中的账册和各个尚宫的底细，几个宝林也觉察到了宫中的变动，忙着揣测日后谁才是真正的后宫之主，而她们又该如何讨得欢心。

一早蓝宝林和赵宝林就去了饮羽殿，只有郑宝林去了丽春台。丽春台加派的人手已经撤了，也许是李存勖觉得这儿不必人守着，也不会有人敢接近了。郑娴巧来的时候只觉得有种莫名的冷清，但并没有太大的不同。

萱娘进去禀报，忧心忡忡地看着蕊仪："娘娘，要不要奴婢去回了她？"

蕊仪摇摇头，拉了拉外裳遮住肩头的红痕，额头的伤口敷了药。她望着铜镜中的自己，怎一个狼狈了得，她叹了口气，道："都成这个样子了，也不在乎多一个人看，她们要看就看个够。去，把她请进来。"

郑娴巧恭恭敬敬地行了礼，站在一旁，看到她头上的伤，故作没有留意到的样子，轻声道："听说娘娘身子不适，奴婢过来看看有没有什么能帮娘娘照应的。"

"本宫这儿没什么，你为何不去饮羽殿？那儿正忙着呢，还有皇后那儿，也缺人照应。"蕊仪用着早膳，刻意不理会身上的不适，漫不经心地道。越是有人想把她往昨日逃宫一事上推，她越要显得与己无关。

郑娴巧有些尴尬，她从来不是那灵巧的，忽然要装得灵巧，多少有些不自在，"有谁料理后宫能强得过娘娘？这宫中有浪头，谁没个到底的时候，奴婢知道，娘娘以后有比从前更风光的时候。"

"你们都下去。"蕊仪淡淡地一笑，她如今需要盟友，"一大早赶过来，一起用些吧。"

"谢娘娘。"郑娴巧福了福，坐在小桌另一边，只敢坐一半凳子。

"本宫的兄长刚刚被处斩，父亲说不定要一病不起，你这时候来有什么好处？"蕊仪轻轻地笑了笑。

郑娴巧莞尔，低声道："如此说来，昭媛娘娘也是一样的。娘娘不过是暂时的势弱，奴婢自认没什么姿色，也没什么才情，但做司言女史的总读过些史书，知道这当中缘由。"她慢慢地抬眼，"能做皇后的，或是太子生母的，不一定是最得宠的，但一定会是最合适的。论家世、论才情、论修养和主理后宫，娘娘都是头一位。臣妾虽然不得皇上宠爱，可也爱打听些皇上早年的事。皇上从不糊涂，他要是糊涂，守王如今已经是太子了，就是魏王，若非生母有瑕，也不会被派到蜀地去。"

"那也得本宫能诞下皇子。"蕊仪笑了笑，放下雕花银勺，"你的心思本宫知道了，其实这宫里的人求的不过是一个好结果。像你今天这样就很好，你是明白人，若是能长此以往下去，只要本宫有个好结果，你也会有的。"

郑娴巧颔首，小心翼翼地看着她道："听说郭大人在蜀地过世了，皇上已经得知是皇后娘娘下的教令。皇后已经失德在先，再有这一次，矫诏谋害功臣，要是利用得当，说不定就……"

"好了，你先回宫吧，这些日子别到处走动，皇上不喜欢别人添乱。还有，入洛阳宫也有两年了，皇上也该纳新妃充实后宫了，她们几个都忙着呢，顾不上这个，你帮着本宫参详一下，看看这宫里宫外的，谁合适。"蕊仪看了她一眼，

嘴角的笑慢慢地绽开了。

“臣妾明白。”郑娴巧福了福身，满意而归。

鱼凤看着郑娴巧走了，低着头上前禀报：“蕴溪姑娘来了，一双眼睛肿得都快睁不开了。娘娘，奴婢瞧着可怜，不好推了她，就让她在偏殿里等着了。”

“虽然没有行大礼，但她也算是我二哥的未亡人，我本该去看看她，奈何现在又不是去瑶光殿的时机。她对二哥一片痴心，我无论如何也不能对她弃而不顾。”蕊仪神色一下子又黯淡下来，她连韩靖远的尸首都没能看上一眼，也不知怎么样了，“二哥可安葬了？”

“皇上让韩大人带回去了。”鱼凤低下了头。

“毕竟是因我而起，我也没这个脸去见父亲，你替我送些东西回去，让他老人家节哀顺变。”蕊仪站起身，苦涩地动动嘴角，“走，去看看蕴溪。”

蕴溪听见门响，挣扎着站起来，她已经哭得不成人形了，手软脚软地没几步就摔跌在地上。她拼命抓住蕊仪的衣角，含泪道：“娘娘，奴婢想去送二公子一程，求娘娘让奴婢出宫，一辈子为二公子守灵。”

“你先起来。快，扶扶她。”蕊仪和鱼凤一左一右扶起她，推她坐在榻上，“你与本宫的二哥并未行大礼，若想出宫，得求皇上的恩典。本宫做不了主，皇后又不会答应，只能苦了你。你别哭坏了身子，日后有机会，本宫一定为你求情。”

“娘娘，那是娘娘的兄长，难道娘娘就不想让他身边有个守灵的人？”蕴溪知道她的无奈，可是她又有什么办法。

蕊仪轻握住她的手，叹了一声，不觉落了泪：“不是不想，而是不能。进了宫就是皇家的人，本宫的家人都是皇上的臣子，斩立决是皇上下的旨，本宫此时为你说情，就是公然对皇上不满，于事无补。况且太尉大人离了宫，难免有人牵扯到本宫往日与他的交情，本宫不是不顾念兄妹之情，只是万一引火烧身，韩家就又要死人了。二哥没了，本宫没了，那韩大人又将如何？总不能让二哥的在天之灵不安。”

蕴溪虽然不甘，可也很清楚她说的这些在理，淌泪道：“本来想求皇后娘娘念在这些年的情分上，放奴婢出宫，可她非但不应允，还让奴婢想法子给韩家雪上加霜。”她抹了把泪，冷冷笑着，“原本都是老王妃身边的丫鬟，她讨了老王妃的喜欢，学了一身歌舞，得了势，这一生的际遇就不同了。可是她哪里配做皇后？哪里配做守王的母亲？娘娘，这事奴婢也牵扯了进去，本来是打死都不能说的，可是如今也顾不得那么多了。”

“皇后的事不能随便乱说的。”蕊仪定了定神，她一直想要的答案就在眼前了。

“若有半句虚言，就让奴婢遭天打雷劈。”蕴溪目光坚定，紧紧抓住蕊仪衣袖，“皇后和申王有私情，他们每月都借着送进宫的玲珑球私通讯息，淫词艳曲让人不敢耳闻目睹。她秽乱宫禁，如何做得了皇后？不仅如此，她已经把手伸向了国库。三个多月前，又通过申王从发出去的军饷里扒了一层皮，易州和代州的军饷案都与她有关。”

“你说的都是真的？”蕊仪神色凝重。

“千真万确，就是到了皇上面前，奴婢也这么说。娘娘，皇后将原本用在后宫的银子花在了瑶光殿上，用了易州的军饷填补，银锭上打着官印，如今还在瑶光殿，钥匙在奴婢这儿。”蕴溪解开随身荷包，将钥匙双手奉上。

蕊仪没有接，轻叹了一声道：“可是如今皇上哪儿还肯听本宫说话？你来这儿，皇后可知道？”

“守王殿下进宫，皇后没工夫看着奴婢。”蕴溪摇摇头，警觉起来。

“鱼凤。”蕊仪向身后唤道，别有深意地看了她一眼，“速去饮羽殿请昭媛过来，就说本宫有她一直最想要的东西，打算送给她。”

鱼凤应声而去。蕊仪和蕴溪又说了一阵话，无不是说韩靖远的。蕊瑶没一会儿工夫就来了，蕊仪让蕴溪先到后殿去。蕊瑶看了她一眼，目光淡淡的，她们中间横着韩靖远，无论如何也回不到那并不算太和睦的往昔了。

“姐姐又有何事？我那儿还有事呢。”

“你不想做皇后了？”蕊仪不跟她绕弯子，直言道。

“嘶”蕊瑶嘴里轻发出这么一声，在她对面坐下，“你有法子扳倒刘梓娇了？”

“秽乱宫禁，挪用军饷，导致易州、代州人心惶惶。前者足以废了她的后位，后者就当是加把柴了。如今蕴溪愿意做这人证，还可以找出物证。妹妹，二哥不在了，我也很难受，可如果能扳倒皇后，妹妹你又做了皇后，不是也能振一振韩家的声势吗？”蕊仪气定神闲地道。

“姐姐的意思是，外人都道咱们已经心力交瘁、人仰马翻了，正是咱们的时

机？蕴溪真的愿意做证？”蕊瑶嘴角有了些笑意。

“你别忘了，二哥是咱们的兄长，本来也是她日后的夫婿，二哥不在了，她连出宫为二哥守灵都不成，她心里也有怨气，更别提这桩婚事从一开始皇后就多加阻挠。”蕊仪点点头，嘴角轻轻一动，“把这样大好的机会给你，你一定要好好利用。”

蕊瑶微微一笑，神色缓了下来，刚要起身，忽然眉心一动，道：“姐姐以前常对我说，皇上对刘梓娇的情分非比寻常，我这么一说，皇上未必就信了。再者，就算皇上信了，废了她，以后也难免要怪我伤了他们的情分。姐姐这么做，难道真是想要做这人情？”

“你怕的话，我去说也是一样的。可如今皇上怕是见都不肯见我一面了，要是由我去说，你先得想法子让我再见到皇上。不过，你就不怕弄巧成拙？万一皇上又宠了我，你心里会好受吗？”蕊仪嗤笑一声，万事万物总是不能两全的。

蕊瑶坐在那儿，眼睛不停地四处看着，过了好一会儿，她笑了笑，像是下了很大的决心：“姐姐是不是忘了当初说过的话？”

“原来你担心的是这个。你放心，不光是当初的话，我今日再加上一句，即使我有了身孕，后位也是你的。”蕊仪淡淡地一笑，如今她已经不在乎什么皇后之位了，“以后有你为我遮风挡雨，我还求什么？要不要我再发个毒誓？”

“看来姐姐的心是真冷了。”蕊瑶露出一抹放心的微笑，不管李存勖对蕊仪有多用心，他都不可能对一个冷心冷面的女人长情。他是她的男人，从一开始就应该是，他们才是天生的一对，地配的一双，谁也改变不了。

隔了三日，饮羽殿里装点一新，正殿里换上了桃粉色的幔帐，熏了桃花香，又用轻纱做了桃花，用铜丝绑在桃树枝上，处处悬挂，殿内宛然成了一片桃林。蕊瑶一手牵着李存勖的手，和他共同坐到上首的位子上。

“这又是卖的什么关子？”多日来，李存勖终于有了点笑意，“朕处置了靖远，心里也不好受，奈何国法宫规无情。其实你也不必为了朕强颜欢笑，为他做几日功德也无不可。”

蕊瑶叹了一声，含蓄地一笑，道：“臣妾进了宫，就是皇上的人了，宫外的联系本来就该断了。是皇上怜惜我们姐妹，平日才让我们与家人相见。眼下虽然发生了那样的事，可谁又能知皇上心里也不好受？臣妾也是想让皇上别再想那些烦心事了。”

“还是你体谅朕心啊。”李存勖点点头，随手指了指这满屋子的陈设，“难不成想要仿效桃园春宴，与朕同饮？”

蕊瑶笑了笑，摇头道：“臣妾不善歌舞，往日讨不得皇上喜欢，今日请了一位妙人为皇上舞上一曲，只盼着博皇上一笑。”她朝门边的棋芳点了点头，“传歌舞。”

一支竹笛先起，不仅清脆，还透着几分妖娆，正所谓妖而不艳。女子一袭白衣，以白巾蒙面，背对着他们舞着。宫装中轻盈的身体隔着衣料展现出柔软的弧度，脚下金铃发出细碎的声音，从花枝间穿过，白衣与四周的桃粉相融合，好似一幅来自仙境的画。

七弦琴发出清越的声音，每一响都弹入了人的心底，舞姿随乐而起。玉臂抬起时衣袖滑落，纤纤玉指拈起一枝桃花，凑在唇边轻轻一吻，饶是铁汉，也要为这柔情心醉。

一曲舞毕，李存勖和蕊瑶尚未觉察，女子已翩然上前，跪在李存勖面前，双手将一枝桃花捧过头顶，说道：“曾宴桃源深洞，一曲清歌舞凤，长记别伊时，和泪出门相送。如梦！如梦！残月落花烟重。皇上，可还记得这首词？”

“是你！”李存勖一惊，面上有些不自然，目光灼灼地看着她，“蕊瑶，这是怎么回事？”

“这是皇上的心结，臣妾自当为皇上解开。”蕊瑶笑了笑，轻拉住他的袖摆，撒娇似的摇了摇。

摘下面纱，蕊仪低着头，歉疚地道：“皇上不高兴，都是臣妾不好。臣妾不知该如何是好，只能斗胆求妹妹给臣妾一个机会，让臣妾与皇上冰释前嫌。”

“今日只有你们姐妹在，朕也不打诳语。蕊仪，你私放李嗣源出宫，坏了朕的大计，朕该拿你如何是好？”李存勖目光如炬，死死地盯着她。

“皇上息怒，皇上误会姐姐了。”蕊瑶在一旁跪下，抢先开了口，声音中多了几分哽咽，“姐姐的确与韩靖远说过，李嗣源是国之大将、重臣，可从没有让他放了李嗣源。他之所以那么做，只是还不知李嗣源的罪行，还被那往日的敬仰之情蒙蔽，绝非受姐姐指使。”她暗暗地用手肘捅了蕊仪一下。

把错都推到韩靖远身上？蕊仪很是惊讶，但立刻忍住了，流着泪抬起头道：“臣妾知道他的心思，也曾经劝过他。可他这个人太过迂腐，一心只想着什么侠名，臣妾也劝不动他。而臣妾一向行事谨慎，皇上也是知道的，臣妾哪里敢做那等忤逆之事。”

“朕不知道该不该信你。”李存勖沉吟道，此时蕊仪梳着坠马髻，单薄的雪白衣衫领口由轻纱制成，那三颗血红的菱形胎痣赫然可见。他皱了皱眉，不知怎么疑心大起，犹豫着问出了口，“你……”

蕊仪只觉得后脖颈处发寒，不由得想要打个寒战，好在她心里发虚，警觉得快，忍住了，“皇上若是不信臣妾，大可废去臣妾的贵妃之位，臣妾绝无半句怨言，只求皇上不再忧心。”

他们四目相对，在他的逼视下，蕊仪努力让自己镇定，那盈盈黑眸中的脆弱此时倒成了对失去的恐惧。李存勖心底里忽然一软，仿佛天塌地陷一般让他所有的力气都在那一刻化为乌有，黑眸中翻滚的浪潮已在不知不觉中退去。蕊仪暗暗舒了口气，目光更加柔和，李存勖只觉自己越发沉浸其中。

“朕信你，此事到此为止。瞧瞧你们，闹什么呢，都起来，朕还没用午膳呢。”李存勖声音低沉，淡淡地笑道。

“来人，还不传膳？”蕊瑶笑道，扶起蕊仪，还亲自扶她坐到李存勖身边，“好了好了，一切都过去了，皇上和姐姐之间还有什么说不开的？”

“蕊瑶也越来越懂事了。”李存勖笑道，暗暗握住蕊仪的手。

“皇上越来越知道妹妹的好了，不如晋一晋妹妹的位分？”蕊仪看着蕊瑶，一字一句地道。

“好，好……”李存勖大笑，一左一右拥住她们，殿中那些桃枝仿佛为他的笑声而颤动。

殿门大开，捧膳的人鱼贯而入。光影在花枝间投下点点光晕，美不胜收，仿佛真的回到了那花开正浓的春日。不知这殿中人是否都明白，他们再也回不去了。

五个月后，已是又一年的开春，蕊瑶已晋封为昭仪，韩氏姐妹先后坐上了昭仪之位不禁让人浮想联翩。自韩靖远殒命之后，为了安抚韩氏一族，韩靖烈竟被提为捧圣军统领。韩元经丧子之痛，卧病休养，但宰相之位依然在握。蕊仪又似恢复了曾经的荣宠，好似李嗣源逃宫之事从来没有发生过。

鱼凤在门前与蕊仪耳语了几句，低声道：“看这样子，迟早得打起来。”

蕊仪点点头，示意她退下，自己进了寝殿。五个月前朝廷就开始调兵，魏州军、郓州军自然也部署起来，只是双方都尚未作好准备，知道战局不可轻易开启，都不明言，剑拔弩张是有目共睹，但表面的和乐却又维系得非常好。

“皇上又遇上什么难事了？”蕊仪看了他一眼，把纱帘拉开，探头看着面色凝重的李存勖。人人道她重获圣宠，只有她知道，他的试探越来越多了。

李存勖笑了笑，把手里的奏折放到旁边的一摞里，道：“又是催粮饷的，明明国库空虚，可他们就只知道催，拿不出半点良策。”他拍了旁边的位子一下，让她坐下，“朕打算从附近的州县征调粮草，但愿不被那些人贪了去。”

“不如臣妾再拿些银钱出来购粮？”蕊仪轻声建议，为了能让他不再猜疑，为了让他对韩家好一些，她做主，让韩家拿出了不少多年积攒的金银珠玉，变卖之后购置粮草。

“朕知道，你们韩家的家底也不厚了。”李存勖叹了一声，轻握住她的柔荑，“告诉朕，你为何会倾尽所有？”

“天家富有四海，臣妾的也好，韩家的也好，都是皇上的。”蕊仪微微一笑。

“是皇上的，还是我的？”李存勖目光一凛，紧紧盯着那墨玉般的黑眸。

霎时明白了他的用意，蕊仪目光一颤，从前她会很肯定地说是后者，可如今她只能定定地答道：“皇上就是皇上，何必分得这么清楚？这些天皇上一定是累了，才会问出这样的话。”

“朕是累了。”李存勖笑了笑，放开手，往后坐了一些看着她，“再告诉朕，你会不会永远在朕身边？”

“不在皇上身边，臣妾又能去哪儿？”蕊仪笑着摇摇头，她是想走都走不了的。

李存勖一把揽过她，恨不得立刻将她揉到骨子里，口中低喃道：“的确哪儿都去不了了。”

“皇上。”蕊仪娇嗔一声，轻轻推开他，“臣妾还有一个弄钱的法子，怕皇上不喜欢，一直不敢说，如今也顾不得了，无论如何都得说给皇上听听。”

“说。”李存勖呼吸粗重，如今军饷、粮草是他的命脉，他不得不上心。

“那臣妾可真说了。”蕊仪正色道，“如今正是非常之际，不得不从各处抽调钱粮，皇上只顾着州县，其实这后宫之中还有一笔大财。皇上可令各宫妃嫔缩减开支，也可减少歌舞、宴飨。有句话臣妾不得不说，皇后姐姐的瑶光殿

用度一向巨大，皇上应当好言规劝，姐姐也不是不识好歹之人，一定能体谅皇上的难处。”

“这一项怕只是杯水车薪，况且真若如此，岂不是让世人觉着我朝衰微？不是好兆头。”李存勖不大高兴。

“这是下策，还有一策世人必难觉察。”到底是放不下面子，蕊仪暗暗叹气，不过倒是正合了她的意，“皇上要先恕臣妾无罪，臣妾才敢说。”

“朕恕你无罪，快说与朕听。”李存勖腾地坐直了身子，正襟危坐看着她。

蕊仪垂眸一叹，半晌才道：“在皇上面前臣妾也不必兜圈子，这事儿皇上也是知道的。国库的账走了瑶光殿，皇后也本是用此弥补宫室修缮不足、为皇上排演歌舞，但平心而论，真的用了那么多吗？臣妾听说瑶光殿的偏殿、后殿都堆满了金银珠宝，并无他用。臣妾并不想说皇后的不是，可是此刻正是用钱的时候，这些东西堆着也是在那儿落灰，皇上何不和皇后商量一下，就算是借也好，等过了眼下的坎儿再说？”

国库的钱到了瑶光殿，如今要用，竟还要借。李存勖面上挂不住，也觉得太过放任梓娇了，可毕竟是他默许的，当下也拉不下脸来承认，只能道：“皇后只是代管，如今朝廷要用，收回来便是。”

“皇上若是怕皇后着恼，臣妾和妹妹去说也成。臣妾还要冒死一言，请皇上应允。”见李存勖皱着眉头微微一摆手，蕊仪方道，“这回皇上调动钱粮切不能再经过瑶光殿。皇后姐姐太过宽仁，手底下不觉多了些手脚不干净的。往日这些人不光贪了国库的银钱，还把手伸到押送的军饷和粮草上，易州、代州之事都与此脱不了干系。”

“你说什么？！”李存勖瞠目结舌地看着她，易州、代州之事原以为是押运官叛逃，难不成是瑶光殿里有人勾结外人做的？若非如此，也不会让李嗣源有了收买人心的机会。

“都是那些手脚不干净的，白白累了皇后的清名。那些金银锭子上都打着官印，前日臣妾听闻都堆在后殿里，连箱子上的封条都还没拆开。”蕊仪边摇头边叹气，痛心疾首地道，“皇后心软，下不了狠心，皇上这回一定要帮皇后好好把瑶光殿的奴婢们理一遍。”

李存勖站了起来，低着头来来回回地在殿中踱着步。他忽然停了下来，手指颤抖着指向蕊仪：“你说的可是实情？”

“皇上容禀，皇后自从守王到军中历练，就时常焦躁难耐，经常请一些道人入宫作法，想必是着了魔道，做事时常颠三倒四，宫女蕴溪担心长此以往惹出大祸，就私下禀报了臣妾。蕴溪是皇后的贴身宫女，想必此事不会有假。”蕊仪也站了起来，看着他，满眼的诚恳，一字一字地道，“皇上不信，只管叫人去看看。”

“疯了，简直是疯了！”李存勖用力拍着身边的几案，手掌生疼，“朕想着平日里冷落了她和守王，多给她几分颜面，她竟做出如此大逆不道之事！”

“皇上，皇后为妖人所惑，皇上切不可为了他们而迁怒于她啊。”蕊仪跪下，诚惶诚恐地叩头，她还没抬起头，就觉眼前明黄一闪，李存勖已出了门。

门外的宫人惊讶地望着怒气冲冲的李存勖，慌忙蹲身行礼。蕊仪连唤了几声，并没有立刻跟过去，而是吩咐了一番，又让人去请蕊瑶，这才不疾不徐地去了瑶光殿。蕊瑶也心领神会，二人各自耽搁了一会儿才到，到时李存勖已封了后殿的银库，正与梓娇怒目相向。

“往日朕看在继潼面上放纵于你，吃穿用度上从来不缺，还让你从国库支取银钱。”李存勖心寒地看着她，怒道，“人心不足蛇吞象，你连救急的军饷、粮草都动，若不是你，又怎会让李嗣源再次有机可乘，如今朕又何必这么捉襟见肘？”

“我……”梓娇语塞，本来已经打算软声告罪，可一看到蕊仪、蕊瑶，心底的火就不停地往上冒，“皇上自己算算，打从进了这洛阳宫，不，打从贵妃进了府，皇上有几日到我这儿了？要不是想着多排演些时新的歌舞，让皇上多看我一眼，哪儿又用得了这么多？我也是为了让你舒心，你却半点脸面都不给我留。”

“皇上息怒，东西找到了就好，何必伤了夫妻情分。”蕊仪轻声劝道，目光柔柔地看着李存勖。

李存勖忍住气，看着梓娇，想给她个台阶下。奈何梓娇正是委屈、愤怒交加的时候，哪里能立时收敛住？

“这些本来就是皇上的，皇上要拿，拿去就是了。不是只有他们韩家的人会做人情，要不是他们韩家人，李嗣源也跑不了呢。”

蕊仪、蕊瑶默不作声，跪在一边低着头。这是李存勖的痛处，李存勖一听便怒了：“跟你说的是军饷，如何又牵扯韩家去了？都给朕起来！刘梓娇啊刘梓娇，你身为一国之母，半点不顾将士和百姓安危，还敢在这儿跟朕振振有词地争

吵，你到底仗了什么势？”

“该交的我都交出来了，你还要我怎么样！”此刻梓娇哭喊着，如同泼妇，“我已经什么都没有了，只有继潼和这个空落落的后位，你迟迟不肯立继潼为太子，不就是想把位子留给她们俩的儿子吗？还不让我给继潼留点儿东西？”

一提到李继潼，李存勖不觉内疚起来，大有偃旗息鼓之势，他口气缓了缓道：“罢了罢了，你把挪用的军饷尽数交出，朕不与你计较。”

“都在那儿呢，要拿便拿！”梓娇还是一副理所当然的样子，指了指架子后面几只硕大的木箱。

赵喜义上前打开，金锭子隐隐泛着光。李存勖看了一眼，沉声道：“搬！”

这时候蕊瑶笑了笑，难得笑盈盈地看着梓娇，上前为她整衣裳、钗环，道：“皇上这些日子为了军饷着急上火，皇后就多体谅皇上一些，别生气了。何况这瑶光殿里处处都是宝物，何必在乎这几箱俗物。”边说边四处打量着殿内各式箱笼。

“你还看上什么了，要拿就一起拿走，反正你们就是不想我们母子活。”梓娇气哼哼地推开她，蕊瑶一个踉跄险些撞在身后的柜子上。

李存勖一把扶住蕊瑶，见梓娇丝毫没有悔改之意，气得声音都哆嗦起来：“朕倒要看看这两年你都弄了多少东西。来人，全都给朕打开，朕一件一件地看。”

梓娇愣住了，一下子脸色煞白，不觉向后退去，摇着头道：“都是我的东西，你们别想动！”

赵喜义带着几个小太监已经开始动手了。梓娇顾不得仪态，来来回回地拦着他们，最后停在墙角几口箱子跟前，就是不肯让开，“都是我自己的东西，不能看，不能看。”最后两句几近哀求。

李存勖面色一沉，冷冷地问道：“里面装了什么？”

“没什么，都是我绣坏了的东西，我针脚一向不好……”梓娇黔驴技穷地辩解着，一手按在箱上的锁上，仿佛这样便能阻挡一切。

蕴溪忽然白着一张脸从旁走出，跪在他们面前，“皇上，奴婢要向皇上请罪。这几只箱子里装的都是每月从宫外送来的东西，一直由奴婢管着，平日皇后不让奴婢跟任何人说，更不会让人接近。”

“皇后姐姐一定是藏了什么稀世珍宝，不知道能不能让臣妾也开开眼界。”蕊仪淡淡地一笑，像是丝毫没察觉出当中异样。

李存勖冷笑一声，目光扫过那些箱子，最后落在已经抖得不成人形的梓娇身上，“说，谁送进宫来的？”

“是……”蕴溪看了梓娇一眼，深吸了一口气，重重地叩头道，“是申王，都是七孔和九孔玲珑球，每月两只……内藏书信。”

“给朕打开！打开！”李存勖额头青筋毕露，上前一把推开梓娇。

“娘娘，奴婢为你瞒了这么多年，实在不能再瞒下去了，娘娘就饶了奴婢吧，奴婢也不能抗旨……”蕴溪喃喃地道，拿出贴身的钥匙，她好似很是惊慌，开锁时手上不利索，捅了几次钥匙才捅到孔里。

箱子开了，全是玲珑球。梓娇浑身发抖，忽然顿了一下，伸手就去拆玲珑球，连拆了几个，都是空的，她大笑道：“皇上，她们合着伙儿诬陷我，什么都没有，不过是些玲珑球，随手把玩用的，皇上明察啊。”

几箱子的玲珑球，如此诡异，即使没有书信，又能如何？李存勖看向蕴溪，声音中隐含着震怒：“你说，书信在何处？说出来，朕恕你无罪。”

“皇上当真恕奴婢无罪？”蕴溪低头看着那龙靴。

“君无戏言，你是老王妃身边的人，朕准你回乡。”李存勖咬牙道，目光明明看着梓娇，恨不得立刻将她活剐了。

“奴婢谢皇上。”蕴溪如释重负一般叩头，爬着到了另一口箱子面前，二话不说打开来，取出几只打开，里面赫然有书信，“申王每每有信，娘娘都让奴婢诵读，然后让奴婢烧毁。那些日子奴婢忙着给自己做嫁妆，还有些没来得及烧毁。这些都是申王写的，请皇上明鉴。”

李存勖接过来，一张一张地看着，每看一张就用力扔到一边，目光再次移向梓娇时，那种凶狠已然刻骨。不远处的柜子上放着两把古剑，他猛地转身拔剑，众人尚未反应过来，梓娇胸口已绽出了一朵大丽花。

“啊……”蕊瑶惊叫一声，捂着眼睛躲到蕊仪身后，不小心把蕊仪撞了一下。

蕊仪只觉脚下一个踉跄，然后一朵彤云迎面而来，下一刻化成一团血雾灭顶而来。她跌坐在地，模糊的往事一浪接一浪地席卷而来。她眼前渐渐漆黑一片，耳中听得宫人尖利的呼叫声，和那些熟悉又陌生的话语融成了一片……

蕊仪被一路抬回了丽春台，在榻上翻来覆去，人事不省。她眼前先是出现了林家旧宅，继而是她那温婉入骨的亲生母亲正拉着林康抹泪说话：“老爷，少将军戾气太重，你为他兜着此事，难保他不会忘恩负义，到时咱们林氏一门就不保了。”

林康长叹了一声，目光幽远，道：“他六岁那年老王爷让他拜我为师，十四年了，就是块石头也该焐热了。就算还没有，为师如为父，做父亲的又怎能看着自己的儿子从云端跌入泥淖。”

“那你想过自己的女儿吗？她们还小，子从就罢了，他们有婚约在，兴许还能保得性命。子良呢？你要她如何活下去？”母亲的声音里透着浓浓的心痛和无奈。

“这是祖上传下来的化毒宝玉，只要筹谋得好，她们就能逃过此劫。子从、子良，你们过来。”林康向身后唤道。女儿过来了，静静地看着他。他指了指门口向他们行佛礼的小沙弥道：“父亲要送你们去很远的地方，从此隐姓埋名。那位小师父法号镜苍，在洛阳城外的穹宝寺，以后你们若是遇到了过不去的坎，就去找他，他会给你们指一条自全之道。”

母亲有些惊讶，半晌才点了点头道：“老爷，你还是放得下的。”

“她们是我的女儿啊。”林康微微一笑，挽住爱妻的手臂，对镜苍喊道，“镜苍师父，请将东西交与主持，就说元隐在此拜谢了。”

往事如风，混混沌沌中一幕幕袭来，蕊仪一会儿觉着自己好像被什么东西高高地吊了起来，一会儿又好像被浸入了冰泉。她伸手在空中胡乱地抓着，终于在鱼凤一声声的轻唤声中睁开了眼睛。

她甫睁开眼，竟发现嘴被鱼凤单手捂着，继而对上鱼凤惊恐的眼，她陡然清醒了，戒备地道：“我都说什么了？”

鱼凤别开眼，一会儿又为难地看向她道：“娘娘向奴婢打探林康，原来是这样。”

“你欲如何？”蕊仪咬着下唇，鱼凤是嗣源的人，可到底不能放心。

“娘娘请放心，奴婢决不会说出半个字去。娘娘有所不知，魏家也是受过林家恩惠的。就是那宋可卿，也与林家的旁支沾亲带故。林大人生前颇有人望，以前家父也常常毫不避讳地提起。娘娘的话，奴婢就烂在肚子里了。”鱼凤轻道，目光笃定。

蕊仪轻轻颔首，不无悲凉地道：“造化弄人，没想到世间竟还真有这样的安排。我也不求别的，只要让我知道，他当初是如何狠下心杀了自己的师父、师母，还有定了亲的妻子。”她仰望着帐顶，那鸳鸯绣图已不知在何时成了笑话，“我也不能让他再错下去，他当年弑师，如今不能再弑兄了。”

“娘娘，”鱼凤唤住她，摇了摇头，“如今这些都不重要，娘娘，你瞒得奴婢好苦啊。娘娘已有了五个月的身孕，却用生绢裹腹，娘娘究竟还要不要自己的身子，要不要自己的性命了？”

“你胡说什么！”蕊仪脸色一白，下一刻已恢复了镇定，挥开她的手。宫装宽大，加上生绢，只觉得她略微丰满了一些，没想到还是败露了，“崔敏正瞧的脉？”

鱼凤摇头道：“奴婢扶娘娘的时候，无意间发现的。难怪打从两个月前，娘娘就不让皇上歇在丽春台。”她顿了一下，镇定地注视着她，“娘娘不说，自然有娘娘的原因。奴婢也不知崔太医知不知道实情，恰巧奴婢是在太医院挂了名的，就拖住了他。”

“他是知道的，不过我告诉他，十月怀胎，一朝分娩，宫中险恶，我想等到麟儿落地时再说。”蕊仪目中幽然，这当中谋算半点错不得，最终说不定崔敏正也是要除去的。

“奴婢斗胆揣测，娘娘此举并不是要平安诞下麟儿，而是根本不想让人知道他的存在。”鱼凤话一出口就知自己猜对了，“可是生绢早晚有裹不住的一天，皇上早晚要知道的。”

“你的话明明还没有说完，怎么就不说了？”蕊仪闭上眼睛，靠在枕上，如今她们已经是一条绳上的蚂蚱了，“这孩子是谁的，你算算日子，我怎么可能将他留在宫里？九死一生地生下来，再送出去，这才是他该走的路。”

鱼凤掐指一算，皱眉道：“娘娘会不会弄错了？奴婢记得娘娘回宫的那晚，皇上是来过的，这日子上错一两日也是常有的。”

“那晚，他最终没有……虽然……也许他自己并没有留意到。”蕊仪面白如雪，凄然冷笑，那也许是她在他面前最卑微的一刻了。她睁开眼，嘴角一勾，“其实不让他发现也容易，左右有蕊瑶在，让她独善椒房，难道她还不乐意了？我大不了关上门，清清静静地拜上几个月的佛。”

虽然早猜到了真相，一听之下，鱼凤还是惊得扶住了床沿，好在声音依然镇定：“娘娘打算如何把孩子送出去？”

“本打算过几天就对你说的，现在把话说明了，也好。”蕊仪轻叹了一声，

“我想让你给平都郡主带个话，这孩子以后就是她的了。”说罢，她轻轻地抚上隆起的小腹，眼中有了些暖意。

鱼凤下定了决心，重重地点了点头道：“奴婢一定想法子见到郡主，她要是不答应，奴婢就亲自把孩子送到郓州去，交给太尉大人。”

“好，好，有你这句话，我就放心了。”蕊仪眼角泪光闪烁，长长地出了口气，“还有一件东西得让你送过去，兴许能让他脚下的路走得更顺遂一些。鱼凤，咱们想法子去一趟穹宝寺……”

第三十三章 送子

御花园里绿草茵茵，蕊仪扶着鱼凤的手从花池子那一头绕了出来，远远地瞧见韩靖烈和几个捧圣军的侍卫巡查，明明看见了她们，却硬是没看见一般从另一边走了。

“那不是三公子吗？”鱼凤疑道，皱了皱眉，看来有些话不得不说了，“娘娘有所不知，最近韩府送进来的东西，都是给饮羽殿的。倒不是贪那些东西，想必娘娘也不稀罕，可是……奴婢就是不知，这究竟是韩大人的意思，还是三公子的意思。”

“怕是两者都有，毕竟他们才是真正的骨肉至亲。”蕊仪低叹了一声，若只是这样，那是人之常情，她怕的是他们倒戈相向，到那时，尽管她不愿，但也不会手软。

明白她的难处，鱼凤笑了笑，话锋一转：“昭仪那边近来太不谨慎，难保以前的事不会被翻出来。娘娘把萱娘留在丽春台照应倒是好的，省得她再卷进去。”

“说起来，是我对萱娘有愧，一边是两条活生生的人命，一边是蕊瑶，既然我不能为丽娘母子申冤，就只能保住萱娘了。再过些日子，蕴溪去给二哥守灵，我打算也让她出宫去。”蕊仪下定了决心。

“娘娘自有万全之策。”鱼凤抬头看向园中小径尽头的院落，“刘氏就关在这儿，说来也是报应，那年伊氏就是在这儿自尽的。”

“皇上还没有下废后诏书呢，他一日不下诏，蕊瑶就做不了皇后，就不会消停。”蕊仪一想到蕊瑶就不免烦心。当初她就看出蕊瑶的独占之心，没想到竟是这般无处不在。李存勖每每来丽春台，她都会找尽借口劝他在傍晚前离开，久了，李存勖来得也少了。这还不够，蕊瑶日日派人守在丽春台，生怕她把人留了下来。

“娘娘真的要见刘氏？守王昨晚回宫，在贞观殿前跪了一个晚上，后来皇上只让赵公公出来把他扶了回去。倒是申王本不在洛阳，听了风声，带着人跑了。”鱼凤轻道，宫中的事诡谲多变，说不清谁更干净。

“不见她，我怎么装病？”蕊仪微微一笑，轻敲了敲门，探出头来的是位老姑姑。

“贵妃娘娘？皇上有旨，任何人都不得探视刘氏。”老宫人低着头，为难地道。

蕊仪笑了笑，亲手把准备好的银子塞了过去，道：“就说几句话，好歹做了这些年的姐妹，本宫不能不近人情。”

刘氏被废是迟早的事，韩氏姐妹登上后位也是迟早的事，老宫人得了好处，哪里还会拦着？连声说好。

蕊仪留了鱼凤在门口，自己进去了。门是从外面插上的，她缓缓地打开门，房内幽暗，满地都是麦秆子，角落里放着一张矮桌，上面放着破了口的茶壶、茶碗。

“皇后？皇后？”蕊仪望着那憔悴的背影，难免生出些悲凉之感，假如她的秘密被揭穿，是不是也会落得这般下场？

“当不起你这句皇后，要当皇后的不是你，就是你那妹妹。”梓娇凄然一笑，转过身看着她，也不起身，就那么坐着，“说吧，来看我这个废人做什么？”

蕊仪不以为意，轻轻叹了一声道：“申王走了，带着他的人。”

梓娇睁大了眼睛，不敢置信地看着她，半晌，哇的一声哭了出来：“他走了，走了就好，就好……”

“你以为自己有盼头了？”蕊仪又是一叹，饶有兴味地道，“让我猜猜，你与申王才是真正的青梅竹马，可惜却嫁给了皇上。你虽然已经贵为皇后，却一直难以忘情于他，是不是？别这么看着我，你还该谢谢我，如今蕊瑶正忙着享受她的圣宠，顾不上别的。要不是我，说不定哪天她就想起要说什么，到时候你的儿子还有没有命在，我就不知道了。”

“你让我拿什么谢你？”梓娇冷笑，她们早晚要动她的儿子。

“说说，你当初把那些画师招进宫来，究竟要干什么？你要他们写什么？仿什么人的笔迹？”蕊仪定定地看着她。

梓娇惊恐地摇着头，冷笑出声：“韩蕊仪，你是来害我的，我要是说了，皇上就会将我即刻赐死，你们再顺势除掉我的儿子，你想得美，我绝不会告诉你一个字！”

“是件很重要的东西是不是？再让我猜猜，你让魏王除去郭崇韬，就是为了不把这件事传出去。”蕊仪不以为意地笑了笑。

梓娇一愣，道：“你知道？”

“我的确早早地就拜读了皇后的教令，还特意让人告诉魏王，说我是看过这教令的。要不是魏王知道此事得到了我的默许，你以为他敢吗？”蕊仪挑眉，走近了一些，“告诉我，我就劝皇上尽快把守王送到封地去。他已无缘太子之位，再留在洛阳，一旦蕊瑶有孕，他就会丢了性命。”

“你说的都是真的？”

“你不信我，还能信谁？”蕊仪看着她，等待着她的答案。

“当年老王爷说皇上喜怒无常，不是为王之才，还留下了……”梓娇神色不定地看着她。

蕊仪不禁露出一抹惊色，原来那个梦境是真的。

“不要再对别人提起，我说过的话一定会兑现。”

“你会告诉别人吗？这样皇上就会……”梓娇捂着心口，担心地道。

“皇上是我的夫君，我怎么会让亲者痛仇者快呢？”蕊仪缓缓一笑，推门而出，脚下竟比来时沉稳了。

“娘娘。”鱼凤迎了上来，也不多问，扶着她回了园中，“奴婢这就去找崔太医，就说娘娘受了屋里的阴气，让他看看，要不要静养些时日。”

蕊仪点点头，仰望着湛蓝的天空。她与李存勖真的就这样完了吗？也许从来没有真正开始过，李存勖的宠爱就像天上的流云，一会儿来了，一会儿又走了，她永远都琢磨不透。倒是始终木讷如一的李嗣源还在等着她，可是他也不同了。

他们究竟会走到哪一步？是兵戎相见，还是生离死别？她从前做事最有把握，可如今什么都无法预料了。她夹在他们中间，隔着杀父之仇，隔着权力争斗，甚至分不清真假，也许只有到了那一天，才会知道结局。

自从梓娇被囚，饮羽殿门前就越来越热闹了。人人都知李存勖对韩昭仪专宠，而韩家人也日渐支持这宠冠后宫的幼女，前日韩靖烈和卧病多日的韩元甚至去了穹宝寺为她祈福，主持还亲自为她求了签，说是旺主、旺夫，有助社稷之命。

蕊瑶见蕊仪这些日子都在她面前做小伏低，心气更是前所未有地舒畅。可是这一日却被当头泼了一盆冷水，只因昨夜李存勖酒后竟宠幸了她的贴身宫女棋芳，一早便封了棋芳为才人。

李存勖一走，棋芳就“扑通”一声跪在了她面前，声泪俱下地求她责罚。蕊瑶冷笑着看着她，好一阵子后才道：“你既然要出饮羽殿，那就再也不必回来，也不必想着到姐姐那儿让她为你求情。你我主仆情谊已尽，你就好自为之吧。”

“娘娘，奴婢错了，可要不是皇上他……”棋芳哭着分辩。

“还想把皇上扯进来？”蕊瑶瞪了她一眼，忽然笑了，“皇上就要选妃了，到时候我一定好好为你再选几位姐妹。”

棋芳当然明白她的意思，用力摇着头，忽然想到了什么，也许会是一条自全之道，“奴婢有要事禀报娘娘，还请娘娘给奴婢一个将功赎罪的机会。”

“你能知道什么？”蕊瑶不屑地笑了笑，但还是把殿里的几个宫人打发了出去。

“事关贵妃娘娘，贵妃娘娘她可能有了身孕，但是一直密而不发。”棋芳急忙道，生怕蕊瑶不信，连忙解释，“奴婢跟给丽春台洗衣裳的宫女是旧识，她说贵妃娘娘好像有几个月不见红了。”

蕊瑶一愣，下一刻嗤笑了一声，眼中满是不信，“她若真要隐瞒，如何会出这样的纰漏？你想要我饶了你，也不必说这些胡话。”

“每个月贵妃娘娘见红的日子的确有沾了血的衣服送过去，可是奴婢的旧识从小就是大宅子里给夫人、小姐洗衣裳的，那么多年，一看血的颜色，就知道时候对不上。她一直觉得奇怪，可又不敢说，无意间跟奴婢说起，奴婢就留了心。”棋芳平静了一些，说话也恢复了条理。

“这几个月都是崔敏正给她诊的脉，难道……”蕊瑶沉吟着，那她为何要瞒着？想要偷偷把孩子生下来，再打她个措手不及？这不是不可能，可是，这当中好像透着些古怪。她目光一凛，“有几个月了？”

“应该有四五个月了，真是巧了，这么算起来，打从贵妃有了身孕，皇上就很少在丽春台过夜了。”棋芳想了想道。

“是巧了。”蕊瑶默而不言，五个月前，蕊仪曾送李嗣源出宫。她翻过彤史，那之后李存勖临幸过她一次，再以后就隔了两个月，难不成这孩子不是李存勖的？她大惊失色，这也不是不可能，她冷冷一笑，“一会儿冯太医请脉之后，请他再去一次丽春台。”

“是，奴婢知道了。”棋芳暗暗松了口气，总算暂且过了这一关。

“别再自称奴婢了，让人听见了，还以为我在欺负你。”蕊瑶淡淡地道。

“奴婢不敢，在娘娘面前，奴婢不敢放肆。”棋芳脖子一缩，还是跪在那儿，不敢自己起身。

一直到冯立仁进来，棋芳才站了起来。

这些天冯立仁一直躲着蕊瑶，寻常请脉时常让手下年轻的太医来，这日被点名传唤才过来了。棋芳见他神色阴郁，乖巧地退了出去。殿门虽然开着，可里面也只有冯立仁和蕊瑶二人。

诊脉后，冯立仁提笔写了方子，递上去，一双老眼目光闪烁。蕊瑶看了看，目光冷然道：“怎么又是这方子？吃了半年了，本宫还是没能梦龙有喜。”

“滋补的方子见效慢，也是常有的，娘娘切不可心急。”冯立仁忍不住想要擦汗，要是能再拖上一年，他出宫恩养，就真是佛祖保佑了。

蕊瑶面色顿时沉了下来，她并不是一味信这些太医的人，她也看过一些医书，对自己的病症不免有些揣测。此刻在她的目光逼视下，只见冯立仁的头越来越低，她只觉得那些曾经子虚乌有的揣测渐渐明晰起来。

“冯大人是老实人，不会说谎，有话还是实说吧。只要你保证不传出去，本宫绝不会为难你。”蕊瑶定定地道。

“不是什么大碍，不是什么大碍。”冯立仁打着哈哈，连连点头。

“太医院里当数冯太医和崔太医的医术最高，是不是要本宫把崔太医请来，冯大人才肯说？”蕊瑶心底起了一阵烦躁。

冯立仁吓了一跳，崔敏正亲近的是蕊仪，要是让他知道了，传了出去，他就更不能活命了。他诚惶诚恐地低着头道：“娘娘的脉象乍看之下并无异状，可是依臣多年行医所见和家中祖传医书所述，根本无法……”

“本宫一辈子都不可能诞育皇嗣，是不是？”蕊瑶只觉一下子两眼热泪盈盈，不能自已，“好了，你先下去，今日的话绝不能对人说起。你若是说了，本宫就说是你用错了药，到时皇上会如何处置，你自己掂量。”

“臣不敢，臣以性命担保，决不多说一个字。”冯立仁如蒙大赦，抱起医箱子就走，半刻不敢多留。

蕊瑶一动不动地坐在那儿，一直到用午膳的时候。她看着那些精致的菜肴，嘴角渐渐勾起一抹冷笑。后位也不是那么好坐的，既然没有这个命，那便退而求其次，老天已经把一个机会送到了她跟前，送到了他们韩家面前。

郓州大营里，李嗣源与魏崇城、石敬瑭商讨了粮草调度和新军征召，刚一散，平都就端着茶点进来了。

平都袖子里还放着刚刚收到的信，是鱼凤从洛阳传来的。她叹了口气，看着眼前眼中永远没有她的丈夫，道：“准备了小半年，打算什么时候动手？”

“时机还不成熟。”李嗣源眼中闪过一抹异色，平都与蕊仪毕竟是不同的，“天下未定，不能轻起刀兵，若能相安无事，何尝不是百姓之福？”

“那她呢？你打算就这么把她留在洛阳宫里？”平都淡淡地一笑，她知道，李嗣源不是不记挂蕊仪，只是比起蕊仪，天下苍生更为重要。其实远在宫中的蕊仪，也一定是这么想的。

“洛阳又有消息了？”李嗣源声音一沉，本不忍相问，怕这一问，便再难割舍，可还是问了。他早晚要想出办法，可这世间当真有两全之法吗？

“不，没有。”平都摇了摇头，掩饰了过去，看了他一眼，把糕点放到他面前，故作不经心地道，“我要回洛阳一趟，别拦着我，也不必担心，不会让他们知道的。”

蕊仪假装卧病在床，崔敏正日日来请脉，时时捏着一把汗。蕊仪说想等孩子足月了，再向李存勖禀报，以期平安生产。这样的事前朝也有过，崔敏正不疑有他，平日里更加小心谨慎。

这日一早便有人登门，原以为是李存勖，不想却是不多来此的韩靖烈。蕊仪换了高腰宫装，正襟危坐，请了韩靖烈进来。

“都下去，都下去，我有话要和娘娘说。”韩靖烈显得很不耐烦，毫不顾忌地赶人。

“都到外面伺候着。”蕊仪发了话，鱼凤、萱娘才出去了，“无事不登三宝殿，不知三哥来此有何贵干？”

“快人快语，咱们两个也没什么交情，用不着兜圈子。也许你还不知道，你根本不姓韩，根本就不是韩家人，这么多年你享着韩家的富贵，也够了，如今后位虚悬，你不帮着蕊瑶，可说不过去。”韩靖烈冷笑着看着她，理直气壮地道。

蕊仪一惊，没想到他会明着提这件事，定了定神，露出疑惑而惶恐的神态，道：“三哥又在胡说什么？我怎么就不是父亲的亲骨肉了？那些道听途说的话可不能信。若你说的是真的，父亲又怎会把韩家的家业交与我？又怎会给我这么丰厚的嫁妆，还越过了亲生女儿去？”

“我原先也纳闷，不过后来都打听清楚了。”韩靖烈嘿嘿一笑，声音压低了些，“父亲与你的亲生父亲是旧交，不过，你也别得意得太早，你那亲生父亲当初犯的是谋逆大罪。你说说，要是我把这些都告诉皇上，你会是什么下场？别指望父亲还会帮你，你害死了他的亲生儿子，他的心早就冷了。还有母亲，天天疯了似的，你的好日子到头了。”

“三哥，我知道你一向不喜欢我，可也不至于编出这些瞎话。你来找我就是想说这些？大可不必了，你说给皇上听，皇上也一样不会信。”蕊仪淡淡地一笑。她不能认，即使韩元也要揭穿她，她也不能认。只要她不认，即使事发，她也是个不知情的。

韩靖烈瞪着她，手指颤抖：“好啊，那我就请父亲来做证，看看他是要你，还是要他的亲生女儿！”

“三哥，别说这些疯话了。即使你说的是真的，韩家不是一样要担上窝藏钦犯的重罪？何况这根本就是无稽之谈。”蕊仪轻叹了一声，看向他，“我怎么会不帮蕊瑶？入宫这么久了，我何时不是让着她的？你不信可以去问问她，我是怎么跟她说的，她要做皇后，我一定鼎力相助。”

他何尝不知道两败俱伤的道理？韩靖烈目中露出一丝喜色，故做勉强的样子

道：“要是你反悔，我一定把你的身世告诉皇上。父亲毕竟有辅佐大功在身，料想皇上也不会把我这个韩家的独苗怎么样，到时候你就担心你自己吧。”

“那就一言为定，我也不必发毒誓了，反正你我都不信这些。”蕊仪命萱娘送客，转回里间歇息。

鱼凤跟了上去，轻声道：“太尉夫人传了信来，她答应了。至于如何出宫，奴婢会想法子安排。”

蕊仪点点头，把韩靖烈的话说与她听，末了交代她：“找人盯着他，他要是真去找皇上了，咱们可就不妙了。”

“要不娘娘想个法子把他支走？娘娘想想，他要是天天在宫里，随时都有机会，咱们还有大事要办，不能被他分了心。”鱼凤提醒道。

“外面正是调兵的时候，也许他会想去立下战功。”蕊仪喃喃自语，心里已有了计较。

这时候，萱娘和崔敏正一起进来了，二人皆神色不善。萱娘先开了口：“娘娘，昭媛娘娘向皇上请了旨，让冯太医过来请脉，已经带着人到前厅了。”

“娘娘，可是走漏了风声？冯太医一诊便知，这可如何是好？”崔敏正忍不住额头冒汗，声音里有了丝颤抖。

“她一定是知道了。”蕊仪自嘲地笑了笑，望了他们一眼，“先请昭媛进来，我自能应对。”

萱娘、崔敏正应声而去。鱼凤紧张地往外间望了一眼，先前也不是没想过会这样，可是事情来得太突然了。

“娘娘当真能说服她？万一她要对付孩子，娘娘如今这个样子，就怕难以应对。”

“你也出去，我想单独跟她说说话。你放心，她即使不答应，也不会怎样。”蕊仪微微一笑，蕊瑶肯来找她，一定是遇到什么棘手的事。蕊瑶若是想除掉这孩子，趁着她这丽春台冷清的时候，暗地里动手岂不是更好？

蕊瑶进来时冯立仁并没有跟来，她站在门口，盈盈笑中透着些冷意，望着蕊仪的肚子。宽大的宫装遮掩着，又有生绢束着，蕊仪平日里又清瘦，其实根本看不出什么。可她的目光仿佛就是要穿透这些阻碍，看见蕊仪肚子里的孩子。

蕊瑶转身将门关上，缓缓地走到床前，道：“姐姐有了身孕也不告诉我一声，不会是以为我是那蛇蝎心肠的人，没有容人的肚量，想着十月怀胎一朝分婉，将我一个措手不及吧？”

“说的这是什么话，你如今圣宠日隆，我如何会与你争？”蕊仪笑笑，指指床畔的墩子，“就是想着，如今后位虚悬，我要是报了喜，抢了你一直心心念念的东西，不是又惹你生气？反正还有四个多月，你抓紧一些，先做了皇后，我再说也不迟。”

“你真是这么想的？”蕊瑶狐疑地看着她，伸手摸向她的肚子，“我记得那时你出过宫，这孩子该不会……”

“话可不能乱说。”蕊仪让她摸了一下，又把身子转开了些，“这是皇家的子嗣，岂容得这些闲言碎语？不过是不想阻着你坐那劳什子的后位，将来自然会说的。”

蕊瑶心中一阵隐痛，若这孩子不是李存勖的，她绝容不下；若是，她才好行下一步。看蕊仪神色不像有假，她暗暗下定了决心，心里仿佛裂开了一般，可惜孩子不是她的，她永远不能为李存勖生一个皇嗣。

“如今我也知道了，你也不必再瞒着了，这就向皇上报喜吧。”蕊瑶笑了笑，掩饰住尴尬。

蕊仪看了看她，犹疑不定地道：“这时候说恐怕不好，还是等你做了皇后再说，也不差这几个月。”

“还做什么皇后，左右你早晚都会知道的，我不像你，不瞒着。太医说我恐怕很难怀上孩子，我想了几天，就按咱们之前的约定，由姐姐你来做皇后。我相信姐姐做了皇后之后，一定不会忘了我。”蕊瑶定定地看着她，静静地等着她再次许下承诺。

从前她是想的，可如今一切都不同了，蕊仪莞尔一笑，出言婉拒：“若是按说好了的，也得等孩子出生，看看是不是皇子，可太医说这一胎是女相。我看你也不必着急，再找几位太医瞧瞧，多调养些时日。”

蕊瑶讪讪地笑了笑，道：“从前也有人这么说过，只是那时候我不信。”她眉梢动了动，“姐姐做皇后也没什么不好的，宫里那些事太过繁杂，有你管着也省得我劳心，反正皇上宠着我，我也不在乎这些了，你不再跟我争这些就成了。”

眼瞅着推无可推，蕊仪清楚没了退路，脸上带了些苦笑，点点头道：“既然如此，你愿意怎么做就怎么做，以后可别怨我。”

蕊瑶像怕自己后悔一般，立刻回头叫了冯立仁进来，笑着吩咐他："快给贵妃娘娘诊脉，说是有五个月身孕了，你再看看胎位，一会儿就去向皇上报喜。"

冯立仁吃了一惊，迅速看了看她们，见她们倒是一脸坦荡，连忙应了；诊出来并没什么不好的，立刻复命去了。

没一会儿，李存勖就火急火燎地来了。

李存勖一眼瞅见倚在床上的蕊仪，脸上顿时怜爱、愧疚交加，想起这些日子冷落了她，说话都有些结巴："都五个月了，为何现在才说？"

蕊瑶看向蕊仪，让她自己解释。蕊仪笑了笑，像是丝毫没把他这些日子的冷落放在心上，"臣妾命人到宫外的穹宝寺算了算，这孩子受不得惊扰，要静静地养到足月。臣妾怕一旦说了，宫中上下少不得要来问候，对孩子不好。如今已经五个月了，太医又说没什么大碍，臣妾就与妹妹说了。"她笑着看了蕊瑶一眼。

"你们也不向朕禀报一声。"李存勖目光扫向崔敏正和冯立仁。

蕊仪连忙笑着打圆场："皇上别怪他们，是臣妾不让他们说的，什么都没有皇嗣重要，不是吗？"

对上她盈盈浅笑的眼，李存勖的火一下子就发不出来了，到她们姐妹身边嘘寒问暖，一会儿问问孩子，一会儿又问蕊仪身子可好。蕊仪一一答了，甚是得体，丝毫不见母以子贵的娇纵。

李存勖本就欣喜难耐，见她如此，心中更是暗暗赞赏，想起之前疑她想起了过往，不由得暗暗嗤笑，怎么会呢？若是她想起来了，哪儿还会这么待他？怎么能在说到孩子时露出那暖暖的笑？

蕊瑶看了看他们，心里不好受，但还是挤出笑来，道："姐姐如此贤淑，又大度明理，与皇上琴瑟和鸣，如今又怀有身孕，皇上何不立姐姐为皇后？国不可一日无君，后宫也不可一日无主，皇上不立姐姐为后，又打算立哪位佳人？"

这些日子李存勖也想过立后之事，可是因对蕊仪存疑，一直想的都是蕊瑶，听了蕊瑶的话，不免一愣。他笑了笑道："你何时也变得如此贤惠了？不吃你姐姐的醋了？"

"我们是姐妹啊。"蕊瑶含笑忸怩了一下，低着头，掩住那抹不甘。

李存勖一会儿看看蕊瑶，一会儿又看看蕊仪，想了想，点了头，道："朕明日就与礼部和钦天监商议，蕊仪封后，朕也不会亏待蕊瑶，就封蕊瑶为淑妃。"

“谢皇上。”蕊仪、蕊瑶齐道，二人暗暗互视了一眼，都想着日后该如何同彼此相处。这条路本不容易，二人各怀心事，如今更是不易了。

第二日一早，李存勖便与礼部和钦天监商讨了立后事宜。韩靖烈得知新后将是蕊仪，当场脸色大变，刚一得了空，就气急败坏地冲到了丽春台。他不顾众人阻拦，径自到了前厅，见到了正在喂锦鲤的蕊仪。

“你都答应我什么了？居然这么快就忘了，早知道你不守信义。”韩靖烈目光落在她隆起的肚子上，之前没有看到，想必是用布帛束着。当下他越发生气，用力推了蕊仪一把，“等我把你的事都说出去，看你还能不能做皇后！”

被他推得一退，后腰已撞到围栏上，蕊仪紧张地一护，目光戒备地看着他，又退了几步，道：“伤了皇嗣，纵使你有九条命也不够！我做皇后，还是三妹提的，你找她说去。还有那些无中生有的话，若是再让我听到，别怪我不念兄妹情谊！”她像一只护崽子的母猫，全身的寒毛仿佛都竖了起来。

韩靖烈被她目光一震，没再有放肆的举动，指着她道：“蕊瑶会把后位让给你？痴人说梦！那些话也不是无中生有，别以为你不相信、不承认，就都是假的！”

“住口！”蕊瑶一进门就听见他们的争吵声，提着宫装裙角跑了进来，一把拽住韩靖烈，“三哥，姐姐即将为后，是喜事，你又发哪门子的疯？二姐，你别生气，他一定是昨晚喝多了，酒还没醒，我去劝劝他。”

生怕韩靖烈再说下去，蕊瑶硬拖着他往外走，“三哥，她如今有了身孕，做皇后也是理所应当，我都认了，你就别再说什么了。木已成舟，惹得大家心里不痛快，白落下个疙瘩，多不好。”

“她有了身孕，难道你就不会有了？三妹，上次我与你说的，都是千真万确的事，你为何非要让着一个不和咱们一条心的外人？！”韩靖烈恼怒地瞪着她，低吼道。

蕊瑶落寞地一笑，小声把事情的原委对他说了，末了道：“无子，如何坐得稳后位？坐上去了，也不免落得惨淡收场。与其日后让别的女人坐上后位，还不如让她来做这皇后。她有把柄在你我手上，不管她信不信、承不承认，只要我们有证据在，日后都能钳制她。”

韩靖烈愣在那儿老半天回不过神，他唯一的亲妹妹竟无法诞育皇嗣，这让他

既惊且惧。他叹了一声，只能退而求其次：“不成，不能就这么白白便宜了她。咱们让她做了皇后，她总得帮咱们。”

“三哥，这你就只管放心。如今皇上要立我为淑妃，日后让她帮着封个贵妃又有何难？”蕊瑶微微一笑，她哪儿能看不出韩靖烈的心思，“至于三哥，自然少不得有建功立业的大好时机，等着拜将封王、出将入相。”

第三十四章·决断

又到了春末桃花最绚烂的时候，再过几日天就转热了，这也是饮宴最好的时候。丽春台的桃林里已作了准备，李存勖、蕊仪于上座，下首两边分别坐着蕊瑶和韩靖烈。因这一筵之后蕊仪将迁往瑶光殿，虽然列席的人不多，却很是隆重。

前面妖娆的舞姬款款扭动着腰肢，宛如这林间一枝美艳的桃花。蕊仪淡淡地笑着，目光没有停驻太久，慢慢地打量着这片最后的春色。这曾经是她最不愿离去的地方，如今让她迁往瑶光殿，她却半个字都没有多说，立刻领旨谢恩。

她一入宫就住在丽春台，在这儿她有过一个孩子，后来又失去了，在这儿她曾以为找到了最终相守一生的良人，到头来又是一场空，那么，去别的地方又有何关系？何况是宛若仙境的瑶光殿。

“皇后有了身孕，受不了颠簸，何必要亲自去穹宝寺祈福？不如朕下旨，请他们入宫。”李存勖体贴地道，目光温和地落在蕊仪隆起的肚子上，羡煞旁人。

“心诚则灵，臣妾不光要亲自去，还想微服前去。”蕊仪笑了笑，坚持着。

蕊瑶撇撇嘴，目光一闪，但这当口儿上也懒得多作计较，道：“皇上，就让姐姐去吧，无论如何都是为了肚子里的皇嗣，总是错不了的。正像姐姐说的，心诚则灵，心意不到，佛祖又怎么能保佑姐姐诞下一位小皇子？”

李存勖犹疑了一下，最终点了头：“朕多派几个侍卫微服跟着你们，皇后自己也要小心，外面不比宫里，别冲撞了。”

“臣妾遵旨。”蕊仪笑道。自从她说出了自己有了身孕，李存勖就又回到了过去分外体贴的样子。若不是发生了那些事，他们如今就是神仙眷侣了，也难怪蕊瑶时常暗暗怒目相向。

矮桌下，李存勖按住她的手，轻轻地摩挲着，不动声色地看向蕊瑶道：“后宫事烦，这些日子少不得淑妃多操持。”他向赵喜义道，“传朕旨意，皇后静心养胎，六宫之事一概向淑妃回报，直到皇嗣满月。”

蕊瑶一愣，方才那一点不悦立时被冲淡了，欢天喜地地谢恩。韩靖烈也是一脸的喜色。谁有了身孕不重要，谁知道生出来是皇子还是公主，还是做这真正的后宫之主来得更实在。

蕊仪微微一笑，看看蕊瑶，又看向李存勖，道：“皇上何不加封妹妹为贵妃？这样她主理后宫也能更名正言顺，凡事也都能更顺遂些。妹妹的饮羽殿也住得久了，该换换了，臣妾觉着飞香殿不错，皇上不妨把那儿也赏给妹妹。”

“协理”一下子变成了“主理”，蕊瑶陡然警觉，望着李存勖，眼中多了几分期待之意。李存勖倒像是并未察觉，深深地看了蕊仪一眼，颔首道：“就如皇后所言，朕明日就封蕊瑶为贵妃，你们姐妹日后也好照应彼此。飞香殿离瑶光殿也近，你们日后可以常走动。”

“谢皇上，谢姐姐。”蕊瑶起身跪拜，笑盈盈地看向他们，忽然道，“可这飞香殿臣妾不想要，臣妾就看上姐姐的丽春台了。姐姐在这儿住了这么久，这儿一定沾了姐姐的福气，臣妾也想沾一沾这福气。况且姐姐一旦迁出去，这儿少不得缺人打理，荒疏了岂不是暴殄天物？臣妾在这儿也好帮姐姐照看着，姐姐哪日想了，就回来走动走动。”

“你倒是想得周到。”李存勖顿了一下，迟疑地看向蕊仪，半带试探地道，“皇后可愿割爱？”

不敢答应得太干脆了，蕊仪故意沉吟了一下，眼中带着肯定：“她是臣妾的妹妹，臣妾怎会舍不得？倒是皇上舍不舍得？这一林的桃树可都是皇上亲手浇灌的。”

蕊瑶并非真正想要丽春台，而是想做真正的后宫之主，她要的是李存勖的一切，蕊仪哪里会不明白这些？她四两拨千斤地把话又还给了李存勖，她忽然很想知道，他还能不能兑现那最后的誓言。他曾经答应过，丽春台只属于她一人。

眼中闪过一丝不可察觉的失望，李存勖朗声笑道：“既然皇后同意，朕哪有不准的？蕊瑶日后可要好生照料它们。”

蕊仪见他准了，心中略微冷笑了一下，不快之感转瞬即逝。她向蕊瑶使了个眼色，趁势道：“听说皇上要派兵攻打威武城，不知这回领军的是哪位将军？”

对郓州、魏州只围不攻，倒是蜀国那边又起了动乱，李存勖正疲于应付，要说派谁，也只想了个大概，便随口道：“朕打算让魏王去。”

“洛阳这儿就没有人同去吗？”蕊仪暗示着，莞尔一笑，“臣妾和妹妹都得了封赏，唯独三哥还没有。臣妾也不为他求别的，只望皇上能让他跃马沙场，有个建功立业的机会。”

李存勖神色一顿，蕊仪还从未提过这样的要求，不由得看向韩靖烈，问道：“你可愿意？”

“臣愿意，一千个、一万个愿意。”韩靖烈连忙起身，跪在他们面前，很是惊讶地看向蕊仪。

蕊仪轻轻点头。李存勖想了想，也不是封王拜相的大事，再说也该给韩家一个机会了，真要和李嗣源动兵，少不得这些股肱之臣，便道：“那朕就封你为忠勇将军，择日就与魏王会合。”

“臣谢皇上恩典，谢皇上……”韩靖烈大喜过望，一个劲儿地叩头，起身时看向蕊仪，好像在说算你识趣。

蕊瑶也很是高兴，韩靖烈虽然不是带兵的材料，可有李继岌那样的在身边，一准儿是能跟着混个军功的。反正李存勖还会派别的大将前往，用不着担心。蕊仪又向李存勖提了军饷，又掏了不少银钱，宴饮更欢，仿若那千里之外的刀兵从来都不存在一般。

五日后，一辆马车缓缓地停在了穹宝寺门前，随行的几位男子虽然身着布衣，却有掩不住的机警，为首的下马叩响寺院的后门，不多时便有人相迎。虽然是微服，但毕竟扮作了公卿贵胄家的命妇，少不得要被引到后面的厢房。

蕊仪和鱼凤进了大殿，命萱娘等人守在门外。恭敬地上了一炷香之后，蕊仪低声道：“你在这儿守着，我到后面看看。”

不知她究竟要找什么，鱼凤也不便多问，她从袖中取出一块薄绢，上面绘着穹宝寺的布局陈设，道：“娘娘收好了，后面是藏经阁，不过只有外面是经书，里面的箱笼、暗格都是外人存在这儿的，要有钥匙才打得开。”

“你在这儿守着，要是我一个时辰后还没有回来，就到后面寻我。”蕊仪收好薄绢，手里多了一把钥匙，韩家在此寄存了家谱、典籍，进去倒不是难事。

到了藏经阁，向小沙弥出示了钥匙，又给了双倍的香火钱，果然顺利地进去了。蕊仪望着那些墙上的暗格，每一个上面都刻着与各自钥匙相吻合的图纹。在最里面发现了韩家的那一个，却始终没有看见有那玉佩图纹的一个。

她那半块玉佩如今也不知在何处，也不知是不是真的记不清了，她失望地摇了摇头。里面是长长的巷道，还有不少暗格，她从墙角取了一盏八角灯点上，缓缓前行，细心寻找。里面好像有人，她一惊，手上一晃，闪到一边躲藏。灯火一晃间，刚好照到了那人旁边，那图纹竟与梦中无二。

“谁在那儿？”蕊仪颤声问，不知怎么，心跳得从未有过的厉害。她只觉得身上流动的血忽然找到了可以应和的东西，那种感觉迫着她步步向前。那人一手按在那暗格上，定定地回望着她。

“是你！”平都低声惊呼，见四下无人，镇定了一下，“我回来还愿，明日就走。等到了和娘娘约定的日子，定当前来。”她目光落在蕊仪的肚子上，略带酸涩地感慨道，“孩子还好吗？”

蕊仪点了点头，避了一下，指着那只暗格，追问道：“你在这儿做什么？这儿可不是还愿的地方。”她想起上次分别时无意看见她手肘的烫斑，“这是故人之物，抑或是……抑或是亲人之物？”

“你说什么呢。”平都像被烫到了一样，一下子缩回了手。

平都这一动恰恰印证了她的猜测，蕊仪空落落的心里陡然升出一股感慨。世事无常，老天总在捉弄他们这些凡夫俗子。但不管世事如何多变，她们还是相遇了，她们彼此争斗、构陷，到头来却是最亲的人。

蕊仪上前了几步，在平都诧异的目光下，慢慢侧过身，把发髻往旁边挪了挪，露出那三颗菱形的血红胎记。平都“啊”的一声低呼，向后退了一步，声音颤抖：“你是……不可能，不可能！”

“如果子良活着，你便报仇，若不然……”蕊仪说着梦中听到的话，目中渐渐充盈了泪水，“子从姐姐，我活着。”

“不，你不是子良！子良不会认贼作父，不会嫁给杀了我们全家的凶手！”平都震惊了，不甘地摇着头。

“我醒来的时候已经什么事都不记得了，要不是那次从高台上滚下，撞到了头，还不会想起来。”蕊仪不知该从何说起，把如何进了韩府，如何做了韩蕊仪说了，“化毒宝玉也不知在什么地方，其实韩元这些年对我很好，不久前我才知道，他是知道我的身世的，也许是为了赎罪吧。”

“算他还有点良心，当年若不是他做证，林家也不会落得这样的下场。我说过，早晚会告诉你原因，没想到咱们会是这样的结果。”平都叹道，蕊仪一下子变成了自己的妹妹，她还不能完全接受，“李存勖那厮知道你的身份吗？”

“现在回想起来，他在我到晋王府的时候就知道了。那天他无意间看见我颈后的胎记，脸色都变了，冷落了我好些日子，后来问了我几次，也问过韩元，大概觉着我不记得以前的事了，也就没有追究。”蕊仪苦笑了一下，不觉想让她安心，“如今他又试探过几次，我都应付过去了，他并不知道我已经想起来了。”

“他是把你当成了抓在手里的小老鼠。”平都冷冷一笑，笑中有嘲讽，有同情，“那时候你对他动了心，你什么都不记得了，我不怪你，可是如果你现在还不死心，就是真正的不孝、不仁。”

“那时候是我傻。”蕊仪低下头，如今想起那些往事，心中也并非没有一丝涟漪，可一切都太苦涩了。如果她一早知道这些前尘过往，即使她不是林子良，在得知他是那样一个人后，也不会再敢和他有任何瓜葛。

他的笑是那样的温煦，却掩藏着那么深、那么可怕的秘密，他可以为了权势，斩杀恩师一家，连妇孺都不放过，连自己未婚的妻子都不放过。她悲凉的目光落在平都身上，道：“咱们这一家到底造了什么孽，他到底要隐藏什么？”

平都看了眼身后的暗格，把手心里的钥匙插了进去，里面是个薄薄的油布包，打开来是一份折子。

“老王爷病重之时曾有交代，李存勖虽有将才，但暴躁乖张，不可为天下之主，遂传晋王之位于义子李嗣源……”

“父亲在老晋王身边，自然知道这一切。他怕事情败露，就杀了我们一家灭口。可是父亲并不想把这件事说出去，我记得他说过的。”蕊仪合上眼，都是真的，一切都是真的。

“这就是他的可恨之处。”平都将奏折收入袖中，叹息道，“我为何会嫁给李嗣源，你应该明白了。”

“你爱他吗，还是仅仅为了报仇？”蕊仪担忧地问。如果是后者，她未必会顾全嗣源。

“爱如何？不爱又如何？他心里只有你一个。以前我还会吃醋，如今知道了你是子良，还吃什么醋。”平都自嘲地笑笑，“你跟我走，还是回宫去，和我们里应外合？”

她是走不了的，便淡然一笑，道：“回宫。”抬眼又问，“你们会动手吗？”

平都颔首道：“等时日到了，我来接孩子，若他日有聚首之日，我就把孩子还给你；若是没有，我一定视如己出。”她也笑了，尽管泪未尽，“父亲说你有主意，你一定可以瞒过李存勖，化险为夷。”

二人相视颔首，平都戴上纱帽，大步从她身边而过。蕊仪没有回头，分别十一年才真正以姐妹身份相见，但这一面太过短暂，短得让她不愿回味……

两个月后，正是烈日炎炎的夏日，瑶光殿外水雾缭绕，仙鹤嘶鸣。因皇后有孕，受不得惊，殿内、殿外的宫人都刻意放轻了脚步。

午后正是静谧的时候，萱娘忽然提着裙角，丝毫不顾仪态地跑了进来。此事重大，由不得她不报，只是依蕊仪如今的状况，她说话时颇为注意。她为蕊仪垫上靠枕，小心翼翼地道：“三公子伤重不治，病殁了，娘娘一定要节哀。”

有那么一刻的愣怔，蕊仪啜了口茶，面上闪过一抹感慨之色，并不见哀恸，她淡淡地叹了一声，道：“料到了他有这一天，他不是将才，却又颇为贪功，能落得病殁的下场，留着全尸，已经不错了。”

知道她一向不喜韩靖烈，萱娘并不担心这件事能影响到她多少，倒是下面的话更有分量：“韩大人闻讯就一头栽了过去，韩夫人也病了，太医去看了，说是都不大好。韩大人想见两位娘娘，可娘娘如今不便出宫……”

“皇上怎么说？”蕊仪皱了皱眉，对韩元，她尚存着父女之情，这也许就是最后一面了。

“百善孝为先，娘娘近来玉体安泰，要是觉着稳当，应当去见一面。”萱娘把李存勖的意思说了，不自觉地不再看蕊仪，“贵妃已经准备起行了，娘娘若要去，奴婢就让鱼凤准备。”

“你也随我去吧。”蕊仪越想面色越沉，她此刻尝着失亲之痛的时候，当然也明白韩元要见她，绝非那么简单。

萱娘似乎想也没想就把头一偏，吩咐了鱼凤后又道：“奴婢留在宫中照应，万一皇上有个吩咐，奴婢也好立刻把话传出去。”

蕊仪应了，起身更衣。鱼凤扶着她上了马车，马车稳稳地驶出了宫城。萱娘望着他们一行人离去，面色一黯，脚下已朝丽春台去了，有些事她必须查明白……

一行人到了韩府，蕊瑶先去看母亲，蕊仪一进门就去了韩元那儿。韩元屋里充斥着浓浓的药味，让人忍不住想要捂住口鼻。蕊仪纵使想要硬下心肠，此情此景也不能了。自从韩靖远自戕，在韩家人眼里，她与蕊瑶的位置就调了过来，韩元一直笃信的老方丈还下了蕊瑶有助于家国社稷、利子利夫的预言，弄得她人前人后进退两难。

她和韩家已经掺和在了一起，分也分不开。她怨他们的凉薄，恨他们是杀害林家一门的帮凶，却也忘不了他们的养育之恩。将韩靖烈遣到军中为将，她的确动了借刀杀人的心思，一想到他随时都能将她的身世公之于众，就好比头顶上悬了一把锋利的宝剑，随时都可能落下来，她如何还能容得他。

“父亲。”蕊仪在他床前的绣墩上坐下，“父亲病重也不早些告诉我，我虽然不便出宫，好歹也要让人来看看。三哥的事，我已经听说了，父亲节哀顺变。”

“难得你还肯叫我一声父亲，叫靖烈一声三哥。”韩元咳嗽着，遣退了服侍的小厮，话音一转，森然开口，“不过，这个不孝子死得好，他此刻不死，他日必为我韩家招来弥天大祸。你除了他，倒省得我背一个杀子的骂名，做得好，做得好！好在你也不是亲自动手，懂得借刀杀人，不愧是我调教多年的好孩子，不愧是林康的好女儿。你小的时候我见过你，那时就觉得你聪明，我这双老眼果然没有看错。”

“我……”蕊仪愣愣地看着他，不敢相信他会这么说，“那二哥呢？”

“要说可惜，我可惜的就是这个儿子。我的确怨过你，可后来想想，靖远是个老实、质朴的孩子，他生在这乱世，又生在韩家，本来就不会有好结果。”韩元悲凉地苦笑，看向蕊仪，目中震动，“你叫子良，可我还是愿意叫你蕊仪。蕊仪啊，靖远在你到韩家之后两年就知道了真相，他的心思我明白，本来想着，要是他一直这么想，我就说你是我们家的养女，将来和他做一对夫妻，也能平安一世、富甲一方。”

一股热泪夺眶而出，蕊仪再也无法冷静下去，一句话冲口而出：“是我害了他，我不该那么做，不该……”话一出口忽然顿住了，有些事她是忘不了的，不

如这一次都说出来，这也应该是最后一次见到韩元了，“我知道韩家对我有养育之恩，二哥又对我最好，可是我不得不利用他，也不得不对三哥动手。我忘不了林家，忘不了他们是怎么死的……你要是怨我，就怨吧，他们是你的骨肉，就算你也要把我的身世说出去，就算你要让整个韩家对付我，我也无话可说。”

韩元摆摆手，似乎对这番话并不十分在意，“你什么时候知道的，还是说你根本就不曾忘记？我要听实话。”

蕊仪抬头看着他，这一点她从来没有打算骗他，“本来是真忘了，可自从入了晋王府就一点一点想起来了。那时我也不全信，还是那日省亲，听到了你们在密室里说的话。”

“好，看来我这双老眼还没瞎。”韩元颔首，大口喘着气，待平稳下来又道，“你知道为何我能一早知晓你的身份？真正的蕊仪我的确多年不曾见过，真让我分辨的确辨不出来。我一眼认出了你，是因为当日就是我把你带出了林府，送到了那个村子里。我本来还想救你的姐姐，可是那时已经找不到了。”

“我已经见过她了，就是平都郡主，如今的太尉夫人。”蕊仪朝他点了点头。

韩元笑出声来，又咳了几声，道：“是老侯爷，这老家伙也有几分良心，看不得自己一手带大的外孙造孽，给你们林家留了一条根。”

“既然老天给了我们林家活路，我就要走下去，还林家一个公道。”蕊仪痛苦地道，这条路不是她选的，却注定了要走下去。

“你已经在做了，还做得很好。你倾尽所有供给他军饷，让他不得不依靠你，他日你只要从己之手切断根源，他那些兵将就都会被困死。你命死士开凿的盘山粮道，他日就是李嗣源出魏州的捷径，也好，也好，这天下本来就是他的。”韩元深深地看向她，“蕊仪，你能再答应我一件事吗？我只求你这一次。”

“你说。”蕊仪深吸了一口气，心里已经猜了个大概。

“如今蕊瑶是我们韩家唯一的血脉了，照顾她，至少不要为难她。”韩元语中透着浓浓的沧桑，期盼地看着她。

蕊仪重重地点了点头，眼底涌出一股泪，道：“好，我答应，永远把她当妹妹看待。”

韩元笑了笑，示意她打开枕边的匣子，上面的锁已经开了，“这是当年你口中含着的化毒宝玉，是你们林家的祖传之物，在我这儿放了十年，今日物归原主。”

什么是失而复得，这便是了，这不仅是林家的祖传之物，上面承载着的是她父母的一片拳拳爱女之心。蕊仪捧起那半块玉佩，禁不住泪如泉涌……

两个月后，韩元病逝，其夫人也于第二日离开了人世，而这时蕊仪也已产期将至。瑶光殿里一片忙碌，这些日子李存勖尽管忙于政务，却又终日流连于丽春台，每日也必来瑶光殿看看。

“这几日就要生了，千万要小心。”李存勖体贴地扶着蕊仪坐下，侧耳轻贴在她高高隆起的肚子上，“一定是个小皇子，朕的太子。”

“臣妾可不敢把话说满了。”蕊仪笑了笑，在他面前，她的话越来越少了，她怕他的试探，厌烦他那些时不时冒出来的猜测，“臣妾身子重，不能服侍皇上，想必皇上也有些厌烦了。”

“怎么会？你怀着朕的皇嗣，朕哪里不知道你的辛苦。”李存勖坐起来，目光躲闪了一下。

“蕊瑶服侍得可好？”蕊仪扯开了话，不想纠缠这些。

“她……”李存勖笑着摇了摇头，纳闷地看着她，“真的不吃醋？虽然她是你的妹妹，可毕竟也是朕的妃子。”

“臣妾是皇后，自然要有些胸怀，把宫里的事给皇上料理好了，要是只顾着吃醋，岂不是丢了皇上和天家的脸面？”蕊仪笑道，皇后，倒是一面不错的盾牌，能挡掉不少本应有的七情六欲，“皇上不也曾夸臣妾识大体，懂进退，是个好皇后吗？”

怪了，李存勖微一皱眉，心里竟生出几分不悦，“好生歇息，朕还要回贞观殿。”

“恭送皇上。”蕊仪笑了笑，她挺着肚子，早已被免了礼仪，只坐在那儿朝他微微福了福。

鱼凤从外间进来，把门关上，“娘娘，这几日有人看见萱娘去了丽春台。”

“去见蕊瑶？”蕊仪暗觉不好。

“不是，看见的人说，去的时候偷偷摸摸的。娘娘，她是不是知道了？”鱼凤轻问。

“说不准。”蕊仪轻叹了一声，“她对蕊瑶做不了什么，我是怕她发觉我也

知道实情，坏了咱们的事。死婴找得怎么样了？”

“如今外面闹了饥荒，很多灾民都聚在洛阳城外，那儿的义庄成日都有死婴。奴婢已让人每隔两日就冰上一个，提前一两日，奴婢就带进来。”鱼凤机敏地道，难的是如何把新生的孩子送出去，“平都郡主也已到了洛阳城郊，奴婢已经见过她了。不过，她说她没有告诉太尉大人她来做什么。”

“她是怕他一时冲动，提前动了兵，怎么说也得等到来年开春的时候。”蕊仪抚摸着肚子，不知道她还有没有机会再见到这个孩子。

腹中忽然一阵痛，有些不同寻常，蕊仪倒吸了一口气，示意鱼凤扶她躺下，镇定地道：“叫萱娘来服侍，你快出宫把死婴带进来，我好像要生了。”

这么快？鱼凤一蒙：“娘娘，万一萱娘……”

“她还不敢。”蕊仪摆摆手，让她快走。疼痛一波一波地袭来，钝钝的，但想逃也逃不出去。她知道这样的痛也许还要持续一天，她攥紧了身下的锦褥。

“娘娘，鱼凤呢？这个时候，她去哪儿了？”萱娘手足无措地道，拿着手巾为她拭汗，回头吩咐，“快去，请崔太医来，再派人告诉皇上，还有去丽春台……”

“让皇上歇在丽春台，左右离这儿近，不要让他们担心。”蕊仪喘着大气，他们来得越晚越好。她偏过头去，看着萱娘，“蕊瑶对丽娘做的事，你都知道了？”

“娘娘！”萱娘惊呼了一声，摇了摇头，“奴婢不知道娘娘在说什么。”

“如果不是，你不会总去丽春台。如果我没猜错，你应当还去了几趟饮羽殿，就是刘氏原先放东西的地方，你也翻找过了。”一口气说了这么多，蕊仪连吸了几口气，“好，就算你不知道，我也要告诉你——丽娘的死，的确和蕊瑶有关。”

“娘娘，丽娘死得太惨了，奴婢咽不下这口气，奴婢不得不这么做。”萱娘目中坚决，拿着布巾的手停了下来。

蕊仪幽幽地叹了一声，将手颤抖着轻搭在她手背上，道：“你们是亲姐妹，这么做是人之常情，你若不这么做，我倒要说你冷血无情了。”她顿了顿，用力吸了口气，“可是我不得不说，蕊瑶当日害丽娘，也是在谋算之外，尽管这不能让你原谅她，可我一定要让你知道……”她说了谎，可她已经答应了韩元，她不得不为蕊瑶求一个安稳。

“娘娘，奴婢一闭眼睛就看到他们，奴婢真的不能不想。奴婢也知道，即使把事情查清楚了，也不能对贵妃做什么，可奴婢总要尽一分该尽的力。”萱娘饮泣，她知道蕊仪是个好主子，蕊瑶是蕊仪的妹妹，她又只是一个宫婢，她是该忍的，可是不能。

“萱娘，你怨我吗？是我给丽娘选了这条路，也是我没有照顾好她，还是我自己的妹妹害了她……而我，早就知道了，非但不为他们主持公道，还一直瞒着你。”蕊仪闷哼了一声，另一只手攥得更紧了。

“娘娘也是成全了她的一片痴心，若没有娘娘，她也会想方设法接近皇上的。”萱娘迟疑了一下，用力摇着头道，“贵妃和娘娘是姐妹，奴婢跟丽娘也是姐妹，奴婢可以为丽娘做一切，娘娘也可以为了贵妃这么做。娘娘没有为了贵妃除我以绝后患，就是娘娘的仁慈了。”

“是她有错在先，我这么做着实对不起你们姐妹。”蕊仪叹了一声，忍不住呻吟出声，豆大的汗水从额头滚落。

崔敏正进来了，行礼请脉，估摸着至少还要三四个时辰。蕊仪打发萱娘出去照应，殿内只留了几个宫女。崔敏正低声交代了几句，对蕊仪道：“娘娘先含口参片，最好能小睡上一会儿。”他看看左右，低声道，“鱼凤姑娘尚未回宫。”

“快了，就快了……”蕊仪轻道，皱眉看着他，“一会儿就有劳崔太医了，崔太医的家人已经接出去了，没有了后顾之忧，还请勉力为之。”

“娘娘的金子给得足，臣一直感激不尽，臣后半辈子算是有着落了。可是，娘娘，宫禁森严，不容易把孩子送出去。”崔敏正见有宫女进来换水，连忙住口。

蕊仪合上眼，闭目养神。外殿传来一阵喧哗声，想必李存勖和蕊瑶来了。没一会儿蕊瑶就进来了，她问了几句，坐到蕊仪身边，接过布巾，为蕊仪擦汗，“姐姐，再过一会儿就成了，你可千万忍住了。还有没有哪儿不舒服？冯太医也在外间呢。”

“不必，我忍得住。你进来了，皇上怎么办？我这儿好些人都是原先刘氏的，不看紧些，就怕她们对皇上……”蕊仪暗示着，想把她支开。

“她们敢？姐姐，不是我说你，你啊，治下太宽，等你诞下了小皇子，可得好好治治她们。”蕊瑶冷哼一声，一眼瞪向门外，心里已经有些不安稳了。

蕊仪深吸了一口气，摇了摇头，试探着看向蕊瑶，道：“如果我就这么死

了，留下一个孩子，你会不会更高兴一些？”

蕊瑶张大了嘴，老半天才道：“我哪儿有那么狠的心啊，好歹你也是我姐姐。”

“你知道的，我不是你的亲姐姐。”蕊仪苦笑。

蕊瑶默然了，把布巾丢到水中，招人来换，“不管怎么说，都相处十年了，总好过那些居心叵测的人。”

“那次见父亲，他让我照顾你，我答应了。蕊瑶，不管这孩子是男是女，你若想要这后位，我都会拱手相让。”蕊仪笑了笑，有些凄楚，有些无奈。蕊瑶不会知道，她一心期盼的皇嗣不过是一场空。

大家忙进忙出了一阵子，产婆也来看过了，崔敏正说内殿里人太多不好，把她们都暂且赶到了外殿。蕊瑶嘟着嘴，看着想翻身又不敢动弹的蕊仪，道：“生孩子原来是这般情景，但愿是个皇子，要不然你还得遭一回罪。”

“皇上一个人在外面久了不好，孩子也不知什么时候才会落地，你出去陪陪皇上，或者回贞观殿去。我这边拿准了，就派人过去。”蕊仪轻声道。

“这不太好，万一出了什么差错，万一他们心怀不轨，出了事该怎么办？”蕊瑶身子动了动，但语中仍是迟疑。

“里面的都还靠得住，外面的就不知道了。”蕊仪点到为止，闭着眼睛忍住呼之欲出的呻吟。

萱娘推开外殿的门，探头进来说了一声：“娘娘，鱼凤取灵芝草回来了。”

“你快去吧，鱼凤心细，又习过助产之术，能服侍我。你在这儿也是白白烦心，还净添乱。你去陪皇上说说话，他高兴了，对皇嗣只会更加喜欢。”蕊仪拍了拍她的手背，又朝她点点头。

“那我过去了，有事让他们来告诉我。”蕊瑶也朝她点了点头，忙不迭地起身，脚下有些慌乱地朝殿外去了。

鱼凤轻推开门，背着一只小医箱进来了，她对几个宫人道：“你们多拿些热水和布巾进来，再煮些豆粥，娘娘还要过一会儿才能生。”她凑到床边，问崔敏正，“崔太医，娘娘能否平安生产？”

“拿回来了？”崔敏正目光一沉，看向那医箱。

“嗯。”鱼凤重重地点头，把箱子打开一条缝。

“娘娘，臣要用针灸之法催生，可是当中剧痛，娘娘只能忍耐。”崔敏正已打开自己的医箱，等待她的示下。

“好，你只管做，我忍得住。”蕊仪拿起枕下的软木块咬住了，这是嗣源的孩子，她说什么也要为他生下来。他们无缘相守，能留住他们缘分的就只有这个孩子了，她一定要把孩子生下来，再平安地送到他身边。

“你去杀只鸡，把血拿过来。”崔敏正递给鱼凤一只小玉瓶，郑重地道，“血装在里面五个时辰都与刚流出来的无二，一会儿就都抹在你带回来的死婴身上。”

鱼凤应声而去，外面有人来问，想必是李存勖和蕊瑶派来的，萱娘进来问了几句，把人挡了回去。蕊仪一声痛呼，在崔敏正的示意下一阵一阵地用力，十指深深地陷入身下的锦褥里。这是从未感觉过的痛楚，铺天盖地地袭来，不一会儿就疼得全身发麻，到了后来已不知道什么是痛了。

“看到头了，娘娘，再用力。”崔敏正低声喊道，已经过了一个时辰了，应该快了。

鱼凤已拿了鸡血回来，帮他按住蕊仪上身，“娘娘，就快了，奴婢方才出宫，已经见到接应的人了。”

蕊仪定了神，用尽了力气，只听崔敏正连着说了两声“出来了”，身下痛楚顿减。崔敏正眼明手快地捂住孩子的嘴，孩子还是呜咽了几声，蕊仪手一挥将床畔的铜盆挥落在地，当啷当啷的响声，掩盖了那哭声。

鱼凤立刻应景地大叫，手下不停，将带进宫的死婴泼上血，再将剩下的鸡血洒在床褥上。崔敏正将孩子包好，用针封住穴道，让她沉睡，抱到蕊仪面前，道：“娘娘，是位小公主。”

“她不是公主了，你带她出去，交给她的伯父。洛阳城早晚要破，她不做这个公主，就有一条活路。”蕊仪撑起身子，轻抚着孩子的脸，小脸皱巴巴的，只依稀看得出鼻子像他。

城破？崔敏正一愣，丝毫不敢耽搁，原先心中的不愿立刻去了大半，“臣代一家老小谢娘娘大恩，臣这就去，娘娘再看看孩子。”

“不，带走，立刻……”蕊仪别开眼，不忍再看，若还能相见，也不知又是何等光景了，“去，叫萱娘进来。鱼凤，你送崔太医出宫，交给接应的人。”

城破之后，这里将被战火蔓延，崔敏正想要安身立命最好的法子就是跟在李嗣源身边。等见了平都，他为了自己和他的家人只能一生追随。

“娘娘，给孩子取个名字吧。”鱼凤提醒道。

永泰安宁，这是他与她为天下的念想，蕊仪最后看了一眼孩子，摆摆手，让他把孩子放入医箱，“就叫永宁。”

“臣告退。”崔敏正躬身告退，跟着鱼凤放轻脚步出了外殿，甫一出去就绕到了后面，从环绕瑶光殿的小路离去。

萱娘在殿外听得一声撕心裂肺的痛呼，慌忙进来，一眼看去惊得放声尖叫。蕊仪瘫在床上，身下斑斑血迹，孩子身上全是血，还透着紫黑。萱娘扑到床边，恐惧地睁大了眼睛，喊道：“怎么会这样？怎么会？娘娘，崔太医和鱼凤呢？”

“崔敏正跑了，鱼凤去追……”蕊仪此刻身心俱疲，面色惨白，“快叫人进来，快！”

“来人啊，来人……”萱娘回身大叫道，宫人奔走相告着进来了，“快，请皇上和贵妃娘娘过来。娘娘，撑住了，还有冯太医，不会有事的。”

冯立仁一番诊治，眼底露出些疑惑，深深地看了蕊仪一眼，道：“圣嗣不育，娘娘节哀，好在失血不多，多调养些时日，日后定可再诞皇嗣。”

“是本宫错信了崔敏正，旁的太医还年轻，太医院日后还要仰仗冯太医。”蕊仪虚弱地道，她哪里看不出他的心思，“日后冯太医要常来瑶光殿为本宫请脉。”

冯立仁愣了一下，立刻反应过来，语气霎时恭敬了许多：“崔敏正误判在先，为免除干系，伪造脉案，致使圣嗣不育，又逃逸在后，其罪当诛。”

“好了，皇上来了，就这样告诉他。”蕊仪闭上眼，两行清泪滑落。永宁啊永宁，我们没有做母女的缘分，好在你的养母是自己的姨母，想必也受不了多少委屈，我可以放心了，以后要做的就是结束他们的恩仇，为了林氏一门，也是为了天下百姓。

李存勖不是不好，更不是一无是处，他是为将之才，却不是为君之才，他的父亲一早看透了他。当年若非林康为他隐瞒，恐怕早行了废立世子之事。这场恩怨始于林氏，林氏也最终自食恶果，那就让他们林家人来终结这一切吧。

蕊瑶进来时面白如纸，她看着被送出去的死婴，指着一屋子的人浑身发抖，厉声道：“你们都是死人啊，小皇子死了，你们怎么不去死……本宫要你们通通陪葬，一个都不留！”

“蕊瑶，不怪他们，是我命不好，你就当为小皇子积德吧，不要难为他们。”蕊仪扫了眼跪在地上瑟瑟发抖的宫人，向蕊瑶伸出手，“答应我，别让人看笑话。”

“滚！都给本宫滚到外面去，先跪上三天三夜！。”蕊瑶一跺脚，转身坐到床畔，锦褥已经换过了，但好似还透着一股子血腥味，“好好的小皇子就这么没了，这走的是什么背运！好在冯立仁说了，以后还有机会，你一定要调养好了，再怀上一个。我听说，月子之后最容易受孕，你放心，我一定想法子让皇上来瑶光殿。”

蕊仪一直没留意鱼凤带进来的孩子是男是女，蕊瑶方才一说，她才知道。要是个女婴就好了，死了皇嗣，也不知李存勖会如何雷霆大怒。

“我都成这个样子了，你就只想着让我受孕，你想皇嗣想疯了。”蕊仪无奈地道，被她一吵，只觉得额头一阵阵地疼。

蕊瑶不甘地叹了口气，没好气地道：“我不也是怕皇上不高兴嘛，要不是我不中用，哪儿还用指望你啊，好了好了，我口气是冲了些，你还是先想想怎么让皇上再来吧。昨天礼部还奏请皇上选妃，我不好不答应，过几日新人就要进宫了。”

“他的心不在我这儿，使什么法子他都不会来。”蕊仪苦笑，看了她一眼，“别怕，大不了一哭二闹三上吊。看看刘氏就知道，他吃这一套。我从没使过这些招数，只此一次，他不会一点都不动容。”

“皇上，皇上，不能进去，殿内污秽未除，不能……”殿外传来赵喜义焦急的喊声。

“都在外面守着。”李存勖大步流星地进了内殿，看了蕊瑶一眼，径自坐到蕊仪身边，紧张地看着她，“还有哪儿不舒服？朕已命冯立仁和太医院所有的太医守在这儿，让他们用最好的药。蕊仪，小皇子没了，但好在你没事，咱们来日方长。”

蕊仪、蕊瑶都愣住了，李存勖竟然没有半句责怪的话，此时满心满眼的都是蕊仪，好像看着她再也无法移开眼一样。蕊瑶讪讪地道：“姐姐没事，只是太累了。倒是看着皇上体恤姐姐，臣妾真高兴，皇上不怪姐姐，也不怪臣妾，以后臣妾姐妹一定更用心地服侍皇上。”

“圣嗣不育，也不是你们所想的，朕怎能再怪你们。蕊瑶，你到外面照应一下，蕊仪身体不适，少不得要你劳心。”李存勖淡淡地看了她一眼，下了逐客令。

“臣妾……”蕊瑶僵在那儿，笑了笑退了出去，立在玉阶上望着那片跪着的宫人，厉声道，“都给本宫跪到瑶光殿外面去！三天三夜，不许吃饭，不许喝水！”

殿内，蕊仪依稀听得蕊瑶的话，轻声劝道：“请皇上不要迁怒他们，都是臣妾没有福分，还有那崔敏正太过奸猾。”

“朕已命人捉拿崔敏正，他小小一个太医，哪敢行此大事，朕一定要查出他幕后主使之人。”李存勖心疼地抚着她的额头，那光洁如玉的额头此时一片冰凉。她是如此脆弱，仿佛吹口气就能破了、散了，他怎么会疑她想起了那些事？怎么会疑她要向他复仇？若不是他忽略了她，让她心里不痛快，她也许就不会生下死胎了，“真的没有哪儿不舒服？”

“就是累了，皇上，臣妾真的没事。过几日就要选妃了，皇上别为了臣妾为难，别再推礼部的折子了。”蕊仪轻声道，嘴角有一丝淡淡的笑。

李存勖沉了声，定定地道：“再推上一年半载也未尝不可，你安心养着，朕每天都来看你。”

“不可，皇上这么做，外面又该说臣妾是妖后了。臣妾是皇上的妻，做什么都要为皇上考量。皇上的一举一动，也是在为臣妾考量，皇上就再听臣妾一回。”蕊仪抓住他的广袖，轻轻动了动。以前她是他的妻，现如今她是他的后，考量的自然不同了。以前他不信她，如今他信她了，可是她又不信他了。

第三十五章·宫破

四个月后　同光三年二月　郓州府大营

清早，日头刚刚照亮了营盘，四周还漫着淡淡的晨雾，中军大帐陡然掀开，一干将领先后而出，目中清明，却掩不住满脸的倦色。石敬瑭是最后一个出来的，他朝迎面而来的平都拱拱手，有礼地一笑。

“石将军辛苦了。”平都客气地点点头。石敬瑭如今是李嗣源的爱将，可是他的心有点大，也不知道日后降不降得住。

帐子又掀开了，李嗣源抬眼看向平都，起身相迎：“怎么这么早起来？孩子醒了吗？”

平都笑了笑道：“永宁还睡着呢，这孩子好带，乖得很，像她娘。”在他开口前，她又道，“哪一天打回洛阳去，就能见到她了。”

“平都。”李嗣源默然，他没想到蕊仪有了身孕，更没想到平都那一去就把女儿带了回来，“谢谢你。”

“本来就是我抢了她的位子。”平都苦笑，瞧瞧她与李嗣源这夫妻做的，她是把他当作夫了，可是他呢？这一辈子都难真正地把她当妻子看待。

李嗣源歉然地长叹了口气，坐回位上道：“赵在礼叛乱，攻下了邺都。皇上平蜀耗费了兵力，如今是没有办法了，竟想让我们去平乱，倒好像这些时日两军根本不曾对峙一样。”

李存勖从来都把事情想得理所当然，平都冷冷一笑，道："何必帮他，赵在礼最好打到洛阳去，到时候你只需带兵跟在他们后面，平复叛军，洛阳的百姓必定夹道相迎。"

"我打算接旨，去邺都。"李嗣源嘴角一勾，对平都道，"招兵买马，我跟崇城一起去，留石敬瑭在此守住大营。"

平都想了想，颔首道："那我就在这儿等着你们回来，洛阳那边若有消息，我会尽快让人送过去。可是，万一邺都有变，该让谁去接应？你得跟我交个底，你们在外边，我怕当中有变。"

"我已经交代了石敬瑭。"李嗣源定定地道，主意已定。

"什么时候走？"

"两个时辰之后，照顾好自己，还有永宁。"李嗣源郑重地道。出了邺都就可以入洛阳，就会见到蕊仪。他看向平都落寞的背影，他对她只能恩荣有加，却做不到挚情挚爱，这一世的确委屈了她。

半个月后，平都一手拿着李嗣源的书信，一手拿着蕊仪的密信，长长地舒了口气，也算是事事顺遂了。蕊仪信中提到从邺都到魏州有条山路，荒废多年，但上一年韩家的马队运粮时走过，只要有人带路，稍作修整就可做运送军械之用。她将信誊写后塞入了竹筒，正欲命人送出，外面传来军士急促的脚步声。

"夫人，邺都被围。"军士匆匆一报便转而向中军大帐而去。

平都心中一震，手上抖了一下，起身赶往中军大帐。她最担心的事终于要发生了。按照约定，应是石敬瑭发兵去救，可是他真的会尽心吗？此刻若李嗣源一死，石敬瑭就可调兵洛阳，为他复仇。

平都在帐外静静地站了一会儿，示意旁边的侍卫不必惊动他们。听里面的动静好似即刻点兵驰援邺都，她微微松了口气，但想了想，又不由得不安起来，再抬眼时她已拿定了主意。几位将领先后出来了，从她身边经过，一一向她行礼，她只是点了点头，攥紧了拳，掀帐而入。

"夫人。"石敬瑭恭敬地拱手，"末将这便亲自去迎大人，请夫人放心。"

"大人常说石将军少年英武，此去邺都就仰仗石将军了。"平都笑道，示意他一道往旁边走了几步，"将军前途不可限量，此一回来，大人必有封赏。"

"夫人，末将打算先围大梁，这样邺都之围必解，夫人只管静候佳音。"石敬瑭语中透着与他年纪不相符的沉稳，让人既心惊又安心。

平都一惊，这也许是围魏救赵，但也许是……她微微一笑，道："石将军这些年一直用心辅佐大人，劳苦功高，连婚事都耽搁了，我和大人一直很过意不去。不知将军可有中意的姑娘，家里有没有定下亲事？"

"大人大业未成，末将怎能误于儿女情长？"石敬瑭有些诧异地道。

"那也耽搁不了多久了。"平都笑笑，转身认真地看着他，"既然将军还没有定亲，那我就给将军做一回媒。将军知道大人只有一个女儿，虽然还在襁褓之中，但过上十五六年再做将军的正头夫人也不为过。那时候大人大业已成，永宁就是公主，将军就是驸马，不知将军可中意这桩婚事？"

"这……末将不敢，且郡主年幼。"石敬瑭错愕地看着她，下一刻便退后一步低头拱手，"末将绝无不臣之心，夫人不必用小郡主……"

"等永宁长大，将军正是最好的时候，这是永宁的福分。"平都心里一叹，深深地看了他一眼，暗暗咬了咬牙，"永宁及笄之前，将军也可先置几房妾室。男人嘛，都是三妻四妾的，只要你以后对永宁好，知道轻重，就成了。"

有那么一刻的愣怔，石敬瑭单膝跪地，朗声道："末将谢夫人抬爱，末将对小郡主绝不敢三心二意。"他站起身，一手按住剑柄，"末将去了，不出三日，大人必归。"

皮之不存毛将焉附，蕊仪要是知道了也会这么做，平都叹了一声，转而回了自己帐中，掀开绣架上蒙着的遮布，静静地坐在旁边一针一线地绣了起来。那是一件龙袍，一件就快完成的龙袍……

两日后传来喜讯，李存勖分兵援大梁，李嗣源一行已到魏州。石敬瑭派人接了平都、永宁直奔魏州，还没到中军大营就听见山呼万岁之声，待入得大营，只见李嗣源被拥于大帐之前。石敬瑭为首跪在木阶之下。李嗣源目光一沉，接过了他高举过头的天子剑。

石敬瑭起身，朗声对众人道："当年老王爷已将晋王之位传与陛下，东都伪帝窃取国器，我等当全力讨之，破洛阳，擒伪帝！"他振臂而呼。

"破洛阳，擒伪帝！破洛阳，擒伪帝……"下一刻呼声直冲九霄。

李嗣源扫视众人，目中沉稳的光芒渐渐四溢，这许多年，终于走到了这一步。

"伪帝倒行逆施，屠戮忠臣，以至于民不聊生，朕今代天讨之。待大事成

时，诸将都是我大唐功臣！”

“皇上万岁万岁万万岁！”众人齐道。

平都下了马车，双手捧着龙袍。她走过时，众人纷纷让开，分出一条道来。她跪于阶下，双手将龙袍高举过顶，笑对上他的眼，道：“请皇上更衣，着龙袍。”

这一眼仿若一生，平都心中竟渐渐平静了下来，他们从没有走近过，这一刻起又要远了。不过，蕊仪，她的好妹妹，他们还有那一天吗？

洛阳被围三日，虽然相持不下，但这几天夜里不断有人爬上城头，好在守城的机警，把爬上来的人推了下去。城内的粮草还够半个月，这让守城的将领心中聊有安慰，可是李嗣源素来在军中声望甚高，难保僵持几日后不会有人里应外合，所以这半个月的粮草能不能派上用场还是未知之数。

贞观殿中，李存勖坐立难安地走来走去，蕊瑶在一边紧张地攥着袖摆，心急如焚地道：“皇上，再想想办法，不管怎么说，咱们都得出城啊。只要有人能突出去，咱们跟在后面一定能出去。”

李存勖看了她一眼，沉沉地叹了口气道：“兵败如山倒，枉我唐军将领众多，竟无一人肯出战！”他忽然一顿，目中警觉，“重赏之下必有勇夫，朕是天子，富贵岂是他李嗣源能比的？朕这就颁旨，斩敌将者赏银万两，生擒李嗣源者，赏银百万两，封安武侯！”

“皇上，国库已经空了。”蕊仪静静地道，歉意地看着他，低头时眼中闪过一丝嘲讽。堂堂天子，此时此刻身边竟无重臣良将，只有两个手无缚鸡之力的女人，国库又空了，就是李存渥也趁机带兵攻城，这真是天大的笑话。他有没有想过，如果林康还活着，至少还有一些人会站在他的身边。

“国库空了？”李存勖愣住了，“那之前的军饷……”

“那是父亲留给臣妾和妹妹的，之前都已经充作军饷了。皇上若不信，可以看臣妾的账册。”蕊仪微微抬起头，将他扶到一边坐下，“皇上，修缮洛阳宫的时候可修整了密道？”

李存勖摇摇头，他何曾想过会有兵临城下的一天。蕊瑶慌了手脚，看着蕊仪道：“姐姐，要不再想想法子，我听说李嗣源不杀百姓，我们扮成百姓的样子出城，也许就蒙混过去了。”

“天子威仪，怎能如此行事！”李存勖怒道，摇了摇头，颓然地看了她们一眼，“你们先回宫歇了吧。”

蕊瑶恨恨地一甩手，扭头走了。蕊仪落在后面，被李存勖叫住了，他起身向她走了几步，在他面前停下，道：“再陪朕说说话。”

“臣妾宫里还有事……”蕊仪轻推了他一下，故意笑了笑，镇定自若。

“他要来了，要杀了朕，你是不是要到他的身边了？可惜，你做过朕的皇后，留在他身边也只能做个妃子，还是明面上不能提的，委屈了你。”李存勖目露寒光，斜睨着眸看着她。

“皇上说什么呢，你们是兄弟。”蕊仪叹了一声，这话如今说起来尤为讽刺，当初是他先向嗣源拔刀相向的，“也许还有转机，就算他真的进来了，也不是那种好杀戮的人，到时候咱们大概会被遣到行宫去，皇上只是暂时龙困浅滩，将来必还有飞出升天的一天。”

这些话谁会信，蕊仪心中嗤笑，就是李嗣源肯放过他，他手下那些急着建功立业的将士也绝容不了他。可是她呢？她还会再次踏入这后宫吗？嗣源如今也许还是以前的嗣源，可是等他做了帝王，他会不会又是一个李存勖？她拿不准，不知道该不该再来一次。

“这个时候你也要离朕而去？”李存勖心凉地道，长叹了一声，在偌大的大殿里异常刺耳。

蕊仪看了看他，福了福身道：“外面战火熏天，宫里不能再乱了套，臣妾要去安排一下，咱们不能失了天家的脸面。”

“去吧，都去吧。”声音已不像方才那般沉重，李存勖转身进了内殿，背影是从未有过的寂寥。

夜晚风凉，各宫依言很早就关上了大门，瑶光殿自然要做好表率，阖宫上下丝毫不乱，俨然有序一如往昔。蕊仪早早地更衣歇息，却在灭了烛焰后起了身，挽了鱼凤的手到后殿，打开最里面一间房门，将几口箱子一一掀开。

“娘娘，瑶光殿里算上粗使杂役，一共三百人。这儿加上珠玉首饰，算起来还有三万两。”鱼凤悄悄看她眼色。

“就把剩的缎子裁了，做包裹皮，都分给他们。近身服侍的有十几个，每人五百两，剩下的再分。”蕊仪失笑，抬头打量着这一室萧索，就剩这些了，“等

分好了，也该打进宫来了。”

“娘娘就快见到小郡主了。”鱼凤叹了一声，“那么小的孩子就许了人家，也不知是福是祸。”

“她该为她的父亲尽一份力，至于以后，还要十几年，谁知道那时候会是什么光景，说不定那时还是永宁高攀了人家呢。别说了，快分吧。”蕊仪微微一笑，拿了剪子，先分锦缎。

大略过了一个多时辰，远处传来阵阵慌张的呼喊，不一会儿不远的地方也闹了起来。鱼凤抬头，看看地上已分得差不多的小包袱道：“这么快就来了？”

“你去把他们都叫来。”蕊仪继续分着最后一箱东西。

不一会儿众宫人都到了，他们神色各异，步履间已有了惊惶之意，有的左顾右盼，有的已在抹泪了。鱼凤吩咐他们站好，前面是内殿里伺候的十六人，蕊仪看了看他们，指了指一旁堆叠的物什，不无感慨地道：“各位好歹跟了本宫一场，如今宫破在即，本宫也不为难你们，这些东西给你们分了，趁乱能走的就走吧。太尉大人一向仁义爱民，不会滥杀无辜的。”

“皇后娘娘，奴婢不走，奴婢生是宫里的人，死是宫里的鬼……”众人落了泪，兴许是动了真情，兴许只是应景，不过假使是后者，如今这样的景况，也实属难得了。

“好了，都走吧，本宫也不想连累你们。鱼凤，给他们分了。”蕊仪吩咐道，亲手给近身服侍的分了，余下的留给鱼凤。众人拿了东西，磕了头，纷纷离去。她愣了一下，纳闷地道，“萱娘呢？”

鱼凤也才想起来，方才就一直没见到萱娘，“也许在忙别的，她不比别人，是不会弃娘娘于不顾的。”

“走，去看看贵妃。”蕊仪转身就走，心里隐隐有了不好的预感。出得瑶光殿，抓住两个花容失色的宫女，没问出什么，一路往丽春台而去。终于有人说了，早先看见蕊瑶往贞观殿去了。她停住脚步，一顿足道：“坏了，萱娘也去了贞观殿。”

“她知道了？”鱼凤也有些慌了，萱娘一直藏得很好，此刻宫中大乱，身边的宫人、内监大多落荒而逃，正是她报仇的好时机，“贞观殿应该还有别人，不会有事。”

贞观殿已经大乱，奔走之人不计其数，蕊仪侧着身子避开他们，偶尔有几个宫人见了她还向她福了福，劝她快走。她也不理，径自入内，到了殿前，竟发现赵喜义、顺喜伙同几个内监前前后后把寝殿看了起来，萱娘更是站在了门口，指着几个内监把门从外面顶住了。

“赵公公，这是在做什么？”蕊仪狐疑地看着他，他是想投诚，还是根本就是嗣源的细作？

“娘娘，这都什么时候了，奴才几个无根之人出去了也落不着好，不如趁现在把皇上献给太尉大人，求得个安身立命之所。娘娘为何还看不明白？娘娘平日对奴才几个好，奴才们都记着，也不跟娘娘为难，娘娘若要走，奴才绝不拦着。”赵喜义叹道。

“是皇上让你们心寒了。”蕊仪颔首，指指萱娘，“她怎么在这儿？”

“也想给自己找个活路，这不，把贵妃娘娘也关里面了。娘娘还是快走吧，眼下宫里想立功的多了，说不定就要对娘娘不利。”赵喜义劝道，暗示着这已经拘起来的就不会放了。

“你们打算把里面的人都交给太尉大人？我是说亲手交给他？”蕊仪淡淡地一笑。

“毕竟是龙子凤脉，奴才们不敢造次。”赵喜义含蓄地道。

“那我现在要进去，你们把我一起交出去，不怪你们。”蕊仪抬头，望向殿门。赵喜义无奈地叹了一声，引着她和鱼凤过去了。她看向萱娘，道：“萱娘，好歹主仆一场，让我进去。”

“娘娘，奴婢知道不关娘娘的事，娘娘快走吧。”萱娘面有难色，挡在了门口。

“你不过想报复蕊瑶，我是她姐姐，多我一个也不多。念在我平日待你不薄，让开。”蕊仪直接拨开她，以眼神命令那几个内监把门闩拿开。门开了一道半人宽的缝，她闪身而入，对鱼凤道：“你留在外面，再和萱娘说说话。”门在身后“嘎吱”一声关上了。

进了内殿，李存勖端坐龙座之上，蕊瑶半靠在一根柱子上，满眼是泪，看见蕊仪进来了，更是急了：“咱们走吧，外面不过几个内监，以皇上的武功，一定能够全身而退，臣妾可以引开他们，皇上，不能再等了。”她看向蕊仪，“姐姐，你也劝劝皇上，留得青山在，不愁没柴烧啊。”

“皇上是不会走的。”蕊仪微微冷笑了一声，上前了几步，“既然是天子，

那死也要死得有尊严。”

“你……你怎么能不顾他的性命？我知道，来的是李嗣源，你是不愁的，可你跟他毕竟夫妻一场，你还是皇后，怎么可以……”蕊瑶浑身颤抖，口不择言起来。

“你不懂他，从来都不懂，所以你纵使使出了浑身解数，也还是终日患得患失，蕊瑶，认命吧，认了命，还能走。”蕊仪打断了她，平静地道，然后看向李存勖，“皇上，蕊瑶已经是韩家唯一的人了，你就忍心让她死在你面前？她这么爱你，你若还忍心，真就是铁石心肠了。”

“蕊瑶，你走吧。蕊仪，你也走，不必理朕，朕就是死也要死在这贞观殿里。他李嗣源算什么东西，一个胡儿，不过是父王一时怜悯收的义子，他算什么……”李存勖冷笑着，仿佛四周的一切都已不复存在，只剩下他自己。

蕊瑶哪里肯，跪在地上连连磕头：“皇上不可以，要走一起走，皇上不走，臣妾也不走。”她忽然歇斯底里地站起身，跪在李存勖脚边，抱住他的腿，哭喊道，“李嗣源是乱臣贼子，皇上何必跟他一般见识，咱们只要出了洛阳，联络旧部，一定可以东山再起。”

“晚了，一切都晚了，朕心里明白。”李存勖一挥手，蕊瑶向后一倒，瘫坐在地。他笑得苍凉，目中森冷，“存渥也打进来了吧？一会儿梓娇也要跟他走了。蕊仪，你是不是也要跟李嗣源走？”

蕊仪没有回答，蕊瑶知道他正是万念俱灰的时候，生怕他断了最后一点念想，扑过去紧紧抓住蕊仪的袖摆道：“姐姐，你不会走，对不对？皇上对你千般宠爱，你不能不知感激。”

蕊仪叹了口气，想扶起她却不得法，只能紧紧抓住她的手臂道：“我不会走，可我也不会死，这世上有谁刻意求死的？他要死，念在夫妻一场，我就送送他。我可不能死，我们林氏一门，也只剩下两个人了。”

“你都想起来了？什么时候？”刹那间，李存勖面无人色，站起身呆呆地看着蕊仪，身上不觉一震。

“有一段日子了。蕊瑶，他是我林氏一门的仇人，你觉得我该为他殉葬吗？”蕊仪淡漠得似乎有些刻意，她心里不能说没有一点触动，“蕊瑶，你是我妹妹，永远都是。你走吧，李嗣源不会难为你。我也不怕告诉你，当年父亲也害了我们林家，可是他养大了我，就算扯平了。他让我答应不为难你，我会为你求情。”

“我不走！”蕊瑶发了狂一样拉着她劈头盖脸地又抓又打，恨恨地道，“你要报仇了是吗？你要杀他，就是杀我！你这个白眼狼，你害死了二哥，又害死了三哥，我都没跟你计较，你现在又要害我的男人，我们韩家到底造了什么孽，养了你这么个东西！”

蕊仪任她打了几下，脸上被抓出两道血痕，她推开蕊瑶，垂下眼眸：“造了什么孽？那就问问他，当年韩家是如何跟他勾结，害死我的父母。我的父母是你父亲的同乡，又是同僚，就是他们的老师都出自同门，他们都做了什么，你会猜不到？”

蕊瑶忽然目光呆滞，扶着柱子坐到了地上，有些恍惚地看着她，“你是不是要和李嗣源里应外合？你放过他好不好？一日夫妻百日恩，你不能只记得自己的身世，他对你的好，你都忘了吗？”

“他对我好，是啊，他是宠着我，他要真宠着我，会用我诱他的义兄赴死？会让我三番两次地夹在他们当中为难？蕊瑶，你醒一醒，他要是真的信任韩家，真的把父亲当作师父，他会连眼都不眨一下就判二哥死罪？他心里只有他的帝位和权术，还有就是如何铲除那些知道他秘密的人。他先是觊居晋王之位，再是进了这洛阳宫，别人对他百般忍让，再看看他是怎么对别人的。”蕊仪一口气说了这么多，深吸了口气，回头看向李存勖时目光不觉复杂，自己竟也有些分不清作何想，“你说，我说的是不是真的？”

李存勖定定地看着她，目中渐渐充血，良久的静默后，忽然怒吼出声：“他是朕的父王，朕是他的嫡子，朕做晋王，坐这天下有何不可？他为什么要把晋军交给那个胡儿？为什么朕立了再多的军功也没有用？朕比李嗣源强上百倍，为什么他选的不是朕？”

“老王爷那么做，就是看透了你这个人。你喜怒无常、刚愎自用，刚坐了江山就贪图享乐，你为帝不足四年，宫里添了多少歌姬舞姬；你宠幸刘氏，败光了国库的银钱，连军饷都得用韩家的产业填补；你杀戮功臣，就为了找那可能早就不在了的文书；你诱杀与你生死与共的义兄，出尔反尔……当年老王爷看错你了吗？知子莫若父，他看得真真的，李嗣源才坐得住这帝位。”蕊仪冷冷地指出，尚未说完泪已汩汩地涌了出来，看来，她对他尚不能全然不动情。

李存勖站起来，跌跌撞撞地快走了两步，紧紧地掐住蕊仪双臂，大声道：

“不，父王看错了，朕不是这样的人！走到今天这一步，都是他们逼的，他们逼的！”

“如果你真的那么肯定，你就会证明给他看，证明给天下人看。”蕊仪淡淡地道，被他抓得很疼，但她忍住了半分挣扎都没有，“那我的亲生父亲呢？就为了那纸文书，你不光杀了他和他的妻子，你连他的两个女儿都不放过。我的亲姐姐，可是跟你定过亲的啊。你甚至不曾安葬他们，就让他们烧死在内宅里，你的良心去哪儿了？”

“蕊仪，我不杀他，他就会杀我！他会告诉李嗣源，然后让李嗣源来杀我！成王败寇，你自幼饱读诗书，难道连这个道理都不懂？”李存勖骨节咯咯直响，目瞪欲裂，宛若从炼狱中来的罗刹。

看了他一瞬，蕊仪忽然笑了，笑从浅入深，再到放纵的大笑，好似疯了一般，“他不会说的，永远都不会。他没有儿子，早就把你当成他的亲生儿子了。他宁愿没有我和姐姐，也不会出卖你！他早就想到了那一天，可就是没想到那一天来得那么快！你还不知道吧？我找到我的亲姐姐了，她就是平都，你的表妹！她嫁给李嗣源是为了给你拱卫疆土吗？不，她是为了复仇，她要看着你的下场！”

“平都？她是老侯爷的义女……”李存勖面色大变，不觉放开了手。

“如今还有什么不能说的？我实话告诉你，曹老侯爷，也就是你的姥爷，他一直都知道平都是谁，他在替你赎罪！也许他也看透了你，所以他才放任平都，不怕养虎为患来对付你这个亲外孙！”蕊仪惨笑着，看着李存勖血色褪尽，“你说说，老王爷是怎么死的？是被你气死的，还是你干脆做了弑父的勾当？”

“朕没有，朕没有！”李存勖向后跌了两步，一下子撞在柱子上。

蕊瑶爬起来从后面扶住他，大声唤着他，带着哭腔对蕊仪道：“够了，够了！杀人不过头点地，你不要再说了！我陪他一起死，一起死！你跟李嗣源求个情，让我们死在一起……”

李存勖反手挽住蕊瑶，深深地看了她一眼，嗤笑出声：“蕊仪，李嗣源得了这天下，你要做他的皇后了，是吗？”

“皇后？”蕊仪愣住了，她还要做皇后吗？她还能做嗣源的皇后吗？她不知怎么，忽然变得歇斯底里，声嘶力竭地喊道，“你把我毁了，彻彻底底地毁了！我还能做什么？我还算什么东西！一个亡国的妖女！我回不去了，再也回不去了！”

“伪帝听着，再不出来，弟兄们就要放箭了！”殿外传来军士呼喊的声音，伴着羽箭上弦拉满的声音，“我数到十，一、二……”

“无胆鼠辈，竟敢与朕如此说话！朕是皇帝，是天子，朕就在这儿，你们来啊，进来啊！”李存勖大笑着喊道。

蕊瑶被他吓得浑身颤抖，死死地拖住他，看向蕊仪：“姐姐，我求你了，出去跟他们说，放了皇上吧。放了他，他再也不会回洛阳，再也不当这皇帝了。”

“胡说什么！朕是天子，永远都是！你给朕让开，你们都给朕让开！”李存勖猛地一用力，挣脱了蕊瑶，拔出腰间的天子剑，飞起一脚踢在殿门上，殿外顶门的门闩已经撤开，这一脚下去殿门陡然敞开。

霎时箭如雨落，李存勖高高举起的天子剑仿佛凝住了一般停在头顶，高大的身躯僵直，万箭穿心的刹那，他眼前泛起一阵嫣红的血光，仿佛回到了十年前，林家灭门的那一日。他杀了自己的恩师，也斩断了自己的念想。他一直没有告诉蕊仪，当年与林家定亲，他提的一直是她林子良，林子从居长才与他订下婚约，可是他再也没有机会，也不用再告诉她了……

“不……”殿内，蕊瑶撕心裂肺地大喊一声，疯癫了一般扯乱了发髻，奋力向殿外冲去。箭雨未止，甫一出去身上就贯了两箭。她挣扎着爬了过去，扶起李存勖，让他靠在她怀里，不等另一箭落在身上，她已拔出那支最喜爱的牡丹金步摇，用力插进了自己的喉管。她望着漫天的箭雨，喉咙里发出了最后一声呜咽。她含泪垂下了头，美眸一直睁着，浅浅地映着李存勖的影子。

“住手！”平都的声音响起。

奈何众人见李存勖中箭，正红了眼，哪里听得见她的声音？又见殿内还有人影，箭矢丝毫未停。蕊仪见蕊瑶惨死，不自觉地向外两步，眼看着流矢将至，一道柔弱的人影闪过，将她扑倒在地。

“平都！”蕊仪猛地被撞倒，胸口被压得隐隐作痛。流矢终于停住了，平都却忽然一口鲜血吐在了她颈间，“你怎么了？快，来人，夫人受伤了！”

夏鲁奇大惊失色，三步并作两步上了玉阶，“夫人夫人”连唤了几声，拔剑怒气冲天地对蕊仪道：“妖后，还嫌你作的孽不够多吗？”

“先救夫人！还不把崔太医带过来？”魏崇城赶了上来，一把推开他，和蕊仪一起把平都扶到殿内，转身又道，“先将伪帝抬到前面去，皇上进宫后，请皇

上处置！”

“报！”有军士飞奔而来，在阶下单膝跪地道，“李存渥劫走了废后刘氏，已经出了城！”

“李存渥不可轻动，先截住他，再请旨。”魏崇城手一挥，也进了内殿，他看看狼狈的蕊仪，不知该说什么，只得道，“皇上一会儿就进宫了，娘娘放心，皇上已吩咐末将先将娘娘和贵妃安置回丽春台，没想到……”

这是怎么了？怎么回事？短短的一会儿工夫，她就失去了一个妹妹，说不定还要失去自己的亲姐姐，蕊仪湿了眼，眼角酸酸胀胀的，“我已经不是什么娘娘了。”她哽咽了一下，动了动嘴角，“替我照看一下蕊瑶，让鱼凤帮她换身衣裳。你也到外边去吧，那儿需要你。崔太医来了，就让他赶快进来，我要和我姐姐说说话。”

“这……”魏崇城被她这句“姐姐”说得愣了一下，想想她和李嗣源的关系又觉得有些道理，应声退了出去，替她们带上门。

平都神思尚自清醒，紧紧地握住她的手，声音颤抖：“你没事吧？有没有伤着？那个夏鲁奇从来都那么鲁莽。”

“我没事，你要坚持住，崔敏正一会儿就来。”蕊仪轻声安慰着，不觉哽咽了，“我们才刚相认，你千万不能有事。分开了十几年，我们还没好好地说过话，还没去爹娘的坟前祭拜。”

“我怕是不行了，不过走之前能见到你就好。”平都摇摇头，笑看着她，“当年爹看错了，我也是能担得起咱们林家责任的。子良啊，我不比你做得少，是不是？”

“是，你做得比我好，真的。姐姐，你一定要活下去，你的夫君得了天下，你的好日子才刚刚开始，爹娘的在天之灵知道了，会……”蕊仪说不下去了。

“那些都是你的，本来就是你的，是我偷来的，现在都要还给你了。还有永宁，以后你们可以在一起了。”平都叹了一声，恳切地看着她，“我私自做主，把她许配给了石敬瑭，你会不会怪我？永宁还那么小。”

蕊仪愣了一下，释然一笑道：“覆巢之下无完卵，我懂的，还有十几年呢，谁知道那时候是何光景。”她从后面紧紧地抱住平都，下巴蹭着她的发，“谢谢你替我照顾她，她已经是你的女儿了。你和他已经是夫妻了，我不会也不能再留在宫里了，要母仪天下的人是你。”

“不，是你，替我好好照顾他。”平都眼皮发沉，声音不知不觉地弱了下去，“可是我怕……我怕他们容不下你。”

“我懂。”蕊仪艰难地点点头，请她放心，“发生了这么多事，我和他也回不到从前了，我会离开，走得远远的。”

“你走得了吗？你终究会留在他身边的。”平都颤抖着手摸向腰间的玉佩，那是一块只有一半的残玉，“这个给你，你拿着，就完整了，以备不时之需。你……能不能答应我一件事？”

“什么事？你说，我都答应。”蕊仪一手掩面而泣。

“不要劝他归隐山林，给天下留一个好皇帝。”平都笑了笑，嘴角又溢出了血。

她会这么做吗？蕊仪讶然，平都竟然说了她想说而又拿不定要不要说的话，她下定了决心，艰难地点了点头：“好，我答应你。”

“再有一个，算我贪心了。”平都望着她，目光渐渐恍惚、飘摇，“如果可以，一定要留在他身边，为他生儿育女，照顾他，帮助他。”

“好。”泪水止不住地涌出，蕊仪闭着眼点头，平都是不行了，有些话她一直不愿问、不敢问，但如今还是要问，“你爱他，是不是？”

平都没有回答，忽然浅浅地一笑，苍白的脸上透出淡淡的红晕，仿若严冬过后春华绽放，“这一回，他是要记住我了，是我……是我……平都……救了他的心上人，真好，真……”

“你不能丢下我一个人，有你在，我可以没有他，可以……”蕊仪愣愣地看着平都陡然垂下的手，泪忽然止住了，下一刻又悲恸地放声大哭，“子从，子从，为什么？为什么？”

她与平都有的是幼时的记忆，本以为还有日后的时光可以弥补，没想到平都终是为她而死。一日之间，她没了夫君、妹妹，还有姐姐，她还有什么，李嗣源吗？不，他也不是她的，坐上龙椅的男人不会属于任何一个人。她会留下来吗？她能留下来吗？

她爱着嗣源，可毕竟和李存勖夫妻一场，她没那么快走出去。她要留在宫里，可外面那些视她为妖后的人能放过她吗？她该怎么办？

崔敏正被阻在了城门，好一阵子才过来，他看了眼平都，惋惜地摇了摇头，和魏崇城招了人进来把人抬走。鱼凤和萱娘也进来了，一左一右地搀起蕊仪。鱼凤轻声道："娘娘，先回丽春台吧，皇上都吩咐好了，不会有人为难娘娘。"

蕊仪颤颤巍巍地走了几步，忽然一把甩开萱娘，冷冷地看着她道："是你把蕊瑶引到这儿来的，是不是？"

萱娘低下了头，并不看她："她与娘娘是姐妹，奴婢与丽娘也是姐妹。"

"你走吧，我不想再看见你。"蕊仪别开头，由鱼凤扶着跨过了门槛。

贞观殿离丽春台有一段路，这时候没有步辇，只能走回去。她们走得很慢，又有十来个军士尾随，很是显眼。蕊仪正红色的宫装早已在慌乱中扯破了几处，甚是狼狈，旁人看见了，有谁能想到这就是平日的韩皇后？不过是这洛阳宫中另一个落魄人罢了……

尾声

四月正是桃花开尽的时候，淡淡的桃粉已转为灼灼，带着那么点黏腻，风一吹就落了一地。蕊仪站在桃林间最高的一棵桃树下，那正是桃林的中央，环望之，好一派灿烂。远远地一抹高大的身影走来，好似陌生又好似熟悉，不觉中已多了几分沧桑与沉重。

终于面对面地看见他了，蕊仪张了张嘴，竟说不出话。想起平都，她甚至无法向前走上一步。李嗣源目中清明，悠然开口：“平都和蕊瑶的事我都知道了，是我没有安排好。”一开口，他也说不下去了，关切地看了看她，叹道，“你……有没有伤到……”

“没有。”蕊仪微叹了一声，他们还能像以前一样吗？“洛阳城里可都安置好了？”

李嗣源点点头道：“宫里也安置好了，几位大人的意思是，明日便行登基大典。”他迟疑了一下，笃定地开口，“蕊仪，再给我些时间，你会是我的皇后。”

“也许。”蕊仪这一声很轻，轻得李嗣源都没有听清，她笑了笑，声音清朗，“你要做个好皇帝，不要像他一样。这龙椅不好坐，凡事都要小心。我听说李继潼已经死了，你能给李继岌留一条活路吗？他在蜀地一向安分守己，也暗中帮过你们一些。”

“他是我看着长大的，只要他没有反心，就让他留在蜀地。”李嗣源点了点头，听了她的话，有些不快，“怎么净说这些？以后的日子还很长，你信我，很快我们就可以在宫里长相厮守，我……”

“平都刚刚才没了，你就一点也不介怀吗？你究竟有没有把她当作你的妻子？”蕊仪忽然定定地看着她，近乎逼视，丝毫不打算把目光移开。

“平都她……”李嗣源默然了，面色渐渐发白，在袖中握紧了拳，他对平都有愧，至于其他，究竟有没有……

“蕊瑶也没了，你觉得一个女人刚刚没了妹妹，又没了姐姐，还会有心思谈论那些虚名吗？”蕊仪追问着，其实她并不是在问，而是在答。半晌，她不知不觉中已泪流满面，说出的话带着浓浓的哭腔。

“报！报！”有军士从门口跑来，在李嗣源五步远的地方单膝跪地禀报，“启禀皇上，李存渥与废后刘氏往太原而去，随行金银器物甚多，夏将军已带人将其围住，请皇上示下！”

飞骑急追，竟如此之快。蕊仪看着李嗣源，此刻觉着吸口气都甚是沉重。

李嗣源看向来人，回答冷静而沉稳，竟不见一丝波澜：“将他们二人赐死，他们想去太原，就将他们送往太原安葬，其余部众，归降者既往不咎！”

“是！”军士领命而去，一会儿就不见了踪影。

“儿子死了，丈夫死了，爹上个月也去世了，她什么都没有了，你就不能放她一条生路吗？李存渥有勇无谋，关上他一世就是了，为何非要赶尽杀绝……”蕊仪淡淡地嗤笑，眸中水雾不受控制地弥漫开来。

“蕊仪，成王败寇，我给他们活路，他们会放过我吗？这天下能太平吗？”李嗣源上前一步，想揽她入怀，却只拉住了她的袖管。

蕊仪笑了笑，伸手轻抚上他的面庞，声音很轻，但每一个字都听得清楚：“嗣源，认了吧，我们回不去了，再也回不去了。”

“蕊仪……”李嗣源急急地想要辩解。

“平都让我照顾你，可是我不能，至少现在不能。”蕊仪又是一笑，带着些释然，更有浓浓的不舍，“如今你有天下了，原本就属于你的天下，我也该离开一段日子了。别这样看着我，你的那些臣子也不会容下我的。”

“我是天子，他们能怎样？还能逼宫不成？你放心，有我在，谁也动不了你。除了我，你还有永宁，不用怕，用不了多久……”李嗣源用力将她拥入怀中，生怕一放手她就会消失不见。

“傻子，我又没说什么，我怎么舍得离开你。”额头紧贴着他的胸膛，蕊仪轻轻闭上眼，就让她再这么靠一会儿吧。

“真的？”李嗣源似乎松了口气，轻轻抚着她的背，“等我把事情了了，就立你为后，我们再生一个儿子，先有女，再有子，好字成双。”

丽春台内殿里一派死气沉沉，虽然李嗣源早有交代，但为了不引人注目，只留了鱼凤和两个小宫女伺候。鱼凤坐在蕊仪身边，两个小宫女在外面候着，她看了眼蕊仪，小声道：“萱娘不肯走，可是皇上已派人送她出宫了，看在她服侍娘娘一场，赏了二百两银子。”

“以后不要叫我娘娘了。”蕊仪理着云鬓，笑了笑。

“那要叫什么？”

蕊仪愣住了。

“是啊，该叫什么？算了。”她自嘲地笑了一下，岔开了话，“外面还闹得那么厉害？”

“这……”鱼凤为难了，但也知道瞒不住，“那些个大臣都是不明就里的，跪在贞观殿前请命，说要把娘娘……娘娘不要太在意，会过去的，反正皇上说了，他们也不能怎么样。”

“江山初定，这样不好。”蕊仪放下手中的绣花绷子，朝她笑了笑，暖暖的，好似恢复了些生气，“替我沏一碗茶。”

“好。”鱼凤愣了一下，不疑有他，到外间转了一圈，再回来时见蕊仪把玩着一块玉佩，中间好似镶补过，比寻常的玉佩要小一些，她浅笑问道，“这玉好像有些年头了。”

“家传的，家里人说戴对了地方，可以保来……一生平安。”蕊仪接过茶，放在一边，皱了皱眉，看了她一眼，“再让她们给我拿些果子，吃不下东西，就吃些果子吧。”

“是。”鱼凤有些诧异，怎么忽然又有胃口了？可这毕竟是件欣喜的事，起身就去了，她回头望了眼，心里不明不白地颤了一下，“奴婢亲自给娘娘挑

一些。”

蕊仪点了点头，待门一响，便转身取过纸笔，平静地写下一行字。她从案下取出一个小纸包，毫不犹豫地倒在了茶盏里，纸上还有最后一点粉末时，她顿了一下，她还没有见过永宁……罢了，见了，也只是满足她自己的私心而已，何况，也许，也许，她们还会再相见……

仰头将茶饮尽，平躺下去，她将那玉佩含入舌下。十一年前，玉佩也是在她口中，只是那时只有半块，这一回它们团圆了，也终于与自己团圆了。她笑了，笑得很美，仿佛又看到了那殷殷期待的母亲，不舍而又饱含拳拳之心的父亲，还有满眼不甘与痛楚的平都……

那她自己呢？她那日在想些什么，她忽然感觉不到了……父亲，母亲，林氏一族，子从和子良为你们报了仇了，可是又得到了什么……什么也没有得到。

“娘娘？娘娘！你怎么了？说话啊，来人，来人……”先是碗碟碎裂的声音，继而是鱼凤惊慌失措的大喊。她瘫坐在榻边，抓着蕊仪渐渐转凉的纤纤素手，直到魏崇城来了，她还没回过神来。

“鱼凤，看，娘娘留了字。”一番查看之后，魏崇城将那信笺拿到鱼凤眼前。

“穹宝寺祈福三日，幸得机缘再相逢。”

这是……鱼凤呆呆地看着这行字，抹了把泪，不解地看着魏崇城。

“咦？娘娘怎么含着块玉？”

“别动！不要碰那块玉，也不要碰娘娘。”鱼凤明白过来，一把推开他，颤抖的声音中透着激动，“什么都不要问，带我去见皇上，我要带娘娘的玉体到穹宝寺祈福。快，带我去见皇上！”

一年后

洛阳城外穹宝寺下十里亭边停着一辆马车，鱼凤不时地掀开窗边的幕帐张望着，小心翼翼地道：“话我可都传到了，人怎么还不来？就算不来，也该找人传个话吧。”

“他是舍不下这天下的。”蕊仪释然地摇摇头，他图的不是那集天下的富贵与权势，而是为了这天下的百姓。

鱼凤偷偷看了她一眼，声音低了一些：“皇上是明君，自然舍不下了，夫人也应该多体谅才是，原本明明白白的人，干吗非得较这个真？夫人，真要走吗？那又何必等这一年？”

自蕊仪醒转，就一直留在穹宝寺，其间倒也见过那么几次，可是……她真的要走吗？蕊仪叹了一声，语气有些不稳了：“再等等，就一会儿。”

过了两个时辰，蕊仪越等胸口越闷，就算不愿走，也该派个人来说一声。她不满地轻咳一声道：“走，去蜀地，找你那定了亲的夫婿去，我相信，他会好好照顾我这个继母的。”

“魏王府……哪里装得下……夫人……这尊菩萨。”鱼凤羞赧地低下了头，“夫人，皇上是不是要我做细作啊？”

“这还用问？走，不管他们。”蕊仪不等她答话，直接吩咐了外面的车夫。

马车行出了一段，忽然听到魏崇城的呼喊声，他一人一骑，飞马而来，勒马横在了马车前面，朗声道：“夫人留步！”

“哥哥！”鱼凤简直等不及了，不由分说下了马车，还把蕊仪硬扶了下去，车夫识趣地避开了。

“他有什么话让你带给我？”蕊仪故作漫不经心地道。

魏崇城小心地从背囊中取出一支灿烂的春桃，用丝绢轻柔地包裹着，一路上竟一瓣也未落下。他笑了笑，宛如那暖暖的春风，“夫人肯等一年，不知可不可等一世？”

扑哧一声，蕊仪笑出声来，嗣源何时也懂这些了？她迟疑了一下接过来，道：“朝里的大臣怎么办？他是明君，如何能娶妖后？”

魏崇城挠了挠头，有些羞赧地道：“臣有拥立之功，不，臣还想当国舅，不，其实，就是还有法子……”

天成二年

李嗣源追封曹氏为和武宪皇后，追封育有二子的夏氏为昭懿皇后。

天成三年

李嗣源迎魏崇城之妹魏氏入宫，立为皇后，史称宣宪皇后，后生子李从珂，立为潞王。

天福元年

石敬瑭称帝，国号晋，史称后晋，皇后李氏，即永宁公主……

番外

长兴四年　洛阳宫　贞观殿

长长的裙角在玉阶上滑过，缓缓向上，蕊仪慢慢地抬起头，向身边的宫女燕儿摆摆手，自己进了内殿。殿内弥漫着浓浓的药香，不时传出几声重重的咳嗽。她暗暗叹了口气，八年了，从天成元年到长兴四年，天下方定，内乱又起。

李从荣逼宫，天大的笑话，当年他除了李存勖，如今却被自己的儿子逼宫。她永远都会记得嗣源立于高台之上，用力一挥手随即别开了头，待那热血喷洒出来的声音响起，他也一口鲜血喷了魏崇城一头一脸。

“皇上还在批折子？”蕊仪问，担忧地望了一眼。内侍点头称是，识趣地退了出去。她放轻脚步来到他身边坐下，从他手中抽过折子，微微一笑，“先歇着吧，等好些了再看，这么下去，要把身子熬空的。”

“这天下……”李嗣源放了手，看了看她，眼中尽是歉然，“等把这些事了了，我便传位给从厚，咱们就离开这是非之地。可我这身子怕是撑不了多久了，也不知还能陪你多久。”

“真的要放手了？”蕊仪语气一颤，他们终于有了这一天，期盼多年的这一天，尽管留给他们的时日已经不多了。

李嗣源笑了，但眼中歉意依然未减：“不怪我不传位给从珂？”

“他并非我们的骨血，在这乱世坐了江山难免惹人非议，你不想让他再受你

受过的苦。”蕊仪摇摇头，提起李从珂她心里毕竟有些遗憾，“当年生永宁伤了身子，一直没给你生个儿子，是我不够好，让你为难。”

“当初让你假装有孕，又从王家将他抱进宫，是我的主意，别净往自己身上揽。”李嗣源侧了侧身，缓缓地将她揽入怀中，“他虽然不是我们亲生的，我们毕竟养育了他一场，这么留下他走了，心里头总放不下。”

“这孩子年纪虽小，却是个凡事能争的，若带他走，日后定会怨我们。好在他身边的几个师傅和近臣都不错，就让他留下吧，日后他自有自己的缘法。”蕊仪劝道，抬头打量着已不复当初的宫室，那一切都曾经发生在这里，仿佛就在昨日，还是那么清晰。

这一切终究要过去，嗣源的时日不多了，她眼角不觉湿了，忽然泪如雨下。李嗣源手忙脚乱地为她擦着，嘴里不停地念着：“别哭啊，你这是怎么了？”

“没什么，就是要走了，忽然不知道该怎么办了。”蕊仪展颜一笑，她不该再计较了，他们最终还是要走出去，总好过有些人一辈子也走不出去。她不该再伤怀了，她该想想以后的日子，真正属于他们的日子。

长兴四年十二月，明宗李嗣源驾崩，皇后魏氏于三日后自尽于瑶光殿。

那一日刚好下起了雪，两道深深的车辙一直出了宫门，没有人知道它去了哪里，也不知马车上究竟坐着什么人。只知道车上有位生得沉鱼落雁的妇人，在穹宝寺上了三炷香，从那以后就再没有人见过她。